JOANNA BATOR

Piaskowa Góra

wyd
awnic
two **b**

Rodzinie

Wszystkie postaci z *Piaskowej Góry* stanowią wytwór mojej wyobraźni. Ich ewentualne podobieństwo do osób realnie żyjących jest przypadkowe.

Początek

Jadzia toczy się i kula. Dominika jest lekka i krucha. Gdyby Jadzia ją przysiadła, kostki córki chrupnęłyby jak wafelek do lodów. Jednak Dominika nadrabia szybkością, robi uniki. Podskakuje i wygina się jak zając z radzieckiej kreskówki. Każde zbliżenie Dominiki i Jadzi grozi kolizją, niebezpieczeństwo wzrasta proporcjonalnie do odległości, z jakiej na siebie wpadają. Jadzia jest zawsze w tym samym miejscu, to Dominika odlatuje lub nadlatuje lotem koszącym. Ląduje awaryjnie na Piaskowej Górze, aż iskry się sypią, zanim wyhamuje, i już po chwili wzbija się do lotu w obłoku kurzu.

Jadzia wolałaby, żeby za bardzo nie oddalały się od siebie i żeby Dominika tak nie latała. Matki marzeniem jest, by córka osiadła, zaczepiła się gdzieś. Nie ciekaj, latawcu, powtarza, chociaż wie, że córka nie lubi, gdy mówi z wiejska. Miastowa taka. Wziąć, mamo, a nie wziąść, poprawia ją mądrala, włączać, a nie właczać, sobie, a nie se. Jakby była jakaś różnica. Jadzia żadnej nie widzi, Jadzia woli widzieć to samo.

No siądźże chwilę na dupie, latawcu, podfruwajko, woła i klepie obok siebie w kanapę, siądźże, bo włanczam telewizor. Mości się Jadzia w wygniecionym gnieździe, które kiedyś należało do jej męża, Stefana. Siadał tam po pracy i zasypiał przy dźwiękach dziennika albo niedzielnego programu przyrodniczego o życiu egzotycznych zwierząt i owadów. Zobacz, jaki ma łeb gadzina! wołał albo dłubał w nosie i wpstrykiwał do donicy z palmą. W głębi gniazda chował srebrne jajo butelki, z którego nic się nie wykluło. Jadzia dopiero parę lat po śmierci męża przejęła gniazdo w posiadanie. Teraz ogląda telenowele z miejsca po Stefanie i chciałaby, żeby Dominika z nią. Żeby jak matka z córką. Ona na miejscu matki-wdowy, Dominika na matki dawnym miejscu dla niej zaklepanym. W tym odcinku wyjdzie, że Maria Celesta jest w ciąży z tym czarnym z wąsikiem jak u Leoncia z *Isaury*, co Jadzia zapomniała imienia. Chyba Luis Alfredo.

Jadzia często przekręca fakty i daty, ale ciągle ma marzenia. Stare i używane nieodpowiednio, ale są. Jadzia niczego nie lubi wyrzucać. Lepiej schować, bo nie wiadomo, co i kiedy może się przydać. Stare często jest lepszej jakości niż nowe i masz jak znalazł. Szukajcie, a znajdziecie, mówi Jadzia i wwierca się w pokłady rzeczy zgromadzone w bieliźniarce jak górnik w ścianę wałbrzyskiego węgla. Wszystko ma już zaplanowane: kreację córki i ślub kościelny. W sukni, jakiej ona nie miała. Ona szła w uszytej z poniemieckiej firany, stopy spuchnięte w za małych czółenkach, co to była za męka. Dominika będzie szła jak z gazety kolorowej wycięta, jak córka jakichś pieczarkarzy, doktorów ze Szczawna Zdroju. Suknię będzie miała z salonu Sabrina w rynku albo nawet do Wrocławia się pojedzie. Żeby i gorset, i tren.

Się wszystko na wideo nakręci. Welon matka sama haftuje córce w tajemnicy. Jakoś te dzikie buszmeńskie włosy się nim przykryje, poupina spineczkami, perełkami. Co się napruła, zanim zaczęło wychodzić. A potem dorożką w konie zaprzężoną na bal do zamku Książ, w sukni, w welonie na wietrze powiewającym. Aż gały wyjdą tym, co nie wierzyli, oniemieją pięknem olśnieni i szczęściem, jakie ich nie czeka. Jeszcze nie jest za późno, a blizny na twarzy córki prawie wcale nie widać, może tylko, jak się złości.

Ale przede wszystkim Dominika nie może do ślubu być taka chuda i lekka, że byle wiatr ją porywa i miota to tu, to tam. Trzeba ją obciążyć, uziemić czymś treściwym. Dominika hoduje na oknie bazylię, a gdy wyjeżdża, w lodówce zostają po niej rzeczy, które Jadzia obwąchuje niepewnie, bada końcem języka. Zjadłabyś bigosiku z ziemniaczkami, schabiku, Tadku niejadku! Jadzia nie ma nic przeciwko zagranicznym mężom, ale uważa, że nasze polskie jedzenie jest najlepsze i nie musi próbować innego, żeby sobie wyrobić zdanie. Ma je od dawna gotowe, jej zdanie nie potrzebuje poprawek, dziękuję bardzo.

Robi córce miejsce obok siebie na wersalce, podsuwa delicje promocyjne. Dwanaście delicji plus dwie gratis to prawdziwa okazja z Reala. Taki duży sklep pod domem to rozrywka i oszczędność, którą Jadzia ceni, bo kupowanie niepotrzebnych rzeczy za pół ceny drogo ją kosztuje. Rozkłada ciastka ładnie na talerzyku, podsuwa córce, cmoka, że pyszności. Już ja cię podtuczę, Tadku niejadku! Córka wie nie od dziś, że Tadka niejadka porwał wiatr. Poleciał uczepiony czerwonego balonika, jak on pięknie poleciał, ziemia została daleko, niebo na wyciągnięcie ręki, gładkie jak niebieskie szkło. Mała Dominika pluła więc buraczkami, wyrzygiwała paróweczki cielęce wystane na matczynych nogach i czekała, że ją też porwie do Enerefu i jeszcze dalej, na wyspy Bula-Bula, a Piaskowa Góra będzie tylko plamką na horyzoncie, nie większą od muszej kupki. Ale bajka kończyła się inaczej. Bombardowali Tadka kotletami, celowali w niego oszczepami żeberek, aż się nażarł, nabrał masy i spadł. Znormalniał, mówi Jadzia, i zaczął jeść. Pewnie gdzieś osiadł do tego czasu.

Matka chce więc, by córka osiadała, a córka próbuje podważyć z miejsca zasiedziałą matkę i namawia ją na wyjazd za granicę. Na ogół siły są wyrównane, a wtedy tkwią zaparte, jedna nie ruszy bez drugiej. Matka się zapiera, nie i nie, córka kusi, lata wokół, trzepocząc skrzydłami, znienacka bodzie miękkie ciało matki, ruszaj się, Bruno, wyciągnę cię stąd. Dominika przysyła widokówki, które eksplodują kolorami jak małe petardy, i pisze, jak przyjedziesz, to zobaczysz, mamo, to piękne miasto na pocztówce, ale oczywiście większe, bardziej prawdziwe. Są tu ciepłe wieczory i restauracje, w których gra na żywo muzyka, są arbuzy tak wielkie, że w połówce jak w kołysce mieści się dziecko. Schody zbiegają wprost do morza, kawę pijemy z widokiem, a wiosną góry kwitną biało, żółto, liliowo. To wszystko wcale dużo nie kosztuje, jeśli nie będziesz przeliczać na złotówki. Wszyscy będziemy się cieszyć z twojego przyjazdu, cała rodzina, i nie narazi nas to na żadne poważne koszty, a wręcz przeciwnie, bardzo nam się tu przydasz, sama zobaczysz. Jadzia myśli, że ci wszyscy Dominiki, co niby czekają tam na nią, to przecież istna Sodoma i Godomora. Jeden czarniawy jakiś i mimo wykształcenia w szmatach chodzi, obdarciuch w naszyjnikach, paciorkach, druga babochłop, homoniewiadomo, a wszyscy na kupie, że nie zgadniesz, kto z kim i czyje to dziecko tam się pęta. Dziwactwo i fiksum-dyrdum, a nie normalna rodzina, co to składa się z ojca, matki i dzieci połączonych sakramentem i uczuciem plus babcia do opieki, póki ich śmierć nie rozłączy. Ta rodzina Dominiki, pożal się Boże, żeby chociaż jakoś ukradkiem, w tajemnicy, nie na oczach innych. Ale nie, afiszują się, wystawiają na pośmiewisko, jakby dumni byli z tego fiksum-dyrdum. Co więc, jak ktoś jej, Jadzi, wytknie, ale pani córkę wychowała, co za wstyd, gdy tam pojedzie. Wstyd, nawet jeśli Jadzia i tak nie zrozumie w obcym języku. Stefan, ten to miał łeb do języków i gdyby nie zaprzepaścił, to szprechałby i parlefransił. A ona nawet z rosyjskiego mało co dziś pamięta, tyle co skolka, tawariszcz Stalin i do swidanija. A poza tym, co ona tam będzie jadła, bo na pewno nie oliwki. To jakby zgniłe jeść!

Jadzia Dominice ciemne włosy poprawia, jakby swoje poprawiała. Jeszcze wszystko przed tobą! mówi. Przekreśla Jadzia Dominiki trzydzieści trzy lata. Zdmuchuje jak okruchy ze stołu. Za Dominiką więc nic. Jak zrobi krok w tył, to wpadnie w dziurę. Jadzia mówi jednak, że przecież jakby co, to zawsze może się zaczepić na Piaskowej Górze.

I

Pod spodem Wałbrzycha jest węgiel, na wierzchu piasek i ludzie nawiani tu ze świata na miejsce wypędzonych. W domach poniemieckich książki w gotyku idą na rozpałkę, Schneider, który wcale nie przypomina krawca na odstrzał, Wasser po przegotowaniu zamienia się w wodę. Przez Adolf Hitler Strasse, która jest już ulicą Włodzimierza Lenina, pcha się wózki, taszczy walizki, ciągnie dzieci, psy i staruszki w kwiecistych chustkach. Pierwsza tura przybywa tuż po wojnie i jeszcze śmierdzi prochem. Hitler kaput! krzyczą niedorostki do ostatnich Niemców albo tych, którzy na Niemców wyglądają. Inni obcy nie budzą jeszcze grozy, bo na razie nikt nie jest swój. Dopiero zaczyna się dzielenie, kto ma złoto, kto nie, kto z Bogiem, a kto przeciw Bogu, który jeden jest i taki powinien pozostać. Przyjezdni rzucają bagaże i raz, dwa, trzy wbijają paliki w ziemię. Tu coś sklecą z desek, tektury i derki, tam wytną kawałek na ziemniaki, na marchewkę, ogrodzą sznurkiem, zaklepią, że ich i niech się nikt nie waży. Uzbrajają się w kije i złe słowa; jakby co, to nogi z dupy normalnie!

Wałbrzyska ziemia odzyskana budzi nadzieje zwłaszcza w tych, którzy swojej nigdy nie mieli. Są znikąd, ale chcą wyjść na swoje, by być skądś. Najpierw zajmują stare domy po Niemcach, ale już wkrótce jest ich za mało – dwadzieścia lat po wojnie wokół starych dzielnic Wałbrzycha, niepozbawionych pewnej urody, a na pewno ordnungu, zaciśnie się betonowy pierścień nowych, budowanych w pośpiechu dla przyjezdnych. Na

Piaskowej Górze zmieści się ich aż trzydzieści tysięcy, bo będą dobrze upchani w podzielonych na jednakowe przegródki pudłach domów. Wśród przyjezdnych jest młoda Jadzia Maślak. Ma agrestowe oczy zmęczone długą podróżą, tekturową walizkę, kosz wiejskich jaj i płaszczyk o dwóch różnych rękawach. Trudno ją zauważyć w tłumie, bo wiele kobiet wygląda podobnie.

Wałbrzych to duże miasto, jeśli patrzy się na nie z miejsca Jadzi Maślak. Na przykład dworzec, na który przyjechała, nazywa się Dworzec Miasto, a są jeszcze Główny, Fabryczny i Szczawienko. Ani matka Jadzi, Zofia Maślak, ani jej babka Jadwiga Strąk świata nie widziały, tyle co do Skierniewic na targ czy na pielgrzymkę do Częstochowy, a ta druga już na pewno świata nie zobaczy, bo w żółtym piachu pochowana na wieki wieków amen. O Wałbrzychu nie słyszały, bo Wałbrzycha jeszcze niedawno w ogóle nie było i nie jeździły do niego żadne pociągi, a już na pewno nie z Zalesia. Przez Zalesie pośpieszne przelatywały z wyciem i hukiem, tak że wioska nawet nie zdążyła odbić się w szybach i już znikała.

Matka Jadzi mówiła, że pociągami diabły wiozą niegrzeczne dzieci do piekła. Tudum-tudum! naśladowała odgłos pociągu; tudum-tudum! pociągi pełne brudnych dzieci, przez tubę zwiniętej dłoni tudum-tudum. Diabły Zofii śmierdziały spalonym mięsem i miały wywinięte wargi, zawsze wilgotne. Wywinięte jak u czarnych Murzynów, tudum-tudum, straszyła Jadzię i odpływała w głąb domu na szerokiej łajbie bioder, robiąc fale, na których jeszcze przez chwilę kołysały się meble i święte obrazy. Nie umiała zacumować na dłużej przy córce, zaraz ją znosiło do spiżarki, do ogrodu, do lasu po szyszki

13

na rozpałkę. Brudasie, kocmołuchu, załamywała ręce, diabły cię do piekła pociągiem zabiorą. Przez okno cień pośpiesznego nocą przemykał, a Jadzia wyobrażała sobie dzieci upchane w wagonach jak w puszce po landrynkach, do której zbierała latem stonkę i zamykała wieko. W ciemności owady zdychały i wysączały ciemny sok, po którego powierzchni pływały pasiaste skrzydełka. Jadzia zaglądała do puszki, a jej obrzydzenie podchodziło spienioną śliną.

Podrośnięta Jadzia codziennie świtem czekała na stacyjce Zalesie na osobowy do Skierniewic, gdzie uczyła się na pielęgniarkę. Lubiła robić zastrzyki, wkłuwać się czysto i umiejętnie w błękitne żyły, nosić biały fartuszek i oglądać bakterie pod mikroskopem. W ich wijącym się, bujnym istnieniu znalazła uzasadnienie dla octu, ulubionego środka higienicznego jej matki, którym przesiąkła jak dobrze przyprawiona galaretka ze świńskich nóżek. Trzeba pozabijać bakterie! Bakterie to brud i choroby, są bardzo niebezpieczne, więc woda z octem musi być bardzo gorąca – to miało sens. Bez odpowiedzi pozostawało pytanie, skąd Zofia mogła wiedzieć o bakteriach, skoro skończyła kilka klas wiejskiej szkoły, ale Jadzia nie zadawała wielu pytań. Czekając na pociąg do Skierniewic, zjadała pierwszą z trzech bułek z dżemem truskawkowym, które brała ze sobą na drugie śniadanie do szpitala, i wdychała oleisty zapach torowiska, tak jakby piła. Oblizywała małe, ładnie wykrojone usta i nie była pewna, czy jej się podoba, czy nie. Wątła jako dziecko, Jadzia nabierała ciała jak śnieżna kula i w wieku osiemnastu lat przewidziana na jej rozmiar ilość skóry się wypełniła, szczupłe pozostały tylko łydki i przedramiona. Nigdy nie przyjmowała pozycji doskonale pionowej, jakby niewidoczna siła przechylała ją w prawo albo jakby uchylała się przed ciosem. Zakładała wielkie bawełniane majtki, które szyła dla niej Zofia, i czesała mysie włosy przed lustrem w sieni, wpinając w nie spinki i przeginając się w tę i w tamtą, by uchwycić swoje znikające odbicie. Widać ją było tylko pod pewnym kątem i przy dziennym świetle. Gdy jednak patrzyło się na Jadzię w pełnym słońcu, kontury miała zatarte i drżące jak rozgrzany piasek. Ci, którzy wymienili się z nią pochwalonym na drodze, nie byli nieraz pewni, czy rzeczywiście spotkali Jadzię Maślak idącą na stację, czy im się tylko wydawało. Nocami Jadzię ogarniał żal za czymś nieokreślonym, który myliła ze znanym głodem na słodycze, wzdychała, wyciągała spod poduszki bryłkę cukru i ssała ją tak długo, aż usnęła. Posłusznie spełniała polecenia matki, której obsesja czystości ograniczała się do podmywek w gorącej wodzie z octem. W ich domu talerze lepiły się do stołu, nietoperze piszczały nocami na strychu, myszy wiły gniazda w zbutwiałych króliczych skórkach poupychanych w każdej szufladzie, ale Zofia nigdy nie zapominała o wrzątku i occie. Jadzia co wieczór zaraz po matce przykucała w metalowej miednicy, do której z trudem mieściły się jej coraz potężniejsze pośladki. Ocet szczypał i czasem było to przyjemne. Po myciu wkładała palce między nogi i wąchała, czy przez octową świeżość nie przebija się smród brudu i bakterii.

Już w koszuli nocnej Jadzia czytała romanse, powoli przewracając strony poślinionym palcem. Była głodna opowieści, cieszyły ją niezwykłe szczęścia i nieszczęścia, jakie niestety rzadko zdarzały się w Zalesiu, ale na szczęście nauczycielka Gorgólowa pożyczała jej książki. Jadzia najbardziej lubiła *Trędowatą*, którą jak zaczarowana czytała raz po raz przy lampie naftowej, ku utrapieniu Zofii. Rano agrestowe oczy Jadzi były zmęczone, przypominały rozmoczony druk. Czasem wyobrażała sobie, że leży na jakiejś pięknej łące, a ordynat Michorowski nakrywa ją sobą jak kołdrą, jak wiekiem trumny z atłasową wyściółką. Nic więcej w tych marzeniach nie robiła; po prostu była, a ordynat podjeżdżał samochodem, karocą pod szpital w Skierniewicach i ją zabierał na łąkę, za granicę. Może do pięknego Związku Radzieckiego, o którym uczyła się w szkole. Tam gdzie rządził towarzysz Stalin, co usta słodsze miał od malin, a rzeki o dziwnych nazwach są wielkie, rwące. I wszystkie tylko patrzyły we śnie, że ordynat ją wybrał, Jadzię. Gabrysia, co oczy maluje na niebiesko, Teresa, co nosi buty na obcasie stukającym, że z nią, nie z żadną inną ordynat cudzoziemski odjeżdża, a welon na jej głowie, nie innej powiewa. Och, ordynacie, jestem twoja! Zabierz mnie w siną dal, marzyła Jadzia.

Najbardziej romantycznym wydarzeniem w dziewiczym życiu Jadzi była wizyta nieznajomego cudzoziemca, który pewnego lata pojawił się w Zalesiu. Młody mężczyzna podjechał samochodem, wzniecając obłok popiołu, którym zasypywano dziury w wiejskiej drodze. Uchylił kapelusza, witam panie, czy można, zawołał zza furtki, czy można poprosić szklankę wody? Bez zapowiedzi, nagle przy furtce, gdy akurat przy stole pod orzechem, ubrane niedbale, drylowały wiśnie na konfitury! Pestki wystrzeliwały do miski, chlapiąc matkę i córkę, ach, gdyby chociaż zdążyły się ogarnąć, przeczesać, gdy on, cudzoziemiec, tak nagle o szklankę wody prosi. Ubrany był, opowiadała Dominice Jadzia, jak z żurnala, jak z gazety kolorowej wycięty, bo żeby tak w dzień powszedni, do nich, w kapeluszu, o szklankę wody prosić, podczas gdy one miały tylko kubki? Cudzoziemiec mówił, jakby pod językiem utkwiła mu jedna z wiśniowych pestek, i nie mogły zrozumieć niektórych słów, ale zachowywał się z szacunkiem i grzecznie. Napił się wody, zjadł dwie garście wiśni, posypując je cukrem, i wytarł ręce białą chusteczką wyjętą z kieszeni marynarki. Mój Boże, żeby tak w białą chusteczkę mężczyzna ręce w dzień powszedni? Mimo że był bardzo młody, Jadzi od początku wydawał się starszy, a w miarę upływu czasu przybędzie mu lat w jej opowieści. O, na pewno był starszy od niej, bo tak w marynarce, w kapeluszu? Poza tym mężczyzna powinien być starszy. Wypytywał o georginie, jak takie wielkie różowe wyhodować, i zaraz znienacka o dom, i czy strych duży, o jabłonie, czy rodzą, czy szczepione, i o wojnę, a wszystko tak sprytnie, że na koniec za nic nie mogły sobie przypomnieć, jak doszło do takich pytań i jak to możliwe, że ktoś obcy, kto nawet się nie przedstawił, zadawał je w ich ogrodzie, jedząc wiśnie przy ich stole. Zofia patrzyła w twarz cudzoziemca tak, jakby zaglądała do studni, do której wpadło jej coś cennego, ale zamiast złotego migotania widziała gładką powierzchnię wody i własne zniekształcone odbicie. Odwracała oczy rozczarowana i wrzucała wiśnie do drylownicy. Niech mama przestanie na chwilę z tym drylowaniem! Jeszcze mu koszulę jak śnieg białą, twarz cudzoziemską opryska wiśniowym sokiem. Ale można jej mówić. Prysk, prysk – co komu pisane, temu kamień – czy musiała Zofia koniecznie przy obcym eleganckim człowieku rzucać jedno z powiedzonek babki Jadwigi, i to zupełnie nie na temat, co on sobie o nich pomyśli, martwiła się Jadzia. Że wsiowe wariatki jakieś, pomyśli, odwróci się, wyjedzie, nie wróci! Mój ojciec to bohater wojenny. Poległ z honorem, kwiatami jabłoni obsypany, odpowiedziała na kolejne pytanie gościa, ubiegając matkę, która nachmurzyła się jeszcze bardziej i nie odezwała już do końca wizyty.

Przy pożegnaniu padły słowa, które dały początek romantycznej historii Jadzinej, gdzie dzwony dzwonią na wesele, a welon kryje twarz panny młodej. Gdzie pan młody jest wart wiele, jak wygrana w Wielkiej Grze, i stoi obok jeszcze nieodpakowany, tak że nie widać, co ma w środku, i można sobie marzyć a marzyć. Wrócę tu kiedyś może, powiedział cudzoziemiec, patrząc Jadzi w oczy, kiedyś tu może wrócę na wiśnie. Powiedział tak mądrze i znacząco (tylko co to znaczyło?), jak mógłby powiedzieć ordynat z *Trędowatej*, nie ktoś zwykły, codzienny. Taki Wiesiek Dorosz czy Czesiek Kociuba najwyżej umieli spytać, a przyjdziesz, Jadzia, na zabawę do Sosenki potańczyć, patrząc jej przy tym w cycki, nie w oczy. Żadnego romantyzmu! Jadzia oganiała się od rąk i ust Wieśka i Cześka, których do końca nie rozróżniała, i marzyła o cudzoziemcu, o dziedzicu, ordynacie i sinej dali, w którą dałaby się zabrać jak przesyłka bez zwrotnego adresu.

W Zalesiu nie było już jednak dziedziców, a dwór przerobiono na szkołę, ośrodek zdrowia i sklep przemysłowo-spożywczy, wyniósłszy z niego przedtem wszystko, co nie zostało wyniesione przez niemieckich okupantów, którzy odeszli, i radzieckich okupantów, którzy udawali wyzwolicieli. Pozbawiona porównania Jadzia nuciła, fałszując, że biedna Rebeka w zapomnieniu czeka, aż przyjedziesz po nią ty, ale nie było żadnego ciągu dalszego, żadnych więcej wiśni wyjadanych z delikatnej męskiej dłoni, tylko to i tylko tyle, niespełniona obietnica, tańczące w zachodzącym słońcu muszki, odjeżdżający samochód. Po praktyce w skierniewickim szpitalu Jadzia dostała pracę w nowej przychodni w Zalesiu, a ordynat Michorowski zaczynał przybierać postać pracującego tam doktora Macieja Malczyka. Też na M! Na ten znak zamierało serce Jadzi. Za pierwsze oszczędności dała do uszycia płaszczyk w pepitkę z króliczym kołnierzem z matczynej skrzyni, który wydawał się najmniej nadgryziony przez myszy i mole. Na targu w Skierniewicach kupiła od rudej Cyganki radzieckie perfumy Czerwony Mak, w sklepie państwowym torebkę i kozaczki pod kolor. Była gotowa do spełnienia marzeń przykrojonych na swoją miarę. Przed niedzielną mszą obejrzała się w starym lustrze w sieni, gdzie zobaczyła odbicie topielicy. Kobieta zupełnie niepodobna do niej, o oczach ciemnych, włosach buszmeńskich, twarzy białej jak kość chlusnęła w twarz Jadzi zimną wodą i znikła zbyt szybko, by w nią uwierzyć.

Poszła Jadzia do kościoła oblodzoną drogą przez wieś, ostrożnie stawiając nogi w nowych butach; potknęła się przy chałupie Gorgóli. Zamłynkowała ramionami, krzyknęła ojej, wypuściła torebkę, która poszybowała dwa metry dalej i pękła jak arbuz, ukazując lśniące czerwone wnętrze. Jadzia nie odzyskała równowagi, upadła i złamała prawą rękę w trzech miejscach. Gdy w karetce rozcięli rękaw jej nowego płaszcza, zobaczyła żółtą ostrą kość ze strzępkiem mięsa; jej agrestowe oczy uciekły w głąb czaszki, zemdlała. Najgroźniejsze w skutkach okazało się złamanie w nadgarstku, które uszkodziło nerw i Jadzia nigdy nie odzyskała sprawności w prawej dłoni. Palce wskazujący i środkowy przykurczyły się, a każde polecenie mózgu gubiło się gdzieś w okolicach łokcia. Gest podnoszenia następował po ponagleniu, a machanie przypominało swoją zdziecinniałą karykaturę. Od tej pory Jadzia nosiła prawe przedramię lekko przygięte i przyciśnięte do boku, podtrzymywane zdrową ręką. Wpychała je pod ciężką pierś, gdzie mieściło się jak w ciepłej norce. Została uznana za niezdolną do pracy w zawodzie i wróciła do punktu wyjścia, uboższa o zniszczony płaszczyk, jedną w miarę gotową przyszłość i torebkę, która też gdzieś przepadła w zamieszaniu. Doktor Malczyk ożenił się po pół roku z nową pielęgniarką, Gabrysią o błękitnych powiekach, i w kościele siedzieli z samego przodu, mimo iż zaledwie siedem miesięcy po ślubie im się urodziło. Malczykowa miała trwałą ondulację i złote kolczyki – nie widać po niej było na pierwszy rzut oka, że żyje życiem, które Jadzia Maślak wymyśliła dla siebie. Jadzia coraz grubsza i cięższa toczyła się do wiejskiego sklepu po kukułki i ssała je, aż język miała poraniony do krwi. Pluła słodką brązową śliną i myślała o suchotach, na które zeszłej wiosny dwie dziewczyny umarły w Zalesiu, wyrzygawszy kawałek po kawałku swoje płuca. Czy po mnie ktoś by płakał? zastanawiała się. Wiosną leżała w wysokiej trawie nad Pełcznicą, gdzie wiele lat temu znaleziono jej ojca. Zamykała oczy, wystawiała twarz na opadające płatki dzikich jabłoni i wyobrażała sobie, że umarła jak jedna ze świętych, których ciała pachniały kwiatami, fiołkami, konwaliami, lata po tym, jak pochowano je w ziemi.

List od wuja Kazimierza Maślaka przyszedł tuż przed Bożym Narodzeniem i zaskoczył Zofię. Od dawna nie dostawała listów, a od ponad dziesięciu lat nie widziała się z krewnym, który tuż po wojnie wyjechał na Ziemie Odzyskane. Kazimierz był kuzynem jej męża, Maćka z Brzeziny, gdzie co drugi to Maślak albo Strąk. Zofia nigdy go nie lubiła, podejrzewając, że w plotkach o jego wojennych interesach z Niemcami może być ziarno prawdy. Ten zawsze wiedział, gdzie szczurze sadło, mówiła o Kazimierzu Jadwiga Strąk, młynarzowa z Brzeziny, po której Jadzi dostało się imię, specjalistka od kompilowanych przysłów i powiedzonek o jej tylko znanym sensie. Wuj Kazimierz przysyłał Zofii i Jadzi kartki, na których niemiecki napis Waldenburg był niedokładnie zasłonięty fioletową pieczątką Wałbrzych, a później zupełnie znikł. Wuj donosił o swoim powodzeniu. Zofia odpisywała równie lakonicznie, informując krewnego o swoich niepowodzeniach, z których ostatnie związane było z wypadkiem Jadzi. Niech więc Jadzia do Wałbrzycha przyjeżdża, pisał Kazimierz w liście, który Zofia czytała kilka razy, bo lubiany czy nie, Kazimierz Maślak był jej jedynym żyjącym krewnym. Obiecywał Jadzi pracę biurową. Może nawet sekretarką dyrektora jakiegoś Jadzi uda się zostać. Kawę mu będzie parzyć, koniaczek bułgarski gościom nalewać, nauczy się, co i jak, w try miga. Jedna dobra ręka do tego wystarczy aż nadto, a ładna buzia się przyda jeszcze bardziej. Pisał Kazimierz Maślak, że wprawdzie dużo w Wałbrzychu różnej narodowości i ani Cyganów, ani innej dziczy nie brakuje, a żydki rządzą się zupełnie jak przed wojną, że aż dziw, skąd ich ciągle tyle, ale miasto bogate, na kopalniach stoi. Czarne złoto na węgiel mówią. A i na boku da się dorobić, jakby co. Ruskie z koszar, Niemcy, Cygany, wszystko handluje, czym się da. Grunt, żeby wiedzieć, jak się zakręcić i zakombinować. Już jego w tym głowa! Pokój z częściowym wiktem wuj Kazimierz u siebie oferuje. Co do obiadu, to zje Jadzia tanio w stołówce zakładowej, gdzie oprócz poniedziałków i piątków zawsze dostanie coś z mięsa. Niech Jadzia więc walizkę pakuje, on na bilet przekazem pośle zaraz po Nowym Roku. Zarobi, to mu zwróci. Niech na Dworcu Miasto wysiądzie i czeka. Odżałował Kazimierz na ekspres polecony, chociaż nie lubił się wydatkować. Przekalkulował żony Barbary kobiecość nadużytą już nieco, choć wciąż bezdzietną, na młodej krewnej miękkość podpatrzoną. Dziesięć latek miała, a już jej cycuszki kiełkowały, a jak to cmoktała kukułki, które jej przywiózł. Co rodzina, to rodzina! Mlasnął Kazimierz Maślak i własnojęzycznie kopertę zakleił.

Zofia doszyła do zniszczonego płaszczyka Jadzi nowy rękaw, który nieco różnił się od drugiego krojem i wzorem, spakowała jej do kosza sześć bułek z dżemem truskawkowym, dla Kazimierza świeżych jaj parénaście i naszyjnik z suszonych grzybów. Pocałowała córkę w czoło na do widzenia i nie oglądając się, ruszyła do domu. Gdy pociąg z Jadzią na pokładzie pochłonięty został przez tunel lasów, Zofia poczuła ulgę, bo wydawało jej się, że wraz z nim zniknął przebijający spod octu zapach spalenizny.

Po dwudziestu czterech godzinach i trzech przesiadkach Jadzia przyjechała do Wałbrzycha i czekała, drepcząc wkoło solidnej kopulastej hali, ale wuj Kazimierz się nie pojawiał. Wstydziła się wejść do dworcowego baru, skąd pachniało jej kusząco kanapkami z pasztetową, bo nigdy nie była sama w takim miejscu. Po trzech godzinach dreptania po biało-czarnej szachownicy, od której trochę kręciło jej się w głowie, Jadzia zrobiła siku w dworcowej toalecie; na drzwiach napisano Damen, pod spodem kredą Panie, a jeszcze niżej czymś brązowym Kurwy. Postawiła kołnierz z króliczego futra, z którego za każdym jej oddechem ulatywały pojedyncze kłaczki, i pomacała w kieszeni karteczkę z adresem wuja. Wyszła na zewnątrz samopas i poczuła w mroźnym powietrzu węglowy pył; niebo było seledynowe, rozchwiane jak prześcieradło naciągane po praniu na cztery ręce. Ślisko! Całe miasto ślizgało się tej zimy i szpitale pełne były połamanych i zagipsowanych staruszek w kwiecistych chustkach, których rodziny nie odebrały na czas, bo bez nich miały więcej miejsca i zostało ono szybko zajęte. Pijacy spadali z chodników wprost pod roztańczone samochody, niedożywione dzieci zjeżdżały z węglowych hałd na ulice, a szpitalne krematoria nie nadążały z paleniem amputowanych kończyn. Wiatr porywał ochłapy tłustego dymu i rozpryskiwał na ścianach domów, czarne grudki zlewały się w skorupę i osiadały na pryzmach śniegu zalegającego na ulicach. Jadzia tymczasem boczkiem, boczkiem, i już jest w połowie schodów; w lewej ręce walizka, prawa przyciśnięta do tułowia i obciążona koszykiem pełnym jaj. Historie Jadzi Maślak i Stefana Chmury zaraz się zazębią, zazgrzytają, lecz dotrą się z czasem. Docieranie potrzebuje czasu właśnie, nacisku i co najmniej dwóch powierzchni trących. To wszystko

23

jest pod ręką. Wersje będą się zmieniać i zostaną dopasowane do sytuacji. Czy Stefan wracał z nocnej szychty i chciał kupić w dworcowym kiosku papierosy? Czy mimo zimna miał smak na oranżadę, bo nie z pracy wracał, lecz popił z Kowalikiem i go suszyło? Najważniejsze jest to, że Jadzia już traci równowagę, już wypuszcza kosz jajami nadziewany i leci ze schodów, macha rękoma, popiskuje ojejej. Stefan zapiera się chudymi nogami i rozpościera ramiona. Jak ona pięknie leci! Jak bochen ciepłego chleba, jak garniec masła, jak anioł z cukru i ciasta. Jak on ją łapie, jak pionier Timur z czerwoną chustą, Stefan zuch, gieroj, pod ciężarem się ugiął, lecz wrócił do pionu.

Stefan Chmura wiele razy odegra scenę na schodach w okolicznościach imieninowych i barbórkowych, także podczas balów sylwestrowych, a górnicza brać będzie mu klaskać. Ona spadała, on złapał, to się nazywa przeznaczenie i ono bardzo mu się podoba. Stefan pracuje na kopalni, jego życie przypomina świeżo odpakowany prezent, zamówiony u Mikołaja czy Dziadka Mroza, a może u obu, dobrego nigdy dość. Tym bardziej że nie wiadomo do końca, czy Dziadek Mróz wyparł Mikołaja, czy może zajmują się rozdawaniem prezentów w duecie, a w chwilach wolnych upijają polską wódką ze Śnieżynkami. Skok przez skórę na zakończenie edukacji w zasadniczej szkole górniczej był dla Stefana skokiem siedmiomilowym i spadł z tak wysoka, że po uszy wbiło go w dumę. Górniczej skóry byle chłystek nie dostanie. Ze skórą jest się górnikiem, a nie lisem. Taka skóra to nie byle co, nie kawałek skóry w kształcie fartucha, ale symbol górniczego honoru. Górnik to ktoś, a nie nikt, czarne złoto wydobywa i mówi się o nim w telewizji, pisze w gazetach. Stefan zapamiętał wszystko, co na uroczystości pasowania na górnika mówił dyrektor szkoły górniczej. Jeśli górnik popełnił czyn niegodny, brać górniczą hańbą okrywając, zabierano mu skórę, a wtedy grób-mogiła. Górnik bez skóry to górnik bez honoru, a to coś, do czego Stefan nie myślał dopuścić. Gdy dyrektor wymienił jego nazwisko, lis Chmura Stefan wyszedł na środek auli na lekko drżących pałąkowatych nogach.

Przyjmiemy lisa Chmurę w nasz górniczy stan? zapytał mistrz ceremonii, a reszta odpowiedziała, Niech pokaże, co umie lis Chmura! Odezwały się werble i chór zapytał, Kto z góry idzie tam? Kto z góry idzie tam? Hej, hej – idzie tam? Lis Chmura Stefan! odpowiedział Stefan i ze wzruszenia zapiekło go pod powiekami. I czego lis chce? W górniczy chcę wejść stan! W górniczy chcę wejść stan, w górniczy chcę wejść stan. Hej, hej – w górników polskich świetny stan. Czy zakon nasz mu znan? Czy zakon nasz mu znan? Hej, hej – górników polskich zakon czyż dobrze mu znan? chór nie popuszczał. Mu zakon ten jest znan, odkrzyknął Stefan i to była jego jedyna pomyłka, bo miało być mi, a nie mu. Czy zna kopalń mrok? Czy zna groźny kopalń mrok? Hej, hej – kopalń mrok? Znam kopalń mrok i trud! Trud ten pragnę nieść przez życie jak dziś pieśń. Z dumą trud ten nieść. Hej, hej – z dumą nieść, zapewnił lis Chmura. Chór uznał, że to byłoby na tyle. Hej, zakon nasz mu jest znan. Hej, zakon nasz mu znan. Niech wejdzie lis Chmura w świetny stan, górników polskich stan. Cała orkiestra w galowych mundurach z czerwonymi kitami na czakach była po jego stronie; zabrzmiały werble, i co to były za werble nad werblami! Stefan wzbił się w górę do skoku przez skórę. Wystrzelił w powietrze jak katapultowany i cała aula zadarła głowy, bo przebił sufit i poszybował jak radziecka rakieta na podbój kosmosu. Dziura w dachu, tynk się sypie, słoneczko wpada do sali gimnastycznej, śpiew ptaków, a Stefana ani śladu. Koledzy z zasadniczej górniczej patrzyli w niebo i czekali. Wróci czy nie?

Od tej pory Stefan czuje, jakby coś nieustannie łaskotało go od środka, bo zachłysnął się kosmicznym powietrzem, którego bąbelki dostały się do jego krwiobiegu. Mimo iż jest chudy, zaczyna mu rosnąć brzuszek, w którym ciągle coś burczy i bulgocze. Patrzy w lustro u fryzjera na Szczawienku i mówi jak prawdziwy mężczyzna, panie Antosiu, na krótko poproszę, a baczki przytrymować. Inżynier Waciak ma baczki, więc on też sobie zapuścił i uważa, że nadają mu męskości i powagi. Antoś strzyże, a on nuci, całuska lubej śpiesznie daj, i śpiesz w podziemnych gnomów kraj, nas czeka praca tam, szczęść nam, szczęść nam, szczęść Boże nam. Jadzia luba to jego wisienka na deserze. Niech wszyscy wiedzą, jak było, mimo iż Jadzia kopie go pod stołem i prosi, Stefek, przestań się wygłupiać. Ale niech ktoś spróbuje powstrzymać Stefana komedianta. Barkami markuje kroki, daszkiem dłoni podkreśla, jak to nagle Jadzię na schodach dworca zobaczył w potrzebie. I zaraz potem kulminacja łapania i spadania, spadania i łapania grand finale. Jadzia spada, a Stefan, górnik o wzroku orlim i ramionach gladiatora, ją łapie, cap. Hosanna! Już nie płaszczyk z różnymi rękawami, nie wiejskie jaja stłuczone, lecz piana z szampana, koniak bułgarski, złote ruble i perły, już nie Jadzia, lecz jego Dziunia, nie Wałbrzych nawet, lecz prawie Eneref. Lalka sama na mnie poleciała, a ja cap, ją mam! Jak to kobieco tak polecieć i jak to męsko tak złapać, towarzystwo rozpływa się w pochwalnych ho, ho. No to siup w ten głupi dziób, mówi Stefan i szczęście w nim musuje. Jego szczęście to Jadzia. Jadzia szczęścia spodziewa się potem.

II

Uważaj na błotko, Dziunia.

Idą zobaczyć po raz pierwszy od środka mieszkanie przydzielone im na nowym wałbrzyskim osiedlu Piaskowa Góra. Dom Stefana i Jadzi ma dziesięć bram i jedenaście pięter połączonych tarasem. Dzioby dźwigów kołyszą się, przenosząc betonowe płyty, piasek pod kołami ciężarówek zamienia się w błoto i pryska, jakby ktoś pluł przez zaciśnięte zęby. Państwo Chmura dostali M3 na dziewiątym piętrze. W jego skład wchodzą pokój stołowy, gdzie się postawi wersalkę rozkładaną na noc dla rodziców, dziecinny pokój, kuchnia i łazienka z ubikacją. A wszędzie kaloryfery. To jest niezwykłe szczęście.

Wszystko dzięki zmyślności Stefana. Koniec gnieżdżenia się na kupie w poniemieckiej ruderze, koniec z szafami po hitlerowcach i gestapowskimi sedesami, z piecami, od których dopiero co dom dalej człowiek na Szczawienku się zaczadził. Do usranej śmierci czekać by mogli, mówi Stefan Jadzi, gdyby nie wiedział, jak z ludźmi rozmawiać. Jak na przykład takiego inżyniera Waciaka podejść, jak mu zakadzić, żeby myślał, że mu się w tyłek włazi.

Chociaż inna sprawa, że być docenionym przez takiego człowieka, to aż przyjemnie się robi. Rozumisz, Dziunia? Stefan słyszał od starszych dołowych i Jadzi powtarza, że inżynier Waciak to taka szycha się zrobiła, że wyżej sra, niż dupę ma. Pcha się na zastępcę dyrektora. Koło wice Mrugały skacze. I taki człowiek, który daleko zajdzie, synu się do Stefana zwracał. Synu, Dziunia, mówił i jak równy z równym pił. Obiecuję, że ci sprawę popchnę, synu, mówi, bo wejścia w spółdzielni mam. A grunt to mieć wejścia i plecy, Stefan zawsze to Jadzi powtarza. Jadzię plecy bolą od pochylania się nad praniem, innych nie ma, ale Stefan obiecuje jej z czasem pralkę automatyczną. Ma też w planach wypoczynek i segmenty na wysoki połysk, jakie widzieli u nadsztygara Grzebielucha na imieninach. Czy ty, Dziunia, tam u siebie na wsi takie segmenty widziałaś?

Nadsztygara Grzebielucha Stefan podziwia podobnie jak inżyniera Waciaka, a nawet bardziej. Mówił Dziuni, ty patrz i zapamiętuj, jak byli na imieninach. Gdy Grzebieluch barek otworzył, to Stefana aż jasność stamtąd bijąca poraziła. Oświetlone wnętrze, zwielokrotnione przez lustro, a wszędzie poustawiane małe buteleczki z alkoholem. Jak się wypije zawartość, nalewa się do nich herbaty, by nadal ładnie wyglądały, bo szkoda wyrzucać, co piękne. Cała meblościanka tak przy tym bogato obstawiona kryształami, figurkami, że palca by nie wetknął. Czego tam nie było! Cukiernice, wiadra, szkatuły, wazony, kubeczki, wazoniki i wazy z kryształowymi łyżkami. A pomiędzy nimi figurki fikuśne, pieski, kotki, Matki Boskie. W kryształach kwiaty, bzy, róże, gerbery jak żywe, jak świeżo zerwane. Wszędzie błysk, wysprzątane, aż się tęcze między kryształami zapalały, aż oczy od tych tęcz pękających bolały. A w kibelku konwalie pachną, szampony kolorowe. Grzebieluchowa tylko talerze z tym, owym nosiła, a wszystko pyszne, że ślinka leciała, obficie podlane. Nazbierało się tych szkieł, machała ręką na Stefana zachwyty szczere, że niby co to takiego, dla niej już normalka, że cała meblościanka zaćpana kryształami. Dobrze, że Grzebieluchowa była nie w guście Stefana, za chuda, bo nadmiar piękna by go zabił na tych imieninach nadsztygara Grzebielucha jak nic. Jakie kryształy, Stefan, jakie kryształy, wzdychała Jadzia, gdy wracali nocnym autobusem, nasze, myślisz, czy od Pepiczków? Majątek, takie kryształy jakby spieniężyć.

Gdy będą już mieli własne mieszkanko na Piaskowej Górze, to też wyprawią imieniny na Jadwigi i Stefana, postawią się. Na koniec do kawy cukierki z kryształowej miski, co ma rączkę też z kryształu wygiętą. Stefan tłumaczy Dziuni, że musi podać tak niby od niechcenia, tak jakby i oni na co dzień kanfiety w czekoladzie z kryształu podjadali, a nie, że tylko trzymają w barku dla gości. Stefan nie może się doczekać tej chwili. Tak go niecierpliwość od środka rozpiera, aż bąki puszcza. A Jadzia zaraz okno otwiera, ty świnio, mówi, nosek marszczy, wachluje ściereczką. Stefan, żeby ją rozśmieszyć, za drugim razem sam okno uchyla, tyłek przez nie wystawia, kryj się, Niemiec, woła, bo strzelam! To ich zabawy domowe, tego się przy obcych nie robi, ale swój jest swój. Stefan nieraz nadkładał drogi po pracy, by popatrzyć, jak rośnie ich dom. Wiatr rozwiewał mu włosy w kolorze obierek i wyciskał łzy z oczu obrysowanych węglem, a on liczył piętra i w myślach urządzał imieniny, otwierał barek

29

nieistniejącej meblościanki. Teraz to wszystko staje się naprawdę, doczekał się Stefan Chmura Piaskowej Góry.

Nowe wałbrzyskie osiedle wyrosło na wzgórzu porośniętym brzozami pogiętymi od wiatrów. Zimą na jego szczycie zwalały się ściany śniegu, które zalegały do maja, pokryte czarną skorupą jak spaloną skórą. W pozostałych porach roku przywiewało tu wszystkie śmieci z okolicy; przy wiosennych wichurach przylatywały nawet gazety z Wrocławia i Legnicy. Targane wichurą latały papiery, strzępy szmat, zardzewiałe rury, martwe ptaki i psie kupy. Nieraz dolecą nawet opakowania od niemieckich czekolad zza zachodniej granicy, z napisami Milka, rysunkami uśmiechniętej krowy i wciąż wyczuwalnym zapachem kakao. Dzieci z Piaskowej Góry będą je zbierać, wygładzać paznokciami sreberka i wąchać tak długo, aż słodki zapach zniknie. Przed wojną wichrowe wzgórze nazywało się Sandberg. Tak napisano na mapie, którą Halina Chmura, matka Stefana, znalazła w mieszkaniu opuszczonym przez poprzednich lokatorów na Szczawienku. Napisana gotykiem nazwa tkwiła na baczność pośród drzewek i krzaków, po trzy kreski na krzak, jak włosy wyrastające z brodawki. Piasek, z którego zbudowana była góra, służył do wyrobu szkła w wałbrzyskiej hucie. Niemcy nigdy nie budowali na wzgórzu, stare robotnicze domy, które po nich zostały, zatrzymały się u stóp Piaskowej Góry i wypinały na nią okna kuchenne i łazienkowe. Nawet kozy niechętnie tam pasano i każde inne miejsce wydawało się lepsze parom szukającym chwili samotności. Diese Hure von Sandberg, mówiono o dziewczynach, które nie zważając na możliwość utraty opinii, bardziej nieodwracalną niż utrata cnoty, jednak gziły się w krzakach Piaskowej Góry z Hansem czy Fritzem. Przed wojną miasto zostawiało Piaskową Górę poza swoimi granicami, ale teraz połknęło ją i zaczęło trawić, już się Wałbrzychowi nie wymknie. Gdyby na Piaskową Górę wróciła Frau Emmel, która przy kuchen lubiła kucken zza firanki, zobaczyłaby wzgórze obdarte z zielonej skóry i parujące jak świeże mięso. Krótkowzroczna Frau Reuswig nie uwierzyłaby własnym oczom i czekała, aż Jürgen wróci z pracy w hucie szkła, gdzie dmuchał szklane bańki od rana do wieczora, i potwierdzi, że to nie omamy. Nie poznaliby Sandberg i żeby uwierzyć, że to ciągle to samo miejsce, musieliby sobie tłumaczyć na żywo z języka pamięci, że tu rosła brzoza wygięta jak garbaty karzeł, a tam, jakieś dwa, trzy kroki na lewo, koniczynę się cięło dla królików. Obok, gdzie teraz błotnista droga pnie się do góry, Heilige Mutter Gottes! babka zakopała bawarski komplet obiadowy na dwanaście osób, w różowe różyczki, jakich już nigdzie na świecie się nie dostanie (to Frau Emmel).

Na ściętym jak czubek jajka wzgórzu z piasku wykończono już kilka bloków gotowych na przyjęcie lokatorów. Niektórzy, tak jak Stefan, wychowali się w poniemieckich domach, zajętych przez rodziców rzuconych na ziemie odzyskane z ziem straconych, innych wyorało z wiosek Mazowsza i stoczyli się do kopalń Wałbrzycha jak ziemniaki z pijanego wozu. Jedni mieli w walizkach Ostrobramskie, a drudzy Częstochowskie, po których na wapnem bielonych ścianach zostały jaśniejsze prostokąty. Tam skąd przyjechali jedni i drudzy, musieli zajmować mało miejsca i to ich łączyło we wzajemnej czujności. Przygarbieni przy stole, żeby zdążyć z łyżką przed innymi, na sienniku między siostrą i bratem, żeby cieplej, z głową w ramionach i czapką w dłoni, żeby pokornie uprosić i wymodlić, teraz prostowali się powoli. Mówili prawie tym samym szorstkim językiem, który trzaskał jak wrzucone na rozpałkę szyszki, ale często sąsiad nie rozumiał sąsiada. Z nadzieją i przy nadziei, z tekturowymi walizkami, poczuli już, że więcej miejsca im się należy, i dziwili się, jak to możliwe, że go wcześniej nie mieli. Wspinali się na szczyt wzgórza, deptali Jadzi i Stefanowi po piętach; napierali na plac budowy, wymuszając pośpiech. Dwieście procent normy, dwieście pięćdziesiąt! Framugi i ramy okienne na Piaskowej Górze nie będą więc idealnie proste. Mieszkanie Jadzi i Stefana na dziewiątym piętrze okaże się wkrótce o dwa metry kwadratowe mniejsze, ale za to o kilkanaście centymetrów wyższe od tego na siódmym, gdzie zamieszka rodzina Lepkich z synem Zbyszkiem. Dwie bramy dalej Kowalikowie z dwójką już podrośniętą do biodra i świeżo zrobioną Edytką, przypisani przydziałem do piętra jedenastego, pozazdroszczą sąsiadom z pierwszego, Pasiakom, posiadaczom jedynaczki Jagienki, odpowiednich rozmiarów wnęki na szafę trzydrzwiową, która u nich wyszła za płytka i krzywa. Każdy ma coś gorszego i coś lepszego, ale różnica tymczasem jest niewielka. To bardzo miłe, że na Piaskowej Górze wszyscy mają prawie tak samo, bo w końcu jest sprawiedliwość.

Zaraz Stefan każe Jadzi zamknąć oczy i przeniesie ją przez próg dokładnie, jak sobie wymyślił – on ją wniesie, ona jakoś to zniesie, mimo że zziębła i nowe buty otarły jej pięty. Stefan wie już, że kobiety lubią taki romantyzm, który nazywa w żartach reumatyzmem. Czyż Dziunia nie prosiła, gdy się do niej dobierał, Stefek, miejże w sobie trochę romantyzmu? Pada więc przed żoną na kolana, przykłada dłoń do serca i wywraca oczami albo udaje, że jej się kłania, zamiatając ziemię kapeluszem, którego nigdy nie miał. Jego reumatyczna Dziunia! Delikatesik taki i cicha jak myszka, a jak to czasem potrafi go wziąć pod włos, że aż Stefan głupieje z miłości. Nie zauważa, że zrobił coś, na co nie miał ochoty, a obiecał drugie tyle na kredyt pieszczot, co się szybko wydają i znów trzeba zaciągać pożyczkę. Wwierci się pupą na kolana, pyzów z sosikiem nagotuje albo odwrotnie, zafunduje Stefanowi ciche dni i będzie talerzami rzucać, a usta przy tym w podkówkę, jakby jej ojca harmonią zabił. To co, Dziunia, podbierał ją wtedy, ten sweterek w pedecie, co mówiłaś, to bardzo byś chciała? A ona, jaki sweterek, już zapomniałam o tym sweterku, jakby dopiero co nie jęczała, jaki mięciutki, różowy, i nawet na niego nie spojrzy, gdy proponuje od serca, że zaraz mogą skoczyć, zamierzyć i kupić. Stefan kładzie żonie obrażonej pieniądze w różnych śmiesznych miejscach na przeproszenie. Pod poduszkę, w książeczkę do nabożeństwa, raz nawet przyklejone pod klapę sedesu. Żeby się znów uśmiechnęła i z uśmiechem wwierciła mu na kolana, gotów był Stefan na wiele więcej niż sweterek z pedetu.

To dla Dziuni zrobił ostatnio maturę w górniczym technikum wieczorowym. Od ślubu wzdychała po swojemu, a żebyś ty miał maturę, to łatwiej byłoby nam wyjść na swoje. Inni już wyszli, a my co, ciągle u teściowej na Szczawienku. Czy ty chcesz, żebym tu w kalendarz strzeliła? Wkuł więc wszystkie pierdoły o dziadach konradach i piernikach latarnikach, a że pamięć miał niezłą, nawet ze dwa bardzo dobre mu się trafiły z recytacji wierszy. Raz Litwo Ojczyzno, co to nawet łatwo do głowy wchodziło, a drugi szedł, są w ojczyźnie rachunki krzywd, obca dłoń ich też nie przekreśli. Ten zresztą podobał się Stefanowi najbardziej, bo aż łzy wyciskał, gdy doszło się do wysączymy ją z piersi i pieśni. Dał sobie radę z polskiego na wypracowaniu, bo lać wodę to on umiał od czasu, gdy trzeba się było wujowi Franciszkowi tłumaczyć, że to nie on wyssał kość rurową z barszczu i widać taka pusta się trafiła. Zdał na mocne trójki i cztery z rosyjskiego i odtąd nabrał przekonania, że oprócz recytacji ma talent do języków i gdyby tylko chciał, to by szprechał i parlefransił. Co jakiś czas przypominał sobie Stefan o leżącym odłogiem talencie i mówił, a wiesz, Dziunia, po Nowym Roku to może ja bym się zapisał do giedeku na kurs językowy. Kiedyś Stefan nabierze wódką podlanej śmiałości i kupi w empiku gramatykę niemiecką dla zaawansowanych. Planował dla początkujących, ale w końcu duma nie pozwoliła mu przyznać się wyfiokowanej ekspedientce, że chłop w jego wieku i początkujący. Gramatykę niemiecką dla zaawansowanych poproszę, bo dla początkujących już przerobiłem, powiedział, i jak to się małpa na niego popatrzyła, widać było, że zrobił na niej wrażenie. Aż powtórzyła do koleżanki, podaj temu panu gramatykę niemiecką dla zaawansowanych, bo pan dla początkujących już przerobił. Zajrzał nawet do grubej niebieskiej książki, ale potem pomyślał, że nie ma sensu po kawałku się uczyć, przyjdzie lato, będzie miał urlop, to całą przestudiuje w try miga. Po rozdaniu świadectw maturalnych Stefan upił się z innymi dorosłymi maturzystami w parku Sobieskiego bimbrem zmieszanym z nalewką na pigwach.

Park, wielki i zaniedbany, zajmował niewysokie wzgórze wyrastające w środku Wałbrzycha. Jego ścieżki były dzikie, wysypane buczynowymi jeżykami, których ziarenka jadało się jesienią. Zamieszkiwała tam kolonia ekshibicjonistów, rozmnażających się przez pączkowanie jak wilgotne szare grzyby. Milicyjne obławy przepuszczały przez sieci niedojrzałe osobniki, które dorastały w ciągu tygodnia, zajmując miejsce schwytanych. Nie sposób było ich wyplenić. Wagarujące licealistki z dwóch pobliskich liceów po jakimś czasie obojętniały na widok smutnych mężczyzn w szarych płaszczach, którzy pod niemal każdym drzewem i za każdym krzakiem pokazywali swoje penisy nie większe od ślimaka winniczka. Wystarczyło tupnąć i znikali drobnym kroczkiem, by zatrzymać się pod kolejnym drzewem i z nadzieją wystawić to, czego nikt nie chciał oglądać. Maturzyści technikum górniczego narobili z radości takiego hałasu, że mniejsi mieszkańcy parku Sobieskiego w pośpiechu zagrzebywali się pod liście, a więksi wypadali na ulice, gdzie dreptali, mrużąc oczy nieprzywykłe do światła, i przytrzymywali poły płaszczy, czekając, aż impreza się skończy. Co za koszmar tak chodzić wśród kobiet i nie pokazywać!

Po maturze awansowali Stefana na nadgórnika, który stoi nad zwykłym górnikiem i ma drogę otwartą wzwyż ku sztygarom. A taki sztygar to ma życie, mój Boże! Stefan musował, aż mu nosem szły bańki, i wciąż go trzeba było straszyć, bo chronicznie nabawiał się czkawki. Prosił Jadzię, by go straszyła, łykał łyżkami cukier i wstrzymywał oddech tak długo, aż czerwieniał, ale nic nie pomagało. Raz trzymała go czkawka przez tydzień i dopiero stary doktor Jedwabny, prywatnie przyjmujący dentysta ze Szczawienka, jakoś sobie z nią poradził. W państwowej przychodni nie mieli pojęcia, z jakiego powodu Stefan Chmura, lat dwadzieścia dwa, tak czka, i przepisali mu tylko multiwitaminę. A czkawki przypadek ciężki i przewlekły spowodowany został udziałem Stefana Chmury w Karczmie Piwnej, na którą byle kto nie wejdzie. Taki zaszczyt! Stefan do dziś nie wierzy, że tam był, że to wszystko widział na własne oczy. Grzebieluch go zabrał, bo tak to zwykły nadgórnik mógłby tylko pomarzyć, że między takimi szychami zasiądzie, wypije, goloneczką zagryzie. A pić na Karczmie tylko piwo można. Przy drzwiach rewizja, pojedynczo wpuszczają i jak jaką flaszkę znajdą w nogawce czy za pazuchą, do kotła wylewają, a wszystko razem, czy to czysta sklepowa, czy pędzona, wiśniówka czy żołądkowa. Jak tak leją, to żal aż ściska – Stefan widział potok spieniony i łykał ślinę. Zebrało się od tylu chłopa ze sto litrów koktailu Mołotowa. Koktail Mołotowa, tak mówili na zmieszany w kotle alkohol i Stefan starał się zapamiętać jak najwięcej, ale tyle się działo. Sam wice Mrugała był Prezesem Najwyższego, a w Sprawach Piwnych Nigdy Nieomylnego Prezydium. W mundurze galowym, na piersi orderów moc, takie dostojeństwo, że aż strach oczy podnieść. Order z kuflem mosiężnym lśnił na nim niczym słońce. Grzebieluch to ma szczęście, że do takiej osobistości do domu jest zapraszany, oj ma. Ale wie chłop, jak się zakręcić. Obok prezesa Lis Major w czapie z lisią kitą, ksiądz Piwariusz jak to ksiądz, tylko stuła w kolorach górniczych, czarno-zielona i młotami górniczymi ozdobiona; obok Icek Łapcycek. Ach, ten Icek, normalnie komedia. Na stołach to już po prostu Francja-elegancja, że chyba tylko na wiejskim weselu tyle naraz kiełbas, kaszanek, golonek można zobaczyć. Fuksy ze szkoły górniczej tylko nalewają, donoszą. Wszyscy albo w mundurach, albo w garniturach, koszulach. Głupio Stefan zrobił, że w swetrze przyszedł jak łajza, ale może to na dobre wyszło, bo rozśmieszył towarzystwo. W regulaminie Karczmy stoi, że jak kto przyjdzie w swetrze, kara go spotyka. Zaraz go straż biesiadna wzięła i dostał serię gumowym dupochlastem. Taka kara przy wszystkich, na scenie oświetlonej to też jakby zaszczyt, bo potem Grzebieluch jak go wyściskał, jak Waciak poklepał! A gorzej mogło być, mogli go w dyby zakuć i dopiero dupochlastem po gołej dupie, albo zrobić mu zasranie piwne. To by dopiero było! Gdy dawali Grzebieluchowi imię piwne, Stefan już nie krył łez wzruszenia. Być świadkiem takiej ceremonii! Samemu imię piwne w przyszłości świetlanej dostać! Najpierw odczytali życiorys Grzebielucha, i to wierszem tak pięknym i tak do rymu, że to naprawdę trzeba było człowieka z talentem. Potem piwem łeb mu zlali nad miską, a poszło tego ze dwadzieścia litrów co najmniej. Miskę z łupieżówką na bok odstawili do wypicia dla najbardziej spragnionych i szpadą górniczą Grzebielucha na Czopka pasowali. Czopek, może nie najpiękniejsze to imię piwne, bo bywały u nich na kopalni ładniejsze, jak na przykład Flanca, Rympis czy Karminadel, ale Stefan i takie by chciał, byle tylko doświadczyć zaszczytu. Do końca nie mógł się zdecydować, czy najciekawszym elementem Karczmy było nadanie imienia podziwianemu przezeń nadsztygarowi Grzebieluchowi, czy występ Icka Łapcycka, Doktora Humoris Causa, który odczytywał swoją tak zwaną pracę, co jest bardzo ciekawą i zabawną częścią pradawnej tradycji Karczmy Piwnej. Posikać się można było ze śmiechu normalnie, bo Icek Łapcycek to był Żyd. W takim jakby płaszczu długim ciemnym, jak Żydzi noszą, na głowie pejsy oraz kapelusz czy cylinder żydowski też czarny i po żydowsku zaiwaniał tak, że po prostu jak z filmu jakiegoś żydowskiego, gdyby takie w telewizji puszczali zamiast nudnych radzieckich czy głupich czeskich. Sianowne państwo pozwolycze, że się przedstawię, tak zaczął Icek Łapcycek, a potem dalej po żydowsku, że na pociątku było biblijne hała, plazme i... papke, no i już wtedy spotkały sze gdżesz ukradkiem mój pra-pradżadek z moja pra-prababke. Żałował Stefan, że był wtedy już zbyt pijany i nie zapamiętał wiele więcej z pracy Icka Łapcycka na temat chorób górniczych niż zajobus kiepełe, czyli choroba ptasia. Wracał z Karczmy piechotą po linii krętej i porwanej, bo bulgotał w nim alkohol, który pod koniec mieszało się nieregulaminowo tak, że zeszły i łupieżówka po chrzcie Grzebielucha, i koktajl Mołotowa do dna. Dotarł na Piaskową Górę nad ranem i gdy stał, patrząc na ciemny dom dryfujący w obłokach mgły, zapragnął nagle jakimiś innymi niż dotąd czynami, godnymi gwarka, co z Karczmy wraca, wyrazić swoją miłość do Dziuni, Dziunieczki, ale nie znalazł nic oprócz paru zeschniętych astrów, wyrastających z betonowego sarkofagu przed ich bramą. Z takim bukietem zadzwonił do drzwi na dziewiątym piętrze, za którymi złość Jadzi czekała czujna jak pies. Zamiast się uśmiać, gdy jej powtórzył, i to w tajemnicy, bo Karczma nie dla bab, dowcipy Icka Łapcycka, powiedziała tylko, że jak chłop z chłopem się zejdzie, to tylko pałę zaleją i same im świństwa we łbie.

Od czasu pierwszej Karczmy Stefan borował ścianę węgla z takim zapałem, że aż koledzy z szychty musieli go wyciągać z powstałej dziury za górnicze buciory, i to nieraz w ostatniej chwili. Dwa razy z rzędu był przodownikiem pracy, a za trzecim, który, jak wierzył, się zbliża, czekała go przyznawana w takich przypadkach nagroda. Stefan nie mógł zdecydować, czy wolałby przydział na mundur galowy, czy skierowanie na wczasy siedmiodniowe w Warszawie, które dostają tylko przodownicy o nieposzlakowanej opinii. Czy ty sobie, Dziunia, wyobrażasz swojego Stefka w Warszawie? To by dopiero było reumatyczne! Musował Stefan i Jadzia się krzywiła, że fuj, ale jak mógł nie, gdy nadsztygar Grzebieluch wołał w stołówce, wszyscy to słyszeli (bracie, chodź no tu do nas, tak wołał), żeby się przysiadł i opowiedział jeden ze swoich dowcipów. Kawały z babą u lekarza, która miała w otworach różne rzeczy, zwykle sprzęty domowe, a wyjątkowo na przykład palmę lub kraba, były specjalnością nadgórnika Stefana Chmury. Opowiadał je w górniczej stołówce z takim uczuciem, z jakim w wieczorówce recytował wiersze. Ćwiczył mimikę i gestykulację przed lustrem w łazience i starał się być na bieżąco. A śmiali się, i to nie byle kto, bo nadsztygar Grzebieluch i inżynier Waciak, i Kowalik, co wprawdzie tylko sztygar, ale z ambicjami oraz własnym samochodem marki Syrena.

Auto Stefan miał w planach pięcioletnich; wyliczył sobie wszystko z ołówkiem w ręku. Odkładał część wypłaty na książeczkę PKO, a drobniejsze sumy ukrywał pod bielizną w szafie; to były zaskórniaczki. Patrz, Dziunia, co miesiąc pokazywał żonie rosnące oszczędności i namawiał, by uważniej śledziła, jak podlicza na kartce;

to będzie na to, a to na tamto, a może lepiej odwrotnie, najpierw szarpnąć się, droższe kupić i dodać z zaskórniaczków. Pytał Jadzię, ile by jeszcze, jej zdaniem, potrzeba odłożyć na telewizor, a ona odwzajemniała spojrzenie wypukłymi oczami o barwie agrestu, których wyraz pozostał dla Stefana zagadką, a poza tym myślał, że Jadzia ma oczy niebieskie. Bo jak, Dziunia, zachęcał ją, chciałabyś chyba mieć telewizor? Jadzia po namyśle podawała w końcu liczbę tak głupią, że czasem miał ochotę palnąć ją w łeb, chociaż był przeciw biciu kobiet nawet kwiatkiem. Do liczenia Jadzia głowy nie miała i Stefan lubił żartować z tej przypadłości żony, traktując ją jako pretekst do komediowego interludium między żartami o babie u lekarza. Policz, Dziunia, dwa razy, bo ci się co przydarzy, mówił Stefan na sylwestrze w klubokawiarni Barbara i przysiągłby, że inżynier Waciak mrugał wtedy do niego z ojcowską aprobatą, dyskretnie jednak, by zazdrośnicy nie spostrzegli ich zażyłości.

Co policzy, to zachodzi ta Jadzia. Stefan sam nie wiedział, co o tym myśleć, bo ostatnio zaszła na przykład nawet wtedy, gdy uważał i przysiągłby, że zdążył, zanim co. Pochlebiał sobie, że zna się na tych rzeczach nieco, ale w życiu na głos nie wymówił słów seks, penis, pochwa albo miesiączka, którą, jeśli musiał, nazywał ciotką. Poza tym mówił ten-tego, bara-bara, smoczuś, pisiula albo pierożek. Chuj, pizda, pierdolić, gdy był zły albo inni mężczyźni wokół używali właśnie takich słów. To wystarczało, sprawdzało się w teorii i praktyce. Raz Stefan widział film, który puścił mu na prześcieradle Kowalik, i to rozwinęło jego wyobraźnię. Wprawdzie było po niemiecku i niezbyt wyraźnie, ale kto chłop, kto baba, dało się zauważyć, i czy robią to od tyłu, na jeździe czy normalnie, jak najbardziej lubiła nieskłonna do eksperymentów Dziunia. Wypili po parę piw, wino domowe z działkowych porzeczek Kowalika i prawie pół litra gorzkiej żołądkowej im zeszło pod same paluszki i korniszony. Stefan nabrał więc odwagi i zapytał kolegę, starszego od niego i bardziej doświadczonego, jak on sobie ten-tego z żoną radzi. Ty, Stefan, wiedz, przemówił Kowalik, wiedz, bracie, że baba tylko wtedy zachodzi, jak ma z tego przyjemność, nieważne, czy zaraz po, czy tuż przed ciotką. Wtedy kropelka wystarczy i masz pieluchy. Inaczej możesz krzyż osuszyć, na śmierć się zajebać, i nic. Bracie, one wredne są, te baby, jak krótko nie trzymasz, na łeb ci wejdzie. Więcej sztygar Kowalik nie powiedział, bo dobił go ostatni kieliszek żołądkowej, ale to krótkie wyjaśnienie problemów antykoncepcji przemówiło do Stefana. Nadmierną płodność Jadzi Stefan uznał za nieprzyjemny skutek uboczny jej przyjemności, mimo iż jej reakcje nie wychodziły nigdy poza sporadyczne i cichutkie westchnienie i zaraz leciała się podmyć w occie jak podsmalona.

Gdy siedem tygodni po urodzeniu córki Dziunia znów zaszła, Stefan potraktował tę wpadkę jako potwierdzenie zasady jednej kropli sztygara Kowalika. Nie mogli tak zaraz mieć jeszcze jednego, więc ją zawiózł do i ze szpitala taryfą, a wiadomo, jak ci złodzieje oszukują na liczniku. Gdy leżała potem osłabiona, kupił jej trzy goździki z przybraniem w celofanie, żeby szybko wróciła do siebie, bo z taką daleką nie wiedział, co robić. Trochę go to wszystko kosztowało. Zapomniał wprawdzie, że żona woli gerbery albo frezje, ale przecież wyraził uczucie i trochę mu było przykro, że nie okazała żadnej wdzięczności, a nawet odwróciła się do ściany. Może ją bolało, ale z wierzchu nic znać nie było, że chora.

Stefan wiedział, co znaczy moje, jego były Jadzia i Dominika; dwie istoty splecione z nim związkami krwi i prawa, ludzkiego i boskiego prawa, bo wzięli kościelny i cywilny. Nikt mu nie wytknie, że oszczędzał na wódce czy księdzu, chociaż nieźle go to uderzyło po kieszeni. Gdy urodziła się Dominika, pochylał się nad leżącą w łóżeczku istotą wielkości kota i gulgał, pstrykając śliną. Tititi, poznaje tatusia? W nosie robiło mu się mokro, gdy wielkie czarne oczy na chwilę wydawały się odwzajemniać jego spojrzenie. Gdzie z tymi bakteriami do dziecka, fukała na niego Jadzia i kazała mu myć ręce, które i tak trzymał splecione na plecach w obawie, że skrojone nie na miarę czegoś tak kruchego jak Dominika. Wolał, żeby miała na imię zwyczajnie, Iwonka czy Mariola, ale Dziunia się uparła, że nie i nie. Miał teraz kłopot, jak zdrabniać takie duże, kanciaste imię, by pasowało do maleńkiej dziewczynki, której główki dotykał delikatnie palcem, gdy Jadzia nie widziała, by się upewnić, że istnieje. Stefan umiał miłość przekładać na oszczędności w PKO i zaskórniaczki, na pieniążki, za które żonę i córkę obdarowywał na jawie i w marzeniach o wielkiej wygranej w totolotka. Nie potrzebował niczego tylko dla siebie, bo oprócz rodziny nic go nie interesowało, może oprócz gazety „Motor", w której na ostatniej stronie zamieszczano zdjęcia półnagich kobiet o dziwnych, wyrazistych twarzach. Poza tym mógłby po prostu siedzieć i patrzyć na radość Jadzi i Dominiki, musując w świadomości, że to on, bajstruk, nieślubek, ma tyle do dania. Za każdym razem, gdy któraś podeszłaby do niego, wyjmowałby ze skajowej teczki nową sukienkę, pomarańczę, szynkę Krakus. Słowa uczuć jednak nie były mocną stroną Stefana Chmury, który umiał tylko lać wodę i kadzić. Jedynym sposobem, jaki znalazł na oswojenie tych miłosnych, które miał pod językiem niegotowe i nieporęczne, było zdrabnianie i dlatego taką trudność sprawiało mu duże imię córki-oseska. Zdrobnienia sprawiały, że piersiątka Dziuni, ten skarb cudownie podwojony, stawały się swojskie jak dobrze zagniecione pyzy ziemniaczane. Jej nogi były nóżkami, ręce rączkami, rączuchnami. W chwilach gniewu wystarczyło okrasić podrobione słowa złośliwą intonacją, rozgnieść jak widelcem, i już miało się piniążki, które on, Stefan, zarabiał, a Jadzia przepuszczała na szmatki, błyskotki i duperelki. W błoto wyrzucała te na życie i nawet zaskórniaczki z niego wyduszała! Gniew Stefana mijał zwykle po jedzonku. Prosił wtedy o herbatkę i czytał gazetkę, którą porzuci, gdy dorobią się telewizorka. Nocą w łóżku mówił do Dziuni, smoczuś, puk, puk, jest głodny. Dziunia miała szyneczkę i bułeczki jak budyń śmietankowy. Stefan sięgał i miesił brzuch, pośladek miękki żony, mlaskał. Uwielbiał ssać jej duże, mleczne piersi i nieraz zasypiał z brodawką w ustach jak ze smoczkiem. Nieraz w Jadzi zamarzy o dużym kawałku mięsa w sosie i pędząc do celu, zaciamka o reszcie tegoż sosiku na zasmażce, który można chlebusiem do czysta. Gdy zobaczył Jadzię Maślak po raz pierwszy, najpierw poczuł burczenie brzucha, a potem dopiero ochotę, by ją wziąć do łóżka i wylizać od stóp do głów jak lizaka kogutka.

W dzień, gdy się poznali, Jadzia wypełniała jasny płaszczyk w pepitkę (chociaż ona prostowała, że był ciemnoszary w jodełkę) jak wyrośnięte ciasto pod ściereczką. Stefan miał wrażenie, że guzik na biuście zaraz pryśnie i strzeli go w oko. Omal nie zemdlał na widok jej ciążących ku dołowi piersi i wypukłej gruszki pośladków w krótkiej spódniczce, którą zobaczył, gdy zdjęła płaszczyk (jasny lub ciemnoszary, jak kto woli) i powiesiła na oparciu krzesła w barze dworcowym, gdzie zaprosił ją zaraz po szczęśliwym lądowaniu ze schodów. Rozlał z wrażenia połowę herbaty, gdy zauważył, na swoją przypieczętowaną zgubę, małe stopy Jadzine i krótkie, kształtne nogi o łydkach pokrytych ciemnymi włoskami. Włoski spłaszczone pod przejrzystym materiałem pończoch – w życiu Stefan nie widział nic piękniejszego na kobiecie. Gdy nachylił się, by podać Jadzi cukier, poczuł bijący od niej zapach czegoś tak apetycznego i czystego, że aż zakręciło mu się w głowie. Wwąchiwał się w buchającą od Jadzi woń świeżo nastawionej galarety z nóżek i zasmażki, wiedząc, że oto znalazł kobietę swojego życia i dostał w jej osobie klucz do spiżarki pełnej smakołyków, które uznał za bezpowrotnie stracone.

Zanim Halinę Czeladź, jego matkę, udało się wydać za mąż za Władka Chmurę, kowala z sąsiedniej wsi pod Grodnem, Stefan spędził pierwsze cztery lata życia w domu wuja Franciszka. Panna z dzieckiem nie miała wielu opcji, a gest brata nazywał się łaska. Taka łaska na pstrym koniu jeździ i nieraz ją tak poniesie, że znika łaskodawcy z oczu. Stefan bajstruk, nieślubek dreptał na kabłąkowatych nogach pod spiżarnią i oblizywał wargi suche, spierzchnięte jak dwa kawałki kory. Nie miał tam wstępu. Kiełbaski? pytał czasem wuj Franciszek i podtykał mu pod nos kawałek suchej pachnącej jałowcem, jakby nagle zmienił zdanie co do gówniarza darmozjada i pokochał go jak ojciec, którym był dla swoich czworga; ich nigdy nie bił bez powodu. Gdy Stefan otwierał usta jak najszerzej, by dużo się zmieściło, i zamykał oczy, bo wtedy można się rozdziawić jeszcze bardziej, gdy już czuł smak śliskiej od tłuszczu kiełbasy, grube jak konar ramię cofało się. Nie dla psa kiełbasy, tylko gówno bez okrasy! Od takiego śmiechu drżały szyby obsrane przez muchy i wyły psy, od takiego śmiechu wypadały z gniazd bociany, zakalec się robił w chlebie i ścinało się mleko. Stefan patrzył, łykając ślinę, jak kiełbasa znika miażdżona żółtymi zębami wuja Franciszka. Raz, tuż przed Wielkanocą, Stefan w końcu zastał spiżarnię otwartą i zamarł z ręką na framudze. Patrzył w zachwycie na pęta kiełbasy, wędzoną słoninę, sery i ciasta pod ściereczkami, takie piękne jak Matka Boska, jak niezapominajki. Nie zdążył niczego tknąć, bo za jego plecami pojawił się wuj Franciszek i zatrzasnął drzwi, tak że stłukły mu na sino trzy palce. Ból od kilku policzków, co spadły z góry, nie dorastał tamtemu pierwszemu do pięt.

Pamięć o tym zwinęła się w sercu Stefana jak uzbrojony w ostre kły soliter i kiedy tylko ma okazję, najada się na zapas, ale nie opuszcza go głód ani on nigdy nie opuszcza głodu. Co ty, chłopie, taki chlany jesteś, wzdycha Jadzia, odsuwając się od jego porannych pieszczot lub dokładając mu jeszcze parę kartofli, jeszcze łyżkę smażonej kaszanki, czarnej i chropowatej jak strupki zdrapane z dziecięcych kolan. Żołądek Stefana, wielki jak u przeżuwacza, po każdym obiedzie grozi eksplozją ziemniaczanego purée.

III

Konusa z wąsem wypatruj, Zofia pokazała córce niewielki wzrost wuja; jej ręka zatrzymała się na wysokości piersi. Kazimierz Maślak mierzył zaledwie sto sześćdziesiąt centymetrów, ale konusowatość była tą cechą, dzięki której wystrzelił w górę.

Odkąd sięgał pamięcią, niski wzrost pozwalał mu uniknąć katastrof, które zabijały innych, a jemu przynosiły korzyść. Do siódmego roku życia był najmłodszy i najmniej udany z trzech braci, wysokich, gibkich i szybkich; wyciągał się na palcach, wydłużał krok, ale nie dostawał i nie nadążał. O niecały rok starszy Włodek przerósł go o głowę, a z najstarszym Wackiem nawet nie śmiał się równać. Zjadali mu sprzed nosa makaronowe ciasto uprażone na blasze przez matkę Maślakową, wymykali się, przeskakiwali mu nad głową, trąbili do ucha, że konus, i tyle ich widział. Kazimierz szybko pojął, że aby zyskać, trzeba wyłożyć, i gdy tylko bracia przejawiali chęć, by włączyć go do zabawy, gotów był do handlu wymiennego. Wspiąć się na drzewo i wybrać wronie gniazdo, przywlec aż spod torów psiego trupa do łowienia węgorzy to były dobre monety. Miał ich pełne kieszenie, ale nie zawsze starczało. Tamtego zimowego ranka biegł za braćmi śmigłonożnymi aż do dębu na rozstaju, ale zostawili go w tyle. Dyszał w obłokach kwaśnej pary, lśnił dwoma gilami zielonymi jak kiełki zawilców, a oni już ześlizgiwali się bosymi stopami do Pełcznicy. Słyszał, jak śmiejąc się, zjeżdżają w dół po błotnistym zboczu, ryją piętami w miękkiej ziemi, pełnej budzących się robaków, szczęśliwi, że pozbyli się go, nieznośni w skierowanym przeciw niemu szczęściu. Szła wiosna, pękały lody, ryby brały wielkie i senne, że tylko rękoma wyjmować z przerębla. Parę metrów od brzegu, latem by dopłynęli, a tak poszli pod lód i dopiero w kwietniu znaleźli ich ciała za starym młynem. W każdym z braci Kazimierza Maślaka gniazdo uwiła rodzina węgorzy, które uciekały oczami, uszami.

Tak Kazimierz niedługo przed ósmymi urodzinami został jedynakiem i to, co było dla trzech synów do podziału, jemu dostało się w spadku. Stary Maślak zapijał się ze zgryzoty, ale matka Maślakowa nie pochowała miłości do dwóch starszych, którym już na nic nie mogła się przydać, tylko zatrzymała dla ocalałego. U niej nic, co dobre czy choćby z grubsza jadalne, nie marnowało się. Nie było lepszych grzybów, to zbierała żółte i bordowe gołąbki, brakowało mięsa, robiła kotlety z bułki tartej, potopili się wyżsi, pokochała mniejszego i żywego. Wszystko potrafiła matka Maślakowa zawekować, zasuszyć, zakopać na zaś. Być może zakopywanie i chomikowanie rzeczy zastępowało jej chęć własnego zniknięcia pod ziemią, gdy po raz kolejny dostawała po głowie od pijanego Maślaka, obwiniającego ją o śmierć synów. Może korkując butelkę z chabrową nalewką, która musi poleżeć w ziemi co najmniej pół roku, marzyła, że przeciska się przez szyjkę i kurczy wewnątrz z kolanami pod brodą, a ziemia spada na nią i robi się coraz bezpieczniej i ciemniej.

Kazimierz w domu pozbawionym konkurencji nabrał krzepy i pewności. Nie urósł specjalnie, ale na bokach odłożył mu się tłuszcz i łokcie nosił w większej odległości od ciała. Zrozumiał, że konusowatość zależy od tego, czy inni są wyżsi, i po śmierci braci zadawał się tylko z młodszymi od siebie. Zauważył, że głupszych można wykołować i łatwo zachachmęcić im parę szklanych kulek, bryłkę cukru, gumę na procę albo wmówić, że dostali większą połowę, co widać gołym okiem. Odkrył w sobie odziedziczony po matce talent do chomikowania i podwajania, a po braciach upodobanie do handlu. Wymieniał się na towary z małymi Gorgólami i chodził nad Pełcznicę z chudymi bliźniaczkami z Kocierzowej, które za bułkę z masłem podnosiły brudne sukienki i pokazywały mu dwie identyczne bezwłose cipki z sinymi żyłkami pod skórą, jak świeżo urodzone myszki. To się małemu Kaziowi opłacało, to była nauka, że wszystko ma swoją cenę, która przyda mu się podczas wojny.

Wojna wciągnęła Kazimierza w mundur o przydługich nogawkach i rękawach; do butów napchał słomy i pojechał z innymi najdłuższym pociągiem, jaki kiedykolwiek zatrzymał się w Zalesiu. Wszędzie trzymał się z tyłu, ale nie z samego, przód, pośladki i boki starał się zawsze mieć zabezpieczone jednocześnie. Kule, które zmiotły sześciu jego rówieśników z Zalesia, jemu przelatywały wysoko nad głową. Raz się wywinął, raz wykupił i zniknął w lesie, gdzie przetrwał do końca wojny, by na dobre wyjść jako bohater. W partyzantce mówili, że Kazimierz Maślak przynosi szczęście, bo jak nikt potrafił wybrać odpowiednią porę na wizytę we wsi. Znikał nocą i wracał z plecakiem pełnym kiełbasy, kilkoma słoikami grzybów marynowanych i paroma złotymi pierścionkami, które chował w dziupli starego dębu, o czym nikt oprócz niego nie wiedział. Kazimierz myślał o rodzinie, o dziewczyny poślubieniu szczupłej i małej jak bliźniaczki z Kocierzowej, co nie nadawały się jednak z powodu zepsucia i braku posagu. Choć konus, sprawny był Kazimierz i zwinny, umiał śmignąć i podskoczyć, jak potrzeba; łapał się grubego konara, podciągał i siedząc na gałęzi okrakiem, upychał skarby w miękkim, próchniczym wnętrzu drzewa. Skąd te żydki mają takie złoto, kręcił głową z niedowierzaniem i podziwem, to trzeba mieć łeb, żeby takie złoto złociuchne, z kamieniami. Dla niego wojna polegała na tym, że jedni drugim chcieli coś zabrać, a w wygranej chodziło o to, by za plecami jednych i drugich zyskać. Kazimierz nie oddałby, co jego, kosę by chwycił przekutą i ciął Turka, Tatara czy innego Kozaka, aż by jeden z drugim popamiętał; szabelką, w czapę, nogi z dupy. Upewniał się, że złote, nagryzając monety, medaliony, bransolety i pierścienie, a potem zeskakiwał i biegł do swoich cichy jak lis. Nie czuł ani współczucia, ani strachu, tylko wielką potrzebę posiadania i pewność, że aby posiadać, musi przeżyć.

Handlował wódką z Niemcami i brał złoto od Żydów przemycanych z Łodzi, niedobitych w Skierniewicach, niespalonych w Warszawie. Spotykał w umówionym miejscu w lesie ciemne postaci, półprzejrzyste jak cienie, które ktoś przyprowadzał, by on mógł dalej zaprowadzić, oddawał je w inne ręce parę kilometrów dalej, węsząc swoim małym kartoflanym nosem bijący z ich ubrań i włosów zapach śmierci. A czasem dogadywał się z innymi, to zależy, co się bardziej opłacało, i cienie błądziły po lesie tak długo, aż zasypiały gdzieś na zawsze ze zmęczenia i głodu, z kieszeniami opróżnionymi z pierścionków po matce. Co jak co, ale on, Kazimierz, brał na siebie nie tylko złoto, ale i ryzyko niemałe. Robił, co jego, co cudze, nie. Odchodził, macając w kieszeni zapłatę złotą z zielonym kamieniem, a że nikt nie przyszedł po Żyda, to już nie jego sprawa, nawet jeśli wiedział, że nikt nie przyjdzie. Jakby jego, Kazimierza Maślaka, pytać, większość tych żydków leśnych była martwa, co dało się wyczuć. A Kazimierz miał nosa. Którejś nocy obudził się w szałasie, odsunął od chrapiącego Janka Kosa i przez smród niemytych ciał, wilgotnych mundurów kolegów partyzantów poczuł koniec wojny tak wyraźnie, że aż zakręciło mu się w głowie.

Wrócił do Brzeziny, jego dom stał, matka Maślakowa z grubsza też, chociaż potrzebowała oparcia, bo trzymała się życia tylko po to, by powiedzieć synowi o zakopanych w ogrodzie butelkach nalewki na chabrach i garnkach smalcu (w tym jeden faszerowany Matką Boską Częstochowską na łańcuszku złoconym i kolczykami z serduszkiem). Jeszcze trochę pokrzątała się matka Maślakowa, podtrzymując spuchnięte podbrzusze, w którym coś jej urosło, i zwinęła się na tamten świat, a Kazimierz niespodzianie został sam na niemałym gospodarstwie. Zupełnie bez rodziny, nie licząc Zofii Maślak z Zalesia, żony kuzyna niemoty, który jeszcze z wojny nie wrócił. Pierwsze odwiedziły Kazimierza bliźniaczki z Kocierzowej. Tak samo chude i białowłose, nadpsuły się jednak przez lata wojny jeszcze bardziej i za pół garnka matczynego smalcu zrobiły dla Kazimierza dużo więcej niż kiedyś. Oszołomiony nalewką chabrową i nadmiarem szczęścia stracił rachubę, która chuda dupka była czyja, tym bardziej że nigdy ich nie odróżniał. Gdy patrzył, jak bliźniaczki siedzą nago i wyjadają palcami smalec, myśl o własnej rodzinie, nieużywanej żonie i dzieciach, samych małych dziewczynkach, które będą, gdy zrobi z niej właściwy użytek. I może zostałby Kazimierz w Brzezinie, ziemi dokupił, czymś handlował, coś kombinował, gdyby nie trup, którego uznał za znak, że czas w drogę. W tę samą noc, kiedy spowodował wypadek, jadąc starym gruchotem ze Skierniewic, Kazimierz stanął w polu, przeżegnał się, zamknął oczy i znów zaczął węszyć.

Zmysł, który pozwolił mu uniknąć kul, zasadzek i czapy za kolaborację, podpowiedział mu, że powinien ruszyć na zachód. Wyjął więc wojenne łupy z dziupli i ukrył w kilku starannie przemyślanych miejscach swojego konusowatego ciała, a w przypadku większych sztuk przydała się reszta smalcu matki Maślakowej. Okrężną drogą przez Szczecin, Poznań i Wrocław, przekładając swoje łupy z jednej kryjówki w drugą i pomnażając podczas przygodnych interesów, Kazimierz Maślak dotarł do Wałbrzycha. Bogatszy o kilka zegarków, zwitek nowych banknotów i futro z rudych lisów zhandlowane korzystnie od wielkiej zaciągającej baby, którą okradli w drodze, że tylko to futro jej zostało i wrzeszczące niemowlę, również do oddania w dobre ręce, znalazł się w miejscu, gdzie jego węch rozwinął w pełni swoje możliwości, jak myśliwski pies spuszczony ze smyczy. Wysrał złoto w zmyślnych woreczkach z prezerwatyw, przepłukał kiszki wódką, ogolił szczeciną porosłą twarz u Antosia na Szczawienku i ruszył w miasto. Zataczał coraz większe kręgi, aż trafił do drzwi domu u stóp Piaskowej Góry, który w innej epoce należał do rodziny niemieckiego inżyniera hutnictwa i jego pracowitej żony Gerty, a teraz zamieszkiwany był przez czterech górników u góry i rodzinę profesora Muchy na dole. Profesor Mucha kiedyś uczył gry na klarnecie gdzieś na kresach, profesorowa pisywała opowiadania pod pseudonimem, a ich córka Basia, Basieńka nie zdążyła pójść w ślady rodziców, bo trudno iść po śladach zmiecionych wiatrem historii.

Wkrótce pozował Kazimierz Maślak przed kościołem na Szczawienku do zdjęcia z niepełnoletnią żoną Basieńką, w dwa razy na nią za dużym futrze z lisów narzuconym na ślubną sukienkę, w której wyglądała jak dziewczynka do komunii. A kogo wtedy było stać na fotografa? Kogo stać było na takie wesele w lokalu? Tylko ten, kto miał łeb Kazimierza, umiał tak się ustawić, żeby wiatr przelatujący przez Wałbrzych zawsze mieć w plecy. Profesor Mucha na Ziemiach Odzyskanych stracił zdrowie i ogłuchł od ciągłych infekcji, profesorowa dorabiała szydełkowaniem, bo co miała, sprzedała, a Basieńka, za stara do szkoły podstawowej i nieprzyjęta do żadnego liceum, całe dni plotła wianki. Była mała i chuda jak płowowłosy Pinokio, podobno lekko opóźniona, ale Kazimierzowi wydawała się dowarzona akurat na czas i jak skrojona na miarę. Gdy zbiegała ze schodów, słychać było drewniany klekot cienkich kostek, a w powietrzu zostawał po niej zapach rozgniecionych malin. Nieustannie nuciła pioseneczki jakieś pod nosem; to prawdziwa była muzyka dla jego serca, co za słodycz, miód-malinka. Zaśpiewaj wujkowi do uszka! Chodź do wujka na kukułki! Kazimierz obserwował z góry, jak Basieńka zbiera kwiatki w zachwaszczonym ogrodzie, jak plecie wianek pod jabłonią, a słońce krzyżuje ją na wskroś tysiącem złotych igieł. Zasadzał się na schodach, krążył koło kuchni, wyskakiwał zza poniemieckiej szafy w cuchnącym butami przedpokoju Kazimierz zakochany; jego macki przypuszczały atak wiercąco-ssący, a Basia broniła się, wujku, nie-nie-nie. Przynosił Kazimierz przebiegły towary deficytowe, kawy prawdziwej dziesięć deka, ponad metr gumki do majtek, parę botków skórzanych, aż raz zaskoczył starych Muchów cielęcą półtuszą.

Po niedługim czasie w tym samym domu mieszkał już tylko Kazimierz z żoną Basieńką i stękającą teściową, której niewiele zostało do mety, a pierwszy jego prywatny interes (szydełkowe kompleciki do chrztu) szedł coraz lepiej. Ci, których przywiało do Wałbrzycha, rozmnażali się z nadzieją, że dzieci urodzą się z korzeniami, które im odcięli, a wtedy będą mogli chwycić się swoich ukorzenionych dzieci i poczują się na swoim miejscu, u siebie, nie do ruszenia. Dziergała na biało teściowa i dziergała, nucąc, Basieńka, dziergały cztery sąsiadki na Białym Kamieniu i sześć na Szczawienku, a zamówienia sypały się jak liście. Kobiety skręcały białą nić ze sprutych sweterków, z puchu kaczego, śniegu i papieru, z dmuchawców i królików albinosów, z pajęczyn i siwych włosów. Biała nić na czapeczki, pelerynki i buciki do chrztu osnuwała cały Wałbrzych jak sieć i niejeden górnik wracający mroźnym świtem po paru kieliszkach potykał się o nią i nie zdążył podnieść, gdy oplątywała go na śmierć. Ale Kazimierz na ubrankach do chrztu dopiero się rozkręcał; królestwo swe widział ogromne i brakowało mu tylko spadkobiercy. Opukiwał swoją chudziutką żonę, aż poodpadały z niej ostatki dzieciństwa jak zmurszały różowy tynk, i na zalecenie lekarzy diagnozujących niedożywienie, anemię i oziębłość zmuszał do jedzenia gorących zup mlecznych z dodatkiem masła i ociekających tłuszczem pączków z prywatnej piekarni na Szczawienku. Wpychał w nią faworki i parówki z musztardą, orzechy w miodzie i kogel-mogel, a Basieńka puszczona samopas biegła do ogrodu i rzygała w rabatki. Kazimierz Maślak wyobrażał sobie, że zaludni świat małymi dziewczynkami o płowych włosach, takimi jak jego krewna z Zalesia Jadzia, jak bliźniaczki o mysich cipkach. Pomniejszonymi kobietkami, które nigdy nie przerosną go o głowę.

Gdy po dwunastu latach Kazimierz zdobył się na odwiedziny w rodzinnej wsi, kuzynka Zofia była już w stadium przekwitu i wychodziła z użycia, ale jej córka dopiero wchodziła w życie. Na zawsze miała Jadzia zapamiętać wyboiste patataj na kolanach wuja, które przesądziło o jej losie. Wuj Kazimierz ucórczył Jadzię naprzód w myśli, by słowem niczego nie przesądzać. W interesach nie wolno być pochopnym, zwłaszcza gdy myśli się o rodzinie. Patataj, pojechał wuj do nieba z Jadzią prawie ucórczoną i gilgał ją pod paszkami z całych sił. Kazimierz do ucórczania Jadzi wrócił dopiero po ośmiu latach, gdy było już oczywiste, że z Basieńki nic się nie wyciśnie nawet pod dużym i systematycznym naciskiem, i wtedy właśnie napisał list do Zofii. A jednak tego poranka Kazimierz zapomniał odebrać Jadzię z Dworca Miasto i być może był to pierwszy symptom choroby Alzheimera, kiełkującej w gorącej atmosferze jego mózgu nastawionego na kalkulację i zysk. Wuj Kazimierz znajdował się owej zimy na etapie pieczarek, a gdy zapalał się do czegoś, to płonął jak pochodnia. Jego oczy, małe i wciśnięte głęboko, tryskały iskrami, ział spod wąsa ogniem inicjatywy prywatnej, strzelał palcami wprost w podziurawioną na wylot Basieńkę. Warto było trudzić się dla pieczarek! Hodowane pokątnie na obrzeżach Wałbrzycha w poniemieckich stodołach, białe jak śnieg, jak czapeczka do chrztu, rosły na końskim nawozie, gówno zmieniało się w pieniądz, a wuj Kazimierz wiedział, gdzie można załatwić je tanio. Inwestycja w pieczarki to, co uzbierane na kompleciakach do chrztu, podwoi, pieniądz robi pieniądz. Tylko podejrzenie, czy wspólnik od pieczarek czasem nie mojżeszowy, dręczyło wuja Kazimierza, spędzając mu sen z powiek; rzucał się w pościeli z boku na bok, aż Basieńka wykatapultowana spadała z łóżka. Ale nie bał się wyzwań, nie unikał ryzyka; jakby mojżeszowy, liczyć wszystko dwa razy i na ręce mu patrzeć będzie, postanowił. W poranek przyjazdu Jadzi szczegóły pieczarkowe były przyklepywane i Kazimierz nie przyznał się, że przypomniał sobie o Jadzi dopiero wtedy, gdy żona zapytała szeptem, bo głosu dawno jej odebranego zabrać nie mogła z powrotem, a gdzie Jadzia, Kaziczku? Poszedł w ruch wiatrak ramion Kazimierza, wybuch to był ze strzelaniną, która Basieńkę trafiła pod oko i w ramię rykoszetem. Co ludzie powiedzą, gdy młodą krewną okradną, miasta nieznającą, zgwałcą czy wręcz zamordują Cygany z ulicy Pocztowej? Czyja to wina, że mu o Jadzi nie przypomniała, jak nie Basi? Winna Basieńka i obita wyładowała się na bitkach wołowych, które mąż lubił z kaszą, a Kazimierz bezskutecznie szukał Jadzi po Wałbrzychu.

Gdy wieczorem stanęła w drzwiach ze Stefanem, cała i zdrowa, z wypiekami na policzkach jak glazura wiśniowa, Kazimierz otworzył butelkę bułgarskiego koniaku na specjalne okazje. Uczucia go zalały gorąco ojcowskie, gdy patrzył na biodra Jadzi, na piersi mleczne, na zatoki potu pod pachami różowego sweterka. Myślał, że z tych pieczarek nieźle się odłoży. A oszczędności plus dom i jego zawartość kiedyś trzeba będzie komuś zostawić, i to na pewno nie obcemu, o nie, po jego trupie. Komu więc, jak nie Jadzi, co z własnej, nawet jeśli nieco rozrzedzonej, krwi?

Właściwy rodzic Jadzi, kuzyn Kazimierza, Maciek Maślak, poczciwina, co o hodowli królików gadał od małego, zginął w sposób najgłupszy z możliwych w dzień powrotu z wojny. Kamień w wodę i dopiero na jesieni resztkę wyłowili z tej samej Pełcznicy, w której Kazimierza braci zjadły węgorze, a poznać go można było tylko po nieśmiertelniku w kości zaplątanym. Upić się musiał, bo jak inaczej to wytłumaczyć? Kazimierz innej możliwości nie dopuszczał do głosu. Zofia urodziła pogrobowca i umiał Kazimierz zatkać mordę tym, co jej miesiące liczyli, jakby ich były. Swoje niech liczą! Taki smród i do niego mógłby przylgnąć, jakby się rozniosło podejrzenie, które Czesiek Kociuba podsycał, a Janek Kos swoje dokładał pewnie, bo zawsze miał na Zofię chrapkę. Po Jadzi jednak nic nie widać, oczy niebieskie, blondyna, biała jak bułka z pszennej mąki. To jest ulga, to się nazywa szczęście rodzinne, pomyślał Kazimierz i poklepał udo Jadzi po ojcowsku. Wypytał Stefana, ile w kopalni na rękę dostaje i jakie ma widoki; po plecach mu raz i drugi dłonią przeciągnął, by sprawdzić, czy nie garbaty, czy na zięcia barczysty i umięśniony należycie. Zahaczyli się ramię w ramię i wypili po koniaku na znak przyjaźni, przypieczętowany cmoknięciami w policzki na trzy razy. Po męsku dmuchnęli w chleb, panie zapiły oranżadą pstrykającą w język, jakby padał grad. Już zaczęli się w ten

wieczór ustawiać rodzinnie, Jadzię między sobą podawać i wymieniać, patrzeć, jak ją wcisnąć, by najlepiej
pasowała. Już wuj Kazimierz u głowy stołu rozogniony,
już Stefan po prawicy musujący o planach swoich pięcioletnich; wuj rzuca, Stefan aportuje. Już Jadzia czuje się
jak u siebie, o co ją proszą, czuj się jak u siebie, Jadziu.
Już po stronie cioci Basi się orientuje, gdzie tu chleb,
gdzie śmieci, jak się w Wałbrzychu esencję herbacianą
w imbryku poniemieckim zaparza najoszczędniej. Sprawy zaszły daleko, a wkrótce zajdzie Jadzia i w obliczu
tego niespodziewanego zajścia zaręczy się ze Stefanem
Chmurą za pomocą pierścionka kupionego od żołnierza
armii radzieckiej z pobliskich koszar.

Koszary w Świdnicy były ceglastoczerwone, ogro-
dzone siatką i murem. Unosił się wokół nich zapach
chemii i starego potu jak u szewca, a w szparach drewnianych podłóg można było znaleźć guziki od niemieckich mundurów jeszcze długo po zakończeniu wojny.
Zamieszkali w nich chłopcy o zepsutych zębach i z żałobą pod paznokciami; wytrząsali kieszenie, a tam brzozy,
cerkwie drewniane, Natasze i Katiusze, czerwone gwiazdy, śniegi po pas, Dieduszka Moroz i złota a złota. Takim
złotem cały Wałbrzych się zaręczał, bo trudno było o złoto tańsze i grubsze, bardziej błyszczące i bogate. Takie
złoto, żółte i tłuste, różowo, niebiesko, seledynowo wy-
sadzane, matki trzymały w bieliźniarkach, chomikowały
w woreczkach upchanych między staniki i majtki, jakby
myślały, że skoro tych rzeczy nie pokazuje się publicznie,
złodziej też nie będzie grzebał im w różowych figach,
przetartych w kroku. Przy dobrym humorze matczynym
wyjmowały zawiniątka, nabłyszczały oczka o spódnice

i pokazywały małym córkom, jak kamienie mienią się w słońcu. Miały córki dostać te cuda, gdy ich czas przyjdzie, i włożyć w bieliznę dla swoich albo przeznaczyć na czarną godzinę, co oby nie przyszła, bo żal by było takie złoto wydawać. To było złoto do trzymania na potem, nigdy nie zużywało się go teraz, nigdy nie nosiło, na światło dnia nie wyciągało za często, jakby mogło się zużyć od samego patrzenia. Górnicy stali pod koszarami, a Ruscy im przez kraty złoto sprzedawali, z ręki do ręki, za papierosy, za złote polskie, za kiełbasę. Przychodziły kurwy nocami i starsze przez kraty dawały, a młodsze podsadzały jedna drugą i przelatywały głową w dół po złoto wprost na czekających żołnierzy, którzy łapali je w powietrzu jak nadgniłe owoce i wgryzali się, zanim dotknęły ziemi. Gieroje bekający cebulą i dżemem ze świni, gdyby wiedzieli, czekając na kurwy w ciemności, że staną się po latach motywem literackim, więcej by brali za pierścionki z rubinami, szmaragdami, za łańcuszki, targowaliby się bardziej. Żołnierz o twarzy przeoranej trądzikiem przysięgał Stefanowi, że złoto sprzedaje z najprawdziwszym rubinem, carskie złoto po babuszce, ale kłamstwo wyszło na jaw już nazajutrz sinym nalotem. Jadzia litościwa będzie ukrywać oszustwo przed oczami męża, aż po latach litość się zużyje i żona rozżalona rzuci tombakowym pierścionkiem w męża twarz.

Do kościelnego poszła Jadzia w sukience z poniemieckiej firany. Sukienka inna gotowa czekała, ale tydzień od ostatniego mierzenia upłynął i w przeddzień ślubu tylko trzy czwarte Jadzi pomieściła biała koronka. Ciągnęły na cztery ręce, Jadzia i Halina, matka Stefana, by brzeg do brzegu dociągnąć i panny młodej ciało wyłażące w środku zatrzasnąć na rząd perłowych guziczków. Ciało się jednak wylewało, białe i miękkie, jak ciasto drożdżowe rosło. Łzy były i złorzeczenia, wszystko na nic, aż w końcu zawołały Stefana, by z męską siłą do brzegów się zabrał, chociaż to nieszczęście przynosi, gdy przed ślubem mąż przyszły żonę na biało zobaczy. Stefan w ręce splunął, kolanem o Jadzi pośladki się zaparł i trzasnęła sukienka ślubna na dwie części, pękając tak, że teraz nie tylko od tyłu Jadzia wyłaziła, ale i od przodu świeciła golizną. Ślub nazajutrz, co robić? Zaproszenia posłane, ksiądz opłacony, tort w spiżarce, dwadzieścia miseczek z wieprzową galaretą i kotlety pobite w piramidę rosną, rosołu i barszczu gar – to się nie może zmarnować. Przed ludźmi wstyd! Wtedy matka Stefana z okna muślinową firanę ręcznie haftowaną zerwała, aż na karniszu zadzwoniły żabki. Haftowała ją Fraulein Herta Korn i przez lata potem żałowała, że in Waldenburg ją zostawiła, bo co to była za firana! Do końca życia w całej Bawarii takiej drugiej nie widziała. Od góry gęsty wzór, żeby do środka spojrzenia i muchy nie wpadały, a dołem pejzaż cały wyczarowany: domki, płotki, kwiaty, słońca i ząbki. Starczyło firany, by Jadzię od stóp do głów i dookoła owinąć szczelnie, a Halina podszyła, spięła i udrapowała tak, że prawie nie było widać po pannie młodej, że bez wianka. Wcześniej cywilny w przyciasnej kremplinie lilaróż i już żoną Jadzia była, przedślubnie zapłodnioną. Wuj Kazimierz zarzucał końskim gównem stodoły, pełne pieczarek pączkujących jak łyse czaszki, myśląc, żeby tylko dziewczynka, mała i biała, słodziutka, a ciocia Basieńka rzucała się do Jadzinego brzucha, nucąc w jej pępek kołysanki.

Po drugiej stronie pępka kołysanki szalonej cioci o dziewczynce malince jak szynka słodkiej i miód wpływały w uszka wielkości bałtyckich muszelek, odciskały się w mózgu miękko jak w maśle. Przez zarośla jelit przepychających ruchem robaczkowym papkę ziemniaków i mielonych, przez lepkie ściany rozdętego worka z mięśni, na falach morza czerwonego płynęły słowa o piesku niebieskim, co uronił dwie łezki nad dziewczynką malinką martwą na śmierć. Jadzia bezmyślnie głaskała po głowie zdziecinniałą Basieńkę i czuła, jakby poza nią to wszystko działo się i zaszło, tym bardziej że liczyła płodne i niepłodne ze trzy razy. Ciążę nosiła, bo nie mogła zostawić jej w domu, mimo że nogi jej puchły, jakby w łydkach też rosło coś niezależnego od jej woli. Donosiła Jadzia i patrzyła na swoją córkę, czując znajomy skurcz w gardle, jak wtedy gdy poplamiła komunijną sukienkę albo zrobiła kupę na łóżku porodowym. Co za wstyd, bo na widoku i w takiej chwili ważnej dla kobiety, gdy dokonuje się cud natury, a Jadzia zamiast owocu swojego żywota wydała najpierw dwa przetrawione na gładko obiady. Obesrała nam, wiocha, wszystko, powiedział lekarz, a właściwie sam głos spomiędzy ud Jadzi rzemieniami rozkracznie przywiązanych. Zapadłaby się pod ziemię, gdyby mogła, ale nie była w stanie nawet podrapać się w nos, bo ramiona też jej unieruchomiono na wszelki wypadek – boli, bo ma boleć, i niech tu rękami nie macha.

Tak trudno utrzymać czystość i poradzić sobie ze wszystkim. Wszystko nie ma kształtu, napiera jak woda, powietrze nie jest odżywcze, Jadzia oddycha, ale nie czuje, by napełniało jej płuca, może już utonęła. Leży nocami obok snu męża i córki, a słona fala wzbiera w jej piersiach zamiast mleka i zalewa pokój wodą pełną martwych ryb i wodorostów. Nie rozumie Jadzia, skąd w niej tyle słonej wody, w niej, która nigdy jeszcze nie widziała morza. Leje się jej z oczu i nosa, bucha ustami i uszami, strużki tryskają spomiędzy jej nóg i spod małych okrągłych paznokci pomalowanych na perłowo. Wypływają z niej ławice wędzonych szprotek, wypryskują kałamarnice o czarnych oczach, wzdęte od atramentu, z pępka wybucha gejzer ameb na wiotkich nibynóżkach, a sflaczałe rozgwiazdy wypadają z jej włosów odurzone perhydrolem. Płyną morszczyny, morskie paprocie i całe pola zarośli sargassowych, w których tonie Jadzia. Idzie żona młoda z mężem świeżym i mało jeszcze zużytym przez życie, a tu nagle słona woda chlupocze jej w butach, jakby pod stopami miała fontanny; pełne już kieszenie płaszczyka w pepitkę, kaskada słona wali jej się na głowę utlenioną i zalakierowaną według mody dla praktycznych pań. Kto to widział, żeby takie rzeczy się działy żonie, gdy mąż ją prowadzi na bardzo radosną pierwszą wizytę w nowym mieszkaniu na Piaskowej Górze. Po trapie z desek nad błotnistym bagnem, z którego wyrastają domy, Jadzia lawiruje i co rusz się zsuwa, grzęznąc prawym lub lewym nowym butem z zamszu. A oba takie były ładne, gdy je kupowała w pedecie w centrum Wałbrzycha, i Stefanowi się też podobały, gdy odjęła połowę ceny, by ją dopasować do mężowskiej wrażliwości. Jadzia ma niedługi staż małżeński i nie nabyła jeszcze pełnej wprawy w żoninych geszeftach i szantażach. Dopiero uczy się udawania miesiączek i podmieniania metek, odcinania kuponów od tego, co nagromadzone żoninym sprytem za męża plecami. Jeszcze nie umie zgadnąć w porę, czy jej usta w podkówkę wzruszą Stefana, czy rozgniewają. Stefan gniewny idzie na wódkę z Kowalikiem, skąd wraca czerwony i błyszczący jak podpieczony nad ogniem. Godzi się wtedy w łóżku z Jadzią i nie uważa. Jadzia mówi, łóżko nas nie kłóciło, łóżko nie będzie nas godzić, ale mąż nie słucha i już lepiej, wygodniej się poddać, bo to w końcu nie boli. Jadzia musi potem leżeć w ciemności i liczyć dni, aż wynik utonie w kolejnej powodzi i trzeba będzie biec do przychodni.

Zaraz po powrocie spróbuje wyczyścić buty, uspokaja się; perspektywa umycia czegoś zawsze działała na nią kojąco. Od czasu gdy zrobiła kupę na łóżku porodowym, Jadzia myje wszystko, co wpadnie jej w ręce albo upadnie z nich na pełną zarazków podłogę, jakby w ten sposób mogła zetrzeć nieprzyjemne wspomnienie. Bakterie! Szczególnie dokładnie myje córkę, której czystość jest wyłącznie w jej rękach. Do butów użyje miękkiej szczotki i gumki do ścierania; będzie tarła, może dadzą się uratować.

Pozbierała się, czy jej mąż to widzi? Jadzia patrzy w górę z wysokości swoich stu pięćdziesięciu dwóch centymetrów na włochate dziurki w nosie Stefana. Wyglądają jak wilgotne oczka jakiegoś zwierzątka, które jest lękliwe i bardzo łakome. W ustach błysk złotej koronki na górnej trójce, język, który wyskoczył na krótką przechadzkę i pogładził czule zdobny ząb. Jakieś trzy miesiące przed ślubem, wówczas jeszcze nieplanowanym, Stefan poszedł do dentysty i zainwestował; taka robota to aż do trumny, wyszczerzył się Jadzi. Jadzia wyobraziła sobie nagle, jak głupio wyglądałaby czaszka Stefana pozbawiona skóry i mięśni, a wciąż kłapiąca szczęką, wciąż świecąca złotym zębem. Obraził się na jej chichot, bo tyle wywalił w prywatnym gabinecie doktora Jedwabnego, a ona zamiast powiedzieć na przykład, a zauważyłeś, że inżynier Waciak też ma złotą koronkę, śmichy-chichy sobie robi. Godzili się potem w łazience na stojąco, bo bali się, że Halina zaraz wróci od sąsiadki Grażynki Rozpuch, co jemu się podobało, a Jadzi nie, bo cały czas myślała o nowym złotym kiełku narzeczonego, którym może wgryźć jej się w kark. Nie dość, że żadnego romantyzmu, to jeszcze oczko jej poszło, za daleko, żeby dać do repasacji. To wtedy pewnie zaszła i dalej to już wyszło wszystko zgodnie ze Stefana planem. Same straty.

W ich domu na Piaskowej Górze winda jeszcze nie działa; sapiąc i podtrzymując brzuch, po porodzie wciąż duży i miękki jak skopana piłka plażowa, Jadzia wspina się więc na prawie samą górę. Na dziewiątym piętrze porywają ją mężowskie ramiona i przenoszą przez próg w pustkę czterdziestu metrów kwadratowych; pachnie surowym tynkiem i pecefałem, jest bardzo pięknie. Otwórz oczka, Dziunia, Stefan drży jak psiak złotokły. Jaki widok będziesz miała. Na niebo widok, na inne nowe domy po bokach i na wprost. Stefan otwiera okno i omal nie wysysa go wiatr; poleciałby z wyrwanym oknem w wyciągniętych ramionach jak szybowiec do samego Enerde albo Enerefu. Ale on, w przeciwieństwie do Jadzi, wie, gdzie jego miejsce, zapiera się stopami i zatrzaskuje okno. A najważniejsze, że centralne, żadnego latania po węgiel z wiadrami. W piwnicy tylko kartofelki na zimę, ogóreczki w słoikach. Dziunia? Jadzia potwierdza. Kręci jej się w głowie od widoku na ludzi jak mrówki, na samochodów lśniące pancerzyki, na patrzące na nią z naprzeciwka okna, gdzie takie same Jadzie w szybach się odbijają, kołyszą, wytrzeszczając na nią oczy jak ryby za szybami swoich akwariów. Wysoko jak na bocianim gnieździe, mówi Jadzia i pierwszy raz w życiu uświadamia sobie, że odtąd będzie tęskniła za ziemią. Nagle rozumie, że jednym z powodów jej smutku jest brak trawy pod stopami, z nagłą oczywistością rozbłyska pod oklapłym splendorem jej fryzury pamięć ogrodu z Zalesia.

Wysoko, cieszy się Stefan, wysoko trzeba mierzyć, gdy ludziom pracy szansę dają. Tego by nie było, gdyby nie socjalizm, Lenin i inni, żeby tak mieszkania dostawać czy talony dla młodych małżeństw. Stefan uważa, że obecny sekretarz partii, Edward Gierek, to porządny chłop, tym bardziej że też górnik. Prezencję ma, gadkę i uczciwość w oczach. Inni, tłumaczy Jadzi, to tylko, żeby do żłobu się dorwać, kałdun napchać za państwowe i dupę powozić w te i nazad. Ale nie Gierek. Jak zapytał, pomożecie? to Stefanowi aż się mokro w nosie zrobiło. Potem śnił sny o Gierku, gdzie Gierek był sobą, a on, Stefan, jakby nie do końca, jakby Jadzią był trochę, i wstydził się po przebudzeniu. Ten Gierek! Co za wspaniały człowiek, ojciec narodu. Dobrze mu radził inżynier Waciak, jak mówił, do partii się zapisz; nic na tym nie stracił, a dostał legitymację. Stefan za Gierkiem murem stoi. Mówi Jadzi, na Gierka złego słowa nie dam powiedzieć, ale ona nie ma takiego zamiaru, bo zapytana z nagła mogłaby obecnego sekretarza pomylić z poprzednim. Podoba jej się jednak żona towarzysza Gierka, Stasia. Bardzo elegancka kobieta, jak z żurnala, jak z jakiejś niemieckiej gazety, chociaż to na pewno kosztuje majątek, żeby tak wyglądać. Podobno Stasia lata do Paryża do fryzjera, tak Jadzia słyszała, ale myśli, że to raczej plotki. Aż tak dobrze to nikt nie ma! Stefan bardziej interesuje się tymi, którzy mogliby stanąć na drodze jego podziwu dla towarzysza Edwarda, niż kreacjami czy fryzurami jego żony. Jak jednemu z drugim się nie podoba, to dupę w troki. Do chałupy, świnie pasać, a nie do miasta, do bloku, zaperza się. Nikt w rodzinie Stefana niczego tak cennego jak mieszkanie w bloku nie dostał, nie wiadomo skąd. Co najwyżej używaną halkę po pani albo po łbie od pana, któremu nawet nie można się było postawić, jak żonę w pralni czy córkę w sianie przycisnął. Stefan wie, że ręka, która rozdaje prezenty i razy, zawsze do kogoś należy. Wyobraża sobie więc, że ta hojna dłoń jest osobistą ręką towarzysza Edwarda. Ona się wyciąga ku niemu, nadgórnikowi Stefanowi Chmurze, i to go uszczęśliwia. Tymczasem nadgórnik otwiera i zamyka wszystkie darowane drzwi, opukuje framugi, jeszcze chwila i obsika ściany, by zaznaczyć, że jego. Kuchnia, zaraz obok łazienka z kibelkiem; siada Stefan na muszli, mruga do Jadzi, żartowniś, no jak, Dziunia. Jadzia podnosi na niego swoje żyłkowane jak agrest oczy i zgadza się, że to wszystko składa się na szczęście rodzinne. Stefanowi nie wystarcza, dyszy i czeka, żeby rzucić mu patyk. Żeby tylko grzali, troska się Jadzia. Nie trafia niestety. No jak nie, ty, Dziunia, na wsi jesteś, w chlewie jesteś czy w oborze? Co mają nie grzać. Już ty się nie martw o grzanie. W końcu centralne, palić samemu nie trzeba, to jak mają nie grzać. Ja się pytam, jak mają nie grzać, jak centralne?!

Ty jak coś palniesz. Jadzia tłumaczy się, że ona tak tylko. Każde słowo wychodzi z jej ust miękkie jak duży żelowy cukierek, których produkcję rozpoczął niedawno wuj Kazimierz na boku pieczarkowego interesu, by sprzedawać je na sztuki w budce u prywaciarza na Piaskowej Górze. No, Dziunia. Stefan łagodnieje, a Jadzia przytula się do jego piersi, przyciskając twarz tak mocno, że aż brakuje jej tchu. Jak zrobią chodniki, posadzą drzewa, posieją trawę, będzie całkiem ładnie. Drzewa wypiją z niej smutek, smutek pójdzie im w liście, opadnie jesienią. Powinnaś Pana Boga po nogach całować za takiego zaradnego chłopa, powtarza jej matka. Ty taka nieudałota i płaksa, a on chłopak jak świeca, ciesz się, dziewczyno, i łzy na gorsze czasy chowaj. Ciesz się, dziewczyno, myśli Jadzia. Przez ortalion kurtki Stefana słyszy jego mocno bijące serce. Czuje zapach proszku Ixi i czegoś zgrzebnego jak szary papier, i wilgotnego czegoś jak zawinięte w papier mięso, które za moment zacznie się psuć.

Ramię Stefana zsuwa się niżej po plecach żony, dłoń klepie jej pośladki. Jeszcze zobaczysz, jak przygrzeją, że goła jak święty turecki będziesz latała. Jak święty turecki goła, Stefan przyklepuje dowcip jeszcze jednym klapsem w pupę żony. Goła jak jaka turecka pasza, a ja tylko bach ją po szyneczce. Bach po szyneczce, bo się pasza naprasza. A to mu się udało! Taki rym warto zapamiętać do powtórzenia, gdy nadarzy się okazja, na przykład na zbliżających się imieninach Kowalika, gdzie będzie nadsztygar Grzebieluch, a kto wie, może też inżynier Waciak. Zrobi wszystko, by towarzystwo rozruszać, a Jadzia niech nie próbuje go kopać pod stołem na uspokojenie, musuje Stefan szczęśliwy. W ogóle kto wie, do czego uda mu się dojść. Może to dopiero początek jego sukcesów, trampolina, z której wzbije się pod niebo i wyląduje pewnego dnia tam, gdzie sam dyrektor Mizera z wice Mrugałą szklankami piją bułgarski koniak, w gabinecie pod palmą tropikalną. A on wejdzie i powie, no to polejcie. A oni mu będą kiełbaskę na gorąco, bigosik, kabanosiki podsuwać, wtykać jak swojemu, jak równemu.

Mimo uważnego przestudiowania dokumentów, które podpisywał w spółdzielni Górnik, Stefan nie pozbył się ziarna lęku kiełkującego na dnie jego potężnego żołądka. Bo żeby tak dostawać mieszkanie do zamieszkania? Z centralnym, wodą bieżącą? Niedowierzanie przez jakiś czas jeszcze będzie walczyło w duszy Stefana z umacniającym się podejrzeniem, że może jednak w jakiś dziwny sposób zasłużył sobie na to szczęście, że mu się ono po prostu należy. W podlanych alkoholem marzeniach sam pierwszy sekretarz Gierek na niego, Stefana Chmurę, kieruje wzrok i osobiście docenia. Przyjeżdża towarzysz Edward do Wałbrzycha z okazji Pierwszego Maja i z trybuny kwiatami przyozdobionej zauważa Stefana maszerującego w tłumie. Jego jednego! Wszyscy patrzą, co i jak, a pierwszy sekretarz wali prosto do Chmury w galowy mundur górniczy odzianego. Rozstępują się, na kolana padają, chmury pękają w nagłym błysku słońca, a zza nich chóry anielskie jak z sufitu kościelnego wspomagają górniczą orkiestrę na harfach i złotych trąbach. Gierek podchodzi, ściska Stefanowi dłoń i mówi, jestem z was dumny, towarzyszu Chmura. A Stefan na to, robiłem, co do mnie należy, dziękuję, towarzyszu pierwszy sekretarzu.

O tych marzeniach Stefan nawet Jadzi nie mówi. Kobiety takich rzeczy nie rozumieją. Czasem przed łazienkowym lustrem powtarza sobie tylko, robiłem, co do mnie należy, dziękuję, towarzyszu pierwszy sekretarzu. Ale by Jadzia z niego dumna była! A gdyby wyróżnienie łączyło się z nagrodą pieniężną, kupiłby jej coś pięknego; biały kostium jak z lukru, białe lukrowe rękawiczki i buciki, kremowe pończoszki, majteczki kisielowe poziomkowe.

Stefanowi się podoba, że Jadzia jest coraz bardziej krągła i miękka, z wypukłym wzgórkiem łonowym, jakiego nigdy wcześniej nie widział u żadnej kobiety. Nawet u Grażynki Rozpuch podglądanej przez dziurkę od klucza, gdy się do przymiarki krawieckiej rozbierała w pracowni jego matki. Stefan przygarnia żonę mocniej i myśli o ciemnej linii, która została jej po ciąży i przecina brzuch od pępka jak strzałka, co prowadzi misia do miodu; czasem chciałby się Stefan w Jadzinej miękkości schować i zostać na zawsze, nawet gdyby pierwszy sekretarz nie miał mu ręki uścisnąć w uznaniu. Stefana ogarnia tkliwość tak wielka, że aż musi zamrugać oczami, by strząsnąć z nich mgiełkę wilgoci. Lekkie pożądanie staje mu do walki o pierwszeństwo z budzącym się głodem na odsmażane kartofelki z kaszaneczką i kiszoną kapustką, i może pomidorówkę, co została z obiadu. A wiesz, Dziunia, przełyka ślinę, jakoś znów zgłodniałem.

IV

Halina, matka Stefana, zaczęła palić w tym samym dniu, w którym wprowadzili się do opuszczonego przez Niemców domu w Wałbrzychu, i od tej pory puszczała się z dymem. Domu? Jakiego domu, zdziwiłby się jej mąż, Władek. Dom to oni mieli tam. Tam był dom z maciejką pod ścianą, z dachem i podłogą, a koło stodoły rosła renkloda, którą dziadek Władka zasadził, jak wrócił z wojny, co miała nie być ostatnią. Podobno z pestki, co w kieszeni munduru miał. Władek pamiętał, jak jadł i myślał, co za renkloda wyrosła, i była przez to jakby jeszcze bardziej własna.

Tu trafiły im się dwa pokoje w kamienicy na Szczawienku, z widokiem na wzgórze, gdzie nawet szczawiu na zupę nie znajdziesz, bo liście dziurawe jak rzeszoto. A Władek Chmura lubił rwać szczaw, tak jak go matka uczyła, tylko górne, delikatne listki. Tłumaczyła mu, że jak rwie się dla smaku, jak oni, a nie z musu, to można sobie poprzebierać. Patrz, Władziu, jakie ten ma piękne listki, mówiła i to mówienie było jak śpiew. A tu nawet szczawiu. Taki świat drogi jechali, żeby żyć dwa piętra nad ziemią, z jednymi, co chodzą im po głowie, i drugimi, co oni im, i nawet kartofle kupować zamiast iść ukopać własnych.

A na początku kopali wszyscy, tyle że nie kartofle. Całe podwórze pod kamienicą zryli w poszukiwaniu tego, co Niemcy zakopali. A każdy co innego w myślach wykopywał. Komplet sztućców srebrnych, które babka spod Sambora miała wnuczce podarować, a nie zdążyła i w ogródku zakopała na wieczne nieodkopanie. Żeby tak tam zakopane tu odkopać – to byłoby sprawiedliwe. Ruble złote stracone na wykupienie ciotki, która i tak zwariowała – takie ruble powinny się zwrócić, powinny czekać w wałbrzyskiej ziemi, że wystarczy tylko obetrzeć i nadgryźć dla pewności, że nie fałszywy ich blask. Co to było za kopanie! Najpierw rzucili się do zamku Książ, przez krzaki, przez buczynowy las, bo poszła plotka, że tam Niemcy ukryli Bursztynową Komnatę. Zrywali więc podłogi, pruli ściany, wgryzali się w stiukowe sufity, dwóch utopiło się w zamkowej studni, jeden utknął w rurze kanalizacyjnej, ale nic nie znaleźli oprócz paru klamek mosiężnych i pogiętych łyżek z pałacowej kuchni. Zaczęto więc mówić, że Niemcy przecież nie głupi, żeby w takim miejscu w oczy się rzucającym, jak Książ, coś zakopywać. Gdzie indziej ukryli wielki skarb, leży gdzieś zagrzebany w piasku jak ziemniaczana bulwa, poowijany w szmaty, już oni cwanie miejsce znaleźli, nie ma co. W końcu to naród porządny, więc byle gdzie nie zagrzebią złota, żeby jakiś kmiot znalazł. Bo skarb, co do tego nikt nie miał wątpliwości, jest bardzo cenny i czeka w wałbrzyskiej ziemi na prawdziwego śmiałka. Ten, kto go znajdzie, ustawiony będzie do końca życia, a jaką wzbudzi zazdrość! Czego tam miało nie być. Marki ze złota i srebrne lichtarze, szkatuły eksplodujące perłami, rubinami jak miny przeciwpiechotne, biżuteria Ewy Braun i osobiste kosztowności Hitlera o wartości wprost niewyobrażalnej, figury świętych jak niedzielne kurczaki nafaszerowane ziemskimi dobrami nadającymi się na sprzedaż. Kopali więc ludzie na klęczkach w nadziei, że na pocieszenie za to, co musieli zostawić albo czego nigdy nie mieli, tu odkopią coś innego, dokopią się do jakiegoś czegoś, co pozwoli im stanąć na nogi. Niechby i parę złotych! Kopali nocami przy świecach i lampach naftowych, kopali z górniczymi lampkami na czole, a sąsiad był wrogiem sąsiada; krew, bywało, się lała, gdy jeden kopiący wszedł w paradę drugiemu kopiącemu. Jasnowidzów sprowadzali z wahadełkami i Cyganki, które chodziły po podwórzach w swoich długich spódnicach i spluwały przez złote zęby. Rozkopali całe podwórze domu Haliny i Władka, podkopali fundamenty sąsiedniej kamienicy, wyrwali podłogi drewnianych komórek, przekopali dzikie ogródki działkowe i podkopali asfalt, aż się zapadł. Najbardziej gorliwi kopali tak długo, aż znikali z oczu. Zostawał po nich tylko wąski korytarz, z którego wylatywały szpachelki ziemi, i lamentujące żony, a oni wreszcie wynurzali się na drugim końcu planety z pustymi rękoma i mrużąc oczy w słońcu dwa razy większym niż wałbrzyskie, w zdumieniu patrzyli na australijskie kangury i dziobaki. Z ich kamienicy tylko Grażynka Rozpuch znalazła i aż wszystkich ze złości zaparło, gdy zawołała, mam! Odbiła wieko łopatą, odwinęła ze szmaty – i szlag by resztę trafił, a zwłaszcza Tutków z parteru, jakby złoto wyłuskała ta szmata. Z parteru najlepiej widać, z kim i w jakim celu wracała nad ranem, więc Tutkowie widzieli niejedno, co najmniej kilkanaście jej grzechów liczonych skrupulatnie, bo tak liczy się cudze. W drewnianej skrzyni był gramofon z tubą, nie złoto, nie skarb Hitlera ani nawet nie papiery bardzo wartościowe, więc zaśmiali się Tutkowie, że co za takie nic można wziąć, i cała kamienica odetchnęła pełną piersią, że los potraktował ich tym razem sprawiedliwie. Grażynka ucieszyła się jednak, jakby Bóg wie co znalazła, a potem jeden z narzeczonych naprawił to odkopane cudo, które zacinało się i rzęziło, ale grało, jakoś grało jej ulubione tanga milonga, bo na tanga była wrażliwa do łez. Bo ja taka jestem, że z byle gówna się cieszę. A w ryk też, jak Boga kocham, z byle gówna, mówiła i chyba tego najbardziej nie mogli jej wybaczyć w kamienicy na Szczawienku, bo jak to tak na oczach porządnych ludzi cieszyć się, gdy nie ma powodów, i płakać bez, gdy kota samochód przejedzie, i tańczyć tanga z gramofonu, który powinien był ją rozczarować, a nie rozczarował. Pląsała Grażynka milonga cała w kurewskich koronkach, aż tynk się sypał z niej i z sufitów do czasu, gdy inny chwilowy narzeczony, mniej wrażliwy na muzykę, zeźlił się i wyrzucił gramofon przez okno, omal nie trafiając Zdzisia Tutki, jednego z sześciu małych Tutków, który odtąd jąkał się jeszcze bardziej.

Halina wolałaby, bo każdy w Wałbrzychu by wolał, zająć poniemiecki dom z ogrodem na Białym Kamieniu czy w Szczawnie Zdroju, gdzie nowi lokatorzy odkopywali spod krzaków całe zastawy kuchenne z napisem Bawaria pod spodem, święte figury wypełnione monetami, komplety sztućców i zegary stojące, które wciąż chodziły, a po deszczu porcelanowe tancerki i pastereczki same wystawiały blade rączki, nóżki spod ziemi, żeby je tylko znaleźć. Gospodynie wychodziły z koszykiem i zbierały je jak świeże pieczarki, patykiem rozgrzebywały liście, podnosiły gałęzie porzeczek, a tam aż biało. Szczawno Zdrój zamieszkiwali kiedyś bogaci, a Szczawienko biedni i po wojnie wyszło jakoś na to samo, bo niektóre rzeczy się nie zmieniają, ale dla Haliny najważniejsze było, by do Wałbrzycha nie trafił nikt stamtąd. Nawet nie chciała wymieniać nazwy tego stamtąd, udając przed samą sobą, że zapomniała, bo dzięki temu małemu oszustwu daleka wieś pod Grodnem, w której się urodziła, istniała jakby mniej. Specjalnie wypytywała, a wy to gdzie? a gdzie tamci czy tamci jadą? żeby dać się przesiedlić daleko od brata, bratowej i wszystkich, którzy ją znali i mogli rozpoznać na ulicy nawet we włosach na kasztan i trwałej ondulacji, od której złuszczyła jej się na ramiona cała skóra głowy. Dotarli do Wałbrzycha spóźnieni na podział lepszych dóbr, bo sytuacja małego Stefana była, jak się okazało, niewyraźna i mógł jechać jako jej nieślubny pod nazwiskiem Czeladź, jak stało w papierach, albo wcale. Jakoś to przy ślubie z Władkiem zaniedbali, a zresztą i tak wszyscy stamtąd wiedzieli, że bachor, bajstruk, nieślubek. Ale gdy się okazało, że mają być przesiedleni, Halina pomyślała, że nie ma tego złego, co by na dobre nie wyszło, i zobaczyła szansę, by dać synowi nowe życie pod nazwiskiem ojczyma, jakby chciany był, ślubny i od początku jego własny. Z nazwiskiem podmienionym pięcioletniemu Stefanowi z Czeladzi na Chmurę przyjechali do Wałbrzycha, gdzie zaczynając od Władka, wysikali się w łazience z zieloną lamperią i zadumali, jak to się przyzwyczaić trudno jednak będzie, że srać też trzeba w chałupie, gdzie kuchnia i spanie. Usiedli przy poniemieckim stole, ale źle coś im się siedziało, nie wiadomo, za wysoko czy za nisko, a Stefan załkał, mama, jeść, i zasnął, ssąc palec, z głową na blacie, zanim mu dała kromkę chleba, co najlepiej świadczyło o rozmiarach jego zmęczenia. Władek westchnął, pogłaskał głowę dziecka i wyjął papierosy, a Halina pierwsza sięgnęła po paczkę, by zająć czymś ręce, które nie wiedziały, co mają ze sobą zrobić bez wieczornego dojenia. Dojenie lubiła najbardziej ze wszystkiego, a krowy, wielkie, ciepłe i spokojne, wypełnione mlekiem, jakby hojność była dla nich przyjemnością, a nie przymusem, wydawały jej się najlepszymi ze stworzeń. Lubiła grzać bose stopy w krowich plackach, a gdy oparta czołem o bok zwierzęcia strzykała mlekiem do kubła, czuła się tak spokojnie i słodko, że nic jej więcej nie było trzeba, prócz paru ciepłych, spienionych łyków, które zawsze upijała, jak nikogo nie było w pobliżu, i do wieczora mogła tylko na tym. Gdy szła za Władka, jej brat Franciszek powiedział do odświętnego na tę okoliczność kowala, bajstruk szcza do łóżka i żyrki do tego, że nie upilnujesz. Ale ona, machnął ręką na młodszą siostrę tak od niechcenia, jakby kurę zganiał ze stołu, ona tyle co brudu pod paznokciem. Mlika popije i starczy jej na cały dzień. Halina myślała sobie nawet, że może w Wałbrzychu da się jakoś krówkę trzymać, ale gdy zobaczyła z pociągu kominy tryskające ogniem i skupione wokół szybów wiertniczych kamienice czarniawe, jak przypalone, zrozumiała, że nie będzie tu ani pastwiska z plackami, w których można grzać stopy, ani wieczornego dojenia z policzkiem przy boku zwierzęcia. Pomyślała, że skoro tak, trzeba jutro się rozejrzeć, gdzie tu się świeżego mleka dla dziecka dostanie, bo była praktyczną osobą, czego wymaga się zwłaszcza od panien z dzieckiem i bez znaczącego posagu. Wiadro nie przydało się Halinie Chmurze do dojenia, ale było w sam raz, gdy z innymi kobietami i dziećmi ruszyła na wałbrzyskie hałdy szukać kawałków węgla wśród żużlu i kamieni.

W dzień przyjazdu Władek zapalił żonie pierwszego papierosa i nic nie powiedział, gdy się zakrztusiła dymem, bo zawsze mówił niewiele, a od kiedy kazano im pakować manatki i wynosić się w nieznane, liczba używanych przez niego słów skurczyła się do tak-nie-dobrze-źle i jeszcze proszę-co-podać-dziękuję, gdy został kelnerem w restauracji Tęczowa. Do kopalni nie nadawał się z powodu krwawej historii płuc, a kowali po czterdziestce nikt nie potrzebował w Wałbrzychu bez koni, więc ubrał się w jedyny garnitur, jaki miał, i przypadkiem zrobił w nowym lokalu gastronomicznym na Szczawienku bardzo korzystne wrażenie, tym bardziej że brakowało męskiego personelu o odpowiedniej prezencji. Kierownik Tęczowej, otyły, białawy i krostowaty jak kulka ugnieciona ze smalcu ze skwarkami, przyjmując kowala na kelnera powiedział, że z takim wyglądem i smutkiem w oczach jak aktor filmowy to mógłby iść na umysłowego, gdyby tylko skombinował sobie papier z jakiejś szkoły. Jego zdaniem, melancholijni szatyni, tacy jak Władek, nadawali się do robienia kariery w zawodzie kelnera bardziej od blondynów, zwłaszcza świńskich, i po kilku miesiącach mianował go kierownikiem sali. Wodził za Władkiem oczyma pełnymi zazdrości i podziwu, bo mimo stanowiska i znajomości na różnych szczeblach brakowało mu dystynkcji i powodzenia u płci przeciwnej, którymi cieszył się ten wysoki mężczyzna o głowie psa bernardyna i wielkich włochatych uszach. Władka Chmurę trawiły tęsknota (o czym wiedział) i początek choroby (o czym wiedzieć nie chciał), które jego twarzy nadały zielonkawy odcień cierpienia, a głosowi chropowatą głębię, sprawiając, że każde zdanie, które wypowiadał, wydawało się młodszym kelnerom ważne i jakby ostateczne. Trochę się go bali i nazywali Smętnym Władziem tylko wówczas, gdy mieli pewność, że nie słyszy, bo w oczy nie inaczej niż panie Władysławie. W ciągu roku w Wałbrzychu Władek stracił dwa przednie zęby i uśmiechał się coraz rzadziej również z tego powodu, nie wiedząc, że dzięki tej pogłębiającej się powadze i małomówności niektórzy podejrzewali nawet, że jest kimś innym, o wiele znaczniejszym niż były kowal, za którego się podaje. Kobietom odwiedzającym Tęczową bardzo podobała się ta tajemniczość i dystans. Próbowały poderwać smętnego Władzia na biusty w nylonowych bluzkach i sztuczny róż ust, ale ani drgnął, bo od dawna mu się nie chciało drgać, a w wolnej chwili wolał stać z boku i skubać włosy w uszach. Przekonany, że umrze na gruźlicę jak jego rodzice, dwie siostry i brat w sile wieku oraz pierwsza żona i córka, Władek nie wierzył lekarzom z Wałbrzycha (tam, tam to byli lekarze, tu same konowały), którzy za jego marny stan winili żołądek, a nie płuca. Kłucie w trzewiach uważał za złośliwy objaw suchot, umiejscowiony dla niepoznaki w żołądku osłabionym i skwaśniałym od tutejszego chleba. Trociny, nie chleb, mówił do Haliny, tam to był chleb, że sam mógł człowiek jeść i smakowało, jak jeszcze solą trochę oprószył. Czasem, wspominał, ukroiłem jeszcze ciepłego i tylko z solą mogłem pół bochna, a ten tu to sama glina. Według Władka tam wszystko było lepsze i gdy czasem brakowało mu dobrego młotka do przybicia gwoździa albo butów na zimę, mówił: tam to miałem młotek, albo: tam to miałem buty; i nie dodawał nic więcej, żadnych szczegółów, bo było dla niego oczywiste, że różnica między młotkami i butami stamtąd a stąd jest dla każdego jasna jak słońce.

Władka tam piękniało, podczas gdy Halina zmniejszyła swoje tam do rozmiaru sowiej wypluwki i zmiotła w kąt. Za każdym razem, gdy Stefan budził ją w nocy zsikany ze strachu przed wujem Franciszkiem, stającym za nim w drzwiach spiżarki, wymazywała mu sen z pamięci ciepłym mlekiem, zasypywała łyżką cukru prosto do buzi i zapewniała, że ubzdurał sobie coś, głupi, oj, głupi, bo jaki wuj Franciszek, żadnego wuja Franciszka nie ma i nie było. Jest mamusia i tatuś, i on, Stefcio Chmura, co niech śpi, aaa kotki dwa. Halina prychała na wieś, którą pozbawiła nazwy, co my tam mieli, gówno w kuferku, a Władek rozpamiętywał smaki, zapachy i kolory, nie widząc twarzy żony zza kłębów dymu, i tak oddalali się od siebie coraz bardziej. Po kilku latach Władkowi wydawało się, że nawet Halina była tam inna, i czasem miał wrażenie, że przyjechał do Wałbrzycha z jakąś obcą kobietą, o skórze tak zimnej w dotyku, że przejmował go dreszcz, a jego prawdziwa Myszka z warkoczem została na ławeczce pod domem i płacze, gdzie się wszyscy podziali i czemu zostawili ją samą. Zmiął się i skurczył Władek tak, że tylko uszy i ręce pozostały mu ogromne i nie lada wysiłku wymagało podnoszenie tej wielkiej dłoni z papierosem do ust. Zmniejszyła mu się nawet głowa i wszystkie (dwa) kapelusze spadałyby na Władkowe ramiona, gdyby nie te uszy, więc przynajmniej przydały się nie tylko do skubania. Czasem Władek oglądał swoje ręce nie od kompletu, które kiedyś przecież pasowały, i chwytał nimi powietrze, by przypomnieć sobie dotyk młota w prawej i końskiego kopyta w lewej. Poruszał nimi w pustce, czując, jak tamten świat przecieka mu między palcami i wszystkiego, co miał, w miarę upływu czasu jest mniej i mniej. Bo przecież nawet lat nam ubywa tak naprawdę, a nie przybywa, powiedział którejś nocy Halinie, ale go nie zrozumiała, bo jak ubywa, jak ona ma coraz więcej, dopiero miała dwadzieścia, a tu już trzydzieści pięć jak z bicza trzasł; i kazała być cicho, bo Stefcio śpi, a jak się przestraszy, to jeszcze mu się co przypomni i na nic całe staranie.

Coraz smutniejszy Władek podawał w Tęczowej galaretkę z nóżek i jaja w majonezie, nalewał wódkę, którą szybko nauczył się wlewać w siebie bez zagryzki, szarpiąc do tyłu głową jak poganiany koń. Na zapleczu Tęczowej z każdej półlitrówki upijało się setkę według starszeństwa, dopełniając butelkę wodą z kranu, a co wieczór butelek szło ze czterdzieści do sześćdziesięciu w soboty i święta, i to nie licząc kolorowej i piwa. Prawie każdy klient zamawiał na początek dwie setki czystej i galaretę, z której sterczała świńska szczecina, bo Alkohol Podajemy Tylko z Konsumpcją, a skoro już było trzeba, galareta wychodziła najtaniej i schodziła najszybciej. Lorneta i meduza trzy razy na dwójkę, cztery śledzie, meduza, lorneta razy pięć. Kelnerzy, których z Władkiem było sześciu, krążyli między stolikami a bufetem, każdy ubrany na ciemno, w górę przybrylantynowany i ze służbową muchą na gumce, by lud pracujący ze Szczawienka miał jakieś wyobrażenie o elegancji, która mu się należy od święta. Po dziesiątej, zwłaszcza gdy sala wynajęta była na wesele, muchy rwały się do lotu na obluzowanych gumkach, chętne, by dołączyć do tych już krążących w rytm orkiestry nad tatarem, twarze lśniły od potu i plątały się nogi weselnie obute, lorneta stawała się lornecią i nieraz splasnęła z talerzyka, a niech ktoś spróbuje podnieść galaretę z podłogi. Tylko Władek, niezależnie od tego, ile wypił, zachowywał powagę i z twarzą lekko zniesioną na lewo grymasem bólu duszy, ciała lub obu roznosił tace z lornetami i meduzami drżącymi w agonii, które klienci o zahartowanych przełykach polewali obficie octem spirytusowym i po męsku załatwiali na dwa razy. Kobiety piły pod jajeczko garnirowane lub sałatkę jarzynową, bywało, że panowie zamawiali im wiśniówkę lub koniak zamiast czystej albo oranżadę do popicia. Jak któryś mówił, panie starszy, pan da tu dla pani oranżadkę, żeby koniaczek popiła, wiedziano, że klient jest nadziany albo chce kobiecie zaimponować, a w obu przypadkach zwiększała się szansa dużego napiwku, jak już popiją. Panie, które nie miały wprawy w piciu, kelnerzy nazywali pawicami i rozpoznawali po zagryzaniu wódki czekoladką nadziewaną Malaga, koniaku korniszonem, popijaniu tatara oranżadką i klęli, kurwa jego tęczowa mać, dziś mamy ze cztery pawice; patrzyli, która pierwsza się przepełni, poleci rzygnąć do ubikacji, i oby zdążyła. Co za pierdolona pawica, jak to wszystko w pizdu zapawiła, denerwowali się młodsi kelnerzy, których wysyłano do sprzątania podłóg i ścian, a Władek upominał ich z grobową powagą, żeby mięsem nie rzucali przy paniach, nawet jeśli pani taka leżała bez godności na betonie, puszczała bańki nosem i było jej wszystko jedno.

Tylko kurwy z Tęczowej wiedziały, co i jak pić, i gdy zajmowały swój stolik pod oknem, Władek bez pytania przynosił im dwie butelki czystej, tatara i piwo, chleba

więcej dorzucał niż normalnie, bo normalnie się nie do-
ważało i odejmowało raczej, niż dodawało, żeby było co
wynieść. Wypijał z nimi pierwszą kolejkę dla dezynfekcji
po ciężkiej pracy, jak żartowały, usadzając posiniaczo-
ne tyłki na luz, a Władek niezmiennie smutny odpływał
z tacą i ścierką przewieszoną przez ramię jak mały żagiel
dryfujący po morzu dymu. Kurwy z Tęczowej uważały,
że Smętny Władzio je szanuje, bo jak inaczej miały ro-
zumieć fakt, iż żadnej nigdy nie chciał użyć w zamian za
użyczaną uprzejmość, a one raczej nie dostawały dotąd
nic za darmo prócz kopniaków lub sierpowych. Ściągnę-
ły do Wałbrzycha ze wschodu, północy i Bóg wie skąd
jeszcze, sponiewierane, jakby po każdej z osobna prze-
toczył się cały front, Niemcy od przodu, Ruscy od tyłu,
a potem odwrotnie. Z dziećmi bladymi jak kartoflane
kiełki i do nikogo niepodobnymi, z jakimiś wyliniałymi
lisami o chorobliwie lśniących oczkach z guzików, w butach na powykrzywianych obcasach, z resztkami nadziei
na poprawę losu, jeśli przy wyrabianiu dokumentów (bo
poprzednie zginęły na amen) odejmie się sobie parę lat
i znów będzie się ich miało trzydzieści. Ściągały do Wałbrzycha całe ich pułki w szyku bojowym, na Biały Kamień, Piaskową Górę, na Szczawienko spadały desanty
na spadochronach z parasolek, spływały z prądem rze-
czek czarnych od węglowego pyłu albo tuszu do rzęs,
i wyłaziły na brzeg, by kierując się węchem i indiańską
umiejętnością czytania śladów, błyskawicznie namie-
rzać koszary, bary i parki. Niechże pan Władzio z nami
usiądzie, zapraszały o świcie, by zjadł z nimi śniadanie,
podtykając mu a to kanapkę z serem i pomidorem, a to
plasterek zimnej kaszanki, no, panie Władziu, co taki

znów smętny, niech zje chociaż chleba z czymś, bo chudy jak śmierć na chorągwi. Ruda Maryśka, na którą mówili Zdrowaś Mario, Lidka Traktorzystka, Święta Mrówa, która nie używała innego imienia i gdy znajdą ją martwą w parku Sobieskiego, nikt nie będzie wiedział, jak naprawdę się nazywała i dlaczego niby święta, widziały we Władku kogoś żałośniejszego niż one, bo sądziły, że tylko ktoś bardzo żałosny mógł okazywać im szacunek. W tej bezgotówkowej wymianie one z kolei pozwalały sobie na luksus litowania się nad nim też całkiem za darmo. Władek wracał z Tęczowej późną nocą, czasem dopiero nad ranem, zataczając się po ulicach Szczawienka i bekając kwaśno w żałosnym upojeniu alkoholika, któremu mimo codziennie ponawianych prób nigdy nie udało się upić na wesoło.

Po kilku próbach otwierał drzwi i wpadał w gęstą, zielonkawą ciszę domu, którego wnętrze o tej porze przypominało zatopiony statek, pełen dziwnych stworzeń i sprzętów o nieznanym przeznaczeniu. Nieodmiennie przewracał wieszak obrośnięty ukwiałami płaszczy i szali, łapał go w locie, mówiąc, ciiiiiiiii, i niezdarnie zdejmował buty. Zanim w podkoszulku i białych bawełnianych gaciach kładł się spać obok odruchowo odsuwającej się żony, zaglądał do pokoju Stefana. To dla dobra dziecka, pamiętaj, przestrzegała go Halina, by nigdy nie wygadał, że jej syn urodził się bękartem, ale Władek od początku uznał go za swojego i pokochał, jak potrafił. Prawie każdej nocy wąchał dziecinny zapaszek, który po kilku latach zaczął kwaśnieć jak mleko. Patrzył chwilę na syna, z którym nigdy nie nauczył się rozmawiać, kładł przy jego łóżku batonika lub kilka cukierków i zamykał

drzwi w bolesnym poczuciu niedoskonałości tego patrzenia i podkładania słodyczy. Prawie nie widzieli się
za dnia, bo Stefan był w szkole lub biegał po hałdach
z kolegami, a Władek odsypiał noce kelnerowania. Gdy
wracał, syn spał i dorastał we śnie, tak że któregoś razu
ojciec zdumiał się, jak duży jest już synowski kształt pod
kołdrą, i z niedowierzaniem złapał za coś, co było stopą
w męskim rozmiarze i kopnęło go w odpowiedzi. Aby
uczcić to odkrycie, usypał koło śpiącego stożek ze złotych polskich, bo batonik się nie nadawał dla młodego
mężczyzny, tyle nawet tak niedoświadczony ojciec, jak
Władek, wiedział.

Gdy Stefan miał czternaście lat i zakwitał pryszcza-
mi na czole jak pochlapany sokiem z wiśni, rak zacza-
jony w środku Władka też dojrzał i z zaskoczenia rzucił
kelnerem w gablotę z tęczowym garmażem, aż szyba
poszła w drobny mak. Władek buchnął krwią z ust na
meduzy i nie dawał się docucić ani oblany wodą, ani spo-
liczkowany przez samego kierownika w panice, więc we-
zwali erkę, a Zdrowaś Mario i Święta Mrówa poleciały do
Haliny, która otworzyła drzwi i wiedziała, że dwie stare
kurwy o czwartej rano nie mogą mieć dla niej dobrych
wiadomości. Przez dwa tygodnie po operacji Władek
charczał trzy po trzy o szczawiu, któremu trzeba tylko
górne listki obrywać, i przeraził Halinę podejrzeniem,
że ona to nie ona, aż się obejrzała przez ramię, czy kto
inny tam nie stoi, udając żonę byłego kowala, by z niej
zakpić. Wkrótce Władek Chmura stracił na dobre zdol-
ność mowy, z której przez swoje pięćdziesięcioletnie
życie korzystał tak niechętnie, bo najpierw świat był na
swoim miejscu i kowal nie miał o czym gadać, widział

kto kowala gadułę? a potem zrobiło się za późno i język poległ mu w ustach, uśmiercony jedną z ośmiorniczych macek nowotworu, która wypełzła w górę i rozrosła się w ustach. Trafił do szpitala, gdy przerzuty były wszędzie, i lekarze znów Władka pocięli, by w końcu porzucić go z byle jak sfastrygowaną raną. Odgrodzili dowód swojej bezsilności białą zasłonką od reszty pacjentów onkologicznych, którzy jeszcze mieli prawo do nadziei, a umierający na widoku mógłby im odebrać coś, co mu się nie należy. Tydzień po operacji szwy rozeszły się i Władek zaczął wyciekać na łóżko i uciekać na dobre z tego świata, więc go wzięli drugi raz pod nóż, by studenci medycyny mogli zobaczyć, jak wygląda ostatnie stadium w jeszcze nieco żywym ciele mężczyzny lat pięćdziesiąt cztery, budowy prawidłowej, wagi, co spadła do czterdziestu pięciu i już raczej się nie podniesie. Wbrew prognozom lekarzy Władek obudził się z narkozy po drugiej operacji i w towarzystwie raczych dzieci wczepionych w gardło, kości i mózg popatrzył wokół jedynym wciąż działającym okiem, a rodzina w osobach żony i syna pochyliła się nad nim na tyle, na ile pozwolił unoszący się spod prześcieradła smród rozkładu. Zamiast twarzy bliskich, którzy zrobili się tymczasem dalecy tak, że nie do poznania, Władek zobaczył jarmarczne wiatraczki, mniejszy i większy, tak samo piękne jak pół wieku temu na straganie przed wiejskim kościołem; wirowały wciąż szybciej i szybciej, niezmordowanie.

Halina w spóźnionych porywach kokieterii, której dotąd małżonek nie doczekał się od niej za wiele, ubierała się na codzienne wizyty w szpitalu starannie, malowała usta i oczy, wcierała w policzki gęsty brązowy puder w kremie firmy Miraculum, który dodawał jej co najmniej osiem lat źle leżących, bo cudzych i niedopasowanych. Stefan stał obok niej w przykrótkich spodniach i łykał ślinę, czując zza zasłonki przebijający się przez śmierć zapach jedzenia gotowanego w szpitalnej stołówce dla żywych. Po pięciu tygodniach agonii Władek zamrugał płaczącym ropą okiem, ostatni raz uniósł swoją wielką dłoń, posiniaczoną igłami kroplówek, i jeszcze raz małżonkowie minęli się. Ona, ociekająca potem pod czapką z lisa, myślała, że mąż chce się z nią pożegnać, a on sięgał po największy z wiatraczków, z którym po chwili odszedł przez łąkę swojego dzieciństwa, ostatnią drogą, jaką zobaczył. Z drugą ręką znów dziecinnie miękką w dłoni dawno zmarłej matki, o skośnych oczach i smagłej skórze odziedziczonej w wyniku genetycznego kaprysu nie wiadomo po kim, może po praprababce zgwałconej przez żołnierzy Dżyngis-chana, szedł tak długo, aż łąka rozbłysła w nagłej eksplozji światła.

Będę cię dobrze wspominała, przyrzekała mu w myślach Halina, ale okazało się, że się nie da tak łatwo kochać kogoś wstecz, gdy nigdy nie miało się wprawy, i Władek zatarł się w pamięci wdowy Chmura jak wspomnienie niezbyt udanego pikniku. Dwa, trzy razy w roku chodziła na jego grób ze Stefanem, ale rozmawiali tylko o tym, co na wierzchu, płycie lastriko domagającej się polerowania, stłuczonym wazonie na kwiaty. Kłócili się, kto miał spakować ścierkę i pastę, denerwowali, że lampki gasną, a chryzantemy są rzadkie i badylaste. Dziadostwo takie sprzedają! Wdowa tarła lastriko nad zgniłym brzuchem nieboszczyka, a synowi burczało w brzuchu żywym i żałował, rwąc wokół skrzyp – trzeba było jechać i wziąć prosto od prywaciarza, bo wtedy mógłby po drodze kupić sobie w barze dworcowym bułkę z pasztetową. Twarze matki i syna przechodziły te wszystkie przemiany przeciw sobie i ku upodobnieniu, które życie miało dla nich w planie. Ona kolejne fazy marszczenia, zaklęsania się i obwisania, a on wyostrzania, pryszczenia i zarostem porastania, od czego nie było już odwrotu i któregoś ranka wtrysnął w wiek golenia. Dbanie o ten prostokąt ziemi przykrytej płytą nakrapianą szaro-biało, jakby osrały ją kury, stało się celem samym w sobie, a leżący pod spodem były kowal i kelner Władysław Chmura ani nie zmartwychwstawał w rozmowach matki i syna, ani też w ich domu na Szczawienku nie pojawił się nikt, kto chciałby zająć miejsce zmarłego, bo nie wiadomo, gdzie ono było. Halina w wieku niespełna czterdziestu lat stała się starą kobietą, która swoje przeżyła, a cudzego nie mogła, i już zupełnie niczego nie oczekiwała, więc przestała miesiączkować.

Wdowieństwo postawiło ją wobec nowych problemów, bo oto sama musiała stanąć na nogi i utrzymać siebie i dorastającego Stefana. Nogi i ramiona jej dziecka co tydzień wydawały się dłuższe i możliwość wtłoczenia go z powrotem tam, skąd wyszedł, wydawała się mniej prawdopodobna niż dotąd. Niewymagające, wszystkożerne dziecko, którego najbardziej kłopotliwą cechą było nocne moczenie się i podkradanie cukru, nagle zaczęło być absorbujące, duże i nienasycone. Wsysało wszystko, co jadalne, żując i przewracając oczami z rozkoszy jak wówczas, gdy ciamkało jej pierś z zapamiętaniem kleszcza, aż bała się, że go nigdy nie odczepi. Teraz, podrośnięte, po zjedzeniu swojej porcji patrzyło na talerz matki łakomie, gotowe na więcej, którego brakowało. Po chlebie nie zostawały nawet okruszki dla ptaków, skórki słoniny były przeżute, kości wyssane, wystawione na parapet garnki rano okazywały się puste, zjedzone pelargonie nie nadążały z odrastaniem, oskubane paprocie kuliły nagie gałązki, a ściany mieszkania na Szczawienku podziurawione były jak od kul, bo Stefan palcem wygrzebywał z nich wapno i zlizywał biały proszek jak cukier puder.

Halinę uratowała przed głodem Grażynka Rozpuch, dając jej w prezencie poniemiecką maszynę do szycia Singer, którą dostała za to, że dała się użyć, ale sama nie używała. Nadgryziona zębem czasu, który już lekko podziurkował jej pośladki jak zużyty bilet i porysował twarz, nadal nie budziła sympatii kobiet ze Szczawienka, bo działanie czasu, oczywiste dla nich, umykało uwadze lgnących do Grażynki mężczyzn. Przyszła do Haliny wiedziona instynktem i nie chciała pieniędzy, lecz kogoś, kto na nią nie syka, nie gwiżdże i w nią nie wchodzi, tylko otwiera drzwi i mówi, proszę, niech pani wejdzie i się rozgości. Halina otworzyła, ale zastrzegła, że się odwdzięczy szyciem w miarę możliwości, i wkrótce Grażynka Rozpuch płakała ze szczęścia nad nieco krzywą spódniczką w białe grochy, bo dawno nie dostała tak pięknie dotrzymanej obietnicy. Konieczność podłużania spodni Stefana i nicowanie kołnierzyków jego koszul sprawiła, że Halina odkryła w sobie krawieckie umiejętności, z którymi kobieta się rodzi, zwłaszcza jak zostaje biedną wdową, i już wkrótce obszywała całą kamienicę na Szczawienku. Pedałując przy oknie, skracała odważnym,

podłużała zamężnym, zwężała tym z nadzieją i poszerza-
ła, gdy były już przy, w takim tempie, jakby zaraz miała
wznieść się i poszybować nad hałdami i szybami kopalń,
furkocząc za sobą ogonem krwistego atłasu na pod-
szewki. Spod jej palców wypływały błękitne strumienie
nylonowych bluzek, rozkwitały róże bistorowych garso-
nek, w iskrach wytryskały fuksje z krempliny, całe tęcze
resztek doskonałych na chusteczki i apaszki zapalały się
w pokoju z oknami na węglowe hałdy. Pierwszą spódnicę ze skosu i dwie bluzki z zagranicznego materiału non
ajron uszyła dla pani Herty Kowalskiej, która wyszła za
Polaka i nie wyjechała, aby dzieci ze Szczawienka mogły
na własne gardło krzyczeć do niej, Hitler kaput, szlifu-
jąc języczki na obcym. Wkrótce Halina zyskała renomę
jako krawcowa damska i parę ran kłutych na palcach.
Nie wyciągając z ust papierosa, popijając dym zaparzaną
w szklance kawą plujką, pedałowała od rana do wieczora, a pokój pełen był skrawków niebieskich i różowych,
cielistych i purpurowych, jakby na podłodze krwawiły
pocięte na kawałki największe strojnisie ze Szczawienka. Dopiero za parę lat wyrośnie jej konkurencja w postaci Modesty Ćwiek z Piaskowej Góry i klientki podzielą
się na te, które będą za Haliną, i te, co tylko u Modesty.
Grażynka Rozpuch została najwierniejszą klientką Haliny, bo pierwsza wolała na wszelki wypadek dawać coś
w zamian, a druga brała od niej mniej niż od innych,
bo nie przypuszczała, że ktoś może chcieć wkupić się
w jej łaski.

Zaraz po przyjeździe do Wałbrzycha Grażynka została recepcjonistką w eleganckim hotelu Sudety, ale
wkrótce reputacja, niezmylona zmianą nazwy miasta

z Waldenburg na Wałbrzych, dogoniła ją, bo tak naprawdę cały czas deptała jej po piętach. Zaraz mieli ją na językach za nic i syczeli, że w swojej pracy więcej leży, niż siedzi, obsługując delegacje partyjnych, za co sama bierze pieniądze i piękne prezenty, a porządnym kobietom ze Szczawienka przynosi tylko wstyd. Straciła pracę w Sudetach i zjechała do magla ręcznego na Szczawienku, gdzie zatrudnił ją właściciel, Ryszard Kowalski od Herty, ujęty najpierw Grażynki urodą, a zaraz potem wprawnym uchwytem jej silnych rąk. Któregoś dnia jakaś kobiecina w chustce przywiozła Grażynce na Szczawienko dwoje kilkuletnich dzieci zeskorupiałych od wiatrówki i zasmarkanych, które pannę Rozpuch uczyniły ich wyrodną matką. Byłaby sprawiedliwość na świecie, gdyby się ukorzyła, zajęczała, przeklęła los czy chociaż zachorowała, ale ona szła co wieczór na przystanek, niosąc natapirowaną głowę tak prosto, jakby miała odkorkowaną flaszkę wódki wetkniętą w kok, i nie zgięła się nawet wtedy, gdy którejś nocy wybili jej zęby, ukradli torebkę i złamali żebro. Kuśtykała w szpilkach niepokonana, a od piżmowych oparów jej ciała topniał śnieg i spadały sople, zostawiała za sobą wygrzany pas ziemi, w którym gramoliły się nagle obudzone żuki. Gdy któryś z Tutków namazał jej smołą kurwa na drzwiach, tam gdzie porządni ludzie mieli K+M+B, ta zamiast to zmazać, żeby można było znów napisać kurwa, dopisała pod spodem, i to farbą różową olejną: o złotym sercu. Kary na taką nie było. Halina nieraz zza firanki widziała, że na kobiecym ciele Grażynki uszyta przez nią sukienka z falbaną i dekoltem leży i się przyczynia do ogólnego wrażenia, co sprawiało jej nieznaną dotąd satysfakcję, jakby to na nią, lekko jak non ajron, spadła część uwagi poświęcanej innej, a nie kolejne nieszczęście. Grażynka przychodziła do Haliny co tydzień, dwa i rozbierała się do przymiarki tak, jakby odwijała z papieru wielki radziecki kanfiet z nadzieniem i już nie mogła wytrzymać z pragnienia, by się podzielić słodyczą z każdym, kto jest akurat pod ręką i może mieć ochotę. Halina dostarczała kolorowych opakowań temu ciału, które prowokowało mężczyzn, by gwizdali, mlaskali i cmokali, a kobiety, by syczały wsobnie, tak jakby chciały wyssać dla siebie trochę zakazanej słodyczy i zatrzymać tam, gdzie nikt jej nie wydłubie.

Liczni mężczyźni Grażynki brali się nie z biedy, lecz z nadmiaru. Dostawała im się za pół darmo – za parę pończoch i komplementów, dwie tabliczki czekolady i trzy goździki z przybraniem, pół litra i puszkę szynki Krakus – nie dlatego, że miała tak mało, lecz dlatego, że było w niej za dużo, i na koniec okazywało się, że to oni nie mają jej nic do dania, a więcej wziąć nie dadzą rady. Grażynka nie była jednak kurwą i gdy opiekunowie profesjonalistek stłukli ją za robienie konkurencji w Tęczowej, śmiała się do Haliny, przyciskając złamane żebro, że co za pomyłka, przecież ona, i czy tego nie widać na pierwszy rzut oka, szuka miłości. Może się takiemu mężczyźnie nie przelewać, ona weźmie nawet miłość pustą jak bańka do mleka i napełni sobą po brzegi. Nigdy nie siadała w Tęczowej przy barze ze Zdrowaś Marią, Lidką Traktorzystką i Świętą Mrówą, bo Grażynka, uczciwa kobieta, która utrzymywała siebie i dzieci z pracy rąk w maglu, nie musiała kłaść się za pieniądze. Przy stoliku zamawiała setkę i oranżadę, patrzyła po sali, a po chwili z tłumu odrywała się postać męska, niewyraźna jak ulepiona z błota, i oklapywała naprzeciw; tylko patrzeć, jak się na Grażynkę rzuci. Historie dłuższe niż dwa tygodnie honorowała nowymi kreacjami, nawet jeśli szyte były ze starych zasłon i poniemieckich obrusów, a tym krótsze były i bardziej wydekoltowane, im bardziej przepełniała ją nadzieja. Negliże Grażynki pouczyły Halinę, że włosy na cipce można wygolić w wąski paseczek, który zaczynał się na mięsnym wzgórku, a kończył tam, gdzie już, podobnie jak u niej, trochę ku ziemi zwisało sinawo. Jak wargi śpiącego pijaka, parsknęła Grażynka, gdy na okoliczność sukienki w grochy, tak obcisłej, że tylko bez bielizny, na jaw wyszła nadużyta część jej kobiecej anatomii. Widok ten rozśmieszył ją, aż się rozkasłała i nie mogła przestać do końca opowieści o jednym partyjnym z Warszawy, co przyjechał do kopalni na szkolenie i przy okazji przeszkolił Grażynkę w goleniu maszynką elektryczną produkcji enerdowskiej.

W towarzystwie kobiety tak pełnej życia, aż się z niej ulewało, która po każdym ciasteczku oblizywała palce, wzdychając, uch, jak ja lubię słodkie, Halina czuła się dobrze w swoim ciele jaszczurki, które przez osmozę nabierało wtedy ciepła i koloru. Bywało, że ni stąd, ni zowąd przy krojeniu chleba przypominały jej się ciężkie piersi Grażynki, pacha z kępką wilgotnych włosów albo kremowa fałdka tłuszczu wypływająca znad paska uszytej przez nią spódniczki. Zapalała papierosa i chwytając go jak niemowlę sutek, kontemplowała obraz, którego sens na zawsze pozostał dla niej nieczytelny.

Kiedyś w przypływie szczerości wezbranej na fali czechosłowackiej naleweczki ziołowej, którą Grażynka dostała od jednego za coś i przyniosła za podszycie rąbka, Halina opowiedziała jej o cyrkowcu Wowce, pierwszym i jedynym przed Władkiem Chmurą mężczyźnie w jej życiu mało męsko-damskim. Z Ruskim się jebałaś, uśmiała się Grażynka, żopu ruskiemu akrobacie dałaś. Wulgarne słowa w jej ustach nie raziły Haliny i nawet powtórzyła za nią, a dałam żopu, a co, i rozkasłała się ze śmiechu, pokazując zęby sinawe i ostre jak kostki kurczaka. Wowka miał oczy jak woda z niebieską farbką i umiał śpiewać rosyjskie romanse, a Halina była wtedy małą Haluśką, córką Zdzisława i Scholastyki Czeladź, chłopów bardzo mało piśmiennych w podgrodzieńskiej wsi, którzy oprócz niej mieli czworo innych dzieci, nie licząc tych, co umarły w niemowlęctwie, bo kto by tam je liczył oprócz Pana Boga. Jej rodzice mieli ziemi piaszczystej kawałek, który odziedziczyć miał syn Franciszek, a ona z powodu bycia dziewczynką miała warkocz w kolorze piasku i przyszłość w postaci innego syna, który najlepiej, gdyby też coś odziedziczył i wtedy ją przejął.

Halina chciała zobaczyć jego twarz, twarz przyszłego męża, a na to był jeden sposób – jazda w powietrzu. Każda dziewczyna z jej wsi chociaż raz tak się przejechała i jeśli nawet w końcu mąż okazywał się nie do końca zgodny z obrazem, to nie różnił się od niego na tyle, by zarzucać duchom kłamstwo. W wieczór wigilijny, gdy Halina miała piętnaście lat, poszła z innymi dziewczynami, rudą Maszką, kulawą Ałdonią i Hanką o czarnych warkoczach, nad rzekę zamarzniętą, twardą i gładką jak stół. Co się namęczyły, żeby wyrąbać przerębel! Gdy woda prysnęła i otworzyło się oko rzeki, rozścieliły skórę końską, a najstarsza, Ałdonia, obrysowała krąg, w którym siadły, oparły się o siebie plecami, splotły dłonie. Świeczka dawała nikłe światło, w którym Ałdonia, córka popa, głosem u ojca zasłyszanym, cerkiewnym, głębokim jak z dna studni, zawołała ducha, by wyszedł z przerębla i zabrał je do przyszłych mężów, by pokazał ich twarze. Tak śpiewnie go upraszała Ałdonia, tak zawodziła płaczliwie, że Halina, Haluśka już przy pierwszych jej słowach poczuła, jak skóra końska drga, gotując się do lotu, i po chwili trzymała się kurczowo Hanki czarnego warkocza, bo leciały w mroźnym powietrzu, a gwiazdy pulsowały jak bańki z płonącym błękitno spirytusem. Ałdonia widziała studenta z Grodna, Hanka – Janka zza płotu, Masza klasztor, a Halina tańczącego niedźwiedzia.

Wowka, treser z obwoźnego cyrku, złamał jej serce, zrobił brzuch i znikł z jej życia, podczas gdy ona dała sobie to wszystko zrobić z powodu młodości i naiwności, które idą w parze, ale o tym nie powiedziała Grażynce, bo zatrzymał się w porę ziołowy potok szczerości. Wowka, któremu Halina dała żopu, podskakiwał na pałąkowatych nogach wokół niedźwiedzia, a zwierzę drapało sparszywiały brzuch, aż sypały się łupież i sierść. Całej wsi się to podobało, a zwłaszcza młodym. A nuże tancować, swołocz; akrobata wyskakiwał w górę jak na sprężynie, biegał wkoło i szturchał dreptące zwierzę, a Halina (młoda i naiwna) stojąca wśród gapiów poczuła, jak każdy jego skok wyrywa ją gdzieś, gdzie jeszcze nie była. Wowka umiał nie tylko śpiewać i grać na bałałajce, lecz także chodzić na rękach i robić salto, miał przystrzyżone na jeża włosy w kolorze obierek, cyrkowy kostium w prążki i patrzył na nią. Zebrała się więc w sobie Haluśka i mu odpatrzyła, co dało jej w zamian bycie wybraną na wiejskiej zabawie, a potem zaowocowało jeszcze bardziej. Wowka wertykalnie podskakiwał wokół Haliny w tańcu, a horyzontalnie nad rzeką, a ona, szesnastoletnia, z policzkami pomalowanymi burakiem i w prawie nowej różowej sukience z perłowymi guzikami, którą dostała od panienki Leosi z dworu, gdzie najmowała się do pracy przy żniwach, w kolczykach z tombaku z niebieskimi oczkami, myślała, jak by to tak było wyskoczyć i być nie tu, ale całkiem gdzie indziej, i nie sama, ale z kimś. Nawet jej sztywne warkocze w kolorze piasku wyglądały ładnie, upięte w obwarzanki nad uszami, a zawyglądały tak w momencie, gdy Wowka powiedział, że ładne. Nikt wcześniej nie prawił Halince komplementów ani jej nie uważał za ładną, przeciwnie, była najbrzydsza, bo najchudsza i najbledsza z czterech sióstr, ale tamte, z krwistymi rumieńcami i czarnymi warkoczami, zmarły na różę, a ona, taka cherlawa i skłonna do skrofułów, przeżyła, ku podszytemu złością zdziwieniu rodziców i starszego brata Franciszka. Jak mogła odmówić Wowce, gdy ją tak przyciskał w tańcu, a potem z nią, nie z kim innym, chciał pójść nad rzekę dla ochłody; nawet nie wiedziała, kiedy prysły perłowe guziki i zgasły w trawie.

Cyrk odjechał, zostawiając na wydeptanej łące jaśniejszy ślad po okrągłym namiocie i zaokrąglający się brzuch Haliny, który zaciążył na jej życiu. Wszyscy mieli nadzieję, że nie donosi z powodu swojej cherlawości, ale jej brzucha nie zmogło ani podnoszenie balii, ani dźwiganie wody ze studni, ani nawet lanie, jakie sprawił jej ojciec na tę okazję. Rósł spiczasty i wystawał coraz bardziej, jak wielbłądzi garb na jej drobnym, żylastym ciele.

Skoro już Halina donosiła i urodziła bez większego szwanku dla siebie i małego, łudzono się, że bajstruczek nie przeżyje, bo na świat przyszedł równie chudy jak matka i podduszony pępowiną. Był tak mały, że akuszerka trzymała go na dłoni niczym kocię i dziwiła się, że od czterdziestu lat dzieci odbiera, ale jeszcze takiego gówienka nie widziała. Toż to kartofle większe zdarzają się niż ten bajstruczek! Stefan rósł powoli i mając sześć miesięcy, zaczął dopiero wyglądać na normalnego noworodka, a gdy skończył rok, osiągnął wielkość półrocznego dziecka. Wychodził jednak żywy ze wszystkich niemowlęcych biegunek, po których biegiem wracał do zdrowia suchy i zimny jak jaszczurka. Do następnej biegunki z takim samym zapałem smoktał zawinięty w ściereczkę chleb z cukrem i makiem, co małą jak u suczki matczyną pierś. Przez trzy lata Halina łudziła się, że Wowka wróci ze świata, gdzie miał się dorobić – tak szeptał jej do ucha, gdy jeszcze kilka razy wychodziła do niego nad rzekę tamtego lata, aż ona zaszła, a on wyszedł obronną ręką i obiecał, że wróci. Jeszcze się zdziwicie, mówiła rodzinie, która jej uczuciowość składała na karb słabego zdrowia i faktu, iż przez jakiś czas panienka z pobliskiego majątku upierała się, by czytać poezję miejscowym dzieciom, od czego co głupszym zdążyło się pokręcić w głowach. Panienkę na szczęście wydano wkrótce za mąż i przestała udzielać się na zewnątrz, a zaraz potem umarła w połogu. W pamięci Haliny została jednak jak żywa, zatrzymana w siedemnastej wiośnie życia. Biała i pełna, jakby składała się z krążków tłustego twarogu opakowanych w różowe koronki, siedzi na wiklinowym fotelu i czyta, czyta z rozłożonej na kolanach książki, a w głowie Haliny rodzą się myśli, by lecieć gdzieś daleko, aż za dworski las, i pękają jak białe jagody śnieguliczki, które dla zabawy rozgniata się w palcach. Cyrk ponownie przyjechał do wsi, gdy Stefan już chodził na swoich odziedziczonych po ojcu pałąkowatych nogach, wpychając do wiecznie głodnych ust niedojrzały groszek, liście szczawiu, polne kamienie, twarde jak kamienie mirabelki, lebiodkę i glisty. Halina uróżowała policzki, założyła kolczyki z niebieskimi oczkami i usiadła przy kuchennym stole, ale godziny mijały i nikt nie zajeżdżał, a nawet nie przychodził. Pobiegła więc na łąkę, gdzie stawiano kolorowe namioty i budy, ale nikt nie słyszał w cyrku o Wowce, choć niedźwiedź wydawał się ten sam, może tylko nieco bardziej sparszywiały i zdziwiony, jakby nadal nie mógł zrozumieć, dlaczego zawsze przy walczyku tańczy tak jak wtedy, gdy był niedźwiadkiem i miał pod stopami rozżarzoną blachę do walczyka, a nie trawę czy śnieg. Halina, podobnie jak niedźwiedź, została na lodzie.

Gdy więc poważny wdowiec z zawodem, Władek Chmura, przyjechał dwukółką w któreś majowe popołudnie, nikt nie spytał jej, czy chce z nim wyjść, a potem za niego. Kowal wziął na ręce prawie dwuletniego Stefana, który był wciąż nie większy od dobrego koguta, i pomyślał, że bajstrukowi ojca brak, stąd taka mizerota nieudała. Jak go usynowi, na pewno się małemu podrośnie, a oprócz tego nie zawadzi, gdy co rano świeżej śmietanki popije. Ustalili, że Halina dostanie dwa komplety pościeli, dwa kilimy, poduszkę i pierze na pierzynę, którą już sobie sama musi zrobić, a chuda babka, która jako jedyna okazywała czasem trochę serca wnuczce i jej bajstruczkowi, bo biło u niej blisko powierzchni, tuż pod skórą i kośćmi, wysupłała skądś złoty medalik z Ostrobramską, żeby teraz, gdy jest już wydana, strzegł jej od złego. W momencie gdy życie Haliny z Władkiem i dzieckiem zaczęło się mościć w sieci krzyżujących się ścieżek, świat wzdął się jak balon i rozpadł na kawałki. Stalin, Hitler, cała ta wojenna zawierucha strzepnęła z Haliny niedopasowane jeszcze życie z kowalem i zakręciła jej w głowie. Stała się jedną z przesiedleńców, a przesiedleniec nawet nie ma żeńskiego rodzaju, który można by przykroić do nagości, gdy posiada się zdolności krawieckie. Skoro Halina nie mogła nic zrobić ze sobą, skupiła się na Stefanie, który był na tyle mały, że dało się go przenicować z bękarta Czeladzi na ślubnego Chmurę. Państwo Chmura przekupili urzędnika i w papierach odjęto z wieku Stefana prawie cztery lata, tak że wiek niemal dopasował się do jego mikrego wyglądu i odtąd Stefan żył z nowym nazwiskiem i wiekiem. Halina miała nadzieję, że w ten sposób uda jej się ten ofiarowany dziecku czas wstawić w miejsce tamtego złego w domu wuja Franciszka, jakby czas był czymś, co można zszyć z kawałków pobożnych życzeń i spóźnionych żalów. Ludzie w Wałbrzychu, do którego przyjechali jako rodzina Chmura, mówili, ale to wyrósł, duży z niego chłopak jak na swój wiek, a Halina czuła pierwsze łaskotanie matczynej dumy. Gdy na nowo wydała Stefana na świat na Ziemiach Odzyskanych, myślała, że nie ma już nic do roboty, i zaczęła więdnąć.

Największą namiętnością Haliny pozostało palenie papierosów, które zaczęło się od ruskiego tytoniu w gazetowym papierze, podebranego Władkowi, gdy usiedli przy stole w poniemieckim wałbrzyskim mieszkaniu. Kiedy po wielu latach wnuczka ukręci jej grubego skręta z marihuany, Halina omal się nie rozpłacze z żalu, że całe życie paliła byle gówno, podczas gdy mogła takie dobre zagraniczne papieroski. Pierwszego papierosa zapalała tuż po przebudzeniu na szerokim drewnianym łóżku, które należało do Niemców, pod obrazem z Jezusem pasterzem o uróżowanych policzkach i karminowych ustach, który należał do Niemców, bo skoro Gott mit Uns, to jego syn pewnie też, mimo iż wygląda na transwestytę. Jeszcze z zamkniętymi oczami sięgała po paczkę papierosów i pstrykała ciężką metalową zapalniczką z wygrawerowanym napisem Grüsse aus München. Gdy Stefan skończył zawodówkę i poszedł do pracy na kopalni, Halina przerzuciła się ze sportów na klubowe z filtrem, bo pieniądze co miesiąc pojawiały się w niebieskiej kopercie na kredensie i było ich coraz więcej. Syn teraz odpłacał się matce, a ona dzieliła wypłatę na kupki, najpierw grube, potem bilon ustawiony w piramidki, i mogła za rosnącą z miesiąca na miesiąc kupkę przeznaczoną na jedzenie kupować więcej jedzenia i stawiać na stole coraz większe dania, dzięki którym ten, co zjada, nabierze sił do produkowania większych kupek pieniędzy i wszystko pozostanie w obiegu zamkniętym. Stefan dwudziestolatek – według wieku swojego nowego – zaczął naprawdę przypominać mężczyznę i nie różnił się już od innych dwudziestolatków ze Szczawienka, miał szerokie, lekko przygarbione ramiona, duże dłonie o palcach prawie równej długości i lekko zaokrąglony brzuszek, widomy znak dobrobytu. Gdy jej syn zmężniały wracał z pracy, ładowała na talerz górę kartofli i przyklepywała je łyżką, by nalać we wgłębienie tłuszczu ze skwarkami lub sosu na ciemnej zasmażce, plaskała paćkę ciepłych buraczków, które rozpływały się amarantowo; u rzeźnika wybierała mięso, cmokając i macając krwawe ochłapy, a w niedzielę zawsze był rosół z kury i schabowe. Wraz z rosnącą wypłatą rosła w jej oczach wartość syna, który powinien mieć, co najlepsze. Jak to wyrósł na ludzi! No jak tam na kopalni, pytała, siadając przy stole naprzeciw swojego wyrośniętego dziecka, a Stefan odpowiadał, robi się, mamusia, czarne złoto, i pochłaniał matczyną miłość, bo tym, czego zawsze chciał od niej, było jedzenie, a tym, czego chciał od siebie – zaspokojenie głodu, gdy tylko się pojawia. Halina przerzucała mu ze swojego talerza kawałek mięsa i mówiła jedzjedzjedz, jak wtedy, gdy podawała mu pierś, bo znała tylko tę jedną mantrę miłości i liczyła, że będzie ją też znała przyszła synowa. Szyła już tylko dla starych klientek, bo pierwszy raz od śmierci Władka nie brakowało jej do pierwszego, a wręcz przeciwnie, pierwszy przychodził, a ona miała. Na małej działce, którą lokatorzy kamienicy wydrapali sobie przy torach, żeby mieć jeszcze więcej własnych rzeczy, uprawiała twarde warzywa północnego kraju. Jesienią kisiła i wekowała je w mocno zakorzenionym poczuciu obowiązku, by nic, co jest jadalne, nie zmarnowało się. Zbita z tropu, na którym brakowało i nie starczało, upychała w Stefana nadmiar pożywienia, które trzeba było przejeść, a nawet pozwoliła kupić sobie nowy płaszcz z futrzanym kołnierzem i wyżej podniosła głowę.

Wolne chwile spędzała z Grażynką, matką już trojga nieślubnych dzieci, bo jeszcze jedno jej się trafiło ku zgrozie kamienicy. Grażynka coraz częściej przychodziła do Haliny, by coś poszerzyć i przerobić ze starego raczej niż uszyć nowe dla dwóch córek i syna, którzy nie byli podobni ani do niej, ani do siebie nawzajem. Zużyta przez zmieniających się użytkowników, z których żaden nie znał instrukcji obsługi, porozpadała się w najbardziej eksploatowanych rejonach, ale jeszcze trzymała z wierzchu, pospinana złotymi paskami i spinkami z motylkiem. Nikt nie wiedział, ile naprawdę ma lat. Mężczyźni, którzy lubili młode, dawali jej dwadzieścia, a ci, którzy woleli dojrzalsze, trzydzieści parę, i tymi też nie gardziła. Z włosami upiętymi w sztywno zalakierowany kok, z brwiami skopiowanymi z natury kopiowym ołówkiem, z powiekami zielonoperłowymi jak brzuch muchy plujki, śpiewała w kuchni Haliny piosenkę o spódniczce mini-mini, ach, mini-mini, a jej maszyneria klekotała i przeciekała z powodu długiego przebywania w szkodliwym środowisku zewnętrznym. Już nie grube ryby, nie hojni zastępcy z Warszawy i zastępy prawych rąk zastępców z powiatu, lecz dryfujący plankton mężczyzn o podkrążonych oczach i wystających grdykach wpływał w Grażynkę i rozpływał się w rozkoszy. Niektórzy przyklejali się do rafy Grażynki i żerowali łakomie przyssani, a ona prezentowała ich Halinie, mówiąc, to Januszek, a to Grzesio, radosna jak wtedy, gdy wykopała rozlatujący się gramofon. Wspólnik go wykiwał albo żonę ma szajbę w wariatkowie, dodawała do opisu, tak jak inna kobieta mówiłaby – jest lekarzem albo jest kierowcą. Za każdym razem z takim samym entuzjazmem i nadzieją pozwalała przyssać się kolejnemu mężczyźnie, który tak jak jego poprzednicy zostawiał po sobie zarzygane dywany, niespłacone pożyczki, tępe żyletki, rzeżączkę lub tylko opryszczkę, a niekiedy dziecko, które rodziło się lub nie. Lgnęli do niej ci, którzy lubili bić, i ci, którzy woleli być bici, bo każdy znajdował coś dla siebie w zakamarkach jej ciała, i przysięgał Grzesio, że była ruda i mała, i wszystko z nią robił, co chciał, a Januszek upierał się, że szatynka i do tego postawna, z charakterem, że tylko to robił, co mu kazała robić, tak go za mordę trzymała. Halina nie wiedziała, że nawet jej syn stał się mężczyzną przy dziurce od klucza, gdy zgięty wpół oglądał Grażynkę rozłożoną do przymiarki, i że odtąd rozbierał wzrokiem tylko kobiety złożone z dużych, obłych części, z których największa i najbardziej obła była pośrodku.

Któregoś razu Halina zobaczyła, jak jej Stefan żartuje z prężącą pierś Grażynką, i od tego czasu wiedziała, że sytuacja wymaga od niej czujności, bo skoro doświadczona sąsiadka tak przy jej synu kobiecieje, to tylko patrzeć, jak inne też zauważą, że zmężniał. Halina jako matka musi więc uważać, żeby jakaś znajda nie zaszła ze Stefanem za daleko, zanim ona ją oceni i ewentualnie dopuści. Halina nie chciała, by jakaś dziewczyna, która zeszła na złą drogę, przywłaszczyła sobie jej dziecko, z takim trudem wyprowadzone na ludzi. Po dwóch miesiącach od tych proroczych olśnień, które pojawiły się w niezbyt dotąd wprawnym w macierzyństwie sercu Haliny, w ich domu na Szczawienku pojawiła się Jadzia i jednak ją zaskoczyła. Instynkt macierzyński nie podpowiedział Halinie szczegółów utraty dziecka na rzecz innej kobiety, a mianowicie tego, że jakaś ona przyjedzie pierwszym porannym z Wrocławia i poleci ze schodów w ramiona syna bez wcześniejszej aprobaty jego matki. Latawica ją przechytrzyła i stało się. Wiele się zmieniło, i to nie na lepsze dla Haliny, jak się obawiała. Przede wszystkim nastał koniec wizyt Grażynki Rozpuch, bo Stefan w nagłym przypływie moralnego uwzniоślenia nie życzył sobie więcej jej towarzystwa. Tak mu się Grażynki kobiecość kurewska i zużyta, tak mu się Grażynki włosów czerń (bo przysiągłby, że brunetka) z Jadzi kobiecością świeżą i blond mieszały, że trzeba było zrobić coś po męsku i podzielić, że tu matka i narzeczona, a tam niematka i nieżona. Ta kurwa razem z moją przyszłą żoną przy jednym stole siedzieć nie będzie, tako rzekł. Na nieśmiały protest Haliny nagle w spiż zmężniały syn podniósł głos i rzucił go między talerze z bigosem, że aż echo poszło. W finalnych słowach przemówienia o kurwie, która progóż tego domu więcej nie przestąpi, niech sobie mamusia zapamięta, Halina wyczuła biblijną powagę i ugruntowany autorytet patriarchy, co na dom pieniążki łoży i wymaga, a tylko patrzeć, jak przywali na odlew jak niegdyś jej brat Franciszek. Cóż było robić, pakowała to, co jej zostało z obiadu, i sama szła do upadłej sąsiadki z dołu, którą gulasz wieprzowy i przysmażone ziemniaki od razu stawiały na nogi. Miesiąc czy dwa później Grażynka, w obliczu poważniejszej niż zwykle groźby utraty dzieci na rzecz socjalistycznego państwa, zebrała się w sobie i przeniosła do Szczawna Zdroju, gdzie jako pomoc kuchenna w sanatorium dla wrzodowców i nerwowych miała ozdrowieć moralnie. Na jakiś czas znikła wszystkim z oczu w obłokach kapuścianej pary.

Jadzia wkrótce została żoną Stefana i zajęła miejsce synowej, na którym Halina wolałaby widzieć kogoś takiego jak Grażynka, tylko młodego i nieużywanego, podczas gdy Jadzia na miejscu Haliny wolałaby nie widzieć nikogo, bo wtedy w mieszkaniu na Szczawienku byłoby więcej miejsca. Smętne towarzystwo Jadzi nie wynagrodziło Halinie utraty przyjaciółki i tęskniła za Grażynką radosną, która śmiała się gulgoczącym, ptasim śmiechem, jakby kurwienie się w Tęczowej było najwspanialszą rzeczą na świecie. Jadzia jeszcze raz stała się niechciana i nie do pokochania, a Halina powtórzyła dostawanie nie tego, na co czekała, i nawzajem ćwiczyły się synowa z teściową w codziennych powtórkach z przeszłości, przed którą uciekały. Nie, myślała o Jadzi Halina i na nie o Halinie Jadzia, a gdy rozmawiały, używały kalekich, bezosobowych form, wspartych na konstrukcji niepotrzebnych przeczeń. A nie przeszedłby się tak kto do rzeźnika i nie kupił na rosół, wzdychała Halina, buchając dymem, a Jadzia, z chęcią na słodkie powodowaną beznadziejnym stanem ciąży, rzucała w przestrzeń pytanie, nie dałoby się tak zagnieść ciasta na pierogi z jagodami? Zawierały chwilowe sojusze w sprawie prania i wieszania upranego albo naciągania wysuszonego, bo przy niektórych czynnościach domowych cztery kobiece ręce nawet niezbyt ze sobą zaprzyjaźnione okazywały się o wiele sprawniejsze niż dwie dobrze zżyte. Poza tym jedna drugiej patrzyła na ręce, by czerpać satysfakcję z faktu, że ta druga robi wszystko nie tak, i wzdychała Jadzia, a nie mogłoby się tak mamusi mocniej wyżymać, a mamusia, tak nagle obdarzona przez syna córką, pytała, a nie uczyli tam nikogo, że się ziemniaki cieniej obiera?

Halina spojrzała na Jadzię inaczej, dopiero gdy zaczęło być po synowej widać, i zobaczyła, że ten brzuch wyłaniający się jak kopiec kreta zmienia perspektywę i poszerza horyzonty. Bo był to brzuch zrobiony obcej Jadzi przez jej Stefana, a więc zawartość w jakiejś części należała również do Haliny, która mogła po tym brzuchu czegoś dla siebie się spodziewać. Mimo iż to nie ona była przy nadziei, trochę jej miała na lepszą przyszłość babci z wnukiem, na którym nie popełni się tych błędów, które popełniło się na własnym przychówku, łącznie z urodzeniem go nie w porę. Halina oczekuje po brzuchu synowej dziecka dowolnej płci, które uczyni ją babką i osobą na swoim miejscu, Stefan oczekuje na zwiększenie stanu posiadania i myśli, że potrzebne będzie więcej miejsca i męskiej pracy na ścianie, a Jadzia mówi, że może z miejsca się z nim zamienić miejscami, byle tylko nie musiała już rzygać co rano.

V

Jadzi Chmurze jest ciężko w ciąży i źle ją znosi, bo trudno znieść coś, czego nie można przestać nosić. Przez pierwsze cztery miesiące przez pół dnia ma torsje, które mogą wrócić w każdej chwili o innej porze, jeśli tylko poczuje gdzieś zapach spalenizny. Wystarczy niewinna zapałka, by rozpalić drzemiący wulkan w jej trzewiach, i już Jadzia bucha z nosa i ust. Pomaga, choć na krótko, zapach octu, Jadzia otwiera butelkę i wącha, ale tylko odstawi i już znów leci do łazienki.

Nie da się jednak wyrzygać przyczyny rzygania, a więc po czterech miesiącach Jadzia poddaje się i zaczyna jeść; jej ciało wchłania teraz z takim samym zacietrzewieniem, jak wcześniej zwracało. Jadzia pożera bułki z dżemem truskawkowym przysyłanym przez matkę z Zalesia i puszkowane sardynki, z których wypija nawet olej, wylizując na koniec puszkę do czysta jak kot i kalecząc sobie język o ostre brzegi. Pożera solone śledzie i ogórki kiszone, cukier w kostkach i wędzoną słoninę, kukułki i krupnioki. Stefan je, zasłaniając talerz ręką w obawie, że Jadzia zaraz mu coś z niego świśnie, a ona nocą drepcze do kuchni i dojada to, co zostało. Zanurza dłoń w glinianym garnku z powidłami, przebija się przez skorupkę cukru w wilgotną miękkość i wylizuje dłoń, oczyszcza każdy palec, wymiatając drobiny słodyczy spod paznokci. Czuje, jakby w środku niej coś domagało się więcej i więcej, to głód, który nie jest jej głodem, więc nie może go opanować. Ciążą ku dołowi jej wielkie piersi, a skóra na pośladkach i udach zaczyna tracić gładkość i wygląda teraz jak nierówno przepikowana, w Jadzi jest więcej, niż może się pomieścić. Widzi w łazienkowym lustrze Jadzia, że jej tyłek przypomina pomarańczową skórkę. Rzadko widuje pomarańcze, ale pamięta, jak wyglądają. W Wałbrzychu nikt jeszcze nie uważa pomarańczowych tyłków za chorobę i nie zna słowa celulitis. Przytyło jej się, mówią sąsiadki, im też się przytywało lub przytyje. Jako kobieta ciężarna wagi ciężkiej ma specjalne przywileje w kolejkach i autobusach, ludzie przepuszczają ją i jej ustępują, chociaż Jadzia ledwo się mieści w zwolnionym dla niej miejscu i boi się, że się zaklinuje na amen.

Znajome kobiety ze Szczawienka, które wyszły z ciąży, opowiadają Jadzi nowicjuszce o porodach, podczas których każda chwila groziła śmiercią, rozerwaniem na strzępy, pęknięciem na pół, i tylko wyjątkowe szczęście i hart ducha sprawiły, że żyją. Każda opowieść jest pełna bólu, strachu i krwi, o jakich pojęcia nie mają wojenni weterani, którzy mieli do dyspozycji okopy, bagnety i ostatecznie możliwość dezercji. Licytowanie opowieści porodowych polega na przebijaniu poprzedniej oferty straszniejszym bólem i większym nacięciem krocza. Krocza nienacięte pękają w poprzek (pół biedy) lub wzdłuż, jakby kobietę rozerwano końmi, od pępka po kość ogonową zieje wtedy rana, w którą jodyna chlustana jest na żywca, wiadrami. Jadzia słucha i czuje, jak dziura między jej nogami zawiązuje się w supeł, ma teraz dwa pępki. Śpi sama na kanapie i ogania się od Stefana, który na pociechę trzyma w łazience parę niemieckich pornosów ukrytych pod wanną. Jadzia liczy dni według wyznaczonego jej przez doktora Lipkę terminu i myśli, że jak będzie dziewczynka, to da jej Dominika albo Paulina. To najpiękniejsze imiona z kalendarza i trudno jej zdecydować, które woli. Jak urodzi w styczniu, to się ostatecznie wybierze. O chłopcu Jadzia nie myśli, bo wydaje jej się nieprawdopodobne, by mogła mieć w brzuchu człowieka innej płci. Wszystko jedno co, mówi Stefan, byle zdrowe.

Termin porodu, wyznaczony przez doktora Lipkę na siedemnastego stycznia, przyszedł przed czasem i nie w porę, gdy przy kolacji wigilijnej Jadzia wstała, by dołożyć sobie śledzi w śmietanie. Nikt w kamienicy nie ma telefonu, ze Szczawienka droga do szpitala daleka, a wszędzie śnieg po pas. Jadzia pada znokautowana pierwszym ciosem bólu, który jest dopiero zapowiedzią tego, czego kobieta przy nadziei może się spodziewać, zanim ją wypchnie na świat i utraci. Ku budce telefonicznej ruszają samotrzeć, bo żadne nie chce zostać samo w domu, a już najmniej Jadzia. Ma tak spuchnięte stopy, że musi iść w sześć numerów za dużych śniegowcach Stefana, na spuchnięty brzuch mieści się tylko jego stara jesionka. Halina wciska jej jeszcze na głowę czapkę ze sztucznego lamparta i w drogę. Sunie Jadzia wydeptaną w śniegu ścieżką pod niebem twardym jak lód; tej zimy rozbijają się o nie ptaki i pękają im serca, Jadzi pękają hemoroidy i bąble na piętach. W zaspie, w którą poleciała twarzą, but Stefana zostaje do wiosny. Po obu stronach drogi kamienice, w których drzwi zamknięte, okna zasłonięte, światełka choinek przez nie mrugają wesoło. Jadzia przykuca i wyje, na śnieg wykapuje z niej parę różowych kropel krwi i dwie łzy. Halina wali w drzwi właściciela magla, Zenona Kowalskiego, który ma warszawę, ale nic z tego, benzyny nie ma, pijany, pomógłby, gdyby okoliczności tak się nie sprzysięgły przeciwko. Sanki! Stare drewniane sanki stoją oparte o ścianę i może dobrzy ludzie je pożyczą, by mogli pociągnąć na sankach ciężar Jadzi półbosy i ciężarny. Halina stuka w okno na parterze, ale dobrzy ludzie przy stole pewnie nie słyszą, tak się w kolędach rozśpiewali, i nie można ich winić, da Bóg, sama noga im się powinie. Sanki zmieniają właściciela nielegalnie. Zaprzężone w Halinę i Stefana, z Jadzią usadzoną na nich okrakiem, sanna hosanna suną przez Szczawienko, nabierają rozpędu, iskry sypią się spod płóz, wzbijają się w powietrze, strącają sople z dachów, przelatują nad drutami wysokiego napięcia, warczącymi z zimna jak psy. Śniegu kurzawa, mróz na rzęsach i brwiach, Jadzia odchyla głowę, zamyka oczy, gubi drugi but i myśli, że gdyby tak ordynat, gdyby Cudzoziemiec, to może to wszystko wyglądałoby romantyczniej i nie bolało aż tak. W budce telefonicznej lśni kałuża moczu i cicha noc jest w słuchawce, która kołysze się na naciętej metalowej łodydze. Jadzia zaparkowana przed budką zsuwa się z sanek, a tocząca się przez nią kula bólu, szybsza i większa od poprzedniczki, eksploduje w kolorze malw i georginii z zaleskiego ogrodu. Jadzia pełnym głosem ryczy NIE, pierwsze w jej życiu tak zdecydowane i niestety zmarnowane. Żabki trzymające jej pończochy otwierają pyski ze zdumienia i otwiera się matka ziemia. Skotłowane wody pełne ostro zakończonych przedmiotów prą w stronę tunelu, przez który przecisnąć się może przecież co najwyżej strumyk. Zatrzymam samochód, olśniewa Stefana, ale zaporożec na widok grupy ludzi przy drodze tylko mrugnął cyklopim okiem, przyspieszył i znikł. Jadzia wyje, i znów na NIE, bo kości jej miednicy zaczynają rozsuwać się jak płyty przy trzęsieniu ziemi. Dlaczego w tym pierdolonym kraju nie ma taksówek ani telefonów?! płacze Stefan. Halina przechodzi do działania, ta kobieta wie, kiedy trzeba wziąć sprawy w swoje ręce, rzuca się na środek ulicy Wrocławskiej, lśniącej wśród śniegów jak jęzor czarnej lawy. Zza zakrętu wyskakuje slalomem milicyjna nyska na sygnale, leci w ramiona Haliny rozkrzyżowane, jakby czekała na biegnące dziecko. Stój, sobacza twoja mać, drze się Halina Chmura, stój, hryniu sobaczy! Nyska hamuje, o włos. Dwóch milicjantów, bardziej i mniej pijany, wyskakuje z wozu gotowych, kurwa, przylać starej, ale widok Jadzi leżącej w śniegu porusza ich serca. Patrz, kurwa, baba, kurwa, rodzi normalnie, mówi bardziej do mniej pijanego i wyższego stopniem, choć nie wzrostem. Obywatelka rodzi, mniej do bardziej potwierdza, jak rany! Chryste, nie klnij, głupi chuju, jak obywatelka rodzi. Mniej pijany i wyższy stopniem, porucznik Pasiak, każe państwu Chmura z teściową cudem nieprzejechaną pakować się do nyski. W środku zakuty w kajdanki mężczyzna w piżamie i galowej górniczej czapce z czarnym pióropuszem ociera krew z nosa, odkasłuje i śpiewa Bóg się rodzi, moc truchleje zaskakująco silnym, choć przerywanym czkawką głosem.

Gdy Jadzia trafia na salę porodowych mąk, jest już za późno, by zacząć je od lewatywy i golonka z zacinaniem. Potomni straciliby tę część jej kombatanckich wspomnień, gdyby Jadzia z czasem nie nabrała biegłości w zmyślaniu kobiecych historii. Lekarz, któremu przypadł dyżur w Wigilię, ma wystarczająco zły humor i nawet kolacyjka zakrapiana w towarzystwie kolegów z chirurgii nie poprawiła mu nastroju. Dziś nawet dowcip o chuju włożonym pielęgniarce do torebki jakoś nie rozśmieszył, mimo iż miał sprawdzoną potencję śmieszenia. Przyjęcie ósmej rodzącej w ciągu trzech godzin lekarz uznaje za wyjątkową niesprawiedliwość losu, umówiły się te Maryje czy co, kurwa ich mać. Mierzy rozwarcie Jadzi na palce, cicho mi tu, cicho, babo, uspokaja, klepiąc w udo jak krowę, gdy wrzasnęła swoje NIE, bekając śledzikiem, i zostawia ją na rzecz innej rodzącej w boksie utworzonym przez zasłonki z prześcieradeł. Zachwiał się, upuścił stetoskop, przewrócił parawan, ale odzyskał równowagę; nie na darmo lata wprawy. Z lewej strony Jadzi buczy basem jakaś matka przyszła, powtarzając kurwa raz po raz. Na prawo Jadzi inna bożeboże i wobec chwilowego braku parawanu ukazuje się w całym swym splendorze. Chór pięciomaryjny z oddali dostarcza podkładu wrzasków, pierdnięć i jęków, i raźniej jakoś się robi Jadzi, gdy inne też boli. Boli, ale każda będzie powtarzać potem córkom i siostrom, że tak jak ją to żadną, bez porównania, jej ból był absolutnie wyjątkowy i największy. Gdy ból, większy od tego z prawej i lewej, stał się nie do zniesienia, do Jadzi dotarły na jego fali dwie rzeczy: dobra wiadomość, że jej prawa dłoń pierwszy raz od lat zacisnęła się w zgrabną zdrową pięść, i zła, że po trzech dniach zatwardzenia zaraz zrobi kupę i że nic na to nie da się poradzić.

Gdy wydawało się, że upokorzeniom nastąpił kres, pokazali jej czerwone coś, przerażające swoją nagłą osobnością w świetle zimnym jak lustro, jak lód. Przybili pieczątkę Dziewczynka, zaraz dobili drugą Córka i poszli z tym czymś, ze strzępkiem Jadzi, Dziewczynką Córką gdzieś, a Jadzia, wielki miękki owoc wyciśnięty przez nacięcie na krzyż przy ogonku, zamiast spodziewanej ulgi poczuła, że coś jest nie tak. W nagłym skurczu, który wrócił wielką falą, krzyknęła NIE jeszcze raz, a położna o ustach wymalowanych w serce zajrzała między jej nogi, obnażyła małe ząbki gryzonia i zawołała, tu jest jeszcze jedno. Jadzia poczuła, jak coś jeszcze raz, tak samo, ale jakby inaczej – delikatniej, jak jedwab – jak będzie opowiadać w przyszłości, prześlizgnęło się przez nią drogą jodyny i krwi, powodując zamieszanie, tupot, czyjś krzyk. Próbowała się podnieść, ale trudno wstać, gdy się waży prawie osiemdziesiąt kilo i ma nogi przypięte skórzanymi pasami do porodowego łóżka. Rzuciła się tylko raz i drugi, aż położna z małymi ząbkami dobiła ją uspokajającym zastrzykiem. Ostatnie, co usłyszała Jadzia, to: za późno.

Gdy Jadzia obudziła się kilka godzin później już na innej sali, zaszyta i zajodynowana, pośród sześciu innych zaszytych, zajodynowanych i krwawiących na połatane prześcieradła, dziurawe ceraty, na materace z brunatnym makiem rozkwitającym pośrodku wciąż na nowo jak maki z Monte Cassino, co to żołnierz szedł po nich i ginął, nie mogła dojść do ładu z imionami. Paulina i Dominika, te dwa wybrane przez nią, były tak piękne i niepospolite wśród Kaś, Joaś i Baś, że naprawdę nie mogła się zdecydować na tylko jedno z nich. Gdy już pewności nabierała przyszła mamusia, to imię, z którego właśnie zrezygnowała, wydawało się nagle ładniejsze, ciężka sprawa. Czekały więc dwa, Dominika i Paulina, jak dwie sieci na dziewczynkę-rybeczkę. Tak pięknie pasowała Dominika lub Paulina do różowej czapeczki, po której od razu wszyscy będą widzieć, że dziewczynka. Będą pochylać się nad wózkiem i pytać, jaka śliczna dziewczynka, a jak ma na imię? W przypadku chłopca (czapeczka niebieska niezależnie od imienia) Stefan upierał się przy Władku, po ojcu, dając nagły i niespodziewany wyraz swoim synowskim uczuciom, ale okazało się, że kowal/ kelner Chmura raz jeszcze nie miał szczęścia i jego imię odpadło z konkursu, nie przydało się już nigdy w tej rodzinie. Były więc dwa imiona, Dominika i Paulina, i dwie dziewczynki, martwa i żywa, żywa i martwa, do których Jadzia musiała dopasować Dominikę i Paulinę. Jedno imię musiało przypaść na żywą, a drugie na martwą, której obecność w macicy Jadzi zaskoczyła wszystkich, łącznie z nią samą. Nie usłyszał bicia dwóch serduszek młody doktor Lipka, zwany doktorem Cipką, ginekolog z rejonowej przychodni na Piaskowej Górze. Ktoś, kto codziennie zaglądał między kilkadziesiąt par ud w celu potwierdzenia, zbadania, usunięcia, kto w oparach kobiecości kiszonej na sposób staropolski marzył o prywatnej praktyce, miał chyba prawo liczyć na kobiecą intuicję. To jest dar natury, co się z nim stało, Jadziu? Być może dwa serduszka biły aż tak zgodnym rytmem, że nie sposób było ich odróżnić, ale bardziej prawdopodobne, że to dwadzieścia dodatkowych kilogramów Jadzinego tłuszczu przybranego w ciąży, tłumiącego dźwięki jak gruby filc, i wigilijny wieczór, najgorsza pora na rodzenie nie tylko w Betlejem, ale z całą pewnością również w Wałbrzychu Anno Domini 1972, złożyły się na fakt, iż Dominika została jedynaczką. Przyszedł ranek i rodzina przyszła zbita z tropu bożonarodzeniowego tym pomieszaniem narodzin i śmierci. Stefan tkliwy i podpity z wiązką goździków, Halina w za dużej czapce z lisa z pomarańczą, wujek Kazik z wujenką Basieńką, on wzdychający, ona nastawiona na nucenie, z torbą kukułek. Nad łóżkiem Jadzi rodzina parowała od mrozu i nie wiedziała, czy cieszyć się, czy płakać, bo sytuacja przerosła nawet wysoko stojącego pieczarkarza. To jak, Dziunia, odważył się Stefan, dajemy jej Dominika czy Paulina? Nawet gdy Jadzia już powiedziała sobie, Paulina to ta, a Dominika to tamta, nie miała pewności, czy robi dobrze, bo nie przyszło spodziewane olśnienie i żadne imię nie pasowało w pełni ani do śmierci, ani do życia, albo może oba pasowały tak samo. Dominika, powiedziała pod rodzinną presją Jadzia, i myślała o martwej córce, którą chciała imieniem uznanym w końcu za piękniejsze wyposażyć na tamten świat, pełen duszyczek wyskrobanych po kawałku, aniołków z dziurami w sercach, kręgosłupami rozszczepionymi na dwoje i wodogłowiem, ale ją źle zrozumiano. Imię martwej dostała żywa dziewczynka, dwa kilo dziesięć i tylko pięć punktów w skali Apgar, a druga, o chwilę młodsza, troszkę lżejsza i bez żadnego punktu w skali ziemskich spraw imię żywej, trumienkę wielkości bombonierki i przepłacone z powodu świąt miejsce na cmentarzu, dwie alejki od dziadka Władka. Małe szczęście w nieszczęściu, że tak blisko, bo się człowiek z chryzantemami na Wszystkich Świętych od grobu do grobu nie nachodzi. Ma drugie, to szybko zapomni, mówili, i jeszcze, tą, co jej została, za dwie pokocha, ale Jadzia kiepska była w dzieleniu i mnożeniu, a wynik dodawania wychodził jej na zero. Martwa dziewczynka z podmienionym imieniem stanie się więc wszystkim tym, do czego Dominika nigdy nie dorośnie, a żywa dziewczynka nigdy nie stanie się tym, czym mogłaby być Paulina. Pomylą się córki Jadzi. Martwą zapamięta matka jak żywą, a żywa będzie jej umierała – pod trzepakiem z kręgosłupem na pół, na pal przez zboczeńca w piwnicy nabita, pod kołami ciężarówki rozgnieciona na wiśniowy dżem. Dominice nie uda się nawet przejść pod oknami domu na Piaskowej Górze, by w matki głowie jedno z nich nie wyrwało się z ram. Nie jest łatwo przeżyć w życiu tak pełnym niebezpieczeństw oseskowi, który przypomina starca w miniaturze i przyszedł na świat po trupie siostry.

Wszystkie kobiety na Jadzinej sali tortur poporo-dowych zgadzały się, że sztuczne karmienie jest lepsze i bardziej higieniczne, co zresztą dowiedziono naukowo. Pani inżynierowa pozszywana wzdłuż i wszerz po synku wagi ciężkiej, który z byka zaatakował ją od środka i nie popuścił, twierdziła z wyczuwalną tęsknotą w głosie, że kiedyś będą nawet sztuczne macice i w nich jak w inku-batorach zahoduje się potomstwo o dowolnie wybranej płci. Będzie się przychodziło i patrzyło przez szybkę, jak rośnie, i jeśli o nią chodzi, to hodowałaby tylko chłop-ców, a nie córki-dziurki, bo co to za pociecha. Biedna Jadzia córkorodna jak zwykle za późno wymyśliła złośli-wą odpowiedź i już jej się nie przydała. Nauka to potę-gi klucz i żadna z pań, włączając Jadzię, nie chciała być babą ze wsi, gdzie w przeciwieństwie do miast takich jak Wałbrzych panowały ciemnota, zabobon i zupełny brak higieny. Położna zabrała z ramion Jadzi biały kokon z zawartością niedającą się nastawić na funkcję ssanie, a poza matczynym okiem, które nie utuczyło, nakarmio-no noworodka po raz pierwszy i nie ostatni substytutem przez smoczek ze zbyt dużą dziurką. Trzeba było łykać, żeby się nie udławić.

Gdy w szpitalu Dominika pierwszy raz odwróciła buzię od jej piersi, Jadzia poczuła, jak po jej obolałym ciele przebiega dreszcz niechęci. Gdy za białym fartu-chem położnej zamknęły się drzwi, pojawiła się ulga, że kokon został wyjęty z jej ramion i znikł wraz z zawar-tością zametkowaną Dominika Chmura. Nigdy więcej nie oglądać czerwonej pomarszczonej buzi zapragnęło coś czarnego w Jadzi, zapomnieć, krzyknęło to coś, za-pomnieć o dotyku lekko zniekształconej główki, której miękkie kości wgniotły się tam, gdzie dotykały bliźniaczej siostry. Ta główka taka krucha jak wydmuszka, przecież nie da rady Jadzia utrzymać jej przy życiu. Chrupnie pod jej palcami, pęknie w zderzeniu ze szczebelkami łóżeczka, przez uszy naleje się do środka kąpielowej wody. Ta Jadzia, wszystko jej się pomieszało – jak to zapomnieć, przecież każda matka chce zapamiętać obraz swojego bezbronnego maleństwa. Będzie pamiętała i kiedyś przypomni wyrośniętemu przeciw niej z maleństwa rozczarowaniu życiowemu, gadowi wyhodowanemu na własnym łonie, że było niczym na karmionej łasce i podcieranej niełasce, więc niech nie podskakuje matce, której świta, że się poświęciła i zmarnowała na darmo. Po powrocie do kamienicy na Szczawienku Jadzi nie poprawiło się – to coś w Jadzi raczej się pogorszyło i znarowiło, ono było osobne i jednocześnie wczepione w nią jak bliźniak pasożyt. W bezsenne noce zatapiała Jadzia pokój wypływającymi z niej morzami i zawieszona pod sufitem jak wielka alga patrzyła, jak woda pochłania jej męża i córkę. Widziała, jak kałamarnice oplątują nic niepodejrzewającego Stefana, jak meduzy opadają na drewniane łóżeczko, pokrywając Dominikę galaretowatą kołdrą, spod której wydobywały się ostatnie bąbelki powietrza. Brakowało Jadzi-aldze odwagi, a może energii, by zostać na bezdechu w wywoływanej co noc powodzi i dopiero rano dać się wyrzucić na brzeg. Myślała o skokach z wysoka, o gazie, o tabletek łykaniu, ale zwyciężał bezruch i trwanie, była zatrutym Morzem Sargassowym, Pełcznicą pełną żołnierskich trupów. Niezmordowana w niespaniu wpatrywała się w swoje dzieło zniszczenia oczami jak niedojrzały agrest i szarpało ją poczucie winy, zostawiając krwawiące rany. Pokryta swędzącą wysypką, której przyczyn lekarz z przychodni nie umiał dociec i podobnie jak w przypadku czkawki Stefana zalecił witaminy, rozdrapywała pęcherze na wilgotną miazgę i obgryzała paznokcie miękkie i listkujące jak francuskie ciasto. Pogrążona w płaczliwej obojętności snuła się po domu w poplamionym szlafroku i zapadała w kąty, skąd Halina wyciągała ją jak szmatę, by jakoś przygotować na powrót męża. Nie mogłaby tak się trochę ogarnąć? Nie ma zamiaru się ubrać? Obojętność Jadzi przerywały napady gorączkowej aktywności, której głównym przedmiotem było dziecko. Jadzia wyskakiwała co jakiś czas z ciemności, jak kometa przelatywała przez mieszkanie, nabierając rozpędu i obijając się od ścian, i już, nagle, o czwartej nad ranem szorowała podłogę, wannę i sedes, że aż dwa piętra niżej śmierdziało lizolem, a ona miała ręce po łokcie czerwone jak dwa pęta surowej kiełbasy. Zaczynała nagle zajmować się Dominiką, tak jakby chciała wynagrodzić jej tygodnie niezajmowania się; wyrywała Halinie butelkę z mlekiem, które jeszcze było za gorące, przestawiała łóżeczko w miejsce, w którym nagła śmierć niemowlęcia wydawała jej się mniej prawdopodobna, śpiewała, przyrzekała dozgonną miłość matczyną. Obwąchiwała Dominikę i zaraz, natychmiast trzeba było grzać wodę na kąpiel w metalowej wanience. To dziecko jest brudne! Niemowlę zaczynało sztywnieć w jej ramionach, odwracać głowę i płakać, a Jadzia wpadała w lepkie bagno paniki. Zapewnienia, że wszystko będzie dobrze i że mamusia kocha, wznosiły się na niebezpieczną wysokość, poza którą był pisk, zgrzytanie zębów. Jadzia kometa wypadała z kamienicy na Szczawienku z krwawym ogonem pożogi, by wrócić dopiero po paru godzinach zmięta i pożółkła jak przypalona kartka. Pozadomowe wypady Jadzi przesądziły sprawę w dniu, gdy wyrwała się w samej koszuli jak wykatapultowana i Halina po trzygodzinnych poszukiwaniach znalazła ją na strychu, gdzie usiłowała przecisnąć się przez okno na dach, ale utknęła biodrami. Teściowa wyciągnęła synową na łono rodziny za owłosione łydki, ale kto wie, na jak długo. Wariactwo zdarzało się wprawdzie w Wałbrzychu, ale nigdy w porządnych rodzinach. Bał się Stefan, że znów mu się żona nocą w koszuli wypuści i tak jak Świętą Mrówę z Tęczowej, która w obchody rocznicy rewolucji październikowej nago wyleciała zza pomnika bohaterów Związku Radzieckiego, złapią ją w kaftan bezpieczeństwa, zamkną i wypuszczą okrytą wstydem, jeśli w ogóle. Odbita szajba Jadzi wróciłaby wtedy na ludzkich językach jak bumerang, dewastując karierę zawodową i towarzyską Stefana. Nawet jeśli dostałby talon na samochód, to nie mógłby w takiej sytuacji nawet marzyć o spotkaniach z inżynierem Waciakiem na gruncie towarzyskim i łonie przyrody. Rykoszetem odbita szajba Jadzi mogłaby nawet wywalić dziurę w pieczarkarni wuja Kazimierza, który tymczasem wszedł w posiadanie zakładu produkującego ozdoby do włosów i inną galanterię plastikową.

Konsylium w składzie: wuj Kazik (obecny), ciocia Basia (obecna, od dawna pozbawiona prawa głosu), Halina (paląca, licząca na to, że dziecko dadzą jej pod wyłączną opiekę), Stefan (obecny, zagubiony), i Jadzia (obecna, niedysponowana), zebrało się na apel nadgórnika i zasiadło. Uznano, że pół biedy, gdy szajba odbija Jadzi w domu (racja, wuju), bo wtedy ściany trzymają żywioł w ryzach, ba, skoro sprząta, to nawet szajba pożyteczna (zgoda minus niezrozumiały szept cioci Basi, uciszony). Przyznano jednogłośnie (nie licząc cioci Basi), że gorzej, znacznie gorzej, gdy szajba poporodowa wyrzuca Jadzię na zewnątrz. To się wręcz sprzeciwia kryminałowi, rzekł wuj Kazimierz, a Stefan przytaknął, chociaż nie zrozumiał. Jako lekarstwo dla Jadzi wybrano pracę poza domem i unikanie czynników szkodliwych, za które uznano dziecko. Konsylium zdecydowało, że Jadzia zasiądzie na posadzie referentki, a Dominiką zajmie się babcia Halina, dopóki się młodej mamie nie polepszy. Do posady referentki potrzebna była matura, której Jadzia nie miała, ale tę rozbieżność wuj Kazimierz obiecał załatwić, bo miał wejścia i plecy. O dzieciaka zadba babka, a ty w tym czasie po męsku sobie z żonką tentego, żeby jej się ten babski móżdżek całkiem nie zaparzył, rzekł wuj Kazimierz Stefanowi, który gotów był zgodzić się na wszystko, byle tylko odzyskać swoją dawną Jadzię nielota.

Gdy po niespełna roku wspólnego szczęścia na Szczawienku nastał czas, by przeprowadzić się na Piaskową Górę, dziecko zostało, gdzie było. W szczęściu Stefana pojawiła się pierwsza poważna przeszkoda w postaci szajby Jadzi i oddanego na przechowanie dziecka, które wolałby mieć przy sobie, a raczej mieć je przy dziecka matce, a nie swojej. Istota problemu żony rysowała mu się mglisto, bo nie widział powodów, i próbując radzić z nią sobie po męsku, ciągle trafiał głową w mur. Zaczął więc wstępować do Tęczowej, by strzelić sobie setkę dla większej jasności, która należała mu się zwłaszcza po ośmiu godzinach w kopalni, gdzie czarno bywa jak w dupie u Murzyna po kaszance. To powiedzonko niestety nie on wymyślił, lecz Kowalik, czego Stefan żałował za każdym razem, gdy budziło śmiech kolegów. Z Tęczowej szedł do Haliny, by przez chwilę popatrzyć na dziecko i upewnić się, że jest ono na swoim miejscu dziecka, a on na swoim ojca, i tą nową okrężną drogą wracał na Piaskową Górę, sprawdzając w windzie jakość oddechu, bo zaraz w przedpokoju musiał chuchnąć. Gdyby Jadzia wyczuła alkohol, zdenerwowałaby się, a to miałoby wpływ na jakość obiadu, mogłoby nawet objawić się płaczem i rzucaniem talerzami w żywiciela, który pozostałby głodny. Tęczową i odwiedziny u córki trzymał więc Stefan w tajemnicy przed Jadzią, to pierwsze wiedział dlaczego, to drugie nie do końca, ale sekret sprawiał mu satysfakcję jak wtedy, gdy udawało mu się zjeść kawałek boczku z barszczu, a wuj Franciszek nie zauważył, że obgryzione. W niedzielę oboje rodzice byli rodzicami i zabierali córkę do siebie na Piaskową Górę, a Dominika była zabierana, bo na razie nie miała w tej sprawie nic do powiedzenia.

VI

Halina przygotowuje śniadanie dla siebie i Dominiki, nie wyjmując papierosa z ust, słodka herbata, parówki, chleb; między jednym gestem a drugim wypuszcza wartkie strumienie dymu, które tracąc impet, snują się po kuchni. Babcia Kolomotywa, nazywa ją dziecko, bo lokomotywa (co stoi na stacji i pot z niej spływa) to długie słowo i lubi się przekręcić na języku. Niekiedy dziecko samo przekręca słowa, jakby obracało w ustach malinową landrynkę, która może poranić język, gdy się nie uważa. Dzień dobry, pani księgowa! krzyczy do ekspedientki w księgarni, która sprzedaje im bajeczki o grzecznych dzieciach i niemięsożernych tygryskach. Przekręcane słowa cieszą dorosłych, bo wtedy upewniają się oni, że dziecko jest nieporadne i małe, a oni duzi i sobie poradzą. Nie wolno jednak przesadzić, bo wyjdzie się na dziecko upośledzone, a takie mają miejsce poślednie i mamusie się ich wstydzą przy innych paniach.

Mamusia Dominiki nie ma jednak wielu okazji do wstydu, bo odwiedza córkę tylko w niedzielę. Na co dzień jest babcia Kolomotywa. Babci nie przeszkadza przekręcanie słów, bo sama mówi do wnuczki, wplatając w polski słowa białoruskie, rosyjskie, zaciąga miękko, śpiewnie i bulgocze przedniojęzykowo-zębowym ł. Przy Dominice trzymany w ryzach język młodości Haliny ożył, rozsnuł się, dziki, zapuszczony, ale musi uważać, bo Jadzia nie lubi obcych słów. Niech mamusia dziecku w głowie nie mąci! strofuje teściową. Jadzia Chmura chciałaby odebrać swoje dziecko w stosownym czasie i w tym samym stanie, co najwyżej nieco cięższe i większe, ale stanowczo niczym oprócz przyrostu masy nieobciążone. Dziecko jest jednak bardzo miękkie i pootwierane na oścież, świat wlewa się w nie, przenika przez jego skórę i osadza się w środku, tego nikt już nie zatrze. To w Dominice zostanie zapamiętane jako pierwsze i będzie wracało; ona już nigdy nie uśmieje się, tylko po białorusku uhaha.

Babcia Kolomotywa zawsze ubrana jest w nylonowy fartuch w kwiaty i zwierzęta afrykańskie, dzikie tygrysy, słonie trąbalskie i małpy ogoniaste. Pomiędzy zwierzętami i kwiatami jest kolor niebieski, to morze, są wyspy – przychodzi tata i mówi, to są wyspy Bula-Bula, małpy tam skaczą, wiatr ciepły hula. Popiół z papierosów babci Kolomotywy spada w dżunglę i wypala w niej dziury, dziurawi tygrysy, słonie i małpy, wypala im oczy, opala wąsy, z sykiem gaśnie w morzu. Babcia Kolomotywa pachnie spaloną dżunglą, tygrysami, którym z pustych oczodołów bucha dym, małpami o ogonach zmienionych w pochodnie, słoniami o brzuchach poprzepalanych na wylot. Dziecko chciałoby jechać na wyspy tropikalne na morzach błękitnych i ratować tygryski, słoniki i małpki. To są wyspy Bula-Bula, mówią dorośli, trudno tam dojechać z Wałbrzycha niestety. Babcia pachnie jak suszone przy piecu ściereczki, jak wysuszona na siłę wilgoć, ma na głowie wałki, sterczą z nich metalowe szpilki jak ostre różki. Dziecku nie wolno bawić się szpilkami i brać ich do buzi, ostrzega mama, która przychodzi. Połknięta szpilka popłynęłaby żyłami do serca jak kajak z ostrym dziobem i Dominika poszłaby do dziadka Władka i małej Paulinki. Dominika wie, że ma siostrzyczkę, której tu nie ma. Raz babcia Kolomotywa mówi, Paulinka jest w ziemi, śpi sobie smacznie, raz, że w niebie jest aniołkiem, fruwa sobie jak jaskółeczka, ale jak to możliwe, by być naraz w dwóch tak odległych miejscach. Niebo, mimo wpatrywania się, nie daje odpowiedzi. Dominika sprawdza więc doniczki, wysypując z nich ziemię w poszukiwaniu małych siostrzyczek, z którymi można by się bawić, jeśli tylko je się trochę umyje albo chociaż otrzepie z brudu. Może siedzą tam w ciemności skulone i czekają, by je uwolnić. Jednak w doniczkach jest tylko biaława plątanina korzeni, spomiędzy których wypada nagle glista i wije się na dywanie. Dziewczynka zostaje skrzyczana, ziemia wraca do doniczek, kwiaty korzeniami do ziemi, glista ginie, zostawiając w głowie dziecka trudne do wysłowienia podejrzenie.

Babcia Kolomotywa co rano siada koło wnuczki, kroi parówkę strzykającą mętnym płynem i sama posila się przy okazji; zdrapuje cielistą masę, która przywarła do skórki, i wyciera nóż o kromkę chleba. Z wiekiem potrzebuje coraz mniej pokarmu, jej jaszczurcze ciało jest chłodne i suche, uwędzone w dymie na żółto. Jadzia daje precyzyjne zalecenia teściowej. Uważa za ważne, by codziennie dziecko napełnić określoną ilością pokarmu. Sama nie jest w stanie tego robić, ale na odległość też można okazać miłość macierzyńską za pomocą parówek. Wzajemność dziecka nie jest jeszcze dobrze rozwinięta i trzeba ją dopiero wykształcić. Chodzi o otwieranie ust i przełykanie. Dziecko ma odwzajemniać, ale nie wolno mu zwracać. Leci, leci samolocik za mamusię, za tatusia i dalej lecą za wujka Kazia, za babcię Zosię z Zalesia, za nucącą wujenkę Basieńkę, o której oprócz tej okazji nikt zwykle nie pamięta. Na koniec lądują parówczane dwupłatowce ze zmarłymi na pokładzie, za dziadka Władka, za siostrzyczkę Paulinkę, która jest jedynym dzieckiem w towarzystwie oprócz Dominiki. Te ze Szczawienka, żywe wprawdzie, lecz brudne i niekulturalne, zostały zabronione przez Jadzię jako nieodpowiednie dla jej córki. Babcia Kolomotywa, przyzwyczajona do Stefana tak łakomego, że powygryzał dziury w ścianach ich mieszkania, nadal uczy się nowych sposobów na przechytrzenie wnuczki, która mówi nie na każdy samolocik z jedzeniem. Ni w nie Dominiki, wibrując, wznosi się do góry, a e za nim nie nadąża, stukocąc jak puszka ciągnięta po bruku. Dziewczynka wystawia język zwinięty w trąbkę, patrząc na babkę oczami, które, jak Boga kocham, nie wiadomo skąd wzięły się w tej rodzinie. Halina dobrze się czuje na miejscu babci i tylko wygląd wnuczki trochę ją niepokoi. Dominika, co to w ogóle za imię, ani po matce, ani po babce, imię-znajda i do tego twarz-podrzutek, bo skąd tu nagle ciemne, cygańskie dziecko, żeby gorzej nie powiedzieć, łepek kędzierzawy i nos jak klamka od zakrystii. W maglu u Herty Kowalskiej czy w spożywczym na dole patrzą baby i się dziwią, głupie pudła, a po kim to takie oczka, a nosek to po mamusi czy po tatusiu, a włoski ciekawe po kim. A gówno wam do tego, po kim, chciałaby im powiedzieć Halina, ale codziennie przed wyjściem próbuje przynajmniej te dzikie włosy wnuczki jakoś ukryć pod czapką czy chusteczką, skoro całej dziewczynki nie dało się ukryć pod innym wyglądem. Trafił im się odmieniec, bo Stefan przecież blondyn, a Jadzia nawet jak się wypacykuje, blada i rozrzedzona jak niedogotowane jajo. A jednak przywiązał się człowiek, że aż strach. Im bardziej się Halina przywiązuje, tym bardziej strach, bo trudniej się mocne przywiązanie rozrywa i może się przy tym nawet polać krew. Już dwa razy udało się babce przedłużyć związek z wnuczką, którą odbiorą jej tak czy siak prawowici właściciele. Dziewczynka odsuwa się od parówczanych zwłok, kiwając się na krześle, i jeszcze raz wystawia język zwinięty w trąbkę. Tej sztuki nikt oprócz niej w rodzinie nie potrafi.

Nie wywalaj języka, bo ci krowa nasika, grozi jej Halina, a Dominika śmieje się zbyt hojnie jak na ten zużyty żart, śmiechem na pokaz, mającym skłonić babcię do porzucenia tortur. To się uhahała, no. Otwieramy buzię, Halina rozdziawia usta, by pokazać dziecku, co ma robić, a przy okazji demonstruje dowód własnej niechęci wobec dentystów, dla których teraz niewiele już zostało roboty pośród pieńków i drzazg połamanych siekaczy. Zrobiłaby sobie mamusia szczękę, namawia ją Stefan, odkąd poszedł do roboty na kopalni, niech mamusia pójdzie prywatnie do Jedwabnego, a ja się dołożę z zaskórniaków, ale ona tylko macha ręką. Widać tyle, nie więcej zębów zostało jej w życiu przeznaczone i nikt jej nie będzie na stare lata w gębie grzebał. Na drugą stronę sztucznej szczęki ze sobą nie weźmie, bo tam wiedzą, że każdy człowiek zasłużył na dwa komplety zębów, nie więcej, i zaraz się na oszustwie poznają. Taki święty Piotr powie, a co tak, babo, kłapiesz tą porcelaną, do filmu to nie tutaj biorą. Grażynka przez pół godziny śmiała się kiedyś z tego żartu, ach, jak ona się śmiała, aż pękały pąki piwonii i dzwoniły szyby, a Jadzia tylko zacmokała, no niechże mamusia nie będzie taka zacofana, czy mamusia nie wie, że takie zepsute zęby to prawdziwa wylęgarnia bakterii? Halina dobrze widzi, jak synowa się krzywi z obrzydzenia, jak pod stołem przeciera sztućce brzegiem serwety w obawie, że bakterie obejdą ją jak mrówki Świętą Mrówę z Tęczowej, przywiązaną przez jakichś bandytów w parku Sobieskiego do drzewa nad mrowiskiem, by w końcu zasłużyła na swoje imię. Jadzia! Dziunieczka, ukochana żona jej syna, wokół której trzeba skakać na paluszkach, bo jak jej szajba odbiła zaraz po porodzie, tak ciągle ją za dupę trzyma. Podrzuciła dzieciaka jak kukułcze jajo, a sama albo sprząta, albo siedzi z łbem w książce i wzdycha, a jeśli już ma lepszy dzień, lata po sklepach jak podsmalona i wydaje pieniądze na pierdoły i durnostojki z Cepelii, tak że niedługo w tyłek sobie będzie musiała wtykać te wazoniki, bo w domu miejsca już nie ma. Po każdej niedzieli spędzonej na Piaskowej Górze Dominika wraca do babci Kolomotywy nieswoja, bo z dziecka-córki mamusi i tatusia na Piaskowej Górze musi stać się dzieckiem-wnuczką babci na Szczawienku, więc nabija sobie guzy, sinieje siniakami albo przygryza sobie kolano, zanim na nowo pomieści się w formie. Raz po powrocie uwaliła kupę do nocnika i wysmarowała wszystko dookoła, a Halina do świtu miała robotę, żeby gówno sprać z dywanu, mebli i zasłon. Widok wnuczki wykąpanej przez Jadzię i wypachnionej, a teraz całej w gównie tak ją jednak rozśmieszył, że gotowa do płaczu dziewczynka też zaczęła się uśmiechać i to pewnie wtedy Halinie pierwszy raz wydało się, że to brzydkie, chude dziecko ma w sobie coś z promiennej i pulchnej Grażynki. Uhahały się za wszystkie czasy. Co było robić, przywiązała się babcia Kolomotywa jeszcze bardziej i teraz już naprawdę trudno będzie ją oderwać, a jeśli nawet się uda, to, co w niej najlepsze i najgorsze, zostanie przylepione do dziewczynki, a w niej, w Halinie, zostaną wyrwy i dziury. Dominika przywiązana jest i do babci Kolomotywy, i do matki, co jest bardzo trudne, bo synowa i teściowa nie lubią się i każda ciągnie dziecko w swoją stronę. To boli i grozi rozdarciem. Dominika każdą z nich przyciąga do siebie, co mogłoby spowodować zbliżenie babci i matki, ale dziecko nie ma jeszcze wystarczająco dużo siły i niechęć między Jadzią a Haliną chwilowo zwycięża.

Halina nie ma dla Jadzi ciepłych uczuć, Jadzia dla Haliny ma dużo instrukcji opartych na autorytecie nowoczesności i miasta, a w nich są zakazy i nakazy dotyczące jedzenia, wydalania i dbania o Dominikę. Dziecko ma powierzchnię i wnętrze w postaci kiszek. O to wszystko trzeba dbać bardzo uważnie i słuchać lepiej wykształconej synowej. Ludzie i zwierzęta, z którymi dziecko nieopatrznie wchodzi w kontakt, te śliniące się ciocie nie ciocie sklepowe, te pieski wąchające inne pieski, fuj, pod ogonem i łaszące się potem do dzieci, liżące bezbronne dziewczynki po noskach, po czółkach, są dla Jadzi perfidnymi roznosicielami bakterii. Zainfekowane miejsca należy natychmiast przetrzeć chusteczką nasączoną wodą kolońską i pozabijać paskudztwa na powierzchni dziecka. W domu do tego celu służy ocet od zewnątrz i czosnek do wewnątrz. Najlepiej, by dziecko powstrzymywało się na dworze od oddychania ustami. Jeśli już musi, niech robi to wyłącznie nosem. Czasem Jadzia wpada bez zapowiedzi na inspekcję w środku tygodnia. Zagląda w uszy Dominice, czy miód się nie zrobił pod jej nieobecność, sprawdza, czy nie ma żałoby pod paznokietkami. Jak to dziecko się brudzi! I żeby gdzieś nie sikała po chałupach, tłumaczy Halinie, a jeśli już, to – niech mamusia słucha – bez siadania albo papierem deskę obłożyć. Szczególnie niebezpieczne dla Dominiki są inne dzieci ze Szczawienka. One mogłyby zainfekować nie tylko jej czystą powierzchnię, ale nawet dostać się do środka przez oczy, uszy, kto wie, jak jeszcze. Jadzia wie i strach jej o tym myśleć, ale myśli. Jadzia widziała, jak bawią się te brudne dzieci. Wbijają patyk w ziemię, a dookoła plują, charkają, liczą entliczek, pentliczek i ten, na kogo bęc, musi patyk wyrwać zębami, zębami, powtarza Jadzia, kto chciałby się tak bawić, w jej oczach błyska zgroza i coś jeszcze. Takie dzieci piją nieprzygotowaną wodę, dłubią w nosie i zjadają kozy, ostrzega córkę. Dzieci ze Szczawienka bawią się więc bez Dominiki na podwórku pełnym bakterii i nie wiedzą, co tracą, nie znając jej bliżej, więc tak jakby nic nie traciły.

Przez otwarte okno samotna dziewczynka słyszy śmiech niekulturalnych dzieci ze Szczawienka, który jest tym, co traci ona. Czasem na higienicznym spacerze babcia Kolomotywa spuszcza wnuczkę z oczu, a ta od razu leci do dzieci ze Szczawienka, które jednak wykopują ją z powrotem w kierunku babci, aż migają śnieżnobiałe majteczki. Dzieci ze Szczawienka to wielogłowe stworzenie, wszystkie jego głowy są połączone. Dominika jest osobna, nie licząc Paulinki, która jest w niebie lub w ziemi. Emil Tutka, najstarszy z siedmiorga drobiazgu w rodzinie Tutków, i rok młodsza jasnowłosa Emilka Buczek krzyczą coś, czego Dominika nie rozumie, wołają Cyganicha, gudłajka, ich głowy przewodzą innym i wylatują z nich w jej kierunku kamienie. Dziewczynka zaczyna godzić się z faktem, że nie pasuje, i zostaje z boku, przyciskając do piersi plastikowe wiaderko i łopatkę. Może sama ładnie się bawić, jak radzi Jadzia; na przykład w szukanie siostry, to już Dominiki pomysł. Rozdziera różową łopatką oporną ziemię koło trzepaka; im jest silniejsza, tym głębsze kopie dołki. Czasem, korzystając z nieuwagi babci Kolomotywy, z grupy dzieci wyrywa się smocza głowa na długiej szyi i znienacka uderza Dominikę w ramię lub plecy. To najpewniej Emil Tutka o zaropiałych oczach, które wyglądają jak obsypane okruchami ciasta. Podtyka dziewczynce pod sam nos drgające różowe mięso, a potem rzuca garść dżdżownic na ziemię, rozdeptuje i mówi, trupy z dupy. Ona nie umie odpowiedzieć, nie zna języka, w którym mogłaby oddać brzydkie słowa Emilkowi Tutce, i zapadają w nią jak plwocina. On już jest daleko, gra na nosie. Nie uda jej się go dogonić.

Przy śniadaniu parówkowa masa przypomina Dominice trupa wielkiej glisty, mamy tych małych, które Emil Tutka rozgniótł butem, i tej, którą znalazła w doniczce z fikusem. Biedne małe glistki-siostrzyczki, myśli Dominika, wypełzają z ziemi w poszukiwaniu mamusi, a ona leży ugotowana na jej talerzu, tłusta martwa mamusia. Wypluwa trzymany od kilku minut w buzi kawałek, a Halina zabiera talerz i bez słowa wyrzuca jego zawartość do kosza. To będzie jeden z ich sekretów, babka kładzie rękę na piersi, potem unosi ją do ust, udając, że zamyka je na klucz, a dziewczynka powtarza za nią gesty przysięgi. Buzia zakluczona na kluklu-zakluklu. Jak powie mamusi, to przyjdą Cygany z Pocztowej i ją zabiorą. Dokąd? Do czarnego lasu. Po co? Żeby zrobić macę. Rączki na macę, nóżki i brzuszek? Tak. Pupka i główka? Też. Pupka, główka, wszystko. Na co główka? Na macę? Pupka na macę, główka na tacę, a kosteczki na grzechotki dla cygańskich dzieci! Babcia Kolomotywa kroi kromkę chleba, smaruje grubo śmietaną i posypuje cukrem, grubo. Smak kremowosłodki wlewa się w dziecko i osiada w nim, lśniąc kryształkami w ciemności. To się będzie pamiętać.

Po śniadaniu babcia i wnuczka siadają na podłodze i wybierają najpiękniejsze ścinki na ubranka dla lalki. Między nimi piętrzy się góra, z której wyciągają łączki i różyczki, zorze i rzeki, kaczeńce i kaczuszki miękkie jak puch. Lalka ma na imię Paulinka i tylko ta jedna interesuje Dominikę. Na co dzień siedzi na telewizorze pięknie ubrana, zmiana jej stroju to prawdziwe święto! Telewizor jest prawie nieużywany, bo Halina nigdy nie zrozumiała, po co inni tak się gapią godzinami w to pudło, w którym pomniejszeni ludzie wyglądają jak gadające szare trupy. Się mamusia dowie, co na świecie się dzieje, namawia ją Stefan, a ona odpowiada, że jak co dobrego, to nie powiedzą i sobie zatrzymają, a jak złe, to prędzej czy później i bez telewizji do niej dotrze. Telewizor służy więc lalce do siedzenia i Dominice do oglądania dobranocki, a wtedy siadają naprzeciw siebie. Lalka nie jest zwykłą plastikową lalką, jakie można kupić w sklepie z zabawkami na Piaskowej Górze czy w pedecie w centrum. Ma porcelanową twarz, włosy z prawdziwych włosów, oczy szklane, ruchome, bardzo błękitne. Halina przywiozła ją stamtąd i po latach posadziła na niepotrzebnym jej telewizorze tutaj, nadając obu rzeczom pozór użyteczności. Dominika nocą zakrada się do pustego pokoju, tonącego w ruchomych cieniach rzucanych przez rosnący za oknem kasztanowiec. Znów śniła jej się siostra, miała uszko małe, śmietankowe, Dominika ssała je w ciemności, do jej ust płynęło słodkie mleko. Wydaje jej się, że lalka też się porusza, jakby jej dzienny bezruch był kłamstwem, a nocne do Dominiki mruganie – prawdą. Drżąc, patrzy, jak jej siostra powoli wstaje, wygładza fałdy sukienki, nieskazitelna i zimna, z czerwoną kroplą ust wyciąga do Dominiki ramiona zakończone dłońmi o lśniących paznokietkach bez żadnej żałoby. Wirują coraz szybciej i szybciej, już nie wiadomo, kto jest kim. Dominika, szalony derwisz w piżamce w gwiazdki, wpada na babcię Kolomotywę obudzoną hałasem. Paulina wraca na telewizor i nieruchomieje do następnego razu. Pozostanie tajemnicą jej zniknięcie po śmierci Haliny, bo nikt nie przyzna się do kradzieży, więc może po prostu wróciła do siebie.

Halina sama nie wie, po co wzięli tę durnostojkę. Może Władek spakował, bo ona zabrała tylko to, co potrzebne, a i tak wiele nie mieli, buty prawie nowe, trochę pościeli, kilim znad łóżka, pięknie rozkwitłą pelargonię. Nie, pelargonię zostawili. Dziwne, że pamięta, jak stała z doniczką w ręce, zbita z tropu, patrząc przez okno na podwórko i psa, którego też nie wzięli. Odczepiła go tylko z łańcucha i powiedziała, biegnij, ale nie chciał uciekać, usiadł przy budzie i siedział tak, gdy odjeżdżali. Lalka, którą dostali w prezencie ślubnym od dalekiego kuzyna Władka, chudego mężczyzny o wielkich uszach, niewątpliwej oznace pokrewieństwa, owinięta w pościel pokonała z nimi całą drogę stamtąd tu. Pociągi wiozły ich z pozytywkami i pościelami, z konfiturami i kiełbasami, ze wspomnieniami zamarzającymi w najdziwniejszych momentach pamięci – coraz brudniejszych, bardziej zapchlonych i śmierdzących. Jeszcze przed granicą, z którą coś się stało, ktoś ją przesunął skądś dokądś, chociaż ona, Halina, nie miała z tym nic wspólnego, bo nie chodziła do szkoły i nie zna się na takich sprawach, umarł pierwszy człowiek z ich wagonu. Nocą coś szeptał, jęczał i za serce się chwytał, nie dając im spać, elegant wysztafirowany jak na wesele, co okazało się pogrzebem. Ręce to miał jak panna, Halina pamięta wyraźnie, długie palce trupa w dłoni jego towarzyszki, zmieszane palce, że nie wiadomo było, kto kogo trzymał. A ta od starego to też mimoza, że aż żal brał, kapelusz przekrzywiony na siwych włosach, broszka z kamieniem, sronki-koronki. Nawet łzy nie uroniła, tylko jakby skamieniała, bardziej wydawała się martwa niż ten, co jej umarł na kolanach. Ruskie dobrze wiedziały, że trup w wagonie, ale co sobie mieli kłopot robić, puścili, i tamci jeszcze do popołudnia tak razem siedzieli, eleganccy i poważni jak na mszy niedzielnej, ręce splecione. Dopiero gdy na postoju po polskiej stronie przyszli starego zabrać, babka uderzyła w krzyk, i to jak, aż uwierzyć trudno, że taki krzyk w prawie martwym ciele się pomieścił. Razem z trupem została zaraz za granicą w jakiejś pipidówie, a po nich w wagonie walizka porządna skórzana. Najpierw niby nikt nic nie zauważał, każdy oczy po sobie, że co, jaka tam walizka, ale zaraz gdy pociąg ruszył, rzucili się jak psy na padlinę i dalej wyciągać a to futro, a to koszulę, a to skarpety i podwiązki, a gruba Natka, co we młynie pracowała, samą walizę łaps i dupą usiadła, że to już jej. Nabrali się jednak, jak myśleli, że co więcej cennego znajdą, biżuterię albo pieniądze, bo widać, że starym hrabiom już wcześniej rozum odjęło i spakowali się, że dziecko by mądrzejsze było. Jakieś papiery dobre tylko na rozpałkę, książek parę, album grubaśny z okuciami srebrnymi w skórę oprawiony większą niż ta na walizce, gładką jak niemowlęca pupa. A może na sobie co cenniejsze schowali, kto ich tam wie, tak czy inaczej, pisz pan – przepadło. Halina wzięła album, który ktoś na bok odsunął, a i tak lepiej wyszła niż jej mąż niezguła, co jeden z całego wagonu nie ruszył się, żeby coś wyrwać, a przecież to już i tak było niczyje i na zmarnowanie, więc nie grzech. Zezłościła się na Władka, bo gdyby nie był taki honorny, to może on by tę walizkę złapał swoimi łapami kowala, i miała rację, bo z taką walizką, to kto wie, może by gdzieś pojechała, zamiast przez resztę życia siedzieć w mieszkaniu po szkopach. W pociągu wlokącym się ku Ziemiom Odzyskanym, w których odzyskaniu ani nie miała interesu, ani nie przyłożyła do niego ręki, chmurna Halina Chmura zaczęła swój album zdobyczny od niechcenia oglądać.

Byli tam oboje starzy jeszcze żywi i dużo młodsi i dworek był podobny do tego, który u nich pod lasem stał, chociaż większy, bielszy jakby, a starzy wcale nie starzy, to w strojach ślubnych, to balowych, wiosną, latem i zimą na jego tle. Dalej inni jacyś starzy i młodzi, a wszystko w sukniach i garniturach szytych na miarę, przy kawie, we frakach, biżuteriach, zegarkach, w butach na glanc, z monoklami i orderami, z parasolkami. Tiurniury, fontazie, kinkiety, sygnety, blask kandelabrów. Tu stara jeszcze młoda kwiatów nazbierała i uśmiecha się, macha do kogoś, kogo nie widać, tam stary jeszcze młody ze strzelbą i jakimś kimś postawnym z wąsami, a u ich stóp sarna na śniegu ustrzelona. Taka sarna! Zimą cała rodzina by pojadła. Dalej oboje po letniemu odstawieni na plaży trochę niewyraźnej z morzem zamazanym i w zbożu na wesoło, za rękę, na biało. Całą ostatnią stronę zajmuje zdjęcie bliźniaczek jakichś jasnookich, w kokardach białych, jedna samo zdrowie, krew i mleko, druga nieudała, jakby wyblakła, a potem już nic. Jedna trzecia stron przekładanych ochronnymi bibułkami została pusta. Pewnie starzy myśleli, że tam, gdzie jadą, porobią sobie więcej zdjęć, obfotografują się na Ziemiach Odzyskanych w sronkach-koronkach, z parasolkami. Po przyjeździe do Wałbrzycha Halina włożyła album do poniemieckiej szafy, zbyt wielkiej wówczas dla ubogiej zawartości ich tobołków, lecz potem zapełnianej, tak jak zapełniają się szafy biednych ludzi, którzy nigdy nie wyrzucają ubrań, trzymając je nie z sentymentu, lecz ze strachu, że w jakąś mroźną zimę, gdy trzeba będzie pakować się i iść, mogliby potrzebować akurat tej jesionki, nieco tylko przetartej na łokciach i siedzeniu. Przez ponad dwadzieścia lat album przeleżał jak dobrze zakonserwowana skamielina, do momentu, gdy znalazła go Dominika. Z ręczną latarką, prezentem od wujka Kazimierza, z którym trzeba było za to bawić się we wcale nie tak lubianą zabawę jedzie konik jedzie, latarką, w której można było zmieniać kolor światła, przesuwając szybkę żółtą, zieloną lub, najładniejszą, czerwoną, wchodziła do wnętrza pachnącego naftaliną, zwietrzałymi perfumami i potem. Zamykała się tam i jadła cukier z płóciennego worka, trzymanego przez Halinę na czarną godzinę, bo skoro jedna przyszła, to może przyjść i druga, kto da jej gwarancję, że nie, a wtedy lepiej mieć worek cukru i parę złotych ukrytych w szafie, każdy wygnaniec to przyzna. Światło latarki wydobywało z ciemności śpiące węże krawatów zmarłego dziadka Władka, którego Dominika nie poznała, puste formy płaszczy, sukienki i garsonki na nikogo niepasujące, oczka lisie, czujne, twarde jak landrynki. Palec zanurzany raz po raz w worku z cukrem robił się mięciutki i delikatny jak zamsz, jak koniuszek siostrzanego ucha, i można by zasnąć, ssąc go, gdyby coś twardego nie wbijało się w plecy. Tak twarze starych z pociągu, o których Halina zdążyła zapomnieć, znów ujrzały światło dnia i babcia Kolomotywa została zmuszona do zaspokojenia ciekawości Dominiki, która dotykając kwitnącym paznokciem postaci na zdjęciach, zapytała, a kto to są?

Oglądanie albumu stało się wspólną zabawą wnuczki i babki, do której rytuału należało tej pierwszej się napraszanie i tej drugiej udawanie, że ulega niechętnie, przewracając oczami i mówiąc, ty męczyduszo, niech ci będzie. Siadają obok siebie przy stole, Halina odsuwa wazon ze sztucznym bzem, by nie zasłaniał światła, Paulina zezuje z telewizora, a Dominika przewraca strony albumu, za każdym razem z namaszczeniem śliniąc palec i pytając, a tu to kto? Halina sięga wtedy po papierosa, pstryka zapalniczką, zaciąga się, jak to kto. To jest twoja prababcia i pradziadek na ślubie. Paznokieć Haliny celuje w pierś pradziadka, w gorset prababki. Mówiłam ci, Leokadia Wielkopańska, z domu Bogacka, wołali ją Leosia. W dużym, pięknym dworze mieszkali. Dziedzice tak mieszkają, dla dziedziców to normalne, że nie w chałupie, że podłogi, zegary stojące, jedzenia pod dostatkiem, a żebyś ty widziała, ile rzeczy mieli w kufrach pochowane, ile zapasów. Na sto lat! Mieli na przykład sukienki dla dziewczynek? No pewnie, że mieli, sukienek mieli nie mieć, w każdym kufrze po dwieście co najmniej, różowe, niebieskie, w kwiatuszki. I koronkowe? Koronkowe też, z bufiastymi rękawami, do ziemi samej, amarantowe, fiołkowe, liliowe. A buciki? Buciki to w innych kufrach, z czerwonego chińskiego drzewa, co żydki zza granicy

przywoziły na handel, handele, handele, wołali i sprzedawali. A w skrzyniach od żydków buciki złote i srebrne,
z klamerkami. Do tańczenia? Pewnie, że do tańczenia,
złote buciki do tańczenia najlepsze. W takich dworach to
i bale, i polowania, o, Halina stuka paznokciem w fotografię pięknej kobiety upozowanej przy kolumnie, patrz,
do ziemi suknia, nie mówiłam, aż po ziemi się ciągła.
A tu co? A tu masz ciocię Teofilę, miała włosy do pół uda.
Wyszła za mąż za pułkownika w mundurze. Co za włosy,
mówię ci, jak ze złota. A ona, ta ciocia Tofila, to co? Teofila z domu Bogacka, bo to siostra pani Leosi. A przyjechała w odwiedziny do państwa Wielkopańskich, zawsze
jesienią przyjeżdżała na świeże powietrze. Przyjechałam
zaczerpnąć świeżego powietrza i śmietanki popić, tak
mówiła. Bardzo była delikatna. A jak jesień, to na grzyby
się chodziło, bo lasy dookoła, grzybów była moc. Nocą
słychać było, jak rosną, szu-szu. Ale z grzybów dla mnie
to rydze najlepsze. Szło się i zbierało, tyle rosło, że kosić
było można, potem śmy na blasze na kuchni smażyli. Prababcia i ciocia Teofila też smażyły? A pewnie, zakasywały
rękawy i smażyły. Bo dziadek nie? A gdzie tam chłop by
smażył! Pradziadek polował z wujkiem Frankiem, o tu
masz, ze strzelbą. Ale nie zabijał zwierzątek? Nie zabijał,
skąd. A ta sarenka, co leży, to nie jest zabita? Wypchana,
nie zabita, gdzie tam zabita by była. A ta dziewczynka
z białą kokardą, bliźniaczka, czemu taka blada, czemu
znika? A na suchoty jej się zmarło przed Wielkanocą,
a druga oczy wypłakiwała, nic jeść nie chciała, aż porwał
ją wiatr. I nic a nic nie dało się poradzić? Ano nie. A gdzie
jest teraz ta nieżywa? Pomnik ma z aniołem za granicą, anioł taki duży jak ty, złocony. Pradziadek, prababka

przychodzili co wtorek ze świeżym bukietem kwiatów. Pradziadek i prababcia Chmura? Chmura pradziadek, co miał syna Władzia. A Władzio miał Stefcia, a Stefcio ciebie. I ty teraz jesteś Dominika Chmura, prawnuczka. Prawnuczka Dominika Chmura, powtarza dziecko, ale niepodobna jestem. Podobna nie podobna, macha ręką Halina, zmartwiona tym nagłym odkryciem wnuczki. Prababka na zdjęciach blondyna, o, jakie włosy jasne, jak królewna, ale ty wiesz, że w dzieciństwie taka sama była z niej Cyganicha jak ty? Dopiero potem zjaśniała. W rumianku płukała, mleko piła, po słońcu chodziła i jak za mąż szła, nikt by nie powiedział. De domo była Wielkopańska, po mężu Chmura. W sukni do ziemi jak tańczyła, aż iskry szły. De domo? To po francusku, parle franse komar w dupę kąse. No i się uhahała, no.

Halinie się przypomniało, że tak właśnie, de domo, pisze się na nagrobkach. To znaczy nie wszystkich, nie takich z lastriko, jaki postawiła zmarłemu mężowi, ale tych większych, starych, tych z aniołami i marmurami, z trupami eleganckimi, jak ten z pociągu, w eleganckich trumnach pod spodem. A ile to lastriko kosztowało, majątek, więc pomyślała, pokalkulowała i zdecydowała się na podwójny grób, co taniej wychodzi, niż gdyby potem zamawiać drugi. Po lewej stronie Władka czeka na nią wolne miejsce. Tablica też już jest gotowa z napisem Halina Chmura z dom. Czeladź ur. 1921 – zm. Potem dopisze się tylko datę.

Czy to babka, czy wnuczka pierwsza wpadła na pomysł, by uzupełnić brakujące strony w rodzinnym albumie starych z pociągu? Jako pierwsze wklejone zostało zdjęcie Władysława Chmury zrobione jeszcze tam, w najtańszym w okolicy zakładzie Ludka Borowica, z przekrzy-wionym krawatem i sztucznym uśmiechem. Zaraz potem cała rodzina pojawiła się uwieczniona na jego pogrze-bie, pokropkowana na biało padającym śniegiem, bo od wygnania do śmierci nie było w życiu Władka okazji do fotografowania się, choć być może został przypadkiem uwieczniony na weselnych fotkach z Tęczowej. Dalej kilka prześwietlonych zdjęć ślubnych Jadzi i Stefana, najpierw z cywilnego, a potem z kościelnego, z dłonią proboszcza Postronka oderwaną od reszty ciała, mię-dzy nimi wzniesioną jak do ciosu karate. Wkrótce Jadzia i Stefan w rozmamłanej małżeńskiej zażyłości. Nad je-ziorem w strojach kąpielowych nie najlepiej leżących, przy stole świątecznym z Haliną niewyraźni, aż w koń-cu dziwnie zielonkawi na kolorowej fotografii z balu sylwestrowego w Domu Górnika, wznoszący toast ra-dzieckim szampanem pośród konfetti i bibułkowych wstążek. Dominika pojawia się w albumie najpierw w postaci brzucha Jadzi, wyrastającego spomiędzy roz-piętych pół płaszczyka w jodełkę, którego prawdziwego koloru na tej podstawie też nie można odgadnąć, a na kolejnej stronie, w całości poświęconej temu donio-słemu wydarzeniu, jest chrzczona; w koronkach beci-ka piwonia twarzy. Na następującej potem serii tortów urodzinowych z cukrową różą ta sama twarz stopniowo nabiera cech człowieczych i nieodmiennie ułożona jest w dziubek, zdmuchujący rosnącą liczbę świeczek. Po-myśl życzenie, mówiła Jadzia, a Stefan z aparatem marki Smiena pstrykał palcami, raz-dwa-trzy leci ptaszek, mu-sując z tego nadmiaru szczęścia, śledzików i słodkiego, bo żeby to tak za jednym zamachem i Wigilia, i urodzinki! Gdy Dominikę zabiorą na Piaskową Górę, Halina będzie w miarę upływu czasu dokładać zdjęcia bliskich do niedokończonej historii hrabiów z pociągu i podpisywać je swoim niewyrobionym pismem Jadzia i Stefan Sylwester 1980, My wszyscy na Święta 1981, Matóra (skreślone i poprawione na Matura) Dominiczki, Grażynka i jej Niemce 1989. Po jej śmierci album zostanie odnaleziony w idealnym stanie, zawinięty w lnianą ściereczkę, prawie zapełniony. Dominika doda do niego fotografię Haliny z opatrunkiem na szyi, w tureckim swetrze z aplikacją, z której patrzy ona tak, jakby pierwszy raz w życiu mile zaskoczyło ją własne odbicie w lustrze.

VII

Dom, w którym państwo Chmura zamieszkali na Piaskowej Górze, nazywają Babel. Odmienia się Babela, Babelowi, z Babelem, o Babelu i nikt nie wie, kto ten Babel wymyślił. Na makiecie Piaskowej Góry największy budynek osiedla wyglądał całkiem niebrzydko, ale przede wszystkim, towarzysze, nowocześnie. Na tarasie kwitły plastikowe kwiaty, a wokół bujnie pleniła się trawa zrobiona ze skrawków zielonej wykładziny podłogowej. Młody ambitny architekt mówił o spotkaniach mieszkańców i matkach spacerujących z dziećmi po tarasie, o ogrodzie tarasowym, o który wszyscy będą dbać kolektywnie i rotacyjnie. Brać robotnicza będzie tam siadać po pracy, wśród roślin doniczkowych, gawędzić z sąsiadami. Sami porządni ludzie, górnicy, żony górników, dzieci górników i ich górniczych żon, ramię w ramię z inteligentami w pierwszym pokoleniu, po kolana tkwiącymi w straconych morgach.

Miłość mieszkańców Piaskowej Góry okazała się pomyłką zarówno w odniesieniu do ogrodu na tarasie, jak i kwietników na parterze, przypominających wielkie betonowe grobowce, które czekają na nieboszczyków, by można je było nakryć. Chłopskie dzieci, które mieszkają na Babelu, mogą grzebać w ziemi tylko wtedy, gdy jest własna, taka ziemia, co niby do wszystkich należy, jest niczyja i niewarta zachodu. Taras przyda się samobójcom i narkomanom, kwietniki właścicielom Muszek i Piratów, którzy stojąc w kapciach w bramie, będą czekać, aż ich pupil karmiony resztkami z obiadu dołoży swoje do kupy petów i gnoju z wbitą w środek tabliczką Nie niszczyć zieleni. Na Piaskowej Górze przyjmą się tylko topole, dzikie wiejskie drzewa, silne jak perz.

Kłęby topolowej waty to utrapienie, mówią kobiety z Babela, kręci od nich w nosie. Mężczyźni nie zwracają na nie uwagi, ich uwaga zwrócona jest na cięższe rzeczy. O świcie wychodzą z jaskiń bram i stadami biegną na przystanek, w porannym autobusie walka toczy się na pięści, to walka o żywność i życie. Kobiety rozpalają w jaskiniach domowe ogniska, aż sypią się iskry. Potem mogą zabrać się do prac pozadomowych, które nie są ich przeznaczeniem, lecz koniecznością. W nowym mieszkaniu na Babelu niepodzielnym królestwem Jadzi jest kuchnia i dlatego musi wstawać przed Stefanem, żeby zrobić mu śniadanie do pracy. Kuchnia nie jest królestwem mężczyzny i nie umiałby się tu rządzić. Dopuszcza się go co najwyżej do wyrzucania śmieci i obierania ziemniaków.

Zmywanie jest już sprawą dyskusyjną, tu można popełnić dużo błędów, tu ważne są szczegóły – plan, rozważne zużycie materiałów. Sąsiadki z Babela licytują mężowskie nieumiejętności i ta wygrywa, której mąż umie w kuchni najmniej, taki jest najprawdziwszy. Gdy Jadzia kiedyś poprosiła Stefana, by zawinął ugotowane ziemniaki w koc, ten na nią z mordą wyskoczył, że się strasznie rozmazało. Powtarzała sobie Jadzia – z mordą wyskoczył, że się rozmazało – by innym opowiedzieć, bo wynikało z tej historii, że Stefan Chmura to prawdziwy chłop. Sio, ścierą żony gonią mężów z kuchni; niech wiedzą, kto tu rządzi. Królestwem Stefana jest kopalnia, gdzie nie umiałaby rządzić się Jadzia, i dlatego nie wchodzą sobie w paradę, która też jest raczej sprawą górników w odświętnych mundurach, a nie drobnych urzędniczek i gospodyń domowych, które nie mają galowych mundurów, nawet jeśliby od biedy fartuch i garsonkę lilaróż uznać za ich stroje robocze. Stefan czasem przymierza swój mundur galowy z czarnym pióropuszem i puszy się przed żoną po domu. W takim mundurze tentego z Dziunieczką, to aż po krzyżu ciarki chodzą, tylko trzeba uważać, żeby nie pobrudzić. Nadgórnicy tacy jak Stefan mają większe szanse (od górników, którzy są pod nimi) dostać talon na małego fiata, a to już byłby naprawdę sukces dla Stefana Chmury, i to niezależnie od kłopotów osobistych, które mężczyzna pracujący na kopalni powinien zostawiać w domu razem z kobietą. Jadzia zwykle jest pod górnikiem, bo inaczej się wstydzi, ale też chciałaby małego fiata, najlepiej w kolorze pomarańczowym lub turkusowym. Mogłaby zrobić na szydełku piękne pokrowce na siedzenia, żeby nie niszczyła się tapicerka.

Nowe rzeczy są zbyt cenne, by ich używać, i lepiej, żeby ich w ogóle widać nie było, bo od patrzenia też się niszczą. W mieszkaniu państwa Chmura komplet wypoczynkowy na co dzień przykryty jest starymi kocami. Zdejmuje się je, gdy przychodzą goście, a Jadzia siedzi wtedy jak na szpilkach i tylko patrzy, żeby ktoś nie upuścił jajka w majonezie na kwiecistą tapicerkę. Przez wykładzinę podłogową prowadzą wycięte z resztek wielkie stopy od drzwi wejściowych aż na balkon i ich nie rusza się nawet na przyjście gości. Ubrana w podomkę pikowaną, pikuje Jadzia co rano w stronę lodówki, a potem pakuje kanapki, które w kobiecym królestwie kuchni robi się, krojąc chleb, smarując go masłem i przekładając kiełbasą w plasterkach, co może nie wygląda na skomplikowane, ale diabeł tkwi w szczegółach. W królestwie Jadzi nie ma jednak diabła, o to już dba proboszcz Postronek, który co roku kropi wodą święconą po kolędzie, jest za to dużo szczegółów, które każda praktyczna pani doceniłaby, bo prawie nic nie kosztowały. Nad drzwiami kuchni wisi Czarna Madonna, z którą Jadzia czuje się bardzo związana. Reszta jest w jasnych, wesołych kolorach, pasujących do pomarańczowej części pomarańczowo-szarej szachownicy z pecefału. Pomarańczowe są zasłonki z lambrekinem, serwetki, wazoniki. Wiele innych rzeczy jest żółtych, bo ten kolor pasuje do pomarańczowego – wszędzie, gdzie był skrawek wolnego miejsca, już go nie ma, bo Jadzia stawia tam coś żółtego lub pomarańczowego. Nawet herbata, którą Jadzia podaje do śniadania, ma wesoły jasnożółty kolor, bo parzyła ją, wkładając torebkę do szklanki z wrzątkiem tylko na moment, a potem odkładała na spodek do ponownego użytku, gdzie schnąc, czeka, aż Stefan wróci z pracy. Jadzia znów ją namoczy, ale tym razem potrwa to trochę dłużej. Tu trzeba precyzji większej niż przy kanapkach i jeszcze bardziej wyraźna staje się przydatność Jadzi jako władczyni królestwa, które nazywa się kuchnia.

Na herbatę zbyt słabą jej mąż mówił siki świętej Weroniki, zbyt mocną uważa za szkodliwą na żołądek, a zadaniem Jadzi jest dbanie o żołądek męża nadgórnika – on jest żywicielem, ona karmicielką. Żołądek żywiciela rodziny jest bardzo pracowity i ciągle trzeba produkować pokarm w królestwie kuchni, by za długo nie pozostawał pusty. Z pustym żołądkiem żywiciel nie miałby siły produkować pieniędzy na pokarm i wszystko, co tak dobrze działa, popsułoby się. Kto wie, może wówczas głodny żywiciel posunąłby się nawet do kanibalizmu i pożarł królową kuchni, bo z mężczyzny wychodzi czasem zwierzę, którego nie można opanować. To wiedzą wszystkie kobiety z Babela; co za świnia z niego, mówię pani, powtarzają. Jadzia karmicielka zajęła miejsce Haliny przy boku Stefana i nie lubi, gdy zagląda on na Szczawienko, by coś przekąsić poza jej królestwem kuchni. Taka jest kolej rzeczy, a ilu to rzeczy musi się nauczyć młoda żona, żeby kolej pozostała przejezdna dla przyszłych pokoleń, z których jedno już czas zacząć przygotowywać do drogi. Po jakichś pięciu latach starań, gdy jest pojętna, rządzi się już jak stara i staro wygląda. Rozmyte kontury Jadzi utwardzają się jak glazura morelowa, pękają siateczką zmarszczek – na miłość małżeńską pracuje się latami, co miesiąc odkładając, żeby starczyło na starość, gdy już nie ma się siły ani chęci.

Gość Stefan pojawia się w królestwie kuchni o piątej piętnaście i czuje się jak u siebie, bo gość w dom,

Bóg w dom. Jasne włoski wspinają się po kabłąkowatych nogach gościa i ciemnieją w kroczu, gdzie zostaje ich większość. Są zbyt słabe lub leniwe, by podbić jego klatkę piersiową, która pozostaje nieowłosiona, blada jak ścięte białko jajka. Gość ziewa, błyskając złotym zębem, i siada na kuchennym stołku, a worek mosznowy wysuwa się przez rozciągniętą nogawkę jak sinawy bezkręgowiec, który ma zamiar spełznąć w dół i uciec gdzieś, gdzie jest ciekawiej, na rafę koralową być może. Stefan łapie uciekiniera i wrzuca z powrotem w worek gaci, słodzi herbatę trzema czubatymi łyżeczkami z pomarańczowej cukiernicy i miesza płyn, otrzepując na koniec łyżeczkę o brzeg szklanki tkwiącej w plastikowym koszyczku. Dzyń, dzyń, na Anioł Pański biją dzwony, mówi wtedy Jadzia, bo w teatrze małżeńskiego życia to pora na jej kwestię i gdyby jej nie wygłosiła w odpowiednim momencie, znaczyłoby, że się gniewa, a wtedy sprawy wzięłyby inny obrót. Małżonkowie Chmura zrobiliby zwrot przez rufę i łypiąc przez ramię, przystąpiliby do wykonania pantomimy *Milczące śniadanie*, z muzycznym podkładem siorbania, mlaskania i podzwaniania (Stefan przy perkusji i dętych) oraz wzdychania z głębi piersi (Jadzia przy smyczkowych). W wersji codziennej Stefan dopija resztę herbaty i oznajmia, to jeszcze tylko skoczę do wuceciku, skąd po serii chrząknięć, plusków i szelestów wychodzi zadowolony, że ma miejsce na obiadek, o czym natychmiast informuje Jadzię – jej praca polega na napełnianiu żołądka żywiciela, więc musi być dobrze poinformowana. Jadzia pozostaje w swoim królestwie kuchni tak długo, jak Stefan w nim gości, i stoi oparta pośladkami o przyczółek zlewu, który też do niej należy. Z czasem odstąpi go córce, by wiedziała, jak się kobieta rządzi w kuchni, zmywając po obiedzie. Szczególnie ważne jest, aby wybrać na koniec rozłażący się glut resztek z odpływu, a protokół królestwa nie przewiduje zmywania w rękawiczkach. W rękawiczkach, córcia, to chirurg chodzi.

Gdy Jadzia zostaje sama, zamyka skarbiec lodówki, opuszcza królestwo kuchni i może wrócić do łóżka, by pomarzyć. Nie maż się, moja romantyczko, mówi do niej Stefan i uważa, że to bardzo udany żart, dobry do używania w większym towarzystwie, nawet przy inżynierze Waciaku, gdy będzie okazja. Zanim Jadzia wstanie drugi raz, by zacząć dzień, może pomarzyć sobie, a nawet pomazać się troszkę – to jedyna okazja. O tych chwilach przemarzonego półsnu mówi Jadzia przyjaciółce z biura, Madzi, to mój mały romantyczny luksus. Życie, co Jadzia już zaczyna widzieć wyraźnie, nie dało jej zbyt wielu możliwości i tylko patrzeć, jak przejdzie obok, zostawiając ją z pustymi rękoma (w tym jedną upośledzoną też z winy życia). Przez godzinę romantycznego luksusu Jadzia żona i matka pozwala Jadzi nieżonie i niematce na fantazje o Cudzoziemcu, ordynacie, który jest tym wszystkim, czym Stefan nie jest, a ona przy nim nie jest niczym innym niż Jadzią. Cudzoziemiec w przeciwieństwie do Stefana, Polaka, jest cudzoziemcem i ma czystą pracę (kopalnia odpada), również czyste ma ręce i inne części, które mogłyby w nią wejść, ale tak daleko Jadzia się nie posuwa. Cudzoziemiec przyjeżdża i zabiera ją do Enerefu, gdzie są supermarkety, i tyle wystarczy, bo zabrana Jadzia wie, kim jest, ale Jadzia, która miałaby coś robić tam, gdzie ją zabrano, nie wie.

Właściwie dałaby się zabrać Cudzoziemcowi choćby do cukierni we Wrocławiu, gdzie była dwa razy w operetce na wycieczce z pracy, raz na *Pani prezesowej*, drugi na *Wesołej wdówce*, obie bardzo ciekawe, przedtem zaś czas wolny, najciekawszy z powodu sklepów. Idąc ulicą Świdnicką, pełną jasno oświetlonych wystaw, czuła Jadzia, jak pieką ją policzki z podniecenia, że oto ona, Jadzia Chmura, sama we Wrocławiu, pięknym i dużym mieście, idzie ulicą Świdnicką. Tak się wyrwała, że pogubiła po drodze koleżanki i idzie sobie, jakby zawsze tak chodziła, samopas z zaskórniaczkami wyduszonymi ze Stefana i ukrytymi w wewnętrznej kieszeni żakietu. Ich obecność sprawdzała co chwilę z ulgą na wysokości serca. Przystanęła przy saturatorze, a ten też jakby większy niż wałbrzyski, bardziej błyszczący, i napiła się wody z podwójnym czerwonym sokiem. Pomyślała, że tak musi być u wód, do których w romansach jeździły damy, smak malinowy i powietrze wilgotne, świetliste, bąbelkujące jak radziecki szampan. Taki Wałbrzych nie umywa się do Wrocławia, ile tu ludzi, sklepów ile! Tak ładnie się wyrwana Jadzia odbijała w wystawach, że odważyła się na ciastko w cukierni Orbis naprzeciw opery, do której weszła z pewną nieśmiałością, bo kobieta przyjezdna we Wrocławiu, sama. Dziwne, że na ciastkach tyle tu panów bez pań. Myślała sobie, ciamkając bezę, która tu nie nazywała się beza, lecz bardziej elegancko, ciastko hiszpańskie, że tak na nią panowie patrzą jak nie na Jadzię, a ten z wąsem, raczej nieprzyjemny, to już wprost wzrokiem ją pożera, mimo iż ma przed sobą cały torcik węgierski. Matko Boska, żeby tylko nie podszedł, co robić, wstał, podchodzi, czy mogę się przysiąść, pyta

144

jakimś głosem cienkim, dziwnym, Rysiek jestem, rękę wyciąga z sygnetem. Gdyby to było na ulicy, powiedziałaby Jadzia, nie zawieram znajomości na ulicy. A tak, co ona powie w cukierni, wstała więc Jadzia i bez słowa przed wąsami uciekła. Pół bezy, takiej smacznej, zmarnowała. Żeby tylko nikt się nie dowiedział, do cukierni Orbis dałaby się Jadzia zabrać Cudzoziemcowi i wrócić zdążyłaby przed wieczorem. Umówiłaby się z nim w Orbisie i proszę, niech wtedy ten z wąsem się gapi, nie dla psa kiełbasa, przepraszam pana, ale jestem umówiona z narzeczonym, powiedziałaby. A Cudzoziemiec nie przeliczałby tak jak Stefan, ile to można by w domu ciasta napiec za taki kawałek kupiony w cukierni, ile mąki, cukru, jajek nakupić, o nie – on zamawiałby wszystko, co by chciała, i jeszcze sam zgadywał, co Jadzia chce, bez pytania, ciastko hiszpańskie czy torcik węgierski. Zanim Jadzia i Cudzoziemiec wyjdą z cukierni Orbis, dzwoni budzik i trzeba wstawać. Jadzia marzycielka wbita z powrotem w Jadzię Chmurę siada na kanapie i masuje uszkodzoną przez życie rękę, która rano mrowi bardziej niż w ciągu dnia, gdy rozrusza się w pracy.

Praca Jadzi, w biurze Urzędu Miasta Wałbrzycha, na drugim piętrze, w pokoju z napisem Dział Referencji nr II, nazywa się tak w odróżnieniu od Działu Referencji nr I, który mieści się na pierwszym piętrze i nie różni w żaden inny sposób. Zatrudniono tu Jadzię sześć tygodni po urodzeniu dziecka dzięki pozycji wuja Kazimierza, który sięgnął w tym celu po znajomości z wyższej półki. Posadzono ją z czterema innymi kobietami referentkami, by codziennie przekładała z miejsca przyjścia na miejsce spoczynku skargi, wnioski i prośby, dzieląc je

na pilne, średnio pilne i te, które najdłużej mogą pocze-
kać na zmiłowanie. Cztery kobiety z Działu Referencji
nr II mają po jednym mężu i po jednym dziecku, a drugie, do pary, planują w planach sześcioletnich, wszystkie
mieszkają na nowym osiedlu Piaskowa Góra. Połączone
płcią i stanem niewielkiego posiadania mogą nawet po-
lubić się, pod warunkiem, że żadna się nie wyłamie. Dlatego trzy kobiety wydają się Jadzi sympatyczne, a jedna nie. Sympatyczne, na przykład Madzia, są mniejsze,
cichsze i wolniejsze, tak jak Jadzia, a niesympatyczna
– większa i głośniejsza. Ona ma najlepsze biurko przy
oknie i pierwsza robi sobie kawę, bo jest też szybsza. Tej
kobiecie zupełnie brakuje subtelności, nie mówi może,
tak jakby, no wiesz, tylko tak, nie i stanowczo sobie nie
życzę, a do tego studiuje zaocznie we Wrocławiu. Trzy
mniejsze przeciw większej zbijają się w stado i Jadzia
z nimi pobekuje, że lepiej jest być cichą, miłą i kobiecą
wśród sobie podobnych kobiecych kobiet, zamiast wychylać się na zebraniach z własnym zdaniem, które one
też mają oczywiście, ale trzymają dla siebie i nikomu
nie pokażą prócz tych, co mają takie samo. Większa odmawia robienia panom kawy do drugiego śniadania, że
to niby nie należy do jej obowiązków, ręce mają, niech
sami sobie zrobią, a jak nie wiedzą jak, może im pokazać. Zdaniem miłych i subtelnych, które tak obrabiają, by
każdej pasowało, robienie kawy dla panów jest po prostu czymś zupełnie naturalnym i za ten niewielki wysiłek zarabia się komplementy, których kobiecie przecież
nigdy dość. Taki komplement lepszy jest niż goździk
i para rajstop na Dzień Kobiet, lepiej zarobić od obcego
komplement niż od swojego pod oko. Niektórym to się

przewraca w głowie, może jeszcze panowie mają nam kawkę podawać! Toby dopiero było. Aż dziwne, że mimo braku kobiecości niesympatyczna ma męża. To musi być jakiś homoniewiadomo, decydują sympatyczne i to je cieszy. Robienie kawy dla panów to dla sympatycznych i kobiecych dodatkowa okazja, by niesympatycznej napluć do szklanki z wodą i grzałką, co robią, chichocząc i szczypiąc się z ekscytacji, gdy paćka plwociny trafia w cel.

Jadzia lubi swoją pracę poza królestwem kuchni, a Stefan cieszy się, że skoro już Jadzia musi pracować, to ma przynajmniej czyste kobiece zajęcie w biurze. To zupełnie coś innego niż kopalnia, gdzie mężczyźnie wydobywającemu czarne złoto w pocie i znoju może urwać rękę, jak Józkowi Sztygarowi z Babela, nogę, a nawet spocone czoło z całą głową, która trachnie jak włoski orzech. Na kopalni pod ziemią kobiety pracują przy lżejszych robotach, ale nikt nie bierze ich poważnie, najwyżej bez zobowiązań. Pracują też w biurach na powierzchni i te nadają się na dłużej, bo są czyste i oddzielone od męskiej pracy tak jak Jadzia. Stefan po powrocie z kopalni do domu jest gościem, a Jadzia po powrocie z biura do domu zajmuje się rządzeniem w królestwie kuchni, co już jest czystą przyjemnością, a nie pracą, i dlatego spędza tam dużo czasu. Stefan marzy, że kiedyś będzie mógł powiedzieć tak jak nadsztygar Grzebieluch, moja żona nie musi pracować, ale na razie każdy grosz się liczy i trzeba było dziecku założyć książeczkę mieszkaniową. Stefan mówi, że aby mieć, muszą najpierw odłożyć, jak oszczędzą, to kiedyś będą mieć, jak nie oni, to ich dziecko. Jadzia jednak chce mieć teraz i naciąga

Stefana tak, że aż dziwne, że jeszcze nie pękł. Upycha po szufladach bluzki i apaszki, nosi kupony materiału do Modesty Ćwiek, która jak nikt (a na pewno lepiej od Haliny) potrafi kopiować wzory z niemieckiego katalogu mody „Otto"; stroi siebie i Dominikę w róże i lilaróże. Doszła do mistrzostwa w naciąganiu i może już wiedzę przekazywać dalej czeladnikom – nic nie powiemy tatusiowi, spiskuje z córką, która niech się uczy za młodu. Córka odebrana z przechowania u babci Kolomotywy wróciła do prawowitych właścicieli po sześciu latach dziesięć razy cięższa i sprawniej działająca niż zaraz po urodzeniu, ale kto wie, co ona ma tam w środku. W sposób niezrozumiały dla rodziców na przykład nauczyła się po drodze czytać i liczyć. Czytanie to jeszcze, ale Jadzia omal zawału nie dostała, gdy sześciolatka szybciej od niej podliczyła ceny w sklepie. Stefan jest jednak przekonany, że wuj Kazimierz miał dobry pomysł, bo dziecku żadna krzywda u babki się nie stała, zresztą taki mały szczyl to i tak niewiele pamięta, byleby jeść dostał na czas. Widać, że zadowolone dziecko, że się cieszy, bo pyta i pyta, czy na zawsze już będzie z nimi mieszkało. Bawi się cichutko starą lalką, którą dała jej babka, prawdziwa z niej mała kobietka. A Jadzia jak pączek w maśle i nawet jak czasem ma te swoje babskie humory, to daleko jej do nocnych wędrówek w koszuli, co najwyżej pofuka trochę i posmrodzi octem. No i odkuli się trochę przez te lata, tak że teraz urządzone mają mieszkanko prima sort, bez żadnego dziadostwa, a jak jeszcze kafelki się położy w łazience, co dla oszczędności można zrobić samemu, to dopiero będzie luksus. Żadnego więcej usuwania, jak się co przydarzy, jak znów się Jadzi źle policzy, to teraz proszę bardzo, można nawet rodzinę powiększać, wyprawki kupować, chrzty urządzać na dwadzieścia osób, a komunię to się taką wyprawi Dominice, że wujowi Franciszkowi oczy by wyszły, gdyby miał okazję ją zobaczyć.

Po przejęciu córki państwo Chmura zapisują ją do przedszkola na ostatni rok, by zanim zostanie pierwszoklasistką, jako starszak muchomorek oswoiła się z innymi przedstawicielami swojego gatunku, z którymi dotąd nie miała wiele styczności. Dziewczyna musi się trochę otrzaskać w życiu, które nie będzie obchodzić się z nią jak z jajkiem. Do tego trzeba mieć grubą skorupę – ten w życiu wygrywa, kto nie pęknie przy trzaśnięciu. Grupa muchomorków to pierwsza szkoła życia i przynależności – czerwony muchomór widnieje na piżamce Dominiki i jej przedszkolnej szafce. To trujący grzyb.

Tak niedzielne dziecko stało się dzieckiem codziennym i zamieszkało w północnym pokoju, do którego wstawiono tapczanopółkę, szafę i biurko. Przez pierwsze tygodnie przyzwyczajali się do siebie nawzajem; czasem Jadzia, a czasem Stefan ze zdumieniem patrzyli na pojawiającą się nagle przed ich oczami chudą ciemnowłosą postać, która tymczasem wyrosła z danego Halinie na przechowanie oseska jak dziwna roślina z niewinnie wyglądającej cebulki. Budowanie rodzinnego życia w trójkę nie było wolne od zgrzytów, gdy okazało się, że Dominika uczciła swój przedszkolny debiut w roli muchomorka puszczeniem pawia na dywan w sali starszaków. Miała takie torsje, jakby nażarła się pięknie nakrapianych grzybów, i to całkiem na surowo. Na zawsze przekreśliło to szanse Dominiki Chmury na sukces towarzyski, a każde kolejne poranne wyjście przez wiele dni poprzedzone było padaniem na podłogę i sztywnieniem w pałąk mocny jak uchwyt wiklinowego kosza, który zachwyciłby doktora Charcot. Jaki by rodzic był, zawsze jednak okaże się silniejszy od sześciolatki z niedowagą, i po pewnym czasie Dominika przywykła do przedszkola, mimo iż podczas zabawy w czterech pancernych nigdy nie była ani Marusią, ani Lidką, tylko co najwyżej psem Szarikiem. Dzień po dniu odkrywała różne ważne rzeczy o bezpośrednim znaczeniu dla jej dobrego samopoczucia i szybko okazało się, że w nowym domu nie da się niestety jeść ścian, bo gdy spróbowała, tak jak u babci, zrobić palcem dziurkę, by nocą wylizywać wapno, trafiła na twardy beton. To rozczarowanie wynagrodziła jej wanna, jakiej nie było w zimnej łazience Haliny. Wanna biała jak piasek na wyspach Bula-Bula, można było nalać do niej gorącej wody po sam brzeg i zacisnąwszy palcami nos, zanurzać się na tak długo, na jak długo starczyło oddechu, przysłuchując się dziwnym stłumionym głosom. Pod wodą towarzyszyła jej lalka Paulinka, pożegnalny prezent od babci Kolomotywy. Lalce to wyraźnie nie służyło, jej włosy skołtuniły się i przerzedziły, twarz zzieleniała, usta wyblakły. Dominika otwierała oczy i patrzyła w otwarte oczy lalki, z których wyskakiwały bąbelki powietrza; mrugały do siebie porozumiewawczo jak siostry, gdy podwodne głosy zaczynały układać się w kołysankę o dziewczynce malince jak szynka słodkiej i miód, którą nucił cichy głosik. Stefan kupił córce różową plastikową maskę z rurką do nurkowania i odtąd tkwiła pod wodą tak długo, aż zrobiło jej się zimno albo któreś z rodziców zanurzyło rękę, by ją wyciągnąć, zmacerowaną, odmoczoną, z lalką wyglądającą jak odrażający trupek. Co ty tak ciągle siedzisz w tej wodzie, pytał Stefan córkę, gdy prychając, wynurzała się w odpowiedzi na jego nagłe do łazienki wtargnięcia i żartobliwe jej pod wodą gilganie. Jeśli chodzi o pływanie, to Jadzia i Stefan tylko po warszawsku, brzuchem po piasku, ale matka zaakceptowała wodną namiętność Dominiki, mając nadzieję, że znajdzie w niej sprzymierzeńca w swojej walce z brudem i bakteriami. Coś w niej myślało też niemądrze, że córka zjaśnieje od tego moczenia w wodzie, a już na pewno, gdy do płukania włosów doda się rumianku. Czyściutka, pachnąca – cieszyła się, wycierając pomarszczone jak krepina dłonie i stopy córki. Pasja sanacyjna, która ogarnęła ją tuż po urodzeniu bliźniaczek, przycichła, czy też stała się przypadłością cykliczną raczej niż stałą. Kłótnia ze Stefanem, nieudane ciasto, bolesna miesiączka, konieczność zajęcia w autobusie wygrzanego przez kogoś miejsca, zwłaszcza jeśli była to jakaś starsza, nieprzyjemna kobieta – każda z tych rzeczy mogła stać się przyczyną kolejnego ataku i nagle świat Jadzi parszywiał, wszystko zaczynało jej się wydawać brudne i lepkie. Rzeczywistość pękała na drobne kawałki jak samochodowa szyba, z sufitu kapał śluz, ze szpar w pecefale sączyło się świństwo. Sio, przeganiała Stefana, sio mi stąd, bo ścierą dostaniesz, niby w żartach mówiła do Dominiki, ale wyższy niż zwykle tembr jej głosu był dla dziecka ostrzeżeniem równie wyraźnym jak kubeł gorącej wody i smród octu.

Uciekamy, mamuśce znów odbija, wołał Stefan, gdy miał dobry humor, i brał córkę na ramiona, odgrywając scenę ucieczki przed opętaną, galopował – patataj, patataj – wybiegał na korytarz i pędził na łeb na szyję po stromych przełęczach schodów, aż zdumieni sąsiedzi otwierali drzwi i zerkali zza łańcuchów. Jestem koniem biegunowym do lotu gotowym, krzyczał Stefan, naśladując końskie rżenie, iiihaha! Koń biegunowy wybiegał z bramy Babela i jednym susem przesadzał osrany kwietnik, hop, galopował po dachach małych fiatów na parkingu i zaraz potem budził popłoch, biorąc rozbieg wzdłuż Babela. Odbijał się od Piaskowej Góry, kopyta krzesały iskry, wiatr targał grzywę i dzikie włosy Dominiki, już fruęli nad Wałbrzychem, dziewczynka i koń biegunowy, na tle szybów górniczych, po niebie tęczowym od chemicznych zanieczyszczeń. Przedzierali się przez burzę nad górami, gdzie jak piłki skakały pioruny kuliste, nad Świdnicą i Świebodzicami, nad pięknym miastem Wrocław, nad za górami i nad za lasami, aż dolatywali do wyspy Bula-Bula. To było najpiękniejsze miejsce na świecie, tu mieszkały słonie trąbalskie, małpy ogoniaste i tygryski-wygryzki. Jadło się tu ptysie z kremem, piło mleko kokosowe i nikt nie zmuszał do papki z buraczków.

Jednak nie zawsze Stefan przemieniał się w konia biegunowego. Czasem miał obce oczy i drżały mu ręce, rzucał kurwą i wychodził na wódkę do Tęczowej, zostawiając Dominikę w obliczu bogini zemsty zionącej octem, puszczającej bańki z płynu do mycia naczyń, pieniącej się szamponem rumiankowym. Jadzia budziła się ze strasznych porwanych snów, w których dotykała językiem lepkiej podeszwy schodzonych butów, zlizywała flegmę z chodnika, zanurzała rękę aż po łokieć w odpływowej rurze pod zlewem albo leżała przywiązana na porodowym łóżku, dryfującym po morzu gówna i krwi. Tyle brudu! Jej ciało pełne szpar i wklęśnięć, ciało, z którego cały czas coś się sączy, zostawiając mokre ślady na majtkach, w zakolach rękawów. Miała wrażenie, jakby to z niej płynęła wilgoć, kwitnąca na północnej ścianie ich mieszkania toksycznym grzybem, z niej pleśń na chlebie, trupia, zła, tłusty brud między kafelkami i w kraterkach jej nosa. Obwąchiwała pumeks, wyrzucała gąbki, lała ocet w gardziele rur i tak długo przekłuwała pęcherzyki, którymi pokryła się tapeta w stołowym, aż przy pomocy Dominiki wygładziła wszystkie, wyciskając spod nich tylko dla niej widoczny brud. Metodycznie zajmowała się jednym pionowym pasem wzoru za drugim, wchodząc na stołek, schodząc ze stołka. Sunęła z góry w dół szlakiem fioletowych rombów i zielonkawych kółek, nakłuwając igłą każdą wypukłość i wygładzając ją watką nasączoną spirytusem jak kosmetyczka krostowatą twarz nastolatki. Sokolim okiem namierzała wypukłość, dźgnij ją, zachęcała, a dziewczynka powtarzała gesty matki, wbijając igłę w niewidoczne pęcherzyki. Jadzia wierzyła, że to, co śmierdzi lub szczypie, skuteczniej zabija bakterie niż odpowiedniki nieśmierdzące i nieszczypiące. Ocet i wrzątek na zewnątrz, czosnek do wewnątrz w razie przeziębienia lub profilaktycznie. Żadne prochy tak nie pomogą jak rozgryziony na miazgę i trzymany w ustach ząbek; trzeba trzymać tak długo, jak się da, żeby wypalił wszystko w środku.

Od czasu gdy Dominika zamieszkała z nimi, Jadzina walka z brudem nabrała nowego wymiaru. Bakterie, miliony nowych bakterii, z którymi musi się uporać, przybyły razem z dziewczynką i jednocześnie stanowiły dla niej straszne zagrożenie. Każdą część ciała Dominiki widziała Jadzia jako potencjalne źródło epidemii. To dziecko było tykającą bombą zegarową. Wieczór zastawał Jadzię wykończoną wśród gładkich, lśniących powierzchni, zapachu środków dezynfekujących, szamponu rumiankowego i octu. Przez chwilę jej świat wydawał się niemal doskonały. Przytula do piersi Dominikę w świeżej piżamce, wymoczoną w wodzie z aromatyczną szyszką, z włosami wymytymi szamponem, który trochę szczypie w oczy. Moja czyściutka córeczka, mówi, wdychając zapach gęstych, kręconych włosów dziecka, które mruga oczami jak ogłuszony królik.

Stefan ulegał sanacyjnej pasji Jadzi, ale nie robił tego na poważnie, błaznował, szczerząc świeżo wyszorowane zęby i zionąc jej w twarz ciepławym rozkładem trawionego obiadu, pytał, no jak, Dziunia, jak kapitan Kloss? Gdy nie miał nastroju do żartów albo wypił za dużo, wyzywał ją od zakichanych hrabin i walił się na łóżko bez kąpieli. Jego używane białe gacie wisiały na oparciu fotela, czekając na następny dzień jako dowód na to, że mężczyźni, jak twierdził, są susi i czyści, a baby rybie i mokre. Jadzia obrażała się wtedy i szła spać do pokoju Dominiki, a-zostawże-mnie-w-spokoju-pijaku-jeden-zarzygany-idź-do-kibla-się-przytul, wypluwała z siebie syczącym szeptem i kołysząc piersiami, pokonywała wąski przedpokój dzielący dwa pokoje. Jadzia już nie jest żoną amatorką, nabrała doświadczenia w radzeniu sobie ze Stefanem i coraz bardziej zdaje sobie sprawę ze swojej władzy. To władza pełna złości, nie gniewu; władza szczypiąco-szarpiąca, jej oręż to miotła i ściera. Kuchenna królowa miotłą pogoni, ścierą da przez łeb, gdy się jej pod rękę poddany jakiś nawinie. Ze złości władczyni urabia sobie ręce i wypruwa żyły, ukrzyżowuje się codziennie za grzechy chłopa, który wstrętny jest. Chłopy, z brudu i głodu jeden z drugim by zdechł, gdyby sami zostali. Ofermy, ochlapusy i dziady. Do Czarnego Boru na odwyk wszystkich pozamykać! Prychając ze złości, kładzie się Jadzia na wąskim tapczaniku Dominiki, a ciężar matczyny sprawia, że chude ciałko, które kiedyś z niej wyszło, turla się wprost w jej brzuch. Śpij-śpij, uspokaja córkę i zasypia obok niej, zastanawiając się niemądrze, jak trudno byłoby im się teraz razem pomieścić, gdyby ta druga też przeżyła.

VIII

W klasie Dominiki jest trzydzieścioro dwoje dzieci, siedemnaście dziewczynek i piętnastu chłopców, a ten brak symetrii sprawia, że jeden uczeń i jedna uczennica pozostają bez pary swojej płci. Pary żeńskie zasiadają po lewej stronie klasy, męskie po prawej, przy oknie. Dziewczyki pasują do innych dziewczynek, chłopcy do innych chłopców, ale to nie znaczy, że wolno im być za blisko. Przyciągają się przeciwieństwa, to będzie wiadomo z lekcji fizyki. Podobnie chemia może zachodzić tylko między przeciwieństwami. Tak jest w naturze nawet wśród pszczół, pantofelków i paproci, potwierdzi pani od biologii. Gdy dojdzie do biologii istot ludzkich, dziewczynki i chłopcy będą mieć lekcje osobno, bo mają osobne biologie i lepiej, by nie wiedzieli o sobie nawzajem zbyt wiele. To różnica, którą najlepiej widać z daleka.

Na przyciąganie przeciwieństw dopiero przyjdzie pora, wszystko w swoim czasie. Na razie mechanizmy chłopców i dziewczynek zaprogramowane na wzajemne przyciąganie powinny pozostać w stanie spoczynku. Będą uczyć się z elementarza, gdzie na obrazkach kuchenny świat mamy oddzielony jest od pracowego świata taty zupełnie tak samo jak w ich domach. Tata wychodzi, mama zostaje i jest, gdy tata wraca, jakby ją przybito do podłogi z pecefału. Gdy dobrze się przyjrzeć, można zauważyć łebki gwoździ wystające z jej stóp i dłoni. Na tatę czeka mama, obiad i fotel, gdzie będzie czytał gazetę. Praca mamy poza domem nie jest pokazana, bo się nie liczy. Latem boso mama, boso tata i motylek boso lata, ale tyle tej równości. Ala pomaga mamie w kuchni, Alek skleja model samolotu, w którym może przeleci kiedyś Alę, jeśli będzie grzeczna.

Między stroną dziewczynek i stroną chłopców jest wolna przestrzeń na nauczycielkę, magister Demon Helenę, która ma władzę i wymaga, by wszystko odbywało się zgodnie z jej planem. Uczniom zakłada się uzdy i wędzidła, lejce ma nauczycielka, ona ma też bat. Nie ma po co wyrywać się do przodu i skakać na boki, za trzaskiem słychać trzask. Magister Demon patrzy na Dominikę – wbrew stoi jej wzrost Dominiki i odstające na wszystkie strony włosy w kolorze czarnej kawy; ta twarz prosi się o kłopoty i je dostanie. Dominika, najwyższa wśród rówieśniczek z pierwszej c, zostaje posadzona w ostatniej ławce z chłopcem. Chmura? Uwaga na panią Chmurę, żeby deszczyk nas nie zmoczył, żartuje pani nauczycielka i trzaska batem; śmieją się tylko ci, w których akurat nie trafia. Magister Demon nie jest w stanie wymówić nazwiska chłopca, co sprawia, że podwyższa się stan jej zdenerwowania. Zdenerwowanie o różnej wysokości to jej stan stały, a uczniowie, choć bez głosu, mają wpływ na emocje magister Demon i ona daje im to odczuć. Magister Demon uważa, że zasłużyła w życiu na więcej, niż ma, i nie chciałaby, aby ktoś inny dostał to, czego ona nie dostała. Razy, które w nią trafiły, oddaje w klasie i widzi, że ma oko, nawet jeśli było już wielokroć podbijane. Celuje w rękę linijką, w tyłek większą i umie trafić do środka ucznia tak, że idzie mu w pięty.

Dominika siada w ostatniej ławce i przełyka falę mdłości. Wystarczy, że rzygnęła w przedszkolu, i wie, czym to grozi. Dla uspokojenia liczy doniczki, cztery szable, trzy trzykrotki, jedna kwitnąca cebula, dwa słoiczki z kiełkującą fasolą. Skąd nam taka tyczka grochowa wyrosła, podsłuchane słowa matki jeszcze raz brzmią w uszach córki, czerwonych z upokorzenia. Tak kusząco wygląda pierwsza ławka ze śliczną Jagienką Pasiak rozmiaru lalki. Mogłyby być jak siostry. Ale ona nie dla tyczki grochowej, nie dla odmieńca, gąsieniczki – w środku Dominiki budzi się z drzemki miniaturowa Jadzia, wywija ścierą i powtarza, tyczka grochowa, odmieniec, gąsieniczka, fiksumdyrdum! Dominika jest pełna takich słów, one zapadły głęboko, wciąż odkładają się jedne na drugich warstwy rodzicielskiej niezdarności, żółci i bólu. Magister Demon sięgnie paluchem na sam spód, zamiesza i wyssie sobie potem spod paznokci wytrawny smaczek.

Chłopiec, nieco niższy od Dominiki, smagły i ciemny, odsuwa się na skraj ławki w rzędzie żeńskim. Nazywa się Dimitri Angelopoulos i jest Grekiem, dzieckiem jednej z kilkunastu rodzin, które los po wojnie rzucił do Wałbrzycha. Mieli nadzieję przeczekać tu, aż w ich kraju słońca i wina też zwycięży komunizm. W Wałbrzychu był komunizm, ale nie było ani słońca, ani wina i w miarę upływu czasu większość z nich rozumie, że ani Wałbrzych, ani komunizm to nie najlepszy pomysł, bo wszystkiego może się odechcieć w taki ziąb. Marznąc do kości i z niedowierzaniem patrząc w niebo lepkie i sine jak nieświeża pasta z bakłażana, wałbrzyscy Grecy owijali się w kożuchy, dociskali skórzane pasy i zwracali twarze na południe. Niektórzy na wzgórzach i hałdach wokół miasta pasali swoje stadka owiec, a każdy z pasterzy miał w pamięci taki blask słońca, że wałbrzyszanie oślepliby, gdyby zajrzeli pod ich przymknięte powieki. Grecy sprzedawali wełnę albo słony ser, niezły pod wódeczkę, ale ojciec Dimitriego jako pierwszy w swojej rodzinie niczego nie pasał i był filologiem klasycznym. Z żoną, córką i dwoma synami zamieszkał w jednym z poniemieckich domów z ogrodem u stóp Piaskowej Góry i tylko stare tory kolejowe dzieliły go od kamienicy Haliny, od której przed wojną dzieliłyby go morze i pół kontynentu. Dimitri, najstarsze dziecko, zna ojczyznę rodziców ze zdjęć i codziennych opowieści. Od małego nauczony jest głodu na smaki, których tu, gdzie jest, nie znajdzie. Uczy się, że musi chcieć więcej, niż ma, i że to gdzieś na niego czeka. Chłopiec najpierw poznaje nazwy rzeczy takich, jak baklawa, Olimbos, kadafi, Karpathos, a dopiero wiele lat później pozna ich smak, który nauczył się już lubić. Wie, że Wałbrzych jest miejscem przejściowym i zastępczym, w którym się wprawdzie urodził, ale gdzie te białawe wymoczki z niedopieczonego ciasta uważają go za obcego i nazywają Cyganem, a nawet, kto by na to wpadł, Murzynem. Jego miejsce czeka na placu pod parasolem fikusa, gdzie kilka pokoleń jego męskich przodków piło kawę i uozo, kłócąc się o politykę, podczas gdy kobiety w czarnych sukniach zawijały farsz w liście winogron i swatały nienarodzone wnuki. Dla rodziców Dimitriego, ojca zajętego wpajaniem wałbrzyskim licealistom zasad łacińskich deklinacji i matki lamentującej, że takie pomidory to kpina z prawdziwych pomidorów, sama woda i żadnego zapachu, wąska i długa wysepka na Morzu Śródziemnym pozostaje najpiękniejszym miejscem na ziemi. Nie wiedzą, że ta tęsknota, skrystalizowana w obrazach gotowych do rozdawania dzieciom jak kostki słodkiej galaretki, czyni z nich szczęściarzy wśród większości mieszkańców miasta, których ojczyzny albo już nie istnieją, albo ich nigdy nie mieli. To przekonanie, że jest miejsce lepsze od Wałbrzycha i że Dimitri do niego należy, jest jak kręgosłup, który trudno złamać nawet magister Demon. Chłopiec patrzy na świat tak, jakby stał na statku, wypatrując obiecanej ziemi na horyzoncie, czym bardzo denerwuje nauczycielkę, której horyzonty są wąskie. Dimitri cały jest w ruchu, podskakuje i kręci się jak bąk, buduje z klocków skomplikowane fortece i rozwala je bez żalu, wylewa atrament i łamie długopisy; wezwany do odpowiedzi najpierw obraca się wokół własnej osi, a wtedy dostaje dwóję, zanim powie cokolwiek. Nie podoba mu się, że musi siedzieć w ławce z babą, ale ta akurat kolorem przypomina mu matkę i siostrę, jest smagła, jej oczy lśnią jak świeże kasztany; szturcha ją łokciem, jakby sondował grunt, i uśmiecha się, pokazując krzywe, bardzo białe zęby. Dominika po lekcjach chodzi do babci Kolomotywy na Szczawienko, odbiera ją Jadzia po drodze z pracy, i w jedną stronę ma po drodze z Dimitrim, który dogania ją, podzwaniając odblaskowymi szkiełkami przy tornistrze. Pyta, czy lubi rachatłukum; obiecuje przynieść jej jutro do szkoły, jeśli tak. Dominika nie ma pojęcia, co to jest rachatłukum, kojarzy jej się z rachowaniem i tłuczeniem, jednak rok w przedszkolu w roli psa Szarika, który musiał aporto-wać i szczekać na rozkaz Marusi lub Janka, nauczył ją, że bezinteresowna serdeczność drugiego dziecka jest rzeczą rzadką i cenną. Mówi więc, że lubi, na jej twarzy pojawia się uśmiech, powtarza, rachatłukum. Rachatłu-kum, tego słowa nauczył Dimitriego ojciec, który zna-lazł w starym słowniku polski odpowiednik dla greckiej nazwy kleistej galaretki z orzechami i sokiem owoco-wym. Ty wiesz, jak tu mówią na nasze loukoumades? krzyknął do żony, Marii, zajętej krojeniem papryki, ale co to za papryka, chudzina taka i bez soku, że aż pła-kać się chce. Niech no tylko wrócą, już ona wszystkim przypomni, jak smakuje papryka. Ra-cha-tłu-kum, profe-sor Angelopoulos powtórzył nowe słowo parę razy pod wąsem, nie wiedząc, że stał się kolekcjonerem słów, ja-kich nikt w Wałbrzychu nie używał, bo do niczego nie były potrzebne w rzeczywistości prowizorycznej i szytej grubą nicią na okrętkę. Grek zapisywał w notatniku ra-chatłukum pod etażerką, sakwojażem i leguminą, a jego uczniowie o wąskich, wrednych pyszczkach prychali ze śmiechu.

Dominika i Dimitri schodzą w dół Piaskowej Góry najpierw uliczkami osiedla, a potem ścieżką wśród dzikiego bzu i karłowatych brzózek, pustych butelek, starych wiader i misek, nadpalonych szmat, które wyglądają jak śpiące postaci, a niekiedy nimi są. Nie wiadomo, skąd biorą się te śmieci, przecież w blokach są zsypy i już nie trzeba jak na wsi do lasu podrzucać. W zależności od tego, czym porzucone przedmioty lub istoty ledwo żywe były na początku – tu powoli rozpadają się w piasek, gnój lub błoto. Na ziemi niczyjej, zwanej przez miejscowych po prostu Krzakami, między nowym osiedlem u góry i starym poniemieckim na dole, często odbywają się popijawy stojące lub siedzące, organizowane przez mężczyzn, których autobus przywozi tu z kopalni. Oczy pijących są obwiedzione na czarno węglową konturówką, na ich policzkach czerwienią się rumieńce. Sięgają do skajowych teczek, za pazuchę. Zanim wespną się na Piaskową Górę, wlewają w gardło butelkę za butelką, śmiejąc się z tych, co tak się swoich starych boją, że patrz, jak zapieprzają do chałupy, aż im się z dupy kurzy. Już im stara pokaże!

Matki z Piaskowej Góry ostrzegają dziewczynki, by uważały na tych wstrętnych pijaków, chociaż żadna nie tłumaczy dlaczego. Wstrętni pijacy należą do tej samej kategorii, co obcy panowie częstujący cukierkami na placu zabaw i namawiający, by pójść z nimi zobaczyć coś ładnego. Obcy panowie mogą też czaić się w bramach i na podwórzach, zwłaszcza zaś w parku Sobieskiego, by bez ostrzeżenia pokazać siusiaka. Trzeba zasłaniać oczy, krzyczeć, uciekać, chociaż trudno te trzy rzeczy robić jednocześnie. Dziewczynki z Piaskowej Góry rosną w przekonaniu, że panowie są jednocześnie źli i dobrzy, robią coś strasznego i otaczają opieką, mają coś, czego trzeba pragnąć i czego nie można od nich brać. Za każdym razem jest to coś, czego nie mają dziewczynki. Nikt nie uczy, jak odróżnić w przyszłości dobrych panów od złych, skoro jedni są niebezpieczni i nie należy do nich podchodzić, a wśród innych trzeba znaleźć kogoś, z kim najpierw będzie się chodzić, a potem za niego wyjdzie. Od tego, kim on będzie, zależy, jak daleko się zajdzie, a trudno wymarzyć sobie zajście dalsze niż do Enerefu. Panowie na Krzakach doszli do kresu swoich możliwości, a kobiety, które za nich wyszły i z nimi zaszły, zaczęły już gorzko żałować tego kroku. Żaden nie dojdzie dalej, niż doszedł, a paru jest na zupełnym dnie.

Dominika i Dimitri mijają grupki mężczyzn w różnym stopniu upojenia, od rubaszno-hałaśliwych w pozycji wertykalnej, przez bełkotliwie półleżących, po całkowicie horyzontalnych, nieruchomych i smutnych. Pijaczek śpiący na wznak z otwartą gębą to popielnica, a lubiana przez dzieci z Piaskowej Góry zabawa w kiepowanie popielnicy polega na rzuceniu w twarz śpiącego niedopałkiem z możliwie najbliższej odległości. Właśnie tam, siedząc na pożółkłej jesiennej trawie, Dimitri i Dominika jedzą po raz pierwszy pogniecione rachatłukum z foliowej torebki. Zrobione przez Marię Angelopoulos z nie takich orzechów i syropu z płatków róży, która też była w tym zimnym kraju jakaś nie taka, bo tylko tam, w kamienistym ogrodzie, z którego widać było łódki zawijające do portu, róże rosły prawdziwe jak nigdzie na świecie. Słodycz rachatłukum spływa w ciemności, dołącza do słodyczy cukrzonego chleba babci Kolomotywy, w Dominice zapala się kolejne małe światełko jak świeczka ukryta pod koszem. Ona będzie kiedyś żywić

się miodem, czekoladą i mlekiem. Mam brata, siostrę,
pieska i dwa kotki, wylicza Dimitri, jeden jest biały w łat-
ki, a drugi tak samo. Ja miałam siostrę bliźniaczkę, ale
umarła, Dominika jest zbita z tropu tym nadmiarem żywych, który może posiadać jedno dziecko, podczas gdy
ona nie może mieć nawet chomika z powodu bakterii.
Na śmierć, upewnia się chłopiec i patrzy na nią z zainte-
resowaniem, czy na raka? Na śmierć. Martwa bliźniaczka
równoważy bujność życia oferowaną przez chłopca, który już wstaje, chwyta Dominikę za rękę i ciągnie na łeb
na szyję z góry; w pędzie powietrza światło rozbłyska,
jakby ktoś dmuchał w ogień.

Szeleszcząc liśćmi, zjeżdżając zimą na butach, pla-
skając w wiosennych błotach, Dimitri i Dominika odtąd
idą razem przez Krzaki na Szczawienko. Zakochana para,
Murzyn i poczwara, wołają do nich inne miłe dzieci i czasem dochodzi do starcia. Spotykają się znów po południu
pod domem Haliny lub w ogrodzie państwa Angelopoulos. Maria Angelopoulos, która chciałaby mieć o wiele
więcej dzieci niż troje, nawet trzydzieści nie wydaje jej
się przesadą, karmi Dominikę niewykorzystanymi za-
sobami macierzyństwa. Wrzuca jej na talerz warzywa,
które w przeciwieństwie do tych gotowanych po polsku,
zachowały kolor i smak; kroi na grube kawałki pieczony
w domu chleb i wciska dzieciom do kieszeni, gdy wy-
biegają na dwór. Uciekają przed młodszym rodzeństwem
Dimitriego; mały Georgi szybko rezygnuje z pogoni, ale
Sofija, tylko o dwa lata od nich młodsza i niemieszcząca
się w formie grzecznej dziewczynki jak rtęć w przegrza-
nym termometrze, jest coraz trudniejszym wyzwaniem.
Wytacza się nagle spod łóżka lub krzaka jak lśniąca kul-

ka i trzeba wydłużać krok, szukać inspiracji w książkach o Indianach, obmyślać precyzyjne plany.

Po drugiej stronie ulicy Wrocławskiej jest sztuczny zbiornik z kopalnianą wodą, czarną i nieprzejrzystą. Zimą jeziorko nie zamarza nawet podczas najgorszych mrozów i błyszczy spośród śniegów jak wielkie czarne oko. Mówi się o nim jeziorko, bo w Wałbrzychu rzeczom nadaje się nazwy niedbale, jakby miały służyć tylko przez jakiś czas, żadne tam sakwojaże i leguminy – to jeziorko, w którym nikt nie pływa ani nie łowi ryb, ale przydaje się, gdy trzeba utopić psa albo kota. Dominika i Dimitri przechodzą na drugą stronę siatki przez dziurę nieopodal tabliczki Wstęp Surowo Wzbroniony Pod Karą Administracyjną. Woda, zarośnięta wokół chwastami, z których sterczą zardzewiałe żelastwa, błyszczy oleiście i pachnie jak asfalt po burzy. Tuż przy brzegu piasek jest spopielony, szary, otacza wodę równym pierścieniem metrowej szerokości. Pomost wcina się w czarne oko wody, na jego końcu rdzewieją resztki metalowej konstrukcji. To wieża obserwacyjna – Dominika i Dimitri wspinają się na nią zwinnie jak małpki z wysp Bula-Bula. Latem woda wydziela opary, od których kręci się w głowie, a w ustach zbiera się gęsta, kwaśna ślina i można pluć w wodę, kto dalej. Pod powierzchnią jeziorka mieszka topielica-pajęczyca; je ludzkie mięso, na żywca obgryza je i wysysa szpik tak, że zostają tylko puste w środku kości i pierścionki, zegarki i metalowe sprzączki – całe dno jest nimi usłane. Lubi tylko świeży i żywy pokarm, jest żarłoczna, lecz wybredna. Topione w workach kociaki i szczenięta to dla topielicy-pajęczycy zagryzka; potem wciąż jest głodna. Gdy siedzą na wieży obserwacyjnej, widzi ich, oblizuje wargi. Jednak Helenę Demon wyrzygałaby od razu, nawet gdyby Dominice i Dimitriemu udało się ją tu dostarczyć. Dostałaby strasznej niestrawności! Puszczałaby ogromne bąki! Zapryszczyłoby ją! Na co dzień pokarm dla topielicy-pajęczycy dostarcza czarna wołga, która nocami krąży po ulicach Wałbrzycha, wielu ją widziało i o włos uniknęło śmierci. Mirka Tutkę z ich klasy goniła przez całe Szczawienko, aż zgubił tornister; przysięgał się, że tak. Wołgą jeżdżą dwie zakonnice, ich twarze są białe, jakby nigdy nie widziały słońca. Mają bystre oczy sów, które widzą w ciemności. Gdy namierzą jakieś samotne dziecko z kluczem na szyi, przepada jak kamień w wodę. Wciągają je do czarnej wołgi i wkładają do czarnego worka, pędzą nad czarne jeziorko, po uczcie czarnej pajęczycy z dziecka zostanie biały, biały trup. A ty co byś wtedy zrobiła? Idąc wzdłuż brzegu zatrutej wody, Dominika i Dimitri rozważają różne metody poradzenia sobie z topielicą-pajęczycą. Dimitri uważa, że najlepiej mieć ze sobą scyzoryk albo granat, Dominika, że trzeba użyć fortelu i udawać nieżywą. Zamknąć oczy, wstrzymać oddech, leżeć jak trup.

Na tyłach stawu przechodzą przez kolejną dziurę w siatce i wąską ścieżką przedzierają się przez chwasty. Tu już trzeba dobrze patrzeć pod nogi, czy coś nie błyszczy, bo zbliżają się do wysypiska huty szkła. Wkrótce błyskiem jest wszystko, aż po niebo piętrzą się szklane góry. To lodowe diamenty, rubiny jak wyssana landrynka, topazy z ruskich pierścionków w kolorze lemoniady w woreczkach. Słońce rozpala się wokół tysiącem małych tęcz. Są tu tafle szklane o brzegach ostrych do krwi, kule pełne zatrzymanych w locie pęcherzyków i małe kwadra-

ciki, masełka gładkie w dotyku. Ścieżki wykładane bry-
lantami prowadzą wprost do pałaców, w jakich mieszkać
by mogła sama ciotka Wielkopańska ze swoimi kuframi
pełnymi balowych sukien. Rubinowe schody wspinają
się, topazowe zbiegają w dół. Dimitri buduje machinę,
za pomocą której poleci na Księżyc, wybiera bryły tej
samej wielkości i układa z nich pas startowy, rozpędza
się na nim z ramionami rozłożonymi do lotu. Dominika
mówi, że księżniczki nie latają samolotami, mają prawdziwe rakiety kosmiczne, i przegania go na swoich pajęczych nogach. Szukają skarbów. Dominika ma we włosach diadem, jest księżniczką ze szklanej góry, na którą
wdrapuje się dwunastu braci, ma ząbki jak perełki, pierścionek na każdym palcu i kolczyki. Teraz nawet Jagienka
Pasiak chciałaby z nią siedzieć w jednej ławce. Oglądają
pod światło bryły szkła i najpiękniejsze okazy pakują do
płóciennych chlebaków, za każdym razem znajdują coś
wyjątkowego i jeszcze dużo zostaje na następny raz.
Potem wspinają się na hałdę, wzniecając obłoki węglowego pyłu, chwytają się wiotkich brzózek. Na szczycie
pozostały resztki metalowej konstrukcji i kołyszący się
na stalowych linach kopalniany wagonik, który skonał
tu po usypaniu hałdy. W wagoniku ukrywają kolekcję
szklanych skarbów. Są piratami, Indianami i bandą Jano-
sika. Budują pułapki na wrogów, którzy zapuszczą się aż
do ich kryjówki; to się może zdarzyć! Kopią doły, sika-
ją do nich i plują, wrzucają ostre kawałki szkła, a potem przykrywają patykami, maskują liśćmi i wspinają się
do wagonika, z którego obserwują brzozowy zagajnik.
Dimitri ma małą lornetkę, ojciec mówił mu, że nazywa
się lornią. Lor-nią.

Gdyby tylko magister Demon tędy przechodziła ze swoim ukochanym ratlerkiem, gdyby tylko miała jakąś sprawę na szczycie hałdy. Widok na jej do pułapki wpadkę wynagrodziłby im bicie linijką po łapach i tyłku, w kącie stanie, chichoty rozlegające się w klasie, gdy zwracała im uwagę, pytając wrzaskiem, a szanowne państwo z ostatniej ławki, co to za szeptania psiu-psiu na uszko? Cóż tam u pani Chmury słychać u góry, z dużej Chmury mały deszcz? Magister Demon nigdy jednak nie czuje potrzeby wspinania się po hałdzie, tak jak nigdy nie przychodzi jej przez myśl, że jej kary są niesprawiedliwe, bo sprawiedliwość rozumie jako oddanie tego, co sama kiedyś dostała. Ma jeszcze tego dużo i dla wszystkich wystarczy. Gdyby prześwietlić magister Demon, zobaczyłoby się w środku dziewczynkę wielkości myszy, o bardzo starej twarzy, zwiniętą jak płód i skamieniałą. W jej snach wokół stoją inne dziewczynki, wszystkie mają szare sukienki z białymi kołnierzykami, warkocze, pończochy w kolorze popiołu, jak popiół są ich roześmiane twarze – pokazują palcami postać stojącą w środku kręgu z kartonową tabliczką na szyi Helusia Demon Złodziejka. Nie wzięła tego pierścionka z zielonym oczkiem! Oglądała, ale nie wzięła. Podrzucili jej! Sam wpadł do kieszonki fartuszka! Nocą dziewczynki gromadzą się wokół łóżka Helusi i śpiewają, Demonie, Demonie, czarci ogonie, trzeba wbić ci kołki w skronie! Ból przeszywa przez środek magister Helenę Demon, która zwykle w takich razach wini wątrobę i zażywa raphacholin. Rózeczką Duch Święty dziateczki bić każe, ale to tylko dlatego, że nie wie, jak skuteczna może być linijka. Niech się cieszą jedno z drugim, że nie muszą jej potem po rękach całować i dziękować za trud włożony w wychowanie, tak jak ona dziękowała siostrzyczkom w sierocińcu Adoratorek Najświętszej Krwi Jezusa. W klasie magister Demon wystarczy, że dziecko powie przepraszam i dziękuję, ale nie szeptem, nie, nie. Magister Demon nigdy nie szepcze. Głośno i wyraźnie PRZEPRASZAM, panno Chmura! Jakże ta Chmura ją denerwuje – jakże denerwuje magister Demon fakt, iż zawsze jest o krok od rozpoznania w Dominice kogoś, kogo od dawna dobrze zna i rozumie. Głośniej! drze się magister Demon. Chmura, ty jamochłonie! Łapa! Łapa, An-ge-lo-pou-los! Tutka, debilu, łapa! Za gadanie i milczenie, za nieuważanie i nadmiar uwagi, za ściąganie i dawanie ściągnąć magister Demon wymierza kary, które odmierza z niewyczerpanego zestawu pomysłów w zależności od wagi przewinienia. Od pięciu do piętnastu uderzeń linijką w łapę, prawą, żeby czuło się mrowienie przy pisaniu. Od pięciu do piętnastu w tyłek drewnianą metrówką. Są bijący i ci, którzy zawsze dostają po dupie. Z teatralnym wyczuciem nastroju magister Demon zasłania kotary i zmusza jedno dziecko, by biło drugie, wypięte na biurku, sobie rezerwując przywilej liczenia razów. Najlepiej zmusić dziecko, które nie chce bić, i patrzeć, jak się w biciu rozsmakowuje. W szkole podstawowej im. gen. Świerczewskiego łamią się nie tylko linijki. Tak rośnie armia przyboczna magister Demon. Ci, którzy do niej należą, są zawsze o stopień do przodu, podczas gdy Dominika i Dimitri zawsze pozostają w tyle. Znów psiu-psiu na uszko? wrzeszczy pani nauczycielka, której oni są poddanymi, i wywołuje ich na egzekucję do tablicy. Pomyłki Dimitriego, któremu plączą się języki, to muzyka dla jej uszu. Angelopoulos analfabeta! Przerażenie Dominiki, która chciałaby zaśpiewać zasiali górale oowies, oowies, ale może wydusić z siebie tylko oo, to rozkosz dla oczu magister Demon. Ooooo co chodzi, panno Chmura? Bezmózgowce, syczy, beznadziejne beztalencia, jamochłony pustogłowe. Gdy ma dyżur, nie daje im spokoju nawet na przerwie, podczas której nie wolno biegać samopas, lecz trzeba chodzić wkoło po korytarzu, dokładnie tak, jak chodziło się w sierocińcu Adoratorek Najświętszej Krwi Jezusa. Ale pośrodku jest magister Demon i jej bat. Gdyby mogła, kazałaby zbudować dla uczniów kołowrotek, jaki wstawia się do klatki chomika; strzelałaby batem, a on obracałby się coraz szybciej i szybciej.

Jedyne miejsce wolne od magister Demon to lekcje wychowania fizycznego; ona zajmuje się wychowaniem psychicznym, bo jest specjalistką od nauczania początkowego i języka polskiego. Grunt to mieć dobry start, potem już jakoś pójdzie. Na wuefie dzieci mogą się wyszaleć, a największą atrakcją jest kryty basen. To duma szkoły, żadna inna w Wałbrzychu go nie ma i dyrektor pokazuje go wszystkim odwiedzającym czynnikom partyjnym, zanim napiją się w jego gabinecie. Basen to przykład postępu w nauczaniu, które w szkole podstawowej im. gen. Świerczewskiego odbywa się na sucho i na mokro. Uczniów namacza się, aż zmiękną, a potem przepuszcza przez wyżymaczkę i magluje, aż bucha im z uszu nachlorowany obłok pary. Dominika przepływa basen za basenem w kierunku wyspy kokosowej Bula-Bula. Przez zaparowane, nieszczelne okularki widzi jej zielonkawy zarys, palm pióropusze, nikt jej nie dogoni. Dominika i Dimitri pływają najlepiej z klasy, ale najodważniejszy jest Mirek Tutka. Dzieci wołają na niego syf i bakteria, bo chodzi w nigdy niepranym fartuszku; przyglądają się jego zażółconym majtkom i chichoczą, a on woła, jestem tutka prostatutka! i nieproszony skacze nie tam, gdzie trzeba, bo robi różne rzeczy, by zwrócić na siebie uwagę pod innym kątem. Wypływa wiotki jak szmaciana lalka i po wyciągnięciu nie daje się postawić do pionu ani nawet posadzić. Nazwisko Tutka i imię Mirosław zostaje od linijki przekreślone w dzienniku klasowym wraz ze wszystkimi dwójami, które mu już w niczym nie zaszkodzą; jego trzy siostry i dwóch braci wkrótce niepostrzeżenie zajmą tę niewielką ilość miejsca i rzeczy, jakie pozostały po Mirku w pokoju z kuchnią zamieszkiwanym przez rodzinę Tutków. Przez jakiś tydzień czy dwa podekscytowani koledzy przekazują sobie z ust do ust wiadomość, że przeżył, ale będzie na wózku. To nie do końca prawda. Nikt z klasy nigdy więcej nie widzi Mirka Tutki, a on przez osiem lat, aż do litościwej śmierci z powodu powikłań pogrypowych, ma widok ograniczony do spękanej pustyni sufitu w zakładzie, gdzie na sześciu podobnych skoczków przypadał jeden inwalidzki wózek. Tylko tych szczęściarzy, których ktoś jeszcze odwiedzał, sadzano na nim, wymytych i uczesanych, ogłuszonych barbituranami. Zanim odpowiednie komisje zbadały, co i jak, zanim zmierzono i obwiniono, przyszła zima i mróz rozsadził rury, a powierzchnia basenu zamarzła, unieruchamiając styropianowe deski do nauki pływania i koła ratunkowe. Którejś styczniowej nocy ktoś stłukł szybę, dostał się do środka i skuł sinozielone kafelki z jednej ze ścian, a wkrótce znikły połowa drugiej ściany i armatura z łazienki dla dziewcząt. Teraz uczniowie próbują swoich sił w grach zespołowych oraz w bieganiu wokół boiska i ta ostatnia umiejętność przydaje się Dominice podczas drogi przez Krzaki.

Coraz częściej jednym z mężczyzn śpiących tam na popielnicę jest jej ojciec, Stefan. W koszuli w kratkę i pomiętych spodniach śni o spiżarce wielkanocnej. Ma uchylone usta, po policzku spływa mu ślina jak ślad zostawiony przez ślimaka. Dominika jest czujna jak saper, potrafi dostrzec ojca z dużej odległości, a wtedy ucieka w dół Piaskowej Góry, by nie wybuchnąć. Dimitri biegnie z nią łeb w łeb, gałęzie dzikiego bzu sieką ich po twarzach, ślizgają się na psich kupach, przeskakują stare kanapy, potykają się o śpiących, rzygających i półmartwych. Stefan w pionie ma jednak nad córką przewagę wzrostu i zanim z fazy pijaństwa wertykalnej zsunie się do horyzontalnej, czasem pierwszy namierza ją wzrokiem. Moja córcia, chodź do tatusia! Pocałunki ojcowskie spadają jak kamienie, parzą jak lód. Ze szkoły wraca córcia moja kochana! Wzorowa uczennica. Od góry do dołu same piątki. Po mnie ma łeb, po tatusiu, chwali się Stefan kolegom, których oczy to martwe ślepka pluszowych misiów. Niektórzy już wiedzą, jak się wycina nożem esperal, inni dopiero się nauczą, to boli mniej niż pragnienie, którego nie można zaspokoić. Teraz Dimitri, kolej na niego. Nie wypuszczając Dominiki z uścisku, Stefan pyta, a ty, bracie, co mi tu robisz? Mruga do swoich kumpli, starych wyjadaczy, mężczyźni przeciw chłopcu się kupią. Chłopak i dziewczyna w krzakach. W krzakach dziewczyna z chłopakiem! Jeszcze chwila, a sfora poturbuje szczeniaka, który się na ich męski teren zapędził. Do nich

Dimitri należy, ale jeszcze nie czas, by zajął ich miejsce. Ty, bracie, uważaj mi, żartobliwie grozi Stefan chłopcu, a Dominika prosi, tatusiu. Uważaj mi, bo jak nie, Stefan komediant udaje, że goni chłopca, tupiąc w miejscu nogami i machając ramionami w pijackiej imitacji sprintu. Dominika klapnięta na do widzenia w pupę i upupiona tęskni za koniem biegunowym do lotu gotowym i nie znajduje go w swoim ojcu pomniejszonym i cuchnącym alkoholem. Tato, prosi bezskutecznie, pojedź ze mną w niedzielę na basen.

Stefan zawsze pił tak długo, jak długo było co pić, tak samo jak jadł, dopóki było coś do zjedzenia. Między jednym a drugim zalaniem mordy miał jednak wcześniej okresy całkowitej trzeźwości. Nie służyło mu picie i chorował, rzygając tak długo, aż zaczynał pluć gorzkim zielonkawym śluzem z kłaczkami krwi. Pochylony nad muszlą, na klęczkach przysięgał sobie i Jadzi, że już nigdy więcej się tak nie zaprawi. Bił się w pierś i obiecywał poprawę tak długo, aż zasypiał z głową na ołtarzu z białego porcelitu. Wkrótce postanowienie Stefana słabło i zaczynał spekulować, że niemożliwe, żeby wódka czy piwo, nawet zmieszane, tak go urządziły, bo gdyby wino, to co innego – to tatar więc pewnie niezbyt świeży był i winny. Rozgrzeszony alkohol wracał do łask, a okazji nie trzeba było długo szukać, bo pili wszyscy pijący, a niepijący nie istnieją dla pijaka. Inżynier Waciak albo nadsztygar Grzebieluch dopiero się rozkręcali, krawaty luzowali, troszkę tylko na pyskach puchli, a Stefan, próbując za nimi nadążyć, czuł, jak zjeżdża coraz szybciej i szybciej po serpentynie, na dnie której była ciemność w kolorze wątróbki, gotowa pochłonąć go i zmiażdżyć.

Jeszcze próbował jakoś włączyć się w gwar głosów, które huczały wokół niego jak wodospad, i szarpiąc sąsiada za ramię, pytał, że co on powiedział? Gdy nikt na niego nie zwracał uwagi, zbierał się w sobie i wstawał, by opowiedzieć jeden z dowcipów o babie, które kiedyś tak śmieszyły towarzystwo, ale gubił się w połowie, powtarzając bełkotliwie, by słuchali, bo teraz będzie najlepsze. W końcu czyjaś litościwa ręka nalewała Stefanowi ostatni, znieczulający kieliszek, a on wychylał go pobity i następną rzeczą, jaką pamiętał, była gniewna twarz jego Dziuni. Z ustami jak kreska, pod którą znajdował się nieraz już w połowie miesiąca, żądała, by wrócił na pozycję żywiciela, który do domu przynosi, a nie wynosi. Groziła zaprzestaniem odgrywania roli karmicielki i gniewnie stawiała przed nim do picia ulubioną wodę z ogórków. Wyrolowali mnie, tłumaczył Stefan Chmura żonie, która zadawała jedno z tych kobiecych pytań, na które nie ma odpowiedzi, a czemuż ty, chłopie, tak chlejesz? Wyrolowali mnie, mówił, bo jak inaczej miał wyrazić koszmar snów, w których pędził, sapiąc jak miech w kuźni Władka Chmury, a jednak tkwił w miejscu, o krok od drzwi do spiżarki otwartej dla innych. Dawni koledzy szli do przodu, a Stefana z jego nieudanymi dowcipami i skłonnością do rzygania zostawili na poboczu. Patrzył stąd, jak nadsztygar Grzebieluch robi karierę w partii i co rusz tyłek wozi za darmo, a to do Wrocławia, a to do Legnicy, gdzie płacą mu za hotel i wszystko, a Kowalik gna po wałbrzyskich drogach małym fiatem w kolorze jeloł bahama. Inżynier Waciak awansował na wice i dorobił się gabinetu z boazerią po sam sufit, a Stefan ciągle pracował na dole jako nadgórnik i mimo starań nie udało mu się zostać sztygarem. Co rusz miał drobne wypadki, a to coś się zepsuło, a to odprysło, urywając komuś palec lub wbijając się w oko. Wkrótce cieszył się wątpliwą sławą pechowca, z którym szychta grozi katastrofą. Pieniążki kończyły się szybciej niż kiedyś, a Jadzia wzdychała tak, jak to tylko ona potrafi, narzekając na podwyżki cen. Zdarzało się, że w tajemnicy przed nią Stefan pożyczał od matki parę złotych na wieczne nieoddanie. Talony na malucha rozdano gdzieś za jego plecami, a on dostał tylko talon na zamrażarkę, której nie chciała Jadzia. Postawili ją w końcu w stołowym, bo nigdzie indziej się nie mieściła, i stała tam nakryta obrusem z Cepelii jako schowek na rzeczy niepotrzebne. Udało im się zgromadzić kolekcję kilku zaledwie kryształów, i to akurat wtedy, gdy przestawały być modne, a czekoladowych cukierków do kryształowej bomboniery i tak nie można było dostać. Towary ze sklepów poznikały Stefanowi na złość, bo przecież mówił, pomożemy, a do tego niektórzy zaczęli nawet przebąkiwać, że czarne złoto, które wydobywają w Wałbrzychu w trudzie i znoju, gówno jest warte. Kto mógł, uciekał na kontrakt do Enerefu. Tego już było za wiele. Nie po to mówił, pomożemy, nie do tego skakał przez skórę. Ostatnie bąble musującej oranżady ulotniły się ze Stefana w nadrannych beknięciach. Oklapł, opadły mu ramiona i tylko piwny brzuszek sterczał nad paskiem spodni. Patrz, Dziunia, a mnie tak wyrolowali, mówił, patrząc zza firanki, jak szczęśliwy sąsiad Ludwik Lepki wyładowuje z dwudziestoletniego audi przywiezione z Enerefu skarby: proszek do prania w wielkich kolorowych pudłach, pięciolitrowe butle płynów do kąpieli, całe zgrzewki puszek fanty, piwa, coca-coli, czekolady mleczne i nadziewane, wieżę stereo. Cały Babel na to patrzył!

Ostatnią nadzieją nadgórnika Stefana Chmury stał się totolotek. Mościł się w swoim gnieździe przed telewizorem i czekał, aż sprawiedliwości stanie się zadość, a on wróci z bocznicy na główny tor. Podlany alkoholem zapalał się i obiecywał, że jak tylko wygra, to ruski kolor kupi. Dla Dominiki dżinsy zagraniczne i całoroczny karnet na basen; co niedzielę zawiezie ją tam pięknym samochodem, i nie że tam maluchem jak Kowalik, z Enerefu sobie audi metalik sprowadzi, nie będzie żałował na benzynę. Dla Jadzi, co zechce. Będą szynki, kabanosy i pomarańcze nawet na co dzień, chociaż odłożyć też trzeba z wygranej na przyszłość. Na kartce rozpisywał, co, ile i komu, szafował nieistniejącymi milionami. A ile byś na przykład chciała czekolad? pytał córkę; a ty, Dziunia, jakieś łaszki, fatałaszki, fiu-bździu? podbierał Jadzię. Kupowane w wyobraźni rzeczy miały dla Stefana wartość o tyle, o ile sprawiłyby radość kochanym i wzbudziły zazdrość u innych. Dzięki dawaniu byłby tym, kim chciałby być, wujem Franciszkiem, który nie cofa ręki. Zajmował pozycję startową do szczęścia i dostatku, zapierał się pośladkami, by w razie triumfu wyskoczyć jak z katapulty i od razu rozdawać bogactwo, które wysypie się z maszyny losującej wprost do stołowego pokoju na Babelu. Podczas niedzielnej mszy Stefan modli się o jakąś wskazówkę, która pozwoliłaby mu zgadnąć kombinację sześciu cyfr wielkiego lotka. Przekonuje nieczułego Boga, że nic mu nie ubędzie, gdy go uszczęśliwi, a wręcz przeciwnie, opłaci mu się tę usługę jak chrzest, pogrzeb czy ślub. Obiecuje, że da na budowę kościoła na

Piaskowej Górze i na biedne dzieci, dorzuca trzeźwość na szalę przyszłych dobrych uczynków, ale maszyna rusza i kulka po kulce odbiera mu nadzieję. Nie ma sprawiedliwości na świecie.

Jak to jest, Dziunia, że porządnemu człowiekowi nic się nie udaje, a karierę robią jakieś luje i gudłaje?

IX

Z Piaskowej Góry uroczyście ruszyły do kościoła rodziny. W dzień pierwszej komunii świętej ważna jest sukienka w przypadku dziewczynki, a pogoda, zastawienie stołu oraz prezenty liczą się w przypadku każdej płci. Składaki Wigry, zegarki i złote łańcuszki z medalikiem, magnetofony kasetowe Grundig, tylko szczęściarze dostaną cały zestaw najbardziej pożądanych przedmiotów. Mniej szczęśliwi będą musieli zadowolić się plastikową figurką Matki Boskiej z napisem Pamiątka Pierwszej Komunii albo różańcem grzechoczącym w pudełeczku, który babcia przywiozła z Częstochowy. Dopiero jak babcia pójdzie do piachu, zostanie skrawek ziemi do podziału. Znajdzie ten, kto pierwszy wejdzie, ukrytą w woreczku z fasolą obrączkę po dziadku, a jak burzyć będą stary dom, by postawić okolumniony pałacyk z pustaków, wysypią się ze ściany papiery partyzanckie, które się wciśnie ciotce z uniwersytetu, co ma karierę zamiast męża i dzieci. To, co da zaproszona na komunię rodzina, zostanie podliczone, zważone i zapamiętane, a w przyszłości odda się cioci lub wujowi odpowiednio do zasług.

Skąd na przykład babcia Halina Chmura miała na rower niemiecki dla Dominiki?

Jadzię prezent od ubogiej teściowej wyprowadza z równowagi, ale nie bardziej niż zawieszone nad Piaskową Górą niebo jak brudna gąbka. Przetrze się? Żeby się tylko przetarło! Jadzia, niespokojna o córki loki i falbany, topnieje pod różową garsonką bukle jak masło. Nie czochraj się! pohukuje, zostawże, buszmenko, ten wianek! Od czwartej na nogach, dwie godziny kręcenia papilotów, a tu jeszcze moment, a lunie. Sukienka podłużona tiulową falbaną, bo w ciągu miesiąca od kupna wyrosła z niej tyczka grochowa, już krzywo ma wianek z perełkami, w deszczu na marne pójdzie matki staranie. Tyle pichcenia, czyszczenia, kręcenia mięsa na mielone, mycia okien, tyle uszek lepienia, buraczków tarcia, a teraz się nie przeciera. Szybciej! ponagla rodzinny pochód Jadzia. Na czele pochodu pędzi Dominika i kolejno Stefan w przyciasnym ślubnym garniturze, wuj Kazimierz spryskany Brutalem, wujenka Basieńka w łączkę na dziewczęco, przyjezdna babka gruba i tutejsza chuda gęsiego za wnuczką suną. Nie mogłyby tak mamusie trochę szybciej? po plecach świszcze im Jadzia, choć sama goni w piętkę na nogach spętanych sznurami żylaków. Przed nimi ilu biegnie i za nimi wciąż nowi z nadzieją, że dotrą do kościoła przed deszczem i dostarczą córeczki w dziewiczych sukienkach, bo chłopak, mokry nie mokry, to zawsze jakoś ujdzie. Pierwsze krople dopadają ich w połowie drogi, rzadkie, ale ciężkie zwiastuny majowej burzy. Błyska, grzmi, przelatuje obok rodzina Lepkich. Matka Lepka z gromnicą i synem Zbyszkiem, ojciec Lepki z córką zatkniętą pod pachę i sztywną jak z drewna wyprzedzają na wirażu Chmurów obciążonych tuszą dwóch kobiecych pokoleń. Dziury w ścieżce wypełniają się wodą i trzeba skakać, kluczyć, uważając, by nie wpaść na sąsiadów, bo ślisko. Ślizgo! krzyczy Lepka i jedzie slalomem gigantem, a oczek w jej rajstopach nikt już nie złapie. Kolejna błyskawica wyskakuje z nieba i wbija się gdzieś nieopodal, a za nią piorun rąbie tak, że babki przyjezdne żegnają się w locie. Chyba nie przyjdzie im umierać w jakimś Wałbrzychu, skoro grób od dawna opłacony na wiejskim cmentarzu czeka. Oberwanie chmury pełnej lodowatej wody i gradowych kulek wprost nad Piaskową Górą, nagła ciemność i wiatr szarpiący anglezy, koronki, unoszący w górę białe sukienki wzdęte jak balony. Matko Boska, cała komunia spaprana, lamentuje wałbrzyska matka ziemska, co się tak naharowała. To ją matka niebieska wykiwała! Błoto pryska spod komunijnych lakierków Dominiki, spływają słodkimi strużkami jej loki na sztywno ucukrzone. Takie lakierki czechosłowackie w błocie upaprane, prawie płacze Jadzia spragniona córki na biało przed ołtarzem. Woda czarna jak z jeziorka topielicy-pajęczycy porywa dziewczynki podskakujące w balonach sukienek, babki, które ściskają przed sobą trumienki torebek, już nogami młócą na strzałkę. Ojcowie gubią paski od spodni, kraulują niezdarnie, a matki, żabką płynąc, tracą nadzieję i drobne z kieszeni na tacę. Dobijają do kościoła z czerwonej cegły, gdzie woda osadza ich skotłowanych i pomiętych jak rozbitków, których statek wpadł na skały. Jadzia próbuje doprowadzić Dominikę do porządku, zanim ktoś ją doprowadzi do ołtarza. Matko Boska, jak ty wyglądasz! Buszmenka! Wciska na córki głowę wianek, aż wyłazi z niego metalowy cierń drucika. Tak się namęczyła, żeby te nieposłuszne włosy ułożyć, na cukier kręciła, nikt nie wie, ileż to się trzeba codziennie naszarpać, naciągnąć, naprzygładzać. Jak będziesz wyglądała na zdjęciu z komunii zapłakana? Inne dziewczynki uśmiechnięte, a ty? Ryczeć mi znów będziesz, wydziwiać? Znów fiksum-dyrdum?

Jakaż Jadzia jest rozczarowana. To miał być idealny dzień, ciepły i pachnący bzami, z Dominiką przemienioną przy pomocy sukienki, lakierków i papilotów w córkę jak z obrazka. W sklepach pustki, nakombinować się trzeba, nazałatwiać, w kolejkach wystać za schabem i szynką, aż Jadzi nogi mało nie poodpadały. A ileż ją same lakierki kosztowały. Patrzy matka na kędzierzawą głowę córki, wystającą jak dziwny ciemny kwiat w rzędzie dziewczęcych głów wiankami zgrabniej uwieńczonych. Ani goździk, ani gerbera, a już na pewno nie jej ulubiona frezja subtelna. Porównuje Jadzia i podlicza, na ile jej córkę da się wycenić. Czy to możliwe, że matka wybrałaby inny egzemplarz córki, gdyby miała wybór? Jagienka Pasiak na przykład, córka komendanta milicji, co za miłe z niej dziecko, zawsze dzień dobry, dziękuję, a jaką ma sukienkę, pewnie z paczki. Na wywiadówce stawiana za wzór, gwiazda każdej szkolnej akademii. Postawiona naprzeciw Jagienki Dominika traci na wartości, ale gdyby zestawić je w parze, gorsza by zyskała, a lepsza nie wystawała tak ze swoją lepszością. Pyta Jadzia, co dostałaś z klasówki? Cztery plus. A Jagienka? Oczywiście piątkę. Tyle razy Jadzia mówiła Dominice, a czemu ty się nie zakolegujesz z tą Jagienką Pasiak? Czemu ty tak zawsze wydziwiasz? Jadzi nie podoba się przyjaźń Dominiki z Dimitrim, dzik czarny taki, śmieje się jak głupi, podskakuje, oczyskami błyska. Wartość córki może na tej znajomości ucierpieć jeszcze bardziej. Córki psują się szybciej niż mięso na mielone. Najlepiej byłoby je zamrozić i wyjąć bezpośrednio przed spożyciem.

Komunia to dopiero początek i Jadzia szybko odnawia nadszarpnięte marzenia dotyczące Dominiki w bieli. Co teraz nie wyszło, poczeka, by wyjść w przyszłości. Już ona się o to postara! Wymarzyła sobie przyszłość dla córki, ale nie musiała zaczynać od zera w jej wymyślaniu. Ta, którą wymyśliła dla siebie, została jej nieużywana. Czasem Jadzia marzy i już sama nie wie, czy o sobie, czy o córce. Kto chowa się pod tym welonem, który ordynat cudzoziemski zaraz do pocałunku podniesie? Tak czy inaczej nie ma w tej przyszłości miejsca na kogoś, kto nie chodzi na religię, jak Dimitri, na którego nazwisku normalny człowiek język sobie może połamać. Bez chodzenia na religię nie ma kościelnego, a wtedy wszystko na nic, bo sam cywilny to co to za ślub. Bez żadnej atmosfery. Niby ojciec Dimitriego nauczyciel, rozważała sprawę Jadzia, ale widać po twarzach, że to jakaś dzicz. Cudzoziemiec cudzoziemcowi nierówny! Trzeba bardzo uważać, żeby się nie naciąć. Jadzia wie, że musi dopilnować, by Dominika się nie nacięła, by bezkrwawo i bez szpecących blizn wyszła na ludzi, a potem za mąż ścieżką, której jej nie udało się wydeptać, ale dobrze wie, którędy powinna prowadzić. Matka ma nadzieję, że wystarczy córką pokierować, potem odpowiednio ustawić i lekko popchnąć, łamiąc opór, i oby nie był on zbyt duży. Ja już niedługo do piachu, żartuje gorzko Jadzia, ale ty, córcia, masz życie przed sobą. Uważaj, żebyś tak jak twoja matka na tym bocianim gnieździe z pijakiem i ofermą nie skończyła.

Ach, gdyby tak do Enerefu się ją dało, marzy Jadzia, wyswatać, wydać za dobrego Niemca. Lepszej przyszłości nikt nie może sobie wymarzyć. Dlatego dobry niemiecki zięć to nie tylko Jadzi marzenie, chętnych jest dużo, nie wiadomo, czy wystarczy dla wszystkich zainteresowanych, chociaż Eneref to duży kraj, nawet bez Enerdowa. Opowieści o takich, którym się poszczęściło, przekazywane są z ust do ust pod kościołem i w kolejkach do wałbrzyskich sklepów. Rodzina, która wydała córkę za Niemca, ustawiona jest na całe życie na właściwym torze. Kiedyś Niemcy przyszli do Polski nieproszeni i przez sześć lat nie można było się ich pozbyć, teraz prosi się, by wrócili choć na chwilę i wzięli za żonę Kasię, Madzię lub Bożenkę. Do niemieckiej granicy jedzie się z Wałbrzycha nie więcej niż dwie godziny, ale zdobycie prawdziwego Niemca nie jest łatwe. Przede wszystkim granicy nie można tak sobie przejeżdżać. Trzeba wystąpić o paszport i mieć fundusze, a byle kto, bez pleców i wejść, ani jednego, ani drugiego nie dostanie na piękne oczy. Poza tym za granicą jest Enerdowo, coś w rodzaju między między Polską a krajem prawdziwych, zachodnich Niemców, zwanym Enerefem. Tam to dopiero jest raj, a wśród zięciów można wybierać, przebierać. Są tam Niemcy w każdym wieku i rozmiarze. Dominuje kolor różowy, bo chodzi oczywiście o Niemców prawdziwych, a nie jakiś sturczałych. Sturczałych niech sobie ruskie baby biorą. Gdy górnicy z Wałbrzycha zaczęli wyjeżdżać do niemieckich kopalni na kontrakty, marzenie o zagranicznym zięciu stało się bardziej realne. Przedtem można było co najwyżej liczyć na przypadek, taki jak nagła wizyta byłych właścicieli domu na Białym Kamieniu, którzy przyjechali popatrzyć na stare śmieci z synkiem w wieku rozrodczym i jurnym, co zamiast na dom zapatrzył się na Wandzię Wierzbę. Co za piękna historia!

Matki takie jak Jadzia wiedzą już, że romantycznym historiom trzeba trochę pomóc, bo skoro im się nie zdarzyły, mogą i córki ominąć. Dlatego sprawę biorą w swoje ręce swatki w osobach kontraktowych górników i ich żon. Następuje wymiana zdjęć. Potem Niemiec przyjeżdża obejrzeć i pomacać towar na miejscu, a jeśli jest zadowolony, przysyła zaproszenie i kolejna dziewczyna z Piaskowej Góry żegnana jest przez płaczącą z radości matkę i dalszą rodzinę liczącą na zaproszenie. Gdy wyjechała córka kuzynki Lepkiej, Violetta Wypastek, fryzjerka z Piaskowej Góry, rozgorączkowana Jadzia słuchała o prezentach, jakie przyszły zięć, Gotthilf Braunschädel, przywiózł rodzinie. Mój Boże, czego tam nie było! Zapas proszków i szamponów na rok, jajeczne, jabłuszkowe, kwiatowe, rajstopy czarne oraz wzorzyste, majtki na każdy dzień tygodnia z napisami od Montagu do Sonntagu, żelowe misie, chrupki o smaku boczku wędzonego i prodiż elektryczny. Lepka w podzięce za pośrednictwo dostała od rodziny panny młodej płyn do kąpieli w litrowej butelce i specjalny dezodorant do powietrza o zapachu leśnym, którym można popsikać po skorzystaniu, a tak ładnie pachnie jak najlepsze perfumy. Pokazała Jadzi nowe prezenty stojące w łazience obok pustych już opakowań po niemieckich kosmetykach trzymanych dla ozdoby. Taka łazienka, wzdychała Jadzia, to prawdziwa Francja-elegancja. W Enerefie są sklepy, opowiadają górnicy kontraktowi, wielkie, jakby sto supersamów z Babela złożyć do kupy, a tam po sufit na półkach towary i nigdy nic nie brakuje. Można normalnie przyjść po południu, wieczorem i dostać, co się chce, bez kolejki. Ładuje się do wielkich wózków, a potem do kasy i nikt na ręce specjalnie nie patrzy, więc można na przykład wepchnąć aparat fotograficzny do pudełka proszku albo chociaż parę majtek w bombonierkę. Polak potrafi! Obok dóbr konsumpcyjnych kontraktowi górnicy przywożą także zdjęcia braci, wujów i kuzynów niemieckich górników albo ich samych, jeśli są do wzięcia. W drodze powrotnej zawożą oferty panien, wdów i rozwódek z Wałbrzycha i okolic, które przygotowały ich rezolutne żony. Wanda, która chce Niemca, idzie do zakładu fotograficznego Sylwestra Papugi z Piaskowej Góry, który robi najładniejsze portrety przy kolumnie lub na złoconym fotelu. Młodsze mogą też z białym misiem. Potem Wanda wałbrzyska bierze słownik albo prosi kogoś, kto trochę szprecha, by jej pomógł się opisać. Ich blonde frau, frisör und habe 26 Jahre, fryzjerka Violetta Wypastek do opisu dołączyła zdjęcie w nowym tureckim sweterku i spódniczce mini. Poskutkowało i dziś nie musi już robić nic prócz putzen und kochen, co zajmuje jej większą część dnia i się dziewczyna nie nudzi. Ich sehr weiblich, körper wie rose schön, świeża maturzystka po technikum odzieżowym dodała nieco poezji i otrzymała sześć interesujących propozycji, nawet jeśli kandydaci byli nieco starsi, niż planowała. Rozwódka po czterdziestce już wie, że umiejętność kochen i putzen ma większe zastosowanie w małżeństwie niż körper wie rose schön, więc nie owija w bawełnę, bo jej się spieszy.

Ich noch im Polen hausfrau sehr gut bin und will kommen nach Deutschland reiche deutsche mann heiraten sehr schnell. Dirk Roswig, sześćdziesięciolatek z Zagłębia Ruhry, nie waha się długo, wszystko odbywa się doprawdy sehr schnell, lecz odsyła rozwódkę do Polski, bo szybkowar z golonką w kapuście eksplodował jej w twarz tuż przed ślubem, pozbawiając wzroku w jednym oku i zalet w jego oczach. Ale to była jej wina, po co łeb w garnek pchała? Dziewczyna odpowiednio przygotowana przez matkę takiej głupoty nie zrobi i nie zmarnuje sobie szczęścia.

Mimo iż na swatanie jest jeszcze trochę za wcześnie w przypadku Dominiki, Lepka pokazuje Jadzi oferty strony niemieckiej; jest w czym wybierać. Na przykład Siegfried Deppisch, lat 32, co przedstawia się jako Adam, który szuka swojej Ewy, wygląda na solidnego mężczyznę – Ich suche eine häusliche, treue Frau aus Polen, die kochen und waschen kann. Sprachkenntnisse sind nicht wichtig, pisze. Albo taki Horst Krautwurst, który chciałby mit dir zusammen in meinem Schrebergarten die Früchte unserer Liebe ernten, i nieźle trzeba się było nagłowić ze słownikiem, o co mu chodzi. Ogrodnik niby czy poeta? Ale najlepszy jest Erlend von Sinnen, też z Castrop-Rauxel, zdjęty polaroidem na tle domu, w którego garażu wyraźnie widać metaliczny połysk samochodu. Wygląda jak obła srebrna ryba, cóż to za wóz, co za karoca królewska! Jadzia oczom nie wierzy – oto samochód cudzoziemca, który kiedyś przyjechał do Zalesia, z garażu Erlenda się wyłania, tam czekał przez te lata wszystkie, by córkę Jadzi powieźć. Ich bin ein ruhiger, kinderlieber Automechaniker (33, männlich), przedstawia się

Herr von Sinnen, und habe eine Reihenhaushälfte in Castrop-Rauxel. Jadzi spodobała się nazwa miasta Castrop-Rauxel, taka egzotyczna, i to „von" w nazwisku, może arystokrata czy inny ordynat, jak Michorowski z *Trędowatej*. Widziała Jadzia córkę w bieli, śniły jej się bryczki i konie, pałacowe komnaty, fototapety na każdej ścianie, nawet w łazience fototapeta, a co, jak się w markach zarabia, to można, i co jedna, to piękniejsza. W oknach niemieckiego domu gęste firanki też białe jak śnieg, że złe oko przez nie do środka nie zajrzy.

Gdy Dominika, na razie niezapowiadająca się na idealną pannę młodą, podobnie jak nie była miss pierwszej komunii, miewała bardziej dziewczęce dni, Jadzia przynosiła jej swoje marzenie na talerzu ukryte w piramidce świeżych bez. Córka dawała się skusić cukrowej słodyczy matczynej, a wtedy siadały razem i bawiły się w zaklepywanie rzeczy z niemieckiego katalogu mody „Otto". Cóż to było za dziewczęcenie! Oglądały ubrania i bieliznę, jakich nigdy nie widziały w rzeczywistości, narzuty na łóżko, zasłony podpinane kokardami, fototapety z widokiem plaży lub jesiennego parku, łazienki z kafelkami od podłogi do sufitu, kuchnie wyposażone we wszystko, co potrzebne do królowania. Boże, jakie to było piękne! Zaklepuję, wołała raz córka, raz matka, stukając palcem w fotografię. Zaklepana rzecz przechodziła wówczas w posiadanie zaklepującej na zawsze albo do następnego razu, gdy zostanie odklepana i wymieniona na lepszą, bo taki nadmiar wydawał się grzechem w świecie nicowanych koszul i etykiet zastępczych. Po co ci takie portki jak dla chłopaka, strofowała Jadzia Dominikę, która wypadała z kursu dziewczęcenia w obliczu dżinsów ogrodniczków. Matka śliniła palec i przewracała stronę, gdzie bardziej właściwe spódniczki i szmizjerki rozkwitały tulipanowo na biodrach modelek gładkich jak brzoskwinie, uśmiechniętych zębami o bieli welonu. A takie sobie wyobraź firany, marzyła matka koronkowo-atłasowo, i do tego pod kolor narzuty na kanapę, fotele, żeby się nie niszczyły. Przepięknie, przytulała córkę, po prostu przepięknie by ci było w takiej lila princesce z falbanami. Dominika lubiła patrzeć na strony z bielizną, gdzie całe rzędy pięknych kobiecych piersi parły do przodu tam, gdzie ona miała dwa piegi, albo podłużne wypukłości slipów prezentowały się na korpusach mężczyzn uciętych od góry do pasa, a od dołu do połowy ud.

Kobiety z Babela pożyczały sobie „Otto" nie tylko dla czystej przyjemności oglądania, lecz także by kopiować ten elegancki świat w swoich mieszkaniach i na swoich ciałach, w miarę możliwości o wiele bardziej ograniczonych, niż miały sąsiadki zza zachodniej granicy. Te, których mężowie pracowali na kontraktach, miały nieco łatwiejsze zadanie i wkrótce Lepka z dumą pokazywała koleżankom z Babela swój buduar, w którym na jednej ścianie była fototapeta z palmą, a na drugiej sztuczny kominek z plastikowymi drwami, migocący blaskiem ukrytych wewnątrz czerwonych żarówek. Nikt nie miał takiej kolekcji puszek po napojach jak jej syn Zbyszek. Ustawiona na regale piramida zielonych heinekenów, pomarańczowej fanty, czerwonej coli budziła większy podziw kolegów z klasy niż piramidy egipskie. Jadzi podobało się w „Otto" wszystko. Było tam tak czysto, jakby brud nie istniał, a ludzie uśmiechali się bez próchnicy. Niemcaszki to jednak potrafią zadbać o porządek, wzdychała, bo jej nigdy, nawet po całym dniu czyszczenia i dezynfekcji, nie udawało się doprowadzić mieszkania na Babelu do wymarzonego stanu. Niemcaszki z „Otto" należeli w świecie Jadzi do innego gatunku niż hitlerowcy, którzy podczas ostatniej wojny zmniejszyli jej wiejską rodzinę z Zalesia o jakieś kilkanaście sztuk i nawet fotografie po tych krewnych nie zostały, bo poszli gryźć piach, zanim stali się na tyle ważni, by porobić sobie zdjęcia. Czasem tylko wzdychała, że jak to, Niemcy wojnę niby przegrali, tyle ludzi namordowali, a teraz mają supermarkety, katalogi „Otto" i napoje w puszkach, podczas gdy zwycięzcy robią kotlety z bułki tartej i siekanej mortadeli. Jednak niesprawiedliwość świata była dla Jadzi czymś tak oczywistym i niezmiennym jak wschód i zachód słońca. Tak po prostu jest. Są oni, którzy mają, i Jadzia, która nie ma. Na Piaskowej Górze najpierw wszyscy po równo nie mieli, ale to szybko zaczęło się zmieniać, co załamało Stefana, lecz nie zdziwiło Jadzi. Takim jak Jadzia Chmura, drobnym jak ziarenka piasku, pozostaje tylko modlitwa do Czarnej Madonny, by dzieciom się udało, a przynajmniej nie było gorzej; by ich ci oni, co są przy żłobie, nie wyrolowali.

Tak jak dla Stefana totolotek, tak dla Jadzi perspektywa szczęścia Dominiki z kimś podobnym do Erlenda von Sinnena, w domu urządzonym na wzór „Otto", stała się pretekstem do bardziej zażyłych kontaktów z siłami nadprzyrodzonymi. W przeciwieństwie do męża, który po wystosowaniu prośby o szóstkę nudził się i pochrapywał na niedzielnej mszy, Jadzia szczerze lubiła chodzić do kościoła. Nie wyobrażała sobie, że może być coś piękniejszego niż katolicka liturgia. Nie, żeby miała porównanie. Przekonanie to było aksjomatem, a wszystkie inne religie podciągała pod wspólną kategorię kociej wiary i odrzucała bez żalu. Gdy podekscytowana Dominika opowiadała o spotkaniu z krisznowcami w osiedlowym domu kultury, o śpiewaniu *Hare Kriszna, Kriszna hare* i serwowanym jedzeniu o kokosowym smaku wysp Bula-Bula, Jadzia krzywiła się niechętnie. Marchewka z kokosem, też coś! Kokos jest co najwyżej do ciasta. Żebyś jakiegoś choróbska nie złapała, kto wie, jak oni to gotowali, paparuchy! Na pewno łapsk nie myli. Świadkom Jehowy nigdy nie dała szansy na wręczenie broszury z kolorowymi obrazkami raju pełnego zidociałych owieczek i różowoustych pasterzy. Na niespodziewany dźwięk dzwonka zaglądała przez judasza, znów te kocie wiary chodzą, szeptała, wywracając oczami, i przykładała palec do ust, by Dominika była cicho. Wzruszały ją śpiewny głos księdza i jaskrawe obrazy przedstawiające sceny Drogi Krzyżowej; uwielbiała zapach kadzidła i nastrój. Tak pięknie ksiądz mówił, zachwycała się, tyle ludzi było. Łzawy ucisk w dołku, jaki ją napadał podczas mszy, nie różnił się w swoim wilgotnym niesprecyzowaniu od tego, który odczuwała, czytając *Trędowatą* albo oglądając reportaż o głodujących dzieciach w Afryce – jakby miała pod żebrami małe zwierzątko o miękkich, łaskoczących wypustkach. Przez całe życie wzruszały ją romanse, pieśni kościelne i ckliwe ballady, a gdy umarł Stalin i cała dwuizbowa szkoła w Zalesiu zaśpiewała z pełnej piersi *Kantatę o Stalinie*, mała Jadzia, drżąc jak osika, wróciła do domu rozpalona gorączką i rozchorowała się na tydzień z tych emocji. Czego ty tak ryczysz, szturchała

Jadzię matka, Zofia, gdy ta siąkała nosem podczas każdej niedzielnej mszy w zaleskim kościele, a podniesienie monstrancji wprawiało ją w drgawki jak starego Kukułkę, któremu odłamek szrapnela popsuł w głowie i ludzie śmieli się, że nawet kiedy kurę na rosół zabija, to potem godzinę szlocha.

Dorosła Jadzia mawiała, że idzie do kościółka odsapnąć, i w swoich różach, lilaróżach sunęła przez Krzaki na coraz bardziej opuchniętych nogach. Co roku niecierpliwie czekała na Boże Narodzenie i Wielkanoc, dwa tygodnie wcześniej zaczynając przygotowania. Potępiała te gospodynie, które nie urobiły się aż tak jak ona, bo zaniedbały mycia okien albo trzepania dywanów. Co to za święta, jak się człowiek nie urobi, nie wykończy, nie ustoi? Gdyby nie ta ręka, potrząsała ułomnym ramieniem jak zepsutym narzędziem, gdyby tylko nie ta ręka. Wykończona kolejkami i lepieniem pierogów, liczeniem, ile kartek zostało jej na mięso, a ile na słodycze, rozcierała przykurczone palce i mówiła, a mogłam jeszcze kapusty z grochem nagotować, bo poczucie niedosytu pojawiało się niezależnie od tego, że świątecznego jedzenia było zawsze za dużo. Jadzia lepiła, gniotła i dusiła, podsuwała i wciskała, aż się rodzinie odbijało. Ceniła religijne rytuały i dbała, by wszystko odbyło się jak należy. Koszyczek ze święconką podstawiała zawsze tak, żeby kapnęło na niego jak najwięcej święconej wody, a w Boże Narodzenie czekała w kolejce przy szopce, by wrzucić ofiarę do skrzynki trzymanej przez drewnianego Murzynka, który tak zabawnie kiwał wtedy głową. Gdy Murzynkowi Mirek Tutka urwał głowę i proboszcz Antoni Postronek zrezygnował z tego elementu szopki, czuła się rozczarowana, tak jakby spotkała ją osobista przykrość. Bo co to za szopka bez Murzynka?

Jeśli Stefan był zbyt chory po sobotniej popijawie, by zwlec się z łóżka i potargować z Bogiem o sześć numerów totolotka czy choćby pięć na początek, matka z córką odświętnie ubrane i popsikane dezodorantem Basia wędrowały tylko we dwie, by pomodlić się o zdrowie i przyszłość niemiecką. Jadzia umiała dziecku przekazać religijne prawdy, jeśli nie lepiej, to na pewno barwniej niż wiecznie zakatarzona zakonnica, która uczyła religii w sali za kościołem i wymagała tylko wkuwania katechizmu. Dowiedziała się Dominika, że Bozia karze niegrzeczne dziewczynki i do piekła je zsyła specjalnymi pociągami podziemnymi, a tam diabły je w kotle w smole gotują. A jak gotują, powiedz, jak, dopytywała się córka. Już ci tyle razy mówiłam, za nogi łapią i głową w dół do kotła. I nie dusi się taka zła dziewczynka? Nie dusi, wszystko czuje tylko, gorąco jak we wrzątku, czarno, ciemno i straszno. Bardzo ciemno? Bardzo. A nogi? Wystają tylko stopy, białe jak śnieg, a diabeł cap łapą kostropatą i stopą miesza jak łyżką. W miarę upływu czasu ciekawość Dominiki zaczęła jednak wyprowadzać Jadzię z równowagi, bo skąd też dziecku takie rzeczy do głowy przychodzą. Wiadomo, że wino to święta krew, ale to się tylko tak mówi, bo wiadomo, że to tak naprawdę wino. Wino, nie krew! Kto by tam krew pił? Może jakieś dzikusy. Co ty, kretynko, opowiadasz, jakie wampiry? Wampirów jej się zachciewa! Czy to babka Halina ci takich głupstw nakładła, czy może ten twój Cygan kocia wiara?

Nie przyznała się religijna Jadzia Chmura, że podobnie jak córka nie rozumiała, dlaczego dzieci głodują w Afryce, skoro Bozia jest dobra, ani skąd wziął się Duch Święty, postać blada i niewyraźna, która zajmowała w Trójcy Świętej miejsce bardziej nadające się dla kogoś tak pięknego jak Matka Boska. Otwartą zgodę na sugestię dziesięcioletniej Dominiki, że Czwórca, włączająca Marię, byłaby lepsza od Trójcy, Jadzia uznała za niepedagogiczną, ale zawsze nosiła przy sobie poświęconą podobiznę Matki Boskiej Częstochowskiej, bliźniaczkę tej, która w złotej gipsowej ramie wisiała w jej kuchni na Babelu. Tylko ta kobieta, piękna matka z blizną po szwedzkiej szabli na policzku, okaleczona jak ona, miała dla Jadzi jakąś realność. Baba zawsze babę lepi zrozumi niż ukrzyżowany chłop, i do tego kawaler, mówiła Lepka i mimo iż Jadzia nie ujęłaby tego tak dosadnie, zgadzała się. Nieraz w ciągu dnia zaglądała do Czarnej Madonny, stojąc w kolejce albo jadąc autobusem, by upewnić się, że nadal jest między fotografiami Dominiki i Stefana, albo poprosić o jakąś drobną przysługę. Kościół Jadzi był kobiecy i oprócz Matki Boskiej fascynowały ją święte męczennice. Taka na przykład święta Urszula. Urszula, główna bohaterka kazań proboszcza Antoniego Postronka, który szczególnie czuły był na grzechy ciała, służyła mu jako przykład cnotliwości. Jedenaścież tysięcy dziewic, grzmiał i dłońmi kreślił w powietrzu dojrzały kształt niewieści, w pień jedenaścież tysięcy bogobojnych niewiast przez krwi żądnych Hunów okrutnież wycięte, a Jadzia aż się za serce chwytała. Ci Huni to jakieś straszne były dzikusy! Nawet żałowała, że nie znała wcześniej historii tej świętej, która udała się w przedmałżeńską pielgrzymkę do Rzymu i poległa w drodze powrotnej wraz z licznymi towarzyszkami. A każda włócznią przebita na wylot przez Huna. Może wtedy Dominika albo Paulina byłaby Urszulą, bo ani o świętej Dominice, ani o Paulinie proboszcz Postronek nigdy nie wspominał. Jadzia wyobrażała sobie, że Urszula i jej towarzyszki były ubrane całe na biało, jak dziewczynki do komunii, a Hunowie przebijali je włóczniami, za każdym razem trafiając prosto w serce, z którego tryskały jaskrawe fontanny krwi. Religia ojca, który skazał na ukrzyżowanie własnego syna, nie dawała Jadzi niczego, co mogłoby się jej przydać w życiu, bo żadna matka nie wymyśliłaby podobnej głupoty i raczej sama dałaby się ukrzyżować, nawet jak ją dziecko od czasu do czasu mocno denerwuje. Ojcowie nie przysłużyli się Jadzi Chmurze. Jej własny zginął, zanim się urodziła, ojciec jej córki rzadko występował w roli ojca. Matka, Zofia octem pachnąca, jaka by była, to jednak była i słała paczki pełne słoików z truskawkowym dżemem. Dopiero potem w portfelu Jadzi znalazło się zdjęcie polskiego papieża, o którym będzie mówiła ze znaczącym westchnieniem, ten to od początku nade mną czuwał.

Gdy w październiku 1978 trwało konklawe, Jadzia wylądowała w tym samym szpitalu, w którym urodziła bliźniaczki, a jeszcze trochę i poległyby po drodze. Źle zniosła ostatnią skrobankę. Coś się wdało i spaprało. Po tygodniu zapłonęła gorączką, która na jej bladych zwykle policzkach zakwitła dwiema plamami. Zawołała Dominikę, by pomogła jej zebrać się z podłogi w łazience, bo przy wymianie wacianego opatrunku zrobiło jej się nagle tak słodko w ustach, jakby i z tej strony miała rzygnąć krwią. Patrz, jak mnie pokarało, mówiła do córki, która boso stała w brunatnej kałuży. Nie powiedziała Stefanowi o ostatnim zabiegu. Żyły sobie wypruję, a zarobię na jeszcze jedno, krzyczał przy poprzednim. Podchmielony i melodramatyczny w pierś się bił, ale Jadzia, żona biegła w żoniności i doświadczona, wiedziała swoje, bo słyszała już niejedną obietnicę bez pokrycia. Chłopy! Brakoroby i gołodupce, a co drugi to pijak. Żeby śmieci wyrzucił, nie można się doprosić. Zaraz! woła. Zaraz! Gaci sobie uprać nie potrafi, a dziecko chce mieć. A pieluchy kto będzie prał? Święty turecki? Czy ci z Babela, czy tamci z telewizji tak samo kłapią gębami, a potem okazuje się, że gówno prawda, w sklepach puste półki i nawet podpasek nie można kupić. Trzeba ligninę ciąć na kawałki albo watę owijać w gazę, żeby się do cipki nie kleiła. A więc nie powiedziała Stefanowi, gdy znów zaszła. Do końca łudziła się Jadzia, że jej się spóźnia, mimo dobrze znanych objawów puchnących w staniku, ciemniejących pręgą wzdłuż brzucha jak ślad po biczu. Poszła z Madzią z pracy i po cichu załatwiła sprawę w prywatnym zakładzie u doktora Lipki, bo miała trochę odłożonych zaskórniaków, ale coś poszło nie tak.

Do szpitala pojechała sama. Zgięta bólem, spocona ze strachu i zawstydzona plamą, jaką zostawiła na skajowym siedzeniu w autobusie numer dwa. Najgorzej było pod górę od przystanku. Krok po kroku człapała Jadzia; bolący brzuch ciążył jej, krew płynęła po udach. Zatrzymywała się ze dwanaście razy, żeby odetchnąć, a upadła trzy. Pierwszy raz potknęła się przy wychodzeniu z autobusu, rajstopy podarła, na przystanku tłum i nikt nawet jej ręki nie podał. Że pijana, ktoś powiedział, że mordę baba zalała. Pozbierała się i ruszyła, a zaraz za pasami wszystko jej się wysypało z torebki, w której szukała chusteczki i nie znalazła. Jakaś babina z opatrunkiem na oku schyliła się, żeby pomóc, chustkę miała w maki jak Jadzi matka. Dziękuje jej wzruszona, co za miła kobieta! i dopiero potem zauważy, że starowina gwizdnęła jej puderniczkę i paczkę caro. Drugi raz upadła koło liceum i jakieś dwie uczennice, chichocząc, postawiły ją na nogi, bo myślały, że pijana. Jedna miała czerwone włosy i Jadzia w gorączce myślała, że płoną. Postała chwilę z nimi oparta o mur, dały jej chusteczkę, bo sobie całe kolana uwalała, przetarła spocone czoło, aż całą wypaprała. W Jadzi głowie pędziły pośpieszne tudum-tudum i bredziła trzy po trzy do chichotek, że młode jeszcze, jeszcze wszystko przed nimi. Na pewno im się uda, bo ona to już na straty. Trzeci raz padła już na schodach szpitala, wrzucili ją na nosze, rozebrali do naga, drąc spódnicę i bluzkę. Zajrzeli jej i poskrobali, nakłuli kroplówką z antybiotykiem, niewiele mówiąc, bo nie byli od mówienia, a dwa gorsze przypadki niż Jadzia czekały pod nóż. Zapakowali ją do łóżka w sali z sześcioma innymi, z każdego boku Jadzi po trzy, z których tylko dwie jęczały. Reszta była w miarę dziarska, bo nic im się wielkiego nie stało, małe zakażenie, wypalanka z komplikacją, poronienie. Niektórym nie spieszyło się do domu. Iwona spod okna uziemiona upartym polipem mówiła, że tyle jej, co sobie w szpitalu odpocznie, porozmawia, spokojnie popatrzy na telewizję. Czarno-biały śnieżący odbiornik był tylko w ich sali i z sąsiednich przychodziły pacjentki, ciągnąc za sobą metalowe krzyże z kroplówkami. Te z patologii przybywały z opowieściami o dwugłowych płodach mrugających czworgiem oczu, machających dwoma zestawami kończyn. Madonny z onkologicznego pokonywały

Everest dwóch pięter i dysząc, przysiadały na brzegach łóżek, zanim w ogóle coś powiedziały, bo były najsłabsze i skazane na wymarcie. Zapalenie Jadzi okazało się poważniejsze, niż się wydawało, i nie puścili jej po dwóch dniach, jak obiecywali na początku. Coś tam mamrotali, głowami kręcili, że może perforacja, a jak tak, to operacja. Niech leży, jak jej dobrze, i nie podskakuje, ordynator Rosen, który pod zielonymi płóciennymi spodniami nie nosił majtek i pacjentki cuda opowiadały, co tam było widać, poklepał ją po udzie. Dowcipniś taki, zawsze na luzie. Po trzech dniach Jadzia znała już drogi krzyżowe innych pacjentek. Widziała blizny i znała wymiary mięśniaków, torbieli i potworniaków. Niektóre padały więcej niż trzy razy; inne nie miały się już podnieść i nie groziło im zmartwychwstanie. Ruda Gabrysia z onkologicznego na przykład, która ciągle opowiadała o wyjeździe na wczasy do Bułgarii, to może i pojedzie, ale już tylko nogami do przodu. Po tygodniu były jak rodzina, kłóciły się i podkradały sobie papierosy, znały imiona swoich dzieci i przyszłość, jaką dla nich sobie wymarzyły, a co jedna, to była piękniejsza, bo żadna się jeszcze nie zdarzyła.

Akurat paliły w ubikacji, kucając pod ścianą, bo ciężko jeszcze było im utrzymać się w pionie, gdy ruda Gabrysia, zwana Bułgarią, wtoczyła się ze swoim krzyżem i wydyszała: Karol Wojtyła. Objęły się ramionami, z których sterczały ciernie wenflonów, pierś do piersi, brzuch do brzucha przytuliły się do siebie pobojowiska ran i blizn. Bo szesnastego października Polak został papieżem. Będzie lepiej, wszystko się zmieni! A Ruskie to się teraz wściekną, powiedziała Gabrysia Bułgaria, puściła dym nosem i dodała, że co do niej, to i tak się latem wybiera na wczasy do Warny. Wieczorem po obchodzie były porzeczkowe wino domowej roboty, kruszon i rarytas, puszkowana szynka Krakus do chleba, którą wydobyła z szafki gruba badylara z mięśniakami, pierwszy raz dając dowód hojności. Paliły papierosy przy oknie otwartym w rozgwieżdżoną noc, a koło północy zebrało im się na śpiewanie. Nalepiej szła im *Czarna Madonna* i żałowały tylko, że nie ma nikogo z gitarą. W pierwszy dzień pontyfikatu w Watykanie Jadzia poczuła się zdrowsza i spadła jej gorączka. Wkrótce wypisano ją nieco szczuplejszą i osłabioną, ale w stanie zdatnym do życia. Jak nowa, ale niech jeszcze przez tydzień nie bryka, powiedział ordynator Rosen spomiędzy jej ud i uszczypnął ją w pośladek. Ten to zawsze w humorze. Ja przez was kiedyś ocipieję, mówił do pacjentek i cieszył się powszechnym poważaniem.

Od tej pory polski papież dołączył do grona figur religijnych darzonych przez Jadzię szczególnym szacunkiem i zachwytem. Bo jak on mówił pięknie! Jak ręką pięknie machał! I zawsze uśmiechnięty, z twarzy miły, do ludzi taki. A jak gołębia puszczał na Wielkanoc, po niebo mu leciał! I zawsze na biało, na złoto. Cokolwiek mówił, piękne to było, mądre. Łzy same płynęły, gdy człowiek te tłumy zobaczył. Coś w tym musi być, że taki tłum. A jak to podróżował, no! Tak jak on to żaden inny się nie najeździł. Do czarnych, do żółtych; dzikich nie znajdziesz, co by do nich nie pojechał. I wszędzie tłumy go witały, a on dzieci po główkach, bez różnicy, czy czarne, czy żółte, chore czy zawszone, albo nawet na ręce brał. Starcy, kalecy, a nawet do Żydów pojechał, się nie bał.

Każdemu rękę podał. I słodkie lubi, kremówki, a jak urlop, to na nartach. Daleki, jasny i czysty, mógłby papież Jan Paweł II być Jadzi ojcem, czuwać nad nią z daleka i błogosławić dłonią przejrzystą jak opłatek. Nigdy nie zawracała mu głowy codziennymi kłopotami, z którymi szła do Czarnej Madonny, bo które dziecko leci do ojca z byle gównem, skoro wiadomo, że ma on poważniejsze rzeczy na głowie, których ona swoim rozumem objąć i tak nie potrafi.

Nie zrozumie Jadzia gniewu córki, która po latach zapyta, jak godziła skrobanki z Kościołem, który je potępia, a wyskrobane matki wykopuje w kierunku piekielnym. O co temu dziecku znów chodzi? Czemu tak wydziwia fiksum-dyrdum? A co oni tam wiedzą o życiu kobiety, ci księża. Dobrze chcą, ale gówno wiedzą! Żon nie mają, rodzin, to gadają, co się z książek nauczyli, nieporadnie odpierała napaści Dominiki. Jadzia, podobnie jak jej matka, Zofia, i babka Jadwiga, modliła się ponad głowami księży do czegoś o wiele starszego i potężniejszego niż oni, a w kościele na Szczawienku panowała po prostu odpowiednia ku temu atmosfera. Każdy potrzebuje odrobiny romantyzmu, nieco kadzidła, a zwłaszcza w Wałbrzychu. Kościół Jadzi mógłby wstrząsnąć światem, podmyć fundamenty Watykanu i roznieść na strzępy krwią pisane archiwa, mógłby uratować pół Afryki od śmierci na AIDS, zakończyć wojny. Gdyby otworzyć w nim okna i wpuścić trochę powietrza, gdyby potrząsnąć nim jak puszką z poklejonymi landrynkami, ruszyłby na spętanych żylakami nogach, na popękanych piętach, które swoje już się nastały, zagrzmiałby straszną muzyką, gdy miliony łyżek walnęłyby w patelnie.

197

Gdy stara i ślepawa Jadzia dostanie pod choinkę *Kod Leonarda da Vinci*, najgrubszą książkę w swoim życiu oprócz *Kuchni polskiej*, zacznie czytać bez przekonania, tylko po to, by nie robić przykrości córce. Jak zwykle pomylą jej się daty, nazwy i imiona, bo co to za imiona parle franse, że język sobie można połamać. Jednak po kilkudziesięciu stronach obrazy zapadną w Jadzię tam, gdzie to, co nienazwane, znajdzie w końcu swój kształt. Wpadnie w słodkie maryjne herezje jak śliwka w kompot i uwierzy w nie całą skołataną duszą, tracąc ostatecznie szansę na katolicką wersję raju, gdzie zresztą i tak znalazłaby pewnie jakiś powód do narzekania. Znaczy się, pod tym Luwrem jest grób Matki Boskiej! ucieszy się Jadzia Chmura. Trochę jej się wszystko pomiesza, ale jedno zrozumie – to ona miała rację.

X

Sąsiedzi rodziny Chmura mieli pudla wystrzyżonego na lwa i cieszyli się jak dzieci, że im jaskółki w rogu okna ulepiły gniazdo. Jadzia obserwowała z balkonu, jak sypią okruszki na parapet i przemawiają czule do ptaków. Młodszy drobił chleb, a starszy tulił w ramionach białego psa o jazgotliwym głosie. Pudel wabił się Oskar. Oskar! Co to w ogóle za imię dla psa?

Gospodynie z Babela wiedziały, że na jaskółki najlepsze są plastikowe worki. Przytrzaskiwało się brzeg framugą, tak by powiewał w kącie okna. Wiatr nadymał worki, które wyglądały jak pęcherze płucne olbrzymich ryb. Gdy wiało mocniej, cały Babel drżał, w mieszkaniach sypał się tynk i pękały szyby, bo dom próbował wznieść się w górę na wzdętych straszakach. Jaskółki były jednak uparte, wracały co wiosnę i próbowały założyć gniazda nad oknami. Całe stada krążyły wokół południowej strony Babela, wzbijały się w powietrze i nurkowały z piskiem. Tam gdzie nie było straszaka, w mgnieniu oka pojawiał się półokrąg fundamentów gniazda ulepionego z ziemi i śliny, a gospodynie łapały się za głowę, sio, wołały, otwierając okna, i machały rękami. Zasrańce, denerwowała się Jadzia, patrz, pokazywała córce, już są te zasrańce, i nie pozwalała jaskółkom nawet zacząć budowy. Tłumaczyła Dominice, że to bardzo brudne ptaszki, i kto będzie po nich gówna sprzątał. A tu dwóch chłopów gadających do ptaszków, z pudlem na lwa zrobionym, który raz jednemu, raz drugiemu twarz liże. Jadzia nigdy wcześniej czegoś podobnego nie widziała. Ukryta za ścianą swojego balkonu ślepiła w bok, udając, że poprawia suszące się pranie czy podlewa pelargonie. Zwabiona odgłosem skradających się kroków, przysysała się do judaszowego oka i patrzyła w wydłużoną perspektywę korytarza, by potem dziwić się z mieszaniną dziwnej zazdrości i niechęci, po co ten Lepki znów przylazł z rana do homoniewiadomo.

Homoniewiadomo, tak nazywano na Piaskowej Górze sąsiadów państwa Chmura, ale trzeba było powiedzieć to w odpowiedni sposób, a nie byle jak. Nie tak jak chleb, baba, facet, tylko tak, jakby się od razu między sobą a homoniewiadomo stawiało granicę, jakby się to, co wypowiedziane, odcinało parsknięciem, wywróceniem oczu jak na świętym obrazie, by żadną miarą

homoniewiadomo z powrotem się do środka wypowia-
dającego nie dostało. Podśmiewano się z apaszek mniejszego i wąsików większego, była w tym dobroduszność
balansująca na cienkiej granicy między przyzwoleniem
a nienawiścią. Bo żeby chociaż wyglądali normalnie. Ale
te wąsiki! Ach, jak wąsaczy sumiastych z Babela te wąsiki
cieniutkie, wymuskane drażniły, sterczały ich ostre ko-
niuszki na przekór praśnym wąsom polskim, jakby tuż
przy uchu je czuli łaskoczące. Żadnych w nich okrusz-
ków, w piwie też jakby nigdy niemaczane. Wąsiątka nie
nasze zupełnie, sfrancuziałe może albo włoskie, ciemne
były, wypomadowane na błysk. Bo też jak oni pachnieli,
ci homoniewiadomo, jak niechłopy! Lepka opowiadała
Jadzi, że widziała, jak kupowali w drogerii pod Babelem dezodoranty Basia. Stałam tuż za nimi, przysięgała,
a oni po dwa wzięli i jeszcze raz poszli na koniec kolejki. Uśmiały się, bo jak normalny człowiek pomyśli, gdzie
dwóch homoniewiadomo sobie psika taką Basią i po co.
Lepka, psik, psik, udawała, że a to z przodu, a to z tyłu
majtki sobie perfumuje, przeginając masywne biodra.
Czy wiedziała, że Lepki odwiedza homoniewiadomo?
Jadzia w poczuciu niezrozumiałej dla siebie satysfakcji
postanowiła milczeć, jakby w ten sposób miała z sąsiadami wspólną tajemnicę. Matki z Babela nie pozwalały
dzieciom wsiadać do windy z homoniewiadomo, choć
zakaz dotyczył dla odmiany głównie chłopców, którym na co dzień zakazywano mniej niż dziewczynkom,
w większym stopniu podatnym na zepsucie i uszkodze-
nie. Ale homoniewiadomo to co innego. Dziewczynki
przy nich były bezpieczne, choć na wszelki wypadek
zbliżać się nie powinny. Strzeżonego Pan Bóg strzeże

i lepiej nie ryzykować, bo a nuż homoniewiadomo pomyli Małgosię z Jasiem. Chłopiec młody, chłopiec świeży i niewinny po przejażdżce windą z homoniewiadomo wysiadłby odmieniony nie do poznania, z włosami przylizanymi brylantyną, domyty za uszami, z apaszką w grochy pod szyją wywiązaną, może nawet z wąsikiem sfrancuziałym pod noskiem. Gdy któryś homoniewiadomo mijał pod Babelem jakąś matkę z synkiem, ta nadymała się i zaciskała niczym obciągnięta skórą kula śluzu i tłuszczu, gotowa go zmiażdżyć, jakby co. Mniejszy i starszy homoniewiadomo, Jeremiasz Mucha, był aktorem w miejscowym teatrze, gdzie grywał drugoplanowe role służących i wujów idiotów. Nie posiadał wielkiego talentu, ale nadrabiał prezencją. Ufarbowany na kasztanowo, ubrany, jakby zawsze była niedziela, nosił świeży kwiat w butonierce i nadawał się na scenę wprost z ulicy. Wygłaszał kwestie typu: powóz zajechał, jaśnie pani, przed publicznością złożoną z plujących słonecznikiem wycieczek szkolnych i zakładowych, a na widowni zawsze był homoniewiadomo większy i młodszy, i to on najgłośniej bił brawo. Jeremiasz Mucha dorabiał na dansingach w Tęczowej, śpiewając repertuar Jerzego Połomskiego, do którego był nawet podobny, a na pewno równie elegancki. Uświetnił niejedno przyjęcie weselne, bo jak ruszył z *Cała sala*, to każdego do tańca porwało, nie ma siły. Dominika nigdy nie przyznała się rodzicom, że Jeremiasz Mucha nieraz zaczepiał ją na korytarzu i pytał, tak jak nikt inny tego nie robił na Babelu, jak się miewa piękna panienka? Jak ja bym miał panienki włosy, oczy tak wyraziste, tobym w Warszawie karierę zrobił jak nic. Patrzyła potem w lustro, co takiego szczególnego jest w jej włosach, które tak denerwowały matkę i nikomu się nie podobały. Raz powiedział, panienka Dominika to ma oczy jak Ada Sari, a Dominika powtarzała, Ada Sari, Iras Ada, zachwycona obcym brzmieniem i perspektywą dzielenia czegoś z kimś, kto tak pięknie się nazywa. Większy i młodszy homoniewiadomo, którego nazwiska nie znano, najwyraźniej nie pracował, wysypiał się do późna, a latem stał na balkonie w fioletowym szlafroku i wystawiał twarz do słońca. Jadzia, mistrzyni cichego uchylania judasza, dopiero po kilku miesiącach odkryła prawidłowość związaną z wizytami Ludwika Lepkiego, który skradał się do mieszkania obok wówczas, gdy był w nim tylko niepracujący, młodszy homoniewiadomo. Chłop z Babela mógł nie pracować tylko wtedy, gdy mu coś urwało lub zmiażdżyło albo gdy stoczył się do poziomu jednorękiego Józka Sztygara, który od rana pił autovidol lub wodę brzozową i własnej żony nie poznawał, pytając się za każdym razem, a co ty tu właściwie robisz, kobieto? Tymczasem wydawało się, że większy homoniewiadomo miał wszystko na miejscu. Wydawał się z grubsza nieuszkodzony, mimo iż palił papierosy z filtrem osadzone w długiej lufce i samotnie przechadzał się promenadą wzdłuż Babela, podziwiając swoje odbicie w szybach wystawowych, a przejść tak potrafił z piętnaście razy. Siedzący z piwem na murku wodzili za nim wzrokiem, nie mogąc się nadziwić, po co tak łazi wte i wewte. Motorek ma w dupie ten homoniewiadomo czy co? Jednak takiego losu najgorszemu wrogowi nie powinno się życzyć.

Ciii, Stefan uciszył żonę, gdy, Matko Boska, zerwała się w nocy obudzona hałasem zza ściany, nie ma co się wtrącać. Nasłuchiwał, siedząc w pościeli. Ściany Babela były cienkie. Słyszało się i nasłuchiwało po więcej, ale każdy podsłuchane przekazywał dalej tylko w absolutnym sekrecie za plecami podsłuchanego. Lepiej udawać, że się nie słyszało, niż się narazić na wtrącenie w nie swoje sprawy. Efektem wtrącania się jest wytrącenie z miejsca dobrego sąsiada i gdy raz Lepka poleciała do Pasiaków zapytać, co ta ich Jagienka tak ryczy jak ze skóry obdzierana, stary Pasiak omal jej nie pobił i do dziś się nie kłania. Jak się wychylisz, łeb ci urwie, Stefan zawsze to Jadzi powtarza. Państwo Chmura zamarli w oczekiwaniu, odłamek księżycowego światła wpadł przez szczelinę w zasłonach i rozprysł się na fototapecie nad wersalką. Stefan zamówił ją u Lepkiego i przyjechała dla Jadzi z samego Enerefu pod choinkę. Jadzia marzyła o wyspie z palmą, takiej jaką miała Lepka, lub ostatecznie o jesiennym widoku, a dostała wodospad, którego zimne kaskady przyprawiały ją o dreszcze. Stefan zauważył jej rozczarowanie i musiała powtarzać mu do upadłego, że nie, jest prześliczna ta fototapeta, ładniejszej nie mogłaby sobie wymarzyć nad wersalką w stołowym, więc położył ją jeszcze w święta. Odtąd gdy Jadzia budziła się w nocy, widziała nad głową nawisy spienionej wody, z których lada chwila zacznie kapać. Ratunku-pomocy, które ich obudziło, zamilkło. Teraz słychać jakieś szuranie, psa szczekanie, ciężkie czegoś spadanie. A jak coś się tam stało? Jadzia zabielała w mroku ciężka jak skała, miękka jak ciasto. Przecież oni zawsze tacy spokojni, grzeczni, dzień dobry, do widzenia, nie ustępowała. Homoniewiadomo budzili w niej jakiś rodzaj zainteresowania, bo ich odmienność wydawała jej się podobna do czegoś, co jakby znała. Przypadkowe spotkania przy windzie sprawiały jej przyjemność, a gdy wychodziła na balkon, malowała usta perłową pomadką. Jeremiasz Mucha niby mężczyzna, a tak miło można porozmawiać jak z kobietą, opowiadała w pracy Madzi. Do twarzy sąsiadce w lilaróż, komplementował ją. Lilaróż! Żaden normalny górnik z Babela nie odróżniłby fioletu od niebieskiego i kobiety skarżyły się, że zaciągnąć takiego na zakupy do pedetu, to po piętnastu minutach już mu się przykrzy i patrzy, jak by tu się urwać na piwo. Dzień dobry, jestem z Kobry! oburza się Stefan. To ty na ludzkich oczach ze zboczeńcami dzieńdobrujesz? Łupnęło coś za ścianą, aż zadrżały kaskady wodospadu; stłukło się, pies zaszczekał, potem skowyt, który zamilkł jak ucięty. Matko Boska! Jadzia złapała męża za rękę. Trzasnęły drzwi, jakieś nogi zbiegły po schodach i tyle. Skończyło się, cokolwiek to było, i nawet Dominika w drugim pokoju się nie obudziła, więc jak oni mieli się obudzić i coś usłyszeć. Stefan odetchnął, jakby to jego zasługą był odzyskany spokój Babela. Kolegów sobie nasprowadzali, zabalangowali, popili. Ty nie wiesz, co tacy zboczeńcy robią? przygarnął oporną Jadzię, poklepał po kolanie. Ty myślisz, Dziunia, że oni tylko grzecznie dzień dobry, do widzenia? Stefan widział świerszczyk kolorowy z Enerefu, gdzie sami mężczyźni sterczeli na kolorowych zdjęciach, gięli się i wypinali, a to na golasa, a to w jakichś babskich fatałaszkach, w bieliźnie damskiej, haleczkach, pończoszkach, jakich nigdy nie widział nawet na kobiecie, a co dopiero. Tłustym drukiem było napisane nad ich głowami Heinz, Helmut albo Klaus i inne rzeczy, które już trudniej było zrozumieć, jak się dobrze nie szprechało. Lepki, który pracował w Enerefie na dwuletnim kontrakcie, w wolnych chwilach zbierał z ulic wszystko, co się dało zabrać. Polscy górnicy mówili na tę mannę z nieba niemieckiego wystawki, bo stało wystawione przed domami pięknymi, wprost na ulicy, i można było brać, zagarniać, upychać po kieszeniach i torbach ze skaju. We wtorki buty i ubrania, dobre, nic niepodarte, niepoplamione, wyprane, wyczyszczone na glanc – męskie, kobiece, dziecięce – jakby do założenia przygotowane, a nie na śmieci. Środy – meble, lampy stojące z żarówkami nieprzepalonymi, stoły, stoliki na połysk, sprzęty kuchenne tak białe, czyste i lśniące, całe rzędy krzeseł, komód, sedesów, że cały dom by urządził. Piątki – makulatura: gazety kolorowe z plakatami dla młodzieży, z modą katalogi „Otto" dla kobiet, kobiety gołe dla mężczyzn, białe, czarne, żółte, a niektóre związane precyzyjnie jak szynka wędzona, nadziewane różnymi przedmiotami i warzywami, w butach na wysokich obcasach, z pomalowanym paznokciami. Lepki nie zauważył, że ten świerszczyk bez bab, a może zauważył, ale szkoda mu było wyrzucić, jak już raz wziął. Śmiech był w szatni supermęski, aż łzy węglowe leciały z oczu. Ach, jakieś siłowanie, mocowanie było, jeden drugiego po pleckach pacnął z tego śmiechu, z tego przechwalania się, że jakby jeden z drugim złapał homoniewiadomo, to by taki mu wpierdol spuścił, że nie wiem co. Ty wiesz, co robią, Dziunia, Stefan powędrował dłonią wzdłuż żoninego uda, jeden jest niby baba, a drugi niby chłop i tak się tentego od tyłu. Albo ten, co baba, temu, co chłop, do gęby normalnie bierze. A na odwrót nigdy, ręka Stefana zatrzymała się, przytrzaśnięta drugim niechętnym udem. Nieraz zastanawiali się na Babelu, który z sąsiadów jest babą. Ogólnie zgadzano się, że raczej ten mniejszy, czyli aktor, bo co to za robota dla chłopa. Jeszcze w filmie, jak *Kloss* czy *Czterej pancerni*, to może, ale żeby w teatrze małpę i przebierańca z siebie robić? Jednak baba nie powinna być starsza, jeśli już, to młodsza, i ten fakt trochę wydawał się podejrzany, bo podważał pewność co do stosunków homoniewiadomo. Lepki mówił, że oni czasem to jeszcze innych zapraszają, że niby nie są o siebie zazdrośni jak chłop i baba, ale w to to już mu nikt nie uwierzył. Koledzy z Krzaków zaśmiewali się, gdy Stefan naśladował, jak większy homoniewiadomo spaceruje wzdłuż Babela. Tyłkiem kręcił, udawał, że lulkę pali, wąsa podkręca, to było bardzo śmieszne, ale Dziunia tylko oczami przewracała, gdy jej ten numer popisowy demonstrował. Dziuniaś ty moja, natarł Stefan na żonę, zdwoił wysiłek, przedarł się przez zaporę. Jadzia poddała się i opadła na poduszki, myśląc, czy na pewno w kalendarzyku małżeńskim ma dziś jeden z bezpiecznych dni. Gdy tylko pamięta, zaznacza je na zielono, podczas gdy niebezpieczne są czerwone i dla pewności przekreślone na krzyż, a te na dwoje babka wróżyła – żółte. O ile byłoby wygodniej, gdyby miała między nogami sygnalizację świetlną i jak czerwone, to szlaban, bo z tym liczeniem to można się pogubić. Stefan westchnął, westchnęła Jadzia, zakręciła się watykańska ruletka. Na kogo wypadnie, na tego bęc!

Po drugiej stronie wodospadu konał pudel z przetrąconym kręgosłupem. Nie pomogło Oskarowi cięcie na lwa, nikt się go nie przestraszył. Obok swoich nagich, pobitych i związanych kablem właścicieli łapał ostatnie hausty psiego życia, a jego miękki różowy ozór zwisał jak krawat. Jeremiasz Mucha stracił większość zębów, włączając nowy złoty mostek, po którym ślad zaginął, miał odbite nerki i końcówkę od miksera w odbycie. Co za szczęście, że ten mikser od dawna był zepsuty, bo bandyci podłączyli go do prądu. Większy i młodszy homoniewiadomo, zakneblowany długowłosą peruką w kolorze blond, której pukle zwisały mu na pierś jak broda Mikołaja, nigdy już nie miał odzyskać widzenia w lewym oku ani sprawności w połamanych palcach dłoni. Jego obcięte wąsiki leżały w popielniczce, zbeszczeszczone wśród petów. Młodociani przestępcy na ucieczce, którzy sprawiali wrażenie nieszkodliwych lujków, gdy ich homoniewiadomo poznali w knajpie koło dworca, wynieśli nie tylko złoty mostek i pieniądze ukryte pod pościelą oraz dwa męskie zegarki. Ich łupem padł zapas dezodorantów Basia, dwa kilo cukru, cztery mydełka Palmolive i pusta butelka po wodzie Old Spice trzymana przez Jeremiasza Muchę dla ozdoby w łazience. Krwawy napis na ścianie Jebać pedały! zdążył dobrze wyschnąć, zanim Jeremiaszowi Musze udało się oswobodzić, wyczołgać na korytarz i śmiertelnie wystraszyć Lepką, która akurat wychodziła na spacer ze swoim Piratem, bo to jest normalne imię dla psa.

Jadzia i Stefan nie widzieli, jak po dwóch dobach wynoszono sąsiadów do karetki, bo nazajutrz z rana otorbieni walizkami i plastikowymi workami z prowiantem po raz pierwszy wyjechali na wczasy pracownicze nad Bałtyk. Przez dwa deszczowe tygodnie, gdy droga na plażę pełna była rozdeptanych ślimaków o pasiastych muszlach, a słońce pojawiało się na moment i zachodziło, akurat gdy wczasowicze rozebrali się, by ich choć trochę złapało, pamięć o nocnych wydarzeniach sprzed wyjazdu wsiąkła w bałtycką plażę. Na Jadzi morze nie zrobiło wielkiego wrażenia, bo całą jej uwagę pochłaniało odkażanie wspólnej łazienki w domu wczasowym, noszącym nazwę miasta, z którego pochodzili wczasowicze. Można by więc czuć się jak u siebie w DW Wałbrzych I, gdyby nie ten brud. Inne wczasowiczki sprzysięgły się przeciw Jadzi, gubiąc włosy na zlewach i krople moczu na deskach klozetowych. Przysięgłabym, że się sprzysięgły, wzdychała gniewnie i dzieliła się z obojętną rodziną dręczącym ją pytaniem, czy te fleje nie sikały też pod prysznicem, a każdy włos łonowy na bieli glazury układał się Jadzi w egzystencjalny znak zapytania. Szła do łazienki jak na ścięcie, człapiąc plastikowymi klapkami, uzbrojona w lizol, ocet i gumowe rękawice. Za to dla Dominiki morze od początku było olśnieniem. Gdy je zobaczyła, miała wrażenie, że czekało na nią, czekało, aż znajdzie drogę z powrotem do niego, domu. Jak mogła żyć bez tej pięknej dużej rzeczy i dlaczego wydaje jej się, jakby je skądś pamiętała? Stała na piasku i próbowała objąć morze wzrokiem, przywitać, zobaczyć, gdzie się ono kończy, a gdzie zaczyna, ale fale przybiegały i uciekały, a na horyzoncie woda zlewała się z niebem. Po śniadaniu zostawiały Stefana w zadymionej sali telewizyjnej, gdzie z butelką ukrytą pod fotelem dryfował do obiadu na falach nudnych przedpołudniowych programów, a same szły na plażę, by nawdychać się jodu, jak mówiła Jadzia, i podczas gdy w Wałbrzychu kazała Dominice oddychać nosem, nad morzem przeciwnie, buzią. Dominika wdychała i pływała w morzu niezależnie od pogody. Biegła ku niemu na oślep jak żółwik, który właśnie wykluł się z jajka. Wpadała w falę i parskając, wynurzała się dziesięć metrów dalej, a Jadzia umierała ze strachu, że straci ją z oczu i trzeba będzie ogłosić przez megafon, zaginęła dziewczynka lat około jedenastu, ubrana w białe bikini i zielony czepek, ostatnio widziano ją, jak płynęła kraulem w kierunku Szwecji. Dominika wyobrażała sobie, że dopływa do statków stojących na redzie, wyprzedza prom Polferis, wspina się po trapie, a to akurat statek płynący na wyspę Bula-Bula. Na powitanie marynarze dają jej do picia mleczko kokosowe, już podnoszą kotwicę, syrena daje znak. Odpływamy! Woda była mętna, mroczna i gdy Dominika nurkowała z otwartymi oczami, wstrzymując powietrze tak długo, aż poczuła ból w płucach, widziała podłużne zielonkawe cienie falujące jak łany traw, jak rzędy postaci, wśród których przemykały ławice srebrnych ryb. Wpływała w nie ufna i ciekawa, mogłaby właściwie tam zostać, gdyby było odrobinę cieplej. Wychodziła, by ogrzać się chwilę pod frotowym ręcznikiem, i wracała do wody, szczękając zębami. Córka mokra jak piskorz wymykała się Jadzi z rąk i gdy znów nikła w bigosowych wodach Bałtyku, jej serce ściskało straszne przeczucie. Już widziała wyrzuconego na piach trupka z zapiaszczonymi włosami i oczami wygryzionymi przez ryby, ale morze za każdym razem oddawało córkę Jadzi. Dopiero pod koniec turnusu zauważyła, że dziewczynka, która wskoczyła w fale dwa tygodnie wcześniej, nie jest do końca tą samą, która wypłynęła, bo tam, gdzie wcześniej miała dwie płaskie, chłopięce brodawki, teraz pojawiły się wypukłe i miękkie mirabelki. Mój Boże, jestem stara, a w ogóle się jeszcze nie nażyłam, pomyślała Jadzia.

Po powrocie do Wałbrzycha państwo Chmura zauważyli ze zdziwieniem, że Babel jakby stracił równowagę, zapadając się z jednej strony w rozmiękły grzbiet Piaskowej Góry. Płyty chodnika wzdęły się w tym miejscu i poprzesuwały, a zewnętrzna ściana budynku pokryła się siateczką pęknięć jak skóra pod oczami Jadzi. Winda znów nie działała, a uwięziony w niej Józek Sztygar wołał z głębi szybu. Skrzynka na listy zwisała ze ściany na przetrąconym ramieniu, lamperia odpadała płatami, a na ścianie ktoś napisał Jude raus i Kocham Jagienkę. Wywczasowana rodzina Chmurów podzieliła się bagażami i przystając co piętro dla nabrania oddechu, ruszyła na swoje dziewiąte, gdzie zobaczyli opieczętowane przez milicję drzwi mieszkania po homoniewiadomo. Nikt nie wiedział, co stało się z bezimiennym większym po utracie sprawności w rękach i wąsików, a Jeremiasz Mucha, jak szeptano na Babelu, podobno wrócił na wieś gdzieś pod Warszawę. Na wieś wysyłano zużyte ubrania, sprzęty i krewnych, którzy do niczego już nie mogli przydać się w mieście, babcie złożone paraliżem albo nawet tylko zgięte wpół i niezdolne dłużej do czynnej służby przy wnukach, telewizory zastąpione lepszymi modelami, wytarte dywany, przenicowane koszule, dzieci uszkodzone, jak to z szóstej bramy, które urodziło się pokryte od stóp do głów czarnym futerkiem.

Do mieszkania po homoniewiadomo wkrótce wprowadzili się państwo Śledź, którzy pasowali do Babela, jakby nigdy się stąd nie ruszali, i być może wyrośli po prostu z jednej ze szczelin w betonie niczym huba na chorym drzewie. Blond Krysia, fakturzystka w kopalnianej stołówce, i przysadzisty Zdzisław, mechanik na kopalni, którego na pierwszy rzut oka od żony różniły tylko wąsy, za to porządne, gęste i bez wątpliwości męskopolskie. Gdy żonie zostawało farby z głowy, wmazywała w wąsy mężowskie, które przedwcześnie siwiały, ale to była ich tajemnica. Z meblościanką i *Ostatnią wieczerzą*, z kompletem wypoczynkowym i dziewczynką imieniem Iwona, akurat w wieku Dominiki, spodobali się Chmurom od razu. Żal ludzi, westchnął Stefan na temat homoniewiadomo, ale wszystko dobre, co się dobrze kończy. Nowi sąsiedzi przykręcili do drzwi wizytówkę z pochyłym napisem K. Z. Śledź i zamówili księdza, żeby poświęcił ich pokój z kuchnią. Może, proszę księdza, łazienkę też na wszelki wypadek, bo jakoś mi nieswojo, poprosiła Krysia nieco przygnębiona smutną historią poprzednich lokatorów. Młody wikary Adam Wawrzyniak chlapnął w każdy kąt, nie omijając wanny i sedesu. Ach, jak on pięknie święcił! Parafia Niepokalanego Poczęcia Maryi Panny była pierwszym miejscem służby księdza Adasia i głos dopiero zmieniał mu się na księży falsecik. Jeszcze nie czuć go było stęchlizną, jeszcze pamiętał imiona parafian i nie żałował święconej wody. Jeździł na motorze, zielonej emzetce, i to też różniło go od innych księży, z których każdy po dwóch latach dorabiał się chociaż używanej łady. Ten to nie zdziera z człowieka, mawiano z pewnym niedowierzaniem, jakby uczciwość wikarego kryła w sobie jakąś pułapkę, a bywali tacy, którzy woleli zapłacić więcej, bo wyłożone pieniądze dawały im pewność, że chrzest czy pogrzeb spodoba się ludziom i Bogu. Krysia Śledź zapakowała wikaremu kawałek placka z owocami za poświęcenie, skoro nie chciał pieniędzy, i poczuła, że jest u siebie. Drugi kawałek drożdżowego z rabarbarem i kruszonką zaniosła sąsiadom jej córka Iwona i wtedy Dominika po raz pierwszy zobaczyła dziewczynkę, która wyglądała jak ulepiona z waty cukrowej. Stała z uśmiechem, który zawsze spóźniał się i zostawał za długo, miała piersi i kobiece już biodra, a Dominika nie wiedziała jeszcze, że zjawiła się zamiast Dimitriego.

Gdy zaraz po powrocie znad morza popędziła w dół Krzakami, okazało się, że dom jest zamknięty, a schludne zwykle rabatki Marii Angelopoulos – wyschłe i zaniedbane. Wśród suchych liści wzdymały się pożółkłe odwłoki kabaczków i cukinii, których oprócz nich nikt nie uprawiał w Wałbrzychu. Gdy Dominika przeszła przez płot, by zajrzeć do środka, wypadł jej na spotkanie doberman, w niczym niepodobny do przyjaznej Saby Angelopoulosów. Sąsiedzi powiedzieli jej, że Grecy wyjechali, zabierając wszystkie rzeczy i zwierzęta, nawet koty, kto by pomyślał, że chcieli sobie taki kłopot robić w podróży. Dom kupił ginekolog doktor Lipka, widać, że już nieźle dorobił się na prywatnej praktyce. Gdy w przeddzień rozpoczęcia roku szkolnego Dominika zobaczyła, jak zupełnie obcy ludzie otwierają drzwi i wnoszą do środka dziwny rozkładany fotel, zrozumiała, że Dimitri naprawdę zniknął bez pożegnania. Wrócili, gdzie ich miejsce, z satysfakcją powiedziała Jadzia. Czas, żebyś przestała wydziwiać i latać z chłopakami, bo do reszty spaprzesz sobie opinię. Dorastasz, wzdychała i patrzyła na zmiany, jakim ulegało z dnia na dzień ciało Dominiki, w poczuciu niezrozumiałej dla siebie utraty. Dorastanie Dominiki nie szło dotychczas w parze z rozrastaniem się i wyglądała, jakby na siłę rozciągnięto ją wzdłuż. Jej kości, cienkie i ostre jak u ptaka, groziły przebiciem skóry upstrzonej plamami po zdrapanych strupkach. Nos z garbkiem, jakiego nie miał nikt w żadnej z dwóch rodzin, element jej fizjonomii nad wiek dojrzały i w pełni ukształtowany, linią krzywą przekreślał szanse Dominiki w konkursach piękności. W żadnej z dwóch rodzin, wzdychała Jadzia i żaliła się Krysi Śledziowej, że taka im Cyganicha na pajęczych nogach rośnie, podczas gdy ona, Jadzia, już w wieku lat dwunastu była kobietką, biuścik miała, bioderka i wszystko jak Iwona na swoim miejscu. Pytłata jak buszmenka! żartobliwie czochrała głowę córki, odskakującą jak piłka odbita od ściany. Ja to w jej wieku, wypinała pierś w liliowym sweterku, dwójeczkę nosiłam. Maść na piegi, a nie stanik, zażartowała, gdy przyłapała Dominikę na nieudolnej przymiarce jej biustonosza, który miał co nosić, ale nie zniechęciła jej do buszowania po szufladach i szafkach. Matki różowe bluzeczki, o wiele dla niej za szerokie i za krótkie, połykały Dominikę jak miękkie paszcze śliskich i zwinnych zwierząt, spódnice w kształcie tulipanów przelatywały przez jej chłopięce biodra i oplątywały kostki. Buty matki już za małe, o dziwnym zapachu przypominającym wędzoną makrelę, sprawiały ból stopom córki i nie dawało się w nich chodzić. Nic na nią nie pasowało, nawet pierścionki namacane w miękkich pokładach pościeli były za duże. Przetrząsała foliowe woreczki z maściami i czopkami, wąchała konwaliowe perfumy, w których zmacerowane strzępki kwiatów podrywały się z dna butelki, pluła do pudełeczka z tuszem do rzęs, by go nałożyć, przewracając oczami tak jak Jadzia. Zaglądała do kosza na śmieci w łazience, gdzie krwawe ślady miesiączek budziły jednocześnie jej zazdrość i odrazę, ale nie rozwiązała tajemnicy ich wzajemnej odmienności. Nie wiedziała, że matka z taką samą ciekawością zaglądała do jej tornistra i piórnika, kieszeni kurtki i szafek, gdzie pod byle jak wciśniętymi spodniami i spódniczkami też miała nadzieję znaleźć jakąś odpowiedź, a było tylko wycięte z „Bravo" zdjęcie Boya George'a. A co to za homonie-wiadomo? zdziwiła się Jadzia. Kiedyś wybrała się na lody z Dominiką i Iwoną Śledź, a spotkana tam daleka znajoma z biura tę drugą wzięła za córkę Jadzi. Jaka podobna! zachwyciła się, a biedna pani Chmura omal nie umarła ze wstydu, mówiąc, to nie ta.

Dominika czuje, że między nią a Jadzią jest sznur, a jego końce wrosły w nie i ukorzeniły się, to coś mocniejszego niż pępowina, którą można przeciąć i zawiązać na supeł tak, że zostaje tylko blizna. Końce sznura, który łączy ją z Jadzią, mają korzenie mocne jak u topoli, które na deptaku pod Babelem wybrzuszają asfalt. Im bardziej matka ciągnie w swoją stronę, tym bardziej córka próbuje się oddalić. Wystawiasz moją cierpliwość na próbę, mówi Jadzia, jeszcze chwila i pęknę, strzelę w kalendarz, a Dominika ciągnie z całych sił, bo matczyna cierpliwość jest mocna, zakorzeniona i tłusta. Wychyla się przez okno z dziewiątego piętra, sznur szarpie ją do tyłu – nie wychylaj się! Kupuje w tajemnicy słonecznik od bab na placu, chociaż Jadzia przestrzega, że to brud-zaraza, te brudasy w nosie dłubią, potem łapami ziarno nabierają; Dominika zjada całą tutkę i robi jej się niedobrze, a sznur trzyma. Na dziewiątym piętrze w piętnastej bramie Babela nieraz trzaskają drzwi, pięści walą w ścianę, aż skóra pęka na kostkach. Każde pociągnięcie sznura rozrywa im coś w środku, wyrwy wypełniają się krwią jak lśniące w ciemności jeziorka. Jadzia chce, by Dominika była taka sama, a rosnąca odległość podsyca tlącą się w niej złość. Istne fiksum-dyrdum! Im bardziej Dominika chudnie i wydłuża się, im bardziej jest spytlona, tym dalej ponosi Jadzię, jakby kościstość i pytłatość córki była obelgą skierowaną przeciw jej prostym, rzadkim włosom, krągłościom i krótkim odnóżom. Odmieńcu, szczurza mordo, kościotrupo! krzyczała na córkę przerażona jej innością jak śmiertelną chorobą. Jak może się tak różnić, skoro z niej wyszła i do niej należy? Ona ma na plecach kołderkę tłuszczu, który spływając układa się w dwie fałdki po bokach, u kościotrupy – każdy krąg kręgosłupa widoczny jak naszyjnik z paciorków, które mogą się rozsypać przy upadku z roweru i będzie do końca życia kaleką. Jej ramiona miękkie i krągłe, a u córki patyki rąk i nóg jakiegoś cygańskiego podrzutka, popękają jak zapałki w wypadku. Szczurza morda, niedobra, zacięta, czy jakiś wartościowy chłopak złapie się na taką twarz, bo na pewno nie Erlend von Sinnen, o nie, taki Erlend będzie wolał miłą, uśmiechniętą dziewczynę, jak Jagienka Pasiak. W błoto pójdzie matki staranie. Nie ma co się boczyć na matkę, gderała Jadzia do czerwonej od płaczu Dominiki. Matka, nawet jak ją poniesie, chce dla ciebie jak najlepiej. Poniesiona matka wracała na fali tsunami i brała Dominikę na litość, by nie wyrywała się z matczynego uścisku. Pochylała się nad córką, która czuła jej obfitą miękkość wiszącą nad nią jak lawina o lekko octowym zapachu. Mnie matka nigdy nie kochała. Ojca swego nie znałam. Gdybyś ty wiedziała, co ja przeżyłam. Przy porodzie ciach-ciach prawie na pół mnie pocięli. Jodyną na żywca chlusnęli. Ukręcę ci kogel-mogel z kakałkiem, zrobię krówek na patelni. I już Dominika zapada się między dwie wielkie piersi, wtapia w matkę, która mięknie, trochę jeszcze pociągając nosem. Matki ciało rozpłaszcza się jak ciasto pod naciskiem dłoni, a potem jego brzegi zawijają się, przykrywając córkę, jak farsz w naleśniku. Napięcie sznura lżeje, Dominika przez chwilę nie jest samotna, bo nie ma jej wcale, ale to nie może trwać długo. Niedługo pójdziesz w świat, a stara matka strzeli w kalendarz na tym bocianim gnieździe!

Gdy po wakacjach Dominika przyszła do szkoły, zauważyła, że brak Dimitriego jest jedną tylko ze zmian w jej klasie. Dołączyły do niej dwie nowe uczennice, Iwona Śledź i Małgosia Lipka, córka ginekologa, który zajął dom państwa Angelopoulos. Podobno rodzice przenieśli ją do podstawówki im. gen. Świerczewskiego z wrocławskiej szkoły prowadzonej przez siostry urszulanki. Szeptano, że narozrabiała, ale nikt nie wiedział co. Na powitalnym apelu Dominika śpiewała z innymi hymn szkolny o generale Walterze, co dzielnie szedł na bój, by coś tam coś tam, znój i truj, na straży stój, o los mój i twój. Obok niej stały Marzenka Grzebieluch i Edytka Kowalik, a Dominika widziała, że coś się stało z dziewczynkami przez to lato. Raczej napuchły, niż urosły, zakwitły na czołach i brodach krostkami z żółtym czubkiem. Ich usta były czerwieńsze, wilgotne, wyglądały jak kawałki żywego mięsa. Szybkimi ruchami języka zlizywały z nich kropelki śliny różowej od błyszczyka. Wybuchały granatami chichotów tak często, że trudno było zachować ostrożność i przewidzieć następną eksplozję, ale pozostawały w jednym kawałku, co najwyżej wewnątrz puszczały soki. Po dwie, trzy grupowały się na złość innym dwóm lub trzem, a w każdej trójce jakaś dwójka namawiała się przeciw jednej pozostałej. Okazało się, że wszystko przedtem to były wprawki, dziecinada. Dopiero teraz wiedziały, jak podzielić się na te lepsze i na te gorsze. Stwardniały im paznokcie, wyrosły wszystkie zęby, zniknął mleczny zapaszek. Odcinały zbyt grube Bożenki, jąkające się Beaty i Aldony z domu dziecka z taką łatwością, jakby wydmuchiwały nos. Odcięte nie były nimi; to były syfy, bakterie i kupy. Ale najgorszym słowem był śluz. Śluz! krzyczały i rozbiegały się, piszcząc, ale nie uciekały daleko. Tworzyły krąg tak zwarty, że nikt z zewnątrz nie wedrze się do środka. Jak one umiały się wachlować, te lepsze, jak chwytać za noski z obrzydzenia. Śluz! krzyczała jedna, a inne podchwytywały i powtarzały, śluz, śluz, śluz. Ich mechanizmy nastawione na przyciąganie przeciwieństw zaskoczyły, ruszyły naoliwione trybiki kobiecenia. Te lepsze, te odcinające, na przerwach rozpinały obowiązkowe poliestrowe fartuszki, pokazując bluzeczki, pod którymi rysowały się pierwsze staniczki. Odcięte garbiły ramiona i opuszczały głowę, jakby chciały zwinąć się w kulkę jak liszka, by chronić miękki brzuch. Te najładniejsze mówiły wysokimi głosami i śmiały się, jakby ktoś przeciągnął styropianem po szkle, gdy w pobliżu pojawił się Zbyszek Lepki. Ich usta układały się wtedy w ssące dziurki, jak nakładki do odkurzacza. W nowych tureckich dżinsach z obrazkiem piramidy na tylnej kieszeni, dżinsach dekatach wytrawionych w białe zacieki on tak szedł specjalnie dla nich, w ich kierunku, po nie, a one kupiły się, szczerzyły i wsysały powietrze na wyścigi. Mechanizmy nastawione na przyciąganie przeciwieństw przyspieszały, chlapiąc wokół; unosiła się nad nimi para. Takie dżinsy! Można je było kupić od tych, którzy jeździli na handel do Turcji, zamieniając kryształy na kożuchy, spodnie, bawełniane bluzeczki w pięknych różach i turkusach, na podróbki drogich perfum, palety do makijażu, na chałwę. Zbyszek Lepki czy Adrian Pypeć to był dylemat tylko dla lepszych, gorsze mogą obejść się smakiem, bo chyba już nie liczą na to, że ktoś dobrze obejdzie się z nimi. Dżinsy Zbyszka Lepkiego, jego grzywka na Limahla, Adriana imię przepiękne i motorynka seledynowa, na której po lekcjach jeździł wokół Babela prawie jak ten nowy, młody ksiądz Adaś. Zbyszek czy Adrian, Zbyszek, Zbyszek, szeptały na przerwach najładniejsze, ich chichot wybuchał, ciął szkło, nieostrożnym jego odpryski wbijały się w źrenice, pod paznokcie. W chińskich piórnikach te lepsze trzymały zdjęcia Limahla, do którego bardziej był podobny Zbyszek czy Adrian? Podczas lekcji otwierały piórniki ozdobione zwierzątkami i pokazywały sobie ich cieliste, jakby wilgotne wnętrza. Już wkrótce zamiast Limahla wejdzie w nie Zbyszek lub Adrian. Jagienka Pasiak, która nie nosiła już kitek, tylko rozpuszczała loki na ramiona i spinała po bokach błyszczącymi spinkami, spojrzała na ułożone przez Jadzię dzikie włosy Dominiki i zaszeptała coś do koleżanek, Marzenki Grzebieluch i Edytki Kowalik. Prawie tak samo ładne były, ale jednak mniej, za jej plecami wymieniły spojrzenia hien. To im Jagienka daje ugryźć swoją kanapkę, ale wokoło jest wiele innych gotowych je wygryźć. Czujności nigdy dość, jeśli atak, to stadny. Ich czujność budzi na przykład Małgosia Lipka obcięta na krótko, silna, patrzy w oczy i przeklina jak chłopak, co przerwę kupuje słodycze w szkolnym sklepiku, ma ciuchy z pewexu. Ona krąży najbliżej, nie wiadomo, czego chce. Rzucić się czy przyczaić, odciąć ją czy zachować wewnątrz jako swoją – nie wiedzą jeszcze prawie tak samo ładne. Jest w niej coś, co je niepokoi. Podobnie jak w przypadku Dominiki długiej tyki, ale inaczej. Węszą, obserwują. Oto Małgosia częstuje Jagienkę Pasiak batonikiem prince polo, a teraz Jagienka ją wybiera, by zaniosła liścik Dominice. Kartkę złożoną we czworo, z sercem wymalowanym na wierzchu, różowym i przebitym strzałą niesie. Będę miała przyjaciółki? Będziemy jak siostry? Zapytają mnie, chcesz gryza? Nic z tego. Do wieśniary z fryzurą jak wkurwiony Szopen po koncercie!!! Taki był nagłówek listu napisanego drukowanymi literami na papierze w kratkę. Z przodu plecy, z tyłu plecy, Pan Bóg stworzył cię dla hecy, taka była treść, a podpisano: Tajemniczy Wielbiciel. Najładniejsze, jak one się śmiały, zwłaszcza Edytka i Marzena, bo Jagienka ułożyła tylko usta w krzywy uśmieszek, że niby jest ponad takie zabawy i należy do świata, o którym one wszystkie nie mają jeszcze pojęcia. Ta Jagienka Pasiak nawet z sińcem pod okiem wyglądała jak gwiazda filmowa. Fakt, że spadła z roweru, miał zupełnie inny wymiar, bo rower był niemiecki z przerzutkami, a do tego cały różowy.

Dominika usiadła w ławce, którą od pierwszej klasy dzieliła z Dimitrim, i z rezygnacją przyjęła fakt, że magister Demon posadziła koło niej dziewczynę wbitą w pękający na piersiach fartuszek i tak czerwoną na twarzy, jakby zaraz miała eksplodować fontanną mleka i krwi. Iwona Śledź nie umiała grać w siatkę i dostawała dwóje ze wszystkich przedmiotów, pociła się obficie. Naprawdę przesadziła. Śledź! Najładniejsze prychnęły śmiechem i chwyciły się za nosy. Śluz i śledź! Śledziowy śluz! Może sobie schować uśmiech i kometę prawie białego warkocza odrzucaną w lodowatą przestrzeń kosmiczną klasy, tu jej się nie przydadzą. Uwaga, centrala rybna, omdlewały prawie tak samo ładne i wachlowały się przesadnymi gestami. Śledź śluzem jedzie! Pannie Śledź oleju dziś chyba brakuje, żartowała magister Demon, odpytując ją przy tablicy i pławiąc się w chichotach aprobaty po każdym kolejnym błędzie. Powolność Iwony Śledź pozwala jej nabrać szybkości, rozpędzała się pani nauczycielka jak na dętce spuszczonej po oblodzonym zboczu Piaskowej Góry. Podskakiwała na wybojach, sterczały w górę jej łydki, jeszcze chwila, a pofrunie. Ach, rozpinała guzik bluzki, i jeszcze jeden, przypominając sobie ulubioną powieść o pani na Czachticach, Elżbiecie Bathory, która kąpała się we krwi młodych dziewcząt. Wysączała ją z nich do ostatniej kropli słodkiej. W żelaznej dziewicy, szafie najeżonej wewnątrz kolcami je zamykała, ach, panno Śledź, gdybym ja taką szafę miała. Magister Demon przybijała egzekucję Iwony, stawiając w dzienniku kolejną dwóję przy jej nazwisku. Uczniowie byli już za duzi na bicie po dupie i taki drugoroczny Tadzio Wołocha albo większy od niej o głowę Adrian Pypeć, którego ojciec znów siedział więzieniu, mogliby się zdenerwować i jej oddać, jak nie w klasie, to po lekcjach. Całą energię skoncentrowała więc magister Demon na znęcaniu się słownym nad tymi, którzy nie mieli nic do oddania. Strzelała lotkami słów i badała, gdzie zanurzają się najgłębiej i najboleśniej, żadna to przyjemność, gdy ostrze odbije się od ściany albo, co gorsza, stępi. Iwona Śledź, która potrzebowała namysłu, nawet zanim powiedziała, jestem, przy sprawdzaniu obecności, wyglądając przy tym na zdziwioną, że oto ona, Iwona Śledź, jest. Co za cel. Nie uchylała się, jej ciało było niczym różowa mięsna tarcza, w którą magister Demon celowała z upodobaniem i po każdej lekcji dziewczynka wyglądała jak święty Sebastian.

Tej zimy Dominika i Iwona z Piaskowej Góry były szczęśliwe, gdy generał Jaruzelski ogłosił stan wojenny. Wojna oznaczała dla nich, że nie muszą iść do szkoły, ta wojna ratowała je od ran. Na Babelu zawrzało. Wszyscy powychodzili z mieszkań, żeby się upewnić, że w telewizorach sąsiadów pojawił się ten sam wojskowy w ciemnych okularach. Co do Jadzi, to raczej uwierzyła w szczerość intencji generała, a fakt, iż nie był dobrym mówcą, wzruszył ją, bo widać, że się ten biedny człowiek strasznie denerwował. Stropiła się więc gniewem niektórych sąsiadów, którzy wyzywali na komuchów, ale swoje zdanie zatrzymała dla siebie, bo po co ono komuś, kto woli inne. Tym, co się nie wychylają, nic nie zrobią, uspokajał ją, a może siebie, Stefan. Dodał, że ten Jaruzelski trochę wprawdzie mułowaty, ale wygląda, że o porządek umie zadbać, bo narozrabiali na tym Wybrzeżu, oj, narozrabiali. Po co to komu tak się stawiać? Wychylać po co? Wyżej dupy nie podskoczysz. Ale nie było porządku, bo wysiadły kaloryfery i wyłączono prąd, a kran splunął lodowatą wodą i wysechł. Na szybach zakwitły kwiaty, lśniąc w świetle świec, a rodziny z Babela ułożyły się do snu na wspólnym posłaniu z psami i babkami, z dzieciakami między matkami a ojcami, żeby nie pomarzły. Rano pod drzwiami nie było mleka, a w piekarni zabrakło chleba. Jadzia zapłakała w kościele, gdy proboszcz Postronek zagrzmiał, że niczym Hunowie niewierniż świętą Urszulę i jedenaście tysięcy dziewic, tak Polskę, ojczyznę naszą, czerwonaż zaraza w pień wyrżnie. To przez czerwoną zarazę, powiedziała, podając na obiad kartoflaną zupę i chleb cienko posmarowany smalcem, a jej początkowa sympatia dla dzielnego generała, który tak się denerwował, ojczyznę ratując, poszła w niepamięć. Patrz na tego manekina, muł jeden, ślepowron, cedziła odtąd, zaciskając usta, ilekroć Jaruzelski pojawiał się w telewizji. Tylko by Ruskich po dupie lizał. Za dwa ruble nas sprzeda! Wszyscy oni tylko patrzą, żeby się do żłobu dorwać i wyrolować porządnego człowieka, przytakiwał jej Stefan.

I tylko Dominika nie narzekała tej zimy, która zasypała Piaskową Górę śniegiem po pierwsze piętra, tak że ludzie musieli wykopywać korytarze, by dotrzeć do sklepu na róg; z lotu ptaka widać było tylko płaską biel, z której wystawały szare wyspy wieżowców. Tą samą drogą, co kiedyś z Dimitrim, mijając jeziorko lśniące jak wypolerowany bazalt, wspinała się po zboczu hałdy. Tam gdzie nagromadziło się najwięcej śniegu stwardniałego z wierzchu, a miękkiego pod spodem, wygrzebywała jamę wystarczająco dużą dla jednej chudej dziewczynki. Sztuka polegała na tym, by potem zasłonić wejście, tak by wnętrze pogrążyło się w niebieskawym półmroku. Gdy świat znikał, pod śniegiem otwierały się korytarze wyłożone najpiękniejszymi kawałkami szkła, turkusowe wprost na wyspę Bula-Bula, fiołkowe tam, gdzie należy się do najładniejszych w klasie, rubinowe do rachatłukum z syropem różanym, do ciepłych mórz. Z kolanami pod brodą i dłońmi ukrytymi w rękawach kurtki Dominika siedziała tam tak długo, aż grabiały jej palce, a wystające spod czapki kosmyki włosów w kolorze czarnej kawy lodowaciały od zamarzniętego oddechu. Za każdym razem, gdy w końcu wychodziła z jamy, mrużąc oczy w jaskrawym świetle, miała wrażenie, jakby tam, po śniegiem, zostawiała coś już nie do odnalezienia.

XI

Stefan nie uczestniczył w awanturach matki i córki. Przemykał między nimi, odgrywając pantomimę skradania się na palcach, przygarbiony, z głową wysuniętą do przodu, z palcem przyłożonym do ust. Umoszczony w swoim gnieździe przed telewizorem, zasłaniał zasłony, ruszał anteną, bo znów psuł się obraz, a zaraz wyniki dużego lotka. W niedzielę przez klejące się powieki oglądał południowy film przyrodniczy, bekając piwem. W słoneczne dni zasłaniał zasłony i stołowy państwa Chmura pogrążał się w niezdrowym świetle, gęstym jak brudna woda. Stefan sięgał po butelkę ukrytą za kanapą, pociągał z niej pierwszy łyk topielca i po każdym łyku chował ją przed swoim pragnieniem za kanapę, by po chwili przegrać kolejną bitwę. Na ekranie tarantule strzykały trucizną, żółwie znosiły jaja na dalekich plażach, a Stefanowi przypominały się czasy musowania, pierwsza i jedyna Karczma

Piwna, w której brał udział, gdy rządził towarzysz Gierek, a on, oj, umiał rządzić, że wszystko było. Górnik to był ktoś. Gdy na Karczmie inżynier Waciak zbierał do kasku górniczego na kolonie dla biednych dzieci, żeby z wałbrzyskiego smrodu pojechały łyknąć jodu, Stefan dał, co miał w portfelu, i nawet na bilet mu nie zostało. Nie myślcie, że naciągnąć kogoś tutaj chcemy, pomożecie, kurwa? Kurwa, pomożemy! Jak było nie dać? Piękno chwili zostało na wieki przyklepane w plery przez Waciaka, który jak swego, jak równego go klepał, a teraz pobudował się w Szczawnie Zdroju i nawet dzień dobry nie odpowie, udaje, że nie widzi. Z jaj żółwich wylęgały się na śnieżącym ekranie maleńskie żółwiki o miękkich skorupach i pędziły ku morzu, próbując zdążyć, zanim je coś zeżre, a Stefan dopijał butelkę. Zanim zasnął na popielnicę, wołał czasem Jadzię albo Dominikę, chodź, zobacz, jaki ma łeb gadzina, ale ani żona, ani córka nie podzielały jego zainteresowania egzotycznymi pająkami i gadami.

To Jadzia przyłożyła ręki do zmiany obyczajów męża, który przestał pić na zewnątrz i schował się ze swoim nałogiem tam, gdzie nie przynosił wstydu. Lepiej trzymać wstyd w domu, po co go po ludziach nosić? Już napij się w domu kulturalnie, jak musisz, zamiast sterczeć na widoku i szczać pod drzewem, pouczała Stefana żona. Im bardziej on marniał i się zacierał, tym bardziej ona rosła i wyostrzała się. Stefan wyrolowany z roli ojca żywiciela, który przynosi rodzinie dumę i żywność, stał na bocznym torze ich życia, a żona przejęła stery. Agrestowe oczy Jadzi utraciły miękkość, tkwiły w jej twarzy jak dwie szklane kulki; obracały się niezależnie od siebie, nic im nie umknęło. By nadrobić to, co mąż żywiciel tracił przez picie, odkurzyła nabytą w młodości umiejętność robienia zastrzyków i nakłuwała tyłki schorowanych kobiet z Babela, narzekając potem na ich brak higieny i brudnawe gacie. Jej chora ręka rozruszała się na rehabilitacji mieszenia ciasta i lepienia pierogów. Zanim nabrała wprawy, zostawiała po sobie sińce na ciałach przepikowanych celulitem, ale brała taniej niż prywatna pielęgniarka i budziła zaufanie swoją schludnością i zapachem octu. Zarobione pieniądze, prawdziwsze od tych z wypłaty, trzymała pod kluczem w szkatułce, należały do niej. Gdy Jadzia budziła się w nocy, świeciła zielonkawo jak nafosforowana figurka Matki Boskiej, którą przywiozła z pielgrzymki do Częstochowy. Już nie tak łatwo mnie wyrolować, mówiła. Królestwo Jadzi nie ograniczało się już do kuchni, objęła w posiadanie stołowy i przedpokój, pokoik córki był jej lennem. Obchodziła swoje włości ze szczotką i szmatą, stawiała do szeregu wazoniki z Cepelii, pojemniki z Włocławka, to wszystko było jej. Jej była gromadzona w bieliźniarce pościel i pod nią ukryte cztery złote pierścionki. W samotności przymierzała je na palce dłoni zniszczonych szorowaniem, odkażaniem, się poświęcaniem królowa Jadwiga z Piaskowej Góry. Obwieszała się sztucznymi perłami z Jablonexu, które widziały niejeden górniczy bal w klubokawiarni Barbara, motała na rękach drewniane korale, dzwoniła miedzianymi kółkami. W miarę jak Stefan pogrążał się w poczuciu bezsilności, a ostatnie musujące bąbelki pękały w jego pijackim oddechu, Jadzia przyspieszała, jej ruchy stawały się pewniejsze, a głos mocniejszy. Umiała już tak ustawić się na przystanku, by z byka zaatakować autobus i nawet w największym tłoku zdobyć miejsce siedzące.

Kawałki wołowiny na zupę namierzała w mięsnym z odległości ptaka drapieżnika i po chwili wbijała w nie szpony, spadając na cel między dwiema innymi chętnymi. A pani gdzie się tu wciska, kontratakowała z biodra cwaniaczkę w kolejce po rajstopy i wygrywała. Pani tu, złociutka, nie stała! Jakie stała? Jakie stała? Może jej się śniło, że stała! W pracy pierwszy raz postawiła się niesympatycznej, gdy ta kazała jej zamknąć okno. Jak pani wieje, to niech se sama zamknie, warknęła, a niesympatyczna spojrzała na nią i tylko zamruczała, no-no. Coraz mniej przypominała Dziunieczkę, która z tekturową walizką przyjechała do Wałbrzycha i umiała w towarzystwie powiedzieć co najwyżej, ojej. Cicho, chłopie, usadzała Stefana, gdy zdarzyło mu się podnieść głos. Nie pyskuj mi tu, bo beze mnie z głodu i brudu byś zdech. Kupowała dla Stefana alkohol, chodziła na melinę do Pypcia, wymieniała mięso na bimber pędzony przez Lepką, gdy wypił kartkowy przydział, a on co wieczór brał butelkę z kuchennej szafki tak, by żona nie widziała. Zamykał się z nią w pokoju, choć za nic nie przyznałby się, że woli pić właśnie tak, w swoim gnieździe na kanapie, sam na sam ze swoim poczuciem wyrolowania i rwącym się wątkiem myśli. Ogłuszony alkoholem soliter zasypiał, nie ssał go od środka i Stefan odpoczywał przez chwilę od tego wszystkiego, co okazało się ponad jego siły. Nie mówił żonie, że czasem, gdy ogląda program o pająkach albo aligatorach, zwierzęta wychodzą z telewizora, patrzą na niego, ale nie atakują, nie, chowają się pod wersalkę, za meblościankę, wciskają pod wykładzinę odłażącą przy ścianach. Nie uwierzyłaby mu. Zza zamkniętych drzwi słyszał ich głosy, żony i córki; zasypiał na przedprożu jakiejś ważnej obietnicy, którą, wiedział to, powinien im złożyć. Czasem Jadzia wołała Dominikę i pokazywała jej na migi, przewracając oczami, jak śmiesznie taki chłop wygląda, gdy się upije i chrapie z otwartą gębą. Popatrz, córcia, zatykała Stefanowi nos palcami, a on wydawał z siebie chrapliwy, wilgotny odgłos jak zarzynany kurczak. Pytał nieprzytomnie, co, Dziunieczka, i po chwili zaczynał chrapać z taką samą mocą, a żona i córka wycofywały się na palcach skręcane śmiechem.

Stefan czuł się zupełnie bezsilny wobec dorastania Dominiki. Niemal przestał z nią rozmawiać, od kiedy skończyła trzynaście lat. Co w szkole, pytał, a córka odpowiadała, że dobrze, albo nic, gdy była w gorszym humorze, i zamykała się w swoim pokoju. Stefan próbował nieraz posunąć się dalej w wychowawczych zapędach, a wtedy Dominika patrzyła na niego z nieodgadnionym wyrazem twarzy, wzruszała kościstymi ramionami i podawała ojcu zeszyty w plastikowych okładkach. Stefan z poważną miną przeglądał polski, biologię, matematykę i nie mogąc znaleźć żadnego konkretnego punktu zaczepienia dla ojcowskiej troski o edukację córki, pytał, a tu co tak pokreśliłaś, albo narzekał na ośle rogi. Ucz się, ucz, bo nauka to potęgi klucz, powtarzał i oddawał jej zeszyty ani odrobinę nie bliższy odpowiedzi na nurtujące go pytanie, czy to możliwe, że córce się uda to, co jemu niezbyt się udało, czyli życie. W przeciwieństwie do Jadzi, która ani na chwilę nie porzuciła marzenia o niemieckim zięciu i białym domu w jakimś pięknym Castrop-Rauxel, nie miał jasnego wyobrażenia, co udane życie mogłoby znaczyć w przypadku Dominiki. Wypróbowywał w wyobraźni możliwe wersje wspaniałego życia, jakie ją czeka, ale nie znał wielu, a żadnego w szczegółach. Najbardziej podobał mu się obraz Dominiki jako lekarki, takiej czystej i poważnej w białym fartuchu, ze stetoskopem na szyi, niczym doktor Ewa z filmu w odcinkach, który bardzo lubił. Wyobrażał sobie, jak jego córka wypisuje recepty albo woła, następny! do czekających w kolejce pacjentów, ale nie potrafił znaleźć dla siebie miejsca w tym obrazie. Miał tylko nadzieję, że soliter, który go pożera, nie jest zaraźliwy. Poszedł kiedyś na zawody pływackie, w których brała udział Dominika, i spóźniony tylko troszkę, ale rześki, świeżo ogolony, wypachniony Przemysławką, dumny ze swojego trzeźwego ojcowania niedzielnego, z zachwytem patrzył na dziewczynkę gotującą się do skoku na trzecim stanowisku. Wysoka i silna, miała ciało budyniowe jak jego Jadzia, wyraźnie zaznaczone biodra i za luźny czepek, pod który schowała pasemko mokrych włosów, i widok ten, nie wiedzieć czemu, wzruszył Stefana niemal do łez. Kibicował jej i był rozczarowany, gdy przegrała, dopóki nie zdjęła czepka i nie przekonał się zawstydzony, że to nie była jego córka. Zauważył ją dopiero teraz. Szczęśliwa z wygranej, chuda jak patyczak, podskakiwała, wytrząsając wodę z ucha. Nikt nigdy nie powiedział Stefanowi, co ojciec może robić z córką, która przestała być dzieckiem i nie pozwala już gilgać się w kąpieli ani nie chce siadać mu na kolanach. Na ogół nie robił więc nic, patrzył na nią tylko zza muru milczenia. Oddałby jej nerkę, a nawet serce, gdyby była taka potrzeba, ale rozmawiać z nią nie potrafił. Łapał się na dziwnych myślach o jej zmieniającym się ciele, które kiedyś znał tak dobrze, że nadał żartobliwe imiona wszystkim jego częściom. Całował główkę-makówkę, rączki-bolączki i nóżki jak u papużki. Cipkę, której nie dotknąłby za nic, nawet gdy Dominika była sikającym w pieluchy oseskiem, nazywał pierożkiem, bo wszystko, co cenne, kojarzyło mu się z jedzeniem. Jeszcze rok, dwa temu córce nie przeszkadzała jego obecność w łazience, ale gdy niedawno wszedł umyć ręce, fakt, że trochę był podpity i nie zapukał, rozdarła się jak stare prześcieradło. Co powiedział? Co powiedział, gdy zobaczył stojącą nago trzynastolatkę z piersiami jak mirabelki, kochaną i zupełnie obcą, niemal tak wysoką jak on? Powiedział, że niedługo pierożek zacznie się zaczerniać. Tak jakoś wyszło, gdy wzrok ześlizgnął mu się po płaskim brzuchu córki i zatrzymał na wypukłym, łysym lub prawie łysym wzgórku. Nie miał złych intencji, w końcu to jego dziecko, a on jest ojcem, a nie jakimś zboczeńcem. Niejasne poczucie winy nie opuszczało go jednak, a obraz obnażonej córki wracał pod powiekami, uporczywy jak chęć, by się napić. Dominika kilka dni po tym, jak wyrzuciła ojca z łazienki, znalazła w kieszeni kurtki opakowanie truskawkowych mentosów, które można było kupić tylko w Peweksie w wałbrzyskim rynku albo w Enerefie. Wyssała od razu wszystkie dropsy o gładkiej powierzchni i niebiańskim smaku, bo cóż więcej mogła zrobić urażona dziewczynka łakoma na słodkie. Jej przerażające rośnięcie wzdłuż szło w parze z ogromnym apetytem na słodycze. Odgarniała z twarzy włosy w kolorze czarnej kawy i myszkowała po szafkach w poszukiwaniu choćby paru rodzynek albo resztki wiórków kokosowych, które może zostały po pieczeniu świątecznych ciast. Jadzia miała wrażenie, że włosy córki rosną tak szybko, jak znikały w jej ustach łyżki pełne kremowej masy krówkowej z rozpuszczonego na patelni masła, mleka i cukru, widelce kiszonej kapusty z cukrem, ocukrzone cząstki jabłka, miażdżone z końskim chrzęstem kostki cukru. Cukier przetwarzał się w ciemny karmel, którego nitki wyrastały z głowy Dominiki i gęste, duszące rozpełzały się po całym domu. Gdy Jadzia nad ranem wstawała do łazienki, czuła, że zasnuty jest nimi cały przedpokój, osiadały na jej twarzy niczym pajęczyna i owijały się wokół nóg. Co za buszmenka! Jadzia starym zwyczajem kładła się przy córce, by uniknąć dzielenia wersalki pod wodospadem z pijanym Stefanem, ale czuła, że jest tam dla niej coraz mniej miejsca. Kościste kolana i łokcie zostawiały siniaki na jej ciele. Zniknął dziecięcy zapach, który tak lubiła, i gąszcz na głowie Dominiki zaczął wydzielać woń przypalonego cukru i wilgotnej ściółki. Jadzia znała ten zapach. Tak pachniało w kuchni jej matki, Zofii, w Zalesiu, gdy po wielkanocnym pieczeniu otwarło się okna na las – jedyny czas, gdy prawie nie było czuć octu.

Iwona Śledź, która chciała być fryzjerką, mówiła, że włosy Dominiki są niepodatnie. Inne kobiety oceniała pod kątem podatności, koloru i gęstości owłosienia; nawet znęcająca się nad nią magister Demon istniała dla Iwony przede wszystkim jako kępa czarnych włosów na mokrą Włoszkę. Powinna sobie koniecznie żółtko raz w tygodniu położyć i troszkę wycieniować! Na Dominice, której utrata paru garści włosów nie mogła zaszkodzić, Iwona ćwiczyła fryzury, jakie kiedyś będzie robić we własnym zakładzie, który nazwie Sabrina. Zakład damski Sabrina na Piaskowej Górze. Ta uboga przyszłość miała dwie zalety – mało kto by się na nią połakomił i została wymyślona przez samą Iwonę. Gdy kilka dni po rozpoczęciu roku szkolnego Iwona dogoniła samotnie wracającą do domu Dominikę, ta nie protestowała, wzruszyła tylko ramionami i odtąd drogę do i ze szkoły pokonywały razem. Szybko odkryły, że mają pewien zasób uzupełniających się różnic i podobieństw, mogą więc wspierać się w praktykach przetrwania. Dominika pomagała Iwonie w lekcjach, bo od kiedy magister Demon podzieliła swoje obowiązki z nauczycielami innych specjalności, skupiając się na języku polskim i godzinie wychowawczej, okazało się, że wyrośnięta uczennica z ostatniej ławki nie jest bezmózgowcem ani beztalenciem. Dowody zaskakującej bystrości dawała zwłaszcza na lekcjach matematyki i fizyki. Iwona z kolei, mając większe doświadczenie w przyjaźnieniu się z osobami tej samej płci, bo w poprzedniej szkole nikomu nie przeszkadzało jej nazwisko i powolność, pokazała jej nieznany dotąd świat dziewczęcych rozmów o miesiączkach, chłopcach i całowaniu. Zanim rodzice Iwony dostali pracę w Wałbrzychu i mieszkanie na Babelu, mieszkała z babcią i chodziła codziennie cztery kilometry przez pola do dwuizbowej wiejskiej szkoły gdzieś pod Piotrkowem, gdzie jej ociężałość i skłonność do zamyśleń nie robiła wrażenia ani na przemęczonej nauczycielce, ani na koleżankach, równie mało zainteresowanych życiem płciowym pantofelka czy rozbiorem zdania. Leciałaś kiedyś w ślinkę z chłopakiem? zapytała Dominikę, a ta poczuła, jak ślini się w przeczuciu czegoś tak pysznego i obrzydliwego zarazem jak tatar z wbitym w środek surowym jajkiem, który od święta przyrządzała jej matka. Trzeba otworzyć usta o tak, tłumaczyła Iwona, robiąc dziubek jak karp i wystawiając czubek języka. I nie wolno patrzeć. Jak to byłoby lecieć w ślinkę ze Zbyszkiem Lepkim w dżinsach z piramidą, z grzywką jak u Limahla? Uczyły się pocałunków na zimnej powierzchni lusterka, obśliniając odbicie swoich ust, próbowały na sobie nawzajem i odskakiwały, chichocząc, gdy jeden żywy język dotknął drugiego. Dominika rzadziej chodziła już po lekcjach do babki Haliny i unikała starej drogi przez Krzaki. Od kiedy Dimitri wyjechał, okolice dawnych wypraw straciły urok, przypominając jej utratę i gorycz faktu, że przyjaciel ani się z nią nie pożegnał, ani nie napisał. Tamtej samotnej jesieni poszła raz nad jeziorko i wspięła się na hałdę, ale bez Dimitriego na szczycie nie było nic, pusty wagonik kołysał się, skrzypiąc, nagromadzone szklane skarby pokrył kurz i stały się tylko niekształtnymi bryłkami szkła. Zbiegła więc w dół w obłoku szarego pyłu. Popołudniami spotykała się teraz z Iwoną. Pukając w ścianę dzielącą M3 Śledzi od M3 Chmurów, dawały sobie znaki według skomplikowanego kodu wymyślonego przez Dominikę – trzy uderzenia co trzy sekundy znaczyły idę po ciebie, a sześć szybkich przyjdź i powiedz mojej mamie, że chcesz, żebym ci pomogła w lekcjach – który Iwona nieustannie myliła. Zakradały się na zakazany taras łączący piętnaście bram Babela, pozostawiając Jadzię w uspokajającym przekonaniu, że idą poskakać w gumę albo pobawić się pod domem z koleżankami, których nie miały. Krysia Śledź widziała świat jako miejsce ograniczonych możliwości, a nie nieograniczonych niebezpieczeństw jak Jadzia, i dlatego Dominika lubiła chodzić tam, gdzie jej zabraniano, a Iwonę łatwo było przekonać, że też to lubi. Zjeżdżały najpierw windą na dół i wychodziły z bramy, by pomachać wychylonej z okna Jadzi, że wszystko w porządku, że dojechały i ani winda się nie urwała, ani zboczeniec nie zaciągnął ich do piwnicy, jak tej dziewczynki ze Szczawienka, o której pisali w gazecie, że wyszła tylko kupić matce papierosy, a po ośmiu godzinach znaleźli ją zaduszoną, zakrwawioną i bez majtek. Gdy blond głowa znikała za firanką, dziewczynki wracały do Babela i wjeżdżały windą na jedenaste piętro, a potem, po przejściu kilku schodów, zakradały się tam, gdzie wszystkie bramy spinała wąska gardziel korytarza. Z niego wychodziło się na właściwy taras, smagany wiatrem i pełen śmieci.

Zanim jeszcze zawiały wiatry pierestrojki, wolny rynek wkroczył na Babel i cinkciarze na tarasie sprzedawali dolary. Krostowaci torbacze z walutą w saszetkach tak ciasno przypiętych do brzucha, że pokryły się ich skórą, z namaszczeniem odliczali dla tego pięć, a dla tego dziesięć. Dilerzy rozprowadzali kompot i podrabiane recepty na relanium i reladorm; kurwy żeńskie i męskie puszczały w obieg to, co miały. Na tarasie Babela były nie tylko wolna miłość i wolny rynek, ale i wolność słowa. Wolna miłość ceny nie miała stałej. Jak stały działki, wypisywano na ścianie, gdzie można też było wyrazić niezadowolenie, pisząc Jebać dilera Mańka albo MO to chuje. Zimą życie toczyło się głównie w korytarzu, ale latem na słońce ciągnęli narkomani z twarzami zanurzonymi w foliowych workach z klejem, bezdomne pary, po których zostawały zużyte prezerwatywy, głośni na pokaz młodzi chłopcy, którzy już poznali moc alkoholu rozwiązującą język, otwierającą ramiona, a niekiedy uda koleżanek, na początku nieśmiałych, trzymających się jedna drugiej, kaszlących, że ratunku, nie mogę, jak strasznie pali. Szczurek, narkoman młody wiekiem i stary stażem, z ramionami rozłożonymi jak żagle dryfował od jednego końca tarasu do drugiego, a inni wołali do niego, ahoj marynarzu, nie wyjeb się na skały. Szczurek chciał zostać marynarzem – dziwne i niepraktyczne marzenie w mieście tak daleko położonym od morza, więc mu je rodzice wybili z głowy i wysłali do górniczej zawodówki, żeby miał porządny fach. Jednak zamiast wydobywać czarne złoto, już po pierwszym zjeździe pod ziemię uciekł z krzykiem, buchając krwią z nosa i waląc głową w ściany urobiska, aż się co bardziej przesądni górnicy żegnali. Co za czort, jeszcze im pecha przyniesie! Szczurek dostał żółte papiery zamiast czarnego złota i odtąd po tarasie Babela żeglował, marząc o bezkresnych horyzontach i morzach, o wyspach, do których przybija jego statek, a palmy kołysze bryza. Józek Sztygar, zawsze głodny dymu i wódki, nie żebrał, może nadal miał swoją godność, może wziął cudzą przez pomyłkę, skoro nawet żony nie rozpoznawał po pijaku. Przystawał na chwilę i czekał, a nuż ktoś nie wypali do końca albo nawet rzuci mu całego klubowego, wtedy kłaniał się sztywno jak Japończyk, mówiąc, dziękuję i polecam się na przyszłość. Mimo że czasem było tłoczno na tarasie Babela, wszyscy zgodnie unikali kącika samobójców na lewym krańcu, jakby bano się, że podejście do barierki w tym miejscu grozi złapaniem wirusa śmierci i ramiona same poderwą się do lotu, a nogi wystrzelą jak na sprężynach. Stamtąd, hop! skacze się wprost na półokrągły placyk na wprost supersamu, oświetlony jedną latarnią. Się przekłada przez barierkę jedną, potem drugą nogę. Staje się na betonowym występie mniej więcej trzydziestocentymetrowej szerokości. Widać stąd wzgórza zamykające horyzont wokół Wałbrzycha, za nimi jest świat, którego nie widać. Się skacze. Na Babelu samobójstwa zdarzały się rok w rok, a któregoś lata nawet dwa razy. Pierwsze, w wykonaniu ekspedientki ze spożywczego pod Babelem, kobiety cichej i mizernej, odbyło się w czerwcu i dostarczyłoby więcej emocji, ale akurat polska reprezentacja zdobyła trzecie miejsce w piłkarskich mistrzostwach świata. Tak więc zmarnowało się, bo nikt nie widział. Ale tego samego roku w grudniu skoczyła młodziutka dziewczyna, Emilka Buczek ze Szczawienka. To dopiero był temat na Babelu, bo żeby tak tuż przed świętami, gdy matka karpia już miała, pierogi nalepione, bo żeby tak skoczyć młodo i bez powodu, to naprawdę grzech. Ojciec Emilki to się podobno na trumnę z rozpaczy rzucał, a potem to już nic, tylko pił. Tylko raz, w roku, gdy Polak został papieżem, nikt nie skoczył. Wprawdzie pijane gnojki z budowlanki połamały piwnicznemu kotu nogi, polały go benzyną i płonącego zrzuciły z dachu, ale to jednak nie to samo.

Milicjanci raz na jakiś czas zaglądali na taras, ale udawało im się dopaść tylko naćpanych do nieprzytomności, jak Szczurek, który leciał przez ręce, gdy usiłowali go przywrócić do pionu, i nie, nie miał dowodu, panie władzo, chyba że jego samego uznać za dowód, że długo nie pociągnie się na samym kleju i kompocie. Reszta znikała w czeluści jednej z piętnastu bram. To Dominika wpadła na pomysł, by z tarasu wejść po metalowej drabince na dach Babela, piętro wyżej niż reszta. Chodź, namawiała oporną Iwonę, zobaczymy, co tam jest. Zobaczymy, czego inni nie widzieli! Stanę na krawędzi dachu i z jedną nogą w przepaści wystawię cierpliwość Jadzi na próbę, chodź! Pokryty czarną papą płaskowyż dymił dziesiątkami wywietrzników, przez które dom wydychał z trzewi obłoki ciepłej pary, wyżej było tylko niebo, obłoki przetaczały się na wyciągnięcie dłoni jak wielkie kłęby cukrowej waty. Przesiadywały na dachu, jedząc suchy chleb i czerwoną kiełbasę z nutrii, którą przysyłała ze wsi pod Piotrkowem babcia Iwony. Grudki mięsa przypominały skręcone postaci malutkich ludzi i zwierząt, płynął z nich słonowędzony sok. Iwona urządzała na tratwie dom, wygładzając brzegi koca, układając równo zdjęte do opalania koszulki i spódniczki. Dominika stawała na krawędzi, usiłując zajrzeć za linię horyzontu; Dominika wychylała się, Iwona mówiła, uważaj. Gdy któregoś letniego dnia Szczurek sprzedał im po dwie białe tabletki o gorzkim chemicznym smaku, Dominika powiedziała, łykamy, i dach Babela zmienił się w tratwę, która ruszyła ku ujściu zatoki zamkniętej przez granatowe wzgórza wokół Wałbrzycha. Lokatorzy na ostatnim piętrze Babela w zdumieniu patrzyli na niebo nagle otwarte nad ich głowami, bliskie i lekkie jak poszycie namiotu. To była tratwa powietrzna, podobłoczna, szybsza niż koń biegunowy, rozkołysana. Rozpędzała się, mijając wieże wiertnicze, przepływała nad hałdami o czubkach spłaszczonych jak wulkany. Już Wałbrzych zostawał w tyle, a one widziały pociągi mknące przez pustynne równiny, oazy i palmy o pióropuszach z pawich piór, morza wielkie, trochę straszne, i skrzydlate ryby wyskakujące z fal jak odpryski tęczy, obce miasta i miasteczka ze schodami białymi jak kość, planety małe, rozhuśtane niczym odpustowe piłeczki na gumce. Gdy tratwa wypływała na spokojne wody, a potem lekko osadzała się na Babelu, wystawiały twarze do słońca, rolowały spódniczki i opalały nogi, Dominiki robiły się jeszcze bardziej brązowe, a przejrzysta skóra Iwony z widoczną siecią delikatnych żyłek czerwieniała i piekła, patrz, uchylały rąbek majtek albo koszulki, pod którymi ciało pozostało jasne, i smarowały się nawzajem kremem Nivea.

Co jakiś czas sprawdzały, co się dzieje na tarasie, podpełzały na brzuchach do krawędzi dachu i ostrożnie wychylały głowy. Nie interesowali ich narkomani ani pijacy, tylko pary robiące tę dziwną rzecz, pełną nerwowych ruchów, szarpania i sapania, od której wilgotniały majtki. Mają erosa? Informacje na temat stosowania prezerwatyw to tylko część tego, czego Dominika dowiedziała się od bardziej uświadomionej koleżanki. Babka Iwony, matka dziesięciorga dzieci, z których aż siedmioro przeżyło, bez wielkich ceregieli przekazała jej własny bagaż, bo była już na niego za stara. Wnuczce na pewno się przyda, teraz jej kolej, niech dźwiga. Każdy chłop patrzy tylko, żeby babie wsadzić, a potem jej nie szanuje, więc jak się będzie dziewczyna puszczać, spadnie na dno. Niektórym tylko raz wystarczy się puścić i sru, spadają, by już nie wstać. Niech Iwona uważa! Jak nie, to wezmą ją ludzie na języki i zostawią na lodzie, a z lodu to dopiero podnieść się trudno i bywa cienki. Hydraulika miłosna dla wychowywanej na wsi Iwony i tak nie była tajemnicą, nieraz obserwowała losy nutrii od poczęcia po skórę na futro i mięso na kiełbasę, a u człowieka to się wiele nie różni. Dominika tymczasem utknęła na nasionku życia, o którym przeczytała w podrzuconej jej ukradkiem przez Jadzię książeczce z obrazkami panów i pań o gładkich ciałach lalek. On był brunet, ona blond i stali obok siebie sztywno, nie dotykając się nawet dłońmi, więc nie bardzo mogła sobie wyobrazić, jak też ono wędruje do brzucha mamusi, by dać początek nowemu życiu, tkwiącemu potem głową w dół w czerwonawej gruszce niczym wariat w celi obitej wojłokiem. Nic tam nie było o wsadzaniu. Iwona wytłumaczyła Dominice, że nowe życie nie jest celem tego, co pary robią na tarasie, a już na pewno nie w przypadku Lepkiej i łysego prywaciarza, Wojciecha Kołodzieja, co miał stragan z pieczywem pod Babelem. Tylko na pytanie, w jaki sposób powstają dwa życia naraz, jak w przypadku jej i bliźniaczki Pauliny, Iwona nie potrafiła odpowiedzieć, chociaż wiedziała, że u nutrii to normalne. Patrzyły, jak prywaciarz z wąsami podniósł spódnicę Lepkiej i zagmerał przy spodniach. Jego członek wyglądał inaczej niż w książce i przypominał kiełbasę z nutrii. Ma erosa? Zaśmiały się bezgłośnie, gdy wyjął z kieszeni srebrny kwadracik. Wiadomo, że baby w kioskach siedzą i dziurawią prezerwatywy igłą, Iwona nie wątpiła, że to prawda. Dominika wychyliła się odrobinę i cofnęła, gdy Lepka, która potem w poczuciu winy będzie przysięgać kochankowi, że gębę diabła, jak Boga kocha, zobaczyła, uniosła w górę twarz.

Iwona pierwsza zauważyła Stefana Chmurę i szturchnęła Dominikę, która znudzona brakiem akcji na tarasie leżała na skraju dachu do góry brzuchem i wylizywała malinową oranżadę w proszku. Sypało się różowawy proszek w zagłębienie dłoni i przykładało do niego język, na którym rozpryskiwały się tysiące bąbelków, co było bardzo niehigieniczne i niezdrowe, jak twierdziła

Jadzia. Patrz, twój stary. Dominika przewróciła się na brzuch i spojrzała w kierunku kącika samobójców. Jej ojciec stał z rękoma na barierce. Mój stary? Jej ojciec był wysoki, o potężnych ramionach. Brał ją na plecy i wołał, jestem koniem biegunowym, galopując ponad chmurami. Mężczyzna ubrany w jego brązowe spodnie i koszulę w fioletowo-żółtą kratkę wydawał się co najwyżej średniego wzrostu, przygarbiony i chuderlawy; nie uniósłby jej z pewnością. Nie wydobyłby z siebie tubalnego głosu, nie zawołał, jestem koniem biegunowym do galopu gotowym, tak że aż sąsiad z góry waliłby w rurę od kaloryfera, żeby go uciszyć, a Jadzia łapałaby się za serce. Chłopie, czyś ty zgłupł, zaraz dziecku głowę rozbijesz! Stefan stał dłuższą chwilę, nie zdejmując z barierki zaciśniętych dłoni, wiatr rozwiewał jego zaczesane na pożyczkę włosy. Przecież mój ojciec nie jest łysy, pomyślała Dominika. Ani nie zawołała, tato, gdzie się podział koń biegunowy, ani nie zapytała, co robisz na tarasie? Gdy wieczorem otworzyła drzwi stołowego, by pochwalić się piątką ze sprawdzianu z matematyki, Stefan właśnie patrzył, jak kolejna tarantula wielkości talerza wyłazi z telewizora i wciska się za fotel. Nie zrozumiał, czego chce od niego ta dziewczyna, stojąca w aureoli jaskrawego światła.

Przez kolejnych kilka miesięcy nie mieli wielu okazji do rozmów, a gdy znów Stefana wyrolowali, i to tym razem na dobre, zdążył tylko pomyśleć o kuponie totolotka, który włożył między strony ostatniego numeru czasopisma „Motor", i że przecież Jadzia nigdy go tam nie znajdzie. Tłusty czwartek urządzili sobie z Kowalikiem i innymi chłopakami, Wackiem Wroną i Lepkim, pod nieobecność Kowalikowej. Była wódka, która schodziła, były pączki z marmoladą i lukrem, które mniej. Każdy przyniósł po kilka i leżały na stole w rozerwanych torebkach, piramida cuchnąca smalcem, do którego ciekła Stefanowi ślinka, mimo iż zjadł już sześć. Nie będzie zgody co do tego, kto pierwszy wpadł na pomysł, by najbardziej ze wszystkich pijanego Stefana ku pączkom podpuścić, bo od dawna podpuszczanie Stefana Chmury uważane było za dobrą zabawę i wszyscy o tym wiedzieli prócz niego. Stefan przez całe spotkanie pragnął zabawić towarzystwo nowym dowcipem o babie z harfą w dupie, ale gubił wątek, jego piskliwy dyszkant milkł, a baba nie zdążyła nawet dojść do lekarza, nie mówiąc już o puencie, do której nie dojdzie. Nikt go nie słuchał, bo ciekawsza wydawała im się opowieść Kowalika, jak to w wojsku jeden tak umiał pierdnąć po fasoli, że jak przyłożyło się zapałkę, to pożar był, że straż wzywać, a co za smród. Po fasoli czy po jajach w sosie chrzanowym, jak również prawdopodobne, że po świeżonce z cebulą. Nie mogli się dogadać, po czym najbardziej idzie gaz, więc zaczęli się zastanawiać, kto najwięcej zjadłby rzeczonej świeżonki albo pierogów ruskich dobrze okraszonych skwarkami. Żaden problem trzydzieści dla Wacka, nawet czterdzieści pięć dla Lepkiego, a już kotletów schabowych siedem, osiem, byle nie za suche, to każdy. A ile Stefan pączków by zjadł? Zakład, że przy trzecim, góra piątym wysiądzie, i to z pawiem. Nie da sobie rady z wyzwaniem. Pączki uszami mu wyjdą, zapcha się i nie zdoła przepchać. Mięczak i cienias z tego Stefana, moczymorda, oferma. No, Stefek! Dawaj! Oto otwierała się przed nim okazja, by raz jeszcze pokazać, kim jest nadgórnik Chmura. W zamroczonym alkoholem umyśle Stefana zamusowało wspomnienie mocy, gdy skoczył przez skórę do górniczego stanu, a soliter podniósł łeb i podgryzł go od środka. Pierwszy i drugi pączek weszły lekko popchnięte trzecim, chłopcy wołali, dawaj! więc zaraz potem czwarty poszedł pączek, który zatrzymał się akurat tam, gdzie opadł na niego piąty i – dawaj! – szósty nieprzeżuty. Stefan, łykając siódmego, poczuł, że coś jest nie tak, bo w żaden sposób nie może złapać oddechu. Zanim koledzy zrozumieli, że wybałuszone oczy Stefana, czerwona twarz i młynek ramion strącających kieliszki to nie wygłupy, które tak lubił, było za późno. Stefan zacharczał jeszcze raz, wypluł kawałek pączka, puścił krew z nosa, zsikał się i przewrócił, rąbiąc głową w meblościankę. Poczuł, że odrywa się od ziemi i wiruje jak na karuzeli łańcuchowej w wesołym miasteczku pod Babelem, której tak bała się Jadzia. Daj spokój, chłopie, mówiła, urwiesz się i z twoim pechem prosto do Ruskich polecisz. Nie wypłacimy się, żeby cię z powrotem ściągnąć do Wałbrzycha. Wirowały aligatory i tarantule, baby wielkanocne i warany z Komodo, kiełbasy jałowcowe i ręce męskie, które, wiedział Stefan, należą do kogoś, kogo za chwilę sobie przypomni. W momencie, w którym jego ojczym zobaczył matkę, Stefan pomyślał o Edwardzie Gierku, któremu zbyt pochopnie obiecał pomożemy i pomagał, a tu proszę. Obraz Dominiki był tuż, blisko, ale nie zdążył nabrać kształtu, tylko jego złoty powidok zaśnił na chwilę w umyśle Stefana, by po chwili krótszej niż mgnienie oka zniknąć na zawsze, rozpryskując się jak kryształowy wazon z meblościanki Kowalika. Stefan Chmura, syn Haliny de domo Czeladź i ruskiego akrobaty Wowki, umarł z otwartymi oczami w kolorze krupniku, w których obwódki na zawsze wżarł się węglowy pył. Ani on, ani nikt inny nie miał się dowiedzieć, że w przeddzień śmierci Pan Bóg nierychliwy wysłuchał jego modłów i podszepnął w końcu właściwe numery Dużego Lotka. Nie szóstkę wprawdzie, lecz piątkę, i w niewłaściwym momencie, ale liczą się dobre intencje i pewnie starczyłoby na ruski kolor, o którym Stefan Chmura marzył.

Jadzia musiała stawić czoła swojej nowej roli wdowy z dorastającym dzieckiem i nie wiedząc, od czego zacząć, zabrała się do porządków. Ogarnęła wzrokiem mieszkanie, ich gniazdko, które było kiedyś taką dumą Stefana, i zobaczyła oczywiste znaki rozpadu i gnicia. Bakterie jak ruskie czołgi! Zdechłe pająki, jakie wielkie, pod fotelem. Wykładzina pełna wdeptanych tłustych paprochów. Na niej wycięte przez Stefana stopy w jeszcze gorszym stanie prowadzą na balkon jak ślady zabłąkanego wielkoluda, który rzucił się z rozpaczy z dziewiątego piętra Babela. Śliski brud między krzywo położonymi kafelkami w łazience, zapleśniały pumeks na obrzeżu wanny, skapujący wodospad fototapety, której jeden róg odkleił się pod wpływem wilgoci. Jadzia westchnęła w przeczuciu ogromu czekającej ją pracy. Pustka, jaką poczuła po śmierci męża, była zupełnie inna od tej, która wessała ją, gdy straciła jedną z bliźniaczek. Zamiast ołowianej ciężkości, przerywanej napadami szału, ogarnęła ją frenetyczna energia, podskakiwała jak wielka piłka plażowa, obijając się o sprzęty i siniacząc. Gdyby tylko nie ta ręka! Gdyby tylko nie ta ręka, już ona pokazałaby, co potrafi. Zdarłaby linoleum, skuła tynki, rozpirzyłaby cały Babel, a potem czyściutki i odkażony z powrotem

242

złożyła do kupy. Na samym końcu Jadzia zabrała się do szafki Stefana, który, jak się okazało, niewiele miejsca zajmował na świecie. Kto by pomyślał, taki duży chłop, zdziwiła się świeża wdowa, bo śmierć zatarła obraz pijaka i ofermy, litościwie zostawiając jej wspomnienie zaradnego blondyna o szerokich barach, co to szesnaście lat temu złapał ją w ramiona na schodach wałbrzyskiego dworca. Wyjęła koszule o nicowanych kołnierzykach, zmechacone swetry i niemodny garnitur uszyty jeszcze na ślub, skarpety, chustki do nosa i bieliznę. Ziemskie rzeczy nadgórnika Stefana Chmury zmieściły się w dwóch kartonach, w jednym ubrania i buty, w drugim, mniejszym, kilkanaście numerów „Motoru" wraz z tym, w którym spoczął kupon Dużego Lotka z trafioną piątką, i gramatyka niemiecka dla zaawansowanych. Po namyśle Jadzia wyjęła książkę z pudła. Wypada, żeby babka znała parę słów po niemiecku, żeby się z przyszłym zięciem i wnukami dogadać w Enerefie.

Gdy po pogrzebie Stefana Dominika pojawiła się w klasie wyższa o dwa centymetry i w przykrótkich spodniach, prawie tak samo ładne od razu zwietrzyły zapach słabości. Ssssierotka, zasyczały za jej plecami. Zbieramy na ubogich! wyciągały ręce w parodii żebraczego gestu. Kto da grosik dla sierotki na krawca i fryzjera? Ryby głosu nie mają, uciszały próbującą bronić przyjaciółki nieporadną Iwonę, a ich szponki mocniej wbijały się w ciało. Jagienka Pasiak strofowała je modulowanym głosem gwiazdy szkolnych akademii. Sierotkę Marysię stać tylko na śledzie! Ach, jak się śmiały prawie tak samo ładne, marszczyły noski upstrzone kropkami wągrów, obgryzały skórki przy paznokciach, ich cienkie różowe języki miały rozdwojone czubki. Gdyby jeszcze Dominika troszkę się broniła, gdyby chociaż troszkę jak pająk, któremu oderwało się dwie z długich cienkich nóżek, podrygiwała, próbując zwiać, byłyby szczęśliwsze, bardziej syte. Niestety, mijała Jagienkę Pasiak i prawie tak samo ładne bez słowa, myśląc o tamtym dniu na tarasie, gdy zobaczyła ojca w kąciku samobójców, i o tym, że nic nie zrobiła, zawstydzona jego łysiną i brzydotą koszuli w fioletowo-żółtą kratkę. Wkrótce zostawiły ją więc na pastwę samej sobie zadawanych tortur, od czasu do czasu jedynie posykując, ssssierotka, gdy znalazła się przypadkiem zbyt blisko, i z przyzwyczajenia zatykając nos, bo sierotka śledziem jedzie. Lepszą ofiarę znalazły w Małgosi Lipce, która tymczasem utraciła łaski Jagienki Pasiak. Tu wietrzyły zapach sensacji i ryły noskami jak świnie w poszukiwaniu trufli. Bo coś się ciągnęło za Małgosią jak przyklejona do buta guma Donald. Coś dziwnego to było, jakże ciekawego. Choć mętne i niejasne, nie do pojęcia, sprawiało, że drżały z ekstazy. Już się prawie dokopały trufli. Że Małgosia nie jest taka jak one, z tego wynikało niezbicie. Dowody były oczywiste. Wyrzucili ją z poprzedniej szkoły, bo całowała się z dziewczyną! Ona nie jest normalna. Nienormalna! Tkwiąca w ich normalności jak zadra. Fałszem były jej odznaka wzorowej uczennicy i czysty fartuszek, pod spodem kryła się prawda. Lessssbija, zasyczały prawie tak samo ładne uradowane tą nagłą odmianą losu, bo ktoś, komu się powinęła noga, był lepszą ofiarą niż ten, kto nigdy nie miał szczęścia, jak Dominika czy Iwona. Tak Małgosia dołączyła do odciętych bez prawa powrotu. Iwona jej nie odepchnęła, a Dominika wzruszyła ramionami, bo było jej wszystko jedno. Od tej pory we trzy chodziły na taras Babela, gdzie paliły podkradane panu Śledziowi extra mocne, dopóki Małgosia nie przyniosła pachnących miętą papierosów z Pewexu. Też Małgosi wkładem był przenośny magnetofon, jakiego nie miał nikt na Babelu. Szczurek, cierpiący na jakąś dziwną chorobę, która sprawiała, że jego ciało pokryło się wrzodami, a ból gardła trwał od pół roku, kucał przy nich zwabiony muzyką. Kołysząc się na piętach i rozdrapując strupy, fałszował Zamki na piasku, gdy pełno w szkle, a morza, po których pragnął żeglować, mijały obok i na zawsze. Szczurek pokazał im, jak robi się siarę, obnażając po łokieć ramię pokryte liszajem i ranami. Co to jest siara? Trzeba polizać łepek zapałki i mocno przyciskając, rysować na przedramieniu kreskę, aż wytrze się skóra i pokaże krew. Rany paprały się i goiły tygodniami, spod strupów sączyła się ropa; zostawała błyszcząca różowa blizna. Dominika odkryła, że w ten sposób ból po śmierci ojca może należeć do niej, zamiast pochłaniać ją i zatapiać. Gdy zabrakło miejsca, pisała na delikatnej i gładkiej powierzchni ud esy-floresy w języku elfów.

Tego roku wiosna przyszła do Wałbrzycha wcześniej niż zwykle i już na początku kwietnia fala upału uderzyła w bezlistne drzewa. Wkrótce przyleciały jaskółki i tam, gdzie nie było straszaków w oknach, zaczęły budować gniazda z ziemi i śliny. Wydawało się, że jeszcze bardziej zaciekłe były niż kiedyś, jakby cały jaskółczy świat zależał od tego, czy uda im się tego roku wychować małe na Piaskowej Górze. Już przyleciały te zasrańce! jak co roku powtórzyła Jadzia, a w rogach okien ich mieszkania trzepotały plastikowe worki z napisem Sklepy Spożywcze „Społem". Dwudziestego szóstego kwietnia przez cały dzień wiał suchy wschodni wiatr i pranie suszyło się na wszystkich balkonach Babela. Matki rozpinały na sznurach żagle pieluch i stawiały w trzepoczącym cieniu wózki z niemowlętami. Na dachu Dominika, Małgosia i Iwona witały wiosnę pierwszym w życiu winem Liczyrzepa i turlały się potem w promieniach słońca lśniącego jak rtęć, bo sztorm rozkołysał tratwę dachu pod nagle przechylonym niebem. Wieczorem, gdy Dominika leżała z miską przy tapczanie, obwiniając o swój stan mielone ze szkolnej stołówki, najwyraźniej nieświeże, Lepka przyszła, by powtórzyć Jadzi, że u Ruskich wybuchł jakiś atom w elektrowni. Jej mąż po południu zadzwonił z Enerefu z tą dziwną wiadomością. Atom popromienny, tak mówił i kazał jej pozamykać okna, zaciągnąć zasłony. Ponoć taki atom popromienny bardziej szkodzi młodym. To coś takiego jak bomba, którą w wojnę zrzucili na Japonię czy Chiny. Zanim dopytała się, co i jak, rozłączył się Lepki w pół słowa, bo wiadomo, ile międzynarodowe kosztują, jak się przeliczy na nasze. Przyszła więc do Jadzi, żeby się naradzić, czy warto się przejmować, bo może Szkopy jej chłopu coś we łbie namieszały. Jakby wybuchło, to chyba byłoby coś widać. Jakieś widać byłoby ognie, promienie? Popiołów chmurę? Jadzi coś świtało z jodyną, chorobą popromienną i Hirosimą, w końcu uczyła się na pielęgniarkę, tylko kiedy to było. Zapukały więc po Krysię Śledź, bo co trzy głowy, to nie dwie, i wyszły na balkon rozejrzeć się, czy widać jakieś oznaki katastrofy. Świat wydawał się jednak swojski i normalny, z seledynową pręgą po słońcu na zachodzie i ciemnością gęstniejącą na wschodzie, żadnych Hirosim, ruin i zgliszczy. Powęszyły na trzy nosy, ale nie śmierdziało spalenizną, więc zrezygnowały z zamykania okien, bo było duszno i jaskółki piszczały jak na burzę.

Dwudziestego siódmego kwietnia rano Dominika wyszła do szkoły z głową ciężką po nieprzespanej nocy i potknęła się o małe pierzaste ciałko ze skrzydłami rozpostartymi jak do lotu. Setki martwych ptaków leżały wokół Babela, ich białe brzuchy i czarne skrzydła, oczy jak czarne krople na mokrych od deszczu chodnikach. Zaraza jaskółek w Wałbrzychu spowodowana była czynnikami niezależnymi od katastrofy w Czernobylu i tylko tak się zbiegło, tłumaczono potem ludziom, ale nikt nie uwierzył w ptasiego wirusa z Afryki. Gdzie tam Afryka, a Ruskie za miedzą, i atom nie atom, wiadomo, że ufać im nie można.

XII

Magister Demon, jedząc bułkę z kiełbasą w pokoju nauczycielskim, westchnęła, że kiedyś to porządek był, za mordę trzymali, a teraz mącą tylko spokojnym ludziom w głowach. Lepsze już Ruskie niż ta demokracja, chociaż nikt tak porządku utrzymać nie potrafi jak Niemcy. O, Niemcy to potrafią! U nich wszystko jak od linijki! Raz, dwa i wszystko chodzi jak w zegarku. Nowy nauczyciel matematyki, Piotr Zatryb zwany Bocianem, zrozumiał wtedy, że o wiele mniejszą szkodę mu wyrządzi, gdy reszta dowie się o jego kryminalnej przeszłości bez szczegółów, niż gdyby miało wyjść na jaw, że nie magistrem jest, lecz doktorem wyrzuconym z uniwersytetu za działalność podziemną. Trafił na Piaskową Górę i wiedział, że nie zabawi tu długo, ale Bocian był tak skonstruowany, że w każdych warunkach działał pełną parą i nigdy nie oszczędzał energii.

Dlatego pewnie zauważył to, na co inni nauczyciele pozostawali ślepi albo uznawali za niesubordynację czy dziwactwo raczej niż talent. Uczennica z ostatniej ławki nie była wprawdzie w stanie powtórzyć definicji dokładnie tak jak w podręczniku, jej zdania były krótkie, kalekie, ale zadania rozwiązywała na skróty, jakby przewidziana droga była dla niej zbyt nudna i długa. Wywołana do tablicy, bez zastanowienia kreśliła właściwe liczby i znaki, mocno przyciskając kredę, albo po prostu podawała wynik. Sprawdzian pisała w piętnaście minut, trzymając potem kartkę tak, by jej czerwona z wysiłku sąsiadka mogła odpisać. Zapytana, jak doszła od razu, w ciągu paru sekund, do rozwiązania, które wymagało kilku obliczeń, odpowiadała, przecież to widać. Widać? upewniał się Bocian. W jaki sposób, jeśli można spytać? W głowie widać, odpowiadała uczennica zdziwiona, że ktoś w ogóle zwraca na nią uwagę oprócz magister Demon, i spodziewała się dwói albo uwagi w dzienniczku. Dominika przypominała Zatrybowi czarną kotkę Marę, którą w dzieciństwie znalazł na śmietniku i przygarnął i która była pierwszym stworzeniem, jakie sam wybrał, by pokochać. Ratowanie i kochanie, tak miało wyglądać całe życie Bociana. Uczennica ostatniej klasy Dominika Chmura potrafiła w pamięci mnożyć liczby trzycyfrowe. Rozumiała melodię liczb, wyciągała pierwiastki, jakby zbierała kwiaty, miała palce poplamione atramentem i przykrótkie rękawy, spod których wystawały nadgarstki pokryte świeżymi bliznami. Bocianowi nie trzeba było więcej. Próbował w pokoju nauczycielskim, jaskini dymu i smolistych, strasznych kaw parzonych w szklance, dowiedzieć się czegoś o uczennicy Dominice Chmurze, ale spotykał się z niechęcią lub obojętnością. Przyszedł nowy i mąci! A kto go tam wie, kim on jest? Dopytuje się, wtrąca, krytykuje. Nowy, a niby widzi to, czego inni przez lata nie zauważyli? Coś takiego. Podobno z Warszawy, podobno był internowany, ale jak wręcz przeciwnie, jak szpicel? Im się już nie chce ratować i zbawiać, oni chcieliby mieć spokój i żeby się uczniowie nie wychylali w żadną stronę, bo wtedy trudniej utrzymać porządek, co dotyczy również Dominiki Chmury, uczennicy trójkowej, przeciętnej, z biednego domu. Trójkowe uczennice idą do odzieżówki, fryzjerskiej albo gastronomika. To są dobre zawody. Matematyka przyda jej się do liczenia pieniędzy. Pozbawiony wsparcia Bocian postanowił samotnie uratować Dominikę, tak jak kiedyś czarną kotkę, a po niej jeszcze dwa kocury, trzynogiego jamnika, kawkę ze złamanym skrzydłem i kuzyna alkoholika, który z wdzięczności odbił i poślubił Bociana studencką miłość.

Dominikę zbyt długo uważano za niewiele wartą, by dało się to nadrobić w kilka tygodni, ale Bocian znalazł czas między lekcjami, kolportowaniem nielegalnej prasy i przechowywaniem w swojej wynajętej kawalerce tych, których trzeba było przechować. Miał plan, bo zawsze miał jakiś. Oprze poczucie wartości tej smutnej dziewczynki na wykresach funkcji pewnych jak skała, obwaruje je rzędami liczb o ostrych krawędziach, da jej miecz jasnej logiki i może nawet dorzuci miotacz rachunku różniczkowego. On, Piotr Zatryb, Don Kichot bez Dulcynei, gdy zobaczył w kwestionariuszu, że Dominika zamierza iść do szkoły odzieżowej, postanowił przygotować ją do olimpiady matematycznej. Trzeba się spieszyć z ratowaniem, zanim ją zmarnują. Uczennica wzruszyła ramionami tak gwałtownie, że chude kości omal nie przebiły fartuszka, i przyjęła jego propozycję. Nie lubiła szyć. Od tej pory trzy razy w tygodniu zostawała po lekcjach, a po jakimś czasie sama zgłosiła się do odpowiedzi. Po raz pierwszy w swojej szkolnej karierze pewnie podniosła rękę i Bocian omal nie rozpłakał się z radości, jak wtedy gdy dzika i okaleczona kotka któregoś wieczoru wskoczyła mu do łóżka, zaczęła miesić głowę i zasnęła, sapiąc w ucho. Podczas korepetycji Dominika wyciągała procenty i mnożyła ułamki, a Piotr Zatryb wyciągał z niej ułamki opowieści o planach na przyszłość, w której wiedziała już, od czego chce uciec, ale jeszcze nie wiedziała dokąd. Bocian był pierwszą osobą, dla której pomysły Dominiki nie były wydziwianiem ani fiksum-dyrdum. Chciałaby podróżować? Do Ameryki, Japonii, na wyspy Bula-Bula? Proszę bardzo, droga wolna! Wiara Piotra Zatryba w nieśmiałą uczennicę była tak silna, że po wielu latach na campusie uniwersytetu w dalekim kraju już profesor, a nie doktor Zatryb, a nawet już nie Zatryb, tylko Zetrajb, jak wymawiali jego nazwisko studenci i koledzy, wpisze jej nazwisko w komputerową wyszukiwarkę. Długo nie dowie się, czy nie ma jej w cyberprzestrzeni sławnych i niesławnych dlatego, że gdzieś przepadła, zaprzepaszczając swój talent, czy dlatego że zmieniła nazwisko, wychodząc za mąż, co czasem na jedno wychodzi.

Przyszły profesor Zetrajb miał rację i okazało się, że matematyczny talent Dominiki nie miał sobie równych w Wałbrzychu. Zakwalifikowała się do eliminacji wojewódzkich i wygrała je, bijąc dwóch przemądrzałych młodzieńców z trądzikiem i spoconymi dłońmi, którzy podczas uroczystości wręczenia dyplomów kompletnie ją ignorowali. Dzięki temu sukcesowi nie tylko dostała ufundowany przez prezydenta miasta elektroniczny kalkulator, który zaraz się zepsuł, ale też nie musiała zdawać egzaminów do liceum, do którego wcześniej w ogóle nie zamierzała iść. Piotr Zatryb doprowadził swą misję do końca, zanim zniknął z Wałbrzycha, i spotkał się z Jadzią Chmurą. Zdolna córka, o której mówił, była jakąś inną dziewczynką niż ta, którą znała Jadzia, więc wytrzeszczała na niego agrestowe oczy i mrugała rzęsami wymalowanymi zielonym tuszem, węsząc podstęp. Czy przypadkiem możliwości roztaczane przez tego chudzielca nie biegną za daleko od ścieżki, na której chciałaby widzieć Dominikę? Czy z tego nie będzie jakichś strat, kłopotów? Czy to nie jest ryzykowne, niebezpieczne? Tyle zrozumiała Jadzia z przemowy Bociana, że liceum może zwiększyć wartość jej córki, i pocieszyła się, że Dominika nadal może wyjść za mąż za jakiegoś Erlenda von Sinnena z Castrop-Rauxel, ułożyć sobie życie po myśli matki nawet bez pożytecznego zawodu krawcowej. Liczyć Dominika rzeczywiście umie, to Jadzia sama zauważyła, tylko uznała za praktyczną umiejętność raczej niż talent. W jej świecie można było mieć łeb, plecy lub pieniądze, ale talent? Nie, talentu raczej się nie miewało. Ponoć babka Jadwiga, młynarzowa z Brzeziny, umiała nadzwyczaj pięknie haftować, ale to nie to samo, co matematyka. Chudy mówił o studiach. Po liceum idzie się na studia, na przykład do takiego Wrocławia. Jej Dominika na studiach! W pięknym mieście Wrocławiu! Zanim Jadzia doszła ze szkoły imienia gen. Świerczewskiego na Babel, a daleko nie miała, posiane przez Piotra Zatryba ziarna dumy zakiełkowały i wystrzeliły z szybkością wielkanocnej rzeżuchy. Na całym ciele czuła dotyk jej rośnięcia. Ba, sama Jadzia nieco podrosła, przez jej chorą rękę szybciej popłynęła krew. Po studiach to jej córka znajdzie sobie takiego Niemca, doktora czy pieczarkarza niemieckiego, że wszystkim na Piaskowej Górze gały wyjdą. O nie, to nie będzie jakiś pierwszy lepszy Niemcaszek! Żaden dusigrosz i miernota! W windzie Jadzia Chmura miała już głowę o kilka centymetrów wyżej niż zwykle, a z uszu i nosa wyrastała jej świeża zielenina. Wzdychając po swojemu, powiedziała do Lepkiej, że nie wie, jak to będzie, ale jej córka idzie do liceum, tego najlepszego. Tak wzdychała Jadzia, przewracając oczami, gdy miała powód do radości i dumy. Już jako mała dziewczynka chowała się do spiżarki, gdy ktoś ją pochwalił, bo w głębi duszy czuła, że z jakiegoś powodu na to nie zasługuje i jeśli natychmiast nie zniknie, pochwała za chwilę okaże się drwiną, a ona sama rozpadnie się pod jej ciężarem. Duma to uczucie cudzoziemców, ordynatów, burżujów z willi w Szczawnie Zdroju, a nie Maślaków z Zalesia czy Brzeziny. Nie Jadzi Chmury z Piaskowej Góry. Jej udało się dobrze opanować tylko prostszą sztukę lęku przed nagłym sukcesem, który mimo wszystko był kuszący. Żeby tylko się Dominice w tym liceum noga nie powinęła!

W Wałbrzychu były cztery licea, a to, do którego dostała się Dominika, uchodziło za najlepsze i zawistni nazywali je Oksfordem. W poniemieckim budynku, w którym przed wojną była szkoła dla chłopców, pozostały eksponaty w słojach, a ich obfitość pozwalała wnosić, że mali Niemcy posiedli sporą wiedzę o anatomii i strach pomyśleć, do czego niektórym z nich mogła się przydać po paru latach. W roztworze formaldehydu dryfowały wewnętrzne narządy ludzi i zwierząt; wypłukał się z nich kolor i wyglądały tak, jak być może wygląda śmierć, gdy pozbawić ją romantycznych masek – sinawy glut z nieczytelnym podpisem po łacinie. Był tam kalafior mózgu o porowatej powierzchni, z której odrywały się kłaczki materii, gdy kolejny ciekawy licealista potrząsał słojem. Były nerki ludzkie zjadane jakąś straszną chorobą, która też została uwieczniona – na dwóch fasolkach nawarstwiona pulpa rozłażących się pęcherzyków o jakby przypalonych brzegach. Wątroba, niepokojąco podobna do wątróbki sklepowej, wieprzowej lub wołowej, tego dziwnego mięsa biedaków, które wygląda jak ogromny skrzep krwi, leżała na dnie słoja, bo rozpadły się trzymające ją w pionie końskie włosy. Pokryta była zielonkawym nalotem, wyjątkowo nieświeża, i licealiści żartowali, że to wątroba profesora Guguły od przysposobienia obronnego, który zanim zaczynał opowiadać o strzelaniu i bandażowaniu, popijał z butelki trzymanej w szufladzie biurka. Delikatny zapach formaliny unosił się na korytarzach liceum i wsiąkał w ubrania. Na poddaszu było obserwatorium astronomiczne, gdzie można było ukryć się w pobojowisku zniszczonych instrumentów i starych ławek, by palić papierosy. W wałbrzyskim

Oksfordzie uczyły się dzieci albo wyjątkowo zdolne, albo z plecami w postaci ojców lekarzy i pieczarkarzy, zaradnych matek w PZU lub chociaż z prywatną cukiernią. Jak ona sobie w tym Oksfordzie bez pleców poradzi, wzdychała Jadzia do teściowej podczas coniedzielnego obiadu, do którego rutyny obie przywiązane były bardziej, niż się przyznawały. O wiele przyjemniej przecież jest nielubić się przy rosole i schabowym z ziemniakami. Zapraszały się więc na zmianę i przez następny tydzień zaproszona miała satysfakcję, że zrobiłaby wszystko lepiej niż zapraszająca, a potem na odwrót. Martwiła się Jadzia, że w Oksfordzie uczniowie swoimi samochodami pod szkołę przyjeżdżają, co trzeci ma a to malucha, a to ładę, a na lato z rodzicami do Bułgarii jeżdżą, do Rumunii. A co im z tego, że się wożą wte i wewte, unosiła się Halina, buchając dymem. Jeżdżą, jeżdżą, a wszędzie tak samo grube dupy mają. A Dominika ma w głowie! A i piją tam podobno, upierała się Jadzia. A gdzie nie piją, wszędzie piją, machała ręką Halina. Nie wspomniała Jadzi, że gdy Dominika dostała się do Oksfordu, ona wyjęła z kąta zakurzoną maszynę, by wnuczka wyglądała jak człowiek w nowej szkole. Mieszkanie na Szczawienku znów zamieniło się w pracownię pełną kolorowych ścinków, choć wzrok babki był już nieco mniej dokładny niż kiedyś. Najpiękniej wyszła Halinie czerwona sukienka z pieluszkowej bawełny własnoręcznie zafarbowanej na jaskrawą czerwień, jak mak. Przyłożyła do siebie w lustrze tę śliczną rzecz i zakręciła wokół jak w tańcu. Takiej kreacji nie powstydziłaby się nawet Grażynka Rozpuch.

Halina od czasu śmierci syna nauczyła się odnajdywać w twarzy wnuczki kojące ślady rodzinnego podobieństwa. Coraz bardziej przekonana była, że Dominika nie tylko patrzy zupełnie jak Stefan, ale i łeb do nauki odziedziczyła po nim. Gdy w mięsnym czy warzywniaku wnuczka liczyła szybciej od sprzedawczyni, i to bez kartki, albo poprawiała podaną do zapłacenia sumę i po kolejnym podliczeniu ekspedientka musiała powiedzieć, no rzeczywiście, pomyliłam się, przepraszam bardzo, pani Halinko, jaszczurcze ciało Haliny nabierało ludzkiej ciepłoty. Rozglądając się po sklepie, wzdychała podobnie do Jadzi, ano taki ma łeb dziewczyna do matematyki, że najpierwsza w klasie, co ja poradzę. To babka pierwsza zauważyła, że Dominika nadal jest wprawdzie chuda, ciemna i pytłata, ale przestała być brzydka. Chociaż nic nie zmieniło się w wyraźny sposób w twarzy o za dużym nosie i wystającym podbródku, to jednak inni też zaczęli dostrzegać, że ta mała Chmura jakoś wyrasta czy co. Pojedynczy przedstawiciele męskiego rodzaju spod Babela już zaczynali gwizdać na jej widok, a nawet formułowali pierwsze zalążki zdań skierowane bezpośrednio do Dominiki, kobiety, jak na przykład, Chmura, cycki ci rosną, albo, Chmura, chodź się poruchać. Szczurek przynosił jej na taras Babela trójwymiarowe pocztówki, które nie wiadomo skąd brał. Prawdopodobnie były efektem transakcji z tymi, którzy wybierali listy ze skrzynek, szukając w nich pieniędzy. Musiał więc za nie zapłacić, ryzykując, że zabraknie mu na działkę kompotu, od którego nic już nie będzie ważniejsze w jego życiu niedoszłego marynarza. Na pocztówkach były gejsze o białych twarzach, które mrugały okiem, a Dominika wpatrywała się w nie i rozwarstwiała rogi, próbując dociec tajemnicy głębi i ruchu. Uszczęśliwiłoby Szczurka, gdyby wiedział, że Dominika będzie miała te pocztówki po wielu latach.

Dzięki pomocy Piotra Zatryba Dominika nie tylko uniknęła zawodu krawcowej, do którego, wbrew nadziejom Jadzi, nie miała ani zdolności, ani powołania, ale też w liczbach, w ich krystalicznej przejrzystości, znalazła ukojenie. Liczby są piękne, mówiła Małgosi, gdy siedziały na dachu Babela. Matematyka jest piękniejsza od wierszy. Nieprawda! Małgosia odpowiadała jej Stachurą. Jak liczby mogą być piękniejsze od takich słów, posłuchaj. Jeszcze zdążymy w dżungli ludzkości siebie odnaleźć, / Tęskność zawrotna przybliża nas. / Zbiegną się wreszcie tory sieroce naszych dwu planet, / Cudnie spokrewnią się ciała nam. W liczbach jest wszystko, w wierszach tylko część, odpowiadała jej Dominika, a Iwona nie miała pojęcia, o czym mówią, i coraz częściej wolała zostawać na dole i eksperymentować z fryzurami na każdej kobiecej głowie, podatniej lub nie, jaka gotowa była oddać się w jej ręce. Małgosia nie zajęła jej miejsca, lecz zupełnie nowe; Dominika znalazła w niej kogoś, kogo nie musiała ciągnąć i popychać, lecz z kim mogła się ścigać. Jej rany po siarach zabliźniły się, zostawiając delikatne srebrne nitki na udach i przedramionach. Niektóre, to widziała tylko Małgosia, przypominały litery, rzędy liter elfiego pisma, w którym, przysięgała, napisano na Dominice wiersze Stachury. Wodziła palcem po esach-floresach blizn i udawała, że czyta, a może czytała, że Ciężko jest żyć bez anioła. / Banita boski to mój los, / Lecz nie ja go sobie wybrałem. / To ona mi wybrała go: / Dziewczyna, którą ubóstwiałem. Dotyk Małgosi był słodko-gorzki. Dominika chciała i nie chciała, by trwał, bo przypominał jej coś, za czym tęskniła i czego nigdy nie miała; daleki, cichy śpiew o dziewczynce malince słodkiej jak szynka i miód, ssanie siostrzanego uszka, z którego płynie słodycz. Coś srebrnego dzieje się w chmur dali, recytowała Małgosia dla odmiany Leśmiana, a Dominika stawała na brzegu dachu i wołała, lećmy do Chmurdalii, lećmy zaraz, halo, odbiór, czy to Chmurdalia? Jadzi nie mogła podobać się Małgosia, która była dokładnym przeciwieństwem jej subtelnego ideału, i od początku narzekała na dziewuszysko, które chodzi jak chłop. Pozaparza się latem w tych portkach!

Gdy w lipcu Jadzia wyprawiła córkę do babki Zofii do Zalesia, cieszyła się, że nie będzie musiała oglądać bezczelnej twarzy nowej przyjaciółki Dominiki. Tyle nadziei, że w liceum może zaprzyjaźni się z kimś miłym i normalnym, jak Jagienka Pasiak. Dominika pierwszy raz jechała sama pociągiem i Jadzia, w poczuciu tęsknoty i irytacji splecionych w jej gardle w wilgotny kłębek, patrzyła na twarz córki w drzwiach wagonu. Jej oczy, podkrążone, ale pełne ekscytacji przed samotną podróżą, wydawały się jaśniejsze niż zwykle, jakby z głębi studni ktoś dawał znaki zieloną latarką. Miała strupek na nosie i włosy związane w koński ogon. Wychylona z okna machała stojącej na peronie matce, dopóki pociąg nie zniknął za zakrętem, jak zniknie wiele innych pociągów w przyszłości. Jadzia, z torebką przyciśniętą do brzucha, bo wiadomo, jak to jest na dworcach, z ręką już niepotrzebnie wzniesioną w geście pożegnania, poczuła dojmujący smutek tych, którzy zostają, i stała długo po tym, jak pociąg zniknął wśród wałbrzyskich wzgórz. Co ona tam pojeździła, raz na wczasy nad morze i raz w góry do Karpacza, gdzie zresztą złapała salmonellę przez tych paparuchów. Cały tydzień przechorowała. Jadzia Chmura odwróciła się i o własnych siłach pokonała pamiętne schody Dworca Miasto, choć była o wiele cięższa i starsza. Śpieszyła się na Piaskową Górę.

Lato było suche i upalne; wszystko trzaskało jak szyszki wrzucane na rozpałkę. Na Piaskowej Górze pękały chodnikowe płyty i topił się asfalt, a Jadzi nogi puchły jak nigdy przedtem. Oglądała nabrzmiałe łydki; pod ich skórą popękane naczynia krwionośne tworzyły sine plamy, rozlewające się w kształty kontynentów i zwierząt. Gdy podnosiła się z klęczek w kościele, strzykało jej w krzyżu; zasapywała się, wracając drogą przez Krzaki, przystawała, ocierając z czoła pot brązowy od pudru. Miała czterdzieści parę lat i od dwóch była wdową, czasem budziła się w nocy oblana gorącem, bo śnił jej się Stefan umykający po ścianie na nogach pająka z Amazonii. Między każdą parą włochatych odnóży miał małego kutaska, dyndającego jak woreczek z piaskiem. Uśmiechał się do niej złotymi zębami, ale w oczach miał łzy. Jej miesiączki trwały siedem bolesnych dni – dryfowała wtedy po słonym oceanie żalów i pretensji, skrzepy wielkości czteromiesięcznych płodów wyplaskiwały z niej, gdy się podmywała, siedząc okrakiem na wannie. Coraz szybciej męczyły jej się oczy i bała się, że będzie musiała nosić okulary, jak nie zawsze, to chociaż do oglądania telewizji i czytania swoich romansów. Nieraz musiała odłożyć książkę akurat wtedy, gdy już miało się wyjaśnić, czy się zejdą. Żadna historia książkowa ani filmowa nie była tak piękna jak jej ukochana *Niewolnica Isaura*, ale wiele spełniało swój cel, wyciskając z Jadzi akurat tyle łez, by wyrównać wewnętrzne ciśnienie. Jej mysie włosy posiwiały. Sama rozjaśniała je na platynowy blond, bo nie ufała fryzjerom. Paprzą paparuchy, skarżyła się i rozrabiała w miseczce cuchnącą amoniakiem pastę. Ręczników nie piorą, tylko suszą, nie wiadomo, jaką zarazę można złapać. Taki ręcznik to prawdziwa wylęgarnia bakterii! Zaczynając od grzywki, nakładała farbę starą szczoteczką do zębów, a łzy leciały jej z podrażnionych spojówek. Miękkie jak wata włosy zanurzała w płukance z kupowanej w aptece gencjany do pędzlowania ran i zawsze wychodziły jej zbyt fioletowe. Tego lata Jadzia częściej patrzyła w łazienkowe lustro. Przybliżała do jego powierzchni swoje piękne agrestowe oczy, wygładzała dłońmi obwisłą nieco skórę policzków, dokładniej niż zwykle rysowała łuki brwi i malowała rzęsy zielonym tuszem, już nie w kamieniu, do którego trzeba pluć, ale w eleganckiej spirali. Coraz więcej odważnych kobiet z Wałbrzycha jeździło na handel do Turcji, gdzie tak jak Lepka wymieniały kryształy na kożuszki i dżinsowe spódnice, falbaniaste bluzeczki i palety cieni do powiek, pomadki o wszystkich odcieniach różu i fioletu o dziwnym chemicznym zapachu, gumowe paski ze sprzączką-motylem. Przynosiły całe torby skarbów do pracy albo zapraszały do domu i sprzedawały, opowiadając cuda o tureckich mężczyznach, mocnych, niewywrotnych, całkiem domytych, którzy nie dawali im spokoju, lecąc jak muchy do ich jasnych włosów i niebieskich oczu, do piersi, bioder od dawna niebudzących entuzjazmu na małżeńskich wersalkach. Wprost się odczepić nie można było, szła Lepka przez Istambuł i po kilkudziesięciu metrach miała Turka z każdej strony. Ona najn, najn, a on kajne najn, du bist zer szen, iś libe diś.

Dzięki tureckiej bawełnie tego lata garderoba Jadzi znów zajaśniała ulubionymi lilaróżami, których nie nosiła od śmierci męża. Jadzia Chmura sypiała z mężczyzną, miała kochanka, chociaż o całej sytuacji myślała raczej w kategoriach bycia posiadaną, jak Izaura przez Leoncia. Bo to nie ona, to los, przeznaczenie, jakaś przemożna siła ją w ramiona mężczyzny nieślubnego rzuciła. Tak mną telepnęło! mówiła Krysi Śledź. Tak mną telepnęło, że nie wiem, jak się pozbieram. A wszystko przez wuja Kazimierza!

Gdy Stefan tak nagle zniknął z jej życia, wuj Kazimierz raz jeszcze pospieszył na ratunek swojej krewnej, bo nie przestał myśleć o rodzinie. Jego serce było jak jednoizbowa chałupa Maślaków, ciepłe, ciasne i lekko śmierdzące, gościnne dla swoich. Od kiedy po wojnie przyjechał do Wałbrzycha, wbrew prawom fizyki toczył się gładko pod górę, obrastając po drodze sadłem. Nabity i krótkonogi, wciąż mocno trzymał się ziemi i z radości zacierał dłonie o grubych palcach jednakowej długości. Wciąż lubił dziewczynki, miniaturowe kobietki wydzielające słodkokwaskowy zapach, jak zgniecione maliny. Ach, podrzucać je do góry, aż spódniczki furkotały, na kolanach – patataj – uwozić, kołować za ramiona, aż się przewracały na podłogę i leżały, przebierając nóżkami widocznymi aż po majtki. Gdy w kościele były komunie, oczu nie mógł oderwać. Te ich oczka, rączki, pupki! Wiercipiętki w białych sukienkach i wiankach, jego zdaniem nie ma nic piękniejszego na świecie. Takim córeczkom domy by budował, mężów znajdował, tym bardziej że w końcu doczekał się czasów, gdy jego zdolności handlowe mogły w pełni się rozwinąć. Nadeszła era Kazimierzy Maślaków, oni poczuli jej zapach pierwsi, od tego mieli nosy wysmarkiwane w kraciaste chustki. Już nie dało się ich utrzymać na wodzy, zrywali smycze i łańcuchy. Poszli! Prywatne budki wyrastały między ponurymi sklepami odchodzącej epoki, sklecone z tektury, papieru i folii, z blachy falistej, kawałków szkła, śliny i piasku, a w nich delicje, kukurydza i ananasy w puszkach, rzeczy nieznane, egzotyczne, rzeczy miłe w dotyku, ładne na oko, do wyboru rzeczy niekonieczne, pożądane, koronkowe, welurowe, gładziutkie. Wiatr odnowy wiał, darowano resztę kart i popłynęły przez Wałbrzych rzeki coca-coli, sypały się na miasto lawiny czechosłowackich lentilków, misiów żelowych armie wielomilionowe kroczyły z Zachodu, Turków siła uśmiechniętych na kostkach chałwy spadała, adidasów chińskich zastępy maszerowały po dziurawych ulicach, rozdeptując miejscową fabrykę butów na miazgę ze skóry i kleju. Towary z Turcji i Enerefu, z Węgier i Bóg wie skąd przewiezione za pazuchą, w teczce, pod spódnicą, na plecach przeniesione przez południową granicę z Czechosłowacją, załatwione, zakombinowane, wyniesione od tyłu. A wszystko to na Piaskowej Górze, na targowisku u stóp Babela, które nazwano Manhattan! Wuj Kazik najpierw odkupywał od mrówek czechosłowackie towary i odsprzedawał z zyskiem w budce Delikatesy u Kazia na Manhattanie, a potem zainwestował w wyroby czekoladopodobne, które sprzedawały się lepiej niż konkurencji nie dlatego, że były smaczniejsze, ale z powodu tego, co nazywał pomyślunkiem. Bo tu trzeba mieć pomyślunek, tłumaczył i kazał popakować tabliczki z tłuszczu, cukru i przeterminowanego kakao w opakowania z obrazkami kopiowanymi domowym sposobem. Gdy ktoś brał trzy i miał przy sobie dzieciaka, dodawał za darmo lizaka. Sąsiadka wuja Kazimierza produkowała je w domu z cukru i radzieckiego barwnika spożywczego, który przez dwa dni po wylizaniu nie zmywał się z języka i warg, tak że dziecinne buzie wyglądały jak krwawe rany. Gdy czekoladopodobne przestały się opłacać, Kazimierz Maślak zrobił poważne rozeznanie rynku, napił się w Tęczowej, napił w Popularnym koło dworca, przeszedł po Manhattanie pod Babelem i po starym wałbrzyskim rynku, gdzie jego uwagę zwróciła wycieczka Niemców z torbami pełnymi zakupów. W wieku więcej niż średnim, w złotych okularach i dobrym nastroju pokazywali palcami hie und da na odrapane secesyjne kamienice, na niebo jak zawsze seledynowe od zanieczyszczeń, rozdawali dzieciakom gumę do żucia w kulkach i pstrykali zdjęcia małymi aparacikami, które musiały kosztować majątek. Majątek! pomyślał Kazimierz Maślak i doszedł do wniosku, że nastały czasy dla odważnych i pora wyjść z inicjatywą na rynek międzynarodowy. W ten sposób stał się producentem gipsowych krasnali ogrodowych, które sąsiedzi z Zachodu tak lubią stawiać w swoich schludnych ogródkach, przed domami urządzonymi pięknie jak z katalogu „Otto". Po dwóch latach działalności jego czteroosobowy zakład przekształcił się w przedsiębiorstwo zatrudniające dwanaście osób, które co miesiąc sprzedawało do Enerefu od dwustu do dwustu trzydziestu krasnali. Gdy umarł Stefan, Spółka z o.o. Krasnalex była w pełni rozkwitu i dołączyła właśnie do swej oferty Królewnę Śnieżkę.

Gdy ktoś brał siedem krasnoludków naraz, dostawał ją za pół ceny. Trzeba mieć pomyślunek.

Wuj Kazimierz poczuwał się do odpowiedzialności za Dominikę, która była jego chrześnicą, a poza tym dziewczynką, nawet jeśli nie z tych najmilszych. Odwiedzał ją regularnie dwa razy w roku, przynosząc kukułki, których nie lubiła, i domagając się pieszczot – patataj – na kolankach, przyprawiających ją o mdłości. Z namaszczeniem wrzucał monety do glinianej skarbonki w kształcie świnki, również prezencie od niego. Potem podnosił skarbonkę i mocno nią potrząsał, odgrywając pantomimę zachwytu, by Dominika usłyszała, jak piękny dźwięk mają pieniądze. Śmierć Stefana skłoniła wuja Kazika do konkretniejszych działań i zaproponował Jadzi pracę w Krasnaleksie. Zamiast siedzieć w biurze za parę groszy codziennie przez osiem godzin, zarobi u niego prawdziwe pieniądze, a dla niego też lepiej zatrudnić kogoś z rodziny niż obcego, co mu będzie na ręce patrzył. Młoda jesteś jeszcze, zmierzył wzrokiem Jadzię i być może w jej pełnym, już lekko ku ziemi ciążącym ciele dostrzegł ślad dwunastolatki, której urok zrobił na nim takie wrażenie trzydzieści lat temu w Zalesiu. Młoda jesteś, wyjdziesz do ludzi, to szybciej zapomnisz, niżbyś miała w domu na tyłku siedzieć i rozpamiętywać. Jaja nie wysiedzisz! Poklepał Jadzię po udzie, a drugim ramieniem przygarnął Dominikę, która przez cienki materiał jego koszuli poczuła miękką, prawie kobiecą pierś i kwaśny zapach potu. Jadzia trochę bała się zmiany, ale w biurze kobiety powtarzały sobie szeptem nowe słowo reorganizacja. Chodziły słuchy, że te, które nie mają odpowiednich kwalifikacji, zmuszone zostaną do udziału w jakichś kursach, i to aż we Wrocławiu. Może nawet wprowadzą do nich komputery. Komputery? Jeszcze czego! Jadzia nie miała zamiaru dotykać niczego nieznanego. Coś zaczynało się dziać i któregoś dnia w Dziale Referencji nr II założono nowoczesne żaluzje, a brązowe lniane zasłony, obecne od lat prawie dwudziestu, znikły. Sprawa wydawała się poważna i tego samego dnia Jadzia przyjęła ofertę pracy w Krasnaleksie. Jej przykurczona dłoń być może nie była precyzyjna na tyle, by robić zastrzyki bez siniaków, ale lata lepienia pierogów i uklepywania pulpetów wyćwiczyły ją w prostych czynnościach. Okazało się, że potrafi malować krasnale nie gorzej niż inni. Nieraz wuj Kazimierz wołał ją do biura, zwanego przez kobiety z malowarni gabinetem, i prosił o pomoc w wypełnieniu faktury albo zaksięgowaniu czterech worków gipsu, w tym dwa na lewo, więc nie trzeba wpisywać. Lata spędzone w biurze na przekładaniu papierów nie poszły na marne. Między parzeniem kaw po turecku dla pana kierownika i innych panów Jadzia nauczyła się, jak odpowiednie rzeczy wpisywać w odpowiednie rubryki. Była cierpliwa i dokładna, nawet jeśli brakowało jej polotu. Po kilku tygodniach wuj Kazik wręczył jej klucze od biura, uznawszy, że z takim talentem marnuje się na malowarni. Firma Krasnalex mieściła się w jednym z magazynów wielkiej chłodni, która nie produkowała już tylu mrożonek co kiedyś i powoli ulegała rozpadowi, zarastając perzem i barszczem Sosnowskiego. Cuchnące zgniłymi truskawkami magazyny o krzywych ścianach i zadeptanych podłogach wynajmowali prywaciarze. Krasnalex mieścił się między hurtowniami Marex i Janex, prowadziły do nich przez chwasty trzy błotniste ścieżki. Kobiety z malowarni dostawały surowe białe figurki robione w modelarni i malowały je według schematu, na którym detale strojów poszczególnych krasnali różniły się kolorem, co nietrudno było zapamiętać. Ten kurdupel miał zieloną sprzączkę, a ten żółtą, jeden buty brązowe, drugi czarne, a wszystkie takie same różowe twarze i niebieskie oczy z kroplą czarnej źrenicy. Gotowe krasnale schły w suszarni, skąd raz na dwa tygodnie przyjeżdżał po nie z Enerefu Gutek Balcerzak, który nie dość, że miał obywatelstwo, to jeszcze dorobił się własnego samochodu dostawczego z pięknym czerwonym napisem Gutek Transport. W jaki sposób wuj Kazimierz nawiązał kontakt ze zniemczonym Ślązakiem, który od trzydziestu lat mieszkał w Enerefie, pozostało jego tajemnicą, ale Gutek podobał się wszystkim w firmie Krasnalex. Wąs strzyżony, gęsty, rozpięta do połowy piersi dżinsowa koszula, medalik z Matką Boską, a włosy, tak samo kasztanowe i kręcone jak na piersi, związane z tyłu głowy rzemykiem. Nie miał obrączki! Przystojny jak Krzysztof Krawczyk, mówiły kobiety z Krasnalexu. Jak Leoncio z *Isaury*, a może nawet przystojniejszy.

Gdy Jadzia zobaczyła Gutka go po raz pierwszy, przypomniał jej się byczek, którego mieli przez jakiś czas ich sąsiedzi zza płotu w Zalesiu, Cudzakowie. Zanim poszedł do rzeźni, sprawił właścicielom niemało kłopotu, bo coraz to musieli gonić go po cudzym polu, gdzie obżerał się koniczyną po zapłodnieniu kolejnej jałówki. Któregoś razu wpadł na ich podwórko, rozwaliwszy przedtem zamykaną na metalowy skobel furtkę, i stanął oko w oko z Jadzią, która z przerażenia wypuściła z rąk fałdy fartucha z pięcioma właśnie wybranymi jajkami.

Szeroki w barach, ciemny i bez szyi, wydzielał zapach piżma. Piżma? pomyślała Jadzia z małym znakiem zapytania, bo znała piżmo tylko z romansowej literatury, i poczuła, jak pot cieknie jej strużką w rowku między piersiami. Gdy w towarzystwie Gutka Balcerzaka wypełniała faktury na tyle a tyle krasnali, liczonych po tyle a tyle, załadowanych do transportu, w tym dwadzieścia osiem Królewien Śnieżek, drżała jej ręka. Coś bulgotało i przegrzewało się w Jadzi, doprowadzając do nagłych wycieków i spięć. Jeszcze tu schreiben, mężczyzna pochylił się nad biurkiem i oddał jej formularz. Medalik z Matką Boską zalśnił jaskrawo tuż koło ust Jadzi. Przynajmniej wierzący, a nie jakiś dzikus, pomyślała. Za drugim razem Gutek przywiózł jej bombonierkę w kształcie serca z napisem Für Dich, co znaczy Dla Ciebie, a za trzecim nylony. Nylony, tak mówił, chociaż w Wałbrzychu nikt nie używał innego słowa niż rajstopy, i to zwykle po to, by narzekać, że zabrakło, albo zastanowić się, gdzie mogą rzucić tym razem. Głupia, przeklinała się Jadzia, bo zamiast zachować się jakoś i podziękować z wdziękiem, gdy ucałował jej dłoń i wręczył reklamówkę z prezentem, zaczęła bredzić, że drze rajstopy strasznie i ciągle musi nosić do repasacji, więc jak to miło z jego strony, tym bardziej że czarne, a czarne najmodniejsze. Mężczyzna zjadł zrobione przez Jadzię kanapki z mielonką, a potem napili się przy jej biurku kawy, do której nalał whisky z płaskiej buteleczki noszonej na piersi. Nie smakowało jej, gorzkie i mocne jak bimber, ale powiedziała z grzeczności, że owszem, i zgodziła się na dolewkę. Jej agrestowe oczy błyszczały, gdy pomachał jej z szoferki, i długo jeszcze potem, gdy ciężarówka z napisem Gutek Transport znikła za zakrętem. Przez następne tygodnie obraz Gutka wracał do Jadzi na falach gorąca wlewającego się przez otwarte okna do mieszkania na dziewiątym piętrze Babela jak płynne szkło. Przy śniadaniu myślała o jego rozpiętej koszuli, gdy myła wannę, przypominały jej się masywne dłonie z palcami, na których wyrastały kępki ciemnych włosów, nagle po przebudzeniu pojawiało się wspomnienie ud Gutka opiętych w dżins, szeroko rozstawionych, gdy siedział naprzeciw niej i jadł kanapki w biurze Krasnalexu. Co za byk z niego, mówiły z podziwem kobiety na malowarni. Nawet jakby większy od Krzysztofa Krawczyka. Taki jak przyciśnie! Jadzine marzenie o Cudzoziemcu, który wraca po nią samochodem, znalazło cielesną formę i wypełniło ją po brzegi, jakby to od zawsze chodziło właśnie o Gutka Balcerzaka i jego ciężarówkę. Rozkojarzona i niedowierzająca własnemu ciału, pełna wątpliwości i poczucia winy wobec męża, który tak niedawno dzielił z nią kanapę pod fototapetą i nigdy nie budził takich uczuć jak Gutek, porzucała w połowie zaczętą robotę, nawet jeśli było to coś tak ważnego jak odkażanie zlewu lub sedesu. Gdy Gutek przyjechał po krasnale po raz kolejny, trwała pełnia lata, a Dominika była w Zalesiu u babki Zofii. Wuj Kazimierz, który dotąd nocował odbiorcę krasnali u siebie, miał chorą żonę. Wujenka Basieńka, z ustami jak blizna po wyrostku, cicha i pokorna w znoszeniu upokorzeń, w końcu zaniemogła na coś, co jej mąż nazywał babską chorobą, i odmówiła dalszego udziału w życiu małżeńskim. Ani kto ugotować, ani posprzątać nie ma i gada do tego trzy po trzy, żalił się Jadzi i zapytał, czyby u niej nie dało się Gutka na jedną noc ulokować. To lokata oprocentowana i być może długoterminowa, kombinował, bo czuł, że Jadzi pomysł całkiem się podoba.

W dniu przyjazdu Gutka Jadzia po raz pierwszy w życiu ogoliła łydki. Kobiety z Babela robiły to teraz coraz częściej, choć wiele z pewną taką nieśmiałością. Młode śmiały się z włochatych nóg starszych i zupełnie nie wierzyły ostrzeżeniom matek, że potem włosy odrastają gęstsze i mocniejsze, jak u małpy. Delikatna skóra Jadzi zapłonęła rumieńcem, a ze starej maszynki Stefana wysypało się kilka krótkich włosków z jego ostatniego golenia. Pościeliła dla Gutka tapczanik u Dominiki, która nie lubiła, by ruszać coś w jej pokoju, a nawet nie pozwalała wchodzić Jadzi bez pukania. A co ty tam robisz, córcia, że pukać muszę jak do lekarza? dziwiła się matka. Otwierała drzwi, mówiła, o przepraszam, na wrzask Dominiki i pukała dopiero potem, ostentacyjnie, w wewnętrzną stronę drzwi. Istne fiksum-dyrdum z tego jej dziecka! Powiesiła świeże firanki i zasłony w oknie, które jej córka zawsze odsłaniała nie wiadomo po co, robiąc kino dla sąsiadów z naprzeciwka. Przesunęła na środek biurka wazonik z bukietem świeżych margerytek, zamknęła drzwi z szybą ozdobioną wyblakłą kalkomanią. To ona przed laty naklejała bukieciki fiołków. W misce z wodą namaczała kalkomanię, a potem wygładzała na szybie, i wcale nie tak łatwo było zrobić to prosto rząd po rzędzie. Stefan wrócił z pracy okrężną drogą przez Krzaki, podpity, z głupawą czerwoną gębą, nic nie zauważył. Jadzię ogarnęła nagle złość, tak konkretna, że jeszcze chwila, a stałaby się gniewem. Przywitała Gutka w bluzce lilaróż, którą Lepka specjalnie dla niej odłożyła z ostatniej wyprawy do Istambułu, w spódnicy z falbaną i nowych rajstopach. Gdy usłyszała dzwonek, zdążyła włączyć adapter i Andrzej Dąbrowski wycelował z do zakochania jeden krok, jeden jedyny krok, nic więcej akurat na powitanie. Ten to umie śpiewać! Każde słowo można zrozumieć. Dopóki się zapala wzrok, dopóki się splatają ręce, jakie to piękne. Nie to, co wyjce, których słucha w kółko Dominika. Jadzia zawsze to córce powtarza, posłuchałabyś Dąbrowskiego, Połomskiego, Krawczyka, to jest muzyka. Gdy po obiedzie z deserem Gutek przyszedł do kuchni i objął ją od tyłu przy zlewie, wciskając między jej pośladki potężną erekcję, Jadzia pozwoliła wodzie płynąć na brudne naczynia i zamknęła oczy.

Na drugi dzień rano, obolała i poobcierana, żegnała kochanka, który z ładunkiem krasnali jechał na Zachód. Wiedziała, że przez następne tygodnie będzie czekać na jego powrót, licząc dni i godziny. Licząc dni i godziny! To wydawało jej się romantyczne jak z filmu, jak z życia Izaury czy Trędowatej. Trzy razy, i to na różne sposoby, kto by pomyślał, że się odważy, a jednak. Spłonęła na wspomnienie, a jednak dosiadła Gutka i pogalopowała, nie patrząc mu w twarz, z oczami spuszczonymi na byczą klatkę z połyskującą wśród włosów Matką Boską. Nie myśl, że jestem taka, szepnęła, ale dała się namówić, mój Boże. Mówił do niej Gutek Mein Schätzchen, co znaczy mój skarbie, i obiecywał, że wróci i może nawet zostanie na dwie noce. Do Bułgarii na wczasy ją zabierze nad Morze Czarne, a przedtem do Enerefu, do siebie. Ja, ja, mein Schätzchen, powtarzał, a jak dał jej klapsa po gołej pupie, to aż ślad został. Po dwóch tygodniach Gutek przyjechał i znów zatrzymał się u Jadzi. Przywiózł jej piękną bieliznę w czarnym kolorze, która nazywa się body i zapina w kroku na zatrzaski. Musiał jej pokazać jak, bo nigdy nic podobnego nie widziała, a potem – a potem strzeliły zatrzaski i w posadach zatrząsł się Babel. Jadzia w body rozpękłym na pół galopowała już pewniej i do skutku, który miał być opłakany.

Jesienią Krasnalex przebranżowił się na hurtownię podpasek ze skrzydłami, na których, jak wykalkulował Kazimierz Maślak, dalej się zaleci, niż zajedzie na krasnalach, bo prywaciarze mieszkający bliżej granicy zrobili jego krasnalom i Śnieżkom konkurencję. Całe armie krasnali stały wzdłuż drogi ze Zgorzelca do Wałbrzycha, gotowe do wymarszu na Zachód. Przestępowały z nogi na nogę, wystawiały lepszy profil w kierunku przejeżdżających samochodów z niemiecką rejestracją, prężyły pierś z nadzieją, że teraz przyjdzie ich kolej. Co bardziej zdesperowane Śnieżki podwijały błękitne sukienki, pokazując kierowcom nagie gipsowe nóżki i trójkąty gipsowych cipek, a nawet rzucały się na ulicę, ryzykując życie. Gutek Balcerzak stracił pracę i nie miał już po co przyjeżdżać na Piaskową Górę, gdzie rozpalona przez niego namiętność tliła się i pulsowała jak zepsuty ząb. Ja, ja, mein Schätzchen, obiecywał Jadzi, gdy się żegnali, ja nach Waldenburg zurück. Czekała z garem gołąbków i body świeżo wypranym, psikniętym w kroku dezodorantem Zielone Jabłuszko, ale Gutek Transport nie pojawił się już pod Babelem.

XIII

Dominika wysiada z pociągu na stacji kolejowej w Zalesiu; pytłata głowa chwieje się na długiej szyi jak prawie czarna georginia, z tych, które rosną tylko w ogrodzie Zofii, dłoń wznosi się w geście pozdrowienia. Zofia, mała i krągła jak rosyjska babuszka, obciągnięta na tę najważniejszą okazję roku w nowy niebieski poliester, rozkłada ramiona na powitanie wnuczki, która dawno przerosła ją o głowę. Podobieństwo Dominiki za każdym razem wydaje jej się cudem, chociaż patrzyła przez lata, jak potwierdzało się i wyostrzało w sposobie chodzenia, podpierania brody. Przytula wnuczkę, która schyla się, by ją ucałować, i czuje jej zapach znajomy i bliski. Gdy Jadzia urodziła Dominikę, Zofia czekała ponad rok, nim w końcu przyjechała do Wałbrzycha, wbita w wyliniałe futerko z przedwojennych jeszcze królików. Serce miała ściśnięte strachem. Łkając, stała w czerwonych śniegowcach przysłanych jej przez Jadzię, a na podłodze kuchni Haliny rozlewała się kałuża roztopionego śniegu i łez. Wszyscy myśleli, że przyjezdna babka płacze ze zgryzoty nad brzydotą i chudością Dominiki, a Zofia Maślak płakała ze szczęścia i powtarzała, co komu pisane, temu w wodę kamień, ku konsternacji nieskłonnej do takich afektów i nieco zazdrosnej Haliny. Wpatrywała się we wnuczkę, co rusz wybuchając łzami, aż ją Stefan pytał, mamusia taka uczuciowa czy jej może co zaszkodziło na żołądek?

Teraz, przed przyjazdem Dominiki, Zofia specjalnie pojechała na targ do Skierniewic i tam kupiła sukienkę od Wietnamczyków, pierwszych Azjatów, jakich widziała w swoim życiu – do końca będzie ich nazywać Chińczykami. W oczy prosto takiemu nie spojrzysz, ale uczciwy naród, nie można powiedzieć. Pojechała, chociaż nie lubi ruszać się z Zalesia. Wnuczka namawia ją na wczasy, sanatorium w Ciechocinku, ale ona mówi, że w podróży tyloma rzeczami trzeba się zajmować, o tylu pamiętać, że jej się w głowie miesza i już nie wie, co gdzie ma. Niczego jej w Zalesiu nie brakuje! Zofia Maślak woli siedzieć na rozsypującym się ganku albo pod orzechem i czekać na wnuczkę. Na taką chwilę, na spacer przez wieś z Dominiką, która należy do niej, warto czekać. Idą wtedy ramię w ramię, odpowiadają pochwalony pani Gorgólowej, staremu Cudzakowi, Makarze, Jankowi Kosowi i trzymają się za ręce. Co komu pisane, temu w wodę kamień, mówi Zofia, a Dominika śmieje się, moja babcia poetka, moja babcia Potęgowa.

Co komu pisane, temu w wodę kamień, mówiła Jadwiga Strąk, młynarzowa z Brzeziny, której imię używane tylko w wersji zdrobnionej Zofia dała jedynej córce. Miała na myśli mniej więcej tyle, że co ma się zdarzyć, to się zdarzy, ale człowiek może zawrzeć z Bogiem układ korzystny dla obu stron i przechytrzyć zły los. A przynajmniej tak zrozumiała to Zofia, bo Jadwiga nigdy nie tłumaczyła swoich słów i cała rodzina zgadywać musiała, o co tym razem, na Boga, jej chodzi. Na tych samych torach, którymi osobowy ze Skierniewic przywiózł właśnie jej wnuczkę, Zofia położyła się czterdzieści trzy lata temu w ostatniej i najbardziej radykalnej próbie pozbycia się niechcianej ciąży. Niebo nad nią było szkliste i straszne, pachniała macierzanka, w lesie krzyknęła sowa, a tory już drżały pod ciężarem zbliżającego się pociągu. Zofia leżała tak, jak trzeba, na plecach, z głową w kierunku, z którego miała nadjechać lokomotywa, bo ważne by przetoczyła się nad ciałem od góry do dołu, a nie odwrotnie. Miała na głowie chustkę w kwiaty, a poniżej pełnych piersi wystawał niewielki pagórek brzucha, który wkrótce będzie innych kłuł w oczy. Czuła już zapach dymu i rozgrzanego metalu, szyny zaśpiewały tuż przy jej twarzy i zasłoniła dłonią brzuch, choć przyszła tu przecież, by się go pozbyć. Potem wszystko stało się ciemnością i hukiem. Nad Zofią Maślak i jej brzuchem przetaczał się właśnie pociąg pełen ludzi ściśniętych w bydlęcych wagonach, ich strach nad podłogą był jej strachem pod spodem, strachy mieszały się i wsiąkały w piasek, i kto wie, jakie rośliny wyrosną z nich po latach. Zofia zsikała się i wiedziała, że nie wytrzyma, musi podnieść się i spróbować uciec od tego huku i wycia, od ciemności, zanim ją zmiażdżą i pochłoną. Zaczęła więc podnosić głowę, z której podmuch zwiał chustkę w maki, jej czoło było o włos od żelaznych więźb podwozia. Poczuła wtedy, jak kładzie się na nią coś delikatnego i silnego zarazem, okrywa ją i chroni, przykrywa sobą, unieruchamiając między torami. Nagle stała się malutka i bezwolna jak zarodek w jajku, poza strachem, bo nie wiedziała, co to znaczy się bać, poza światem, bo nie znała jeszcze świata. Huk pociągu stał się daleki i nierealny jak podwodne odgłosy. Zofia już się go nie bała, między nią a śmiercią było coś, przez co ani ona, ani śmierć przeniknąć nie mogły. Co komu pisane, temu w wodę kamień – to był głos jej matki, młynarzowej z Brzeziny, i do niej należał pocałunek złożony na czole ocalonej Zofii. Otworzyła oczy i znów było nad nią niebo, teraz spokojne i czyste, z postrzępionymi dziurkami wyciętymi na gwiazdy. Tył pociągu niknął w ciemności, pachniała macierzanka. Czarna od sadzy, lecz żywa, z brzuchem wciąż pełnym, który taki miał pozostać aż do rozwiązania, Zofia biegła do domu przez ciemną wieś i myślała, że słowa matki muszą coś znaczyć, dobrego i mocnego, zwiastować jakiś cud. Czuła się tak, jakby dopiero teraz zaszła w ciążę, która z niechcianej stała się upragniona i oczekiwana.

Jadwiga Strąk z Brzeziny, matka Zofii i pięciorga innych, które nie przeżyły, produkowała mnóstwo powiedzonek, których nikt inny nie używał ani nie rozumiał. Dowolnie kompilowała przysłowia, ucinała je w połowie, a do reszty dodawała kawałek, który został z innego, użytego też tylko częściowo. Ścinki zmiatała, zwijała w kulkę, chowała do kieszeni fartucha, a nuż się przyda. Jej język był szalonym patchworkiem, cóż to był za pejzaż, co za wzór. Gdyby uszyć taką kołdrę, od samego patrzenia bolałyby oczy, a jednak przyciągałaby wzrok, bo każdy zastanawiałby się, czy szwaczka oszalała, czy miała jakiś ukryty cel. O rzeczach zepsutych i starych mówiła Jadwiga, że wołają już kapusty z grochem, a najlepszą mąkę zachwalała, że biała jak stopy Matki Boskiej w niedzielę. Leniwemu chłopu i Salomon nie naleje, narzekała na młynarczyków, których co rusz trzeba było wyganiać z warzywnika, gdzie wyżerali groszek i truskawki. Zofia truchlała, gdy matka, patrząc na nią z bujanego fotela, jedynego mebla, jaki wniosła w posagu, ostrzegała, pamiętaj, oliwa sprawiedliwa jak topielica wypływa, albo strofowała za jakieś przewinienie, grożąc palcem, że diabeł tylko patrzy, żeby cię ogonem nakryć i pisz pan mogiła. Jadwiga, o wypukłym brzuchu i dużych dłoniach, miała oczy jak niedojrzały agrest. Mówiła swojej córce, co komu pisane, temu w wodę kamień, i bujając się na swoim tronie, przez całe lata haftowała obrus obiecany Panu Bogu za zdrowe i dokończone dziecko. Zofia bała się, że jeśli nie zrobi tego, czego oczekuje matka, dostanie się między dwa kamienie młyńskie, które zetrą jej kości na papkę zmieszaną z pszenicznym ziarnem. Taki wypadek przytrafił się którejś jesieni głuchoniememu Tadziowi, którego ojciec Zofii, Adam Strąk, z litości najmował do roboty, i dziewczynka, która lubiła obserwować młynarzy przy pracy, widziała, jak ramię chłopaka trzaska i tryska krwią w dziwnej ciszy. Tadzio otworzył wprawdzie usta jak do krzyku, ale – jako że nigdy jeszcze nie wydobył z siebie żadnego dźwięku – teraz też mu się nie udało, a ona była skamieniała z przerażenia. Ojciec wyniósł ich z młyna oboje naraz, pod jednym ramieniem Tadzia, pod drugim córkę. Jadwiga omal nie zemdlała, bo myślała, że jej dziecku też stało się coś złego, a Zofia była cała i tylko od tego czasu śniła czerwone, nasiąknięte krwią chleby. Adam Strąk kupił poszkodowanemu drogą protezę wykonaną z drewna i skóry, która jednak nie trzymała się zbyt pewnie na kikucie ramienia i Tadzio nosił ją w pozostałej mu ręce, używając do odganiania psów, naginania gałęzi mirabelki albo drapania się po plecach. W Brzezinie i Zalesiu uważano, że powodzenie w interesach uderzyło młodemu młynarzowi do głowy. Nie dość, że nawet na co dzień zakładał pilśniowy kapelusz i nosił w kieszonce kamizelki zegarek, nie wiadomo po co ciągle sprawdzając godzinę, to jeszcze żonę przywiózł sobie aż z Częstochowy, gardząc swatanymi mu córkami sąsiadów z Brzeziny, Zalesia czy Kocierzowy. Żeby chociaż ze Skierniewic, to jeszcze można by zrozumieć, wzdychały matki wzgardzonych córek, ale kto to widział, taki świat drogi jechać po babę aż do Częstochowy. Z zazdrością patrzono, jak młoda młynarzowa wraca wozem ze Skierniewic, gdzie w cukierni dostawała całe blachy ciastek z kremem jako dodatek do zapłaty za mąkę, i siedząc na koźle, powoziła jedną ręką, a drugą jadła eklerki z kremem i różowe ptysie, jak kawałki puchatych chmur przytrzaśnięte daszkami z ciasta. Młynarz uwielbiał swoją żonę i kochał swój młyn. Czasem nocą brał Jadwigę do młyna i czekał, aż jej białe ciało pokryje się mąką, której drobinki wirowały w powietrzu jak śnieg. Potem zlizywał ją z ramion, brzucha i ud żony. Najchętniej cały czas widziałby ją właśnie taką, nagą, umączoną, z białymi rzęsami, białymi sutkami i kępą białych włosów między nogami, pachnącą jak chleb, na który dopiero się czeka. Po taką żonę warto było jechać aż do Częstochowy, mówił, gdy popił w Sosence, i niech mi kto powie, że nie. Jadwiga była drugą z sześciu córek urzędnika kolejowego, Alojzego Dziurskiego, który miał pewne szanse awansu na stanowisko kierownicze, o czym lubił rozmawiać ze swoją podobną do wiewiórki żoną, Kazią, snując wizje mieszkania z dwiema sypialniami, kryształowym żyrandolem w jadalni i kanciapką dla służącej. Niestety, w wieku trzydziestu dziewięciu lat Alojzy zmarł na nieznaną chorobę, która w ciągu kilku miesięcy wychudziła go i pozbawiła koloru, tak że trumnę musieli wystawić zamkniętą, bo wydawało się, że leży w niej pusty czarny garnitur i tekturowe buty. Lekarze rozkładali ręce, mówiąc, że ktoś pewnie przywlókł choróbsko z zagranicy, bo innych przypadków w Częstochowie nie zanotowano, a żona Kazia omal nie umarła ze wstydu, bo doprawdy, jak to wyglądało. Po śmierci Alojzego Dziurskiego nie było co wybrzydzać na kandydatów do ręki panien, z których starsze miały nawet wykształcenie zdobyte na pensji, polegające na haftowaniu oraz pewnych umiejętnościach w zakresie rachunków, ale nie grzeszyły urodą, a w posagu mogły spodziewać się co najwyżej kompletu pościeli i jednego z kilku mebli niesprzedanych na chleb z zagrzybionej kamienicy u podnóża Jasnej Góry. Dziewiętnastoletnia Jadwiga jako pierwsza poszła z domu, gdy tylko nadarzyła się okazja w osobie młynarza Adama Strąka – to był mezalians, Alojzy Dziurski wśród przodków miał szlachtę – trzeba mu wierzyć na słowo, ale lepszy młynarz niż pusta spiżarnia, zwłaszcza że pomógł pani Dziurskiej spłacić zaległy czynsz. Siostry Jadwigi rozpierzchły się jak zdmuchnięte wiatrem ziarnka piasku i po śmierci matki Jadwiga straciła z nimi kontakt. Wiedziała tylko, że najmłodsza i najładniejsza z nich, Władzia, wyjechała do Ameryki, gdzie dobrze jej się powodzi. Gdyby tak mieć adres Władzi, niezależnie od siebie wzdychały siostry Dziurskie w ciężkich chwilach; żadna z nich nie dowiedziała się, że Władzia najbardziej obawiała się właśnie tego, że któregoś dnia zapukają do jej trzypokojowego mieszkania na nowojorskim Lower East Side, by zgłosić pretensje do zysków z dobrze prosperującej wytwórni parasoli i małżeńskiego szczęścia z poznanym na statku przedsiębiorczym Węgrem, którego imienia do śmierci nie potrafiła poprawnie wypowiedzieć, więc wołała nań Wacek. Wydana za Adama Strąka Jadwiga nie odziedziczyła płodności po matce Kazi, a raczej nie do końca, bo zachodziła w ciążę, jak tylko otarła się o spodnie, jak mówiła jej teściowa z Brzeziny, ale dzieci rodziła niedokończone, niegotowe do przyjścia na świat. Albo roniła je po kilku miesiącach, buchając ciemną krwią spod spódnicy, albo donaszała do siódmego, białe i kruche niczym wielkanocne baranki z cukru, tak że akuszerka od razu kazała wołać księdza, bo jak dziecko umrze bez chrztu, to żaden ksiądz go z piekła za uszy nie wyciągnie. Wcześniaki Jadwigi przez kilka tygodni wymiotowały zwarzonym na zielono mlekiem i umierały jedno po drugim, a ona chowała je na wiejskim cmentarzu, do którego było nawet niedaleko, najpierw wzdłuż Pełcznicy, która obracała koła ich młyna, a potem przez tory. Stojąc za kolejną trumienką wielkości pudełka po butach, przeczuwała, że już kiełkuje w niej nowe życie, i myślała, że kolejny raz będzie musiała pokonać drogę z młyna na cmentarz, brnąc przez łopiany z obolałym brzuchem i pustymi rękoma. Za szóstym razem dopiero, w marcu, miesiącu pękających lodów i kiełkujących w piwnicach kartofli, Jadwiga urodziła córkę tak donoszoną, tłustą i gotową do życia, że aż plotkowano, że może to nie ze Strąkiem, skoro tyle razy mu nie wyszło, tylko z młodym pracownikiem sezonowym, co potem zniknął bez śladu i z którym ponoć ktoś kiedyś widział Jadwigę w lesie jesienią. A co może robić w lesie młynarzowa z młynarczykiem? Jadwigi nie zdziwiła promienna uroda córki i uznała, że Panu Bogu spodobał się po prostu zaproponowany przez nią układ, udane dziecko za obrus na ołtarz w zaleskim kościele, bardziej niż te, które próbowała wynegocjować z nim wcześniej. Gdy tylko wstała z łóżka po połogu, zamówiła u Żyda Aronka, który przywoził towary ze Skierniewic, najbielszy i najdelikatniejszy kawał lnu o wymiarach trzy na dwa oraz piętnaście kolorów nici do haftowania i zaczęła swoje dzieło. Cokolwiek robiła, dziecko było przy niej. Najchętniej w ogóle nie wypuszczałaby go z ramion i karmiła bez końca piersią, z której płynęło mleko słodkie i gęste jak krem w eklerkach. Jadwiga haftowała, a niemowlęciu przyssanemu do jej piersi smakowało mleko we wszystkich kolorach: niebieskie na niezapominajki, niebo i wodę, zielone na trawę i liście, czerwone na róże, serca, usta i krew. Takie piękne, tłuste dziecko w niczym nie przypominało tamtych wątłych i niedokończonych, i nie musiało, bo Jadwiga i tak o nich pamiętała. Wyhaftowała pięcioro swoich martwych pośrodku obrusa, podług starszeństwa Bronka, Marysię, Kazię, Henia i Krysię w postaci aniołków trzymających się za ręce wokół najświętszego Serca Jezusowego, roniącego krople krwi w dwóch dobranych odcieniach czerwieni. Obrus, prawie skończony po dwudziestu latach haftowania i tak piękny, że kobiety z Brzeziny cuda sobie o nim opowiadały, spłonął w trzecim roku wojny, gdy Niemcy, po zamordowaniu właściciela, młynarczyków i rannego partyzanta z AK ukrywanego wśród worków ziarna, podpalili młyn i dom Strąków. Jadwiga widziała pękające szyby, płonące pelargonie, Bronka widziała, Marysię, Kazię, Henia i Krysię, i ogień, co najpierw pożerał ciepłe kolory, a potem zimne, płonącego psa widziała, który wył i szarpał się na łańcuchu. Gdy potem naga stała nad wykopanym w lesie grobem, żółtym jak wielkanocna babka, pomyślała o obrusie, w którym brakowało jednej girlandy liliowych bratków w jednym jedniutkim rogu, i czy to znaczy, że w oczach Boga wywiązała się z przyrzeczenia, skoro to nie jej wina, że nie skończy, mimo najlepszych intencji i wystarczającego zapasu nici.

Po śmierci rodziców Zofia została zupełnie sama; jedna z wielu wojennych słomianych wdów w Zalesiu. Jej małżeństwo z Maćkiem Maślakiem, z którym spędziła tylko miesiące lata pełnego deszczy i komarów, naznaczone było wilgocią i kataklizmami. Wszędzie upały, ludzie w Skierniewicach padali od gorąca jak muchy, śmierdziało stopioną smołą i co rusz wybuchały pożary, a nad Zalesiem niebo wisiało ciężkie i nasączone wodą jak gąbka. Najstarsi ludzie nie pamiętali czegoś podobnego; stara Cudzakowa patrzyła w górę, pluła przez lewe ramię i mówiła, że czas gromnice w oknach zapalić i modlić się, inaczej się nie poradzi. Najpierw wylała Pełcznica, jej wody, czerwonawe i mętne, zalały pola, potopiły bydło, podmyły piwnice i wydawało się, że rzeka oszalała, rozpuściła się i nie ma zamiaru wracać na miejsce. Po powodzi przyszła plaga ślimaków, które obłaziły jabłonie, przysysały się do krowich wymion, wpadały do studni i topiły się w zsiadłym mleku. Niektóre wyrastały wielkie jak szczury, pokryte łuską, a ich łupem padały nawet kury i króliki. Sprawdzone sposoby zawodziły, a ślimaki stawały się coraz żarłoczniejsze i matki bały się wypuszczać na dwór mniejsze dzieci. Cała wieś chodziła z kijami, którymi strącano bestie wpełzające na nogi. Słusznie starsi mówili, że taka zaraza źle wróży, ale do tego nie trzeba było mędrca, i gdy tylko obeschło trochę po powodzi i ślimakach, zaczęła się wojna. Zofia patrzyła, jak w oknie pociągu niknie rumiane oblicze Maćka, z perkatym nosem i zaczerwienionym pryszczem na brodzie, a ona, żona, zostaje – jak inne matki, siostry i żony. Zanim Maciek odjechał, przestrzegł ją, by na progu zostawiła jego buty do gnoju, niech stoją tam i obcym mówią, że jest chłop w chałupie. Wróci, buty będą czekać, powtarzał kilka razy, jakby jego powrót miał zależeć od pary starych gumiaków, a w nich pustych miejsc na jego stopy. Zofia została sama w starym drewnianym domu na skraju wsi, który odziedziczyli wraz z ziemią po bezdzietnym stryju Maćka i gdzie on sam zdążył jedynie wymurować na podwórzu nowy, bielony wapnem piec chlebowy, bo tak obiecał teściowi młynarzowi i dziwnej, gadającej trzy po trzy teściowej. Z własnej już woli zbił klatki dla królików, bo dwie parki dostali w ślubnym prezencie, i cieszył się z pierwszego miotu. Co chwila kucał i przyglądał się kilkunastu szarym kulkom. Gdyby tak mógł zostać tu z Zofią i patrzyć, jak rosną króliki! Niczego więcej nie pragnął Maciej Maślak. Zofia postawiła buty Maćka na progu, jak prosił, i będą tam stać przez lata, butwiejąc na deszczach i marznąc na mrozach, aż w lewym wyrośnie spora brzózka, a w prawym gniazdo uwiją myszy. Dostała od niego dwa listy napisane wielkimi literami na papierze w linie, w których donosił, że tęskni i całuje jej oczka niezapominajki, a gdy wróci, to tak sobie myśli, że dokupi króli i zacznie prawdziwą hodowlę. Będzie miała Zofia skórki na kołnierz albo i na całe futro, jak zechce. Potem listonosz na skrzypiącym rowerze mijał jej furtkę i nigdy już nie zawołał, pani Zosiu, list.

Po dwóch latach wojny Zofia, zajęta peklowaniem królików, które zabijała, odwracając twarz od ich łagodnych, głupich oczu, zbieraniem jagód i suszeniem grzybów, zaczynała zapominać twarz Maćka, bo nie zdążyła ani go pokochać, ani się do niego przyzwyczaić. Wyszła za niego, bo wydawał jej się najmilszy z kandydatów zaglądających do młyna, od kiedy skończyła szesnaście lat. A przychodzili w najlepszych ubraniach, z ojcami lub wujami, z twarzami ogolonymi tak dokładnie, że lśniły jak jabłka. Wycierali mokre od potu dłonie, wyszorowane na tę okazję, i puchli z przerażenia, gdy Jadwiga kwitowała ich opowieści o morgach tylu a tylu plus dwie krowy mleczne jednym ze swoich niezrozumiałych powiedzonek. Pierwszy był Janek Kos, który wyrwał się jeszcze przed piętnastymi urodzinami Zofii, i Jadwiga przepędziła go, zanim zdążył przestąpić próg w pożyczonych od ojca, za dużych kamaszach. Po tych nieudanych konkurach wypadł na dwa lata z kolejki z powodu polio, które lekko skróciło mu lewą nogę i napełniło goryczą tak dokładnie, że do końca trzymał jej kwaśne ciepło jak dobry termofor. Był przekonany, że Zofia go wyróżniała, i wspomnienie koszyka grzybów, który od niego przyjęła ostatniej przed polio jesieni, obracał na języku jako dowód, że bliski był szczęścia. Takie grzyby! Same prawdziwki jej przyniósł. Polio Janka Kosa odegrało być może rolę, ale Maćkowi poszczęściło się z piękną córką młynarza przede wszystkim dlatego, że chłopak najbardziej zaciekły w swoich zalotach, Maniek Gorgól z Zalesia, budził w niej wstręt swoimi grubymi ustami i smrodem spalonego mięsa. Nie pomagała hojna ilość wody kolońskiej o nazwie Żorż, produkowanej przez aptekarza ze Skierniewic, którą się skrapiał, ilekroć szedł do młyna. Zofia czuła go, zanim dał się zauważyć, jak idzie ścieżką, i chowała się między workami z mąką, które wchłaniały obrzydliwy zapach jak bibuła. Czekała tam, aż matka zawoła ją i powie, że poszedł już śmierdziel, który prędzej zobaczy gruszki w popiele, niż jej córkę dostanie za żonę. Widziała Zofia, jak w dzień jej ślubu z Maćkiem stał Maniek przy drodze z kościoła, ukryty w cieniu ulęgałki koło swojego domu, ale zanim zobaczyła wpatrzone w nią oczka, niewyraźne jak dwie packi plwociny, do jej nosa dotarł nieomylny odór spalenizny.

Raz na parę miesięcy odwiedzał Zofię nielubiany kuzyn męża, Kazimierz Maślak, który wpadał do wsi Bóg wie skąd, by nakupować żywności i zniknąć z plecakiem pełnym kiełbas, jaj i suszonych grzybów. Ilekroć Zofia go widziała, miała wrażenie, że patrzy na nią, jakby rachował, i odruchowo krzyżowała ramiona na piersiach. Czuła ulgę, gdy zamykała za nim drzwi, choć nic nie mogła mu wprost zarzucić. Maniek Gorgól ożenił się z Marysią Kobiałką, córką najbogatszego gospodarza, i został granatowym policjantem. Ludzie we wsi mówili na niego dżuma i schodzili mu z drogi. Stary Kobiałka opowiadał w karczmie Sosenka, że ma za wnuki czarci pomiot i jak wdadzą się w Gorgóla, jak tylko u którego zobaczy cień Gorgólowej podłości, to własnymi rękoma jak kocięta potopi, a potem niechby nawet miał się obwiesić. Maniek Gorgól spacerował w mundurze drogą przez wieś i spluwał pod nogi, a gdy mijał Zofię, kląskał i cmokał, jakby chciał wyssać resztki z dziurawego zęba. Widziała go nieraz nocą, jak stał w ciemności, palił papierosa i patrzył na jej dom.

XIV

To najpiękniejsze pół godziny w moim życiu, mówiła Jadzia i siadała przed telewizorem w gnieździe po Stefanie. Słodka herbata z cytryną, talerz słodyczy, z którego sięgała, nie patrząc, bo wzrok miała przykuty do ekranu, aż łzawiły jej agrestowe oczy. W pełnych napięcia chwilach obgryzała do krwi skórki przy paznokciach. *Niewolnica Isaura* w odcinkach wciągała w świat nieznany, a jednak tak bliski, jakby i ona, Jadzia Chmura z Wałbrzycha, na plantacji się urodziła pod słońcem palącym.

Izaura była niewolnicą piękną w dalekiej Brazylii, która bardzo różni się od Wałbrzycha. Ile tam czarnych Murzynów w tej Brazylii! W nocy to takiego Murzyna można tylko po oczach albo jak się uśmiechnie, bo zęby też białe. Jedna dziewczyna z Babela wyjechała na studia do Wrocławia i przywiozła Murzyna; ale śmiechu było, a jej rodzice mało ze wstydu nie umarli. Oczy miała Izaura ciemne, włosy z przedziałkiem, suknie z bufkami i skórę białą prawie jak murzyńskie zęby. Leoncio to jest właściciel Izaury i jej prześladowca, ale nie brzydki jest, nie, raczej tajemniczy. Ten Leoncio straszny cham, własną żonę spalił sam, a Izaura jak lilija błaga go, nie zabijaj, śpiewają dzieci w wałbrzyskich przedszkolach, bo też oglądają *Isaurę*. Jak to się nad nią znęcał, nad Izaurą, ten Leoncio. Jak to się nad nią znęca, zobacz, wołała matka Dominikę, bo ciężko było jej samej znieść cierpienia szlachetnej niewolnicy. Znęca się, upokarza, rani ją i kąsa ten Leoncio, do łez doprowadza drogą ciernistą.

A wąs ma jaki, jak pasta do butów czarny, jak noc bez-księżycowa. Do tańca Izaurę porywa, kibić jej szczupłą gnie jak łodyżkę tulipana, pierś miażdży o potężny tors, już niemal dziewczę pada w omdleniu. Ten Leoncio ok-rutny namiętnością dziwną do Izaury pała. Jadzia takiej namiętności bardzo by zażyć chciała! Alvaro jest dobry w przeciwieństwie do Leoncia i chce Izaurę poślubić, Ja-dzia poślubiła Stefana i proszę, jak to się skończyło, na co jego dobroć się przydała. Leoncio zły drażni ją tu i ów-dzie, jakby z ekranu sięgał własnoręcznie, czuje Jadzia to uczucie drażniące jeszcze długo po najszczęśliwszej półgodzinie tygodnia i aż ją dreszcz przechodzi. Izaura przeczołgana przez Leoncia w następnym odcinku poja-wia się świeża jak stokrotka. Delikatna taka i skromna, każda matka chciałaby widzieć swoją córkę taką, chociaż z drugiej strony coś w Jadzi pragnie, by Leoncio chwycił Izaurę za łeb, rzucił w piach i zniewolił. Żeby ją rozczo-chrał, zbałamucił, zbrukał, zbezcześcił, żeby jej tę kieckę schludną wybrudził, wyszarpał, zaślinił, zapaćkał, pokleił. Jadzia płonie, dostaje wysypki na piersiach, pije oranża-dę musującą dla ochłody, ale jeszcze długo po kolejnej *Isaurze* wygląda, jakby w środku wybuchały jej fajerwerki, jej jasna skóra mieni się złoto, purpurowo, turkusowo. W tym napięciu jest dreszcz, jest gęsia skórka i życie ja-kieś dalekie, nieznane.

O *Isaurze* mówią kobiety w wałbrzyskich sklepach, windach, autobusach, w pracy nad biurkami, nad miotła-mi wzdychają, że ma coś w sobie Leoncio mimo niego-dziwości okazywanej regularnie co odcinek. Nie mogą się zdecydować, czy samoobrona kopiącej i gryzącej Izaury sprawia im przyjemność, czy wolą, by spuściła z tonu i została pokryta. Krysia Śledź po stronie Leoncia się ustawia i mówi, że jakby chciał, toby wziął, takie jego pańskie prawo, a wtedy w Jadzi, zwykle tak zgodnej, nagle coś się odwraca do góry nogami i staje Krysi okoniem, choć bardziej przypomina fokę. Ma prawo, Jadzi zdaniem, Izaura do oporu, taki opór tylko miłość rozpala. Od długości i intensywności męskiego nacierania rośnie temperatura nacierającego i nacieranej. Opór zwiększa męski szacunek, bo taki mężczyzna bardziej będzie cenił to, przy czym się namęczył. Ma się opierać Izaura kobieta, żeby ulec mężczyźnie Leonciowi. Najpierw opieranie, potem uleganie. Ta kolejność musi być zachowana.

Nie wiadomo, czy z miłości do Izaury, czy z potrzeby wzbudzenia namiętności w Leonciu, gdyby czasem z hacjendy swej zjechał do Wałbrzycha, kobiety robią się na Izaurę. Czarne włosy do ramion nieco bardziej pasują smagłym brunetkom, ale jasne nie chcą zostać w tyle, gdy niespodziewanie blond jest w odwrocie. Odkują się przy *Marii Celeście*. Odchodzi taśmowe farbowanie i modelowanie na Izaurę w zakładach fryzjerskich na Piaskowej Górze, na Szczawienku. Odważniejsze chodzą do hotelu Sudety, gdzie na damskim mają fryzjera mężczyznę, to strzygące homoniewiadomo, młode i przegięte, prawdziwa nowość w Wałbrzychu. Jadzia waha się, zwycięża strach przed bakteriami homoniewiadomo, co za ostrożność, i to zanim ktoś w Wałbrzychu usłyszał o AIDS. W końcu farbuje się na Izaurę sama niemiecką farbą Londa. Przez tydzień ma czarne palce i czoło, za każdym myciem ścieka jej Izaura z włosów delikatnych jak kaczy puch. Kobiety pragną Izaurę mieć, być Izaurą i ją zjeść, podają sobie przepisy na sernik Izaura i babkę piaskową Izaura. Wystarczy trochę kakao i już jest brązowawa jak Brazylijka z hacjendy. W niedzielę po obiedzie całe rodziny wpychają Izaurę do ust i popijają słodką herbatą. Gdy leci *Isaura* w telewizji, na ulicach Piaskowej Góry nie ma kobiet, pustoszeje promenada wzdłuż Babela i nawet lodów z budki nikt nie kupuje, choć to niedziela. Smętnie kapią z odbycików automatu krople waniliowe i kakaowe. Jadzia, Krysia i Bożena na dziewiątym, wszystkie Teresy i Anie, Ewy i Urszule czują, jak wzbiera w nich słonawa rzeka i unosi się do góry. Gdyby wylała, porwałaby Babel jak piórko i poniosła w kierunku Brazylii, gdzie Jadzie, Krysie i Bożeny, Teresy i Anie, Ewy i Urszule wysypałyby się przez okna jak małe rybki przez oka sieci wprost na czerwoną ziemię, między czarnych Murzynów, pod słońce gorące. We wszystkich domach Babela Izaura już ma się wyzwolić z niewoli, już ma szczęście ją spotkać i dostatek, a tu nagle odwraca się fortuny koło i do następnej niedzieli czekanie. Ale jest na co czekać i wiadomo, że się doczeka na oczekiwane, i to o wiadomej porze, a to rzadko zdarza się w życiu. Gdy wszystko się kończy, pozostaje dziura w niedzielnych popołudniach kobiet z Babela. Mimo kolejnych telenowel długo się nie zabliźnia, ciągnie jak blizna po cesarce, i gdy Lepka przynosi wiadomość, że Izaura i Leoncio przyjeżdżają do Polski, Jadzia czuje zew przygody, a nie jest to coś, co czułaby na co dzień.

Niestety Wałbrzycha nie ma na liście miast, które odwiedzą bohaterowie ze słonecznej Brazylii, ale jest Warszawa, stolica, a tam przy okazji Izaury można też oblecieć sklepy stołeczne, bazary. Decydują, że pojadą nocnym pośpiechem z Wrocławia i rankiem prosto z dworca na spotkanie z Izaurą na rynku Starego Miasta. Tak że tylko jeden dzień i dwie noce ich nie będzie, więc może rodziny jakoś sobie poradzą, gdy im nagotują i napiszą na kartce, co i jak. Już Lepka, Krysia Śledź i Jadzia ufryzowane na Izaurę, w turecką bawełnę odziane, pakują walizki, dopychają apaszki, bluzeczki na zmianę, pomadki perłowe. Na Dworcu Głównym we Wrocławiu okazuje się, że nie one jedne wpadły na pomysł spotkania z Izaurą i Leonciem. Na peronie czekają inne niewolnice – z Wrocławia, Wałbrzycha, Świdnicy i Świebodzic, gotowe rzucić się do wagonów drugiej klasy, by zająć miejsce na całonocną podróż. Te, którym się nie uda, czeka noc na korytarzu albo nawet w cuchnącym kiblu, i jak się potem w stolicy pokażą? Po dziewięć, dziesięć Izaur wciska się do przedziałów, a liczba zależy od sprytu i tuszy; pocą się z emocji pod turecką bawełną, mimo dezodorantów Bac. Takie dezodoranty nie do dostania w drogerii na Piaskowej Górze przywozi się z handlowych wycieczek do Budapesztu. Wymienia się je na ściereczki i ręczniczki, których Węgrom brakuje. Trzeba tylko zachować zimną krew, gdy celnik zagląda do walizki, jakby tam była bibuła zakazana, granaty. Jak znajdzie, wycieczka się nie wróci, a musi się wrócić, bo po co inaczej jechać do takiego Budapesztu. Tak się Izaury wyszorowały, wypomadowały, wypsikały bacami, a tu już coś wycieka, popuszcza, psuje się, biegną samopas pierwsze oczka. Dzięki Lepkiej nikt więcej do ich przedziału się nie wciśnie, mają szczęście. Po jednej stronie siedzą cztery Izaury z Wałbrzycha, po drugiej cztery obce, i patrzą na siebie, udając, że nie. Czy jest jakieś wolne, kolejna głowa na Izaurę ufryzowana wciska się w szparę w drzwiach, ale Lepka odpowiada, że nie ma, bo nie mogą się ścieśnić bez pogniecenia kreacji. Pociąg rusza i w miarę jak kręcą się koła, Izaury zaczynają się rozkręcać, kołysanie przełamuje sztywność. Lepka, światowa i objeżdżona, pierwsza te z naprzeciwka zagaduje, by się zapoznać. Na wprost i po przekątnej zapoznawanie się odbywa, Jadzia ma naprzeciwko Sławkę, Krysia – Violę, a Lepka – Martę. Sławka, Krysia i Viola mieszkają we Wrocławiu na Kozanowie i wygląda na to, że podobnie mają jak na Babelu, tylko gór nie widać. Krysia wyciąga butelkę wiśniowej nalewki i rozpijają dla humoru, który przychodzi jak na zawołanie. Jakby znały się od lat, gdy tak na spotkanie Izaury i Leoncia jadą. Marcie podobałoby się na hacjendzie w Brazylii dalekiej. Taka hacjenda, taka hacjenda, że ile rodzin by się pomieściło, zamiast się cisnąć na kupie. Viola mówi, że szkoda, że Alvaro nie przyjedzie, bo taki Leoncio to nawet po ślubie się nie zmieni. Bił przed, to i po będzie! Marta chciałaby w ogóle gdzieś daleko wyjechać, na przykład do Brazylii, ale nie może, bo opiekuje się matką chorą na coś przewlekłego. Noc jest krótka, gdy rozmawia się miło, za oknem piachy i brzozy. W świetle pociągu na chwilę rozbłyskują oczy dzikich zwierząt, punkciki światła, co znikają jak zgarnięte do szuflady. Pola wyglądają jak zalane rtęcią, księżycowo jakoś, i Jadzia przez chwilę myśli, że strach tak wyjeżdżać z domu.

Izaury zasypiają na krótko nad ranem, gdy do zatłoczonego pociągu dociskają się zdziwieni mężczyźni, którzy w drodze do pracy nie spodziewali się zobaczyć tylu śpiących Izaur. Zaglądają do przedziałów, trącają się łokciami, wwąchują w zapach kwaśno-słodki, tak pachnie nad ranem ślubny tort, tak pachnie noc na hacjendzie. Na Dworcu Centralnym oszołomione Izaury strząsają resztki snu, pijąc zalewaną w szklankach kawę z dużą ilością cukru. Jaki wielki ten dworzec, jaki nowoczesny, a z oszklonej hali widać Pałac Kultury i jak zdążą, to wjadą potem na samą górę. W toalecie poprawiają urodę, która przez noc nieco się porozmazywała i wygniotła, ale oszczędna żarówka daje łaskawe światło i Jadzia myśli przez chwilę, że jest całkiem powabna, oczy ma prawie że niebieskie. Jak to będzie? Trudno uwierzyć, gdy idą przez miasto, które wygląda, jakby je ktoś zeżarł i wyrzygał, że tu zobaczą Izaurę, piękną niewolnicę. Tu nie ma najmarniejszej hacjendy, a przez ulice wyciosane w szarym kamieniołomie domów wiatr pcha je tak, jakby przywiał z samej Piaskowej Góry. Twarze są swojskie, żadnych Murzynów, i ktoś omal nie przewraca Krysi Śledź. Jadzia, która nigdy nie była w Warszawie, spodziewała się czegoś innego, jakby czystszego i jaśniejszego, i dopiero na Starym Mieście odzyskuje animusz. Wzniesiona pośrodku scena jest udekorowana kolorowymi girlandami z bibuły, jest wielkie zdjęcie Izaury i Leoncia, i napis z liter wyciętych Witamy w Warszawie. Powoli gromadzi się tłum. Wałbrzyskie i wrocławskie Izaury patrzą na swoje siostry ze stolicy z lekkim poczuciem wyższości. Widać, że tu dalej mają do Enerefu, że jeszcze nie dotarły tu tureckie bluzeczki i palety kosmetyczne, spirale do rzęs z tuszem zielonym, dezodoranty z Węgier. Miejscowe Izaury są jakby mniejsze, o gorszym uzębieniu. Nawet Cyganki jakieś w spódnicach do ziemi, w kolczykach. Mieszają się Izaury na placu, każda przyciska do brzucha torebkę. Ten gest kobieta ma we krwi i nigdy nie zapomina, że na zewnątrz jest świat, w którym może zostać okradziona, a zwłaszcza że tu te Cyganki. Koło południa wciąż nic, tłum Izaur faluje, przyjezdne wyciągają ostatnie kanapki, odwijają z namiękłego papieru, rozłażą się po okolicznych sklepach. Może coś więcej niż w Wałbrzychu da się tu kupić i odsprzedać z zyskiem, żeby bilet się zwrócił.

Jadzia jest jedną z pierwszych, które widzą. Podskakuje niezdarnie, bo widok co rusz zasłania jej jakaś wyżej osadzona głowa. Samochód elegancki czarny podjeżdża. Otwierają się drzwi i najpierw pojawia się but w szpic zakończony, potem noga w beżowej nogawce, a za nią cały Leoncio jeszcze przystojniejszy niż w telewizorze. Apaszkę ma pod szyją zawiązaną, bordową, połyskliwą, drogą pewnie jak z Milanówka, że w Polsce taką to tylko homoniewiadomo zawiązałby, a jemu jakoś pasuje, chociaż prawdziwy męski mężczyzna. Już tłum Izaur czuje, co się dzieje, i zagęszcza się wokół samochodu, napiera. A za Leonciem – tak! – nóżka delikatna, szczupła, w koronkowym czółenku i nareszcie ona, piękna niewolnica o zębach wiewiórki i lekkim zeziku, wysmyka się na warszawski bruk. Jaka cudna! Jadzia i Krysia trzymają się za ręce, by na puentach swoich czółenek utrzymać się w pionie, o co niełatwo, gdy ma się kształt gruszki i brak baletowego doświadczenia. Raz jedna, raz druga przechyla się na bok, ciągnąc za sobą koleżankę, a potem razem wracają do pionu. Już Izaura i Leoncio na platformie wywyższeni, a przy nich tłumaczka, tak blisko, szczęściara, oraz chyba sam pan prezydent miasta albo jakiś dyrektor ważny. Jadzia nie pamięta potem ani słowa z tego, co mówili Izaura i Leoncio, ale chłonie melodię obcego języka całą sobą jak wielka gąbka. Portugalskie szelesty wpływają w nią i dostają się do krwiobiegu, jeszcze chwila, i Jadzia zaśpiewa fado, którego nigdy nie słyszała, choć od zawsze było muzyką jej serca. Na warszawskiej Starówce niewiele starszej niż Piaskowa Góra Jadzia po raz pierwszy przeczuwa tak wyraźnie istnienie czegoś większego niż Wałbrzych i Babel. Inne życie trafia w nią jak wielka plażowa piłka i na chwilę wytrąca z równowagi. I jakby tych wzruszeń nie było dość, Izaura i Leoncio schodzą ze sceny jak anioły zstępujące z nieba, jakie światło od nich bije! Kobiety wyciągają ręce, każda chce choć musnąć dłoń Izaury, ramię Leoncia. Gdyby im popuścić cugli, runęłyby na niewolnicę i jej pana i rozdziobały, rozniosły na strzępy, schrupały jak schowane przed rodziną i samą sobą pudełko ptasiego mleczka, jak wafelka Kreolkę. Jadzia wie, że taka okazja się nie powtórzy, i wprawia w ruch kołyskę potężnych bioder, włącza młockarnię łokci, przy czym obrywa się nawet Krysi Śledź. To już nie dawna Jadzia Chmura, to rydwan rozpędzony, to żywioł i niech go ktoś spróbuje zatrzymać. Jeszcze jedna przeszkoda w postaci trzech drobnych czarnowłosych, przez którą się przedziera, i już jest u celu. Oto Jadzia twarzą w twarz z Izaurą, niewolnicą z brazylijskiej hacjendy, która wyciąga do niej rękę. Potrząsa dłonią Jadzi Izaura, ta sama Izaura, co ją Jadzia widziała w telewizorze! Wir wsysa Jadzię i z kocich łbów unosi się czerwony piach hacjendy, słońce opada niżej i pali, pali, twarze wokół to sami Murzyni czarni, ich zęby lśnią jak glazura, brak tchu. Leoncio jest tuż obok, jego oczy to niebo, to studnia bez dna, ku której niesie

Jadzię huragan, i już sama nie wie, gdzie i kim jest, czy ona to ona, czy niewolnica Izaura.

Gdyby to chociaż mieć na zdjęciu, myśli potem, ale wszystko, co pozostało, to flesz jej pamięci i dźwięk imienia, przy którym nawet Paulina i Dominika wydają się zwykłe. Kiedy Jadzia zamrażała gar gołąbków, spoglądając zza firanki z resztką nadziei, że jednak podjedzie pod Babel Gutek GutekTransportem, wyobrażała sobie córkę o tym pięknym imieniu, malutką Izaurę, ssącą palec w głębinie jej brzucha. Mała jak gołąbek. Córka Izaura wyglądałaby, jakby złożono ją z kilkunastu różowawych części, z których żadna nie miałaby kantów, można by ją w dłoniach formować jak ciasto. Wałeczki jej niemowlęcego tłuszczu musiałaby Jadzia czyścić watką nawiniętą na zapałkę, a potem pięknie ubrałaby ją na biało, różowo, w falbanki. Wątłe podstawy marzeń Jadzi utoną w powodzi spóźnionej miesiączki, a romantyzm zostanie odłożony na półkę razem z czarnym body koronkowym, które żal jej było wyrzucić. Może Dominice się przyda, jak się ją wyda. Rozpacz Jadzi po Gutku Balcerzaku nie trwała długo, bo był czymś, co nigdy nie powinno było się zdarzyć. Jadzia ceniła tylko to, czego nigdy nie miała, bo jeśli już coś jej się dostało, nie mogło być przecież wiele warte. A potem znowu codzienności kurz i zakochanie też za tobą już, nuciła, rozkoszując się uczuciem smutku szczypiącego jak octowa podmywka.

Strząsnęła z siebie resztki Jadzi-kochanki. Obsypały się jak tynk, pod którym Jadzia-matka się poświęcająca czekała na swój triumf. Wbita w uniform wyjściowej garsonki lilaróż, uszytej przez Modestę Ćwiek, Jadzia pojechała do wuja Kazimierza, by jako matka myśląca o przyszłości swej córki z nim porozmawiać. Nie chciała już wpisywać niczego w rubryki, bo widziała coraz gorzej, a poza tym wstydziła się kobiet, które pracowały w Krasnaleksie przemienionym teraz w hurtownię podpasek i wiedziały o jej romansie z Gutkiem Balcerzakiem. Wstyd jej było, że ją tak poniosło! Jak im mogła w oczy spojrzeć? Potrzebowała jednak pracy i podczas ostatniej wizyty u wuja Kazimierza zobaczyła, że jest zajęcie, które na nią czeka i pozwoli się wykazać. Wujenka Basia nie doszła do siebie po chorobie. Przeciwnie, poszła do miejsca, w którym nie docierały do niej połajania małżonka i nucąc sobie cichutko, ale jakby złośliwie, patrzyła na niego wypłowiałymi oczkami. Dom zapuszczony, karaluchy jak ruskie czołgi, pleśń w lodówce, a ta śpiewa, kurwa jej mać. Zawoził Kazimierz żonę do Stronia Śląskiego, ale odsyłali ją z wariatkowa z powrotem, bo oprócz słabego wzroku i nieustannego zmniejszania się nic jej ponoć nie dolegało, a upilnować było trudno, nawet gdy się ją naszpikowało relanium jak świątecznego kurczaka. Wracała więc do poniemieckiego domu i znów śmigała jak fryga, przelatywała Kazimierzowi między nogami, prześlizgiwała się pod łóżkiem, a jemu zostawała w ściśniętych pięściach pustka i parę włosów cienkich jak pajęczyna. Wystarczyło, że uchylił drzwi albo okno, i już, szukaj wiatru w polu. Musiał łazić po zapuszczonym ogrodzie i zaglądać pod liście łopianu, opukiwać budę po psie, który zamarzł mu poprzedniej zimy, latać po parku zdrojowym, gdzie niekiedy można było ją znaleźć karmiącą łąbędzie. Gdy przyszła Jadzia, Basieńka podała wprawdzie herbatę i talerz zjełczałych ciasteczek, ale zaraz potem znikła pod stołem, skąd co rusz łapała Jadzię za bosą stopę i łaskotała. Szybki rzut oka Jadzi trafił w poklejoną ceratę, brudne szyby, porosłą pleśnią lodówkę i mumie kwiatów w doniczkach. Zajrzała pod stół, spod którego Basieńka uśmiechnęła się do niej szczerbato i mrugnęła jakby porozumiewawczo.

Człowiek ze stanowiskiem i pozycją wuja! westchnęła znacząco Jadzia i słowem trafiła wuja w serce. Po namyśle Kazimierz Maślak powierzył Jadzi opiekę nad zaniedbanym królestwem swej kuchni, w której żona Barbara nie potrafiła już się rządzić, nie mówiąc o upieczeniu ciasta czy ubiciu bitek. A on miał teraz ważne sprawy na głowie, przed nim się otwierały perspektywy i Jadzia spadła mu jak z nieba. Przynajmniej nikt obcy nie będzie mu się po domu plątał i pieniądze też zostaną w rodzinie.

Kierowany wciąż nieomylnym węchem Kazimierz Maślak poczuł, że jego ukochany zapach pieniądza kiełkuje na nowym polu, gdzie pierwsi już dzielili i przybijali tak, że gdy wieczorem przechodziło się koło wałbrzyskich knajp, słychać było plaskanie spoconych dłoni. Aby w to wejść, wuj Kazimierz potrzebował trochę pokombinować, bo nie miał wykształcenia i niekiedy, choć rzadko, odczuwał jego brak. Pomyślunek i nos okazywały się jednak co najmniej równie skuteczne; tego się człowiek nie nauczy, to się ma od urodzenia. Czyż to nie on, Kazimierz Maślak, jako jedyny w Wałbrzychu i okolicach, wpadł na pomysł, że po denominacji potrzebne będą portmonetki na bilon? Kto, jak nie on, zbił na skajowych portmonetkach fortunkę, podczas gdy inni pluli sobie w brodę, że studia mieli, dyplomy srakie-takie, a na ten prosty pomysł nie wpadli? Ha! Chodził więc Kazimierz Maślak od jednej wałbrzyskiej knajpy do drugiej i słuchał plaskania, węszył. A tam działo się. Dawni baronowie węglowi, czerwoni dyrektorzy i sekretarze kalkulowali, podliczali, czy kolor już zmieniać, czy przeczekać. Brać dupę w troki, łeb schylić czy, dawaj, skakać na głęboką wodę. Kazimierz Maślak zapamiętywał słowa, które powtarzał najgłośniej były dyrektor Mizera czy były wice Mrugała. Takich, jak demokracja, lustracja, dekomunizacja, nie znał. Takie, jak zysk, kombinacja, żłób, pieniądze i kalkulacja, znał dobrze, i to na pamięć, jak ojczenasz. Domyślił się, że chodzi o to, by nowe i stare jakoś połączyć ze sobą i wyciągnąć zysk z demokracji przy pomocy odpowiedniej kombinacji i kalkulacji. To prowadziło wprost do pieniędzy i żłobu. Wiele Kazimierz Maślak nie mówił, a jak już powiedział, to wszystkim się wydawało, że na to właśnie czekali. Miał umiejętność takiego dobierania słów, z których części nie rozumiał, że obie skłócone strony myślały, że to dla nich wyraża poparcie w zdaniach pięknych i prostych, które sami mieli już na końcu języka. Ale nie tylko słowa. Kazimierz zauważył, że ręce same mu się do słów układają jak księdzu w kościele albo komuś z telewizji. Palce zawsze trzymał razem, jak płetwy, a ludzie śledzili ich ruchy, jakby był milicjantem stojącym na skrzyżowaniu; słuchali go jak jakiego Kaszpirowskiego. Najgorsze jednak, że pić przy tym musiał, a zdrowie już nie to i nie dość, że trzustka mu szwankowała i pęcherz, to jeszcze bywało, że nagle zapominał, do czego służy widelec czy but, nie mówiąc już o żonie Basieńce, której zastosowanie dawno wypadło mu z głowy. Któregoś razu Kazimierz Maślak tak zapił na Piaskowej Górze w restauracji Stylowa, że zgubił drogę do domu i gdy parcie na pęcherz stało się nie do zniesienia, pomylił cmentarz z parkiem, a potem krążył wśród grobów, szukając wyjścia, aż trafił przed kapliczkę Matki Boskiej, gdzie znużony padł krzyżem na pysk. Gdy rankiem obudził go chłód i zdrętwiałe ciało, zdołał podnieść się na kolana, po czym zamarł, bo ból w krzyżu unieruchomił go w pozycji modlitewnej, i tak zobaczył go proboszcz Postronek. Wzruszony siłą wiary Kazimierza Maślaka, pomyślał, że ten parafianin może być dobrym nabytkiem dla nowej przykościelnej inicjatywy, którą porodziła magister Helena Demon, nowa dyrektorka szkoły podstawowej. Proboszcz Postronek do inicjatywy nie miał wiele zapału, a jeszcze mniej zainteresowania. Starał się wywinąć, ale grupa kobiet umiała go zwietrzyć z wiatrem czy pod wiatr i raz-dwa były przy tylnych drzwiach. Napierały tak, taki gorąc od nich bił wilgotny, że proboszcz Postronek bał się wręcz o swoje zdrowie. Kazimierza Maślaka najpierw zdziwił uśmiech na twarzy zbliżającego się księdza, ale szybko zrozumiał, że powód jego obecności pod kościołem, i to na długo przed porannym nabożeństwem, został opacznie zrozumiany. Ja żem do Panienki Przenajświętszej, powiedział, co mogło świadczyć o stanie jego zdenerwowania, bo na ogół starał się nie mówić z wiejska, chyba że interes z jakimś wiejskim kontrahentem tego wymagał. Cóż za dobry, prosty człowiek, ucieszył się proboszcz Postronek. Tacy prości ludzie to sól tej ziemi czarnej, to fundament Kościoła, opokaż to prawdziwa. Ktoś, kto już o szóstej rano modli się tak żarliwie, na pewno zrozumie wagę sprawy, z jaką przyszły do niego Helena Demon i inne. I tak Kazimierz Maślak trafił na spotkanie obrońców życia poczętego.

Rączki ucałował, zjadł kawałek domowego sernika, który jedna z kobiet przyniosła, i kawałek Izaury od drugiej, mlasnął, pochwalił, bo Izaurę lubił szczególnie. Helena Demon rozdała wszystkim piękny długi wiersz odbity na powielaczu, który można było też śpiewać, i co za szkoda, że nie było księdza Adasia z gitarą, raz-dwa by melodię jakąś ułożył. Helena Demon zaoferowała się jednak, że przeczyta, a właściwie to może nawet z pamięci. Przytuliła do piersi ratlerka, nabrała powietrza:

> *Mamusiu!*
> *To ja, duszyczka mała.*
> *Dzięki ci też, tatusiu!*
> *Już się na świat dostałam,*
> *Pod mamy serduszko szybko wpłynęłam,*
> *Jak deszczyk z nieba się wzięłam.*

Kazimierz Maślak sięgnął po drugi kawałek Izaury i pomyślał, że skoro wyjść się nie da, to zje sobie chociaż ciasta za darmo.

> *Malutka jestem jak okruszek,*
> *A moim domkiem mamy brzuszek.*
> *Jeszcze nie wiem, czym chłopiec, czy dziewczynka.*
> *Mamusiu!*
> *To ja, twoja ociupinka!*
> *Aaaa!!!*

Matko Boska, przestraszył się Kazimierz Maślak i aż zakrztusił Izaurą. Ma baba głos, pomyślał. Taką w domu mieć, to na głowę ci wejdzie, jak jej codziennie dobrze nie przylejesz.

Co tu, mamusiu, się dzieje?!
Coś się strasznego stało!
Do środka tu światło wleciało!
Za nóżkę coś mnie złapało!
Aaaa!!!

Kazimierz Maślak zlizywał z wąsów okruchy, słuchał i kiwał głową, chociaż przez całe swoje życie nie myślał o płodach, nawet wtedy gdy bliźniaczki z Brzeziny naciągnęły go na podwójną skrobankę. No to się wpieprzyłem, pomyślał, ale wyjść nie wypadało. W końcu to kościół.

Mamusiu!
Pan doktor nóżkę mi urywa,
Dźwięk jakiś straszny się odzywa,
Coś szczęka i drugą nóżkę mi odcina,
Mamusiu!!!
Już na pół przecięta twa dziecina.
Teraz mi brzuszek metal rozdziera,
Już się za moje serduszko zabiera,
W szczypce zimne zaraz je chwyci.
Już cię, mamusiu, dziecina nie zachwyci.
Pan doktor na śmieci rzuca moje płucka i wątróbkę,
Twoja dziecina już jest krwawym trupkiem.
Mamusiu!!!

Moja krewka się leje jak rzeka
I już nic mnie dobrego nie czeka.
Aaaa!!!

Nauczycielski głos Heleny Demon wzmocniony niedawnym awansem na dyr. dudnił i drżał. Patrząc na nią z braku lepszego zajęcia, Kazimierz pomyślał, że jako dziewczynka mogła być całkiem ładna, z oczami i odnóżami w mniejszym rozmiarze i z niezużytego materiału. Ale, ale, czy ona czasem nie ma takiej małej całkiem jeszcze córeczki?

Czemuś mnie, mamusiu, nie broniła?
Razem z doktorem grzech straszny popełniła?
Mamusiu!!!
Nawet jeśli to życie przejdziesz krokiem bezpiecznym,
Biada ci, mamusiu, na Sądzie Ostatecznym!

Gdy Helena Demon skończyła, Kazimierz Maślak poczuł, że coś musi powiedzieć, bo załzawione oczy patrzyły na niego, patrzył na niego nawet ratlerek magister Demon, a oprócz dwunastu kobiet i proboszcza Postronka, który wyrwany z drzemki rzekł Amen i na tym poprzestał, był jeszcze tylko stary Pypeć, który przychodził wszędzie, gdzie dawali coś zjeść, i drzemał w kącie. Kazimierz chrząknął, przekalkulował i rzekł, że co do niego, to uważa, że to się sprzeciwia kryminałowi, i nie tylko kobietę, lecz także lekarza surowym wyrokiem trzeba karać. Bo za co oni, konowały, se te wille pobudowały? Za co te glazury, bołazerie? Za krew niewiniątków. Wzbudziło to aplauz, który nieco zdziwił Kazimierza Maślaka.

Posunął się więc krok do przodu, macając grunt, jakby po mulistym brzegu Pełcznicy brodził w poszukiwaniu raków. Lekarza więzieniem długoletnim. Kobietę dożywociem, a jak żona wbrew woli męża wyskrobała, surowiej jeszcze niż jak panna. Bo taka ab...orcja to jest... ludobójstwo jakiegoś doktora Mendele. Panie Kazimierzu! Helena Demon uniosła się i błysnęła głębią, przekładając pod spód wierzchnie swe udo. Pan z ust mi to wyjął, panie Kazimierzu. Stanęło na tym, że za miesiąc Kazimierz Maślak i Helena Demon do samego Wrocławia pojadą i spotkają się z tamtejszą grupą obrońców życia poczętego w celu połączenia sił.

Kazimierz Maślak, podbudowany sukcesem, zaczął podejrzewać, że polityka to odpowiednio donośne powtarzanie tego, co mówią inni zgromadzeni, w takich słowach, jakich sami chcieli użyć, ale jakoś im nie wyszło. Do Wrocławia! Szczęściarz z niego. Posiedzi na ganku, żeby się trochę opalić, bo to zawsze bardziej elegancko taki mężczyzna wygląda, jakby z wczasów w Sopocie wrócił czy wybyczył się na działeczce. Zresztą zawsze Basieńce powtarzał, że opalenizna z działki taka sama, a pieniędzy się nie nawydaje jak nad morzem. Po Wrocławiu może nawet do Warszawy, a kto wie, czy nie za granicę. Trzeba być przygotowanym. Siódmy krzyżyk ma na karku, ale on jeszcze niejednemu młodemu by pokazał. Kazimierz słyszał, że w takiej Tajlandii, w Afryce, małe dziewczynki są do wyboru, do koloru dla każdego, kto ma pieniądze.

Tymczasem jego żona Basieńka, teraz sama nie większa niż dziesięcioletnia dziewczynka, w okularach jak denka butelek, z siwymi włosami zaplecionymi w warkoczyki, zmniejszała się w takim tempie, że młócące ramiona jej męża raz po raz trafiały w pustkę. To może człowieka zdenerwować, zwłaszcza gdy jest zajęty poważnymi sprawami politycznymi i przygotowuje se w myśli przemówienia. Ile można słuchać piosenek o dziewczynce-malince słodkiej jak szynka i miód, gdy trudno zlokalizować źródło śpiewu i nie wiadomo nawet, w którą stronę rzucić kapciem. Pomniejszona żona nie nadawała się do prac kuchennych, bo nie utrzymałaby nawet tłuczka, by zrobić mężowi ulubione bitki wołowe. Jadzia więc zajęła się karmieniem głowy rodziny, którą Kazimierz zawsze tak bardzo pragnął być. Barbara oddała jej swoje królestwo kuchenne; abdykowała bez słowa protestu, bo nigdy nie czuła się królową. Przez pierwsze kilka tygodni siadała czasem na stołku przy kuchennym stole, patrząc zza swoich poklejonych plastrem okularów, jak Jadzia obiera ziemniaki albo smaży cebulę. Moczyła sobie bułkę w słodzonym mleku i nuciła o dziewczynce-malince słodkiej jak szynka i miód, puszczając bańki białej śliny. Jadzia traktowała ją właśnie tak jak małą dziewczynkę, którą nigdy nie przestała być, zaplatała jej mysie warkoczyki i wiązała na końcach podwójne kokardy. Zbierała za nią wyplute packi bułki z wyszorowanej na glanc podłogi, narzekając ty paparuchu. Gdy wychodziła do sklepu, na wszelki wypadek przywiązywała Basieńkę za nogę do kaloryfera. Któregoś razu, gdy od strony Piaskowej Góry wiało tak, że piasek wciskał się przez szpary w oknach, pomniejszona Barbara wymsknęła się, kiedy Jadzia otworzyła listonoszowi, i mimo poszukiwań, w których brała udział milicja z psami, nie udało się już jej odnaleźć. Razem z nią zniknął pierścień z zielonym kamieniem, który Kazimierz Maślak zdobył na ostatniej wojnie.

XV

W piątym roku wojny Zofia, uzbrojona w odwagę i kij, wyszła zimą na podwórze, zaniepokojona szczekaniem psa, i zamierzyła się na coś czarnego, przyczajonego w ciemności. A poszed won, krzyknęła, udając, że się nie boi. Jeśli to Maniek Gorgól, prędzej ucieknie mu na zewnątrz niż w domu, do którego drzwi rozwaliłby jednym kopnięciem buta. Jeśli zwierzę, poradzi sobie, one nie atakują bez powodu. Proszę mnie nie bić, powiedziało ciemne coś i Zofia omal nie umarła, bo spodziewała się czegoś na pewno mniej ludzkiego i grzecznego. A kto tu? Czego chce? zapytała niepewnie i cień rozprostował się. Był mężczyzną, obcym, którego ciemna głowa wystawała z kokonu szmat. Mam na imię Ignacy, powiedział cień, dobry wieczór pani. Takie rzeczy nie zdarzały się normalnie, a co dopiero w wojnę, żeby znajdować obcego w ogrodzie, który nie podrzyna gardła, nie gwałci, nie pali chałupy, tylko mówi, dobry wieczór pani. Zofia stała z otwartymi ustami. A skąd się tu wzioł? Mówi, czego chce, bo psem poszczuję. Jestem Żydem, powiedział cień, uciekam. Z getta, z Warszawy. O Matko Boska, nogi ugięły się pod Zofią Maślak, trwa wojna, jest sama na świecie i ma Żyda w ogrodzie, do tego z samiuśkiej Warszawy.

Jak tu trafił? zapytała w ciemność, z której świeciły oczy. Czego chce? To była zwykła historia, Zofia uwierzyła w nią, bo podobna zdarzyła się parę miesięcy temu, gdy zabłąkanego Żyda Niemcy zastrzelili koło tartaku. Jeden taki zostawił Ignacego w lesie i znikł. Powiedział, czekaj, przyjdą po ciebie i ukryją, więc czekał, ale nie przyszli. Ruszył, bo jeśli umierać, to idąc. Idąc, jakby mniej się człowiek boi. Nie wiedział, ile dni i nocy tak szedł, pewnie chodził w kółko, jadł zmarznięte jagody, raz znalazł strumień, ale potem zgubił, jadł śnieg, który smakował dymem. Jej dom stoi na skraju wsi, jest głodny, nie ma już żadnych pieniędzy, nic nie ma, więc nic nie może chcieć. Popatrzył na Zofię ciemnymi oczami, które płonęły gorączką, wyszeptał, że przeprasza i już idzie dalej, zrobił pół obrotu i zemdlał, waląc głową w kamienną cembrowinę. Zofia pomyślała o smrodzie spalonego mięsa, wargach Mańka jak dwa ślimaki. Spojrzała na ścieżkę prowadzącą ze wsi do jej furtki i dalej w las – była pusta, biała, księżyc kapał na nią jak rtęć. Podobno tamtego pierwszego Żyda najpierw znaleźli chłopi z tartaku, leżał koło torów i o własnych siłach już by nigdzie nie zaszedł. Stali i patrzyli, ale w grupie strach jest silniejszy niż pojedynczo. Związał im ręce i nawet wody żaden nie odważył się podać. Cudzakowa mówiła, że Żyd i tak by nie przeżył, miał nogi tak odmrożone, że aż czarne. Prosił, dobijcie mnie, i któryś zawiadomił Niemców, może stary Kos, może Kukułka, jakby to dobijcie ich usprawiedliwiło, jakby rzeczywiście chciał umrzeć, a nie błagał o ratunek.

Zofia Maślak wezwała raz jeszcze Matkę Boską, która tego wieczoru zajęta była innymi sprawami, pochyliła się więc nad nieprzytomnym mężczyzną i wciągnęła go do domu. Zamknęła drzwi i klamka zapadła. Myła go na podłodze w sieni szmatką nasączoną octem, wzdrygając się na widok poranionego ciała. Uspokajała, no cicho, cicho, jak dziecko, bo zaczął jęczeć, próbując coś powiedzieć aniołowi pochylonemu nad nim w blasku naftowej lampki. Miał na udzie zaropiałą ranę, którą Zofia oczyściła z paru białych robaków i przelała wódką, jasne też było, że od dawna głodował, bo wklęsły brzuch prawie mu przyrósł do kręgosłupa. Zdjęła ubranie z Ignacego, sztywne od brudu i krwi, rozciąwszy koszulę i spodnie nożycami, a gdy jej oczom ukazał się członek pozbawiony żółwiego kołnierzyka i bezbronny, zaczerwieniła się aż po korzonki jasnych włosów i poczuła pulsowanie w dole brzucha. Słyszała, że coś takiego robią Żydom, ale dokładnie nie rozumiała co; sądziła, że w wyniku tej tajemniczej operacji różnią się oni o wiele bardziej od swojskich chłopów. Starczy takiemu parchowi w portki zajrzeć i wszystko wiadomo, powtarzał Maniek Gorgól. A mnie starczy, że w gębę spojrzę i wiem, co trzeba, odpowiadała Zofia, ucinając jego zaloty. Członek nieznajomego nie dość, że znajdował się tam, gdzie się go można było spodziewać, to tak samo jak mężowski drgnął i zwiększył swą objętość w odpowiedzi na nie do końca przypadkowy dotyk jej dłoni. Matko Boska! W umyśle Zofii, który nie wypuszczał się na wycieczki dalsze niż na targ do Skierniewic czy pielgrzymkę do Częstochowy, pojawiło się przekonanie, że trzeba mieć we łbie kozie bobki z serwatką, jak mawiała jej świętej pamięci matka, by wedle takiej różnicy dzielić ludzi. Przyjrzała się jeszcze raz dokładnie. Nic, tylko chłopy to musiały wymyślić, jak wiele innych niepotrzebnych rzeczy. Z tego, co ona widzi, kobiecie nie powinno to sprawiać różnicy. Zofia założyła mężczyźnie portki i koszulę Maćka i zaciągnęła go do kuchni, gdzie przygrzała rozcieńczone wodą mleko, bo zostało jej tego dnia niewiele. Pił, tak jak piją dzieci, i płakał, a Zofia trzymała kubek przy jego ustach. Pierwszą noc przespał Ignacy w kuchni, na wąskim łóżku pod obrazem Chrystusa obnażającego serce w kolorze fuksji, podczas gdy Zofia przyglądała mu się w półmroku, czuwając na stołeczku do obierania ziemniaków. Trzeba mu będzie te kłaki ogolić, pomyślała, gdy wśród gęstwy ciemnych włosów śpiącego dostrzegła wesz. Zdrzemnęła się dopiero nad ranem, z głową opuszczoną na pierś, a po przebudzeniu zobaczyła wpatrzone w siebie oczy mężczyzny, który wyszeptał, dziękuję pani. Co komu pisane, temu w wodę kamień, opowiedziała, gdy ostrzegł ją niepotrzebnie, bo każde dziecko z Zalesia to wiedziało, że zginie, gdy wyda się, że ukrywa Żyda. Ni ma co gadać, wzruszyła ramionami, kazała mu usiąść na kuchennym stołku, po czym wielką brzytwą, którą z wprawą naostrzyła na pasku, ogoliła go na zero. Bo wszy ma, odpowiedziała, gdy zapytał, po co, a Ignacy, który już jako mały chłopiec żądał codziennych kąpieli, poczuł się upokorzony i bardzo nieszczęśliwy. Skąd ja tu się wziąłem? pomyślał, gdy w lustrze w sieni zobaczył swoją gębę dybuka z głową pomazaną czymś na zielono. Na wszy tak trza, krótko wytłumaczyła mu ta kobieta o biodrach jak kołyska i miłych szorstkich dłoniach. Że z Warszawy, mówił, jest? zapytała.

Nazywał się Ignacy Goldbaum, miał dwadzieścia dwa lata i studiował w Warszawie medycynę, gdy przyszła wojna i zmiotła jego przyszłość jak garść popiołu.

Nie wiedział wtedy jeszcze Ignacy, że z jego trzydzie-stoosobowej rodziny, pełnej wysokich, kościstych ciotek i wujów o wzroku słabym od nauki, przetrwał tylko pię-cioletni rudy kuzyn, przygarnięty przez polską rodzinę. Przemalowany nie do poznania w Januszka Lepiankę, który przez lata całe nie będzie miał pojęcia, skąd po-chodzą i co mówią do niego obce, ciemnookie osoby w jego głowie, dopiero trzy lata przed śmiercią pozna staruszkę, która jego pierwszą tożsamość zawekowa-ła i zakopała na szczęście i nieszczęście. Wojna zastała Ignacego w Warszawie, gdzie mieszkał u siostry matki, Roisy Boiss, bezdzietnej i bardzo religijnej wdowy, unie-ruchomionej na wózku w czteropokojowym mieszkaniu pachnącym naftaliną i czosnkiem. Starsza pani w peruce z matowych włosów, pod którymi ukrywał się rudy jeż jej własnych, nigdy nie przyjęła do wiadomości imienia Ignacego i wołała na niego Icek, bo tak powinien nazywać się chłopak z dobrej żydowskiej rodziny, co i obrzezanie, i bar micwę miał, jak należy, więc ja się pytam, czemu Ignacy, ja się pytam, jaki Ignacy, zrzędziła dobrotliwie, klekocząc wózkiem po drewnianych podłogach. Roisa wyszła za tradycję i pieniądze, jej siostra Sara, matka Ig-nacego, za tradycję i intelekt, i siostry czasem nie mogły się dogadać, bo jako mężatki ubierały się inaczej, jad-ły co innego i coraz bardziej upodabniały się do swoich małżonków. Wkrótce jednak te subtelne różnice między nimi miały okazać się bez znaczenia. Na szczęście dla siebie ciotka zmarła, podlewając pelargonie na balkonie w ostatnie przedwojenne lato, a Miriam, córeczka są-siadów z naprzeciwka, do której Ignacy wysyłał czasem papierowe samoloty, gdy czytał na balkonie, na widok

zsuwającej się z fotela kobiety krzyknęła przenikliwie
jak mewa. Tak samo krzyknie już niedługo, gdy przez
otwór w suficie zamiast wody zasyczy gaz.

Ignacemu udało się wydostać z getta przy pomocy
polskich przyjaciół, doktora Zatryba i jego żony lekarki, oni też wywieźli go z płonącej Warszawy, bo wygląd
miał wyjątkowo zły i najlepsze papiery z nazwiskiem Kowalski czy Wiśniewski takiego nosa i oczu by nie ukry-
ły. W domu, w którym miał znaleźć schronienie, strach
zwyciężył jednak opłacone z góry miłosierdzie i znów
musiał uciekać. Ostatnią cenną rzeczą, jaką miał Ignacy,
był złoty pierścionek ze szmaragdem po ciotce Roisie
Boiss. W lesie między Brzeziną a Zalesiem dał go mężczyźnie, który obiecał wrócić po niego – jak nie on, to
zaufany człowiek, tak mówił – ale szmyrgnął w krzaki
i nie pojawił się więcej.

Zofia pościeliła Ignacemu na strychu, do którego
wchodziło się ze spiżarki, i kierowana nagłym przypły-
wem chłopskiej przebiegłości zostawiła drabinę, jak stała. Zawsze mogłaby powiedzieć nieproszonym gościom,
gdyby tylko nie zdradziły jej drżenie głosu i dłonie zaciśnięte pod fartuchem, bo nigdy nie uważała się za osobę odważną, a idźta, idźta, tam u góry i tak nic ni ma.
Dwa razy dziennie wspinała się na strych z jedzeniem
i Ignacy widział najpierw jej głowę jaśniejącą w smu-
dze srebrzystego światła, które wybuchało przez uniesioną klapę jak fontanna. Stawiała tacę i wynurzała się
cała – kremowa szyja, piersi i biodra ledwo mieszczące
się we włazie. Pierwsze wrażenie, jakie odniósł, że oto
anioł z jednego z warszawskich kościołów, które odwiedzał z ciekawości, bo każdą religię uważał za opium dla

ludu, zstąpił na ziemię w tej zabitej dechami dziurze i go ocalił, umacniało się. Gdy Ignacy patrzył na Zofię, na chwilę przestawał się bać, a to była duża odmiana. Pierwszy raz od dawna trząsł się tylko z zimna, obkładając chude ciało króliczymi skórkami, których ta kobieta miała całe worki. Kłaczki wpadały mu do nosa przy każdym oddechu i z trudem tłumił mogące go zdradzić kichanie. Któregoś razu Zofia wspięła się na strych nadprogramowo, między śniadaniem a kolacją, by przynieść mu jabłko, tak krągłe i czerwone, jakby miało trysnąć krwią. Skąd takie jabłko w środku zimy? Anioł przybrał postać kusicielki o twarzy w kształcie serca i lekko chropowatych dłoniach, która powiedziała, a niech uważa ino na robaki. Zofia przez pierwsze tygodnie stawiała jedzenie i brała do wylania wiadro niemal bez słowa; odpowiadała półsłówkami na pytania mężczyzny, który widząc cienki drucik złotej obrączki, domyślił się, że jest wojenną słomianą wdową. Rana Ignacego nie goiła się dobrze i przestał gorączkować dopiero po kilku tygodniach, krwawa masa na jego udzie przybrała wygląd stwardniałego surowego mięsa i nigdy już nie zarosła skórą. Mówił Zofii, jakich lekarstw potrzebuje, a ona kupowała je u aptekarza, o ile miał potrzebne składniki, chociaż uważała, że i tak najbardziej pomogły okłady z liści babki, które sama robiła. Ignacy czuł się coraz silniejszy i ćwiczył mózg, przypominając sobie wykłady czy treść czytanych książek, liczył zamarznięte pająki na suficie i mnożył przez liczbę schwytanych mrówek, gimnastykował zwiotczałe mięśnie, robiąc pompki, aż wapno sypało się Zofii na głowę. Zaczęła zostawać na strychu dłużej, patrząc, jak mężczyzna je, i słuchając opowieści o Warszawie, gdzie nigdy nie była, a on odtwarzał dla niej ulice, kawiarnie, teatry i parki, secesyjne kamienice z marmurowymi posadzkami i poręczami z drewna o połysku bursztynu, które właśnie obracały się w nicość. Zofia czekała niecierpliwie na pory posiłków i leżąc w łóżku, patrzyła w sufit porażona niestosowną myślą, że Ignacy śpi nad nią na swoim sienniku. Budziło się w niej coś jasnego i świetlistego, co mogło być zwykłym pragnieniem miłości, ale też czymś więcej – ciekawością świata.

Mimo marca za oknem padał śnieg i ryby zamarzały w Pełcznicy, a Zofia myślała, jak by to było tak siedzieć w kawiarni na Nowym Świecie albo z parasolką przechadzać się po Łazienkach, liżąc malinowe lody w wafelku. Ignacy był inny niż Żydzi, których znała do tej pory, inny też z pewnością niż ci oprawcy niewierni, co zabili Jezuska, którymi straszył ksiądz Zdunek z ambony, a których osobiście poznać nie miała okazji. Jej matka wzdychała, że Pan Bóg daje kupca, a diabeł faktora z melasą, za każdym razem, gdy mały, tłusty Mosze, zwany z powodu fatalnej cery Krostą, przyjeżdżał do nich ze Skierniewic utargować parę kaczek czy cielaka, i zawsze miała potem wrażenie, że dała się oszukać. Jak to mnie użydził ten Krosta, Jadwiga kręciła głową z żalem i podziwem dla jego handlowych zdolności. Do sympatycznego, gadatliwego Aronka, od którego kupowała kupony materiału i nici, czopki na przeczyszczenie i różowy krem do twarzy o zapachu najprawdziwszych poziomek, matka Zofii też nie miała pełnego zaufania i targowała się tak długo, że na koniec oboje niemal płakali, zaklinając, niech stracę, tyle a tyle i koniec. Aronek mówił głośno, śpiewnie przeciągając sylaby, jego języka Zofia prawie nie rozumiała. Gestykulował przy tym tak żywo, że zawsze coś rozlał lub strącił. Jedni mają we krwi złoto, a inni buraczki z maślanką, przy akompaniamencie głębokich westchnień Jadwiga zamykała sprawę jednym ze swoich powiedzonek. Świadomość żydowskiej inności zatrzymywała się na przedprożu nienawiści i nigdy nie miała go przekroczyć, nawet gdyby była ku temu okazja. W chwilach największego gniewu, jaki ogarniał ją, gdy traciła kolejne dziecko, Jadwiga Strąk, bijąc się w piersi, mówiła, że największym Żydem, jakiego zna, jest Pan Bóg i ani Krosta, ani Aronek do piet mu nie dorastają. Jak nie teraz, to po śmierci ona już sobie z nim pogada.

Tymczasem Ignacy w niczym nie przypominał faktorów i kupców. Jadł i nie bekał jak Maciek, a mówił jak proboszcz Zdunek. Zofia musiała się nieźle natrudzić, by nie zostać na którejś z bocznych ścieżek jego długich i meandrycznych zdań. Ale gada i gada! dziwiła się, skąd tyle gadania w takiej chudzinie? Co rusz prosił o trochę ciepłej wody i pachniał jak młody pies, jak Burek, któremu pozwalała spać w swoim łóżku, zanim urósł i poszedł do budy. Budząc się w nocy, Zofia przypominała sobie ten psi zapach Ignacego i targały nią wyrzuty sumienia wobec nieobecnego i kto wie, czy żywego męża. Którejś nocy otworzyła drzwi prowadzące ze strychu na dach drewutni i Ignacy pierwszy raz od dawna zobaczył niebo, ciemne i jeszcze opuchłe po pierwszym wiosennym deszczu. Usiedli razem w progu, dotykając się ramionami, i Zofia Maślak z Zalesia poczuła tak dojmującą świadomość własnego istnienia, aż jej się odbiła zjedzona na kolację zalewajka. Gdy Ignacy ją pocałował, wydawało się, że wiosna i wszystko jest po ich stronie. Zofia była ciepła, wilgotna i pachniała deszczem. Tak zaczęły się dwa tygodnie, podczas których nie było ukrywających i ukrywanych, a wojna trwała na jakiejś innej planecie, złej, kanciastej i zimnej. Drewniany dom z Zofią i Ignacym oddalał się od niej jak zbuntowany satelita; pędził ku gwiazdom. Zofia była pierwszą kobietą, jakiej Ignacy dotykał, i wydawało mu się niemożliwe, że ten cud nie jest pojedynczy i niepowtarzalny, bo czy zwielokrotnione może być to, co wydaje się objawione tylko jego oczom? Pachy z kępkami jasnych traw, ich zapach twarogu i miodu, cudowna podwójność piersi o dużych morelowych brodawkach i pępek – ciepłe brzuszne oko, przez które Ignacy próbował zajrzeć do środka Zofii, by zrozumieć tajemnicę. Zofia mogła być tylko jedna, inne kobiety to zaledwie jej dalekie, zimne odbicie. Jedli ziemniaki o ostrym piwnicznym posmaku i pęcak dla kur, bo nic innego nie było już do jedzenia. Z zimnego strychu przenieśli się na dół, gdzie palił się ogień pod kuchnią. Zofia sypiała na kuchennym łóżku, a dwa pozostałe pokoje, paradny z wysoko spiętrzonymi poduszkami i pokoik, o którym Maciek mówił – dla dzicków, całą zimę stały zamknięte. Teraz wąskie łóżko dzieliła z Ignacym. Ich satelita planety Ziemia nabierał szybkości i Zofia straciła czujność. Gdy była poza domem, biegła z powrotem tak, jakby jej się paliło. Któregoś dnia rano nie usłyszała szczekania i zobaczyła, że Burek leży przy budzie martwy na naprężonym łańcuchu. Zanurzona w tym, co dobre i czułe, Zofia zapomniała, że żyje na świecie, na którym ktoś mógłby mieć cel w otruciu jej mądrego, czujnego psa.

Nie spotykała się z nikim i rzadko nawet wychodziła na podwórze, skoro nie musiała już karmić psa. Nie zauważyła, że Maniek Gorgól zawsze jest gdzieś w pobliżu, wodzi za nią wzrokiem i co rusz pluje pod nogi, jakby ugryzł coś gorzkiego. Nie był mądrym człowiekiem, ale wiedział, że budzi w ludziach strach jeszcze silniejszy niż nienawiść. Bez trudu zdobył informacje o dziwnych lekarstwach, jakie Zofia zamawia u aptekarza, a przecież zdrowa jak koń i na pewno nie ranna, wiedział o otwieraniu drzwi przez nią jakoś za długo, gdy Cudzakowa wpadła w porze obiadu pożyczyć kubek barszczu na zalewajkę. W nocy widział dziwny blask wokół jej domu, mimo iż okna były ciemne, a jednak coś przesączało się na zewnątrz i topiło śnieg, tak że pod oknami zaczęła wychodzić trawa, jeszcze zanim poszły lody na Pełcznicy. Najpierw myślał Maniek Gorgól, że to któryś z lasu, może Janek Kos, bo ten chodził za Zofią od lat i nieraz wchodził mu w paradę. Jednak mimo wielu nocy spędzonych pod jej domem nigdy nie widział, by ktoś wchodził lub wychodził. Mógłby na nią donieść, tak jak doniósł na jej rodziców idiotów, którzy nie chcieli go za zięcia. Gniłaby w zbiorowej mogile, ale co to byłaby za strata, gdyby takie cycki poszły do piachu. Maniek Gorgól potrzebował jeszcze trochę czasu, by się upewnić, i zaraz po Wielkanocy przyszedł do domu na skraju wsi już nie po prośbie, nie z czekoladkami, którymi kiedyś wzgardziła, a on je przywiózł aż ze Skierniewic i całą drogę polerował metalowe pudełko, chuchając nań i trąc połą marynarki, bo wydawało mu się nie dość dla niej piękne i błyszczące. Wiedział już, że to pod Zofii pierzyną przepadł warszawski żydek komuch, którego szukał po lesie jak głupi, gdy zimą dostał cynk od swojego z lasu. Żydek złoto miał mieć na sobie, pieniądze, a jemu gówno się z tego dostało. Poczekał, aż zgasną światła, wypalił papierosa i rozwalił drzwi, bo na pukanie i czekoladki było już za późno. Byli w łóżku i to rozwścieczyło go tak bardzo, że omal nie pokpił sprawy, potykając się o leżący na podłodze but. Ignacy nie miał szans, gdy Maniek Gorgól strzelił go w skroń kolbą, aż echo poszło. Poczuł krew lejącą się po oczach i zanim upadł, zobaczył jeszcze przez czerwoną zasłonę, jak mężczyzna w mundurze policjanta sięga po warkocz Zofii. Pożałował Maniek Gorgól, lepiej było zostawić przytomnego, związać i niechby patrzył, jak się postępuje z kobietą. Zofia krzyknęła, Ignacy! i ile dałby, żeby za nim tak krzyczała, ale potem nie usłyszał od niej ani krzyku, ani słowa sprzeciwu. Gryzła i kopała, pluła i wsadziła mu palce w oko, ale to tylko podniecało go coraz bardziej. Sięgała mu do piersi, miała stópki jak dziewczynka, pulchny brzuch i pośladki całe w dołeczkach, nie z takimi sobie radził. Chwycił ją więc mocniej za włosy, za rozwichrzony warkocz, owinął go wokół nadgarstka, tak że jej szyja wygięła się w łuk, rozgniótł w ręce miękkie piersi. Maniek Gorgól zgwałcił Zofię tak, jak zaplanował, bez ściągania butów. Łudził się, że mokra jest dla niego, a nie po tamtym, że jej się spodobało. Podoba ci się, suko? sapał, powtarzając raz po raz. Skończył szybciej, niż by chciał, a Zofia usiadła na łóżku i bez żadnych wstępów zwymiotowała, tak że opryskała mu granatowe spodnie od munduru aż po jeszcze nie zapięty rozporek. Gdyby tam zwymiotowała! Ona nie przestawała rzygać, jakby odetkał jakąś rzekę pełną przetrawionego pęcaku, krochmalu, zdechłych ryb i by-

314

czych oczu. Patrzył z przerażeniem na chlustający w jego stronę potop. Wytarł spodnie skrajem prześcieradła, co niewiele im pomogło, bo brudne były po kolana, i poczuł się oszukany. Ty suko, no, zamierzył się, ale wolał nie ryzykować bliższego kontaktu. Wymyślił sobie, że dzięki żydkowi nacieszy się Zofią i nasyci na swoich prawach; będzie ją miał w garści i nie spuści z niej oka, teraz on ją będzie wodził za nos. Karmił się obrazami jej podległości. Chciał ją gnieść i siniaczyć, zostawiając w strachu do następnego razu, a ona będzie błagała o litość. Będzie mówiła, proszę cię, błagam, będzie się opierać, ale tak troszeczkę, by przyjemnie mu się opór łamało. Ten należący kiedyś do żony, Marysi, dawno złamał wraz z nogą i dwoma żebrami, a bez oporu to dla Mańka Gorgóla już nie to. Każe Zofii wypiąć na stole ten wielki biały tyłek, założyć miejskie pończochy, albo powie, teraz zatańcz mi tu, a żydek będzie patrzył i skomlał. Tak to sobie wymyślił Maniek Gorgól, na tyle starczyło mu wyobraźni. Rozkosz, na którą czekał tak długo, została jednak nadpsuta i musiał chociaż zmienić zarzygane spodnie. Podkręcił knot w naftowej lampce, wyjął przygotowany sznur i korzystając z chwilowej przerwy w potopie, związał Zofii ręce i nogi, a potem kopnął odzyskującego przytomność Ignacego i zrobił z nim to samo. Zaczął odzyskiwać siły. Pomyślał i posadził ich tyłem do siebie na dwóch krzesłach, dla pewności związując jeszcze razem. Przez chwilę Zofia wydała mu się prawie brzydka, może w ogóle niewarta była całego zachodu. Właściwie miał jej dość. Wyszedł Maniek Gorgól w srebrniejący przedświt i wsiadł na rower. Pojedzie do dworu i wróci w towarzystwie Fryców, to stąd tylko dziesięć minut, wyciągną ją na podwórze za kłaki, żydka trzaśnie się na miejscu, a z nią się zobaczy. Może zabawić będą się chcieli. Taką rozkosz przyniósł mu obraz zemsty za pawia puszczonego na jego męskość, że poczuł wzbierającą erekcję i pędził na rowerze leśną ścieżką, nie rozglądając się ze zwykłą u niego czujnością. Nie zauważył więc sznura przeciągniętego w poprzek ścieżki i poleciał szczupakiem w ciemność, a gdy już miał się podnieść, plując piachem, ktoś walnął go w głowę. Maniek Gorgól stracił przytomność i zdążył tylko pomyśleć, że nie tak miało być.

Po wyjściu Mańka Gorgóla Zofia nie powiedziała już ani słowa, mimo że Ignacy prosił ją i zaklinał, przepraszał i obiecywał, nie rozumiejąc, że na tę noc i wiele następnych wyczerpały się jej słowa. Czuł, jak drży, myślał, że jej zimno, bo Maniek nie domknął drzwi i zgasł ogień pod kuchnią. Gdyby mógł ją przytulić i ogrzać! To jednak było coś więcej, to był chłód, który rozlewał się od środka i tworzył w Zofii martwe zatrute jeziorka, tam gdzie dotąd były jasne polany, sosnowy las o poszyciu pełnym słonecznych plamek. Ignacy mówił, że jeśli umrą, a na to się zapowiada, to żeby wiedziała, że drugiej takiej jak ona nie ma ani w Warszawie, ani nigdzie, i odnajdzie ją wszędzie, nawet w zaświatach, w które właściwie nie wierzył, ale teraz nie jest już taki pewny. Im więcej mówił Ignacy, tym bardziej czuł, że jego słowa są zbyt małe wobec bólu Zofii, który kamieniał za jego plecami; słowa spadały na podłogę, wydając suchy odgłos jak rozsypany groch. Zosieńka, prosił ją Ignacy i prośbę tę kierował też do czegoś ciemnego w nim samym, co szeptało mu: uciekaj! Zosieńka, w dobrym złe się rozpuści, rozpłynie. Zobaczysz! Będziemy chodzić po lesie, jeść zalewajkę,

posiejemy kwiaty, georginie wielkie jak dziecięce główki, o których mówiłaś, maciejkę, co chcesz. Ale Zofia
myślała o karze, takiej karze, jaką straszył proboszcz
Zdunek w zaleskim kościele. Ona spada na grzesznych
ludzi i jest sprawiedliwa, do niej przyszła w postaci Mańka Gorgóla. Zofia sobie zasłużyła! Skuliła się, bo w ciemności poczuła wzrok strasznego oka, które wszystko
widzi. Pukanie było nadzieją, bo śmierć by nie pukała,
i Ignacy krzyknął, wejść. Zofia od razu poznała dwóch
z trzech chłopców z lasu, którzy weszli do jej kuchni, z Antkiem Cudzakiem i Józkiem Makarą chodziła do
szkoły w Zalesiu. Nie odwracając wzroku od jej nagości,
przecięli sznury. Okryła się rzuconym jej kocem i nadal
milczała, trzęsąc się tak, że aż Józek wyjął piersiówkę
i wlał jej do ust trochę wódki. Od tej pory oni przejmą
ukrytego mężczyznę, towarzysza Ignacego, który nie
jest już tu bezpieczny. Spisała się, będą to pamiętać. Oj,
nie zapomną, przewrócił oczami Antek Cudzak, blondyn
z zaropiałymi oczami i twarzą tak okrągłą, że można by
ją objechać na rowerze, a Józek Makara zaśmiał się jak
z dobrego dowcipu. Wojna się kończy, powiedział trzeci
partyzant; jego policzek przecinała byle jak opatrzona,
świeża, krwawiąca rana i dopiero gdy się uśmiechnął,
Zofia rozpoznała w nim Janka Kosa. Wojna się kończy,
powiedział, mierząc wzrokiem jej pełną postać, i lepiej,
żeby mężowie obcych portek w chałupie nie znaleźli.
Ani małego Mojżeszka na podwórku, jeszcze raz rozśmieszył kolegów Antek Cudzak. Nie pożegnali się, Zofia
stała z dłońmi zaciśniętymi i spuszczonymi oczami, a Ignacy powiedział, dziękuję za wszystko, i już ich nie było.
Kiedy drzwi się zatrzasnęły, kobieta ukucnęła i objąwszy

ramionami kolana, kołysała się w bezgłośnym płaczu. Po udach wciąż płynęło jej świeże nasienie. Rano dowiedziała się od Cudzakowej zza płotu, że Mańka Gorgóla znaleźli powieszonego na dębie przy rozstaju, z rękoma związanymi na plecach i kartką na piersi Śmierć zdrajcom Ojczyzny. Jego żona, Marysia, ponoć rzuciła się do Pełcznicy, ale ją stary Kobiałka za włosy wyciągnął, obił i zabrał do domu.

Zofia była pewna, że jest w ciąży, zanim jeszcze stara Makarowa pomacała jej brzuch i powąchała siki. Zgodnie z jej zaleceniami próbowała gorczycowych okładów, czosnkowych tamponów i gorących kąpieli z dodatkiem wódki i soli. Wszystko okazało się nieskuteczne. Jeśli płód wczepiony jest tak mocno, że nie pomagają domowe sposoby, trzeba położyć się na torach, koniecznie na plecach, i pozwolić pociągowi przetoczyć się nad brzuchem. Zofia wiedziała o tym, ale od dziecka bała się pociągów. Każda się boi, powiedziała Makarowa, bo lekarstwem miał być właśnie strach. Tuż przed wojną Solasię Cudzak, piętnastoletnią siostrę Antka partyzanta, znaleziono na nasypie bez głowy, a głowę dopiero dwadzieścia metrów dalej, wczepioną żółtymi włosami w gałęzie topoli, bo, przerażona, próbowała pewnie podnieść się w ostatniej chwili i lokomotywa trzepnęła ją w kark. Ponoć niektóre kobiety umierały z samego strachu i znajdowano je nietknięte z wytrzeszczonymi oczami i ustami ułożonymi jak do krzyku. Brzuch Zofii rósł wraz z pewnością, że zmarła matka kazała jej uciec z torów dlatego, iż wiedziała, że ta historia ma jakieś pozytywne zakończenie, jakkolwiek trudno było je dostrzec z perspektywy żywej, ciężarnej i często głodnej córki. Czekała więc Zofia Maślak na Ig-

nacego Goldbauma powolna, puchnąca i piękna, bo przecież żadne pozytywne zakończenie nie mogło obyć się
bez niego, tego była pewna.

Gdy skończyła się wojna, chłopy w Zalesiu i w Brzezinie popili się z radości, postrzelali na wiwat, zabijając
przypadkiem bezrękiego Tadzia niemowę oraz dwie kury,
a do drzwi domu na skraju wsi zapukał mąż Zofii, Maciek
Maślak, nieco wychudły i śmierdzący, ale w dobrym zdrowiu. Pokonując o świcie ostatni kawałek drogi, myślał na
przemian o hodowli królików, białych udach żony i zale-
wajce z dużą ilością przysmażonej cebuli. Dopiero więc,
gdy usiadł do stołu i pojadł, zauważył, że wpatrzone
w niego oczy Zofii są zimne jak dwie bryłki lodu i w niczym nie przypominają tych, które widział w jej twarzy
parę lat temu. Nie był człowiekiem gwałtownym, więc
zamyślił się nad przyczyną tej przemiany, a przez lata
wojny nauczył się, że nic tak nie pomaga na myślenie, jak
napicie się w męskim towarzystwie. Wstał od stołu, westchnął, a to napić się pójdę, powiedział i tak też zrobił.
Pouczony w Sosence przez kolegów, żeby nie martwił
się, póki pewności co do winy Zofii nie ma, tylko wziął
pod pierzynę, skroiwszy jej przedtem dupę wojskowym
pasem tak na wszelki wypadek, Maciek wracał do domu
w lepszym stanie ducha. Szedł drogą wzdłuż Pełcznicy
i myślał, że jakoś to będzie. A jeszcze jak odkupi króliki,
które Zofia zjadła! Był zmęczony i plątały mu się nogi,
więc gdy zobaczył samochód, zatoczył się w kierunku
środka jezdni i wyciągnął dłoń, by go zatrzymać. Zaczęło
mu się spieszyć do domu, do żony. Kierowca, Kazimierz
Maślak, akurat kalkulował zyski z ostatniego interesu.
Cóż za wspaniałości można dziś za bimber utargować,

tylko na żydkach szukających schronienia dawało się więcej zarobić. Nie zauważył zdziwienia w niebieskich oczach żołnierza, który myślał, że skoro on widzi samochód, to i jego dobrze widać. Huknęło i poleciał Maciek w kierunku Pełcznicy, w ciemność zielonkawą i straszną, zdążył tylko kilka razy zamachać rękoma, jakby odganiał komary. Kazimierz zatrzymał się, obejrzał ślady krwi na wgniecionym zderzaku, ale oprócz blednących kręgów na wodzie nie było już nic. Trup względnie nieboszczyk, pomyślał i odjechał. Starszego szeregowca Maćka Maślaka, żołnierza, któremu przez sześć lat udało się nikogo nie zabić i który przez największą wojnę w dziejach świata myślał głównie o hodowli królików, gadał o niej bez przerwy nawet w sowieckiej niewoli, poniósł wiosenny nurt. Dopiero późnym latem znaleziono go koło spalonego młyna jego teściów w Brzezinie. Pokryty seledynową rzęsą i wczepiony w młyńskie koło, znikał i pojawiał się, za każdym razem odrobinę bardziej objedzony przez ryby.

Zofia urodziła dziewczynkę w niczym jeszcze nieprzypominającą Ignacego, ale obdarzoną agrestowymi oczami babki. Dała jej na imię Jadwiga, wołała Jadzia, i mimo starań nie potrafiła pokochać. Dziecko, oficjalnie uznane za pogrobowca Maćka Maślaka, rosło ciche, bułkowate, mało bystre, a matka z przerażeniem w sercu szukała w nim śladów podobieństwa do Mańka Gorgóla. Dziewczynka oprócz oczu nie miała jednak żadnych wyraźnych cech. Raz Zofii wydawało się, że ma usta ładnie wykrojone i sercowate jak ona, kiedy indziej przypominały jej wąskie usta Ignacego i drżała w niepewnej radości, ale bywały dni, kiedy w buzi córki pojawiały się ślimacze wargi Mańka Gorgóla. Wołała wtedy, chodź no mi tu do światła, mocno brała ją pod brodę i w blasku nowej elektrycznej lampy, której cud nie przestawał jej zadziwiać, oglądała pozbawioną konturów, zamazaną twarz swojego dziecka. Wąchała jej delikatne płowe włosy, miękkie jak świeżo wydarte pierze, z takim grymasem, jakby sprawdzała czystość wychodka, i miała wrażenie, że czuje w nich – ulotny, daleki, ale jednak – smród spalonego mięsa. Krzyczała wtedy, ty zawszony brudasie, i grzała wodę na kąpiel tak gorącą, że zanurzona na siłę Jadzia protestowała, mama, pazi. Kiedyś złapała Jadzię w ogrodzie, jak starą łyżką kopała grób dla kota zamienionego w kłąb szarej sierści i flaków, i w jednej strasznej chwili pomyślała, że oto ma już pewność, ma dowód, bo tylko córka Gorgóla mogłaby zabić własne zwierzę wychowane od maleńkości. Uderzyła ją więc raz i drugi w bladą buzię, aż poszła krew z nosa, zanim okazało się, że kota zagryzł pies Cudzaków, któremu po pięciu latach starań udało się zerwać z wżartego w szyję łańcucha i odbijał sobie katusze niewoli w morderczym szale, aż w końcu go Cudzak zatłukł łopatą. Winna nie winna, będziesz miała na zapas, powiedziała córce, nieco zbita z tropu, i umyła jej twarz gorącą wodą, którą uważała za najlepsze lekarstwo na brud oprócz octu.

Gdy Jadzia dorosła, niewiele się zmieniło. Zofia marzyła skrycie, że jej cicha córka w pewnym momencie ujawni ukryte zdolności; wyskoczą z niej jak odpustowy diabełek na sprężynie i stanie się jasne, że dziewczyna tak wyjątkowa nie może być córką Mańka Gorgóla. Co to by miała być za wyjątkowość, Zofia nie wiedziała, ale rozpoznałaby ją od razu, sęk w tym, że się nie pojawiała.

Nie pojawiało się również zło o zapachu spalonego mięsa, które byłoby oczywistym dowodem ojcostwa Gorgóla, i matka patrzyła na swoją nieokreśloną córkę, nieświadomie wzruszając ramionami i robiąc taką minę, jakby pytała: ki czort?

Zofia wiedziała, że cudzoziemiec, który odwiedził je tak niespodzianie któregoś lata, był w jakiś sposób związany z Ignacym. W przeciwieństwie do Jadzi rozpoznała jego młodość pod zbyt dorosłym ubraniem i dopiero od niedawna goloną twarz pod kapeluszem. Rozpoznała te długie zdania, pełne bocznych furtek i nagłych zakrętów, jakimi nie mówił nikt we wsi prócz księdza, i kolor skóry przypominający lekko zarumieniony chleb. Patrzył na Jadzię tak, jakby w myśli rachował, a Zofia naciskała drylownicę, by zagłuszyć bicie serca. Czy cudzoziemiec odnajdzie w Jadzi ślad Ignacego pod miękką powłoką jej niepodobieństwa? Rozczarowanie cudzoziemca było jak policzek, bo Zofia widziała, że zobaczył w Jadzi nie to, co ona tak bardzo chciała znaleźć.

Jadzia Maślak rosła w przekonaniu, że jej ojciec utonął w Pełcznicy, co odróżniało ją niekorzystnie od innych wojennych półsierot z Zalesia, Kocierzowej i Brzeziny, chwalących się ojcami zasztyletowanymi, zastrzelonymi, powieszonymi i spalonymi przez Niemców. Gdy już była dorosła, doszła do wniosku, że Maciek Maślak wrócił z wojny tylko po to, by ją począć. Zrozumiała, że brak matczynej miłości w jakiś sposób wiąże się z tym faktem, że to ona, Jadzia, przyczyniła się do śmierci tego pucołowatego chłopaka. Na jedynej fotografii, jaka po nim została, odstrojony do ślubu Maciek Maślak patrzył w obiektyw z takim przerażeniem, jakby to był pluton egzekucyjny, i Jadzia nie umiała sobie wyobrazić, jak patrzyłby na nią. Zawsze wydawał jej się zbyt młody na czyjegoś ojca i dziwnie bezbronny. Od dziecka wymyślała Jadzia heroiczną historię wojenną, broniąc swojego martwego ojca przed nieistnieniem i brakiem miłości, przed którym sam nie mógł się obronić. Mój ojciec był bohaterem, opowiadała w szkole, zabił stu Niemców w pojedynkę. Latał samolotem i strzelał do nich z nieba, trup się gęsto siał, szkopy w gacie robiły ze strachu. Był wprost niesamowicie mądry i odważny!

Gdy Jadzia wyjechała do Wałbrzycha i wyszła za mąż, Zofia zdała sobie sprawę, że poświęciła życie dla dziecka, którego nie nauczyła się kochać; została jej samotność w domu pełnym drewnojadów i rozpadających się mebli. Tylko najwierniejszy adorator, Janek Kos z blizną na twarzy, która wyglądała jak rozkrojona kiełbasa, nadal widział w niej najpiękniejszą we wsi kobietę, bo zobaczenie jej inaczej byłoby przyznaniem się do tylu lat zmarnowanych na odrzucane zaloty. Pierwszy raz oświadczył się Zofii pół roku po śmierci Maćka Maślaka, gdy była przy nadziei i Janek Kos też karmił się nadzieją, przygotowując koszulę i przemowę. Dostał od kuzyna ze Skierniewic butelkę jeszcze przedwojennej wody Żorż i skropił się nią obficie, choć uważał, że perfumy to babska rzecz. Łudził się Janek Kos nawet, że straszna blizna na policzku może w oczach kobiety dodać mu męskości, odjętej przez kaleką nogę. To nie byle jaka blizna, lecz odniesiona w zwycięskiej walce z wrogiem ojczyzny. Gdy podeszli do leżącego na ścieżce Mańka Gorgóla, wydawało się, że jest skutecznie ogłuszony, jednak zanim skopali go tak, że błagał o śmierć, plując zębami i sypiąc nazwiskami, zdążył sięgnąć po nóż. Zofia przyjęła Janka Kosa pod orzechem, gdzie obierała grzyby do suszenia, popatrzyła na źle wyprasowaną koszulę i pomyślała, że nie mógł wiedzieć, jak bardzo nienawidzi ona zapachu wody Żorż. Odrzuciła oświadczyny, ale poczęstowała adoratora z litości talerzem zalewajki ze skwarkami, który Janek Kos zrozumiał jako wahanie i zapowiedź jej zgody w przyszłości. Przychodził więc do domu na skraju wsi z praktycznymi prezentami w formie pęta kiełbasy czy mostka cielęcego, co rok, dwa oświadczając się Zofii w tej samej wyjściowej koszuli i tymi samymi słowami. Dla Jadzi miał a to lizaka kogutka, a to parę landrynek w papierowej tutce i myślał, że ze swoimi jasnymi oczami i włosami jak kaczy puch jest nawet do niego odrobinę podobna. Mógłby być jej ojcem, gdyby tylko Zofia chciała. W którąś Wielkanoc przyniósł Zofii dar nie byle jaki, bo całą walizę tekturową pokrojonych w eleganckie plasterki szynek, salcesonów ozorkowych, baleronów, kiszki z wątróbką, kiełbas rozmaitych, z pięknymi różami wyciętymi z marchewki i zieleniną. Kuzyn jego ze Skierniewic, robiący karierę w partii, żenił się z córką dentysty i wyprawił weselisko na dwieście osób z wynajętą orkiestrą, o którym później przez rok się mówiło. Niektórym to się żyje! Skarżył się potem Janek Kos w gospodzie Sosenka, że wdowa po Maślaku harda i zaparta. Nawet cały garnitur najprzedniejszego garmażu nie był w stanie odmienić jej serca. Tłumaczyli mu, że Zofia Maślakowa coś musi mieć tam nie tego, bo ani starego Cudzaka nie chciała, ani młodego Kukułki, co to kolejarz, dobra partia, wiadomo, że pociągi zawsze będą jeździć. Ba, ponoć nawet zastępcę dyrektora fabryki ceraty z Kocierzowej odrzuciła, gdy przyjechał, by ją o rękę prosić, i zaraz, natychmiast z dzieckiem chciał brać, ale to wszystko nie mogło pocieszyć Janka Kosa.

Chwiejnym krokiem wracał do domu, kopał psa, który wypadał mu na powitanie z wciąż odnawiającą się psią nadzieją, i padał na łóżko, gdzie czekała wierna i czujna, trapiąca go od wojny bezsenność. Leżał z otwartymi oczami, pod językiem zbierał mu się piasek. W domu Janka Kosa niezależnie od pory roku było duszno, jakby zamiast powietrza wypełniał go kłąb waty. Śmierdziała benzyna do traktora, którą trzymał w kanistrze pod stołem, i mocz zaschnięty na rzadko pranych spodniach, bo spodnie niszczą się od prania. Poza tym, kto miał mu prać? Niedługo po wojnie Janek Kos najął do pomocy bliźniaczki z Brzeziny. Bezdomne, białowłose i chude zawsze były razem i patrzyły na świat czworgiem identycznych oczu w kolorze wody; jeśli ktoś chciał do pomocy nająć tylko jedną osobę, zgadzały się dzielić na pół zapłatę i talerz zupy. Latem tułały się od chałupy do chałupy w Zalesiu, Brzezinie i Kocierzowej, a na zimę znikały, by wrócić w porze pękania lodów. Lekko cuchnące pleśnią i wilgocią, z liśćmi w skołtunionych włosach, szły przez wieś ramię w ramię i pytały zza płotu unisono, czy nie ma dla nich roboty. Wyglądały na zaspane i co rusz tarły powieki; może spały z borsukami w jednej z piaskowych jam nad Pełcznicą i obudziło je dopiero trzaskanie lodu. Siostry były nie do odróżnienia, więc nikt nie odczuwał potrzeby używania ich imion, które kiedyś pewnie miały, ale co komu po nieużywanym imieniu; imię to jedyna rzecz, która w użyciu się nie zużywa. Ludzie we wsi mówili na bliźniaczki te albo białe i wołali po prostu, a podejdo tu do płotu! Albo – niech ido gdzi indzi, nic dla nich ni ma! Umiały hakać, siać i plewić, prały, darły pierze i farbowały, rąbały drewno i macały kury, umiały odebrać krowi poród i rozproszyć ludzką samotność. Nikt tak jak one nie ukisił kapusty i mówiono, że tajemnica tkwiła w deptaniu na cztery nogi w rytmie znanym tylko białym bliźniaczkom, które stopy miały duże i płaskie, z chwytnymi palcami. Gdy Zofia pogardziła garniturem garmażu przybranego marchwiowymi różami, Janek Kos wynajął do pracy bliźniaczki, by zajęły się jego zapuszczonym gospodarstwem i domem. Spały w stodole, a w dzień uwijały się w zgodnym rytmie i co rusz wybuchały śmiechem, a przestawały chichotać też jednocześnie. Po jakimś czasie Janek Kos zaczął przyzwyczajać się do ich obecności i doceniać to, co cztery kobiece ręce uczyniły z jego obejściem. Patrzył, jak bliźniaczki myły się koło studni, i z daleka, w ostrym porannym słońcu i rozpryskach wody, wydawało mu się przez chwilę, że widzi jedną tylko kobietę, podobną trochę do Zofii. Na targu w Skierniewicach kupił bliźniaczkom dwa sznurki obwarzanków i tyleż sznurów plastikowych perełek, w które się od razu ustroiły, robiąc do siebie nawzajem miny, jakby przeglądały się w lustrze. Gdy tej nocy przyszły do niego, Janek Kos nie zdziwił się specjalnie, bo wieczorem popił w Sosence i myślał, że nadal śni sen, w którym kocha się z dwiema kobietami w różowych perełkach na szyi. Całe lato bliźniaczki spędziły u Janka Kosa, gdzieś koło sierpnia gotów był jedną z nich zatrzymać na dłużej. Nie był pewny, czy chce zrobić Zofii na złość i wzbudzić jej zazdrość, czy właśnie o niej zapomina i godzi się z losem. Gdyby to od niego zależało, żyłby nadal z dwiema siostrami, które przychodzą nocą i znikają przed świtem, bo taka miłość wydawała mu się nie do końca prawdziwa i niewymagająca, ale wiedział, że nie może trwać za dnia. Którą wybrać z dwóch identycznych sióstr, tego jednak Janek Kos nie wiedział. Próbował zdać się na los i wziąć tę, która pierwsza sięgnie po kubek ze zsiadłym mlekiem albo do miski z ziemniakami, ale sięgały jednocześnie i zderzały się łyżkami. Dręczyła go ta niemożność i już prawie był gotów poradzić się Zofii, ta czy ta, ale nigdy nie brał pod uwagę, iż siostry mogą być bardziej przywiązane do siebie niż do niego. Przecież on miał ziemię i chałupę, jaka by była, a one nie miały nic. Zanim w końcu podjął jakąś decyzję, jabłka zaczęły opadać w sadzie, a od pól powiało dymem i bliźniaczki powiadomiły go, że są w ciąży. Obie? Obie. Przez moment wyobraził sobie swoją rodzinę z żoną podwojoną i dwoma brzuchami, z których kto wie, ile mogłoby wyjść dzieci weselszych i bystrzejszych niż milcząca i powolna córka Zofii. Jaka tam córka, samych synów by miał. Urośliby, dobudowałby dom obok, cóż to byłaby za rodzina, największa w całej wsi! To jednak nie mogło się zdarzyć, a proboszcz Zdunek od kilku niedziel wyławiał Janka Kosa wzrokiem podczas mszy za każdym razem, gdy mówił o grzechu. Jedna tylko bliźniaczka zostać może z nim w Zalesiu, druga dostanie na zabieg, na pociąg do Skierniewic i niech tu nie wraca. Która, niech siostry między sobą to rozwiążą, rzucił Janek Kos na stół banknoty i poczuł, że odzyskał kontrolę nad sytuacją. Wychodzi, a jak wróci, ma być jedna w chałupie, a po drugiej ani śladu, powiedział, nie patrząc na żadną, i trzasnął drzwiami. Gdy wrócił z Sosenki, dom był pusty, a bliźniaczki zniknęły razem z pieniędzmi, dwiema zmianami pościeli jeszcze po matce Kosowej i z zapasem cukru. Janek Kos rozejrzał się po chałupie i zrozumiał, że popełnił błąd. Czekał z nadzieją, że siostry jednak wrócą, niechby już były nawet dwie, ale nie pojawiły się w Zalesiu ani tej, ani następnej wiosny. Próbował je znaleźć, pytał w sąsiednich wsiach i pojechał do Skierniewic, ale to na nic się nie zdało; przepadły. Po jakimś czasie Janek Kos zaczął więc znów pojawiać się u Zofii z mięsnymi darami, a jej odmowy nie podsycały już miłości, lecz karmiły złość; łykał ją razem z zalewajką, którą go częstowano.

Stracone bliźniaczki, wesela synów, których nie wyprawi, przeciekający dach i brudna pościel, z której wypraniem wciąż zwlekał. Stonka! U niego najgorsza. To musi być czyjaś wina; tarł knykciem bliznę, a gorycz przelewała się w nim i gęstniała, wypełniając ostatnie miejsca, gdzie jeszcze było światło i powietrze. Zaklęsał się powoli do środka, jakby wszystko ciążyło w nim ku wewnętrznej ciemności. Jego twarz traciła rysy, zacierała się i coraz częściej go nie poznawano albo brano za kogoś innego. Barmanka w Sosence pytała, a pan to chyba chory czy coś, panie Janku, bo jakiś taki zmieniony na twarzy, jakby nieswój. Twarz Janka Kosa mogła teraz należeć do kogokolwiek, wyróżniała go już tylko blizna jak pęknięcie na kamieniu. Nadzieja Janka Kosa umarła tego lata, gdy Jadzia po raz pierwszy przywiozła do Zalesia swoją kilkuletnią córkę Dominikę. Zobaczył w ogrodzie Zofii, wśród monstrualnych georginii, chudą dziewczynkę niepodobną do nikogo ze wsi, a już najmniej do

Maćka Maślaka. Dziecko spojrzało na rozoraną twarz wystającą znad płotu, a Janek Kos poczuł, jak gorycz zmienia się w nienawiść palącą jak najlepsza wódka. Żydowskie dziecko w ogrodzie Zofii? Żydowska wnuczka? Po Jadzi przecież nic znać nie było i łudził się, że jak nie mężowska ona, to może chociaż Gorgóla, który choć zdrajca, to przynajmniej był tutejszy, polski. Już mu Kazimierz Maślak mówił, że z tymi Żydami w wojnę to trochę nie tak. Nie tak znaczy, żeby tacy biedni, skrzywdzeni niby, a Maślak to ma łeb. Bo raz, że wiadomo, że pieniądze mieli. Podobno w tym Oświęcimiu to całe góry złota z walizek wysypywali. W kolejce stali i wysypywali, po niebo rosła kupa złota, a jak lśniła w słońcu. Kamieni w pierścionkach ile tam było, sreber z prawdziwego srebra, obrazów cennych, powozów konnych malowanych. A jak są pieniądze, to wiadomo. Zresztą tam głównie Polacy zginęli, co ich Żydzi wydali Niemcom, jeśli już, a nie odwrotnie. Całe rodziny ginęły, dzieci, matki, babcie do gazu, a co po nich zostało, to kto teraz ma, jak nie Żydy. Nawet sam Hitler zresztą na Niemca nie wyglądał i kto wie, kto za tym stał, bo Niemiec to Fryc ma być wysoki, postawny, blondyn niebieskooki. A teraz, po wojnie, Polacy biedę klepią, on na przykład – woda w chałupie na głowę mu się leje i nie ma komu załatać, stonka żre ziemniaki, jakby z nieba spadała, że nie wyzbierasz. Czy taki Żyd ma stonkę? Nie ma! Oni w Ameryce, te Żydy, w Enerefie czy Palestynie jakiejś szynek mają, pomarańcz, papierosów z filtrem po uszy, a w każdej chałupie łazienka, lodówki napchane na co dzień jak przed świętami, że nawet jego kuzyn pierwszy sekretarz tak nie ji. Obżerają się, sztabki złota liczą, a Jezusa kto zabił? Swojego by nie zabili, więc tam gadanie takie, że niby Jezus też Żyd. Jaki Żyd, prędzej Polak. Nasi to wszędzie wejdą. To dobrze, że ich stąd wypędzono, mośków, gudłajów, chociaż najwyraźniej nie wszystkich, bo ten na przykład nowy nauczyciel z Brzeziny to ani do kościoła, ani do Sosenki, i baczki takie jakby kręcone. Czy ta z poczty. Żeby baba w tym wieku bez męża, dzieci. Nie zdziwiłby się Janek Kos, gdyby wyszło na jaw, że to przez nich, przez Żydów ta bieda, dziura w dachu i stonka. Oni umią tak gadać jak w telewizji, tak w głowie zakręcić jak ten Ignacy, co to jeszcze chwila, a by się wydawał jak inne chłopaki z lasu, a nie obcy. Ci od Kukułki się nie cackali, nie. Trafiał im się Żyd w lesie, dostawał czapę i tyle. Widział ktoś? Słyszał? Gówno tam słyszał! A jak nawet, to się wyprą. Że niby co, bohaterów za żydka będą sądzić? Akurat. Ale ich dowódca się uparł, że jak który rękę podniesie na Ignacego, to sam zastrzeli, choćby od dziecka znał. Sowa na niego mówili, niby taki mądry. Mądry! Ślepy prędzej jak sowa w dzień. I przez Sowę puścili Żyda na jego, Janka Kosa, udrękę, na jego życie zmarnowane. Jak pytał potem Żyd w liście z Ameryki, to co, miał mu prawdę powiedzieć, że Zofia żyje? Niedoczekanie jego. Co do niego, Janka Kosa z Zalesia, to on swoje zdanie ma – oni sobie wszyscy tak to wykombinowali, te Żydy, jak Ignacy. To spisek taki był żydowski, żeby dupę w troki i do Ameryki, Enerefu czy Palestyny, a tu dzieci sobie porobić, wnuki zostawić, żeby cały świat zająć. Żydowski potop zrobić. Polskę, co powinna być dla Polaków i polskich dzieci z polskich matek, chcą zżydzić. Jego Zofię zżydzić, jego ziemię. Janek Kos nadal przychodził do Zofii, ale karmił jej widokiem małe czarne zło, które urodziło się w jego środku i rosło, wydawało na świat przerzuty. Litość nie pozwoliła Zofii go dostrzec, bo łudziła się, że zło jest zawsze oczywiste i śmierdzi spalonym mięsem, że skacze wprost do gardła i nie je zalewajki przy stole, chwaląc, że pyszna. Zło nie przynosi grzybów w koszyku wyłożonym liśćmi, nie mówi pochwalony. Dziwiło ją, że mała Dominika obserwuje Janka Kosa zza georginii, zawsze z bezpiecznej odległości, a podrośnięta nie umie ukryć grymasu niechęci. Nie bój się, on brzydki i pośmierduje, ale poczciwina, tłumaczyła wnuczce, którą przerażała nie blizna, lecz fakt, że twarz znajomego babki coraz bardziej przypominała polny kamień, gładki i martwy.

XVI

Obietnica Haliny się nie spełniła i Dominika nie wyjaśniała na słońcu jak praciotka z albumu starych z pociągu. Przeciwnie, to, co w niej kiedyś było złotawe, sczerniało, ostre wyostrzyło się, dziwne zdziwniało. Jej walka z nadmiarem ciemnych włosów dopiero się zaczynała. Co kilka dni rozrywała pensetą linię brwi zrastającą się uparcie nad nosem, a czerwone ślady po wyrwanych włoskach krwawiły jak ukłucia cierni.

Wykazywała rosnącą z wiekiem skłonność do opowieści, ale o ile te, które kochała Jadzia, mówiły o przyszłości i dotyczyły przede wszystkim Dominiki, o tyle Dominikę interesowała przeszłość każdej rzeczy i żyjącej istoty. Gdzie rosło, jakie soki piło drzewo, z którego zrobiono jej krzesło? Był to las dobry czy zły, jaki wzór wycinały w nim ścieżki? Jakie pola porastał, pod jakim wiatrem uginał się len na zasłony z opartowskim wzorem? Czy były to pola górskie, czy nizinne? Siał len ktoś szczęśliwy czy smutny? Do jakiego życia wracały po pracy tkające go tkaczki? Do dobrego, z uśmiechem, do takiego sobie, z siatkami pełnymi ziemniaków i kapusty? Jaki ciąg zbiegów okoliczności i objawień, przypadków i konieczności złożył się na jej, Dominiki Chmury, bycie tu, na Piaskowej Górze? Jakiego drzewa jest gałązką? Czy wśród prababek i praciotek był ktoś, w kim jej dziwność po raz pierwszy wykiełkowała i wyrosła tak, że mogłaby poprowadzić linię, niechby kręta była, porwana, i pokazać – to zaczęło się wtedy i wtedy. Stąd pochodzę, oto mój początek, mój ród. Czy były tam, w przeszłości, biegłe w liczeniu siostry przesiewające mak, znachorki od ziół i księżyca, czy były babki pobożne, babki, które liczyły grzechy bez liczydła? Babki Potęgowe czy były? Domy, do których można wejść, zrzucić buty i zostać, bo są dobre, czy domy pełne przeciągów i krzyku? Okna były otwarte na park? Mansardy? Czy białe firanki jak żagle nadymał wiatr? Cyganki z taboru, które wróżyły z rąk? Cyganki w spódnicach, kolczykach jak słońca, co pojawiały się i znikały, bo nie musiały nigdzie być? Cyganki nieosiadłe, którymi straszyli – przyjdą po ciebie, zabiorą – a Dominika czekała, czekała i nic. No więc jak to było? Były matki karmiące, otoczone dziećmi wtulonymi w nie jak ziarnka w kłosie, czy szalone jakieś wędrowczynie, samotne na statkach, z włosami na wiatr, przemierzające pustynie, piszące coś w notatnikach oprawionych w skórę? Goniły ogon zjaw? Warzyły mleko? Były bliźniaczki nie odwrotne, lecz identyczne, o ciemnej skórze i oczach tak czarnych, że tęczówek nie sposób odróżnić od źrenic? Byli ojcowie niepijący, żywi, były matki, które nie dają ani za dużo, ani za mało?

Dominika przekopała mieszkanie Haliny i ubogie pamiątki matki, ale nic nowego nie znalazła ani w poniemieckiej szafie, ani w tekturowej walizce, z którą Jadzia przyjechała przed laty z Zalesia, by zamieszkać na Piaskowej Górze. Szukała tajemnicy swojego niepodobieństwa w rozpadającym się domu Zofii, u której spędzała wakacje. Zanurzała dłonie w otchłani szuflad wypchanych króliczymi skórkami, zaglądała za powieszone po wiejsku obrazy, gdzie Zofia upychała co roku bukieciki święcone na Matki Boskiej Zielnej i od pół wieku nie wyrzuciła żadnego. Wyschłe na pieprz rośliny rozpadały się w palcach wnuczki. Rozwarstwiała pleśniejące papiery do pakowania chomikowane przez babkę, tak jakby w niedalekiej przyszłości szykowała się do wielkiej przeprowadzki, i płoszyła mole o przejrzystych skrzydłach, te żyjące w ciemności duchy owadów, które giną w słońcu. Nie bójcie się, uspokajała myszy czmychające z gniazd uwitych w króliczych skórach, gdzie zostawały tylko ich bezwłose piszczące niemowlęta. Po co babci te stare skórki? Babka wzruszała ramionami i uśmiechała się swoim zdziecinniałym uśmiechem, który Dominikę wzruszał i denerwował. Gdy Dominika była w Zalesiu, uśmiech właściwie nie schodził z twarzy Zofii. Nieraz wnuczka wołała ją bezskutecznie, szukała po domu i w końcu znajdowała w jakimś kącie z mokrymi oczyma i uśmiechem szerokim jak do zdjęcia.

Zofia nie mogła mówić o uldze, jaką czuła za każdym razem, gdy patrzyła na Dominikę, bez opowiedzenia wszystkiego, i miłość sączyła się z niej bez słów, tak że zostawiała za sobą złote smugi, jak brokat osypany z choinki. W kurzu, który wzbijał się przy każdym ruchu powietrza w rzadko zamiatanym domu, tańczyły lśniące drobiny i osiadały na zniszczonych sprzętach. Zofia Maślak stała się na powrót kobietą, pod której ręką chleby rosły okrągłe i złote, z misternym żyłkowaniem liści kapusty odciśniętym na spodzie, kury niosły się dwa razy dziennie, a jabłonie owocowały najobficiej w Zalesiu. Jej ogród odzyskał dawną świetność, ale wkradł się do niego twórczy nieład i fantazja. Grządki straciły czworokątny kształt, rozmywały się falistymi strugami truskawek, spośród których wystrzeliwały pióropusze marchewkowych liści i fontanny różowych orlików. Dynie wielkie jak cielęta wygrzewały się w słońcu wśród kwiatów. Maślakowa zdurniała do reszty, kręcili głowami sąsiedzi, gówno jej wyrośnie w takim burdelu. Ale rosło, rosło dziko i szaleńczo, jakby rośliny chciały sobie odbić lata półsnu albo wiedziały, że nie mają dużo czasu. Aby nazbierać ogórków na mizerię, trzeba było ich szukać w gęstwinie georginii wielkości ludzkiej głowy, a gdy już się znalazło ogórczane pędy oplątane wokół łodyg, ich owoce okazywały się ponad miarę wyrośnięte, o różowawym miąższu i smaku melonów. Obu rąk wymagało wyrwanie marchewki, a jej korzeń, większy niż normalnie i doskonale prosty, pachniał pomarańczową skórką. Winorośl oplotła drewniany dom Zofii, związując go jak paczkę sznurkiem i ratując przed rozpadem. Pędy wchodziły przez szpary w oknach, zapuszczały się do pokojów, a ich bladozielone listki zaskakiwały Dominikę w szufladach z pościelą albo rękawach nienoszonych ubrań.

Babka i wnuczka nauczyły się komunikować w sprawach błahych w taki sposób, jakby mówiły o rzeczach ważnych, a siła tego porozumienia leżała bardziej w gestach i intonacji niż wypowiadanych zdaniach, które pełniły funkcję zastępczych opakowań. Chodziły do lasu zaczynającego się zaraz za ogrodem, by zbierać sosnowe szyszki na rozpałkę, albo wybierały się dalej po maliny rosnące koło krzyża i kamienia, na którym wśród pięćdziesięciu siedmiu innych zostały wyryte nazwisko Strąk oraz imiona: Adam i Jadwiga. Babkę i wnuczkę rzadko ktoś odwiedzał. Najczęściej pojawiał się Janek Kos, który przynosił im koszyk grzybów albo jeżyn i stał chwilę przy furtce, nigdy nie zwracając się wprost do Dominiki, jakby była tylko jednym z kwiatów w zwariowanym ogrodzie babki. Gdy nie miał Zofii nic do dania, nawet nie podchodził do furtki, tylko zatrzymywał się przy płocie. Pozdrawiał je uniesioną dłonią i stał przez dłuższą chwilę bez słowa. Dominika widziała go nawet nocą – samotną, nieruchomą postać wpatrzoną w ciemność. Zofia z wnuczką zaglądały tylko do pani Gorgólowej, samotnej płochliwej staruszki w wieku Zofii, która nosiła sztuczną szczękę na sznurku na szyi i sprawiała wrażenie porośniętej mysią sierścią. Trzeba było bardzo uważać, by jej nie przestraszyć, bo nawet kiedy upadła łyżeczka, podskakiwała, chwytając się za serce, i mówiła, ale się zlękłam! Częstowała je herbatą w wyszczerbionych szklankach i czekającym pośrodku stołu tęczowcem, weselnym wiejskim ciastem z kremem w pięciu kolorach, słodkim, że cierpły zęby, przygotowanym w oczywisty sposób na ich cześć. Zjadały więc po kawałku i godziły się na dokładkę.

Tym bardziej były zdziwione, kiedy w któreś wtorkowe południe, gdy siedziały pod orzechem, drylując wiśnie na konfiturę, Dominika z wiankiem z rumianków na głowie, a jej babka w starym słomkowym kapeluszu, przed ich domem zatrzymał się samochód, a jego kierowca zawołał od furtki, pani Zofia Maślak? Jaskółki krzyczały na burzę, ale słońce wciąż kapało jak płynne szkło i trzeba było mrużyć oczy, by zobaczyć krępego mężczyznę z torbą na ramieniu. Zofia przyjrzała się swojskiej twarzy gościa, która przypominała ziemniaka modraczka, zaciekom potu na koszuli w kratę i pomyślała, że w niczym nie przypomina cudzoziemca, który w tym samym miejscu i tak samo nagle pojawił się ponad dwadzieścia lat temu. Sprawa, jaką ma do niej, musi więc należeć do gatunku pospolitych i co najwyżej trzeba będzie wyłożyć parę groszy na to czy owo. Albo posłać w diabły jak tę młodą parę z aparatem fotograficznym, która pytała zeszłej wiosny, czy Zofia nie chciałaby sprzedać domu, i którą pogoniła miotłą tak, że na pewno nie wrócą. Miastowe zasrańce jedne! Nieznajomy nazywał się Marek Czerwiński, historyk, podał Zofii wizytówkę, którą niezdarnie schowała do kieszeni fartucha, bo nie nawykła, żeby jej kto tak poważnie jak mężczyźnie tu ściskał rękę, a tam dawał wizytówkę, że czort wie, jak się zachować i co z tym papierkiem zrobić.

Nie przyjechał, by namawiać Zofię do sprzedania domu, co do tego może być spokojna, bo ma do niej zupełnie inną ważną sprawę. Przybysz usiadł naprzeciw babki, wnuczki i miski wiśni, przy stole pod orzechem, bo skoro przyjechał w ważnej sprawie, to proszę bardzo, niech siada, gość w dom, Bóg w dom. Wypił szklankę zimnego kompotu rabarbarowego i pochwalił, że pyszny, dziś rzadko już takiego można skosztować, zwłaszcza w mieście. Uśmiechnął się raz jeszcze uspokajająco i powiedział, że jest przyjacielem pana Ignacego Goldbauma. W ciszy, jaka zapadła nad stołem przykrytym brzydką ceratą w kratę, historyk Marek Czerwiński zastanawiał się, czy dobrze ocenił tę starą nimfę ogrodową o twarzy pełnej wątrobowych plamek, wyczuwając w niej od pierwszej chwili coś twardego i jasnego jak diament. Pisał książkę o Polakach ratujących Żydów podczas wojny i chętnie ruszył wątłym śladem Zofii Maślak z Zalesia, o której pamięć zachował wdzięczny żydowski lekarz poznany w Berkeley. Ten pierwszy zamorski wyjazd Marka Czerwińskiego, możliwy dzięki zaproszeniu od kolegi z podziemia zwanego Bocianem, pozwolił mu spotkać ocalonych, bo ocalający częściej zostawali tam, gdzie byli. Marek Czerwiński nieraz już odnajdywał zmarłych w dobrym zdrowiu i żywych martwych za życia, a po ośmiu latach spotkań z jednymi i drugimi nic go nie dziwiło. Z takim samym spokojem pukał do drzwi w blokach z wielkiej płyty, kamienicach pokrytych liszajem i nowych strzeżonych osiedlach z placami zabaw, na których nigdy nie bawiły się dzieci. Bywało, że ludzie wypierali się ratowania Żydów i nie chcieli z nim rozmawiać w obawie, że sąsiedzi dowiedzą się i będą zazdrościć, bo pomyślą, że się na tym obłowili, albo, co gorsza, nabiorą podejrzeń, że ci, co pomagali, to pewnie też jakoś nie do końca swoi. Bo czy swoi by dla obcych karku za friko nastawiali? Usta niechętne zaciskały się w kurzą dupkę. Niech pan już stąd idzie i nie wraca, słyszał nieraz od synów czy sióstr bohaterów. Jeśli nawet, to było dawno i w ogóle nieprawda, a my nic z tego nie mamy. Ale może mieć moglibyśmy coś? Złe oczka roz- biegane między chciwością a strachem wybiegały mu na spotkanie w blokach z wielkiej płyty, zasikanych kamie- nicach i ogrodzonych osiedlach z budkami strażników i kodami, które zaczęły wyrastać w dużych miastach Pol- ski i wyglądały jak szpitale psychiatryczne albo więzienia na Zachodzie, choć miały wyglądać elegancko i drogo. Był ciekaw Marek Czerwiński, czego może spodziewać się po Zofii Maślak i dziwacznej dziewczynie, nie do zdecydowania, ładnej czy brzydkiej, patrzącej na niego w napięciu. Ignacy umarł? wyszeptała Zofia i zasłoniła usta ręką, jakby bała się, że pytania, które nurtowały ją przez ponad czterdzieści lat, wystrzelą z nich jak pestki z wiśni. Jaki Ignacy, babciu? zapytała Dominika. Na py- tające spojrzenie dziennikarza Zofia kazała wnuczce zo- stać przy rozmowie, bo pomyślała, że co komu pisane, temu w wodę kamień, i skoro tajemnica dojrzała tego właśnie lata jak wiśnie na konfiturę, nic się nie da zrobić. Zdjęła poszarpany słomkowy kapelusz i poprawiła war- koczyk, by prezentować się godnie w obliczu przezna- czenia w osobie historyka Marka Czerwińskiego, który dla niej pozostanie Modraczkiem. Nie, Ignacy Goldbaum nie umarł, ma się dobrze, a wizyta Marka Czerwińskie- go wiąże się z życiem uratowanym przez Zofię, a nie śmiercią. Jaki Ignacy, babciu? ponowiła pytanie wnuczka w wianku. Ignacy Goldbaum, odpowiedziała jej babka i westchnęła westchnieniem ulgi, które się naczekało. A więc znała pani pana Ignacego Goldbauma. A znała, potwierdziła Zofia. Od września 1944 do kwietnia 1945 roku przechowywała go w tym domu, ona sama, nikt o tym nie wiedział. Pokazała ręką na swój dom, jakby w grę mógł wchodzić jeszcze jakiś inny przez nią posiadany. Na strychu? Na strychu. Na strychu? powtórzyła Dominika, Ignacego Goldbauma na strychu? Historia nikomu nieopowiadana zaczęła płynąć z Zofii jak Pełcznica w marcu, jak pięknie było ją w końcu opowiadać, gdy złe wyszło na dobre, a po smrodzie spalonego mięsa nie został nawet ślad. Pamiętała dzień i godzinę. Takich dni i godzin się nie zapomina. Tylko pół kubka mleka miała, przygrzała, rozrobiła z wodą, nawet barszczu na zalewajkę nie miała. Żałowała, że akurat nie nastawiła. Tak to jest, niby zawsze miała w spiżarce, a jak trzeba, to nie. Wieści czy miała? Zofia opuściła oczy i wątrobowe plamki utonęły w wiśniowych rumieńcach. Ostatnio trzy listy. Listy, babciu? Czy wiedziała, że ryzykuje życie, pomagając Żydowi? Nie myślała o tym? Co komu pisane, temu w wodę kamień? To bardzo ciekawe, Marek Czerwiński nigdy nie słyszał takiego powiedzonka, ale mu się podoba. Proszę bardzo, może go używać! Zofia uśmiechnęła się i Marek Czerwiński przez moment wyobraził ją sobie sprzed czterdziestu lat, z rumianą twarzą w kształcie serca i biodrami jak kołyska, spojrzał jeszcze raz na Dominikę, jej opaleniznę i włosy w kolorze czarnej kawy. Został lekarzem? Zofia zadała pierwsze pytanie z taką nieśmiałością, z jaką przez pierwsze tygodnie zwracała się do Ignacego, zanim przekonała się, że potrafi on nie tylko opowiadać, ale i skłonić ją do mówienia, tak że nie czuła się głupią dziewczyną po paru klasach wiejskiej szkoły. Tak, Ignacy Goldbaum przez całe życie pracował jako lekarz i uczył przyszłych lekarzy. Teraz przeszedł na emeryturę, mieszka w małym miasteczku w południowej

Kalifornii. Miasteczko nazywa się Pasadena. W Ameryce? W Ameryce, nad oceanem, babciu, Dominika uprzedziła Marka Czerwińskiego. Ma dorosłych synów, Davida i Joshuę, jeden też został lekarzem, a drugi matematykiem, i młodszą córkę Ruth, studentkę astronomii. Czy Zofia chce zobaczyć zdjęcia? Matematykiem? Marek Czerwiński spojrzał na podlotka o za dużej głowie i szyi żyrafki i zrozumiał. Zadośćuczynienie, to słowo wyłowiła Zofia z dalszej przemowy Marka Czerwińskiego i jej nakrapiana twarz poczerwieniała tak, że znów nie było widać wątrobowych plamek. Ja tego dla piniędzy nie robiła i nic nie wezne, rzuciła i zawstydziła się jeszcze bardziej, zdawszy sobie sprawę, że jej wypowiedź zabrzmiała po chamsku i głupio. Babciu, Dominika przykryła jej dłoń swoją z wyjątkową u niej czułością, posłuchajmy pana dalej, babciu. Marek Czerwiński miał świeżo w pamięci przypadek wnuka z podwarszawskiej willi z dwiema basztami, który przedstawił mu w formie drukowanej, ile, jego zdaniem, należałoby się na dzisiejsze pieniądze z uwzględnieniem kursu dolara i inflacji za Żydówkę z dzieckiem, której życie uratowała jego dawno zmarła babka na tej samej ziemi, ale w chałupie, nie w pałacu. Ma pani bardzo odważną babcię, powiedział, patrząc na wnuczkę. Babcię bohaterkę. Takie duże słowa, zdziwiła się Zofia na tę odwagę i bohaterkę. Ja go wzięła z litości, bo jak to tak było człowieka chorego na progu zostawić, Żyd nie Żyd, tłumaczyła niezdarnie. Dopiero fakt, iż każdy, kto uratował Żydowi życie, ma swoje drzewko oliwne w Izraelu, przemówił jej do wyobraźni, mimo że oliwki kojarzyły jej się tylko z dziwnym w smaku zielonkawym olejem, jaki kiedyś kupiła przez pomyłkę zamiast rzepakowego, bo cholera wie, co teraz w tych sklepach sprzedają. Co drzewko, to drzewko, a zwłaszcza takie, które może żyć tysiąc lat i więcej. Szkoda tylko, że to taki świat drogi z Zalesia, bo gdzie jej tam na stare lata jeździć po świecie, nawet gdyby kto za to zapłacił. A do samolotu to już na pewno nie wsiądzie! Marek Czerwiński zostawił Zofii dwa zdjęcia, na mniejszym był sam Ignacy, prawie tak samo chudy, jak pamiętała, ale z włosami białymi jak mleko, a na większym ten sam Ignacy z rodziną, żoną w eleganckiej sukience i okularach słonecznych, córką oraz dwoma synami. Wyższy i starszy był cudzoziemcem, który kiedyś, ile to już lat, pomyślała Zofia, usiadł na chwilę pod tym samym orzechem i jadł wiśnie maczane w cukrze. Młodszy, o wiele bardziej podobny do ojca, miał jego oczy i usta, a córka wyglądała jak starsza i wypolerowana wersja Dominiki. Gdy niespodziewany gość zniknął za furtką ogrodu, wnuczka i babka zostały przy stole i siedziały tam, trzymając się za ręce w milczeniu, tak długo, aż pierwsze krople deszczu zaszumiały w liściach orzecha.

Tej nocy Dominika czytała trzy listy, jakie do jej babki napisał jej dziadek Ignacy. Wpatrywała się w podobieństwo i w zarys domu, w którego oknach odbijało się słońce Kalifornii, i do krwi obgryzała paznokcie, bo na zdjęciu rodziny Goldbaumów znalazła coś, czego nie było nawet w albumie starych z pociągu. Córka Ignacego mogłaby być jej starszą siostrą, a była przyrodnią siostrą Jadzi. Dominika ustawiała swoją nową rodzinę, szukając własnego miejsca. Między nią a tą rodziną, do której pasowała, była Jadzia, i Dominika, łykając łzy, próbowała wyobrazić ją sobie pomiędzy Davidem a Joshuą, w garsonce bukle lilaróż uszytej przez Modestę Ćwiek z Piaskowej Góry.

To się Jadzia doczekała! Po co ty się, córcia, tak w tej przeszłości lubisz babrać? pytała Jadzia córkę od chwili, gdy ta zaczęła jej opowiadać o ciotkach i kuzynkach z albumu starych z pociągu. Jadzi wystarczała historia rodzinna o dziadkach Strąkach, co byli młynarzami, i ojcu o imieniu Maciek, który wrócił z wojny i zginął tragicznie przed jej urodzeniem. Nad Pełcznicą go znaleźli, w mundurze wojskowym, wyglądał pięknie, jakby spał, kwiatami jabłoni obsypany, gwiazdkami śniegu, liśćmi jesieni we wszystkich odcieniach złota. Drugi szczegół dodany przez Jadzię do historii Maćka, po którym inna niż ta wymyślona nie została, dotyczył niezwykłego bohaterstwa, jakim zasłynął podczas wojny. Niewydarzony, chłopięcy ojciec, znany tylko ze zdjęcia na domowym ołtarzyku Zofii i od dawna młodszy od swojej córki, przez lata obrósł w medale i zaszczyty. Twój dziadek, mówiła Dominice, twój dziadek Maciek był prawdziwym bohaterem i podczas jednej bitwy gołymi rękoma zabił niemieckiego oficera i dwóch jego adiutantów, a nawet psa, wściekłego owczarka niemieckiego zadusił, że tylko trach, trachnęły kości. Okoliczności się zmieniały, ale odwaga dziadka Maćka za każdym razem lśniła pełnym blaskiem, podczas gdy niemiecki oficer okazywał się tchórzem i szubrawcem, który w spodnie narobił ze strachu, zanim wydał ostatnie tchnienie. Dawno zmarli dziadkowie Dominiki w linii męskiej zostali w opowieści Jadzi zredukowani do pary miłych staruszków z chałupy pod lasem, a przyciśnięta pytaniami córki dodawała jedynie krzaki bzu, rosnące pod ich oknami wyjątkowo bujnie i liliowo. Stąd jeszcze krok i Jadzi wyobraźnia na szczyt się wspinała, a tam babka, po której nosiła imię, była piękną szlachcianką wydaną za pospolitego Strąka z Brzeziny w wyniku bliżej niesprecyzowanych, lecz tragicznych okoliczności natury romansowej. Ja to tak trochę skończyłam jak twoja świętej pamięci prababka młynarzowa, wzdychała Jadzia tajemniczo. Ją tam mieli za trędowatą, jak Izaurę poniewierali, krzywdzili, ale się nie dała. Gdy opowiadała córce o swoim dzieciństwie, Zofii tam niemal nie było, bo tylko tak mogła się zemścić. Jadzia nawet przed sobą nie przyznała się nigdy, że jest zazdrosna o spóźnioną miłość, którą Zofia przechowała z dala od niej i w całości dała wnuczce. Nie starczyło dla Jadzi i nie udało się Zofii dokochać córki za lata niekochania. Stefan, dla którego przeszłość była koszmarem przejawiającym się atakami lęku i głodu, patrzył na swoją ciekawską córkę z gniazda przed telewizorem i zbywał pytania o dzieciństwo, mówiąc, co, znów jakieś fiksum-dyrdum? A lekcje odrobione? Moje życie to same pikassy i trele-morele, pomyślała Dominika słowami matki, która czasem przychodziła do jej pokoju, brała na chybił trafił jakąś książkę i nie znalazłszy nic dla siebie ani w malarstwie Witkacego, ani w poezji Stachury, ani tym bardziej w podręczniku do matematyki, mówiła, jak ty coś z tego rozumiesz, córcia, przecież to same pikassy i trele-morele. Wszystkie te książki ci do nauki potrzebne czy to jakieś fiksum-dyrdum? Ignacy Goldbaum patrzył tymczasem na Dominikę z fotografii zrobionej polaroidem, a listy opowiadały historię, jakiej nie wymyśliłaby nawet babcia Halina.

Ignacy nigdy nie wrócił do Warszawy i spotkawszy na swojej drodze mniej więcej jednakową liczbę przyzwoitych ludzi i kanalii, co nie zawsze dało się rozpoznać na pierwszy rzut oka, po kilku miesiącach od rozstania z Zofią był już w Stanach. Po wojnie szukał kobiety, która go ocaliła, ale listy jego pozostawały bez odpowiedzi, a według danych Czerwonego Krzyża w okolicach Zalesia, Brzeziny i Kocierzowej zginęły co najmniej trzy Zofie Maślak, w tym dwie w wieku, który mógł być wiekiem jego Zofii. Polska po wojnie nie była krajem, w którym chciałby żyć, a ta przedwojenna nie istniała. Na miejscu domu cioci Roissy została kupa gruzu, po jej grobie nie było nawet śladu; po innych krewnych przetrwał być może abażur albo trochę włosów, nie do odróżnienia wśród innych za szybą oświęcimskiego muzeum. Ignacy napisał w końcu do Janka Kosa, bez wielkiej nadziei adresując list – Jan Kos, Zalesie – i już po miesiącu otwierał kopertę, na której jego nazwisko i adres wypisano niewprawnie kopiowym ołówkiem. Jan Kos pisał, że Zofia nie żyje, w ostatnich tygodniach wojny zmarła na tyfus. Nic poradzić się nie dało, a on sam ma się dobrze, czego i Ignacemu życzy, mimo iż wybrał kraj wyzysku ludu pracującego. Skoro nie było Zofii, zniknął ostatni powód, by wrócić. Ignacy skończył studia medyczne, w czasie których poznał przyszłą żonę, a pamięć o Zofii hołubił w tym miejscu serca, które zarezerwowane było dla jego pierwszej ojczyzny, najważniejszej, ale utraconej. Starszy syn Ignacego Goldbauma, David, pojechał do Polski w podróż, o której marzył od dziecka, kuszony wspomnieniami ojca jak ryba błyszczącą, niejadalną przynętą. Miał zobaczyć Warszawę, zanim pójdzie na studia, i przywieźć ojcu potwierdzenie wspomnień. Im Ignacy był starszy, tym te wspomnienia były piękniejsze, rozrastały się i wplatały nawet tam, gdzie nie powinny. Gdy Ignacy mówił – wtedy, przedtem, zanim – dzieci wiedziały, że ma na myśli Polskę, i podejrzewały, że do Polski wracał, kiedy siedział ze szklistymi oczami nad ulubioną siekaną wątróbką, a David trzy razy powtarzał, tato, zanim ojciec zwrócił na niego uwagę. Syn Ignacego przyjechał z Polski po miesiącu chudszy o pięć kilo i starszy o dziesięć lat, przywożąc opowieść o brudnych miastach i ścianach ze śladami po kulach, na których czytał świeże napisy Żydzi do gazu i oglądał rysunki gwiazdy Dawida wiszącej na szubienicy. Ze świeżą zmarszczką na wysokim czole syn Ignacego mówił o znajomym ojca z młodości, profesorze niewinnej niczemu ornitologii, którego wyrzucili z pracy i który, płacząc, pakował walizki w mieszkaniu na betonowym osiedlu, w jakich w Ameryce żyją biedacy i nielegalni imigranci. Winda, którą David jechał na dziesiąte piętro do mieszkania ornitologa, była ciemna i musiał po omacku nacisnąć guzik; bał się, że na palcu zostanie mu ślad po świeżej krwi. Ten młodzieniec, który w wieku osiemnastu lat lubił nosić dodające mu powagi marynarki i kapelusze, bo zawsze czuł się starszy, niż był, nie znalazł w Warszawie ulic, które w letnie popołudnia miały nabierać lekkości paryskich bulwarów, tylko szerokie przecinki w szarości bezkształtnych domów, wycięte nie wiadomo po co, bo nie prowadziły do żadnego centrum, lecz na przedmieścia niepostrzeżenie przechodzące w pola kapusty i błoto. Wsiadał w autobusy i wysiadał na ostatnim przystanku, gdzie była już wieś; pod sklepem mężczyźni pili piwo, kobiety podchodziły do nich szybkim krokiem, jakby chciały ich uderzyć, ale zatrzymywały się i wyrzucały z siebie tylko bluzgi słów, które nie przynosiły żadnego rezultatu, wsiąkały w błoto. Odchodziły więc i wracały, i tak w kółko. Jechał tym samym autobusem do miasta bez centrum i szukał przeszłości ojca na ulicach getta, które spłonęły, w kawiarniach, których nie było, pod obcym uniwersytetem. Synowi Ignacego Goldbauma podobał się tylko Pałac Kultury, bo przypominał mu budowle Nowego Jorku, przesadne, buńczuczne, strzelające w niebo, którego tło litościwie łagodziło ich brzydotę, zacierało kontury, otulając czubek mgłą, tak że gdy człowiek zadzierał głowę, wydawało mu się, że płyną. David pojechał do Zalesia samochodem pożyczonym od doktora Zatryba i opowiedział ojcu o dwóch przestraszonych kobietach z drewnianego domu na skraju wsi, pod którego okapem roiło się od jaskółek, o grubej starszej pani palącej papierosy bez filtra i niezbyt rozgarniętej dziewczynie o oczach w kolorze agrestu, na oko w jego wieku – żadna nie przypominała anioła ani kusicielki. Rozczarowanemu krajem przodków Davidowi nie wydawało się możliwe, by Zofia, z plackami niezdrowego rumieńca i w brudnawym fartuchu, lub Jadzia, wiejska panna o urodzie bułki na parze, mogły mieć coś wspólnego z jego ojcem i z nim. Jednak przede wszystkim nie wydawało mu się możliwe, by on, David Goldbaum, miał coś wspólnego z tym krajem, który okazał się jakąś straszną pomyłką na mapie jego świata, i przez wiele lat będzie myślał, że najgorsze, co mogłoby go spotkać, to mieszkać w Warszawie i jeździć do pracy jedną z tych ulic, wyrąbanych między brzydkimi domami przez jakiegoś szalonego Goliata.

Ignacy Goldbaum wiedział więc, że Zofia żyje, ale na obrazie jej życia przywiezionym mu przez syna nie było dla niego miejsca. Żyła i miała dorosłą córkę niepodobną ani do niego, ani do niej, w progu jej drewnianego domu stały męskie buty. Jan Kos okłamał go i wspomnienie niechęci partyzanta z blizną na policzku, który zabrał go z domu Zofii, wróciło do Ignacego tak wyraźne, jakby to wczoraj siedział z nim w zaleskim lesie. Może wyszła za Janka Kosa? Czasem doktor Goldbaum zamyślał się tak, że żona musiała go szturchać w ramię, by wrócił z Zalesia do Pasadeny. Znała jego historię i wiedziała o Zofii. Jak umrę, odnajdziesz ją sobie, powiedziała mu kiedyś bez złości, z pewnością, z jaką przez całe życie wycinała ślepe kiszki i organizowała przyjęcia na dwadzieścia osób. Doktor Ignacy Goldbaum miał rosnącą z wiekiem obsesję wyrównywania rachunków, o której dużo rozmawiał z Bogiem i rodziną, przy czym wszyscy wymienieni mieli zwykle ważniejsze sprawy na głowie. Początkowo wyrównać chciał przede wszystkim tym, którzy mu zabrali, i uczestniczył nawet w jednej wyprawie do Argentyny, gdzie schronienie znaleźli zbrodniarze o nalanych gębach i małych, bladych oczkach – grali teraz w golfa z byłymi dyktatorami. W miarę upływu czasu rachunek wychodził mu inny, bo gdy siedział na tarasie swojego domu, słuchał kantat Bacha i patrzył na ocean, okazywało się, że dostał bardzo wiele i może nie zdążyć się wypłacić. Śmierć żony, która po trzech miesiącach choroby zmarła na raka, dostarczyła Ignacemu nowego powodu do dyskusji z Bogiem, ale nie zalała go goryczą. Życie z nią było jasne i uporządkowane, a ślady, które zostawiła, pozwalały mu wracać do wspólnie spędzonych lat z uśmiechem. To Zofia nie dawała mu spokoju. Śnił, że patrzy na niego z jabłkiem w dłoni albo rodzi króliki, które wyskakują spod jej spódnicy, a on nadaremnie próbuje je schwytać. Gdy poznał Czerwińskiego, zrozumiał, że znalazł odpowiednią osobę, kogoś, kto pomoże mu wrócić do tej innej przeszłości, która uwierała go jak piasek pod powiekami. Teraz informacje szybciej pokonywały granice, z których część przestała w ogóle istnieć, i wkrótce Ignacy wiedział, że Zofia żyła, miała córkę i wnuczkę, jej mąż zginął zaraz po wojnie w tajemniczych okolicznościach, nigdy nie wyszła powtórnie za mąż. Bogatszy o tę wiedzę Ignacy usiadł przy komputerze i napisał pierwszy od lat list do Zofii Maślak z Zalesia.

Po dwóch miesiącach przyszła odpowiedź na papierze w linie, wyrwanym z zeszytu. Szanowny Ignacy, w pierwszych słowach mego listu, pisała Zofia, zawiadamiam Cię, że jestem zdrowa i zapytuję o zdrowie Twoje i Twojej rodziny, a doktor Goldbaum czytał i płakał, do czego z wiekiem coraz bardziej był skłonny. Przepraszała za litery rozchwiane jak krzesła w jej domu, bo oczy miała już popsute, a on nagle zobaczył ich jaskrawą niebieskość sprzed lat i aż zakłuło go serce. Pisała, że pogoda tej wiosny jest ładna, w lesie pełno przylaszczek, że aż fioletowo, a ona, tak, pamięta – nie ma za co dziękować. W odpowiedzi na trzeci list wysłała Ignacemu zdjęcie Dominiki zrobione w jej ogrodzie. Na pierwszym planie Dominika nad koszem jabłek z liściem łopianu na głowie, za nią Jadzia, a dalej niemal niewidoczna wśród georginii Zofia. Ignacy Goldbaum już wiedział, że przeszłość, którą uznał za straconą, wróciła, bo dziewczynka na zdjęciu wyglądała tak jak jego amerykańska córka, choć polska córka nie przypominała mu nikogo. Marek Czerwiński miał przygotować Zofię na przyjazd Ignacego, który nie powiedział mu jednak o Dominice, chcąc, by znajomy historyk sam potwierdził to, co mogło być tylko nieświadomym życzeniem. Twoja wnuczka jest piękna i ponoć liczy, jakby miała w głowie kalkulator, napisał mu Marek Czerwiński tego samego wieczoru i już wszystko było jasne.

Szperałaś, szperałaś, to się gówna takiego doszperałaś, i jak ja teraz wyglądam? rozpłakała się Jadzia, gdy wyszło na jaw, że drzewo genealogiczne rodziny Chmurów jest bardziej rozgałęzione, niż się wydawało. Jadzia nie dość, że owdowiała przedwcześnie, to jeszcze pozbawiona została ojca, którego nawet nie poznała. Co za strata, której nijak się nie da opłakać, bo na miejsce ojca Maćka, bohatera, wskoczył zupełnie jej nieznany ojciec, Żyd ze strychu. A do tego z Ameryki zamorskiej. Z jakiejś Pasadeny. Czy to możliwe, żeby ona, Jadzia, niczego nie podejrzewając, była pół-Żydówką? Że tego nikt nie zauważył? Że taki doktor Rosen, to każdy wiedział, po twarzy było widać, że nie nasz, bo jakby taki niepolski z wyglądu, jakby włoski bardziej. I do tego lekarz. Oni zawsze – jak nie lekarz, to prawnik czy kupiec. Ale ona, Chmura Jadzia?

XVII

Czarna Madonna w kościele Niepokalanego Poczęcia na Szczawienku miała lekkiego zeza i uśmieszek kpiący jakby, choć smutny. Cały kościół mógł być pusty, a koło niej zawsze ktoś. Choćby ze trzy staruszki w chustkach wiązanych pod szyją, chociaż co odważniejsze przerzucały się powoli na moherowe berety. Czesane z włosem i pod włos druciąną szczotką, usztywnione od spodu stroną „Trybuny Wałbrzyskiej". Chustkowe wtedy psykały, a widzieliśta starą Spałkową, jak się w berencik odstroiła? Tej to już się całkiem w dupie poprzewracało! Witały się, pochwalony, ojciężkociężko. Z torebkami w kształcie trumienek, podzwaniając różańcami jak kośćmi, kupiły się koło obrazu, zapalały świeczki, o coś miały żal, o coś prosiły. Pochwalony, ojciężkociężko, módsiezanami! Modliły się do Czarnej Madonny, jakby łuskały groszek, módsiezanami. Módsiezanami, w łupinach ich próśb surowe ziarnka wyrzutów i żalów o kwaskowym posmaku. Módsiezanami, powtarzały na majowym i myślały o rachunkach, razach, porachowaniu się z kimś, z kim już się nie da porachować za razy, bo umarł, ojciężkociężko, módsiezanami. Ale i młodsze się zdarzały, mniej cierpliwe, wpadały na chwilę między pracą pozadomową a królowaniem w kuchni, tak jak wpada się do najbliższej rodziny, a to odsapnąć, a to ponarzekać i wywlec parę zadawnionych pretensji, ojciężkociężko módsiezanami. Madonna patrzyła na nie tylko smutnymi oczami, jakby mówiła, spróbuję, ale obiecać nie mogę, bo moje możliwości są ograniczone. Ojciężkociężko, módsiezanami!

Dominika siedziała tam w półmroku i liczyła świece, które paliły się pod obrazem. Liczba nieparzysta oznaczała pecha, a parzysta wróżyła pomyślność, bo niedorostki i dorośli wierzą, że pary są lepsze od niepar, mimo oczywistych dowodów na to, że większość Adamów i Ew daleka jest od ideału, a nawet gdyby chciała się doń zbliżyć, to nie wie którędy. Liczyła więc świece i dzieliła przez liczbę kobiet, które w ciągu najbliższych pięciu minut uklękną pod ołtarzem, a ostateczny wynik dawał chwilowe ukojenie, bo wydawał się pewny jak mało innych rzeczy. Liczyła staruszki w chustach i mnożyła je przez liczbę moherowych beretów, dodawała dni pozostałe do końca roku szkolnego i dzieliła przez liczbę kroków z Babela do szkoły, wyciągała pierwiastek z liczby otrzymanej po dodaniu cyfr w dacie śmierci ojca. Każdy wynik, o którego poprawności była przekonana, uspokajał ją swoją niewzruszoną pewnością. Gdyby Stefan żył, mogłaby mu pokazać czarno na białym, jakie było prawdopodobieństwo, że to właśnie jego sześć numerów wypadnie w Dużym Lotku, i może wtedy powiedziałby, a zostawmy to w diabły, chodź, pojedziemy na basen. I byłby trzeźwy, tak że tym razem by ich wpuścili, a nie cofnęli spod drzwi, mówiąc tak głośno, że wszyscy z tyłu usłyszeli, wstyd, z dzieckiem na basen i pijany.

Nieraz widział Dominikę ksiądz Adam Wawrzyniak, jak pochylona w skupieniu pod obrazem Madonny ruszała bezgłośnie ustami, i jego wiara w młodzież polską rosła, nawet jeśli znów musiał zmazywać ze ściany plebanii napisy Jude raus albo Zagłębie Wałbrzych chuje. Ksiądz Adam najbardziej lubił pracę z młodzieżą. Bo w młodzieży leży nasza przyszłość, mówił parafianom i przełożonym, którzy kiwali głowami, że racja, racja, nie ma jak młodzież. Urodził się i wychował we Wrocławiu, w poniemieckiej kamienicy z oknami wychodzącymi na Odrę. Rzeka płynęła wielka i szara, na jej dzikich brzegach piło się piwo, łowiło ryby, zabijało nożami, gwałciło i tak dalej. Gdy mały Adaś Wawrzyniak patrzył na nią z okna, wydawało mu się czasem, że to kamienica płynie jak piękny statek Stefan Batory, który widział kiedyś w porcie nad morzem. Takim statkiem mógłby popłynąć do Afryki i zostać misjonarzem, a tam umarłby na febrę, jak w *Pustyni i puszczy*, mimo zażywania gorzkiej chininy. Jak płakaliby za nim tata i mama, a zwłaszcza mama, bo tato może by już wtedy nie żył. Piękno widoku na Odrę rekompensowało tylko w pewnym stopniu ciasnotę mieszkania po doktorze Scheurenie, podzielonego na cztery osobne lokale i zamieszkiwanego przez dwanaście osób różnej płci, wieku i przyzwyczajeń, roszczących sobie pretensje do jednej kuchni i ubikacji, która nieustannie się zapychała. Ojciec Adama, inżynier Karol Wawrzyniak, nade wszystko lubił łowić ryby i miał do tego rękę, co było przedmiotem zazdrości ze strony innych moczących kije w Odrze. Każdej niedzieli przynosił do domu wiadro pełne pląsających stworzeń, nie zrażając się ostrzeżeniami prasowymi na temat zanieczyszczenia wody i ryzyka choroby płynącego z jedzenia ryb o postrzępionych płetwach i oczach pokrytym bielmem. Wierzył w wyższość rybiego mięsa nad świńskim lub krowim. Na poparcie swojej tezy przytaczał cytaty z Biblii; skoro Jezus jadł ryby, to i on będzie, bo to znaczy, że nic lepszego nie ma. Gdyby urodził się pół wieku później w Ameryce, zrobiłby fortunę na swoim pomyśle biblijnej diety, a tak tylko denerwował żonę, Leokadię. Stawiał na podłodze wiadro i wołał do niej, patrz, Leoś, ile dziś nałowiłem. Nigdy nie miał się dowiedzieć, że ani małżonka, ani jedyny syn nie lubią ryb i życzą mu skrycie końca wędkarskich sukcesów. E tam, gadanie, wystarczy dobrze oskrobać, zbywał ich wątpliwości i rodzina zajadała rybki z surówką z kiszonej kapusty. Zamrażalnik ich lodówki marki Mińsk pełen był twardych jak kamień rybich ciał, a piwnica pękała w szwach od słoików z kapustą. Adaś, chcąc przypodobać się rodzicom, precyzyjnie oddzielał dwoma widelcami kawałki wodnistego mięsa, czekając, aż ojciec zobaczy szkielet na talerzu i powie, Adaś zuch. Inżynier Wawrzyniak pracował we wrocławskiej fabryce pociągów Pafawag, ale nie lubił tego zajęcia, bo tak jak jego rodzicom, przesiedleńcom spod Lwowa, podróże kojarzyły mu się z tragedią wygnania i utraty majątku, a nie z przyjemnością poznawania nowych miejsc. Najpierw unikał tylko dalszych wyjazdów, potem niechętnie ruszał się nawet do rynku, gdzie Leokadia tak lubiła napić się przez słomkę kawy mrożonej w koktajlbarze Witaminka, aż w końcu nie wychodził dalej niż nad Odrę, skąd mógł mieć swoją kamienicę na oku. Podsycany wciąż na nowo strach wyrósł w jego sercu silny i toksyczny jak barszcz Sosnowskiego. Oplótł mu wątrobę i przydusił serce, wyłaził uszami, puchł na języku; inżynier krzywił się ciągle, jakby najadł się mydła Jeleń. I na co mi przyszło, że wagony buduję, mawiał, a kto to wie, może nas w nie wsadzą i któregoś dnia znów wywiozą w cholerę. Jego awersja do opuszczania domu była tak silna, że nigdy nie poje-

chał nawet na wczasy pracownicze z rodziną i co roku
odprowadzał na dworzec swą przystojną żonę, Leokadię, i syna, Adasia, żegnając ich tak, jakby nie jechali na
dwa tygodnie do Świnoujścia, lecz wybierali się na drugi
koniec świata, i to nie z własnej woli. Gdy Adaś dorósł,
zaczął przedkładać wakacje w górach z kościelną grupą oazową nad wczasy z matką, przejawiając przy tym
denerwującą skłonność do przemieszczania się nie raz,
ale kilka razy w roku. Czy on owsiki ma w tyłku, czy co,
martwił się ojciec i wyperswadował żonie konieczność
lipcowych kąpieli słonecznych nad Bałtykiem, wytłuma-
czył, że jakby co, lepiej być razem w domu, a nie każde
gdzie indziej. Inżynier Wawrzyniak zdawał sobie sprawę, że jego lęk przed podróżami jest niemęską słaboś-
cią, i czuł się w obowiązku obwieszczania rodzinie oraz
bliższym i dalszym znajomym, że gdyby tylko chciał,
to pojechałby do Bułgarii i do Rumunii, ba, poleciałby
samolotem, ale tak się składa, że lekarz uważa zmiany
klimatu za wprost zabójcze dla jego słabych nerek. Bał
się ojciec, że jego słabość odezwie się w synu, który
od małego był delikatny i chorowity. Inżynier Wawrzyniak wierzył, że chłopca – a chłopiec tylko im się trafił mimo licznych prób dohodowania się parki – trzeba
wychowywać na mężczyznę, co znaczy, że tępić w nim
należy mazgajenie się i nadmierną uczuciowość, które
nie stanowią wad u dziewczynki czy nawet tak już wy-
rośniętej kobiety jak Leokadia. Chłopięcenie Adasia nie
było łatwe, bo ojcowska ręka wzniesiona w gniewie musiała najpierw przedrzeć się nie tylko przez jego własną słabość, lecz także przez zaporę w postaci Leokadii;
jej impet słabł, zanim spadła na synowski tyłek. Mały

Adaś okazał się nadpobudliwym i wrażliwym dzieckiem, które przejawiało nieustanną potrzebę czułości, i cóż to była za gehenna, by wytresować go na mężczyznę jak się patrzy. Można było nawet podejrzewać, że gdy się nie patrzyło, zadatkiem na mężczyznę prawdziwego być przestawał! Inżynier Wawrzyniak spluwał w szare wody Odry i zastanawiał się, czy może wspólne wędkowanie nie przyniosłoby jakichś rezultatów, ale Leokadii za każdym razem udawało się uratować syna pod pretekstem chorego gardziołka, któremu niewątpliwie zaszkodziłby rzeczny chłód.

Gdy w wieku trzech lat Adaś zemdlał w kościele na majowym, i tłumaczył potem rodzicom, że nic go nie boli, tylko śpiewali tak pięknie, państwo Wawrzyniak nabrali przekonania, że w ich dziecku obudziło się powołanie do stanu duchownego i traktowali go odtąd tak, jakby w jego bladym ciałku ukryte było złote jajko. Mój mały księżulo, zachwycała się mama i dotarło do niej, że oto znalazł się sposób, by pozostać jedyną kobietą w życiu synka. Dziecko przybierało poważne minki, widząc, jaką radość sprawia tym rodzicielce, a radość przekładała się na uściski i nagrody. W oczach Leokadii wrażliwość syna nabrała cech mistycznych, jego lekka gamoniowatość stała się właściwą dla przyszłego księdza delikatnością i uwzniośleniem. Przy rodzinie i znajomych mówiła, ach, on od małego szykuje się na księdza, a mały powtarzał za nią, że chce zostać księdzem, być może misjonarzem, i po jakimś czasie sam w to uwierzył. Lubił zresztą być ministrantem i śpiewać w chórze, a bycie w centrum uwagi i pochwały, jakie zbierał z powodu swego głosu i schludnego wyglądu, dostarczały mu przyjemności tak głębokiej, aż dostawał gęsiej skórki. Czuł ucisk w gardle, na całym ciele podnosiły mu się drobne białe włoski, którymi jak pleśnią pokryte były jego chude członki i tors. Wkrótce te przypływy pychy, mylone z uczuciami o wiele bardziej chwalebnymi, weszły mu w krew i uzależnił się od dreszczu, którego dostarczały. Już przed mutacją zaczął mówić nawiedzonym głosem duchownego; jeszcze wcześniej nabrał zwyczaju wplatania w mowę codzienną podsłuchanych w kościele archaizmów, takich jak azaliż, zaprawdę, takoż, a wtedy w niebieskich oczach Leokadii skraplały się łzy dumy. Gdy na pytanie jednego z wujów zadane przy imieninowym stole, kim ty chcesz zostać? sześcioletni Adaś odpowiedział, azaliż księdzem, kwestia jego przyszłości wszystkim wydawała się przesądzona.

Zadaniem mamy było utulanie go na tej drodze ku chwale, a tato miał czuwać, by nie zboczył, i dlatego na drzwiach wydzielonego dyktowymi ścianami pokoju Adasia wisiała dyscyplina. Tak nazywał się kawałek elastycznej gumy, zmyślnie przymocowanej do drewnianego trzonka. Dyktowe ściany nie sięgały sufitu, inżynier Wawrzyniak mógł więc w każdej chwili wejść na stołek i z góry zajrzeć do pokoju syna, by zobaczyć, czy przypadkiem nie zarabia właśnie na karę. Jego głowa z pasmem włosów zaczesanym na pożyczkę pojawiała się nad krawędzią jak w teatrze kukiełkowym, a za sznurki pociągała Leokadia. Dyscyplina miała synowi przypominać pod nieobecność ojca gniewną rękę wymierzającą sprawiedliwość i oko, które wszystko widzi. Nie więcej niż ze cztery razy musiałem mu porządne manto spuścić, chwalił się synem inżynier Karol Wawrzyniak i rzeczywiście na palcach jednej ręki można by policzyć okazje, przy których Adaś dostał po tyłku tak, że był ślad. Rodzice uważali to za oczywisty dowód tak wrodzonej szlachetności jedynaka, jak i ich rodzicielskiego talentu. Na ogół wystarczało, że ojciec kazał synowi powąchać dyscyplinę, by zarzewie buntu stłumić w zarodku; synowi do końca życia zapach gumy będzie się kojarzył z ojcem, a potem z Bogiem. Stary Wawrzyniak trzymał się twardo zasad zimnego chowu. Spróbowałby się puścić! Bez tej podpory byłby kulawy albo w ogóle unieruchomiony – koniec z łowieniem, koniec z wysysaniem rybich głów, co to są najzdrowsze. To Leokadia przypominała mężowi o roli kata i dźgała go w plecy, mówiąc, idź go ukarz, podczas gdy sama nakrywała wówczas głowę puchową poduszką. Gdy małżonek wędkował w niedzielne poranki, pozwalała spragnionemu pieszczot synkowi przychodzić do jej łóżka, ale tylko do dwunastych urodzin. Podczas tych słodkich dla obojga chwil tłumaczyła synowi wtulonemu w jej pierś, że tatuś jest surowy, bo chce dla niego dobrze, a mamusia go kocha najbardziej na świecie, i główkę, i rączki, i brzuszek. Adaś mógł być pewny, że z każdych tarapatów wydostanie się po drabinie miłości matczynej, złapie go mama, gdy się potknie, utuli i nafaszeruje ptasim mleczkiem po ojcowskich razach, a gdy będzie tonął, Leokadia rzuci mu koło ratunkowe albo sama zamieni się w ponton o dużej wyporności i ruszy na ratunek, jak wówczas gdy na brzegu Bałtyku oberwał po głowie od silniejszego kolegi, który do tego zabrał mu wiaderko i łopatkę. To nigdy nie była jego wina! Ciężar każdego przewinienia zdejmowała matka z synowskich ramion i obarczała nim tego, kto był pod ręką, a gdy brakowało kolegi łobuza albo koleżanki kusicielki, z westchnieniem niosła go sama. Jej wina, nie dopilnowała! Adaś odziedziczył po matce dobry słuch i na dwa głosy śpiewali sobie piosenki, które z radia Szarotka prosto w ucho wpadały. Księdzu piękny głos jest bardzo potrzebny, taki głos, taki głos to połowa sukcesu, szeptała Leokadia i karmiła swoje dziecko multiwitaminą.

Gdy Adaś skończył trzynaście lat, ojcowska głowa coraz częściej wyskakiwała zza ściany jego pokoju, by zapobiec grzechowi masturbacji. Masturbacja, tłumaczył zakłopotanemu i spłakanemu synowi inżynier Wawrzyniak, ma na umysł wpływ wprost fatalny i podobnie jak tłuszcz wieprzowy jest bezpośrednią przyczyną pryszczy – nauka i odpowiednia dieta, bogata w ryby, w witaminę C, oto lekarstwo. Rodzice uznali, że najbezpieczniejszym wentylem dla rozbudzonej zmysłowości dziecka może stać się właśnie muzyka, wystarczy mu poluzować muzycznie i cała para tędy zejdzie. Jedyny syn państwa Wawrzyniak łomotał więc w perkusję z garnków, walił w dziecinne cymbały, dmuchał w drewniany flet, aż echo grało i sąsiedzi stukali w ściany, ale w końcu znalazł swoją prawdziwą miłość, gitarę. Nie mógł ćwiczyć w mieszkaniu o cienkich ścianach, więc wypróbowywał, jaki efekt wywiera jego głos na zwierzętach w pobliskim zoo, do którego znajoma bileterka, ujęta jego schludnym wyglądem i dobrymi manierami, wpuszczała go za darmo. Z nowiutką gitarą, urodzinowym prezentem od rodziców, znajdował ławkę naprzeciw oszlamionych hipopotamów, oszalałych z tęsknoty za wolnością tygrysów lub małp, które wydawały się najbardziej zainteresowane sztuką. Brzdąkał i śpiewał na chwałę bożą czystym, nieco drżącym tenorem, a pawiany patrzyły na niego, siedząc na czerwonych tyłkach i iskając pchły. Leokadia wiedziała o koncertach w zoo i nawet sobie w głębi duszy roiła, że usłyszą jej syna państwo Gucwińscy, dyrektorostwo, i kto wie, kto wie, bo w końcu mają znajomości w telewizji. Śpiewał więc Adaś małpom własne kompozycje i znane pieśni, popularne przeboje i wariacje na temat arii operowych, których lubiła słuchać jego matka. Tłumaczył sobie, że ławka przy pawianach jest najwygodniejsza, bo najbardziej ustronna, ale tak naprawdę jego uwagę przyciągały seksualne zachowania tych stworzeń o prawie ludzkich twarzach, które od czasu do czasu kopulowały, nie przestając słuchać koncertu. Zresztą Adasiowi nawet patyczaki ze szkolnego terrarium kojarzyły się erotycznie i niemal tracił przytomność, patrząc, jak włażą jedne na drugie w poszukiwaniu świeżych liści trzykrotki. Wbrew naiwnym nadziejom rodziców muzyka nie odwiodła Adasia od cielesnych pokus, które nawet sam nazywał tym staroświeckim mianem, szepcząc wyznania przez kratę konfesjonału z cotygodniową regularnością i dreszczem tej samej dziwnej przyjemności, której doświadczał, grzesząc, aż mu stary, doświadczony dominikanin doradził, że mógłby w piłkę pograć czy co. O ile Adam Wawrzyniak nie zatajał żadnych grzechów podczas częstych spowiedzi i wyznawał księdzu swe nieczyste myśli, sny i akty masturbacji popełniane wśród ukwiałów matczynych rajstop suszących się nad jego głową, na strychu kamienicy, w piwnicy, w toaletach w zoo, w windzie wieżowca na Kozanowie, gdzie chodził na korepetycje z matematyki, o tyle małpy zawsze jakoś uciekały mu z pamięci, gdy klęczał w konfesjonale. Obiecywał sobie, że następnym razem już na pewno, ale nigdy nie udało mu się dotrzymać obietnicy.

Jako licealista Adaś ugruntował swoją pozycję w kościelnym chórze i opanował niemal do perfekcji umiejętność ukrywania przed ojcem swojej seksualności, tak że stary Wawrzyniak, słuchając, jak za ścianą z dykty syn nuci cichutko, zaczajał się, znienacka wskakiwał na stołek i zaglądał, lecz na niczym nie mógł go przyłapać; zaczynał więc czasem martwić się w drugą stronę, czy aby z nim wszystko w porządku. Adaś słuch odziedziczył po matce Leokadii, która w młodości marzyła o karierze śpiewaczki i nawet brała przez jakiś czas lekcje u starej lwowskiej diwy w willi na Biskupinie, pełnej przedpotopowo wielkich paproci i zaskakująco usytuowanych luster, ale albo talent okazał się zbyt mały, albo starania niewystarczające, bo nie dostała się do Akademii Muzycznej i skończyła jako technik dźwiękowiec w radiu. Przynajmniej blisko muzyki, pocieszyła się, i czasem tylko przy niedzieli, gdy jej małżonek wędkował, stawała przed lustrem, zakładała ręce pod biustem i bezgłośnie ruszając ustami, wyobrażała sobie, że śpiewa na scenie wrocławskiej opery, a kto wie, czy nie w samej La Scali. Opowiadała o tych dawno pogrzebanych marzeniach synowi, który nie wiedział, czy poświęciła je dla niego i zmarnowała, czy też przechowała jak coś, co może mu się przydać do osobistego użytku. Być może z powodu matki pociągały go kobiety muzycznie uzdolnione i nawet umówił się kilka razy z koleżanką z klasy, która grała na flecie. Jednak do niczego nie doszło – nieśmiałość opuszczała Adasia tylko wtedy, gdy był sam na sam z wyobrażeniem kobiety o pięknym głosie, w czerwonej sukience. Plakat piosenkarki Nany ukryty pod materacem stał się przyczyną ostatniego lania, jakie ku chwale bożej spuścił synowi inżynier Karol Wawrzyniak, żałując, że nastolatka nie wypada już lać na gołą dupę. Nana z jęzorem wywalonym wstrząsnęła inżynierem, bo miała w sobie coś zdecydowanie diabelskiego.

Po ukończeniu wrocławskiego seminarium Adam Wawrzyniak był energicznym mężczyzną, szczupłym i żylastym, o jasnoszarych oczach, ciemnoblond włosach, które jaśniały latem, i cerze skłonnej do rumieńca. W widokach, muzyce, słowach szukał wzruszeń, a nie artyzmu, i łatwo popadał w rozterki pełne melancholii, pod której powierzchnią kryła się słabość i niezdecydowanie. Wystarczył przypadkowy obraz, wnętrze mieszkania, w którym kątem oka zobaczył rodzinę siadającą do kolacji, albo kobieta biegnąca do autobusu z siatkami pełnymi ziemniaków, kapusty i chleba, by nagła fala tęsknoty i żalu podmyła pewność jego powołania. Jednak już po kilku godzinach, okadzony zapachem kościoła i przebrany do mszy roił sobie coś o Rzymie, Watykanie; w jego dużych błyszczących oczach odbijał się blask świec, a kobiety wzdychały, że cóż to za piękny ksiądz im się trafił. Młodemu duchownemu udało się uniknąć poważniejszych grzechów ciała, a z drobnych codziennych potknięć nadal spowiadał się szczerze i szczegółowo, raz jeszcze smakując gorzki smak winy, który stopniowo rozlewał się słodyczą ulgi. Gdy został wysłany na swoją pierwszą parafię do Wałbrzycha, rozpierał go zapał do pracy i czynienia dobra, jego język pełen był baranków bożych, krzyży, które trzeba nieść, i królestw niebieskich. Dużo mówił o naśladowaniu Chrystusa, choć źle znosił nawet tak drobne nieprzyjemności jak przypalona jajecznica, której nikt nie potrafił tak zrobić jak jego matka. Proboszcz Postronek z ulgą powitał młodzieńca z gitarą na plecach, następcę wikarego, który nie wrócił z pielgrzymki do Lourdes. Powierzył mu tyle spraw, na ile mu pozwalało sumienie, a sam oddał się pielęgnacji kwiatowego ogródka i studiowaniu żywotów świętych męczennic, którymi ubarwiał swe kazania. Największą satysfakcję księdzu Adasiowi, jak go wkrótce nazywano, dawały prowadzenie grupy oazowej i lekcje religii dla nastolatków w małej salce przy cmentarzu, która kiedyś była przedpogrzebową kaplicą i wciąż unosił się w niej mdły zapach zwłok. Zauważył, że dzieci jeszcze go nie rozumieją, a starsi już nie, po pierwszych jego wzniosłe słowa spływały, od drugich odbijały się jak żwir od szyby, podczas gdy ci nie całkiem mali, lecz jeszcze nie dorośli, chłonęli je jak gąbki. Zauważył, że najlepiej wygląda z półprofilu, gdy głowę lekko uniesie do góry, tak że długie rzęsy rzucają cień na jego blade policzki; stawał w tej pozie przy oknie i mówił, a każde słowo było jak złoto, i trząsł się jak w febrze, czując spływający na niego zachwyt ukochanej młodzieży. Przyglądanie się dziewczętom z Piaskowej Góry, które miały włosy spalone pierwszą trwałą i malowały usta na perłową biel, sprawiało księdzu Adasiowi tyleż samo przyjemności co ulga, jaką czuł, gdy już wyspowiadał się z tego drobnego przewinienia i znów zasługiwał na pochwałę, jak wówczas gdy udało mu się zjeść całą rybę wyłowioną z Odry przez jego ojca inżyniera.

W przeciwieństwie do lekcji proboszcza Postronka i starej siostry Agnieszki, te prowadzone przez księdza Adasia cieszyły się niezwykłym powodzeniem, chociaż frekwencję zapewniała mu tyleż pasja w głoszeniu prawd wiary, co umiejętność gry na gitarze, a zwłaszcza postępowy repertuar, do którego włączył piosenki Stachury i Kaczmarskiego. Każda lekcja kończyła się małym recitalem księdza Adasia, a do jego coraz pewniejszego tenoru przyłączały się lepsze i gorsze, śmiałe i nieśmiałe głosiki nastolatków, śpiewających, wyrwij muuurom zęęęby krat, albo nawet, ruszaj się, Bruno, idziemy na piwo, niechybnie brakuje tam nas. Przed tą drugą piosenką ksiądz Adaś najpierw podchodził do okna i wyglądał na zewnątrz, udając, że sprawdza, czy nikt nie podsłuchuje pod salką katechetyczną, bo – puszczał oko do swojej kochanej młodzieży – gdyby proboszcz się dowiedział, co my tu śpiewamy, to byłoby po nas. Droga wolna, uśmiechał się do zachwyconych tą komitywą nastolatków, siadał na ławce, wznosił ku sufitowi natchnione oczy i śpiewał, a dziewczęta wzdychały, że gdzie tam do niego obsypanym trądzikiem rówieśnikom, o spoconych dłoniach i pospolitych marzeniach o wyjeździe na saksy do Enerefu. A jeszcze do tego ksiądz Adaś jeździł na motorze, na zielonej emzetce, mój Boże, toż to rycerz był prawie na rumaku, to były istne ptaki cierznistych krzewów. Na lekcje religii szykowały się dziewczyny z Piaskowej Góry jak na sobotnią dyskotekę w Domu Spółdzielcy, a przed wejściem malowały usta błyszczykiem o smaku bananowym. Licytowały się, na którą spojrzał i jak długo, a gdy wyobrażały sobie, co to by było gdyby, zaczynały piszczeć z ekscytacji, wydając dźwięki tak wysokie, że w blokach Piaskowej Góry co rusz pękały szyby i szklarze mieli pełne ręce roboty.

Gdy we wrześniu 1989 roku ksiądz Adaś szedł na pierwsze po wakacjach spotkanie oazowe z gitarą pod pachą, jak zawsze świeży i pełen zapału, nie podejrzewał, że zdarzy się coś, co zmieni jego życie, podobnie jak nie miała o tym pojęcia zmierzająca w tym samym kierunku Dominika. Małgosia Lipka, jedna z trzech oprócz Dominiki dziewcząt w klasie matematyczno-fizycznej Oksfordu, powiedziała jej, że ksiądz Adaś organizuje przyszłego lata autobusową pielgrzymkę do Taizé. Wiedziała, że Dominika nie była jeszcze nawet w Czechosłowacji i wszystkie wakacje spędzała na wsi u babki. Dominika wypytywała o odwiedzane z rodzicami Paryże i Rzymy, a Małgosia mówiła o matce, która upijała się w hotelu, podczas gdy ona wlokła się za ojcem odhaczającym w przewodniku zaliczone zabytki. Wieża Eiffla, zaliczone, plac Świętego Marka, zaliczone, krzywa wieża, zaliczone, i tak do wyrzygania. Co innego, gdyby taki Rzym, Paryż czy chociaż Taizé odwiedziły razem! Małgosia wiązała nadzieję z tą pielgrzymką, to były węzły żeglarskie, skomplikowane i pewne. Przecież taka pielgrzymka oznaczała długie godziny ramię w ramię w autobusie i noce w zagranicznych parafiach, gdzie będzie się spało pokotem, jedno przy drugim. Ona przy Dominice, Dominika przy niej. Fascynowała ją koleżanka o androginicznej urodzie i prerafaelickich włosach. Myślała o Dominice, używając określeń androginiczna i prerafaelicka, bo była oczytaną i niegłupią licealistką, a kobiety pociągały ją od dzieciństwa, gdy zamiast Barbie i Kena zażądała dwóch Barbie. A może od momentu, gdy jej matka w szóstym tygodniu ciąży postanowiła pozbyć się jej i siebie za jednym zamachem i popiła garść relanium butelką koniaku. Tego jednak Małgosia nie mogła pamiętać, przeczytała o tym później w książkach francuskich filozofek o dziwnych nazwiskach i mądrych nerwowych twarzach. Ojciec przywiózł jej plastikowe anorektyczki z wycieczki do Wiednia, podczas której kupił sobie na godzinę żywy odpowiednik. Małgosia bawiła się dwiema Barbie w domu, w którym nie było ani mamusi, ani tatusia, a ich zimne ciała stukały o siebie jak kostki lodu. Dominika i Małgosia w oczach innych uchodziły za przyjaciółki, a nawet coś więcej, jak plotkowano na imprezach, na które nie były zapraszane, ale same zainteresowane byłyby zdziwione przypisaniem im takiej bliskości. Obie niepopularne i uważane za dziwne, spędzały razem przerwy, paląc papierosy w jednej toalecie i dłońmi wachlując dym, jakby dawały indiańskie znaki, bo w ramach niepisanego układu nauczyciele reagowali na dym papierosów właśnie, a nie smród. Sikały też w swoim towarzystwie, co mogłoby oznaczać pewną zażyłość, gdyby nie fakt, że nie zwierzały się sobie i Dominika nie wiedziała, że Małgosia sypia z sześć lat starszą studentką z Wrocławia, wyobrażając sobie, że to ona. Gdy paliły na pół ostatniego Carmena przed sprawdzianem z fizyki, Małgosia powiedziała, że na pielgrzymkę do Taizé załapać się mogą tylko ci, którzy przez rok chodzili na spotkania oazowe, i to była ostateczna motywacja dla Dominiki, która dotąd nie była za granicą. Każdej zimy, sina i zasmarkana, nieczuła na uroki śniegu i kwiatów mrozu na szybach, marzyła o krainach z opowieści Dimitriego, gdzie temperatura nigdy nie spada poniżej zera, a arbuzy rosną tak wielkie, że pod połową wyjedzonej skorupy może schować się dziecko. Zimą w Wałbrzychu temperatura bliska tropikom panowała tylko na jedynym krytym basenie albo w palmiarni, i to tylko wtedy, gdy nie wysiadło ogrzewanie. Taizé, co sprawdziła na mapie, znajdowało się zdecydowanie na południe od Wałbrzycha, podobnie zresztą jak ogromna większość świata. Na początku maturalnej klasy poszła więc w towarzystwie Małgosi na spotkanie oazowe.

Jadzia, pogrążająca się od kilku lat w ckliwej dewocji, ucieszyła się z niespodziewanego nawrócenia córki i częściej niż w ostatnich latach przychodziła wieczorem do jej pokoju, by, jak mówiła, odsapnąć i poplotkować. Od czasu gdy Gutek na zawsze odjechał z jej kanapy GutekTransportem, zwróciła się ku niebu z charakterystyczną dla siebie mieszaniną poczucia winy, egzaltacji i żalu. Czasem kładła się nago na betonowej podłodze łazienki, ale potrzebę umartwienia zwyciężało po chwili pragnienie na słodkie i w poczuciu przegranej szła do swojego królestwa kuchennego, gdzie na dnie szafki przed samą sobą chowała tabliczkę mlecznej czekolady wedlowskiej i parę krówek ciągutek. Od wiecznego rozklejania się oklapła, jakby trzymające jej ciało w ryzach spoiwo przekroczyło datę ważności, i tuż przed pięćdziesiątką jeszcze tylko nalewka wiśniowa mogła obudzić w niej kokieterię. Bezkształtna jak biaława ameba, nie chora, ale schorowana, wrażliwa na bakterie, chlupotała wzdęciami i zapiekała się zgagami. Jej agrestowe oczy wyglądały, jakby nalało się do nich maślanki. Mnie to już nic z życia nie zostało, mawiała, jedyne, o co się modlę, to twoja, córcia, przyszłość. Sama trochę tak skończyłam jak twoja świętej pamięci prababka młynarzowa, ale tobie nie dam życia zmarnować. Czy ty wiesz, że szłam do ślubu w sukience z poniemieckiej firany? Rozsiadała się na tapczaniku córki i obciągała spódnicę na udach pokrytych pajęczyną rzek i jeziorek jak mapa Finlandii. Twój ślub, córcia, to zrobiłoby się na Jasnej Górze. Tak, nie myśl sobie! Już ja za ciebie o wszystkim pomyślę. Taki dzień jest raz w życiu. Ślub na Jasnej Górze, suknia z hali targowej we Wrocławiu. Welon i wszystko. Nowiutkie. Welon niosłyby ci małe dziewczynki, też na biało. Patrycja Iwony akurat podrośnie i jakieś jeszcze się znajdą, bo to mało dziewczynek? A wesele w jakimś eleganckim lokalu. Sprawdziłoby się tylko, czy czysto gotują, bo teraz tak wszędzie paprzą, paparuchy, rozmarzała się ślubnie Jadzia. A gdyby tak zaśpiewał i zagrał na gitarze taki ksiądz jak nasz Adaś. Można by jego poprosić nawet, kto wie. Samochodem go zabrać do Częstochowy, bo ten twój byłby zmotoryzowany. Zabrałby. Jakby zajechał elegancko pod Babel, to Śledziową by skręciło, bo jej Iwona kariery z tym młodym Lepkim nie zrobiła. Ty, córcia, idziesz do ołtarza, suknia, welon się ciągnie po ziemi, a ksiądz Adaś gra. Pod lokal można by nawet wynająć dorożkę. To pewnie drożej by wyszło, konie i wszystko, ale najwyżej by się złoto sprzedało, bo jednak za wesele panna młoda musi. Ale mamo, protestowała Dominika, jeszcze nie ma narzeczonego, a ty już ślub szykujesz. Może ja nie chcę wychodzić za mąż? A tam, nie chcesz. Najważniejsze, żebyś trafiła na swego, Jadzia nie przyjmowała do wiadomości wątpliwości córki. Ja tak coś czuję, córcia – przykładała dłoń do lewej piersi, że niby w głębi matczynego serca tak czuje

– że ty niedługo trafisz. Mnie się nie zdarzyło, ale nie znaczy, że tobie się nie zdarzy. Bo zobacz na przykład, Jagienka Pasiak z tym młodym z wąsikiem tacy dobrani. Ty nie wiesz, co on za jeden? Ma prezencję, trzeba przyznać. Nie taki chłystek jak ten, co tu przyszedł parę razy, krytykowała Andrzeja Knapika, którego wątła postura nie szła w parze z ogromem matematycznych zdolności i który kochał się w Dominice cicho i beznadziejnie. Chłystek, mówię ci. A jak poszedł do ubikacji, to potem rąk nie umył. Widziałam z kuchni. Siur-siur i już go nie ma. Tymi samymi ciasto jadł. Ojejej, wzdychała Jadzia, masując swoje zniekształcone nogi. Gdybym ja, córcia, była kiedyś taka mądra, wiedziałabym, jak sobą pokierować. A był taki jeden młody lekarz w przychodni w Zalesiu. Wyróżniał mnie, chwalił, jaka Jadzia czyściutka, fartuszek zawsze jak spod igły. Bo o tym cudzoziemcu, co kiedyś przyjechał do Zalesia, to ci mówiłam? Mówiłaś, przytakiwała Dominika. Ale co z tym lekarzem? Pytała, by nie robić Jadzi przykrości, ale przykrość obopólna już była tuż-tuż. A poszedł w cholerę, jak wszystko.

Jadzia nagle robiła się smutna i zła. Jak nie chcesz tak jak ja w kalendarz strzelić na tym bocianim gnieździe, to ja ci mówię, córcia, szanuj się. Nie umiesz sobie przyjaciół dobierać. Najpierw ten Cygan grecki czy inny czort, potem ta latawica Śledziów, co po pierwszej klasie zawodówki brzuch do domu przyniosła. Teraz ten babochłop Małgosia. Kto to widział. To Małgoś bardziej niż Małgosia. Niby córka lekarza i do tego ginekologa, a nie dbają o dziecko, bo ja się pytam, kto ją tak ubraną z domu wypuszcza? Portki, koszula, włosy na zapałkę.

I ten gwóźdź w wardze niehigieniczny. Żadnej figury, buciska jak do gnoju. I ty w takich samych musisz mi na złość chodzić? Jadzia wypinała miękki, ciążący ku dołowi biust, jakby upewniała się, że ona ciągle ma wyeksponowany jak należy ten atrybut kobiecości, gotów jej bronić niczym galaretowata tarcza. I powiem ci, że czysta to ona nie jest, ta Małgosia Lipka. Co pójdzie sikać, to potem patrzę, deska cała popryskana. Do łazienki pójdzie, to potem wszystkie ręczniki zmieniam, bo nie wiadomo, w który ręce wytarła. Na stojąco sika jak chłop czy co? Tak, odpowiadała Dominika. Tata Małgosi jest bardzo tolerancyjny i chciała, to przyszył jej kutasa, ale dopiero się uczy nim posługiwać. Zaczynało się. Jadzia zapominała na chwilę o ślubie na Jasnej Górze i wytaczała grzmiące działa swojej dojrzałej złości. To już nie było cichutkie za co, szeptane do zezowatej Madonny, wybuchała jak prezerwatywy z barwioną na czerwono wodą, które w Lany Poniedziałek chłopcy zrzucali z dachu Babela. I za co to wszystko? Taka zapłata za moją krwawicę. Za matki się poświęcanie. Za jej jak najlepiej chcenie. Mordą rycie, żeby ci niczego nie brakowało, ty mi jakieś babskie zboczki homoniewiadomo do domu przyprowadzasz. Za plecami się śmiejecie ze starej matki. I za co? Gdyby na mnie matka tak chuchała-dmuchała jak ja na ciebie. Gdyby mnie tak kochała. Wszystko pod nos podane. W kolejkach wystane. Czyściutkie. Oddałaś mnie do babci Haliny, mówiła Dominika. Jakoś nie kochałaś mnie tak bardzo na początku. Chorowałam, Jadzia zrywała się z tapczaniku, podwinięta spódnica ukazywała udo podziurkowane cellulitem jak śladami po kulach. Inaczej nigdy bym cię tej wrednej babie nie oddała. Chorowałam! Zwariowałaś, a nie chorowałaś. Ze smutku, że ta ładniejsza umarła, a nie ja. Zmówiły się, krzyczała Jadzia. Zmówiły się, żeby mnie pognębić. Co ona ci naopowiadała? Przeciw mnie ponastawiała! Weź nóż, zabij starą matkę. Albo nie, nie zabijaj, ja już i tak nie żyję. Gdybyś ty wiedziała, ile ja się z twoją babką nawalczyłam, żebyś miała wszystko, jak trzeba, czyściutko pod nos podane. Poprasowane. Nawet majteczki w środku przejechane żelazkiem. Co ja się jej natłumaczyłam, że trzeba uważać na bakterie. Po nocach nie spałam ze zmartwienia, że cię nie dopilnuje. I taka wdzięczność. A bakterii tego niemieckiego kurdupla się nie bałaś? Jadzia spłakana trzaskała drzwiami, wyplaskiwała z pokoju córki, a po godzinie, dwóch słychać było, jak krząta się w kuchni, i w końcu wołała przez ścianę głosem udającym obojętność, a nawet beztroskę, bo przecież nic się takiego nie stało – dobrze czasem zrzucić, co komu leży na sercu, a jak trafi w córkę, to od czego są chusteczki higieniczne – nie zjadłabyś omlecika z powidełkami?

Po którejś z takich kłótni Dominika poszła przez Krzaki na pierwsze spotkanie oazowe i spóźniona weszła do salki, rozczochrana, z oczami błyszczącymi od łez, a ksiądz Adaś spojrzał na nią i zamarł w pół słowa. Niech będzie pochwalony! Prostokąt drzwi wypełniony światłem, wysoka postać w wojskowych butach, dżinsowej kurtce i czerwonej sukience, z płóciennym żeglarskim workiem wypełnionym nie wiadomo czym. Niczego piękniejszego do tej pory nie widział! Sukienka z farbowanej bawełny na pieluszki szmyrgnęła przez salkę jak betlejemska kometa i przygasła w ławce, a ksiądz Adaś poczuł niespodziewane i jeszcze nienazwane ukłucie zazdrości, bo nowa uczennica usiadła obok niepokojąco chłopięcej Małgosi Lipki. Dlaczego akurat koło tej ostrzyżonej tak, że zwróciłby jej uwagę, gdyby nie to, że chce być równym księdzem, wyrozumiałym i młodzieżowym. A ta nachyliła się ku Dominice i zaszeptała jej coś do ucha, dotykając ustami ciemnych włosów, może nawet delikatnie różowej muszelki uszka, które znalazło się tuż koło przekłutych srebrną szpilką ust ostrzyżonej i chłopięcej. Tego dnia ksiądz Adaś śpiewał z uczuciem, bo coś w nim posypało się jak szklane kulki po schodach, jedna po drugiej, cała kaskada. W salce katechetycznej zrobiło się gorąco, delikatny zapach mydełka Zielone Jabłuszko stłumiły opary potu i młodzieńczych kroczy, co do których czystości Jadzia miałaby wiele zastrzeżeń, gdyby mogła dokonać przeglądu. Dominika też śpiewała, wyrwij muuurom zęęęby krat i ruszaj się, Bruno, bo ksiądz Adaś wydawał jej się inny. Inny taki, szepnęła Małgosi. Wprost niezwykle inny! Inny od Zbyszka Lepkiego, który zapłodnił jej przyjaciółkę Iwonę Śledź i zamiast pytać czule, czy ciężarna małżonka nie ma smaku na kiszone, co oznacza chłopca jak on, lub słodkie, co znaczy dziewczynkę jak ona, ćwiczył muskuły w siłowni Górniczego Domu Kultury i marzył o zabijaniu żółtków, czarnuchów albo innych, byle go wzięli na zawodowego. Inny od Andrzeja Knapika, z którym Dominika pomagała słabszym w matematyce i fizyce kolegom, Andrzeja w ogóle pozbawionego muskułów, bo jedyna rzecz, jaka mu twardniała, nie wymagała woli, a wręcz przeciwnie. Czerwieniał wtedy aż po korzonki tłustych włosów, mówiąc, przepraszam, muszę tam, gdzie król piechotą, a Dominika przewracała oczami zupełnie tak jak Jadzia.

Ksiądz Adaś był inny od wszystkich dwudziestu dwóch kolegów z klasy matematyczno-fizycznej, gdzie oprócz Dominiki i Małgosi były jeszcze tylko dwie dziewczyny. W tym jedna po znajomości, bo jej ojciec sprowadzał używane auta z Niemiec, a z takimi plecami każdy by się dostał do dowolnej klasy w Wałbrzychu, włączając najwyższą. Inny w końcu był ksiądz Adaś od jej zmarłego ojca Stefana. Wyrolowany przez Pana Boga i Polskę Ludową, nie grał na żadnym instrumencie i nawet gdy chrapał, fałszował. Uwagi Dominiki nie przyciągali najpopularniejsi chłopcy z Piaskowej Góry, tacy jak Zbyszek Lepki czy Adrian Pypeć, bo w każdym z nich widziała jak w lustrze życie, które upodobniało ją do Jadzi. Byli tacy sami! Jadzi podobał się Krzysztof Krawczyk i troszkę też, o czym nie wspominała już córce, Zdzisław Śledź, a Dominice – Boy George. W wizerunku chłopca-dziewczyny z kotem Calimero i jakąś gejszą przy boku, który oglądała kiedyś w niemieckim numerze „Brava", nie mieścili się ani Jadzia, ani Babel, bo Jadzia szukała tego samego, a jej córka tęskniła za innością, w której jej własna odmienność znalazłaby w końcu imię i kształt. Tęskniła za siostrą i za wymyśloną prababką Wielkopańską, za ojcem, który na długo przed śmiercią przestał być tym, którego kochała; czasem śnił jej się ktoś, kto kładzie się na niej i w nią wchodzi, czasem to ona we śnie była kimś, kto pochyla się nad Małgosią. Nie wiedząc o tym, szukała tego, co nie mieści się w granicach Piaskowej Góry, co poza nie wykracza, to było szukanie po omacku, jak w szafie babci Kolomotywy. Wysłała więc kartkę z głosem na piosenkę Boya George'a do radiowej listy przebojów Marka Niedźwieckiego i nuciła, kama, kama, kamiiilia, bo przecież nie znała dobrze angielskiego. Gdy Dominika pierwszy raz zobaczyła księdza Adasia śpiewającego, wyrwij muuurom zęęęby krat, przyszedł jej do głowy właśnie Boy George, bo choć młody duchowny nie miał makijażu, strój stawiał go gdzieś pomiędzy podziałem na spodnie i spódniczki, a rumieńce miał jak zrobione wiśniowym błyszczykiem. Sznur łączący Dominikę z Jadzią naprężył się jak nigdy dotąd, gdy odwzajemniła spojrzenie księdza. Z takim księdzem o oczach lśniących blaskiem wyższych spraw byłoby jak w *Ptakach ciernistych krzewów*, gdzie piękna Maggie i kardynał ulegają namiętności na tropikalnej plaży i rozstają się, zanim on zdąży się rozpić, a ona powie do niego, ty ofermo, z brudu beze mnie byś zdechł, i złajdaczy się z przewoźnikiem krasnali. Z takim kimś nie zdarzyłaby się żadna codzienność i zwykłość, nie byłoby przyziemnych rozmów o pieniądzach i zakupach, żadnego: a co jutro na obiad. Wszystko lśniłoby jak monstrancja, nieziemskim wprost blaskiem! Taka miłość sprawiłaby, że ukorzeniony sznur łączący ją z Jadzią naprężyłby się tak bardzo, że w końcu by pękł, a siła odrzutu wykatapultowałaby Dominikę wprost na wyspę Bula-Bula. Przysyłałaby stamtąd pocztówki, paczki żywnościowe, może kiedyś zaproszenie. Zostałaby potem, bo nieuchronnie nastąpiłoby potem, piękna tęsknota; pięknie byłoby utracić coś z powodu Boga, nawet jeśli ma się poważne wątpliwości co do jego istnienia, a nie na przykład z powodu Jagienki Pasiak z ustami pulchnymi jak pączki od prywaciarza i własnym fiatem 126 p. Dominika była przekonana, że przyczyną braku powodzenia jest jej wysoki wzrost, małe piersi i czarci wygląd. Obwiniała o to również zdolności do przedmiotów ścisłych, bo nie tylko w oczach Jadzi uchodziły one za dowód pewnej dziwaczności i największym powodzeniem cieszyły się dziewczęta z klasy humanistycznej, gdzie uczyła się Jagienka Pasiak. I co? zapytała Małgosia Dominikę, zbliżając jeszcze raz zakolczykowane usta do jej ucha. Jak ci się Adaś podoba? Ujdzie, odpowiedziała Dominika szeptem, a jej spojrzenie znów poszybowało ku spojrzeniu księdza Adasia. Spotkały się w połowie drogi, powodując małą eksplozję nad głową kiedyś prawie tak samo ładnej jak Jagienka Pasiak, a dziś skropionej prysznicem pryszczy i skazanej na zasadniczą gastronomiczną Edyty Kowalik. Sznur między Jadzią Chmurą a jej córką Dominiką naprężył się tak, że aż obie naraz zabolał brzuch.

Dominika czekała teraz na oazowe spotkania i coraz bardziej przejmowała się swoim wyglądem. Kiedyś myślała, że wygląda niezależnie od tego, czy zajmuje się swoją powierzchownością, czy nie, ale się myliła. Tak jak o brzydkiej pogodzie mówi się, że jej nie ma, tak zły wygląd jest brakiem wyglądu, a brak wyglądu oznacza nieistnienie. Musisz przywiązywać większą wagę do wyglądu! strofowała ją Jadzia. Wygląd obciążony przywiązaną doń uwagą jak wielką kosmetyczką pełną cieni, różów i pomadek stanie się w ten sposób własnością Dominiki – będzie zajmować się nim zgodnie ze zmieniającą się modą. Oszołomiona wyjątkowością księdza Adasia, chciała mieć wygląd, choć inny, niż pragnęła dla niej koronkowo-falbankowa Jadzia. Odbita w takim wyjątkowym lustrze, mogła się coraz bardziej do Jadzi uniepodobniać. Matka zaczytana w tym czasie w Harlequinach, które dotarły do Polski i wypiękniły jej świat, podziwiała

Harlequinów heroiny na okładkach. Te to miały wygląd! Dominika tymczasem ufarbowała na czarno trzy pary rajstop w rozmiarze L, dwa związane w supły męskie podkoszulki, które nosiło się na lewą, mechatą stronę, tak że przypominały welurowe bluzeczki dostępne tylko w Peweksie, oraz bawełniany stanik z miseczkami mogącymi pomieścić nie więcej niż dwie połówki jabłka. Gotowała tę czarną polewkę w wielkim garze, mieszając, studząc i dolewając octu według instrukcji na opakowaniu. Rajstopy w gorącej kąpieli straciły na sprężystości, ale zyskały na kolorze, stanik skurczył się, podkoszulki zszarzały nierówno, ale jak utrzymywała Małgosia, stylowo i bohemicznie. Wszystko śmierdziało jak smoła z octem. Czerwona sukienka, czarniawa reszta plus trzy sznury korali z prażonego na patelni makaronu w kształcie małych gwiazdek, które miały w środku dziurkę akurat po to, by praktyczne panie mogły je nawlekać i się nimi przyozdabiać, złożyły się na wygląd zakochanej Dominiki. W rozmowach z Jadzią przemycała imię księdza jak mały błyszczący pakunek o nieznanej zawartości, który chciała i jednocześnie bała się rozpakować.

A dlaczego istnieje zło, skoro Bóg jest dobry? pytała Dominika księdza Adasia. Co z pająkami, proszę księdza? Z muchami co? Rzeczy obrzydliwe, cuchnące – po co je stworzył, jeśli nieskończenie dobry i mądry? Czy to on stworzył zło? Bo jeśli tak, to przecież nie jest nieskończenie dobry. A jeśli nie on stworzył zło, to nie jest wszechmocny, ciągnęła, patrząc mu w oczy, i nie słyszała, że odpowiedziom o grzechu pierworodnym i woli Bożej, której człowiek swym małym rozumkiem nie ogarnie, brakowało logiki jej pytań. Czuła ciepło w majtkach i strużki potu rozmywające czerń staniczka, a ksiądz Adaś uwznioślał się pod sutanną i ruszał jabłkiem Adama pod kłującą go nagle koloratką. Gdy śpiewał, to aż dech zapierało i nawet najbardziej nieśmiali przyłączali się do wyrywania muuurom zęęębów krat. Ruszaj się, Bruno, śpiewali, i obława, obława, a wilczek raz po raz wgryzał się we własne mięso i kość, by na śniegu zostały ślady trojga łap. I tylko Jagienka Pasiak, bąbelkująca zazdrością jak czajnik postawiony na gazie, podejrzewała, że wokalne uwznioślenie księdza Adasia ma coś wspólnego z Dominiką Chmurą. Kto by pomyślał, że ona może zwrócić na siebie uwagę takiego mężczyzny, co to natchniony i młooody był, i jakby stworzony raczej dla osoby tak wyjątkowej jak Jagienka. Pryskała kropelkami szeptu w ucho Edytki Kowalik i dodawała, czego wiedzieć nie mogła.

Ksiądz Adaś chciał zbawić Dominikę, przepełnić ją łaską wiary bez wątpliwości i biegać z nią po łące chciał, pełnej kwiatów i łagodnych zwierząt jak z obrazków ze świętym Franciszkiem. Śnił tymczasem, spocony jak mysz w swojej flanelowej piżamie, że rozbiera ją i kładzie nagą na łóżku rodziców we wrocławskiej kamienicy. Śnił, że pochyla się nad nią, ona wyciąga ramiona i otwiera uda, mój Boże, by go nimi przyciągnąć do siebie i w wilgotną siebie wciągnąć. Budził się z krzykiem, bo drzwi w śnionej sypialni otwierały się nagle i stawał w nich proboszcz Postronek z wiadrem pełnym ryb o kłapiących zębami pyskach, a Dominika zmieniała się w pawianicę o oczach w kolorze siarki. Ksiądz Adaś chudł i modlił się, ćwiczył cierpliwość i pokorę, wysłuchując nudnych spowiedzi, które brzmiały jak lista zakupów w pasmanterii, i tych mniej nudnych, lecz budzących gniew, bo sączyły w jego ucho jad zawiści, okrucieństwa i ciemnoty. Źle, grzmiał jak zbliżająca się zza lasu burza, źle, że spowiadający się napluł do kawy kolegi powodowany podejrzeniem u kolegi zboczonych skłonności. Nawet gdy prawda, że zboczone, źle, zaprawdę źle bardzo, bo Bóg nie każe pluć do kawy, lecz sam wykonuje wyroki na takich ludziach, a nawet czasem im wybacza. Nie, tłumaczył, pani Pasiak, która oczywiście nie przedstawiła się w konfesjonale, tylko zaczęła zgodnie z zasadami i anonimowo od niech będzie pochwalony, lecz w takiej parafii szybko wie się, kto jest kto, zwłaszcza gdy osoba taka spowiada się co tydzień, i to nie ze swoich grzechów. Nie, nie powinna pozwalać mężowi, by bił ich dorosłą córkę po twarzy; nie, Bóg nie oczekuje, by bił ją po innych częściach ciała, a także na grochu zmuszał do klęczenia twarzą do ściany i z rękoma do góry. Tłumaczył swym kojącym, lecz pełnym autorytetu szeptem, który wierni tak lubili, że pan Śledź nie powinien niemieckich świerszczyków oglądać, i nie mógł nic poradzić na to, że każdy cielesny grzech, jakiego wysłuchiwał, nawet ten najnudniejszy i podany bez talentu narracyjnego, całkowicie na sucho, budził w nim pragnienie natychmiastowego ujrzenia Dominiki, a jego nabożnym upomnieniom towarzyszyła erekcja. Nieskalana i kusząca, dziecinna i kobieca, obca i taka bliska – budziła w księdzu Adasiu niewybite mu na dobre pragnienie czułości. Za nic miało sobie sutannę pachnącą naftaliną i mydełkiem Zielone Jabłuszko, dostarczanym zawsze na czas przez kochającą matkę, Leokadię, wraz z domowymi przetworami. Dręczyło go pragnienie jej twarzy młodziutkiej Madonny, jej wystających obojczyków, małych piersi, spod czerwonej sukienki wyglądających długich, szczupłych nóg w wojskowych butach. Boże dopomóż! Jeździł motorem szybciej niż zwykle, ale pęd powietrza nie był już w stanie ochłodzić jego płonącej głowy, iskry leciały spod kół, sutanna stała w płomieniach, bo po ostatnim spotkaniu oazowym Dominika najpierw wyszła ze wszystkimi, a potem wróciła i pocałowała go. Tak właśnie zrobiła, dała mu *Siekierezadę* Stachury z dedykacją Od Dominiki, wymowną w swej prostocie, choć tak wyszło nie z wyrachowania, lecz braku słów, bo nigdy nie była gadułą. Dowiedziała się, że w ten dzień przypadały jego urodziny, i podarowała mu książkę, pocałowała w policzek i znikła w błysku czerwieni, a gdy podszedł do drzwi, zobaczył tylko rozmywającą się w listopadowym wieczorze sylwetkę dziewczyny, kroplę światła w morzu szarości. Kropla światła w morzu szarości! Tego samego wieczoru skomponował piosenkę pod tym tytułem i śpiewał ją tak długo, aż proboszcz Postronek kazał mu się zamknąć i iść spać. Gdyby miał dość sił, gdyby tylko miał dość sił, myślał ksiądz Adaś, wiedząc, że nie ma, odwołałby zimowy wyjazd w Bieszczady z licealną grupą oazową. Ach, Bieszczady, jego ukochane góry, gdzie zawsze miał takie uczucie, jakby jego powołanie było parą skrzydeł, a nie krzyżem. Jak co roku z młodzieżą, tak ważną w jego szczytnej misji, zamierzał wędrować, modlić się i śpiewać. Nie tylko sobie a muzom, lecz przede wszystkim dla młodych i starych tubylców w zapyziałych salkach katechetycznych i sinozimnych szkołach, gdzie między listopadem a marcem nie docierały żadne inne atrakcje prócz Mikołaja rozdającego niechciane gry planszowe i twarde jak kamień landrynki. Tego roku w grupie oazowej była Dominika, a ksiądz Adaś mimo mrozów czuł w sobie ogień i wolę topiącą się w jego płomieniach jak wosk. Jego sutanna podszyta była ogniem, ogniem wykładana flanelowa piżama, nagość jego biła gorącem jak cała Islandia gotujących się gejzerów. Zobaczył Dominikę w styczniowy wtorek na Dworcu Miasto. W tych samych wojskowych butach co zawsze, w tej samej czerwonej sukience przezornie założonej na dżinsy i z tą samą co zawsze Małgosią Lipką przy boku. Dominika uśmiechnęła się do niego, a ksiądz Adaś pomyślał przez chwilę, idealną w swym heretyckim pięknie, że ogień, który go trawi i sprawia, że śpiewa i wierzy jak nigdy przedtem, jest niebiańskiego, a nie piekielnego pochodzenia.

Gdy ksiądz Adaś pierwszy raz całował Dominikę pod ośnieżonym drzewem, gdzie osunęli się spleceni językami, nie miał wątpliwości, że jest stracony, bo ta krucha dziewczyna o żarłocznych ustach i niespodziewanie umięśnionych ramionach i nogach objęła go silnie jak krab. Wracali do schroniska z wizyty w wiejskiej szkole, gdzie niedożywione dzieci o zasmarkanych nosach, a oczach ciężkich i powolnych, jakby napełnione były wodą, wpychały im w dłonie wilgotne łapki z żałobą pod paznokciami, by razem śpiewać chwałę Pana, który nie miał czasu zajrzeć do ich lodowatej szkoły, pełnej wciąż żywych prątków Kocha i próchnicy. Zostali w tyle, on, Dominika i marznąca w futerale gitara, a śnieg skrzypiał im pod nogami, które skracały krok, by rosła odległość od idącej przed nimi reszty, aż ta reszta znikła za zakrętem pnącej się do góry ścieżki. Raczej on zrobił pierwszy krok niż ona, ale żadne nie będzie mieć pewności, bo oboje poruszali się po terenie dotąd nieznanym, śliskim na ścieżce, a grząskośnieżnym i pochyłym poza nią, więc turlali się w zawierusze spadających rękawiczek, czapek i szali, wraz z niebem odczepionym i koziołkującym do góry nogami. Całowali się raz z niebem pod spodem, raz z niebem na wierzchu, on szukał Dominiki pod watowaną kurtką i gdy znajdował małą sterczącą pierś, znów się wymykała, bo zbocze strząsało ich w dół coraz szybciej i szybciej. U podnóża, gdzie jako pierwsza sturlała się gitara księdza Adasia, leżeli przytuleni w sypkim śniegu, śnieg sypał się też z gałęzi świerku, a może znów zaczynał padać i zacierać ślady, zasypywać trajektorię ich lotu i Dominiki czerwoną czapkę z pomponem. Dominika pomyślała, że tak blisko jak teraz mogła być z kimś tylko wtedy, gdy ssała ucho siostry w ciemności brzucha. Niebo wróciło na swoje miejsce i znieruchomiało, tafla z czarnego szkła; gwiazdy wyglądały jak wywiercone w nim otwory, przez które wpada światło z jakiejś lepszej strony wszechświata. Trzymając się za ręce w milczeniu, mylili się, myśląc, że ta doskonała chwila coś zapowiada, podczas gdy ona była jednorazowym darem, który łatwo zepsuć, nie znając zasad przechowywania. Nawet pierwsza miłość tak namiętna jak ta nie da rady w styczniowym mrozie, Dominice zachciało się siusiu, a ksiądz Adaś poczuł, że podwinął mu się sweter i koszula i że mróz kąsa go w plecy. Wstali więc i otrzepali się nawzajem ze śniegu, zakłopotani, bo w innych okolicznościach takie otrzepywanie się byłoby zabawnym zakończeniem pocałunków, ale w tych – żadne zabawne zakończenia nie były w planie. Na zawsze przepadła czerwona czapka z pomponem, którą przed wyjazdem w góry zrobiła dla wnuczki Halina. Powiemy, że pomógł mi ksiądz szukać czapki, powiedziała Dominika, bo w zakazanej miłości nigdy nie jest za wcześnie na pierwsze kłamstwo. Do końca pobytu w górach Dominika i ksiądz Adaś poruszali się po śladach pierwszego pocałunku, zostając w tyle lub wybiegając do przodu, by ukraść chwilę samotności, skradając się po skrzypiącej podłodze schroniska między pokojem dziewcząt a pokojem chłopców, by na ziemi niczyjej, w sali kominkowej, całować się, gryźć i lizać po uszach. On nie posunął się dalej niż ssanie sutków wydobytych z farbowanego na czarno staniczka, które miały słodko-słony posmak. Jak opłatek, myślał, choć Bóg mu świadkiem, wbrew sobie, ksiądz Adaś. Na szali ich grzechu znalazłoby się jeszcze kilka par przemoczonych majteczek jej i slipów jego, gdyby ktoś chciał być aż tak skrupulatny. W momentach namiętności on mówił do Dominiki brzoskwinko, sarenko, najdroższa i wybacz, a ona do niego Adasiu, wybaczam i kochany, a przy innych nadal proszę księdza, w cielęcej nieświadomości faktu, że jej głos ocieka brzoskwiniowym sokiem, a spojrzenie biegnące ku niemu zmiata wszystko inne na drodze jak tornado.

Uważaj, mówiła Dominice Małgosia, bo należała do kobiet, które gotowe są chronić drogą osobę nawet wówczas, gdy ta szaleje z miłości do kogoś całkiem innego, a widziała złośliwe uśmieszki, porozumiewawcze brwi unoszenia, psyknięcia i prychnięcia z dziewczęcych ust. Między Jagienką Pasiak a Edytą Kowalik biegła autostrada, po której pędziły ciężarówki gówna i błota gotowe do rozładunku i użycia. Tego było za dużo na dwie dziewczynki, nawet jeśli jedna ważyła już siedemdziesiąt kilo i miała ręce jak łopaty; trzeba im było więcej rąk i ust, bo uginały się pod ciężarem nienawiści. Dotąd nikt nie zwracał uwagi na Irenkę Chłoryk z biol-chemu, a tu proszę, jak ją wspólne nienawidzenie zbliżyło do ślicznej Jagienki Pasiak. Jeszcze chwila i już dokleja się do nich czwarta chętna, ma na imię Aldona i nigdy nie chciała zrobić nic złego, nawet nie była prawie tak samo ładna, po prostu toczy się w ich kierunku, bo znalazła się na pochyłej. Pierwsze złe słowa są jak na chybił trafił rzucane strzałki, można się przed nimi uchylić, można nie zauważyć, gdy myśli się o nocnych pocałunkach. Uważaj, bo ty na tym stracisz, ostrzegała Dominikę Małgosia i miała dość hartu ducha, by śmiać się z częściowego tylko powodzenia swego makiawelicznego planu. Oto zaprzyjaźniła się z Dominiką i były razem w górach, jak pragnęła, a nawet spały na złączonych łóżkach tyleż z potrzeby bliskości, co z zimna w dwunastoosobowej sali. Budząc się, Małgosia widziała na wyciągnięcie dłoni ciemną skołtunioną głowę, wysokie kości policzkowe i szerokie usta, i mogła wpatrywać się bez przeszkód w cień stojący w zagłębieniu obojczyka jak woda. Nocami rozmawiała z nią jednak o innej miłości niż ta, która w niej rozrastała się jak kłącze, i czekała, aż koleżanka wróci ze schadzki w pokoju kominkowym, by wwąchiwać się w spotęgowany zapach wilgotnego igliwia. Jak ona pachnie, myślała.

Jako córka ginekologa Małgosia była przekonana, że miłość mężczyzny i kobiety zazwyczaj wiąże się z kłopotami, takimi jak wypalanki, skrobanki i ciążowe komplikacje. Jednym z dowodów na to była dla niej matka, tak wątła i chwiejna, że nie dawała się chwycić; w objęciach córki zostawała po niej tylko różowa podomka i kwaśny zapach alkoholu, więc z czasem córka nabrała podejrzenia, że oprócz tego nic nigdy nie było. Ojciec, po którym Małgosia odziedziczyła namiętność, mocną budowę i grube rysy, był hałaśliwy i jowialny, przedwcześnie wyłysiały, nosił przed sobą pokaźny brzuch, jakby zgodnie z magią sympatyczną przeżywał ciąże swych licznych pacjentek, z których częścią miewał zresztą przelotne romanse. Kupował córce wszystko, czego pragnęła, ale gdy potrzebowała tylko jego towarzystwa, już wskakiwał w biały fartuch, już, już zacierał dłonie w drodze do gabinetu, gdzie, jak mówił, tuzin cip na mnie czeka. Gdy późnym wieczorem kosz doktora Lipki pełen był śluzowatych rękawiczek, papierowych ręczników, rączek i nóżek w sosie własnym, a jego portfel napuchnięty banknotami, robił się zmęczony i senny jak mops, i nie miał sił na ojcostwo posunięte dalej niż pytanie, a ile ci, córka, potrzeba? Małgosia zawsze dostawała kieszonkowe wyższe niż inne dzieci i próbowała wkupić się w łaski dziewczynek o delikatnych buziach i szpiczastych kolanach, ale jej wysiłki przynosiły same kłopoty. Doktor Lipka w chwilach, w których w ogóle zwracał uwagę na córkę, co nie zdarzało się często, przypominał sobie, że na studiach medycznych coś tam było na temat homo-niewiadomo. Myślał jednak, że to tylko męska choroba, bo podręczniki mieli nieco przeterminowane, a tu masz babo placek, własna córka. Żył w przekonaniu, że lesbijskie skłonności jedynaczki są sprawą przejściową, i bagatelizował je, mimo iż to z tego powodu musiała zmienić szkołę z prywatnej u urszulanek we Wrocławiu na zwykłą państwową w Wałbrzychu, bo rodzice Kamilki o oczach lśniących jak świeżo wyłuskane kasztany upierali się, że pocałunek, którego byli świadkami, miał charakter winny i ze wszech miar zboczony. Patrzył na swoją córkę ciasno wypełniającą dżinsy Levisa i biuściejącą bez stanika, w podkoszulku z wizerunkiem jakiejś Georgii O'Keeffe, i po raz tysięczny żałował, że ta istota, na którą od dziecka mówiono toż to wykapany ojciec, nie jest synem. Niby i na narty da się z nią pojechać, i nawet na rękę posiłować, ale jednak. Zasrane życie wśród samych dziurek. Tyle nadziei, że pójdzie na medycynę i gabinet przejmie, chociaż ginekolog baba to jednak nie to. Małgosia brała od hojnego doktora Lipki coraz więcej, bo skoro nic innego nie miał do dania, uznała, że ona lepiej spożytkuje te złotówki niż on, wielbiciel skórzanych mebli w kolorze gówna i landszaftów w złotych gipsowych ramach. Pieniądze ze skrobanek i wypalanek wydawała na książki i albumy z antykwariatów, a także wyprawy do teatrów Wrocławia, gdzie poznała swoją pierwszą kochankę, chudą i nerwową polonistkę Izę z włosami ufarbowanymi henną na rudo, po czym można było wtedy poznać studentki kierunków humanistycznych. Im więcej wydawała na wody toaletowe warte jedną czwartą średniej pensji i kolacje w hotelu Wrocław, tym głodniejsza była uczucia, jakiego nie znalazła w łóżku Izy, z którą spędzała co drugą niedzielę, słuchając jej niedobrych wierszy i udawanych orgazmów. W Dominice zobaczyła spełnienie całej tęsknoty, jaką odczuwała od zawsze, i marzyła, że któregoś dnia wytarza się w zapachu wilgotnego igliwia jak źrebak, zanurzy w nim twarz i zliże z palców, a potem wyjadą z Wałbrzycha gdzieś, gdzie jest zawsze ciepło i jasno. Wyobrażała je sobie w kabriolecie mknącym drogą jak z amerykańskich filmów, przez rozedrgane upałem pustkowie w kolorze ceglastoczerwonym; Dominika miałaby ciemne okulary, ona prowadziłaby, trzymając kierownicę jedną ręką.

Niestety Dominika zakochała się w księdzu Adasiu, a to uczucie nie skończyło się po powrocie z Bieszczad do Wałbrzycha. Spotykali się ukradkiem po spotkaniach oazowych, rozstawali i schodzili po dwóch dniach z ustami spierzchniętymi od bezsenności i gorączki, by całować się nad grobem obróconej w proch i błoto Paulinki, zaklinając, że tym razem to już ostatni raz. Dla Dominiki ksiądz Adaś stał się tym wszystkim, czym może czy nawet powinna być pierwsza miłość, wpasowując się niemal idealnie w miejsce utraconej siostry bliźniaczki, ojca ofermy i matki kochającej, jak niektóre matki, jednocześnie za bardzo i za mało. Wszystkie książki, które czytała, mówiły właśnie o nich, choć wydawało jej się niemożliwe, by ktoś przedtem mógł aż tak. Może z wyjątkiem Stachury! Skąd wzięła się w krainie śmierci / Ta żywa zjawa istny cud / Tu pośród pustych martwych wierszy / Tu gdzie już tylko szary kurz / Biała Lokomotywa. Ten wiersz Dominika przykleiła sobie nad biurkiem, a Jadzia dziwiła się. Biała Lokomotywa? Ty, córcia, już całkiem fiksum-dyrdum. Ksiądz Adaś, starszy od Dominiki o dziesięć lat i dziesięć razy bardziej tą miłością przerażony, powoli, lecz nieuchronnie zmierzał od uznania Dominiki za dar Boga do wzięcia jej za próbę, na którą został przez niego wystawiony. I której nie sprostał z powodu swej chuci. Tak właśnie myślał o seksualnym

385

pragnieniu niedającym mu spać, bo skąd miał wziąć inne słowa. Zaprawdę straszliważ targała nim chuć! Problem braku lokalu, znany wielu parom z Piaskowej Góry, w przypadku Dominiki i księdza Adasia stał się szczególnie bolesny. Niełatwo było im też kontaktować się ze sobą. Państwo Chmura nigdy nie doczekali się przydziału telefonu, mimo iż Stefan złożył odpowiednie pismo, gdy tylko wprowadzili się na Babel. Po jego śmierci Jadzia uznała, że nie ma co, w łapę i tak nie da, a bez tego prędzej człowiek strzeli w kalendarz, niż dostanie numer; zresztą do kogo, pytała retorycznie, miałaby dzwonić i na jakie telefony czekać, skoro skończyła na tym bocianim gnieździe samotna i opuszczona. Dominika dzwoniła więc z budki na plebanię o umówionych wcześniej dniach i godzinach, a gdy odbierała gospodyni, przedstawiała się jako Leokadia Wawrzyniak, matka. Rozmawiając szyfrem, ustalali miejsce i czas spotkania, a podejrzliwa gospodyni nasłuchiwała z księżowskiej kuchni.

Ksiądz Adaś wchodził do jednej z piętnastu bram Babela i wjeżdżał na taras, gdzie Dominika już czekała. Na ostatnim piętrze każdej klatki były suszarnie, które miały służyć do suszenia bielizny, jak sama nazwa wskazuje, ale nikt już tego nie robił, bo pranie zmieniało właściciela, zanim wyschło. Tam narkomani i pijacy, kochankowie i się niekochający – kto pierwszy, ten lepszy – zajmowali sobie miejsce. Spłoszeni obecnością duchownego uciekali w popłochu, trzaskały za nimi drzwi i brzęczały przewrócone butelki, a Dominika z ustami pociągniętymi pierwszym swoim błyszczykiem o smaku bananowym wynurzała się z ciemności. Mogli tam przez chwilę poszeptać, wymienić kilka pocałunków, dotknięć nieprzynoszących ukojenia, ale ostrożność nie jest cechą zakochanych, więc wkrótce ktoś posiał na Babelu ziarno plotki, która zakiełkowała w zaparowanych kuchniach, puściła korzenie w łazienkach i wyrosła, wystrzeliła trującymi pędami ze szpar i odpływów w zlewach. Być może stało się tak za sprawą Lepkiej, która teraz spotykała się na tarasie z rudym hydraulikiem z trzeciej bramy, być może któryś z narkomanów powiedział, że widział coś, czego nie spodziewał się widzieć, ale najpewniej była to Jagienka Pasiak, w której zazdrość i złość przekroczyły temperaturę wrzenia i zaczęły wydobywać się z sykiem. W windach i na korytarzach, między dziennikiem a filmem, dla zabicia czasu, który nikomu nie był potrzebny, zbierano, co zostało posiane.

Wieści dotarły do Jadzi, która z właściwą sobie niezdarnością zapytała, a ty może wiesz, córcia, z kim ten ksiądz Adaś się ponoć łajdaczy na tarasie? Biedna Jadzia, nawet tak niewprawna w macierzyństwie osoba jak ona nie mogła pomylić z niczym innym bólu na twarzy córki. Jaka ona ciemna, zdumiała się, jaka dziwnie ładna. Nie wiem, czy się łajdaczy, Dominika odpowiedziała matce jak dorosła kobieta. Nie wiem, czy się łajdaczy, ale możliwe, że się w kimś zakochał. Ty chyba chcesz starą matkę zamordować, zawyła Jadzia, a głos poszedł po organach kaloryferowych rur. W górę i w dół zawyła, a sąsiad zastukał nadaremno, żeby je uciszyć jak za czasów, gdy Stefan był koniem biegunowym hasającym z niewinną córeczką na grzbiecie. Patrz, Jadzia ramiona rozłożyła i ukrzyżowała się na drzwiach, zabiłaś mnie!

osunęła się na tapczan, serce mi przez ciebie pęknie. Ja takiego wstydu nie przeżyję. Na nic matki staranie, na nic się poświęcanie, pod nos podawanie, i to chorą ręką. Wszystko spaprałaś, zasrałaś sobie życie w drobny szlaczek. Jak ja ludziom w oczy spojrzę. Taka Iwona normalnie, mąż, dziecko, a ty fiksum-dyrdum, zawsze na opak. Matce wbrew. Chłop w spodniach czy sutannie zawsze o jednym, ale jak suka nie chce, to pies nie weźmie. Właśnie, potwierdziła Dominika z pobielałymi ustami i dostała w twarz zdrową ręką. Ty kurwo. Już nic nie można było zrobić.

W marcu brudne sople przyssane do dachu Babela szczały ludziom na głowy, śnieg złuszczał się ze wzgórz jak skóra, na trawnikach wychodził na jaw gnój psich kup, a Dominika biegła przez Krzaki w czerwonej sukience i wojskowych butach i nikt nie dałby rady jej zatrzymać. Kobiety w Wałbrzychu zdejmowały futrzane czapki i potrząsały przedwiosennie włosami zrobionymi na mokrą Włoszkę, wuj Kazik otwierał pierwszy na Piaskowej Górze legalny kantor (jeden dolar za trzy tysiące złotych polskich), a Dominika marzyła na jawie przy *Pogodzie dla bogaczy*, gdzie ona była tamtą z ekranu, a Adaś senatorem Rudim Jordachem, a także jego bratem, i myślała, żeby to już. To ona wpadła na pomysł miejsca zapewniającego większą intymność niż taras czy cmentarz.

Zaniedbana poniemiecka palmiarnia wyrastała na skraju miasta pośród państwowych pól ziemniaczanych i rachitycznych sadów niczym szkłem przykryty raj, jeszcze albo już niezamieszkany, puszczony samopas i pełen tropikalnych roślin, z których krople wody kapały jak wieczny monsunowy deszcz. Były tam drzewa miłe z wyglądu, jak na przykład zdziczałe bananowce rodzące maleńkie owoce i palmy daktylowe. Były liany i ogromne kępy liści przypominających rabarbar, kielichy kwiatów z rozchylonymi wargami, gnijące pnie porosłe trawą o jasnoczerwonych źdźbłach i oczka wodne mrugające rzęsą, spod której co chwila wydobywały się wielkie pęcherze powietrza, jakby jakieś zwierzęta miarowo oddychały w ich głębi. Były ławki zmurszałe i zasłonięte anielskimi włosami egzotycznych wierzb i ciemny tunel, na którego kamiennych ścianach rósł świecący niebieskawo mech, a drewniana podłoga nasiąknięta wilgocią miękko uginała się pod stopami. Wejścia strzegła tabliczka z napisem Wstęp wzbroniony. Groźba osunięcia stropu. Do palmiarni zimą prowadzano wycieczki szkolne z okolicznych podstawówek, chętnie odwiedzali ją również Niemcy z tego czy innego Castrop-Rauxel, a niektórzy z nich pamiętali palmiarnię sprzed lat, tuż po dziele stworzenia, lśniącą na oślep wypolerowanym szkłem. W głośnych grupach przedzierali się przez gąszcz, rozdeptywali opadłe owoce i wrzucali monety do oczek wodnych, żeby tu jeszcze wrócić, jak nie oni, to wnuki, i zrobić Ordnung w tym butwiejącym doprawdy sehr nieporządnie tropikalnym burdelu, ale nie wiedzieli, że wszystko co do feniga zostanie wyzbierane po ich wyjściu przez studentów wrocławskiej Akademii Rolniczej na praktykach zawodowych.

Dominika i ksiądz Adaś umówili się na granicy Piaskowej Góry i czekała tam na niego, gdy podjechał motorem. W złudnym przeczuciu, że udało im się przechytrzyć plotkarzy, popędzili do palmiarni, by znaleźć się tam zaraz po godzinie otwarcia, a za nimi mały fiat, który omal nie wpadł w poślizg pod kolejowym wiaduktem na Szczawienku. Padał marcowy śnieg w wielkich płatkach jak strzępy ligniny i zatarł kontury dwóch dziewczęcych postaci ukrytych za kioskiem Ruchu, Dominika i ksiądz Adaś weszli do palmiarni w dziesięciominutowych odstępach i ze spuszczonymi oczyma winowajców. Z biletami do szczęścia za tysiąc złotych polskich zmiętymi w dłoni odnaleźli się w parnym gorącu i zapachu wilgotnej ziemi, zakochani i spoceni, zdejmowali na oślep kurtki i swetry. Oprócz nich nie było jeszcze nikogo. To Dominika porzuciła ścieżkę pierwsza i pociągnęła księdza Adasia pod palmę bananową, zgarbioną pod ciężarem wspartego na niej drzewa z liśćmi jak parasole. Ssali tam ostatniego z paczki truskawkowego mentosa, którego Dominika znalazła w kieszeni, podając sobie gładką pastylkę z ust do ust. Całowali się, depcząc kwiaty ze wszystkich stron świata, w które może kiedyś trafią, a może nie, obijali się o pnie szorstkie, krostowate i gładkie jak szkło, łamali gałęzie i omal nie wpadli do oczka wodnego, w którym pod rzęsą został po ostatniej wycieczce niemieckich emerytów jeden zardzewiały fenig. Groźba osunięcia w tunelu ze świecącym mchem nie przeraziła ich, bo ksiądz Adaś zdecydował już, że to, co się z nim dzieje, to osuwanie się w przepaść, a Dominika sądziła, że każda miłość jest zapętleniem i przepaścią, sześciuset dwudziestoma dwoma upadkami Bunga i deską przerzuconą między domami, na której balansowała Talita, bo miała tylko osiemnaście lat i czytała Stachurę, Witkacego oraz Cortázara. Padli na miękką podłogę, gdzie z dwóch kurtek wyszło im posłanie w sam raz. Ksiądz Adaś na samym końcu zdjął koloratkę, a Dominika nie zdążyła wojskowych butów. Po chwili tak jak w swoim śnie pochylił się nad Dominiką, swoim chudym brzuchem dotykając jej chudego brzucha, sutkami różowymi i płaskimi wypukłych i ciemnych, a ona ze stanowczością, której dreszcz poczuł aż w rdzeniu kręgowym, pokazała mu drogę. Gdy wybiegali z palmiarni, trzymając się za ręce, jeszcze bardziej szczęśliwi niż winni, na tarasie Jagienka Pasiak, Edytka Kowalik i Irena Chłoryk opowiadały coś dwóm innym dziewczętom, które słuchały ich z szeroko otwartymi oczkami gotujących się do skoku grzechotników.

XVIII

Najgorsze dla Jagienki Pasiak było, jak ojciec czyścił jej kamień na zębach żyletką. O wiele gorsze niż klęczenie na grochu, choć jedno i drugie dla jej dobra, którego w chwili, gdy złe się działo, nie było jeszcze pod ręką. Co miesiąc, dwa wołał, pokaż no zęby, a ona musiała uklęknąć między jego kolanami i szeroko otworzyć usta. Ojciec córce do środka zaglądał, ona była jego z zewnątrz i wewnątrz, przechylał jej głowę wte i wewte, mówił, znowu zaszło kamieniem. Brał żyletkę przełamaną wzdłuż na pół, żeby była poręczniejsza. Ostrzegał, tylko nie ruszaj językiem, a ona czuła, jak dławi się śliną, której nie może przełknąć. Krew smakowała jak żelazo, jak tatar, łzy – solą. Potem śniło jej się, że ma usta pełne żyletek i nie może ich wypluć, bo tkwią między zębami, gotowe pociąć jej język na plasterki.

Na osiemnastkę Jagienka dostała od ojca używanego małego fiata, którym mogła dojeżdżać do szkoły, i wiedziała, że czeka ją w życiu coś wyjątkowego, tylko jeszcze nie wiedziała co. Jej zęby były białe i pozbawione kamienia, ciało różowawe, zamknięte i chłodne jak u lalki. Próbowała baletu i poezji, gry na pianinie i mereżkowania, ale wychodziło jej średnio, więc musiała przestać próbować, by nie nabrać podejrzeń, że są lepsi od niej, i dalej wierzyć w swą wyjątkowość. Nie podejmowała otwartej rywalizacji, bo rywale nie byli godni jej wysiłku, a ich sukcesy zainteresowania z jej strony. Miała nawet zwolnienie z wuefu, by jej ktoś gorszy od niej nie uszkodził albo nie wyprzedził w biegu przełajowym po parku Sobieskiego. Od czasu do czasu wyrecytowała wiersz na szkolnej akademii, ładnie wyglądała i czuła, jak coś w niej wzbiera, co może być tylko ukrytym dotąd talentem. Ksiądz Adaś powinien zauważyć jej wyjątkowość od razu, bo ich poziom wyjątkowości był zbliżony. Powinien wprost wpaść na na nią i otworzyć jak skarbonkę kluczem, a wtedy cała jej wyjątkowość zaczęłaby się wydobywać niczym chmara motyli. Zupełnie inaczej sprawa przedstawiała się ze Zbyszkiem Lepkim. Taką wyjątkową dziewczynę jak Jagienka Pasiak ktoś taki jak Zbyszek Lepki mógł mieć wyłącznie dlatego, że ona się zniża, a jego wywyższa. To może mu się już nigdy w życiu nie trafić, chociaż na razie on nie rozumie, jaka spotkała go łaska, i nie dzwoni do niej zbyt często, mimo iż wie, kiedy jest sama. Ona jednak zadba o to, by kolejne okazje do poniżenia i wywyższenia zdarzały się przynajmniej raz w tygodniu, i da Zbyszkowi do zrozumienia, co może stracić w jej osobie. W inteligentny sposób Jagienka porówna się do dziewczyn, które jej do pięt nie dorastają, ale które nie mogą aktualnie wypowiedzieć się na ten temat.

Jagienka nie wie, że Zbyszek Lepki chciał zawsze przede wszystkim tych kobiet, których akurat nie miał, i żeby były blond w dowolnym odcieniu. Te dzielił na żonę, którą posiadał na stałe, i nie-żony, które były mieniem wymiennym, jak Jagienka. Zaraz po z Jagienką myślał o Iwonie i jej włosach białych, skręconych jak u lalki. Głaskał ramię leżącej na jego piersi dziewczyny, ale to już dla kogoś innego było to głaskanie, i zastanawiał się, jak długo jeszcze musi tak leżeć, by móc wstać i wyjść z hotelu Sudety. Gdy przed telewizorem z żoną młodą jadł frytki domowe z keczupem, już z kolei myślał, żeby tak wyrwać się troszkę poza dom i frytki, może być do Jagienki, skoro już jest. Jagienka była jak piwo i mecz przez Polaków wygrany, jak okrzyk gool! Iwona jak jakiś balsam na duszę, jak cisza, jak piwo na działkach, gdy wiosna. Jagienka przybiegała spóźniona, że już prawie bardziej był zły niż czekający, Jagienka mówiła, szybko, uderz mnie, ale mocno, nie żałuj siły, tylko żeby ślad nie został. Iwona zdejmowała mu z pleców skórę na słońcu spieczoną i nawet w środku nocy wystarczyło powiedzieć, że ma ochotę, a wstawała i raz-dwa przysmażała mu kiełbasy z cebulą. Zbyszek obu chciał, zawsze akurat tej, której nie miał pod ręką, od obu wolałby tylko pojechać na wojnę jako zawodowy. Najpierw była Jagienka, córka samego komendanta Sergiusza Pasiaka, i on, chłopak, który nieraz przed milicją uciekał, aż raz nie uciekł i potem przez miesiąc musiał tyłek moczyć w ziółkach, kocią skórką obkładać, bo mu pałą nerki odbili. Ale co tam nerki, kartotekę spaprali. Przez to się z Jagienką oficjalnie rozstać musiał po tym, jak ich stary Pasiak przyłapał w bramie. Przyszedł do Lepkich z pretensjami, że Zbyszek jego córkę na złą drogę sprowadza i od nauki odciąga, a oni mają dla niej zupełnie inną drogę i przyszłość w planach niż chłopak z zawodówki. Oni mają dla niej przyszłość wspaniałą i wyjątkową, szytą na miarę, i ona już o to nie musi się martwić, bo starsi lepiej wiedzą, z czego są pieniądze. Zamierzał komendant Pasiak córkę odciągniętą przez Zbyszka z powrotem tam, gdzie jej miejsce, zaciągnąć, jak nie po dobroci, to siłą. W mundurze więc i z pałką za pasem do drzwi Lepkich zadzwonił. Czysta kartoteka za przysięgę, że się od córki komendanta Pasiaka odczepi raz na zawsze. Może by nawet słowa dotrzymał, bo wojenka mu się śniła i kałasznikow nowy jak spod igły, a kosiłby z niego po dziesięciu wrogów naraz, czy to Murzyn jakiś, czy żółtek. Jagienka jednak była przeciw dotrzymaniu. Gdyby coś, powiedziałaby ojcu, że to on, Zbyszek, na dalszy ciąg nalegał, w mroku przy windzie szantażem wymuszał i rękę pod spódniczkę wsadzał. Ścisnął udo raz tak, że, o tu, siniak został. I ciekawe, komu by uwierzył komendant Pasiak, który dużo może. No komu? W jej osobie Zbyszek dostaje coś wyjątkowego, na co nie zasłużył, niech o tym pamięta. Więc co miał robić, tym bardziej że to Jagienka za hotel Sudety płaciła, a raz nawet za wyjazd z nocowaniem do Wrocławia, gdzie jedli w eleganckiej restauracji egzotyczne danie. Jednak na co dzień Zbyszek lubił ćwiczyć muskuły w klubie i mieć kolację na stół podaną bez żadnych dziwnych przypraw i zielenin, zwłaszcza żeby frytki do wszystkiego.

Na dyskotece w Domu Spółdzielcy na Piaskowej Górze stał pod ścianą i patrzył, którą by tu zamiast Jagienki, żeby tylko była blond, raczej nie za gruba, nie za chuda, lecz średnia. Aż tu weszła Iwona Śledź we włosach nowych, napuszonych jak jakaś Urszula od dmuchawców-latawców, z wstążką różową jakąś czy niebieską, odmieniona, że trudno poznać, że sąsiadka jego z Babela. Opowiadała potem Iwona Dominice, że Zbyszek Lepki nie tylko zatańczył z nią dwa wolne, ale też zapytał, czy wolna jest w sobotę, bo jeśli tak, to pójdą na *Wejście smoka* z Brucem Lee. Potem zaprosił Iwonę na krem sułtański do kawiarni Barbórka w wałbrzyskim rynku. Co za szczęście, że Iwona ugryzła się w język, zanim posmakowała kremu, i nie powiedziała Zbyszkowi, że widziała już *Wejście smoka* dwa razy, bo co by sobie o niej pomyślał i pewnie poprosił kogo innego. Więc niech Dominika się nie wygada, bo przyszłość prawie gotowa rozsypie się jak zamek z piasku, a każdy ma tylko po jednej, z wyjątkiem jakichś szczęściarzy z Enerefu czy aktorów, piosenkarzy. Mówił jej Zbyszek, gdy wyszli na schody, żeby się przewietrzyć po tańcach, że od kiedy przyszła do ich szkoły, mu się podobała, bo lubi blondynki, i nie, od dawna nie chodzi z Jagienką Pasiak. Dodał jeszcze, że pierwsze koty za płoty i co było, a nie jest, nie pisze się w rejestr. A jeszcze, że do Iwony go ciągnie i czy ją też, jest ciekawy. Odtąd jeździli jednym autobusem Iwona i Zbyszek, bo i do fryzjerskiej, i do mechanika jeździło się zerówką albo piątką. Wkrótce Iwona zaszła w ciążę i siła przyciągania nieco osłabła, tak że trzeba ich było związać węzłem małżeńskim i zaobrączkować. Ona zbierała poszewki, podstawki, talerzyki, on mrużył oko i celował z palca do wróbli, które siadały na parapecie ich pokoju małżeńskiego. Iwona żona najbardziej bała się wojny, na którą Zbyszek mąż coraz bardziej chciał pojechać. Zamieszkali w mieszkaniu państwa Śledź, którzy wydali córkę, ale dostali ją z powrotem z zięciem i brzuchem wypełnionym rączkami i nóżkami wierzgającymi poczętej Patrycji.

Takie życie było z pewnością poniżej tego, które oczekiwało na Jagienkę Pasiak jak prezent pod choinką. Pospolite było i poniżej jej aspiracji, które sięgały tak wysoko, że dawno straciła je z oczu. Dawała to do zrozumienia Zbyszkowi, ale czy jego zrozumienie było na odpowiednim dla jej słów poziomie, wątpiła, bo go nie wykazywał, tylko mówił, ale z ciebie normalnie pokręcona laska. Skomplikowaną wyjątkowość Jagienki Pasiak zrozumiałby ksiądz Adaś, jedynie on. Na kanapie siedziała Jagienka koło taty i coś kazało jej pod ramię jego swoje ramię wsunąć, głowę na piersi oprzeć, gdzie zapach był tatusiowej soli i mięsa. Patrzyła na rękę tatusia czarnym włosem obrośniętą jak dziwne pięcionożne zwierzę, które może zaraz obudzić się i rzucić się do jej ust na comiesięczną inspekcję nazębnego kamienia. Myślała o Dominice i księdzu Adasiu – chętnie by je na nich poszczuła. Jego nastraszyć, by na oczy przejrzał, ją zagryźć. Tego by chciała. Dominika długa tyka. Na spotkaniach oazowych widziała, że księdza spojrzenia ją omijają i biegną jak złote piłeczki zrzucone ze schodów ku ostatniej ławce, gdzie Dominika. Na darmo próbowała je przechwycić. Patrzyła, jak między Dominiką a księdzem Adasiem coś się złoci i iskrzy, patrzyła, jak ta, którą ona dotąd wykluczała, ma coś, czego ona nie ma. Próbowała zamiany miejsc, to być może by jej wystarczyło, i podawała się jak tort lodowy biało-różowy, jak plaster szynki z tłuszczykiem, jak opłatek, ale na nic się zdały jej chichoty, włosów odgarnianie, eksponowanie profilu z dołeczkiem w policzku. Dla księdza Adasia była niewidzialna i przez nią patrzył na Dominikę, dla Dominiki śpiewał, wyrwij murom zęby krat i panno beskidzka zielonooka. Jagienka opuściła się w nauce i popsuła jej się cera, napuchła, jakby to coś, co rozpierało ją od środka, przekroczyło granicę i przez kraterki jej zaskórników zaczęła sączyć się złość gorzka i żółta, a nie talent do czegoś wyjątkowego, który zapewne ukryty był głębiej. Komendant Pasiak surowo ukarał jej trzy nowe trójki na półrocznym świadectwie, tym bardziej że zaraz matura, i kolana miała tak spuchnięte, jakby zaszła na nich do Częstochowy i z powrotem. Zamiast się uczyć, Jagienka marzyła jednak o wypadkach, w których Dominika ginęła i które ksiądz Adaś przeżywał lekko poturbowany, po to by mogła mu wytłumaczyć jego błąd i poniżenie. Wykradała z barku łyki palącego koniaku i rozgrzana wyobrażała sobie, jak na jej kolanach ksiądz Adaś trzymałby głowę omdlałą, oczy by otworzył jej łzami zroszone i jasność by była, i chóry anielskie. Ona jego nagrodą niespodzianką, świętym Graalem, który w swej ślepocie ominął, ale co za szczęście, że już przejrzał na oczy. Takie były słodkie marzenia, ale rzeczywistość nie szła z nimi w parze. To Jagienka stała za cmentarnym aniołem, gdy

Dominika i ksiądz Adaś pochyleni ku sobie rozmawiali, a seledynowa łuna jak chmara robaczków świętojańskich oświetlała ich twarze. Uśmiechali się! To ona kucała za samochodem Lepkich, gdy ksiądz Adaś wchodził do bramy Babela, by potem za nim krok w krok po tarasie, aż zamknięte drzwi suszarni odgradzały ją od tego, w czym powinna uczestniczyć zamiast Dominiki. Z Edytą Kowalik i Irenką Chłoryk pędziła małym fiatem w ślad za czerwoną emzetką, na której Dominika przytulała się do księdza Adasia pleców, co powinny do niej należeć, do jej policzka z dołeczkiem przylegać. Imię Adasia miała zawsze ze sobą i inkrustowała nim zdania wypowiadane do znajomych i obcych, aż Zbyszek zapytał, co wy, głupie laski, tak się w tym wymoczkowatym księżulku kochacie. W rozedrganych chichotach, z wypiekami wymyślała z Edytką i Irenką sposoby zgładzenia Dominiki i taplała się w płytkich kąpielach satysfakcji, że jej były zawsze wymyślniejsze.

Gdy czekała w kolejce do spowiedzi wielkanocnej przed konfesjonałem proboszcza Postronka, do którego kolejka była znacznie krótsza niż do księdza Adasia, jeden z pomysłów Jagienki dojrzał do wydania na świat i aż skurcz zgiął ją wpół. Proboszcz Postronek siedział w ciemnobrązowym konfesjonale jak nadzienie w czekoladce i przysypiał z głową wspartą na łokciu, kołysany szumem grzechów. Oby tylko ocknął się na pokuty zadanie i zastukał w odpowiednim momencie, niech płynie rzeka, której jego zdrowaśki czy ojczenasze i tak nie powstrzymają. Kałuża pełna brudów i strzępów mięsa powoli wylewała się spod konfesjonału i czekający w kolejce musieli podnosić nogi, by nie pomoczyć wyjściowych butów, a Jagienka szczególnie martwiła się o nowe czółenka z kokardką. Gdy przyszła jej kolej, wezbrało aż po kolana i musiała unieść brzeg spódniczki odszytej z „Burdy" przez Modestę Ćwiek. Proboszcz Postronek drzemał, śniąc o świętej Urszuli, i dlatego najpierw myślał, że to część snu, gdy strumień dziewczęcego szeptu wtrysnął mu w ucho z taką siłą, że aż mu odrzuciło głowę. Ksiądz Adaś? Jego duma i wyręka? Takaż potwarz z jegoż strony? Azaliż prawdą to może być? Ksiądz Adaś i jakaś niewiasta młoda? Na tarasie Babela, nagoż, na oczach wszystkich świętość bezcześczą? Na motorze, cmentarzu, w palmiarni cudzołóstwuż się oddają występnie? W palmiarni? Palmiarniż?! Dobrze, że do niego przyszła, to szczęście, że z nie swojego grzechu się wyspowiadała przy okazji swoich, a on jako kapłan, który spowiada, zobowiązany jest pod bardzo surowymi karami, łącznie z ekskomuniką, do zachowania absolutnej tajemnicy. To, co mu powiedziała, zostało zapieczętowane przez sakrament, bo tajemnica ta zwie się pieczęcią sakramentalną. Proboszcz Postronek tej informacji wykorzystać wprawdzie nie może, ale wierzy, że wpadła ona prosto w uszy Boga, a więc modlił się będzie, bo do spowiedzi ludzie przychodzą ze względu na Boga i życie wieczne, amen. A ona niech przyjdzie do niego potem do zakrystii, gdzie sobie poza konfesjonału tajemnicą porozmawiają, a może dusze grzeszne da się jeszcze uratować. Jagienka rozumie, że jej się udało, słowo ciałem się stało, i na fali gęstej jak zupa odpływa wprost przed ołtarz, gdzie drżąc, odmawia zadaną pokutę, jeszcze chwila, a uwierzy we własne dobre intencje.

Od tego dnia proboszcz Postronek śledzi Adasia, mimo iż nadążyć mu trudno i każda wyprawa śladem wikarego kończy się zadyszką. Zamiast z kieliszeczkiem nalewki pigwowej czytać żywoty świętych albo zająć się ogródkiem skalnym, do którego aż z Wrocławia przywozi nowe gatunki sukulentów, skrada się boso, by telefony dzwoniące w holu podsłuchiwać. Odbiera, zanim udaje się to gospodyni czy Adasiowi, i na jego halo odpowiada cisza pełna zdziwienia, a Adaś zatrzymuje się w pół kroku i wygląda tak, jakby nabrał powietrza i zamierzał zanurkować w przerębli. Po spotkaniu oazowym wygląda proboszcz Postronek zza firany plebanii i widzi, jak ksiądz Adaś idzie z gitarą na cmentarz, a po chwili jego śladem biegnie wysoka dziewczyna, która odłączyła się od grupy uczniów wracających do domu. Jej włosy w słońcu świecą czerwonawo, ma czerwoną sukienkę, ma skrzydła jakby, zaczynają kwitnąć kasztanowce i droga, po której biegnie, obsypana jest jak śniegiem. Proboszcz Postronek widzi też, jak dwie inne postaci podążają śladem tamtych dwojga, i rozpoznaje córkę komendanta Pasiaka. Proboszcz ma już swoje lata, a nawet kilka cudzych, bo w młodości nie zasypiał przy spowiedzi i przygięły go do ziemi cierpienia innych, ale nie zna się na psychologii. Chce uratować księdza Adasia i myśli, że siły dobra i zła są w tej historii jasno przeciwstawione. Zastanawia się, kto jeszcze jest po jego dobrej stronie. Jest niby anioł stróż, który czuwa, by dziecię nie spadło na łeb z wąskiej kładki, na którą przecież nikt mu nie kazał wchodzić. Czeka wieczorem i słyszy, jak drzwi wejściowe otwierają się cichutko, by wypuścić Adasia, który o tej porze powinien być w środku i w środku pozostać. Węszy, nie wiedząc, skąd bierze się zapach wilgotnej ściółki w pokojach, które dotąd czuć było pastą do podłóg i stęchlizną. Szurając filcowymi kapciami, do świtu chodzi po plebanii i czuwa nad snem, w którym Adasiowi śni się Dominika. Którejś majowej soboty Adaś spóźnia się na wizytę matki, Leokadii, która jak co miesiąc przyjeżdża z koszem specjałów faszerowanych matczyną miłością, a coś takiego nie zdarzało mu się nigdy przedtem. Leokadia odbiera niepokój starego proboszcza całym ciałem, na którego powierzchni pracują miliony ssawek matczynej miłości i z powodu nieobecności jedynaka nie mają się do czego przyssać. Lęk jej męża przed podróżami na starość urósł w agorafobię i nie ma mowy o przysysaniu się do niego, przeciwnie, trzeba się namęczyć, by go odczepić i wyrwać się z domu, a jedyny pożytek z tego taki, że już ryb nie przynosi.

Cała nadzieja Leokadii w synu księdzu, bo w niej samej nie ma już miejsca na nadzieję, a Adaś, owszem, kiedyś będzie proboszczem, albo i wyżej, kto wie, już ona tego dopilnuje. Przywiozła synkowi mydełka, dżemy i uściski, dwie pary kalesonów i bawełniane podkoszulki, które tak trudno dostać, a do tego trzy słoiczki grzybków marynowanych, maślaczków ślimaczków, i wspomnienie, że jak był malutki, przychodził do mamusi i prosił, daj maślaczka ślimaczka. Tymczasem Adasia nie ma, a stary ksiądz wzdycha i przewraca oczami, mówi coś o drodze, z której łatwo zboczyć, o piekle i grzechach cielesnych. Strzęp plotki, który dotarł do Leokadii Wawrzyniak do Wrocławia jak gnany wiatrem papierek po cukierku, zaczyna nabierać wagi, a proboszcz Postronek już rozumie, że największy jego sojusznik w walce o duszę Adasia siedzi przed nim i poci się w beżowej poliestrowej garsonce. Tu trzeba działać rozważnie. Nie ulega wątpliwości, że to, co się zawiązało między Adasiem a tą, jak nazywa nieznaną sobie dziewczynę Leokadia, trzeba rozerwać. Z tą sprawy mogą przecież zajść nawet tak daleko, że ta zajdzie w ciążę, a wtedy zwiąże Adasia na dobre. Leokadia matka jest więc za rozerwaniem natychmiastowym i gotowa jest zrobić to własnoręcznie, choćby miała polać się krew. Potrząsa ondulacją, aż sypie się łupież jak zarodniki spod kapelusza starego grzyba. Stary ksiądz wie z doświadczenia, że to może się nie udać, i sugeruje ostrożność. W rzadko odwiedzanym kącie pamięci ma pewną Urszulę sprzed trzydziestu lat, przez którą zesłali go do Wałbrzycha z miłego rodzinnego miasta we wschodniej Polsce. Przypomina sobie czerwoną sukienkę Dominiki i topniejący śnieg kasztanowych kwiatów; czuje, że matczyna miłość może nie przeważyć tej szali. Ma więc plan, by Adasia oderwać od tej i odesłać na trzymiesięczne studia do Włoch. On tak marzył o Watykanie! O tych muzeach wszystkich, kościołach. Jeśli się go oderwie bez jednoczesnego związania daleko od tej, rozerwanie może nie być całkowite i trwałe. Leokadia kładzie na jednej szali konieczność czekania i ryzyko ciąży tej, na drugiej splendor syna księdza na studiach we Włoszech rzucony w twarz sąsiadom z kamienicy. Sojusz zostaje zawarty. W salonie plebanii na Adasia marnotrawnego proboszcz Postronek czeka z Leokadią Wawrzyniak i obojgu tykanie zegara wbija się w ciało jak drzazgi.

XIX

Gdy Dominika i Adam wyobrażali sobie swoją przyszłość, siedząc w palmiarni, Ignacy Goldbaum wyruszał w drogę do przeszłości. Stał na lotnisku LAX i żegnał się z dziećmi, a w kieszeni miał list od Zofii, w którym radziła, by ciepło się ubrał, bo lato nie lato, wieczory bywają w Zalesiu chłodne, od Pełcznicy ciągnie chłód. Wdychał zapach papieru i wydawało mu się, że czuje rozgrzany słońcem strych i jabłka w drewnianych skrzyniach. Mieli za sobą dwie rozmowy telefoniczne, podczas których Zofia krzyczała z kabiny na poczcie w Zalesiu do niesłyszącego jej Ignacego, a cała wieś podsłuchiwała, kto to do starej Maślakowej z Ameryki dzwoni. Starszy syn Ignacego, podobny do swojej zmarłej matki, mówił, tylko uważaj w tej Polsce na siebie i pamiętaj o lekach. Młodszy był jego odbiciem i miał łzy w oczach, a córka, zakochana w matematyku z Polski zwanym Bocianem, wpadła w ramiona Ignacego w ostatniej chwili jak jo-jo na gumce i zaraz poleciała z powrotem.

Samolot Ignacego odrywał się od ziemi, a Dominika i Adaś nie mogli oderwać się od siebie i intensywność ich spotkań rosła kosztem ostrożności. Dominika wybierała się do Zalesia za kilka dni, by poznać dziadka, a gdy wróci, walizki na nowe życie będą spakowane. Jadzia nadęła się i była poznawaniu przeciwna, z uporem powtarzając od ubiegłego lata, że jej ojciec bohater poległ na wojnie, kwiatami jabłoni obsypany. Na brzegu Pełcznicy leżał, a wyglądał, jakby spał, twarzy wszyscy się dziwili, że nie napuchła, że tak świeża. Innego ojca nie potrzebuję, dziękuję bardzo. Ignacego nazywała tym Żydem z Ameryki i poświęcała mu tyle czasu niechętnego, co Dominika chęci. Chęć Dominiki, by poznać Ignacego, i niechęć Jadzi przyciągały się i co rusz wpadały na siebie, bliski kontakt prowadził do zderzenia i odskoku na bezpieczną odległość, z której po chwili ruszały znów ku sobie. Niech Dominika jedzie, jak chce, ale jeśli już, niech pokaże się z jak najlepszej strony i uczesze jakoś te włosy buszmeńskie. Niech się jakoś ogarnie. Żeby tylko w tych buciorach męskich nie jechała, bo co ten Żyd z Ameryki sobie o Jadzi pomyśli, w jakimż to świetle niekorzystnym takie buciory czarne ją postawią, teraz, gdy nie wie nawet, na czym stoi, bo grunt usunął jej się spod stóp. Czółenka, sukienka jakaś z falbanką jest Dominice potrzebna, jeśli chce tam jechać matce na złość. A zresztą może ten Żyd z Ameryki, jeśli już, by ją do siebie kiedyś zaprosił? Zawsze to lekarz, w życiu ustawiony, a bez pleców człowiek jest nikim. Tylko te włosy buszmeńskie jeszcze żeby jakoś. Bardziej żeby kobieco, a nie jak homoniewiadomo. Babka Halina, sama tak obojętna wobec swojego wyglądu, że zapominała o nim i do sklepu wychodziła w wełnianej czapce, którą nosiła niezależnie od pogody na wyłysiałej głowie, i nieśmiertelnym fartuchu w małpy, tygrysy i słonie, troszczyła się po swojemu o wygląd wnuczki. Z wyczuciem, którego brakowało Jadzi, podawała Dominice spodnie i sukienki, tak jakby były czymś nic niewartym, mówiąc, a zobacz, czy to gówno do czegoś się nada? Dominice spodobała się czarna skórzana kurtka, która przyszła w ostatniej paczce z Enerefu. Nie rozstawała się z nią, nie wiedząc, że kupił ją dla niej mąż Grażynki Rozpuch, Hans Kalthöffer, własnoręcznie wybierając najdroższy model i gładząc materiał palcami.

Grażynka Kalthöffer de domo Rozpuch nie zapominała o tych, którzy okazali jej serce, a że niewielu takich było, nie musiała zanadto pamięci obciążać. Halina miała w niej miejsce starszej siostry i za każdym okazanym jej aktem miłości dziwiła się, że to naprawdę o nią chodzi. Gdy Grażynka znikła z kamienicy na Szczawienku, Halina nigdy już nie zaprzyjaźniła się z nikim innym i w samotne wieczory wspominała stukot obcasów biegnących do przymiarki, które wybijały w jej kuchni rytm najmodniejszych przebojów. Grażynka pod przymusem znalezienia stałej pracy trafiła do sanatorium w Szczawnie Zdroju, gdzie posada na zmywaku miała jej pomóc utrzymać przy sobie dzieci, na które opieka społeczna ostrzyła sobie zęby. W podwałbrzyskim Szczawnie kiedyś królowie i cesarze leczyli wrzody i nerwy, po promenadzie w parku Zdrojowym spacerowali, sącząc wodę mineralną, grecki król z rumuńskim czy carem bułgarskim, ale po wojnie dawny splendor przygasł, a kuracjusze mieli brud pod paznokciami i nicowane koszule. Elegancja deptaka i hali zdrojowej spoczywała na barkach Jeremiasza Muchy, który po latach nieobecności wrócił w okolice Wałbrzycha z nowym garniturem zębów i tupecikiem pod kolor farbowanej na brąz korony własnych włosów. Śpiewał z zespołem na dancingach w Białej Sali, a panie kuracjuszki zachwycały się, że ten to zawsze jak spod igły, kwiat co wieczór świeży w butonierce i ten głos, ten głos, nie to co te młodzieżowe wyjce. Poniemieckie sanatorium rozpadało się, karaluchy wielkości myszy panoszyły się w mokradłach kuchni i magazynów, a przydzielone Grażynce mieszkanie w podzielonej dla wielu rodzin poniemieckiej willi nie było wiele większe od szafy. Nie opuszczał jej jednak dobry humor i na dwunastu metrach kwadratowych rozłożyła od ściany do ściany wycyganione skąś materace zamiast łóżek, szafy i innych sprzętów, na które nie było jej stać. Aż po sufit skakała po tym królewskich posłaniu z dziećmi niepodobnymi ani do niej, ani do siebie nawzajem, a w kłębowisku ubrań, butów, zeszytów szkolnych i kosmetyków tylko upór albo szczęśliwy traf pozwalały znaleźć akurat to, czego się szukało. Wieczorem przynosiła jedzenie, które z kuchni sanatorium wynosiło się na prawo i lewo, i na materacach zaczynał się piknik. Wabieni zapachem kurczaków i kotletów dołączali do niego mieszkańcy innych pokoi willi, łącznie z Jeremiaszem Muchą, który był jedyną osobą mówiącą do Grażynki panno Grażyno. Grażynka zasypiała potem z dziećmi przytulonymi do niej pośród obgryzionych kostek kurczaka i papierków po cukierkach, a jej sny były zawsze pełne tego dobrego, co jeszcze może się zdarzyć.

W białym fartuchu z fioletową pieczątką Państwowe Sanatorium nr 1 w Szczawnie Zdroju grała Grażynka na kotłach, trzaskała do rytmu patelniami i wystarczyło, że wychyliła się z okienka, by zebrać brudne naczynia, a twarze wrzodowców, nerwowych i okulałych rozjaśniały się jak spryskane nabłyszczającym sprajem. W niedzielę chodziła na spacery po hali zdrojowej ubrana w swoje najlepsze kurewskie rzeczy uszyte jeszcze przez Halinę, bo potem nie było jej już stać na nowe, a w sobotnie wieczory ruszała na dancing do Białej Sali i to tam zauważył ją Hans Kalthöffer.

Co roku przyjeżdżał do Szczawna Zdroju podreperować zdrowie i popatrzeć na dom, który przed wojną należał do jego rodziny, od czego mu wrzody na żołądku aż pieniły się ze złości, bo na miejscu gospodarstwa nowoczesnego i schludnego był pieprznik i rozpiździaj wie bei Hempels unterm Sofa. Hans nie chciał odbierać, przeciwnie, chciał pomóc, rękę wyciągnąć chciał, ale na jego widok mieszkająca tam rodzina spuszczała psa z łańcucha i barykadowała się w domu, zerkając na szkopa zza zasłon. Gdyby tylko dali mu wytłumaczyć, co i jak, gdyby tylko na chwilę wpuścili, zamiast grozić z daleka siekierą, za darmo pokazałby, jak zrobić Ordnung. Po kolejnej takiej wizycie siedział Hans przy stoliku, rozpamiętując marnację, bo jak to tak piasku nawieźć, desek nazwozić i pozwolić, by zielskiem zarosło, pogniło, gdy na Białą Salę weszła Grażynka. Sukienka czerwona w grochy białe, włosy wysokie jak tort cały z czekolady, na powiekach jakby tęcza. A jak tańczyła! To był sam ruch i rytm, biodra, piersi i białe grochy rozsypane po parkiecie jak sznur korali, że tylko zbierać, zagarniać. Hans Kalthöffer przełknął gorycz, poprawił okulary w złoconych oprawkach i się odważył poprosić Grażynkę do wolnego, a po wolnym było parę szybkich i Hans Kalthöffer z wolna zapomniał o wrzodach. Mimo iż była wyższa od niego o głowę, a z bliska jej wiek nie mógł ukryć się w całości pod grubą warstwą pudru, wiedział już, że chce tej i tylko tej kobiety na swoim gospodarstwie nowoczesnym w pięknej Bawarii. Nie zraziła Hansa Kalthöffera plotka, która jak zawsze dotarła wraz Grażynką na nowe miejsce niczym guma przyklejona do podeszwy, a nawet jakby umocniła w miłości. Nie zraziła go też informacja, że dzieci Grażynka ma troje, a fakt, że żaden ojciec nie zgłasza do nich roszczeń ojcowskich, uspokoił Hansa Kalthöffera. On je usynowi, ucórczy, dokarmi je on i pokocha swoim niemieckim sercem. W osobie Grażynki Rozpuch cała rodzina mu się trafiła jak promocja w supermarkecie Aldi i pląsał po Białej Sali, jakby ubyło mu lat, aż okulary zachodziły mu mgłą. Był kawalerem lekko przeterminowanym, ale wciąż zdatnym do użycia, i świń hodowcą, w domu miał Küche sehr nowoczesną i łazienkę wyposażoną nawet w das Bidet. Grażynka będzie tam miała jak w raju, bo chlewnie nieśmierdzące zupełnie i czyste, tylko niech powie ja.

Po trzech miesiącach Grażynka była w Bawarii, a po dwóch latach mówiła po niemiecku tak, jakby ten język wyssała z mlekiem matki, i na coroczny festyn piwny przebierała się za pasterkę, sprzedając ze straganu szynkę krojoną na grube plastry, i to do niej ustawiała się najdłuższa kolejka. Na samym początku zresztą dała wyraz zdolnościom językowym, bo zrozumiała Polnische Schweine i przylała na odlew Frau Korn pod kościołem, aż ta poleciała w schludną rabatkę. Odtąd nie tylko nikt jej się nie czepiał, ale nawet poproszono ją do komitetu organizującego lokalny festyn piwny. A do tańca nie trzeba było jej namawiać! Ze słuchawkami walkmana na uszach tańczyła między rzędami świńskich ryjów w zalanej jaskrawym światłem chlewni i płakała czarnymi łzami, gdy Hans wysyłał transport do rzeźni. Jej dzieci odpasione na sznyclach i szynkach coraz bardziej upodabniały się do Hansa i najpierw nieśmiało, ale wkrótce z większą pewnością zaczęły mówić do niego

Vater, smakując nowe słowo na językach. Gdy Grażynka w wieku czterdziestu sześciu lat, i były to tylko te lata, do których się przyznawała, urodziła syna, który wyglądał jak miniatura Hansa minus okulary, mąż zrezygnował z wypłacania jej comiesięcznego kieszonkowego i powierzył całe finanse. Frau Kalthöffer na początku po kilka razy liczyła cyfry w liczbach, nie wierząc, że można posiadać aż tyle i że to jej dostało się coś, na czym innym tak zależało.

Grażynka nie łudziła się, że ten nerwowy mężczyzna o krótkich palcach i piwnym brzuszku pragnie się nią zaopiekować bezinteresownie, bo takich cudów nie ma nawet w Enerefie. Przez całe życie mężczyźni chcieli czegoś od Grażynki, choć najczęściej nie wiedzieli, co to jest, i w rękoczynach wyrażali pretensje, że ona też nie wie albo, co gorsza, wie, ale trzyma to przed nimi w tajemnicy. Hans wiedział. Hans czuł się winny, a Grażynka była tam po to, by go rozgrzeszać za każdym razem, gdy wina przekraczała stan krytyczny i jej mąż wyciągał z szuflady zdjęcie ojca w mundurze gestapo. Patrzył najpierw na rodzica, który pozował na tle zakopiańskich gór tak zadowolony z siebie, jakby właśnie powiesił lub rozstrzelał kilka osób, a potem podnosił czerwone oczka na Grażynkę i mówił, przez tę świnię nasze dzieci nie mają dziadka, tylko wstyd. Gdy pierwszy raz rozpłakał się w sypialni, prosząc Grażynkę, by go uderzyła, ucałowała go w czubek łysawej głowy i przylała jak Frau Korn pod kościołem, choć z czasem ich zabawy przybrały bardziej wyrafinowaną formę dzięki imperium Beaty Ushe. Dość szybko przekonała Grażynka Hansa, że owszem, może go i związać, i wychłostać, proszę

bardzo, siły jej w rękach nie brakuje ani wyrozumiało-
ści, ale na pewno jego wina zelżeje, gdy od czasu do
czasu wyśle też paczkę do Polski dla jej mocno przez
wojnę pokrzywdzonej siostry Haliny. Hans zdziwił się
trochę, skąd nagle siostra, skoro Grażynka jedynaczka,
ale czego by dla niej nie zrobił. Gdy któregoś lata okazało się, że teraz wnuczka siostry potrzebuje pomocy,
i to szybko, Hans Kalthöffer urósł z radości parę centymetrów.

Gdy listonosz pierwszy raz przyniósł Halinie wielki
karton, ta mało zawału nie dostała ze strachu, zanim zobaczyła nazwisko nadawcy. Nigdy nie mówiła ani synowi, ani synowej, że utrzymuje kontakt z Grażynką, bo jej
jaszczurcze ciało w o wiele większym stopniu niż inne
organy poznawcze czuło jakąś nieprzyzwoitą tajemnicę
w fakcie, że to siostrzeństwo od początku sprawiało jej
większą przyjemność niż bycie żoną i matką. O Grażynce wiedziała tylko Dominika, która na początku myślała,
że przyrodnia siostra babki z Enerefu jest zmyślona tak
samo jak hrabina Wielkopańska. Gdy przychodziła kolejna paczka, razem odpakowywały szeleszczący papier,
by dostać się do czekolad Milka i Toblerone, żelowych
misiów, paczek marlboro, puszek z pomarańczową fan-
tą, strzelających pianą jak słodkie małe fontanny. Nawet
Dominika jednak nie wiedziała o pieniądzach, które
przychodziły ukryte w kartach świątecznych i między
zdjęciami rosnącej w dostatek rodziny Kalthöffer, których kolejne podobizny trafiały do albumu starych z pociągu. Halina pisała do Grażynki długie listy, a pieniądze
za niemieckie świnie ukrywała w szafie pod workiem
z cukrem, który nadal trzymała na wypadek jakiejś woj-

ny. Przysyłane jej przez Grażynkę eleganckie sukienki i bluzki spieniężała na bazarze Niskie Łąki we Wrocławiu, gdzie potajemnie jeździła raz na parę miesięcy ku radości stałych klientek, z których tylko niektóre dotrzymywały jej kroku w targowaniu się. Halina niekiedy pytała wnuczkę, a ile by to było na nasze na ten przykład takie sto pięćdziesiąt marek, ale Dominika, przyzwyczajona do tego, że jej matematyczne zdolności rodzina traktowała jak sztuczkę cyrkową, nie podejrzewała, że marki istnieją rzeczywiście, a babka dla niej gromadzi zapłatę za winę kłującą Hansa Kalthöffera.

Gdy Dominika dostała się na studia, Halina przeznaczyła pierwszą ratę na mieszkanie do wynajęcia dla ukochanej wnuczki. W przeciwieństwie do Jadzi wiedziała, że Dominika pojechała na egzaminy do Warszawy, a nie do Wrocławia, bo sama zapłaciła za bilet kolejowy i zrobiła kanapki na długą drogę dla wnuczki i Małgosi Lipki, o której w domu nikt nie pomyślał. Małgosia dostała się na medycynę, a Dominika na matematykę i nigdy nie miała się dowiedzieć, że jej oryginalnie rozwiązane zadanie egzaminacyjne oraz zdumiewające uwagi wypisane na marginesach wykładowcy pokazywali sobie, z niedowierzaniem kręcąc głowami. Halina była jedyną osobą oprócz Małgosi, która wiedziała także, że w Warszawie Dominika ma zamiar zamieszkać z Adasiem. Daleko od sypiących się plotek Piaskowej Góry; daleko od wrocławskiej kamienicy, którą tak rozdymała rosnąca złość Leokadii Wawrzyniak, że doniczki z pelargoniami spadały z parapetów i przechodnie omijali dom szerokim łukiem. O zakazanej miłości wnuczki dowiedziała się Halina od Jadzi, która czuła, że z czymś takim nie może iść ani do Krysi Śledź, ani tym bardziej do Lepkiej, od dawna uśmiechającej się do niej znacząco, ilekroć spotkały się przy windzie. Same kłopoty z tymi młodymi, wzdychała, niedawno w pieluchy srało, a tu już matkę babką robi. Jadzia czuła, że Lepka ma na myśli nie tylko swojego Zbyszka, który zapłodnił Iwonę Śledź, bo historia Dominiki i Adasia była najciekawszą rzeczą, jaka wydarzyła się ostatnio na Babelu oprócz upadku komunizmu. Szeptało się o niej w kolejkach do pustych sklepów, gdzie ochłapy plotki plaskały o ladę jak wymarzone karkówki, polędwice i schaby. Zaczynały dwie pierwsze, czekające już o czwartej rano z papierowymi przepustkami do mięsopustu, że podobno ta taka wysoka pytłata z Babela, co jej ojciec się udławił pączkami, z księdzem. Nie pączkami, nie pączkami, tylko mi jedna mówiła, że pieróg mu w gardle stanął, dodawała swoje trzecia, która przyszła i zajęła kolejkę dla czwartej. Ale żeby z księdzem? To trzeba sumienia nie mieć. Taki grzech! To już tylko z Babela się rzucić. Taki wstyd! Gdy tuż przed otwarciem mięsnego ze sto było stojących, zanim plotka doszła do końca kolejki, tam rodziła się już nowa. Gdy ta z przodu i ta z tyłu zderzały się pośrodku, następował krwawy wybuch, jakby eksplodowała furgonetka z wieprzową wątrobą, którą ku madonn kolejkowych zgryzocie przywieźli zamiast mięsa. No i z tym księdzem po kątach, pani mówię, a w ciąży już podobno, z brzuchem już. Jakiej ciąży, tam pani gada. Była, ale się zbyła. Skrobanka? A jak, u Lipki. Jak wychodziła, widziała jedna i mojej szwagierce mówiła, a tak szła, pani, jakby zgięta z Lipki córką, co to też, pani powiem, wstyd. A inna słyszała od kogoś, komu wierzyć można, że ta czarna pytłata to nie tylko z księdzem, ale właśnie też z tą doktora Cipki córką schłopaczałą. Z Cipki córką?! Że niby ona homoniewiadomo? To baba też może być nie tego? Ale jak? A niby tak, ha ha. Za późno zauważyły Jadzię, która swoim zwyczajem ustawiła się z boku kolejki do mięsnego, by w odpowiednim momencie rozerwać jej najsłabsze ogniwo i zająć miejsce między czyimś brzuchem a pośladkami z takim wyrazem twarzy, jakby stała tam od wieków, wciśnięta ciało w ciało. Wątrobowe plamki pokryły twarz Jadzi, która nie zauważyła jeszcze, że w chwilach zdenerwowania robi się coraz bardziej podobna do swojej matki. Mój Boże, jaki przed ludźmi wstyd, i mięsa na niedzielę nie będzie!

Jadzia wypadła z kolejki i drogą przez Krzaki potoczyła się w stronę Szczawienka. Postanowiła nawiązać sojusz z teściową, bo są chwile, gdy przede wszystkim liczy się rodzina, a zwłaszcza kobiety, które się ze sobą dogadują jak mało kto. Halina zdziwiła się niespodziewanej wizycie synowej, bo zwykle widziały się tylko na niedzielnym obiedzie raz u jednej, raz u drugiej i obu to wystarczało. A już łzy Jadzi, która zanim się uspokoiła, mamusiu, do niej zapłakała i na szyję się rzuciła, to naprawdę za wiele było. Nie wpłynęłaby jakoś mamusia na Dominikę? Nie przekonała jej jakoś, że życie sobie i matce własnej marnuje? I to z księdzem, jak zawsze fiksum-dyrdum, zamiast z normalnym chłopakiem. Prima Aprilis nie udausia, chacieu pierdnuć, a usrausia! Musi ten Adaś przestać być księdzem, jeśli mu się miłości zachciało, skwitowała Halina rewelacje Jadzi, wydmuchując cumulus dymu. Plan Jadzi, by przy pomocy teściowej rozerwać grzeszny związek Dominiki, spalił na panewce.

Halina odwiedzała kościół tylko z okazji chrzcin, ślubów i pogrzebów, mając nadzieję, że uda jej się własną śmierć wyczuć na tyle wcześnie, by zdążyć jeszcze przed nią pochodzić i zarobić na życie wieczne. Odkładała ten moment, bo wolała siedzieć w domu, palić papierosy i układać zdjęcia w albumie starych z pociągu albo pisać długie listy do Grażynki, a nic na razie jej nie dolegało prócz uporczywego drapania w krtani. Poszła jednak specjalnie na mszę wielkanocną, by zobaczyć młodego wikarego, i gdy tak obracał się przed ołtarzem, przebierał się, machał rękoma, Wowka, dawno zapomniany akrobata, wyłonił się z zadymionej pamięci Haliny. Wowka jak żywy, jaki urodny – przez lata zdążył w ukryciu wypięknieć, urosnąć i nabrać ogłady, a oczy rzeczywiście mieli z Adasiem podobne. Zamiast więc spróbować ramię w ramię z Jadzią oderwać Dominikę, wyciągnąć ją z tej historii jak rzepę z ziemi, Halina skupiła się na rozerwaniu związku Adasia z Kościołem i gdy wnuczka dostała się na studia, plan był gotowy. Ona i Adaś uciekną do Warszawy, marek spod worka z cukrem na początek wystarczy.

Na ławeczce przy oczku wodnym w palmiarni, którego dno połyskiwało fenigami po ostatniej grupie niemieckich emerytów, Dominika Adasiowi mówiła o Warszawie. Mieszkanie jest małe, pokój i kuchnia ślepa na Chomiczówce, ale przecież, że razem, najważniejsze. A pod domem sklepy, zieleni trochę. Będzie jeździć na zajęcia autobusem 116, on znajdzie sobie jakieś zajęcie z łatwością. W Warszawie tylko czekają na śpiewającego pięknie Adasia, już on im zaśpiewa tak, że oniemieją z podziwu. Może zespół jakiś założy? Może coś w szkole? A w wolnych chwilach teatry, parki, wspólne pieczenie ciasta. W niedzielę Łazienki koniecznie, kawka, kaczki. Warszawa to przepiękne miasto. Tylko czy ty się nie rozmyślisz, Adasiu? Jakimś cudem, na który wpływ miało być może wino wypite z Małgosią na cześć dobrze zdanych egzaminów, Dominika zobaczyła Warszawę taką, jaką kochał Ignacy Goldbaum. Straszne ulice nieprowadzące do żadnego centrum kusiły ją obietnicą, ocalałe kamienice w śródmieściu o bramach nasiąkniętych moczem i porowatych jak stary pumeks wydawały się romantyczne, bo ileż te mury widziały. A Starówka to wprost jak z bajki, lody w gałkach waniliowe, czekoladowe, truskawkowe, muzyka i ten aktor, co grał Czterdziestolatka, spacerujący jakby nigdy nic.

Podczas gdy Dominika umacniała się w pewności i kupowała w Cepelii siwaki na kwiaty, obrusy pod niedzielne obiady warszawskie, Adaś walczył z sumieniem, nabierając przekonania, że tajemnica od dawna jest znana wszystkim, łącznie z jego matką. Przez telefon czuł jej złość i oczyma wyobraźni widział, jak jej usta matczyne, zawsze obrysowane dookoła i wypełnione perłową różowością, zwijają się w kurzą dupkę i wciągają powietrze, gotowe wessać go w słuchawkę. Słyszał Adaś, jak grad matczynych paznokci pod kolor ust stuka w blat stolika i twarde kulki trafiały go z impetem burzy. Gdyby siłą nie oderwał ucha, Leokadia wciągnęłaby go jak kiedyś kawkę mrożoną przez słomkę w koktajlbarze Witaminka, gdzie mały Adaś rozbabrywał ciastko, patrząc, jak płyn zwieńczony czapą bitej śmietany znika w matce. Adaś modlił się o znak i nic nie mógł poradzić na to, że pragnął dwóch rzeczy, a żadnej mniej, bo chciał być z Dominiką i pozostać księdzem. Gdy był sam, modlił się i gryzł palce, a raz podjął nawet nie do końca udaną próbę samobiczowania. Mając w pamięci dyscyplinę autorstwa swego ojca inżyniera, sklecił jej kopię, rozebrał się do pasa, wziął zamach i łup, stłukł gipsową figurę Matki Boskiej. Huku narobił i sprzątania miał na pół godziny, bo głowa Matki Boskiej potoczyła się za kanapę. Za drugim razem poszło mu lepiej, co przyniosło chwilową ulgę. Proboszcz Postronek coraz częściej poruszał przy Adasiu temat celibatu. Po kolacji siedzieli zwykle w stołowym, gdzie Adaś brzdąkał na gitarze, a proboszcz przysypiał nad żywotami świętych męczennic albo czasopismem poświęconym ogrodnictwu. Ich rozmowy dotyczyły rzeczy praktycznych, dachu, który przecieka, albo sposobu na złodziei kwiatów, które nocami znikały z grobów. Od jakiegoś czasu jednak proboszcz Postronek nabierał powietrza i bez ostrzeżenia wypuszczał w stronę Adasia strumienie słów, które pachniały jak powietrze wydychane przez odkurzacz. Celibat to naśladowanie Chrystusa, który nie miał żony i w ogóle od kobiet stronił. Naśladować Chrystusa, otóż cel Adasia. Bezżennym zostać dla Królestwa Niebieskogoż, jak pisze święty Mateusz. A święty Paweł też gdzieś, ten zaś, kto wstąpił w związek małżeńskiż, zabiega o sprawy świata, o to, jak by się przypodobać żonie. I ma te, rozterki. Owocem celibatu, nawet jeśli późno dojrzewa, jest nieziemskiż wręcz pokój w sercu. To nie jest taki pokój, jaki dają żona, dzieci. Celibat to coś, co pozwala zakosztować na ziemi życiaż aniołów. Aniołów! To jak w niebie, gdzie nie będą się ani żenić, ani za mąż wychodzić, o czym pisze święty Mateusz. Taki spokój jest wspaniały. Celibat to dar cennyż jest, a nie pokuta, niech Adaś sobież to zapamięta. A diabeł kusi, oj, kusi. Ku zatracież zwodzi pod postaciąż niewiasty. Bronić się trzeba. Jak? Unikać pokus niepotrzebnychż. Unikać! Nie rozmawiać o sprawach nieczystychż. W telewizji, w książkach nie oglądać, nie czytać niczego, co czystościż zagrozić może. Ani w gazetach. Nie myśleć o rzeczach czystość kalającychż. Trudneż? To jest zmaganie z naturą! Z ciałem grzesznym. Każda pokusa to próba, na którąż Bóg nas wystawia. To się skończy po sześćdziesiątce, więc Adasiowi zostało jeszcze tylko niewiele ponad trzydzieści lat.

Adaś miękł pod wpływem słów proboszcza i już widział siebie na jego miejscu w spokoju czytającego żywoty świętych męczennic i uprawiającego ogródek, a może nawet zostałby biskupem, jak marzyła jego matka. Musi to skończyć, z tym postanowieniem szedł zmiękczony Adaś na spotkanie z Dominiką, a ona pojawiała się i już z daleka czuł zapach bananowego błyszczyka do ust, które mówiły na jego widok, jesteś, Adasiu. Ona nie zgadza się na bycie próbą i pokusą. W logice matematycznie uzdolnionej nastolatki dobry Bóg nie może mieć mentalności wuja Kazimierza. On nie liczy z ołówkiem w ręce, nie kombinuje, nie wrzuca do świnki skarbonki podstępem zdobytych dobrych uczynków. Ta miłość to nie próba jest więc, lecz dar. Bóg pokazuje Adasiowi inną drogę, na niej jest Dominika, ich dom, Warszawa. Spójrz, Adasiu, na Boga jak na mamę, która cię tuliła i śpiewała z tobą w łóżku na dwa głosy, a nie jak na ojca z dyscypliną. Razem przecież zrobimy więcej dobrego niż ty sam. Każde wakacje w Bieszczadach, odwiedziny w domach dziecka, w wiejskich szkołach, będzie cudownie. Ty i gitara. Ja mogę uczyć matematyki. Będziesz miał rodzinę, sam powiedz, czy dobry Bóg chciałby, abyś był nieszczęśliwy? Postanowienie zerwania jeszcze przez chwilę uwierało Adasia, ale wkrótce znikało pod dotykiem rąk Dominiki i ramię w ramię wędrował z nią po Warszawie, o której opowiadała tak, jakby spędziła tam pół życia, a nie trzy dni egzaminów na studia.

Gdy na Piaskową Górę przyszło lato tak suche, że drzewa były szare od pyłu, a z nieba sypały się iskry w kolorze siarki, zapadła decyzja. Pojadą od razu we dwoje. Najpierw Zalesie, potem Warszawa i nowe, wspólne życie, które czeka na nich jak biała wykrochmalona pościel. Za trzy dni, dziesiątego lipca.

XX

Janek Kos poznał go od razu. Mimo iż był po paru głębszych w Sosence, nie miał wątpliwości, gdy stał pod ścianą swojej chałupy i patrzył na drogę prowadzącą od stacji. Czas, który jego zeżarł i wyrzygał, obszedł się łaskawie z Ignacym Goldbaumem.

Jaki to prosty, jak świeca. W dzień powszedni jak na niedzielę wystrojony, w kapeluszu, z laseczką. Tam gdzie Janka Kosa zgięło i wgniotło, tamtego wyszlifowało. Co jemu odebrało, dało tamtemu i teraz w końcu wiadomo, gdzie się to wszystko podziało. Ignacy Goldbaum to ma, jemu przypadło to, co Jankowi Kosowi przez palce przeciekło. Gdyby nie ten Żyd, jego to wszystko byłoby, jak nic, które ma teraz zamiast wszystkiego. Jak to idzie drogą od stacji z walizką skórzaną, a w niej pewnie majątek, a nie mysie gniazdo, jaka ciężka, aż go na bok przegina. Tak w kapeluszu przez wieś iść przeciw wszystkim tym, co jak Janek Kos nigdy kapelusza nie mieli. Tym wszystkim bez kapeluszy wbrew, na złość. Taki kapelusz to jest z innych wyśmiewanie się i patrzenie z góry. Idzie, choć obcy, jakby po swoim szedł, a tak pewnie, jakby dopiero co wczoraj tę drogę przemierzył. Jakby zostały na niej jeszcze ślady jego stóp, a prawie pół wieku minęło.

Odczekał chwilę Janek Kos i ruszył za Ignacym, kryjąc się w cieniu i trąc bliznę knykciem. Był tam, gdy skrzypnęła furtka, zapaliło się światło na ganku, a w drzwiach ukazała się Zofia i stała przez chwilę naprzeciw Ignacego w złotym prostokącie blasku. W niebieskiej sukience, jakby do kościoła szła ze święconym, ile by dał, żeby to dla niego, a nie dla obcego taka wyszła niebieska. Gdy na podwórku zapadła ciemność, Janek Kos wszedł przez niedomkniętą furtkę i przykucnął pod oknem w gąszczu floksów. Nie słyszał ich dokładnie przez ledwo uchylone okno, ale to, czego nie zrozumiał, dopełniła nienawiść. To on założył pętlę na szyję Mańka Gorgóla, to on przynosił kiełbasy, mostki cielęce, po najpiękniejsze rydze aż za Brzezinę o czwartej rano gnał, a buty zawsze wyczyścił, zanim przyszedł. A ten bez niczego, w kapeluszu, z laseczką jak panisko, do środka wlazł. Ponad czterdzieści lat go nie było, a teraz wchodzi, jakby przed chwilą wyszedł. Z walizką dolarów łatwo mu tak wchodzić, oj, musi on tam mieć, że na nasze by liczył i liczył, ile to. Janek Kos czuł, jak blizna na jego twarzy rozgrzewa się, jakby objął ją płomień. Lekarz mówił, że tę narośl na niej trzeba wyciąć, i to szybko, ale on zna ich, konowałów, wyciąć, wyciąć, a chodzi o to, żeby tylko takiemu w łapę dać, kopertę, koniaczek. Jak był sołtysem, to jeszcze, ale teraz to skąd on ma brać? Dla takiego Żyda w kapeluszu to byłoby jak splunąć, taki to ma portfel wypchany, na książeczce ile, stać go. Miał rację Kazimierz Maślak, jak po swoje przyjdą, jak do siebie, z walizkami pełnymi złota, a udawać będą, że im wszystko zabrali, że ich popalili, na abażury przerobili. Kłamstwo. Spisek! Ta z poczty, nowy nauczyciel – to wszystko obcy, to część spisku, żeby ziemię zabrać, wykupić, kościoły poburzyć, a na ich miejscu synagogi, supermarkety, meczety. Miał rację Kazimierz Maślak, że trzeba było w łeb, że obcemu pomagać to jakby swoim zabierać, a ten w kieszeniach jeszcze mógł co mieć.

Nad głową Janka Kosa nagle jakiś ruch, to dłoń Zofii biała w ciemności jak opłatek sięga po okiennicę, zamyka. Co za cisza teraz. Tylko gdzieś daleko szczeka pies, jakiś owad obudzony bzyczy w gęstwinie floksów. Jak to go odcięli, zostawili w ciemności, żadnej wdzięczności za lata kiełbas, rydzów, mostków cielęcych. Pogardzili nim. Za jego życie zmarnowane, dziurawy dach, stonkę, co znów zżera mu kartofle, trzeci rok z rzędu, za polio, za bliznę, za łzy, które teraz płyną i nie przynoszą ulgi.

Gdyby Janek Kos mógł przeniknąć wzrokiem przez ścianę z drewna zrytego przez korniki, zobaczyłby, jak

Zofia i Ignacy siedzą naprzeciw siebie tak jak pierwszej nocy, ona na stołeczku, on na wąskim łóżku. Nad łóżkiem jelenie na rykowisku i Chrystus wiszą jak wtedy i zdjęcie Dominiki w sukience od komunii, którego wtedy nie było. Zobaczyłby, jak mężczyzna o białych włosach pije łapczywie mleko z kubka, a kobieta patrzy tak, jakby mleko gasiło jej pragnienie niezaspokojone przez prawie pół wieku. Zobaczyłby, jak wokół kobiecej postaci zaczyna pulsować seledynowa poświata i rozlewa się po kuchni jak rój robaczków świętojańskich, a mężczyzna o białych włosach wstaje i klęka przed Zofią, pochyla głowę na jej kolana. Ona teraz podnosi dłoń i kładzie na jego czole, a seledynowe światło roziskrza się jak krzyk. Zofia czuje obecność swojej matki, która tuż przy jej uchu szepcze, co komu pisane, temu w wodę kamień. Seledynowe światło jest niemal namacalne, słodkie i lepkie jak agrestowy kisiel. Zofia zna ten głos i mu ufa, niczego się nie boi, Ignacy wrócił, ma ukochaną wnuczkę, którą dostała od niekochanej córki, i tylko żal, że nie ma już niczego w zamian. Drzewko oliwne! Pojadą razem, zabierze Jadzię; powie, jedź ze mną, córeczko. Głowa Ignacego na jej kolanach jest czymś miłym, znanym i jednocześnie bardzo dalekim. Jego siwe włosy są dziwnie miękkie, jak futerko królika angory, prześwitująca skóra różowawa jak królicze oczy. Zofia podnosi się i bierze Ignacego za rękę, to ona go podtrzymuje, bo w tym wieku trudno zerwać się z klęczek, nawet jeśli klęczało się przed ukochaną. Kładą się na wąskim kuchennym łóżku, na którym Zofia sypiała przez te wszystkie lata. Stół, na którym zgwałcił ją Maniek Gorgól, porąbała na rozpałkę, ale nie dało się tego samego zrobić z niechęcią, jaką

421

przez niego czuła do córki. To, co dał jej Ignacy, było jak prezent ukryty zbyt długo, by zrównoważyć odebrane przez tamtego, ale spróbuje stracone nadrobić. Taka podróż, trochę strach, ale nie z Ignacym. On, ona, Jadzia i Dominika, cała rodzina. Może ci jego z Ameryki też przyjadą? Ciekawe, jak wygląda takie drzewko? Jak jabłoń? Grusza? Zapyta jutro Ignacego, on będzie wiedział. Wykrochmalona pościel szeleści jak piasek, gdy się kładą, jest ciepła, można się w nią zapaść głęboko, miękko. Łóżko jest naprawdę wąskie, siennik wypchany słomą, w nogach makatka z wyhaftowanym napisem Kto rano wstaje, temu Pan Bóg daje. W szafach myszy gryzą królicze skórki, ubrania giną w przejrzystych pyskach moli, bezszelestnie łuszczy się wapno ze ścian, wirują w powietrzu strzępki próchna. W lustrze w sieni pojawia się postać, do której Zofia przywykła, kiedyś myślała, że to jej odbicie, ale teraz, gdy oczy ma już nie te, nie jest pewna, może to jej matka Jadwiga, może córka Jadzia, a czasem wydaje jej się, że widzi tam wnuczkę, ale starszą, poważniejszą, z połową twarzy ukrytą w mroku. Postać rozgląda się, jakby kogoś szukała, jej usta układają się w słowo, które pozostaje niewypowiedziane, zielonkawa zwykle powierzchnia lustra czerwienieje, rozpala się i obraz znika. Zofia pachnie jak zalewajka z cebulą, jak maciejka, mimo iż na tę niezwykłą okazję umyła głowę nowym szamponem Palmolive. Przytulają się na łyżeczki i Ignacy wtula twarz w suche jak siano włosy starej kobiety. Myśli o Oświęcimiu i włosach; wydawało mu się, że rozpoznał warkoczyk dziewczynki imieniem Miriam, do której puszczał z balkonu ciotki Roisy Boiss papierowe samoloty. Zofia widzi stojący na stole budzik, jedyny zegar w jej domu, i przypomina sobie, że go nie nakręciła, myśli, że to dobrze, niech Ignacy pośpi sobie po długiej podróży. Nie trzeba się spieszyć. Zamyka oczy.

Gdyby Janek Kos mógł zajrzeć przed okno, zobaczyłby, jak twarz Zofii wygładza się i znów wygląda jak wtedy, gdy pierwszy raz przyniósł jej koszyk rydzów do młyna, ale nie ma go już wśród floksów, zgarbiony, ciągnąc za sobą chorą nogę, kuśtyka przez wieś najszybciej, jak potrafi. Noc jest gorąca i sucha, droga wysypywana popiołem z pieców kuchennych dymi, okna mijanych domów już ciemne. Ignacy zasypia pierwszy i śni mu się jabłko, które Zofia przyniosła mu na strych prawie pół wieku temu, a ona zaraz dołącza do jego snu, stoi w aureoli seledynowego światła i kiwa głową, jakby potwierdzała, że tak, to ona.

Janek Kos wpada na swoje podwórze i kopie psa. Otwiera drzwi i po ciemku znajduje napoczętą butelkę wódki, pije z niej łapczywie, a potem sięga pod stół, gdzie wśród kartonowych pudeł, szmat i pleśniejących kawałków chleba stoi kanister z benzyną.

XXI

Jagienka Pasiak nie może zrozumieć, jakim cudem jej wyjątkowość nie została doceniona przez egzaminatorów na wrocławskiej polonistyce. Jej zadatki na poetkę, pisarkę czy inną wybitną postać powinny w takim miejscu być dostrzeżone nawet z dużej odległości, nie mówięc już o zbliżeniu, bo wtedy egzaminatorzy, zwłaszcza mężczyźni, musieliby ulec czarowi jej urody. Gdyby już została studentką, mogłaby chodzić po Wrocławiu w długich czarnych spódnicach, z rozpuszczonymi włosami, a wtedy na pewno odkryłby ją jakiś sławny reżyser albo fotograf. Zostałaby aktorką bardzo sławną albo modelką i jej twarz byłaby znana w kraju i za granicą. Wszyscy podziwialiby jej niezwykłe piękno i wyjątkowy talent; jej oczy są kocie, ciało doskonałe, a do tego jest fotogeniczna i pisze bardzo mądre wiersze.

Tymczasem oblała. Skoro jej niezwykłość jest faktem, to wina leży po stronie egzaminujących. Ślepi. Przekupni. Same homoniewiadomo i zazdrosne stare panny w niemodnych butach. Zresztą, czy to coś naprawdę dla niej, takie studia wśród zupełnie zwyczajnych ludzi, którym przyglądała się z wyższością podczas egzaminów wstępnych. Gorzko tego pożałują, gdy już inni, wyżej postawieni i ważniejsi, jej niezwykłość dostrzegą i nagrodzą, co na pewno się stanie. Wszystkie wielkie postaci miały trudny start. Były niezrozumiane, bo przerastały swoich współczesnych. Taki na przykład Herbert, albo może to był Miłosz, pracował w zarządzie torfowisk, a Marilyn Monroe była półsierotą i miała krzywy zgryz, zanim ją odkryto i naprostowano. Ona jeszcze wszystkim pokaże, gdy już ktoś odkryje, co ma do pokazania, na co na pewno przyjdzie pora.

Na razie ojciec załatwił Jagience pracę u znajomego protetyka, będzie zdobywała praktykę, a zaocznie pójdzie do studium medycznego, bo papier trzeba mieć. Jeszcze mu podziękuje, jeszcze zrozumie, co się w życiu liczy, bo ludzie sztucznych szczęk potrzebują, a nie wierszy. Opór Jagienki pęka jak wydmuszka, bo nie jest za stara na klęczenie na grochu i czyszczenie kamienia nazębnego żyletką tak długo, jak długo mieszka pod dachem komendanta Pasiaka. Zaczyna spotykać się z Jackiem Bylińskim, aspirantem, podwładnym jej ojca, który ma jego błogosławieństwo, podobne wąsy i nosi taką samą pałkę. To podobieństwo brzydzi ją i sprawia jej przyjemność, gdy ktoś je zauważa. Opowiedz mi, prosi Jacka, opowiedz mi, jak biłeś. Milicjant czy policjant to przeciwieństwo księdza, mógłby aresztować Adasia, a ona by była jedyną, która odwiedza go w więzieniu, w woalce czarnej. Jagienka śmieje się z Jacka ze Zbyszkiem Lepkim i sugeruje mu z całą subtelnością swojej wyjątkowej istoty, że powinien być zazdrosny do szaleństwa, ale on mówi, że zjadłby kurczaka z rożna, raczej nóżkę niż pierś, z frytkami i keczupem. Jagienka tak długo wmawia wszystkim, że protetyka i ślub z Jackiem Bylińskim są jej wyborem i powołaniem, aż sama zaczyna w to trochę wierzyć. Być może małżeństwo, a zwłaszcza ślub w sukni z trenem, z druhnami jak w amerykańskim filmie, z karocą mknącą na bal do zamku Książ stanie się tym polem, na którym jej niezwykłość będzie kłuła innych w oczy, tak jak na to zasługują. Spotyka się z Edytą Kowalik i Ireną Chłoryk, które mają tak wyraźnie mniej niż ona, że może przez parę godzin pławić się w szybkości swoich spostrzeżeń i celności ripost. Opowiada im o tym wszystkim, co powinno jej się zdarzyć, jakby ta wspaniała przyszłość była majówką odłożoną z jej własnej woli. Powtarza słowa Zbyszka i opisuje czyny, które chciałaby, aby się dokonały, w formie dokonanej. Że zabije się, mówił, jeśli go zostawię. Pod pociąg się rzuci. Benzyną obleje i spali. Odrzuca włosy z czoła, jej usta lśnią jak rozkrojona wisienka, śmieje się, gdy Edyta mówi, ty jesteś szalona normalnie. Piją słodkie wina, wódkę wiśniową i palą carmeny, po których kwaśna ślina pieni się jak mydliny, jeżdżą małym fiatem po Wałbrzychu i zastanawiają się, co proboszcz Postronek zrobi, by rozerwać związek Adasia i Dominiki. Edyta i Irena podziwiają Jagienki spryt, jej odwagę, tak jak powinien to robić cały świat, gdyby nie składał się z ludzi pospolitych, z ludzi o przyziemnych gustach, którzy nie dostrzegają jej zupełnie wyjątkowej wyjątkowości. Piją na poniemieckim cmentarzu w podwałbrzyskiej wsi Dziećmorowice, a Jagienka tańczy na zapadłym grobie, wyjmuje z kamiennych wazonów podgniłe kwiaty i mówi, że jest Ofelią. Gdzie jesteś, Hamlecie? To był cmentarz ewangelicki i na pół zmumifikowany korpus bez głowy, który znajdują w jednym z grobów, ma ręce złożone na krzyż na ramionach jak śpiący nietoperz. Wyjmijmy go i zanieśmy pod kościół, śmieje się Jagienka. Ta Jagienka ma takie oryginalne pomysły, które odróżniają ją od innych ludzi, którzy takich rzeczy nie robią ani nie mają na nie ochoty. Edyta stara się za nią nadążyć, Irena czasem boi się, co z tego wyniknie, i myśli, że wolałaby iść do kina albo poczytać Musierowicz, to takie pogodne, niż siedzieć na cmentarzu, ale sprzeciwianie się nie leży w jej naturze. Leży gdzieś, gdzie nigdy nie sięga, więc śmieje się i mówi, gdyby ksiądz Adaś nas teraz widział. Właśnie! To już czas najwyższy, żeby Dominika straciła Adasia, a tymczasem znów widzą ich razem, bezczelnie, ramię w ramię wychodzą z Babela. On poprawia Dominice te wstrętne dzikie włosy. Jagienka wie od Zbyszka Lepkiego tylko tyle, że Dominika i Małgosia Lipka dostały się na studia do Warszawy. Ta Chmura to ma, kurwa, łeb jak facet, mówi Zbyszek i zupełnie nie rozumie, dlaczego jego kochanka tak się gniewa, zrobiłem coś, pyta, czy ci już całkiem odpierdala?

W życiu Zbyszka Lepkiego jest miejsce na to, co nieprzewidywalne, ale Jagienka przestaje się w nim mieścić, bo dwa, trzy gole to frajda, ale – powiedzmy – dziesięć na mecz to nuda i nie chce się już krzyczeć z radości. Jak wraca z warsztatu i jeszcze poprzerzuca sobie złom na siłowni, to on chce mieć spokój normalnie, z dzieckiem się chwilę pobawi, z żoną. Poza tym zwrócił uwagę na jedną taką blondynkę w okienku, jak kupował bilety na mecz. Zagadał, dowiedział się, że ma na imię Danusia, się do niego uśmiechnęła jak normalna dziewczyna. Wyglądała świeżo i nowo, w uszach jej migotało na złoto. A Jagienka pyta go, co byś zrobił, gdybym skoczyła, płakałbyś po mnie, i wychyla się z dziesiątego piętra hotelu Sudety, a on widzi jej twarz zniekształconą przez nierówną szybę, brzydką jak twarz topielicy, i myśli, a skacz, kurwa, byle nie przy mnie. Zbyszek zaczyna na ich spotkania przynosić magnetofon, który zostawia włączony w torbie przy łóżku. Ma tam wszystko czarno na białym, jak Jagienka go szantażuje, jak źle się wyraża o swoim ojcu, jak kpi z narzeczonego, który tylko na fockę i o, taki malutki, jak mu grozi i zaraz potem wyznaje uczucia wyższe.

Lipiec przychodzi tak suchy, że na Babelu brakuje wody i do beczkowozów ustawiają się kolejki z wiadrami, a ludzie są zbyt źli i zmęczeni, by móc się w pełni nacieszyć kolejnym samobójcą, tym bardziej że skoczył tylko Szczurek, któremu wróżono to od lat. Wieje wciąż wiatr ciepły i duszący jak ludzki oddech, przynosi śmieci i dziwne nowe zapachy. Kobiety narzekają, że elektryzują im się włosy, i wymieniają się sposobami na ich poskromienie. Starsze, na przykład Lepka, mówią, że najbardziej szkodzi częste mycie, a od tych odżywek to włosy tylko się tłuszczą, lepiej nie myć, sypać mąką, ona wyciągnie tłuszcz, potem wystarczy wyczesać i są czyste. Jagienka jest młoda i nowoczesna, idzie do Iwony, by zrobić sobie pasemka. Siedzi w zielonym czepku kąpielowym na głowie, a Iwona szydełkiem wyciąga pasma włosów przez dziury w jej nowej, gumowej skórze. Jagience podoba się kolor Iwony, bardzo piękny, zawsze taki chciała. Jakoś nie miały okazji zaprzyjaźnić się wcześniej. Ale teraz mają. Jeśli Iwona by chciała oczywiście. Mogłyby któregoś razu wybrać się na kawę. Na lody pod Babelem? Pycha! Poplotkują sobie. Może Iwona wziąć córeczkę. Patrycja, prawda? Co za piękne imię. Mówi do niej zdrobniale Pati? To brzmi elegancko. Ona, Jagienka, też lubi dzieci, bardzo, zwłaszcza dziewczynki, i swojej dałaby jak nie Patrycja, to na przykład Andżelika albo Milena. Iwona to szczęściara, ma dobrego męża i taką słodką córeczkę, każdy to jej powie. Naprawdę, po co gdzieś daleko szukać, jak szczęście można znaleźć pod ręką. Ona tam się nigdzie nie wybiera, bo czy im tu źle na Piaskowej Górze? A zwłaszcza jak się zaprzyjaźnią. Kobieta potrzebuje bratniej duszy, co będzie jej jak siostra. Iwona smaruje włosy Jagienki perhydrolową pastą i widzi się jej oczyma. Szczęściara o pięknym odcieniu zaprzyjaźniona z Jagienką, najładniejszą w klasie. Podoba jej się ten obraz, jest zupełnie nowy.

Tego samego wieczoru Jagienka opowiada Edycie i Irenie o wizycie w salonie fryzjerskim i ach, jaka śmieszna jest ta gruba krowa, durna żonka, Iwona, jaka śmieszna i żałosna ze swoim tłustym, brzydkim bachorem, z tym wyrazem twarzy przestraszonego prosiaka. Ale Jagienka nic nie da po sobie poznać, nie. Spotykają się wkrótce i Iwona ufnie podaje nowej koleżance małą Pati całą w różach. Ta Jagienka naprawdę musi lubić dzieci, jak to gaworzy, jakie minki robi, szkoda, że mała płacze. Myliła się co do Jagienki, to miła dziewczyna, przyniosła jej ze trzydzieści deka ptasiego mleczka, a gdzie teraz ptasie mleczko się dostanie bez znajomości. Obiecała Dominice, że dochowa tajemnicy, ale jakoś tak wyszło, gdy Jagienka zapytała, że musiała powiedzieć. Wyszłaby na niewdzięczną, gdyby nie. Jakoś się jej wymsknęło, jakoś tak ją podebrała Jagienka, że jeśli jej nie ufa, to oczywiście nie ma sprawy. Powiedziała więc, że uciekają razem, Dominika i Adaś, do Warszawy. Dziesiątego lipca nocnym pociągiem. Gdyby nie to ptasie mleczko, milczałaby. Milczałaby, gdyby wiedziała, że widział je razem Zbyszek. Co on ma przeciw tej dziewczynie? Zdenerwował się strasznie, że zadaje się z Jagienką, popchnął ją i krzyczał tak, że aż sąsiedzi stukali w ściany. Ta kurwa mojej córki niech się dotknąć więcej nie waży, groził, więc może źle zrobiła jednak. Poszedł potem gdzieś wieczorem, z torbą, drzwiami trzasnął, Pati się obudziła i w ryk. Nigdy nie miała się dowiedzieć Iwona, że Zbyszek poszedł do budki zadzwonić, a w torbie miał magnetofon. Dobrze trafił, Jagienka była sama, stęskniłeś się, zaszczebiotała. Koniec? Z nami koniec?! Jak śmiesz? Czy ty wiesz, co mój ojciec z tobą zrobi, gdy mu tylko pisnę słówko? Co za cisza była w słuchawce, gdy powiedział, posłuchaj, i puścił jej, jak mówi, temu głupiemu trepowi do kawy pluję codziennie, a bywa, że krwi miesięcznej upuszczam prosto w barszczyk, a on, moja córeczka, jaka kawka pyszna, co za barszczyk. I zaraz potem, och, jak cię kocham, powiedz, Zbyszku, że ty mnie też najbardziej na świecie, że uciekłbyś ze mną. To koniec, Zbyszek westchnął, jakby przerzucił ze sto czterdzieści kilo, i uznał sprawę za zamkniętą. Co za popieprzona była z tej Jagienki picz, żeby do jego żony, dziecka łapy wyciągać, żeby tak to, co powinno zostać rozdzielone, mieszać. Czasem człowiek ma tego naprawdę dość i pojechałby w końcu na jakąś wojnę, by zapomnieć.

Gdy proboszcz Postronek dostaje anonim z datą i godziną ucieczki Adasia i Dominiki, wyjazd młodego księdza do Włoch jest załatwiony. Nawet autokarem pielgrzymkowym tłuc się nie musi, bo matka, Leokadia, wysupłała na bilet lotniczy. Brakuje tylko zgody zainteresowanego, który jeszcze o niczym nie wie. Adaś ma oczy nieobecne, całe noce pali się światło w jego pokoju, ale nie zaniedbuje swoich obowiązków. Jego kościelne koncerty tłoczne są, jakby sam Krzysztof Krawczyk do Wałbrzycha przyjechał. Cały czerwiec śluby, jak zawsze w miesiącu z r, a każda para tylko pytała, czy ksiądz Adaś zagra, żeby tylko ksiądz Adaś, prosili ci, którzy chrzcili, i ci, którzy chowali. Proboszcz Postronek przygląda się młodemu księdzu i widzi siebie sprzed lat. Ten, którym był, i Adaś skazani są na wybranie tej samej drogi, co do tego nie ma żadnych wątpliwości. Bilet, to, co potrzebne na drogę, dobre słowo, już Leokadia Wawrzyniak wie, co i jak. Bo kto ma wiedzieć, jak nie matka?

Gdy Adaś w stroju cywilnym, z policzkami ogolonymi do pierwszej krwi wychodzi ze swojego pokoju, zostawiwszy na stole dwa listy, które nie trafią do adresatów, drogę zastępuje mu smok dwugłowy. Mama tutaj? Głowa matczyna tryska łzami i śluzem, głowa proboszcza wypluwa sztylety słów, grozi ogniem piekielnym. Zdwojony impet odrzuca Adasia z wytyczonego szlaku, ale nie pada od razu. Podnosi się, gotów stawić czoła smokowi, ale zamiast włóczni ma tylko tępy turystyczny widelec. Dźga na oślep, nie trafia, ledwo jedna z kończyn smoka, draśnięta, sączy czarną krew. Byle tylko przedrzeć się do drzwi, może siły mu nie starczy na walkę wręcz, ale gdy już wyjdzie, uciec zdoła, będzie biegł, co sił, zdąży. Smok wietrzy jego zamiary i zmienia taktykę. Zamiast gróźb obietnice; już nie smok, ale łaszący się pies o wielkich, silnych szczękach. Głowa-matka memła, proboszcz-głowa szczeka. Włochy! Watykan! Kariera! Papieża z bliska zobaczy. Niech nie zaprzepaszcza, nie odtrąca niechże. Czy łzy matki widzi? Jej serce złamane? Na dłoni matczynej leży jakiś krwawy strzęp i drga. Serduszko z piersi wyrwane! Miejże litość, Adasiu. Leokadia czuje słabość jak posokowiec ustreloną kaczkę, a jak pojedzie do Włoch! Rzymu! Watykanu! bo jakże nie jechać, serce, serce jego prawdę mu podpowie, pomoże właściwą drogę wybrać. Mlask, chlast jęzorem, przecież jak tam – we Włoszech! W Rzymie! W Watykanie! – dojdzie do wniosku Adaś, że z drogi tak świetnej chce zawrócić, po matki sercu przejść, zdeptać, to wróci. Ona go nie powstrzyma. Niechże jednak teraz pochopnie, w gorączceż, w żądzyż cielesnej ogniu, decyzji nie podejmuje. Niech jedzie – do Włoch! Do Rzymu! Do Watykanu! – i tam na spokojnie, tam daleko, nad życiem swym się zastanowi. Jakież tam kościoły, Berniniego święta Teresa, papież polski tamże, to miejsce wymarzone do modlitwy. Głowa-matka już pewna jest zwycięstwa, nie od dziś zna swoje dziecko. Gdy Dominika wychodzi z Babela z plecakiem, Adaś jest pokonany. Głowa mu zwisa na pierś, w oczach łzy, w walizce komplet nowej bielizny i mydełko Zielone Jabłuszko, żeby czyściutki był tam w Rzymie. Zwycięska Leokadia przypina syna pasami i uwozi go ładą w kierunku wrocławskiego lotniska.

Jagienka Pasiak jest zawiedziona, że przyszła tylko Edyta. Edyta jest nastawiona na potakiwanie, Irena wydawała się ostatnio wymykać, to ją martwi. Poza tym Jagienka potrzebuje publiczności, by powiedzieć o zerwaniu ze Zbyszkiem, ujmując to w odpowiednich słowach i gestach. Rzecz w tym, by nie wypadło zbyt dramatycznie. Nie, trzeba to powiedzieć tak od niechcenia, że – ach, znudziło mi się, mi tak szybko wszystko się nudzi. Ja wciąż potrzebuję nowych wrażeń, ja wprost karmię się wrażeniami, które muszą być mocne. Taka już jestem! Można zasugerować, że ma coś nowego na oku, coś, och, wyjątkowego i absolutnie nieprzeciętnego.

Jagienka i Edyta piją na tarasie wódkę z sokiem malinowym i palą carmeny; dym i różowy płomień w gardłach, wiatr, który dym wpycha z powrotem w malinowe dzióbki. Plują z tarasu Babela bańkami różowej śliny.

Jagienka czuje, że mogłaby polecieć, gdyby chciała, wznieść się ponad dachy Piaskowej Góry, nuci, wyrwij murom zęby krat, a Edycie jest trochę niedobrze. Gdy widzi na dole Dominikę z plecakiem, nie jest pewna tak do końca, czy to nie odwrotnie, ona jest na dole, a Dominika i jej plecak u góry. Jagienka ma lepszy wzrok, mówi, patrz, na przystanku nie ma Adasia. Nie przyszedł. Wiedziałam, że nie przyjdzie! A może umówili się na dworcu? Biegniemy!

Jagienka zatacza się ze śmiechu, ciągnie Edytę, która nie wie, co jest takie śmieszne, ale też zaczyna się śmiać i już nie może przestać. Wsiadają do malucha Jagienki, która każe koleżance wejść do tyłu, jesteś pijana, nie możesz prowadzić, mówi Edyta albo tylko chce powiedzieć, lecz nagłe szarpnięcie samochodu sprawia, że połyka słowa niewypowiedziane. Edyta widzi w lusterku oczy Jagienki, są różowe jak ślina, którą pluły z tarasu, i ogarnia ją strach. To tylko kilkaset zygzakowatych metrów od Babela, Jagienka zatrzymuje się na przystanku i woła, Dominika.

Jadzia nie może usiedzieć na miejscu; drepcze po mieszkaniu i wciąż wyciąga coś, co na pewno Dominice się przyda, jeszcze jedno jabłko, o jakie ładne, czerwone, chusteczki do nosa, w końcu jeden z pierścionków chowanych na czarną godzinę. Niech weźmie, tylko żeby nie zgubiła, żeby jej nie ukradli. A te nowe czółenka wzięła? A sukienkę letnią od babki Haliny? Może niech w pociągu przed Zalesiem przebierze się, przeczesze, bo pierwsze wrażenie ważne. Niech nie wysiada jak buszmenka.

Jadzia chce jechać z córką na dworzec, ale Dominice udaje się to jej wyperswadować. Wychylona przez okno Babela macha córce tak długo, aż ta niknie jej z oczu. Już lepiej, że pozna tego Żyda z Ameryki, niż miałaby się dalej z księdzem Adasiem łajdaczyć. Jadzia zostaje w opustoszałym mieszkaniu i ogarnia ją dojmująca pewność, że jej dziecko nigdy tu nie wróci. Siada na jej tapczaniku i widzi czekające ją lata takiego przysiadania w tym samym miejscu, w tej samej pozycji, rok po roku. A więc to tyle? dziwi się Jadzia.

Dominika nie myśli o Jadzi, biegnie, biegnie, bo na przystanku pewnie już czeka Adaś. Tak się grzebała, że jeszcze pomyśli, że nie przyjdzie, trzeba się spieszyć. Świtem będą w Zalesiu, ale poczekają, aż wstanie dzień, i dopiero wtedy pójdą do domu Zofii. Nie przez wieś, ale okrężną drogą przez las będą szli, niespiesznie. Babcia zrozumie, na pewno. Dominika pokaże Adasiowi kamień z nazwiskami pradziadków Strąków. Pewnie już dojrzały maliny, które tam najsłodsze, wielkie i lśniące jak posklejane krople. Ludzie ze wsi ich nie rwą, ale Zofia mówi zawsze, że wszystko, co żyje, z martwego wyrasta, i jedzą te maliny ciepłe od słońca. Będą mieli z Adasiem maliny na śniadanie. Nazbierają, zaniosą babci i dziadkowi. Wiatr, silniejszy niż rano, porywa włosy Dominiki. Adaś tak lubi ich gąszcz. Czy to on? Czy do niego należy kawałek ramienia przyczepionego do reszty skrytej za wiatą przystanku? Nie. Ramię jest obce, podobnie jak jego krępy posiadacz o oczach obramowanych kreską węglowego pyłu.

Dominika czuje dreszcz, jest coś nieprzyjemnego w tej pomyłce. Podjeżdża autobus, odjeżdża. Zostaje na przystanku sama. Mogłaby pobiec do budki, zadzwonić, ale jak Adaś wtedy przyjdzie i pomyśli, że jej nie ma, że się rozmyśliła? Ciągle go nie ma. Ona ma bilety na pociąg, kanapki z serem dla dwojga, gotową wizję spotkania z babką Zofią i dziadkiem Ignacym, na dnie plecaka życie warszawskie też wymyślone dla dwojga plus odwiedziny Małgosi, która zamieszka w pobliżu. Co się z tym wszystkim stanie, gdy Adaś nie przyjdzie? Czas mija, odjeżdża drugi autobus. Powinna do niego wsiąść. Źle, że nie wsiadła, głupio. Może Adasia coś zatrzymało i pojechał prosto na dworzec taksówką? Następny autobus dopiero za kwadrans, już prawie dziesiąta wieczór, ma jeszcze dwadzieścia siedem minut do odjazdu. Nie zdąży na pociąg, co robić.

Dominika! Za kierownicą małego fiata w kolorze turkusowym siedzi Jagienka Pasiak, przechyla się przez siedzenie pasażera i otwiera drzwi. Wsiadaj, podrzucimy cię na dworzec, on tam czeka, szybko. Mówiła Dominice Iwona, że Jagienka zupełnie się zmieniła, pewnie miała rację. Czy to możliwe, że miała rację? Plecak na tylne siedzenie, szybko, trzaskają drzwi, samochód rusza i pytania, dlaczego ty, skąd wiesz, pozostają niezadane. Jagienka odwraca twarz w kierunku pasażerki, śpiewa, wyrwij murom zęby krat, jej twarz jest opuchnięta, dziąsła wyglądają jak żywe mięso i Dominika już wie, że popełniła błąd.

Janek Kos porusza się bezszelestnie. Leje benzynę wśród floksów, malw i maciejki, której zapach w tę noc jest silniejszy niż zwykle.

Benzyna wsiąka w spróchniałe ściany domu Zofii, przecieka do środka przez szpary, których od lat nikt nie zatykał, jej tęczowe, rozdwojone języki liżą podłogę, próbują, jaki smak mają stare meble, szuflady pełne króliczych skórek, dwoje starych ludzi śpiących na kuchennym łóżku i śniących jeden z najpiękniejszych swoich snów. Wystarczy jedna zapałka. Żaden z chłopaków z lasu nie potrafił tak rozpalić ogniska jak Janek Kos, który stoi w świetle płomieni i rusza dopiero wtedy, gdy ogień wybiega mu na spotkanie. Gdy dach zaleskiego domu Zofii zapada się, jakby był z tektury, na Piaskowej Górze mały fiat przebija ogrodzenie z napisem Nieupoważnionym wstęp wzbroniony i zsuwa się po stromiźnie do jeziorka topielicy-pajęczycy, które błyszczy, czarne martwe oko.

Dominika krzyczy, zatrzymaj się, Edyta wymiotuje na tylnym siedzeniu, a Jagienka śpiewa, wyrwij murom zęby krat. Zęby krat, jej zęby, żyletka, połam bat. Tylko ktoś zupełnie wyjątkowy może tak szaleć, tak śpiewać i ten ktoś wymyka jej się spod kontroli, zwraca przeciwko niej samej, jakby od początku o to chodziło.

Do Dworca Miasto skręca się w prawo, ale nie przy prawie stu kilometrach na godzinę, a poza tym Jagienka nie wybiera się na dworzec, dziś nikt nie wybiera się na dworzec, a mury runą, runą mury i pogrzebią stary świat. Uderzenie w płot nie boli, odpadł tylko zderzak i pękła szyba, ale samochód nabiera szybkości, staczając się w kierunku wody, wprost na pomost, po którym przelatuje z hukiem. Uderza w resztki metalowej wieży na końcu pomostu, na którą kiedyś Dominika wspinała się z Dimitrim, i to on właśnie pojawia się na mgnienie oka w jej pamięci, czarnowłosy chłopiec z tornistrem pełnym rachatłukum.

Samochód rozpada się niemal na pół, a Dominika wylatuje przez przednią szybę i ląduje w wodzie ciemnej i gęstej jak smar. Jej niebywałe włosy, włosy buszmeńskie, łagodzą uderzenie, ale ostry odprysk przecina policzek od skroni do kącika ust, głęboko. Zapada cisza, ale rozdarta reflektorami samochodu ciemność nie zdąży powrócić na dobre, bo wrak malucha wczepiony w resztki pomostu zapala się z hukiem wybuchającego paliwa. W jeziorku topielicy-pajęczycy wybuch jest tylko głuchym pyknięciem otwieranej butelki szampana, ślizgający się po powierzchni ogień jak fajerwerki, ogniste konfetti, wśród których Dominika opada na dno. Ma złamany obojczyk i rękę, rozbitą głowę i pękniętą miednicę. Ma otwarte oczy i widzi czarną wołgę, białe kości, ławicę neonowych rybek, pierścionek z rubinem, który wypadł z kieszeni jej dżinsów, widzi dwie zakonnice z czarnej wołgi, które machają do niej, zapraszają, wyciągają ręce, białe kości. Próbuje nabrać powietrza, dlaczego tak trudno jej oddychać, krztusi się, widzi białe schody jak z kości, które zbiegają wprost nad morze, są piękne, i nagle jej ciało przypomina sobie, że umie pływać. Odbija się od dna, od białego stopnia w kierunku ognia, którego blask rozlewa się po powierzchni jeziorka topielicy-pajęczycy.

Drugi początek

Gdy Dominika przyjechała po matkę, Babel dożywał swych dni. Kolos na piaskowych fundamentach, jego kontur na tle nieba wciąż wyraźny, jak wycięty nożem, ale od spodu grząsko. Przebiegające pod miastem chodniki kopalni zalano wodą, a wzgórze zgniło i zapadło się w ziemię jak przydeptane.

Jak to nam narobili, sarkali mieszkańcy Babela. Kiedyś to się żyło na Piaskowej Górze jak w Enerefie. Wszystko było, jak się trochę zakombinowało. Że człowiek czasem nie przejadł i nie przepił, tyle tego było. A jak górnikiem się było, to hoho. Potąd się miało. Talony na samochody, wczasy, sklepy na kartę G. Górnik to był pan. Mundur, pióropusz, honor swój miał. Na balkonach Babela, pomalowanych na żółto, różowo, seledynowo i pełnych tego, co szkoda wyrzucić, słoików, szafek, starych nart rozwarstwionych jak francuskie ciasto, powiewają straszaki na jaskółki, a ludzie stoją, patrząc na podnoszącą się linię horyzontu. Czekają. Na czwartym piętrze Lepka opiera biust o balustradę i nieruchoma jak kariatyda, nie do ruszenia z miejsca, które do niej należy i nikt inny by go nie chciał, czeka na syna. Starszy szeregowy Zbyszek Lepki, uznany oficjalnie za martwego z powodu kuli w głowie, może przecież wrócić z Jugosławii, której już nie ma, żywy i niepodziurawiony, a nazywa się to cud. Krystyna i Zdzisław Śledź z wnuczką Patrycją oddaną pod opiekę na chwilę, która się przedłużyła o kilkanaście lat, wyglądają swojej córki Iwony. Obiecała, że jak się wyrobi ze strzyżeniem, kręceniem, to na obiad zajdzie, a jak nie, to wpadnie i chociaż na chwilę przysiądzie. Za ścianą Jadzia wzdycha, że co do niej, to na nic już nie czeka i niedługo strzeli w kalendarz na tym gównianym bocianim gnieździe, bo nic jej nie wyszło w tym życiu prócz żylaków.

Z fałszywym westchnieniem zniecierpliwienia, choć nie było pod ręką nikogo, kto mógłby odkryć prawdę jej uczuć, podnosiła Jadzia słuchawkę w końcu założonego telefonu, pragnąc usłyszeć głos córki. Nieodmiennie zadziwiona, że z obcych krajów tak dobrze słychać Dominikę, tak wyraźnie, jakby była obok, krzyczała w słuchawkę, nie wierząc, że ten cud działa w dwie strony. Od czasu gdy piętnaście lat temu Grażynka Kalthöffer de domo Rozpuch zabrała ją do niemieckiego szpitala, Dominika wracała na Piaskową Górę tylko na chwilę. Zwykle wiosną jak jaskółka, fru, i tyle ją Jadzia widziała. Pochód oddalających się pleców, długich nóg, buszmeńskich głów. W coraz dziwniejszych ubraniach, pachnąca nieznanymi matce zapachami, dzwoniła gdzieś i mówiła w językach, których Jadzia nie znała, do ludzi, których nigdy nie widziała, a potem zaraz pakowała się i żegnała cierpkim pocałunkiem. Już lecisz, latawcu, podfruwajko, mówiła z przekąsem matka. A leć, a piej. Zamykała drzwi i ich ciche kliknięcie było końcem sarkazmu, a początkiem czekania, i czekała Jadzia, wyobrażając sobie wszystkie nieszczęścia, jakie spadają na Dominikę, gdy nie ma jej pod ręką. Dominika tymczasem zbiegała po schodach i otrząsała się z nieszczęść, które mogłyby jej się zdarzyć, gdyby została na Piaskowej Górze.

Upłynęły jednak lata, zanim Jadzia zgodziła się, by Dominika zabrałą ją do siebie, i teraz córka wspina się do matki po ciemnych schodach. Jak ciężko jej się idzie. Wie, że blizna na jej policzku, normalnie niemal niewidoczna, srebrzysta nitka babiego lata, na pewno poczerwieniała, jak zawsze podczas wysiłku. Na klatce nie ma światła, a spękane ściany pomalowane na kolor ciała sprawiają wrażenie, jakby za chwilę miały zawalić się i pogrzebać ją na zawsze. Poręcze są lepkie, śliskie, Dominika brzydzi się ich dotykać. Brakuje tchu, chociaż jest silną, wysportowaną kobietą o płaskim brzuchu i umięśnionych nogach. Nigdy nie pozwoliła odrosnąć buszmeńskim włosom, ogolonym po wypadku, by można było zszyć ranę na głowie. Krótkie na kilka centymetrów, nie były ani męskie, ani kobiece i zdarzało się, że gdzieś w drodze, na lotnisku albo w przydrożnym barze, Dominika widziała niepewność na twarzy przypadkowego rozmówcy. Wtedy dobierała słowa tak, by jak najdłużej ją podtrzymać; jej uśmiech był szelmowski, szczęśliwy. Dominika wspinała się, ale to było jak oporne schodzenie w głąb. Matka nie wyjdzie jej na spotkanie, musi do końca dojść sama. Wie, że przyszła pora i że da radę.

Jadzia od kilku lat niemal nie ruszała się już ze swojego bocianiego gniazda, oprócz wyjść do kościoła i supermarketu. Ostatnio supermarket, bliższy i oferujący więcej promocji, wygrywał w konkurencji. Jadzia potrafiła znaleźć wiele uzasadnień swojego wyboru – zdrowie (jego brak), tusza (w nadmiarze) i pogoda (wietrzna, dui, żabami rzuca) były po jej stronie. Taki wielki sklep! Zupełnie nie wierzyła na początku, że tylu ludziom naraz zachce się robić zakupy. Na cholerę to komu potrzebne, patrzyła z balkonu na budowę i kaszlała przesadnie, udając, że dusi się od pyłu wznoszonego przez maszyny. Szybko przekonała się jednak, jak przyjemnie można spędzić czas, spacerując wśród półek, bo niby wszystko jest, a ciągle czegoś człowiekowi brakuje, jak rozejrzy się po takim sklepie. Wtedy gdy niczego nie było, mniej jakoś brakowało, dziwiła się Jadzia całorocznej obecności owoców zwielokrotnionych w lustrach w lśniącą, obfitą nieskończoność. A wyskoczyłam sobie na degustacje, mówiła spotkanej przed bramą Krysi Śledź, jeszcze zadyszana od tego kupowania, konsumowania, kolekcjonowania różnych serii romansów Harlequin, z których za najciekawsze i najbardziej życiowe uważała medikale, gdzie męscy lekarze z posiadłościami spotykali kobiece pielęgniarki nieposiadające nieruchomości, ale obdarzone ciałem, włosami i oczami. Ach, gdyby tak Dominika za takiego lekarza, marzyła, za doktora Michorowskiego jakiegoś, w welonie matki ręką haftowanym. Francja-elegancja, cmokała, kupując w specjalnej ofercie rzeczy, których nie nadążała zjadać i zużywać, prawdziwa Francja-elegancja, przyglądała się kolorowym puszkom i pudełkom. Wznosiła z nich piramidy zapasów, budowała chińskie mury z groszków i sardynek, mydeł i proszku, odkładała dla córki upominkowe zestawy kosmetyków i słodyczy przecenione po świętach. Opowiadała Dominice, że rano jest najwięcej degustacji i baby lecą na śniadanie. Lumpów i bezdomnych, którzy kiedyś byli górnikami, ochrona wyrzuca ze sklepu na zbity pysk, ale do codziennego najazdu staruszek przywykła. Co tam zje taka babcia, a i wyniesie niewiele, batonik Mars albo mydełko Palmolive; popsika się dezodorantem Bac albo odświeżaczem powietrza o zapachu morskiej bryzy. Mogą więc spokojnie przejść kilka razy wśród półek i pojeść żółtego serka pokrojonego w kostki jak dla myszy, płatków kukurydzianych z mlekiem, plasterków kiełbasy przebitych drewnianą wykałaczką, przydatną później do wydłubania z protezy tych opornych resztek, których mimo prób nie da się zassać i wycmoktać. Niektóre cwaniary podchodzą do degustacji nawet po trzy razy, krzywiła się Jadzia na taką niegodziwość, a jej zaciśnięte usta przesuwały się w prawo na naciągniętym jak postronek mięśniu policzka. Cwaniary, robią małe kółeczko i znów są, żeby złapać, co się da, na łapu-capu, za darmochę kałdun napchać. Miała więc Jadzia swoje małe przyjemności i nie poddała się nawet wtedy, gdy po raz pierwszy przewróciła się w drodze do supermarketu, tak że dwa tygodnie spędziła unieruchomiona i potłuczona, a do tego zgubiła nowy moherowy beret. Nie zmogła jej żadna z drobnych katastrof Babela, gdzie brakowało prądu, wybuchały kaloryfery i awantury domowe w reakcji łańcuchowej. Uległa, dopiero gdy styczniowej nocy kran strzelił jej w pierś strumieniem zgniłych jaj i powalił na podłogę ciemnej łazienki, bo po co na chwilę światło zapalać i wyrzucać pieniądze w błoto. Przeleżała tak kilka godzin, popłakując cichutko, aż nabrała sił na tyle, by doczołgać się do telefonu, ciągnąc za sobą złamaną nogę. Przyjedzie! Proszę bardzo. Ale niech Dominika nie liczy, że się nauczy mówić w tym języku, na którym język można sobie połamać. Mogą tam mówić do Jadzi, ona na to nyśt fersztejen do swidania i kropka.

W mieszkaniu państwa Chmura do spakowania pozostała jeszcze tylko kolekcja kryształów. Jadzia zgodziła się, by wynajęta firma zrobiła resztę, ale kryształów nie pozwoliła obcym dotknąć; popaprzą łapskami, upuszczą albo świsną i szukaj wiatru w polu. Takie kryształy to majątek. Wprawdzie teraz są niemodne, ale tylko patrzeć, jak wrócą, to sobie poustawiasz po swojemu, mówiła do Dominiki, owijając w gazety monstrualne wazony i bomboniery. Poświęciła na to kilka roczników „Przyjaciółki", ziejących dziurami po wycinanych przez lata poradach i przepisach, które zblakły i rozpadły się, zanim zdążyły się zmaterializować w strucle, torty i sztufady. Kruche, wzdychała, delikatne. Dla pewności upychała w środku kryształów kulki skarpet i bielizny.

Dominika zauważyła, ze chora dłoń matki ściemniała i skurczyła się. Wyglądała jak gałązka martwego drzewa. Jadzia była o tyle niższa od niej – drobna, krągła i pozbawiona kantów matka kieszonkowa. Mała jak młodsza siostra, której Dominika nigdy nie miała. Gdy wychodziły, Jadzia Chmura zamknęła puste mieszkanie na dwa zamki i dla pewności szarpnęła klamką, jak zawsze to robiła, mimo iż w środku nie było już nic. A wiesz, córeczko, że jednak jakoś żal człowiekowi tej Piaskowej Góry, powiedziała, gdy odjeżdżały.